rororo

Alexandra Tobor, geboren in Polen, kam 1989 als Achtjährige nach Deutschland. Sie studierte Soziologie, Psychologie und Kunstgeschichte und lebt heute in Augsburg. Als Produzentin eines Podcasts über Sachliteratur bringt sie zahlreichen Hörern kulturwissenschaftliche Themen näher. Ihr erster Roman «Sitzen vier Polen im Auto» war ein großer Erfolg.

WWW.ALEXANDRATOBOR.DE

ALEXANDRA TOBOR

Minigolf Paradiso

ROMAN

Rowohlt Taschenbuch Verlag

Originalausgabe
Veröffentlicht im Rowohlt Taschenbuch Verlag,
Reinbek bei Hamburg, Juni 2016

Umschlaggestaltung any.way, Cordula Schmidt
Umschlagabbildung plainpicture / bellabellinsky
Satz aus der Dolly, InDesign, bei
Pinkuin Satz und Datentechnik, Berlin
Druck und Bindung CPI books GmbH, Leck, Germany
ISBN 978 3 499 23630 3

MINIGOLF PARADISO

Für Elvis und Gretchen

1

Wie ich es sehe, haben alle Menschen eine psychische Störung. Manche glauben, dass sie an zwei oder mehr Orten gleichzeitig existieren. Oder dass ihre Freunde durch Doppelgänger ersetzt wurden. Es gibt Leute, die überzeugt sind, dass sie von etwas als Behausung benutzt werden. Andere wachen eines Tages auf und sprechen mit fremdländischem Akzent. Ich las auch was von dem Wahn, seine inneren Organe verloren zu haben. Die Betroffenen haben das Gefühl, verwest zu sein, tot, gar nicht zu existieren. Diese seltene Störung kommt meiner eigenen am nächsten. Genaueres weiß man nicht, die Wissenschaft hat meine Krankheit nämlich noch nicht erforscht. Vielleicht wird sich das mal ändern und ich gehe als «spektakulärer Fall der 16-jährigen Malina Dudek» in die Lehrbücher der Medizin ein. Aber dafür müsste die Fachwelt erst mal auf mich aufmerksam werden, und genau hier liegt das Problem: Ich leide an chronischer Unsichtbarkeit.

Das ist kein körperliches Leiden. Bei entsprechenden Lichtverhältnissen werfe ich einen normalen Schatten. Der Bewegungsmelder an automatischen Schiebetüren funktioniert einwandfrei. Ein Spiegelbild habe ich auch; als Untote scheide ich also aus. In der Comic-Serie *Fantastic Four* gibt es eine Superheldin, die sich unsichtbar machen kann. Für sie ist das kein Makel, sondern eine geheime Superkraft! Leider sehe ich nicht wie eine Superheldin aus. Der Wind bringt bei mir keine wilde Mähne in Schwung, sondern weht mir die dünnen Haare in den Mund. Meine Beine sind mehlig weiß und wachsen wie schiefe Äste aus den gefälschten Chucks. Und es wäre ziemlich einfach, mein Gesicht zu zeichnen: ein runder Käse mit zwei schwarzen Strudeln als Augen, darunter eine waagerechte, zerknitterte Linie, die zu beiden Seiten leicht abfällt. Eine echte Herausforderung dürften die Sprechblasen sein. Denn ich sage selten was, und selten sagt jemand was zu mir. Die Leute aus meiner Klasse können immer noch sämtliche Dinosaurier im Schlaf aufsagen, nur mein Name will ihnen nicht einfallen. Sie grüßen mich nicht auf der Straße, laden mich nicht auf ihre Partys ein, und wenn ich irgendwo fehle, fällt es niemandem auf. Das ist keine Schikane, sondern ein Symptom meiner Störung: Der Großteil der Menschheit nimmt mich einfach nicht wahr. Selbst der supereinfühlsame Biolehrer bemerkt mich erst, wenn mein erhobener Zeigefinger schon Schimmel ansetzt.

Der Einzige, der mich sieht, ist mein Kumpel Titus. Und mit Sehen meine ich nicht, dass ein Abbild meiner Visage auf seine Netzhaut projiziert wird. Nein, Titus sieht mich so, wie ich wirklich bin. Er kennt mein wahres Wesen, mein Innerstes, sozusagen meine Seele. Und er weiß etwas, das sonst keiner weiß. Etwas, über das ich mit niemandem sprechen darf, seit ich auf dem Gymnasium bin: Dass meine Eltern und ich als polnische Aussiedler nach Deutschland gekommen sind.

Die Persil-Uhr an der Kreuzung zeigt Viertel vor zwölf. Gerade habe ich meinen letzten Schultag in der Neunten hinter mich gebracht, und während die anderen alle ins Freibad abgezischt sind, um dort mit Arschbomben und Bum Bum den Ferienbeginn zu feiern, besuche ich erst mal Titus. Ich laufe an gekachelten Hausfassaden vorbei, mit popeligen

Boutiquen und Frisiersalons drin. Die Sonne knallt mir auf den Scheitel. Rechts biege ich ein, in eine Straße, wo neben einer italienischen Eisdiele mit staubigem Neonschriftzug gerade ein Türke eröffnet hat. Es ist der einzige Dönerladen weit und breit, weil die Ausländer alle im Pott leben. Hier in der Kleinstadt sind sie so selten wie die weißen Tiger von Siegfried und Roy.

Am Ende der Straße befindet sich ein kleiner Kiosk. An dieser Ecke habe ich vor ein paar Jahren Titus kennengelernt. Damals war meine Herkunft noch offensichtlich. Meine Eltern und ich gingen jeden Sonntag in die Kirche und haben zu Hause Polnisch gesprochen. Unsere Möbel waren vom Sperrmüll und unsere Klamotten von der Caritas. An jenem Tag hatten mich ein paar Eingeborenenkinder verfolgt. Sie warfen mit Kies nach mir und riefen: «Scheiß-Polacken!» Ich weiß nicht, was mich verraten hatte. Wahrscheinlich die riesige Stoffblume in meinem Haar oder der Jeansrock mit regenbogenfarbenem Lambada-Schriftzug. Hätten sie vorher mit mir gesprochen, wäre der Fall klar gewesen, denn spätestens mein rollendes R ließ keinen Zweifel daran, dass ich ein Fremdkörper war.

Ich hatte schnaufend den Kiosk erreicht, an dem sie mich hinrichten würden, als ein hochgewachsener Punk mit Lederjacke und Kakadu-Frisur um die Ecke kam. Das war Titus. Jeder kannte ihn. Er war ein paar Jahre älter als wir, und es gab das Gerücht, dass er mal eine Raupe in Zigarettenpapier gewickelt und geraucht haben soll. Also ging mir bei seinem Anblick erst mal ganz schön die Muffe, und meinen Verfolgern natürlich auch. Aber was dann geschah, damit hatte wirklich keiner gerechnet: Titus starrte die Spacken einen endlosen Moment lang an. Dann nahm er mein verschwitztes Patschehändchen und spazierte einfach mit mir davon, als wäre ich seine kleine

Schwester, die er irgendwo abholt. Hinter mir hörte ich nur noch das Knacken ihrer herabfallenden Kinnläden. Das Ende vom Lied war, dass sie mich nie wieder belästigt haben. Und Titus und ich wurden Freunde.

Ich gehe in den Kiosk hinein, bevor ich hier noch länger herumstehe wie so ein Alki. Der Besitzer ist ein ausgemergelter alter Mann im Feinripp-Unterhemd, dem man die Nähe zu Busen-Magazinen irgendwie ansieht. Schlecht gelaunt schaufelt er ein paar verhärtete Weingummis in eine Papiertüte. Die sind für Titus und mich. Ich knalle wortlos die Mark auf den Teller, und dann bin ich auch schon raus.

Der Friedhof, unser Treffpunkt, ist nicht weit von hier. Ich nehme die Abkürzung über einen Trampelpfad durchs Gestrüpp und verfange mich in einem widerspenstigen Ast. Während ich das Grünzeug aus den Schlaufen meines Rucksacks befreie, entdecke ich auf einmal einen Vogelschädel im Moos. Zwischen einzelnen Knöchelchen und schwarz-grauen Federn liegt er da. Ich hebe ihn auf und halte ihn zwischen Daumen und Zeigefinger geklemmt nach oben, damit die Sonne durch die feine Knochensubstanz scheinen kann. Ich drehe und wende ihn vorsichtig und glotze in beide Augenhöhlen. Vielleicht lebt ja noch etwas darin? Mit Schädeln, in denen noch Leben ist, kann ich nichts anfangen, die muss man erst umständlich auskochen. Aber dieser hier ist ein astreiner Fund. Er wird mein Mitbringsel für Titus sein. Titus war es übrigens, der mir beigebracht hat, dass Knochen schön sind und Schädel nicht lügen. Weil sie die Maske sind, die übrig bleibt, wenn alle Masken gefallen sind. Ich puste ein paar Erdkrümel von der Schädeldecke und gehe durch das Friedhofstor, lasse das anonyme Urnenfeld und die kleine Birkenallee hinter mir und spaziere Richtung Kapelle.

Das ist kein Friedhof der schiefen Steine und uralten, vergessenen Gruften. Hier sehen die meisten Gräber modern aus, und mit modern meine ich, so hässlich, dass Selbstmordgefährdeten die Lust aufs Sterben vergeht. Egal, denn gleich hinter dem Gießkannen-Brunnen, unter dem Blätterdach einer großen Kastanie, wartet Titus auf mich.

Sein Grab sieht nach zwei Jahren immer noch nicht aus wie ein Grab. Eher wie der Haufen, der entsteht, wenn Mutter einmal jährlich unter meinem Bett kehren darf. Es liegen einzelne welke Rosen darauf und zerbrochene CDs, und auf einer mit Mercedes-Stern geschmückten Plakette steht:

NUR DIE BESTEN STERBEN JUNG
1978–1995

Jemand hat eine leere Jägermeisterflasche auf dem Grab liegen lassen. Ich lege den Vogelschädel dazu und verteile ein paar Weingummis daneben. Dann lasse ich mich unter der Kastanie nieder. Eine laue Brise wuselt durch die Baumkronen, und die Blätter filtern das Sonnenlicht, das in goldenen Säulen auf die Gräber fällt, wie in einem japanischen Zeichentrickfilm. Ich kaue auf den Weingummis rum, bis ich ruhig werde. Dann schlage ich unser Briefbuch auf und beginne zu schreiben.

City of the Living Dead, 2. Juli 1997

Hey, Titus!
Na, wie ist die Luft in der Gruft? Über dem Meeresspiegel haben die Sommerferien begonnen, und während sich das Leben der anderen jetzt in eine endlose Langnese-Werbung verwandelt, überlege ich, was ich die nächste Zeit mit mir an-

stellen soll. Meine Eltern fahren heute Abend an die Nordsee, zum ersten Mal ohne mich. Wenn mir nichts Besseres einfällt, werde ich mich zu Hause einbunkern und meine Einsamkeit für wissenschaftliche Experimente nutzen. Ich könnte zum Beispiel herausfinden, wie sich meine Stimme verändert, wenn ich zwei Wochen lang mit niemandem rede. Oder wie lange man am Stück liegen bleiben kann, bis sich Muskelschwund bemerkbar macht. Ob es möglich ist, ein Leben lang allein zu sein? Ich glaube schon. Das Einzige, was auf lange Sicht für Kontakte spricht, ist die bessere Auffindbarkeit im Verwesungszustand. Aber nicht, dass du dir Sorgen um mein Sozialleben machst. Erstens komme ich dich auch in den Ferien besuchen, und zweitens habe ich mich in der Bücherei mit altem Lesestoff eingedeckt und bin bereit, mich mit den Geistern von Oscar Wilde und Edgar Allan Poe anzufreunden. Das sind also meine Pläne so weit. Ach ja: Und dann hat unsere Deutschlehrerin uns auch noch was über die Ferien aufgebrummt. Wir sollen unsere Familiengeschichte erforschen, weil das im nächsten Schuljahr unser Thema sein wird und jeder einen Aufsatz schreiben muss. Sie meinte, wir könnten doch mal unsere Großeltern ausquetschen, wenn wir sie besuchen.

Für die Berkel ist es nämlich das Normalste von der Welt, dass man Verwandte hat. Und für den Großteil der Menschheit ist es das wahrscheinlich auch. Aber nicht für mich. Ich weiß überhaupt nichts über meine Vorfahren, wer sie sind oder waren oder was sie so gemacht haben. Nur, dass mein Großvater Alois in einem See ertrunken ist. Aber das war lange vor meiner Geburt, 1976 oder so. Zu meiner Großmutter Rosa, die verwitwet in Polen lebt, haben wir keinen Kontakt mehr. Keine Ahnung, wieso. Meine Mutter wechselt jedes Mal das

Thema, wenn ich sie danach frage. Obwohl wir bei meiner Oma gewohnt haben, bis ich fünf war, kann ich mich kaum noch an sie erinnern. Auch an das Haus nicht. Überhaupt sind alle Erinnerungen an Polen wie ausgelöscht. Bis auf ein uraltes Foto von Oma und Opa haben wir nicht mal ein Fotoalbum von früher. Zumindest behaupten meine Eltern, es gäbe keine Fotos aus der Zeit vor 1987. Das ist das Jahr, in dem wir nach Deutschland gekommen sind. Erst da setzt meine Erinnerung ein. Ich weiß noch, wie wir nachts zum ersten Mal über die deutsche Autobahn bretterten. Draußen flogen die Lichter der Städte vorbei, die Raute der ARAL-Tankstelle, das runde Neonschild von BAYER, und meine Mutter rief ständig: «New York, New York!»

Vor diesem Moment auf der Autobahn liegt aber nur ein großes, schwarzes Nichts. Absolute Dunkelheit. Und niemand erzählt mir von früher. Eine gute Familiengeschichte könnte ich jedenfalls nur aufschreiben, wenn ich sie mir komplett aus den Fingern sauge. Vielleicht kann ich das der Berkel nach den Ferien irgendwie stecken.

Jetzt muss ich aber los. Halt die Glieder steif!

Ciao,
Malina

2 Obwohl hier nachts noch nie eine Mülltonne gebrannt hat, wird die Gegend von allen nur «Ghetto» genannt. Es sind die einzigen Sozialwohnungen im Reihenhausparadies – sechs identische Mehrfamilienhäuser aus rotem Backstein, dreistöckig, mit quadratischen Fenstern auf der einen und Wellblechbalkonen auf der anderen Seite. An den Balkonen hängen Geranientöpfe und in den Fenstern halbe Gardinen. Vor dem Haus treffe ich die Hausmeisterin, die mit Hingabe den Bürgersteig kehrt. Sie grüßt mich nicht, und ich tue, als hätte ich sie nicht gesehen, während ich möglichst schnell die Eingangstür aufschließe. Im Treppenhaus ist es angenehm kühl. Das trübe Licht, das durch die Milchglasfenster dringt, wabert grünlich über die Stufen. Vorbei an Namensschildern aus Salzteig und sommerlich umdekorierten Adventskränzen schleppe ich mich in den dritten Stock.

Meine Mutter findet die Deko der Nachbarn geschmacklos, weswegen an unserer Tür auch kein Kitsch hängt, sondern ein mit Stoffrosen bestückter Strohhut. Und auf dem Fußabtreter steht auch kein plumpes «WILLKOMMEN», sondern ein international gültiges «WELCOME». Meine Eltern träumen von einer größeren Wohnung im Neubaugebiet, wo Fenster und Türen extra auf alt gemacht sind, aber da können sie lange träumen, dafür haben wir kein Geld. Das kapiert jeder, der bei uns über die Türschwelle tritt. Das Billige und Minderwertige nistet in Papas abgetragenen Latschen, dringt als Fliedermuff aus dem Klospray über den Flur und steht als trauriger, gelbstichiger Parfümrest im Yves-Rocher-Flakon.

Während ich vor der Tür meine Schuhe abstreife, kommt mir der üble Geruch von Kutteln, Leber und blutigen Hühnerherzen entgegen. Die bittere Wahrheit ist, dass die Wurstberge im Kühlschrank unsere polnische Herkunft immer verraten werden, so wie Schwefelgeruch die bestgetarnte Hexe auffliegen lässt. Meine Mutter will das nicht wahrhaben. Aber sie kann noch so oft zum Friseur rennen, um sich den Haaransatz nachblondieren zu lassen, er wird immer wieder nachwachsen, wie die abgeschlagenen Schlangenhäupte der Hydra.

Ich presse mich durch den Türspalt in den Flur, der mit Koffern und Taschen vollgestellt ist. Auf der goldbeschlagenen Kommode, neben dem Telefon und den Reisedokumenten meiner Eltern, liegt schon eine Liste mit unsinnigen Alleinzuhaus-Anweisungen für mich bereit («Socken sind nicht zum Naseputzen da» steht da, und «Rücken gerade halten»). Ich nehme mein Zeugnis heraus, pfeffere den Rucksack in mein Zimmer und folge den dämonischen Dämpfen in die Küche.

Meine Mutter steht am Herd und haut schwabbelige Tierteile in die Pfanne. Unter ihrer Schürze trägt sie ein weißes Top mit geschnürtem Rücken, Kochschinken-Style. Dazu eine enge weiße Jeans. Weiß ist für sie die Farbe des Luxus; sie hat eindeutig zu viel Raffaelo-Werbung geschaut.

«Aaah, bist du endlich da!», flötet sie in gebrochenem Deutsch. «Fünf Minuten. Hältst du so lange aus?»

Ob ich es aushalte? Das ist wohl nicht ihr Ernst.

«Schon wieder Fleisch ...», stöhne ich gequält.

«Fleisch!?» Sie lacht mir mit spöttischer Entrüstung ins Gesicht und rüttelt an der Pfanne. «Ist doch kein Fleisch! Sind *Innereien!*»

Meine Augen vollführen einen doppelten Salto, während ich in die Essecke rutsche.

«Meat is murder ...», murmle ich in das Gezischel und Gebrutzel der Pfanne hinein.

«Beschimpfst du mich wieder auf Englisch?», fragt Mutter.

«Das ist ein Song von den Smiths», stelle ich klar.

«Aha?» Gleichgültig wischt sie mit einem Lappen Blut von der Anrichte.

«Ja, und in dem Song geht's darum, dass es überhaupt nicht cool oder nett ist, ein Steak zu braten. Fleisch ist sinnloser Mord. Da gibt es nichts zu beschönigen. Du bist eine Mörderin, Mutter.»

Sie dreht sich mit halber Pirouette zu mir um und stemmt die Hände in die Hüften.

«Fleisch ist Kraft, ist Energie. Brauchst du für Leben. Wie heißt so schön? Du bist, was du isst.»

«Ein armes Würstchen? Wie passend.»

Sie deckt den Tisch mit den achteckigen schwarzen Tellern aus der Yuppie-Ära, die sie im Sonderangebot erstanden hat. Als sie fertig ist, wirft sie einen schnellen Blick auf mein Zeugnis.

«Drei in Bio!?», liest sie ab. «Kriegst du nächstes Jahr Nachhilfe.»

«Können wir uns das überhaupt leisten?», stichle ich.

«Streichen wir Taschengeld, dann ja.»

«Eine Drei ist keine so schlechte Note», informiere ich sie.

«Kannst du besser», entgegnet sie trocken, während sie die fertigen Innereien auf meinen Teller spachtelt.

«Wie war letzter Schultag?», fragt sie endlich.

«Ich habe einen Vogelschädel gefunden.»

«Malina, bitte.» Sie wirft ein paar Hühnerherzen auf meinen Teller. «Verdirbst du mir den Appetit.»

«Hab das Ding eh schon verschenkt», sage ich.

«Wer außer dir will so was?»

Ich zucke mit den Schultern. «Titus vielleicht …?»

«Titus?» Sie muss kurz überlegen, dann fällt es ihr wieder ein. «Tote Junge? Warst du schon wieder …»

«Es hat ihn gefreut.»

«Jesus, Malina.»

Sie stützt sich am Tisch ab, als müsse sie innerlich erbrechen.

«Was denn?», frage ich.

«Was denn!? Du hast sechzehn Jahre, und einziger Freund ist toter Punker. Was soll ich sagen?»

«Ist doch meine Sache, mit wem ich befreundet bin», antworte ich und stochere abweisend in den Herzen rum. Aber als ich ihren besorgten Blick spüre, kriege ich beinahe ein schlechtes Gewissen.

«Versprich mir, dass du nicht nur in Zimmer sitzt, wenn wir weg sind», redet sie auf mich ein. «Musst du rausgehen. Welt erleben. Machen. Dich mit mehr junge Leute treffen. *Lebendige* junge Leute!»

So wie sie *lebendig* ausspricht, ekelt es mich regelrecht. Ich denke an raufende Hunde, Fruchtfliegen, die Melonenschalen kahl schmatzen und an den in der Mitte durchgesäbelten Penis aus dem Bioraum.

«Hast du denn nie Angst, du verpasst etwas?», fragt sie mit traurigem Bernhardinerblick.

«Nur, wenn ich wach bin», antworte ich.

«Und was ist mit diese Russin? Ist nicht mehr deine Freundin?»

Diese Russin. Mutter kann Natascha nicht leiden, deswegen kann sie sich ihren Namen nicht merken.

«Natascha hat kiloweise Klamotten geklaut und muss Sozialstunden machen», kläre ich sie auf. «Außerdem kriegt sie dauernd den Magen ausgepumpt. Vielleicht ist das deine Vorstellung von lebendigen jungen Leuten, aber ich lese lieber ein Buch.»

«Du meine *Giete*», sagt Mutter erschrocken, und kurz glaube ich, dass sie die Ausweglosigkeit meiner Lage erkennt. Bis sie wieder loslegt: «Hab ich doch immer gesagt, Natascha ist schlechte Einfluss. Hättest du dir besser deutsche Freundin gesucht.»

«Du hörst dich an wie ein Nazi.»

«Und du bist immer negativ», geht sie über meine Provokation hinweg.

«Ich bin nicht negativ, ich bin realistisch.»

Sie fasst sich an die Föhnfrisur, scheint nachzudenken.

«Ich weiß, was dein Problem ist!», sagt sie plötzlich. Dann rennt sie wie von der Tarantel gestochen aus der Küche und verschwindet für eine Weile im Schlafzimmer.

Sie kommt mit einem Buch wieder, auf dem ein Herz in schrillen Farben prangt. DAS LEBEN LIEBEN. Irgendein Esoterik-Scheiß.

«Positiv denken, Malina», sagt sie, während sie das Buch siegessicher auf den Tisch knallt. «Ist alles, was dir fehlt.»

Ich sperre den Mund auf.

«Positiv denken heilt alle Krankheit! Sogar Krebs!» Sie blättert wild in dem Buch und sucht die Textstelle.

«Kannst du in Ferien lesen, ist besser als immer deine alte

Bücher. Wirst du sehen: Kannst du alles sein, was du willst. Musst du nur wollen!»

«Und was, wenn ich nicht will?», frage ich und beäuge den kitschigen Umschlag. Sie hört auf zu blättern und schaut irritiert auf.

«Warum willst du nicht normales Mädchen sein?» Ihre Stimme ist eine Oktave nach oben geschossen.

«Du meinst ... ein deutsches Mädchen?»

«Ja, normales deutsches Mädchen!»

«Weil ich kein deutsches Mädchen bin!?»

Ich versuche, sie das Ausmaß meiner Fassungslosigkeit spüren zu lassen, während sie panisch das Fenster schließt.

«Natürlich bist du deutsches Mädchen», zischt sie, als könnten uns die Nachbarn hören. «Kannst du in Pass nachsehen, wenn du nicht glaubst.»

«Ach ja? Und warum fühle ich mich kein bisschen so?»

«*Das* ist nicht meine Schuld!», sagt sie auf Polnisch. Immer wenn es ernst wird, wechselt sie ins Polnische. Das gibt ihr das Gefühl von Kontrolle.

«Hattest du etwa kein Micky-Maus-Abo?», schreit sie mich an. «Haben wir dir keine Wellensittiche gekauft? Wir haben alles getan, damit du wie alle anderen bist. Und was tust du!?»

Ich sitze wie gelähmt da, geschockt vom Anblick ihrer heraustretenden Augen, in denen sich Tränen der Anklage stauen.

«Du treibst dich auf Friedhöfen rum, weiß Gott, was du da verloren hast, häufst Tierschädel in deinem Zimmer an ... Tierschädel!!! Das ist doch krank! Waren die Überraschungseier nicht gut genug!? Willst du Totengräberin werden, ja? Ist das der Dank dafür, dass wir dir eine Zukunft in diesem Land ermöglicht haben?»

Ich spüre ein Kratzen im Hals, ein sicheres Anzeichen dafür, dass ich gleich die Beherrschung verliere.

«Wenigstens verarsch ich mich nicht selbst!», schreie ich sie an. «Nichts an dir ist deutsch! Deutsche Mütter brüllen ihre Kinder nicht an, wenn sie ein Problem mit sich selbst haben!»

Meine Mutter holt tief Luft und reißt den Küchenlappen hoch, als hätte sie nicht übel Lust, mir damit eins überzuziehen. Aber in Deutschland werden Kinder nicht geschlagen, deswegen sagt sie nur: «Genug! Du gehst sofort in dein Zimmer!»

Ich beiße die Zähne zusammen. «Zu Befehl, Mutter.»

«Und nenn mich nicht Mutter, mein Name ist Grace!»

«Blödsinn!», schnauze ich und schiebe den halb leeren Teller von mir. «Dein Name ist Grażyna! Und zu deiner Info, nur Asis nennen ihre Mutter beim Vornamen. Das hat nichts mit Deutschsein zu tun!»

Mit dampfenden Nüstern stapfe ich in mein Zimmer. Die Fäuste geballt, Frisur auf halb acht, das Gehirn auf Durchzug.

Mein Zimmer ist etwas größer als eine Besenkammer. Ein Bett, ein Schreibtisch, ein Schrank. Über dem Bett ein Bücherregal mit der Tierschädel-Sammlung, die ich von Titus übernommen und durch eigene Funde ergänzt habe. Titus hat recht: Der Tod ist nicht so blöd, sich Masken aufzusetzen, denke ich. Dann setze ich mich aufs Bett und konzentriere mich darauf, ruhig zu bleiben. Ich weiß, was gleich kommt. Mutter wird lärmend den Kühlschrank durchwühlen und dann ebenso geräuschvoll die Wohnung putzen, begleitet von gelegentlichem Schluchzen und Schniefen, damit ich es ja mitbekomme. So geht das jedes Mal, wenn ich *das Thema* berührt habe. Schließlich wird sie die Tür zu meinem Zimmer aufreißen, mich verheult ansehen und mich als gefühllos und egoistisch beschimpfen. Die Vorwürfe werden mich für Monate still stellen. Aber ich warte vergebens drauf. Es vergehen Minuten ohne Geräuschtheater, und dann sehe ich, wie sich langsam die Klinke senkt und sich Mutters Föhnfrisur durch den Türspalt schiebt.

«Darf ich reinkommen?», fragt sie mit ganz normaler Stimme. Ich nicke. Sie hat eine Schachtel Merci-Pralinen dabei und sieht sich vorsichtig um, bevor sie über die Türschwelle tritt, als könnte ich hier irgendwo ein beißwütiges Kaninchen verstecken. Sich räuspernd rückt sie den Schreibtischstuhl zurecht. An der einstudierten Eleganz, mit der sie sich draufsetzt, merkt man, dass sie mal Sekretärin war. Mit einem Lächeln, das so angestrengt mütterlich und gutmütig wirkt, dass ich ihm nicht ganz traue, hält sie mir die Pralinenschachtel hin.

«Hab ich von meinem Chef bekommen», erklärt sie stolz. Ja, denke ich. An Weihnachten vor zwei Jahren. Aber den Kommentar verkneife ich mir lieber.

«Na, dann nehm ich mir mal eine», sage ich stattdessen.

«Was machst du gerade?», fragt sie. Sie spricht immer noch Polnisch. Keine Ahnung, was sie damit bezwecken will.

«Nichts Besonderes ... Musik hören ...»

«In deinem Alter war ich auch musikversessen», plaudert sie ihr Unbehagen weg. «Aber im Radio liefen immer nur olle Kamellen ... Was hörst du denn?»

Sie berührt den Stapel von CDs auf dem Schreibtisch, die ich mir in der Stadtbücherei ausgeliehen habe, und hebt das Joy-Division-Album leicht an. Das mit den Wellenformen, die eine Art Gebirge ergeben.

«Ist das gerade modern?»

«Geht so», antworte ich. «Niemand in meinem Alter hört das.»

Sie sagt nichts, und ich starre auf ihre rot lackierten, in Nylonsöckchen gepressten Zehen.

«Weißt du, du kannst mit mir über alles reden, Malina.»

«Das Einzige, worüber ich mit dir reden will, ist die Vergangenheit ...», sage ich gereizt. «Aber bei dem Thema flippst du ja immer gleich aus.»

Im ersten Moment schaut sie mich an, als hätte ich sie wahnsinnig verletzt, aber statt aus dem Zimmer zu rennen, setzt sie sich einfach zu mir aufs Bett, wie so ne verständnisvolle Fernsehmutter aus Beverly Hills 90210.

«Also erst einmal ...», beginnt sie mit wackliger Stimme. «Ich kann verstehen, warum dir das so vorkommt.»

Sie leckt sich über die Lippen, ändert die Sitzposition, rückt wieder ein Stück von mir ab. «Ich begreife bloß nicht, warum dir die Vergangenheit so wichtig ist. Warum nicht die Zukunft? Du bist jung, du hast noch alles vor dir. So viele Möglichkeiten!»

Ich weiche ihrem Blick aus, knete auf meinen Fingern rum.

«Woher soll ich denn wissen, wohin ich gehen soll, wenn ich nicht mal weiß, woher ich komme?»

Die Frage scheint sie nervös zu machen, sie kaut nämlich nur auf ihrer Unterlippe rum.

«Du willst, dass ich Freunde habe, aber wie soll das gehen, wenn ich nicht sagen darf, woher ich bin?»

«Was geht es die anderen an, woher du bist?», fragt sie. «Dein Deutsch ist doch einwandfrei. Und wenn dich niemand verdächtigt, musst du dich auch niemandem erklären ...»

«Da. Genau das meine ich! Du sprichst über unsere Herkunft, als hätten wir eine furchtbare, ansteckende Krankheit!»

Ihre Lippen kräuseln sich voll Unbehagen.

«Ich denke einfach mit, Malina. Willst du denn wirklich, dass man wieder mit Kies nach dir wirft?»

«Das ist doch schon ewig her», sage ich. «Und dieses eine Mal ...»

«Weißt du, warum du damals in der Grundschule nicht auf Stefanies Geburtstag eingeladen warst?», geht sie über meinen Einwand hinweg.

«Wahrscheinlich hat sie mich übersehen», sage ich schulterzuckend. Meine Mutter weiß nicht, dass ich chronisch unsichtbar bin. Sie würde es auch nicht glauben.

«Ihre Eltern hatten Angst, dass du sie beklaust», knallt sie mir vor den Latz.

«Woher willst du das wissen?»

«Von deinem Klassenlehrer», antwortet sie gepresst.

«Davon hast du mir nie etwas erzählt.»

«Ich werde doch mein Kind nicht mit solchen Dingen belasten!»

«Aber wir sind doch keine Autodiebe. Was haben wir denn mit den Kriminellen zu tun?»

«Die Wahrheit interessiert doch keinen. Es geht darum, was die Leute glauben. Und hier haben wir nicht den besten Ruf. Das verstehst du doch, oder? Als Polen sind wir hier nicht gerade willkommen.»

«Dann kapier ich aber nicht, warum ihr überhaupt hergekommen seid.»

«Weil man uns die Möglichkeit gab, Deutsche zu werden», seufzt sie. «Außerdem war Polen ein trauriges, graues Land. Ein armes Land.»

Ihr Blick verliert sich in den Spinnweben, die sich über die Zimmerecke spannen. «Als ich jung war, gab es gar nichts dort. Keine Lichter in den Städten, keinen Glanz, nicht mal Werbung auf Plakaten. Das Leben war langsam, es passierte nichts. Meine Jugend war ein ewiges Uhrenticken ...»

«Es kann nur besser gewesen sein als hier», sage ich.

«Du weißt nicht, wovon du redest.»

Und sie hat recht. Polen ist für mich so weit weg wie der Zweite Weltkrieg.

«Du lebst im Paradies, Malina. Niemand zwingt dich zu irgendwas. Wir haben Freiheit, und wir haben Wohlstand.»

«Und trotzdem musst du putzen gehen ...», sage ich.

«Ja, aber in einer Anwaltskanzlei!»

Wir schweigen beide einen Moment lang.

«Möchtest du noch irgendetwas wissen?», fragt sie, als ob der kurze Exkurs in ihre Jugend alles gewesen wäre, was sie mir die letzten Jahre verschwiegen hat.

«Warum rufst du eigentlich nie deine Mutter an?», frage ich wie aus der Pistole geschossen. «Warum haben wir Oma seit der Ausreise nicht ein Mal besucht?»

Sie muss kurz schlucken, fängt sich aber schnell wieder.

«Um einen Platz in der Sonne zu haben, musst du aus dem Schatten treten, den dein Stammbaum wirft», sagt sie bedeutungsschwer.

«Versteh ich nicht.»

«Es ist auch keine einfache Geschichte», seufzt sie, während sie sich aufrichtet. «Papa kommt gleich von der Arbeit. Nach dem Abendessen fahren wir los. Kannst du mir noch so viel Zeit geben? Bis wir zurück sind?»

«Und dann erzählst du mir alles?»

«Dann erzähle ich dir alles.»

Klar, denke ich. Eine stimmige Lügengeschichte, die sie sich bis dahin ausdenken kann.

«Okay, meinetwegen», sage ich lahm.

Sie steht auf und tätschelt mir den Kopf, und dann höre ich auch schon Papas Schlüssel in der Tür.

3

Es ist kurz nach sieben. Ich stehe in meinem Zimmer und beobachte durchs Fenster, wie meine Mutter zu meinem Vater ins Auto steigt. Sie hat ein kleines Schminkköfferchen in der Hand und schüttelt ihr Haupt wie ein Haarspray-Model auf Weltreise. Ja, ja, die Frisur hält! Die Nachbarn und ich haben es schon begriffen!

Papa kurbelt das Fenster runter und schaut kurz zu mir hoch. Wir winken einander zu. Ein Augenblick gegenseitigen Vertrauens. In dem Moment, als der VW Passat um die Ecke gebogen ist, reiße ich die Balkontür auf und zünde mir erst mal eine der fünf Zigaretten an, die ich für besondere Anlässe in den Winkeln meines Zimmers verstecke. Und wie ich da so stehe und paffe und auf die Mülltonnen runterschaue, wo sich neuerdings zu der schwarzen und der grünen eine gelbe Tonne gesellt hat, muss ich an das Gespräch mit meiner Mutter denken, die Deutschland allen Ernstes als Paradies bezeichnet hat. Paradies! Ich meine, da muss man erst mal drauf kommen! Draußen sieht's nämlich nicht gerade wie in den Tropen aus. Daran ändert auch der eine oder andere Affe nichts, der auf Inline-Skates vorbeiflitzt. Was auch immer sie mit Paradies meint, eins ist mir vorhin klargeworden: Meine Eltern sind mit der Erwartung nach Deutschland gekommen, ein besseres Leben zu finden. So ähnlich wie die Goldgräber, die 1849 nach Kalifornien strömten, und die hatten auch erst mal nur Dreck im Gesicht. Meine Mutter hat also vom Eldorado geträumt und ist in Nordrhein-Westfalen gelandet, und das Erste, was ihr dämmerte, war, dass man eine Fremdsprache nicht über Nacht lernen kann. Es hatte ihr auch keiner erzählt, dass hier keine polnischen Sekretärinnen gebraucht wurden und dass Papa sich nicht mehr Physiker nennen kann, wenn er tagein, tagaus bloß irgendwelche kaputten Fernseher durch die Gegend schleppt. Und wenn dann noch Harald Schmidt anfängt, Polen-Witze zu machen, und die Tochter mit Kies beworfen wird, weil sie das R rollt, dann ist das natürlich ein Grund, mit der Vergangenheit abzuschließen. Seh ich ja alles ein. Was ich nicht einsehe, ist die Selbstverarsche. Warum man sich selbst zu Hause für seine Muttersprache schämen muss.

Ich drücke meine Kippe im Geranientopf aus und gehe in die Küche, um mir eine Pizza aus der Tiefkühltruhe zu ziehen. Als ich die Scheibe von der Folie befreit und im Ofen abgeladen habe, öffne ich den Abfallschrank neben dem Gerät, das man in diesem Haushalt *Spielmaschine* nennt. Der Mülleimer ist mit Stadtzeitungen und Werbeprospekten vollgestopft. Außerdem ist lauter Zeug drin, das da nicht reingehört. Das Erste, was ich rausfische, ist eine alte VHS-Kassette im silbernen BASF-Schuber. «Die unendliche Geschichte» steht da in meiner krakeligen Kinderschrift drauf. Dann ziehe ich noch ein knisterndes Kosmetiktäschchen, eine Teedose und einen Schlüsselanhänger aus dem Eimer. Klarer Fall von Ausmisteritis, die meine Eltern gewöhnlich beim Packen befällt. Warum sie den Kram wegschmeißen, ist mir schon klar. Sind nämlich alles Werbegeschenke. Und die haben wir anscheinend nicht mehr nötig, so wie eines Tages aller Sperrmüll aus der Wohnung verschwand, um durch Möbel aus dem Versandhaus ersetzt zu werden. Nur was meine Videokassette da drin verloren hat, ist mir echt ein Rätsel. Während der Käse auf der

Pizza im Ofen vor sich hin schmilzt, beschließe ich, dass ich mir den Film gleich reinziehe. Hab ja sonst keine Pläne für heute, und «Die unendliche Geschichte» habe ich ewig nicht mehr geschaut.

Mit der fertigen Pizza gehe ich ins Wohnzimmer. Ich mache die Glotze an und schiebe die Kassette in den Schlitz des Videorecorders. Dann vergrabe ich mich in ein Nest aus Decken und Kissen, wie damals, als ich noch ein Kind war wie Bastian Balthasar Bux. Zum hundertsten Mal erlebe ich, wie der arme Tropf von bösen Buben verfolgt wird und Zuflucht im Buchantiquariat sucht. Wie er den strengen Blicken des Herrn Koriander zum Trotz das geheimnisvolle Buch stiehlt. Und wie er darin schließlich Atréju begegnet, dem Retter Phantásiens, der auf seinem Pferd Artax durch weite Wüstenlandschaften dahinprescht. Dabei schiebe ich mir ein öliges Pizza-Dreieck nach dem anderen in den Schlund. Als die tranige Panflöte einsetzt und Artax in den Sümpfen der Traurigkeit versinkt, drückt das ordentlich auf meine Tränendrüse. Gerade schleppt Atréju sich einsam durch den Morast. Er wird das Nichts nicht mehr lange abwehren können. Aber in wenigen Sekunden wird sich der Glücksdrache Fuchur aus einer glühenden Wolkenlandschaft auf die Sümpfe stürzen, um den sinkenden Atréju zu retten.

«Und hieeeeer ist eeeer! Haaaaarrrryyyy Wijnvooooorrd!», röhrt plötzlich Nachmittagsmoderator Walter Freiwald. Was zum Teufel? Jemand hat meinen Lieblingsfilm mit Scheiße überspielt!? Fassungslos glotze ich auf Harry Wijnvoord, der sich vom Publikum abfeiern lässt.

«Schön, dass Sie wieder dabei sind bei ‹Der Preis ist heiß!› Ein großes Hallo hier im Studio, schön, dass Sie gut drauf sind, herzlisch willkommen alle miteinander und toi toi toi!»

Tatsache. «Die unendliche Geschichte» musste einer bescheuerten RTL-Spielshow weichen. Empört schaue ich zu, wie die Kandidaten nacheinander aus dem Publikum geholt werden. Renate – eine alte Frau mit Gummigesicht, im fliederfarbenen Pullover. Christoph, Typ schlaksiger Student, Hemd in der Hose. Ein wirrer Opa namens Aldi, der eine Trainingsjacke in Neonfarben trägt. Und zuletzt Hausfrau Monika, ich sag nur: Pudelfrisur.

«Renate, wenn Sie mit diese Kofferset in Urlaub fahren wollen, hör isch jetzt Ihre Tipp!», brabbelt Harry Wijnvoord mit ermunterndem Zwinkern.

«EINHUNDERTACHTUNDNEUNZIG!», brüllt Renate in ihr kleines Pultmikrophon. Sie schreit gegen ein Publikum an, das seine eigenen Vorstellungen davon hat, was so ein Kofferset kosten sollte.

«Aldi, jetzt Ihre Schätzung!»

«FÜMMENSIEBZICH!», ruft der zerzauste Opa am Ratepult. Er trägt eine Silberbrosche mit zwei herabhängenden Schnürsenkeln als Krawatte. Ist der Amerikaner oder was? Würde den dämlichen Namen erklären. Auf jeden Fall geht er als Gewinner aus der Runde hervor und muss mit Harry Smalltalk machen. Erzählt ihm gerade, dass er Schausteller ist, im Pott. Bevor mir alles zu bunt wird, drücke ich EJECT. Die Kassette schießt heraus. Aber als ich sie zurück in den Schuber stecken will, geht's nicht. Da hängt nämlich irgendein Zettel fest. Ich fummle ihn heraus und falte ihn auf. Aha? Ein offizieller Brief. In der Ecke prangt das Logo von RTL. Der Brief kommt aus Köln und ist an meine Mutter adressiert. Was hat die denn mit dem Fernsehen zu schaffen?

Sehr geehrte Frau Dudek, lese ich,

vielen Dank für Ihr Schreiben zur Sendung «Der Preis ist heiß». Leider können wir Ihrer Anfrage nicht entsprechen. Aus rechtlichen Gründen dürfen wir die Daten unserer Spielteilnehmer nicht offenlegen. Wir hoffen auf Ihr Verständnis und wünschen Ihnen viel Glück bei der Suche nach Ihrem Vater.

Mit freundlichen Grüßen,

Astrid Nelles
Zuschauerredaktion

Wie, was soll das heißen, *bei der Suche nach Ihrem Vater*?

Wie kann meine Mutter nach ihrem Vater suchen, wenn der seit 1976 tot ist? Und was hat das alles mit «Der Preis ist heiß» zu tun? Ich sitze wie gelähmt vor dem Fernseher und starre auf den schwarzen Bildschirm. Lese den Brief noch ein zweites und ein drittes Mal. Mein Kopf dröhnt. Langsam dämmert mir was. Aber es vergeht eine Ewigkeit, bis ich mich traue, die Kassette wieder in den Recorder zu stecken. Ich spule ein Stück zurück. Meint sie etwa ihn? «Aldi»? Als das Gesicht des alten Mannes in Großaufnahme erscheint, drücke ich auf Pause und renne zum Vitrinenschrank. In der großen Schublade bewahrt meine Mutter ihren privaten Kram auf. Ich wühle mich durch Stapel von Schnellheftern, Frauenmagazinen und Broschüren für Anti-Falten-Cremes, bis ich endlich finde, wonach ich gesucht habe. Ein uraltes Schwarzweißfoto. So alt, dass es noch einen gezackten Rand hat. Auf dem Foto sind meine Großeltern zu sehen, als sie noch jung waren. Oma Rosa trägt eine Baskenmütze wie Bonnie aus «Bonnie und Clyde». Ihr Mund ist dunkel geschminkt, und die Zähne treten einzeln hervor wie bei einem Vampir. Opa Alois hat ein verschlagenes Lächeln, dichte Brauen und einen krausen Haarschopf, der seitlich vom Kopf absteht. Und zwischen den beiden: ein kleiner Kopf. Aber der gehört nicht, wie man meinen könnte, meiner Mutter, sondern einer Puppe aus Plastik oder Styropor oder so was. Aus dem Mund des Kopfes hängt ein seltsamer Schlauch. Was es damit auf sich hat, ist mir jetzt aber egal, hier geht's nämlich um den Kopf meines verstorbenen Großvaters. Ich setze mich mit dem Foto vor den Fernseher und vergleiche die Gesichter. Die buschigen Brauen, das wirre Haar. Gut, von den Haaren ist im Fernsehen nicht mehr so viel übrig. Aber die Ähnlichkeit ist nicht von der Hand zu weisen. Ich überlege, wie das sein kann. Über einen Zwillingsbruder ist mir nichts bekannt, und die Klontechnik kann, soweit ich weiß, nur Schafe. Vielleicht hat ein verrückter Wissenschaftler die Wasserleiche meines Großvaters wiederbelebt? So eine Art Frankenstein? Von einer plötzlichen Angst befallen schalte ich die Glotze ab. Wie in Trance latsche ich durch alle Zimmer und versuche vergeblich, einen klaren Gedanken zu fassen. Obwohl ich gerade eine Pizza verdrückt habe, mache ich mir ein Rührei aus fünf Eiern und fresse anschließend den Kühlschrank leer. Dann stelle ich mich für zwanzig Minuten unter die Dusche. Als mir endlich ein Licht aufgeht, ist es draußen schon dunkel. Aber dann schwappt mir die Sache auf einmal klar wie Brühe auf den Schirm: Meine Mutter zweifelt am Tod ihres Vaters. Mehr noch, sie weiß, dass er lebt! Alois Dudek ist nie ertrunken. Sein Tod ist eine Lüge. Ich habe einen Großvater, und er lebt in Deutschland. Die Preisfrage lautet: Wie konnte das passieren? Und warum pfeffert meine Mutter das Beweismaterial in den Müll?

Ich spule noch mal zurück zu der Stelle, wo der Typ Harry Wijnvoord erzählt, dass er Schausteller ist. Die Kirmes wär sein zweites Zuhause. Wenn das so ist, wird er ja wohl so schwer nicht zu finden sein. Irgendwo ist schließlich immer Schützenfest. Da fällt mir die Stadtzeitung im Mülleimer ein. Ich renne in die Küche, ziehe sie heraus und blättere zum Anzeigenteil. Überraschung: Ein paar Käffer von hier wird eine Schützenparade angekündigt. Und wo eine Schützenparade ist, da ist auch eine Kirmes.

Es dauert keine paar Sekunden, da habe ich einen Entschluss gefasst. Ich werde nicht darauf warten, bis Mutter aus dem Urlaub zurückkommt und mir wie versprochen irgendeine erfundene Geschichte über unsere Verwandtschaft auftischt. Nein, ich werde die Sache selbst in die Hand nehmen! Ich werde meinen Großvater finden. Wenn nicht auf dieser, dann auf einer anderen Kirmes. Gleich morgen fange ich mit der Suche an.

4

«GEWINNE-GEWINNE-GEWINNE-GEWINNE-GEWINNE!», rattert es von einer Losbude wie aus einem Maschinengewehr. Ich hab's durch den Kirmeseingang geschafft und schiebe mich mit den Massen vorwärts. Aus den Boxen scheppert derselbe schrottige Techno wie jedes Jahr. Durch zischende Nebeleffekte hindurch versuche ich, mir einen Überblick über die Attraktionen zu verschaffen. Links von mir riecht es nach Popcorn und Zuckerwatte. Rechts der Autoscooter, die Raupe und ein Riesenrad für Kleinwüchsige. Das «Big Wave» ist das letzte Fahrgeschäft auf dem Platz. Eine riesige Sitzbank, die hoch- und runtergeht. Das Airbrush-Kunstwerk auf der Fassade zeigt die Köpfe von Elvis und Marilyn zwischen Cadillacs, Palmen und Delfinen.

«Aaaaare you readyyyyy?», leiert es per Echo-Taste aus dem Kassenbüdchen. Ich versuche, durch die staubige Scheibe das Gesicht des Schaustellers auszumachen: Hinter dem Mauseloch sitzt aber definitiv nicht mein Opa.

«Ey, Malle!», brüllt plötzlich jemand. «Was machst *du* denn hier?» Ich drehe mich um.

Vor mir steht Natascha, Bier in der Hand, und sperrt den Mund auf wie ein Seelöwe zur Fütterung.

«Hiiii!», quieke ich vor Schreck. «Lange nicht gesehen!»

Auf ihrem knallgelben, bauchfreien Shirt prangen eine Erdbeere und der futuristische Schriftzug RADIOACTIVE.

«Wieso denn ganz in Schwarz? Ist jemand gestorben?»,

feixt sie. Ja, mein Opa. Gestorben und wiederauferstanden von den Toten, denke ich, aber das behalte ich lieber für mich.

«Ich versteh dich so schlecht!», sage ich und zeige auf mein Ohr. «Lass vielleicht mal woanders hingehen?»

«Jou!», sagt Natascha und weist mit dem pink lackierten Zeigefinger hinter die Kirmes, wo die Wohnwagen der Schausteller stehen. Sie hakt sich bei mir unter, und wir steigen über die herumliegenden Kabel, Anhängerkupplungen und Stützstangen, bis wir mitten in einer Wohnwagenkolonie stehen.

«Lass erst mal eine rauchen, wa?», sagt Natascha, als wir wieder in normaler Lautstärke reden können. Ihr Atem riecht nach «Kleiner Feigling» und Labello mit Kirschgeschmack.

Wir setzen uns auf ein klappriges Treppengestell vor den Eingang eines Wohnwagens, an dem ein paar schlappe Luftballons befestigt sind. Natascha zieht eine Schachtel West light aus ihrem silbernen Minirucksack. Sie gibt uns beiden Feuer, und ich paffe ein paar Mal kurz an, bis der eklige Geschmack weg ist. Beim ersten Lungenzug muss ich husten. Natascha hustet nie. Sie hat schon Kette geraucht, als ich noch mit einem IKEA-Bleistift Rauchen gespielt habe.

«Wie in den alten Zeiten», sage ich, weil mir nach so langer Zeit spontan nichts Besseres einfällt.

«Du hättest dich ja auch melden können», kommt es vorwurfsvoll zurück. «Hat deine Mutter wieder Stress gemacht?»

«Meine Mutter hat nicht wirklich was gegen dich», erkläre ich. «Der wär's bloß lieber, wenn ich mit deutschen Geigen-Strebern rumhänge, weil sie selber so sein will. Verstehste?»

«Die war schon immer so streng, ey», sagt Natascha. «Ich weiß gar nicht, was die hat. Du gehst doch aufs Gymnasium. Kannst ja auch nicht perfekt sein.»

Ich puste Rauch durch die Nase. Natascha hat leicht reden.

Niemand in ihrer Familie reißt sich darum, ein anderer zu sein. Ich habe zwei Thesen, warum das so ist. Erstens: Ihre Eltern waren schon in Russland Asis. Und zweitens: Nataschas halbe Klasse auf der Haupt besteht aus Ausländern. Da muss niemand ein Geheimnis draus machen, dass er nicht von hier ist.

Natascha stupst mich an die Schulter und sieht mich vielsagend an.

«Kann es sein, dass du endlich einen Freund hast?»

Sie zieht das «eu» in die Länge, was es noch peinlicher für mich macht.

«Nee …», antworte ich. «Und wie sieht's bei dir so aus … in deinem Liebesleben?» Ich höre mich bestimmt an wie die letzte Bratze.

«Ich mach mir heute Torsten klar», antwortet sie grinsend.

«Torsten?» Die Kartei in meinem Gehirn spuckt das Bild eines Gangmitglieds und Weiberhelden aus. «Der mit den Messerstechereien?»

Natascha sieht mich an, als hätte ich ihr ein Spielzeug kaputt gemacht.

«Du kennst ihn nicht», sagt sie spitz. «Er ist echt sensibel. Ich hab ihn im CD-Laden gesehen, wie er ‹Mama› von den Spice Girls geklaut hat.»

«Und was ist aus deinem Ex geworden, wie hieß er noch, Sascha?»

«Oh bitte.» Natascha verdreht die Augen. «Sascha ist nicht mein Ex, sondern mein Ex-Ex-Ex. Sag mal, haben wir uns echt so lang nicht mehr gesehen? Na ja, egal. Sag mir lieber, wie ich aussehe.»

Sie hält mir ihr kunterbuntes Gesicht zur Beurteilung hin. Ihre Augenbrauen wirken wie durch eine Schablone gezeichnet, und an ihrem Nasenflügel sitzt ein großer Pickel, den sie mit Silber-Edding kaschiert hat, damit er wie ein Piercing aussieht. Dazu hat sie einen strengen Zopf, der wie spröde gelbe Glaswolle aus dem Haargummi wuchert. Aber Fakt ist: Sie sieht super aus. Einfach, weil sie so selbstbewusst ist.

«Du kommst bestimmt mit ihm zusammen», sage ich ihr. Genau das wollte sie hören. Zufrieden bläst sie den Rauch in die andere Richtung.

«Ja, ist ja cool, dass wir uns mal wieder getroffen haben», sagt sie dann und hebt den Fuß, um ihren Zigarettenstummel unter der Buffalo-Sohle zu zermalmen. «Aber ich muss jetzt wieder rüber und schauen, ob Torsten da ist.»

Wir stehen auf und machen uns auf den Rückweg.

«Boah, ich muss so derbe pissen», sagt sie unvermittelt und wirft mir ihren Minirucksack zu. «Halt mal.»

«Was, hier?», frage ich verdattert.

«Hast du ein Problem damit?» Sie sieht mich fordernd an. «Weil ich ne Frau bin? Männer pissen doch auch an jeden Baum.»

«Ist ja gut», sage ich beschämt.

Natascha zieht ihre Adidas-Hose runter und hockt sich hin, ungefähr einen Meter vor den Wohnwagen.

«Neben dem Bierzelt wäre eine Toilette gewesen ...», sage ich mit dem Rücken zu ihr.

«Ich piss doch nicht, wo ich Sex habe», nuschelt sie, und dann strullert sie auch schon los. Ich atme kräftig aus. Mein Blick flüchtet zu den grauen Rückseiten der Kirmesfassaden, über denen Heliumtrauben aus bunt glänzenden Comic-Fratzen schweben.

Plötzlich: pflatsch! Etwas Feuchtes trifft mich an der Schulter. Im selben Moment höre ich Natascha kreischen. Ich fahre herum. An meinem Ärmel klebt eine rosa Ballonhaut. Eine blaue Wasserbombe hat Natascha am Hals getroffen. Sie zieht sich in Windeseile die Hose hoch und versucht auszuweichen, als – pflatsch! – eine weitere Bombe sie an der Schulter trifft.

«Scheiße, ey! Was geht denn ab!?», flucht sie, aber in diesem Moment kommen drei weitere Bomben geflogen und zerplatzen auf dem Kiesgrund vor unseren Füßen. Erst da sehen wir, dass jemand sie aus dem hochgeklappten Fenster eines Wohnwagens feuert.

«Scheiße, da ist jemand drin!», rufe ich und packe Natascha am Arm, um mit ihr das Weite zu suchen, aber die hohle Nuss rührt sich nicht von der Stelle.

«Nä, Freundchen. So nicht», sagt Natascha.

Entsetzt beobachte ich, wie sie losmarschiert und dann gegen die Tür des Wohnwagens bummert.

«Komm raus, du Psycho!», brüllt sie. Ich falle beinahe in Ohnmacht, als eine Sekunde später die Tür aufgeht und ein zorniger Cowboy mit Hut vor uns steht. Im ersten Moment denke ich an den reichen Texaner aus den Simpsons. Dann wandert mein Blick zur billigen Polyesterjacke, zum Hemd darunter, zur Westernkrawatte. Schwenk auf sein Gesicht. Das ist nicht der Simpsons-Typ. Das ist der Kandidat aus «Der Preis ist heiß». Mit anderen Worten: mein Opa.

«Ich wohne hier, ihr Pisstulpen!», fährt er uns mit knorriger Stimme an.

«Ja, so siehste auch aus!», kontert Natascha.

Breitbeinig stemmt er die Hände in die Hüften.

«Weißt du überhaupt, wen du vor dir hast?»

Natascha sieht ihn geringschätzig an, dann springt ihr ein respektloses Grinsen ins Gesicht.

«Klar, ich kenn dich! Du heuerst an der Losbude als Niete

an! Und jetzt erklär mir mal, was die Scheiße mit den Wasserbomben sollte.»

«Das ist mein Sicherheitssystem, du Fruchtzwerg!», schimpft er.

«Sicherheitssystem? Alter, du spinnst ja!»

«Und du hast kein Recht, mir vor die Haustür zu pinkeln. Ich rufe sofort die Polizei!»

Er zieht ein riesiges Telefon aus der Tasche, auf dem er eine mehrstellige Nummer wählt. Obwohl man auch von weitem sieht, dass es nur ne Attrappe ist, wendet sich Natascha von ihm ab.

«Komm, wir gehen», sagt sie entnervt und packt mich am Arm. «Lassen wir den Spacko seine Sandburg verteidigen.»

Innerlich höre ich mich sagen: Das ist mein Opa, Natascha! Der «Spacko» ist mein Opa! Alois Dudek! Aber ich kriege kein Wort heraus, während Natascha mich so schnell hinter sich herzieht, dass meine Füße sich in den Kabeln der Trafos verheddern. Als ich mich noch einmal umdrehe, schließt der Mann, der mein Großvater ist, gerade den Wohnwagen ab. Mit etwas Plüschigem unter dem Arm, das wie ein überfahrener Euter aussieht, stakst er los, Richtung Buden.

«Ich muss weg», sage ich zu Natascha und klopfe ihr linkisch auf die Schulter. «Du kriegst das mit Torsten schon hin.»

«Okay, Süße», sagt sie gelangweilt. «Vielleicht sieht man sich ja mal wieder ...» Sie küsst mich links und rechts, bevor sie Richtung Raupe verschwindet. Und ich mache mich erst mal auf wackligen Beinen auf den Weg zu meinem Opa.

Natascha hatte recht: Er arbeitet wirklich an einer Losbude. Es ist die gleich am Eingang, gegenüber vom Autoscooter.

«Eiiiine Weltsensation, meine Damen und Herren!», ruft Alois Dudek gerade in sein Mikrophon. Ich beobachte ihn erst mal aus sicherer Entfernung. Wie ein altmodischer Zirkusdirektor steht er da, hinter einem mit großen silbernen Sternen verzierten Pult, vor ihm die flache schwarze Kiste mit den Losen. «Hier gibt's keine Verlierer, jedes Los gewinnt, nur Gewinne-Gewinne-Gewinne-Gewinne-Gewinne!»

Der überfahrene gelbe Euter, den er vorhin getragen hat, entpuppt sich als sprechende Hand Rolf, das Maskottchen, das vor ein paar Jahren die neuen Postleitzahlen beworben hat. Verheißungsvoll schwebt Rolf zwischen XXL-Bären, knallpinken Riesenschlangen und Plüschherzen mit langen Pfoten. Darunter stapeln sich Dart-Sets und irgendwelche billigen Spiele.

«Iiiiis cooooool määähn …», leiert Großvaters Stimme aus den kleinen Boxen, aber außer ein paar Asylanten, die sich vor der Auslage herumdrücken, scheint sich kein Arsch für sein Angebot zu interessieren. Da tut er mir auf einmal so leid, dass ich Mut fasse, ihn anzusprechen.

«Hallo», sage ich, als ich vor ihn trete. Er glotzt mich an wie ein Auto. Dann wandern seine buschigen Brauen ein Stück in die Höhe.

«Dich kenn ich doch!», sagt er durchs Mikrophon. Als sich die ersten Leute nach uns umdrehen, lässt er es sinken.

«Ich wollte mich bei Ihnen entschuldigen», stammle ich.

«Was du nicht sagst.»

«Ja. Wissen Sie … Meine Schwester ist geistig behindert. Sie weiß manchmal nicht, was sie tut. Deswegen hat sie einfach vor ihren …»

Er sieht mich geringschätzig an, aber dann umspielt milde Belustigung seine Lippen.

«Deine Schwester, aha. Dann sagste ihr das nächste Mal besser, wo die Toiletten sind.»

Er wühlt ein bisschen in seiner Trostpreiskiste rum. Wahrscheinlich erwartet er jetzt, dass ich gehe. Oder Lose bei ihm kaufe und dann gehe. Aber ich muss das jetzt durchziehen, sonst war nämlich alles umsonst, und ich hätte statt der Videokassette auch eine Bananenschale im Müll finden können.

«Sie kommen mir irgendwie bekannt vor ...», sage ich, um ein Gespräch anzuzetteln.

«Ach ja?» Er lehnt sich interessiert über sein Pult vor. An seinem Finger steckt ein protziger Siegelring.

«Kann es sein, dass Sie schon einmal im Fernsehen waren?», frage ich.

«Ein Mal?» Er sieht mich an, als hätte ich ihn wahnsinnig beleidigt.

«Ich habe Sie bei ‹Der Preis ist heiß› gesehen», sage ich schnell.

«Aha! Und wo noch?»

Was meint er, wo noch?

«Haste mich bei Bärbel Schäfer gesehen? Haste mich bei Arabella gesehen? Oder hier, wie heißt sie denn, die Dicke ...» Er schnipst mit den Fingern. «Vera am Mittag! Haste mich *da* gesehen?»

«Nein, aber Sie scheinen ja ein Dauergast im TV zu sein!»

Er grinst von einem Ohr zum anderen, wie ein Alligator. «Kennst du die Werbung für Monsterbacke?»

«Die mit der Rockband aus Knetfiguren?»

«Jawohl! Und nun rate mal, wen du vor dir hast!»

Ich ziehe ratlos die Schultern hoch. Plötzlich führt er sich das Mikrophon wieder an die Lippen.

«Ich war der Sänger! Monsterbacke! Nach meinem Bilde

haben sie ihn geformt. Das war meine erste Rolle, 1990, und seitdem bin ich aus dem deutschen Fernsehen praktisch nicht mehr wegzudenken.»

Ein paar umstehende Jugendliche schauen irritiert zu uns herüber, und auch ich muss auf den Auftritt hier erst mal klarkommen. Gerade ist er abgelenkt, weil sein Geplärre einen Kunden angelockt hat.

Mir dämmert, dass das vermutlich der schlechteste Ort ist, um dem Alten zu sagen, wer ich bin. Ich hab ja nicht mal das Beweisfoto aus Mutters Schublade dabei. Aber einfach gehen kann ich jetzt auch nicht. Also bleibe ich an der Bude stehen und überlege, wie man eigentlich drauf sein muss, um so einen Stuss in ein Mikrophon zu plappern, wie er das tut, und da kommt mir die perfekte Idee.

«Ich würde Sie gern einmal interviewen», sage ich, als der Loskäufer verschwunden ist.

«Ein Interview!» Er hebt die Hutkrempe hoch, um sich die Stirn zu kratzen. «Für wen schreibste denn?»

«Für die Schülerzeitung.»

Er lässt augenblicklich die Mundwinkel sinken.

«Die hat mehr Leser, als Sie vielleicht glauben», schiebe ich hinterher.

«Ja, ja. Kann schon sein. Aber gerade habe ich keine Zeit für dich, siehste selbst, volles Haus!»

Er greift in einen Miniaturwäschekorb, aus dem er ein schwarzes Feuerzeug fischt. «Hier gibt's mich privat», sagt er und drückt es mir wie eine Visitenkarte in die Hand. «Fans sind bei mir immer willkommen. Kannst mich ja mal besuchen für dein Interview. Ab morgen bin ich da. Vielleicht kriegste auch ein Autogramm oder zwei.»

Auf dem Feuerzeug steht «Minigolf Paradiso». Der Schriftzug wird von einem Flamingo und einer neongrünen Palme flankiert. Darunter steht: Alois Dudek, Castrop-Rauxel.

«Alles klar. Sie hören von mir!», sage ich, während ich das Feuerzeug einstecke. Und dann laufe ich wie ein geölter Blitz zurück zur Bushaltestelle. Jetzt habe ich es pink auf schwarz: Der verschrobene Kerl ist mein Großvater!

5 In der Nacht habe ich mich so lange rumgewälzt, dass ich erst wach werde, als es aus der Nachbarwohnung nach Bratkartoffeln zu riechen beginnt. Auf der Wampe meines Wecker-Huhns stehen die Zeiger bereits auf halb zwölf. Gerade noch so krieg ich zusammen, was ich geträumt habe. Ich war FBI-Agentin und hatte einen unheimlichen Fall auf dem Tisch. Es ging um eine lebende Wasserleiche, die unerkannt durch TV-Spielshows tingelt. Ich setze mich auf, reibe mir die Augen. Langsam fallen mir die Ereignisse des gestrigen Tages wieder ein. Und dass mein Traum auf wahren Begebenheiten beruht. Der Ertrunkene aus Akte X ist nämlich kein Geringerer als mein Großvater, an den ich mich heute mit dem Vorwand eines Interviews heranwanzen werde. Malina Scully, der Wahrheit auf der Spur.

Sobald ich aus dem Bett gesprungen bin, pfeife ich mir ein paar gebutterte Toastscheiben mit Marmelade rein, putze mir ruckzuck die Zähne, und dann packe ich gleich alles zusammen. Bis nach Castrop-Rauxel ist es eine gute Stunde mit dem Zug, also sehe ich zu, dass genug Geld für die Fahrkarten in meinem Portemonnaie ist. Dann brauche ich natürlich noch meinen Walkman und die Kassette von The Smiths. Und weil ich behauptet habe, von der Schülerzeitung zu sein, muss noch so typisches Journalisten-Zeug in den Rucksack. Also Stift und Notizbuch. Der Plan sieht folgendermaßen aus: Ich werde Alois Dudek ein paar Fragen stellen. Er wird mich ein bisschen mit seiner Fernsehkarriere vollsülzen, und wenn wir fertig sind, werde ich ihm sagen, wer ich bin. Als Beweis habe ich das alte Foto von ihm dabei. Wenn er die Info einmal verdaut hat, wird er mir die Geschichte seines Verschwindens erzählen. Meine Mutter wird's total umhauen, denn wenn alles nach Plan läuft, bringe ich Opa in zwei Wochen zu seiner Familie zurück. Apropos bringen, ein Mitbringsel brauche ich auch noch. Ich lasse den Blick durch mein Zimmer schweifen. Auf der Fensterbank steht der Kaktus, den Mutter mir zum Geburtstag geschenkt hat, zusammen mit einem Strauß Unterhosen von Tchibo. Selten wurde eine 16-Jährige so gedisst. Zu einem älteren Herrn passt so ein Ding schon eher. Also werfe ich mir den Rucksack über die Schulter, nehme den Kaktus in die Hand und verlasse das in ungespülten Tellern versinkende Mutterschiff.

16:30 Uhr, am Arsch von Castrop-Rauxel. Vor mir erstreckt sich das Gewerbegebiet: ein ungeordnetes Neben- und Gegeneinander von Klotzbauten und Containern. Dem Busfahrer zufolge befindet sich «Minigolf Paradiso» irgendwo in der Nähe. Aber hier gibt es irgendwie nichts, nicht mal ein paar Schatten spendende Bäume. Es riecht nach Gummireifen, Teer und krebserregenden Süßigkeiten, und die Hitze knallt mir so grell ins Gesicht, dass ich wünschte, mit einer Sonnenbrille nicht wie ein behindertes Insekt auszusehen. Ich laufe an einem blau erleuchteten Matratzen-Discounter vorbei, der in kreischroten Buchstaben für Wasserbetten wirbt. Eine aus einzelnen Schildern zusammengesetzte Tafel kündigt in 1 km Entfernung eine Autowaschanlage, einen

Baumarkt und ein Solarium an. Von einem Minigolfplatz keine Spur, aber ich laufe immer weiter geradeaus über den Fahrradweg.

In der Ferne ragt das gelbe M von McDonald's in den Himmel, und auf einmal kommt mir die öde Gegend vor wie Amerika in den Siebzigern, das Amerika aus dem Englisch-Buch. Weite Straßen, riesige Trucks und billige Motels mit Neonreklame vorne dran. Aber so langsam glaube ich, dass der Ort, den ich suche, gar nicht existiert und der Cowboy mich auf eine falsche Fährte gelockt hat. Am Horizont hört die Welt nämlich auf. Da sind nur noch die blassen Umrisse von Fabrikschornsteinen zu sehen und Stromleitungen, die sich über die Felder spannen. Fast will ich wieder umkehren, als sich auf einmal hinter dem Baumarkt ein Stück Grün auftut. Ein paar Bäume und Büsche, hinter denen es weiterzugehen scheint. Einmal quer über den Parkplatz gelatscht, und ich bin da. Das nervtötende Rauschen der Schnellstraße geht langsam im Geraschel von Pappelblättern unter. Es riecht nach morschem Holz, Medizinbällen und alten Büchern. Gleich hinter dem Buschwerk spannt sich ein Maschendrahtzaun um ein Gelände von der Größe einer Turnhalle. Und auf dem ungepflegten Rasen verteilt entdecke ich jetzt jede Menge kleiner, bunter Bahnen. Endlich. Der Minigolfplatz.

Nur scheint die Anlage gar nicht mehr in Betrieb zu sein. Das kleine Eingangstürchen im Zaun sieht eingetreten aus. Da es nicht verriegelt ist, gehe ich einfach hindurch. Über einem braunen Holzpavillon mit vergitterter Durchreiche steht groß «Schläger». Ich suche nach Preisen, Öffnungszeiten, irgendwelchen Anschlägen, aber da hängt nur ein mit Brandlöchern verzierter Kaugummiautomat. Ich lasse den Blick über die Anlage wandern. Die Bahnen sind von Grasbüscheln überwachsen und teilweise von uraltem Laub bedeckt. Über einen künstlichen gewundenen Kiesweg folge ich dem Parcours. Die Hindernisse an den einzelnen Bahnen scheinen aus Einzelteilen von Karussells zu bestehen. Eigentlich sieht die ganze Anlage aus wie ein Freilichtmuseum für Kirmesschrott. Über einer Rampe, von der die Beschläge abblättern, schwebt ein verrostetes Pferdchen. Dahinter wölbt sich eine auf dem Kopf stehende Gondel, ich schätze, von einem Riesenrad. Die Bahn ist übersät von grünen und gelben Moosen und Flechten, die sich von den Ecken über die Ränder ausbreiten. In der Mitte des Platzes steht eine Pommestüte in Turnschuhen, groß wie ein Schulkind. Sie fixiert mich mit fuchsteufelswildem Blick, als würde sie ahnen, wie gern ich ihresgleichen mit Ketchup und Mayo verdrücke. Neben ihr liegt eine riesige Dekobratwurst aus Kunststoff im Gras.

Im letzten Drittel des Parcours stehen jede Menge pinke Flamingos mit Gleichgewichtsstörungen. Das Ende bildet Bahn Nummer 18 mit einer reitbaren Biene Maja. Es gibt aber keinen Münzeinwurf, es ist einfach nur der Leib mit dem Sattel, der im buckeligen Beton feststeckt. Erst als ich die ganze Anlage umrundet habe, entdecke ich den Wohnwagenanhänger zwischen den Bäumen, der in dieser Umgebung wie ein Raumschiff nach einer Bruchlandung wirkt. Unter einem verblichenen Sonnenschirm von Coca-Cola steht ein Klappstuhl aus Holz, von dem sich in dicken Streifen die Farbe schält.

«Hallo?», rufe ich.

Keine Antwort. Ob es hier irgendwo eine Klingel gibt? Ich gehe einmal um den Wohnwagen herum. Die Sicht durch die getönten Plastikfenster wird von karierten Vorhängen blockiert. Vorsichtig klopfe ich an die Tür. Stille. Ich klopfe noch einmal. Nichts. Als sich eine Minute später immer noch nichts rührt, reiße ich ein Blatt aus meinem Notizbuch und schreibe meine Telefonnummer auf. Aber wohin damit? Es gibt hier nichts, was einem Briefkasten auch nur ähnlich sieht. Ich werde wohl einfach den Kaktus aufs Treppchen stellen und meine Notiz drunterklemmen.

«Hände hoch! Keine Bewegung!», tönt es plötzlich aus dem Anhänger. Ich taumle vor Schreck nach hinten und lasse beinahe den Kaktustopf fallen. In der aufgerissenen Tür steht breitbeinig Alois Dudek – und zielt mit einer Flinte auf mich! Ein paar Sekunden lang starren wir uns nur an. Während er mich aufmerksam beäugt, ist mein Gehirn damit ausgelastet, das Muster seines Hawaiihemds zu verarbeiten.

«Hallo, ich wollte …», beginne ich.

«Was, etwa Minigolf spielen?» Er klingt, als wäre das die absurdeste Idee, auf die man an diesem Ort kommen könnte.

«Das ist Privatgrundstück», sagt er und beschreibt mit dem Gewehr eine weite Acht.

«Erinnern Sie sich denn nicht mehr an mich?», stammle ich. «Wir haben uns gestern unterhalten. Ich war an Ihrer Losbude, wegen dem Interview. Für die Schülerzeitung.»

Ich fummle das Paradiso-Feuerzeug aus der Hosentasche. Er sieht mich verblüfft an und lässt die Flinte sinken, dann lacht er schallend los.

«Mensch, Chiquita! Hab doch nur Spässken gemacht. Ich weiß, wer du bist. Die mit der behinderten Schwester! Nee, also … Meine Fans sind hier natürlich immer willkommen.»

Von einem Moment auf den anderen ist er ganz der Charmeur, der Werbung für italienischen Espresso machen könnte.

«Das ist für Sie», sage ich und reiche ihm den Kaktus.

«Ein Wachhund für die Fensterbank?» Er beäugt ihn skeptisch, bevor er ihn annimmt. «Noch so ein Ding, um das ich mich kümmern muss.»

«Das ist ein Kaktus», sage ich. «Die sind echt pflegeleicht.»

Ich atme auf, als er schließlich sowohl den Kaktus als auch das Gewehr am Wohnwagen abstellt und mir einen Platz auf dem ollen Stuhl anbietet. Anschließend betätigt er einen kleinen Ghettoblaster, der mittels einer Schnur lose an einem dicken Ast befestigt ist.

«So. Stimmung!» Wie ein Affe mit Zimbeln klatscht er rhythmisch in die Hände und ein oller Schlager leiert vom Band. Eine Frauenstimme singt was von «Paradiso Palmenstrand», mit amerikanischem Akzent.

«Jetzt kannste dein Interview machen», sagt Alois und baut sich vor mir auf wie der Sonnenkönig auf dem Bild im Geschichtsbuch. «Los, stell mir Fragen!», fordert er.

Ich zücke professionell mein Notizbuch, in dem ich zur Sicherheit ein paar Fake-Fragen vorbereitet habe.

«Sie haben mir erzählt, dass Sie öfters im Fernsehen zu sehen sind, vor allem in Talkshows», fange ich an.

Er nickt bestätigend.

«Zu welchem Thema sind Sie denn zu Gast?»

«Thema? Ach», sagt er mit wegwerfender Handbewegung. «Die laden einen doch zu allem Möglichen ein. Außerdem bin ich Profi, ich hab zu allem etwas zu sagen.»

«Aber Sie können sich doch bestimmt an ein Thema erinnern?», hake ich nach.

«Sicher, sicher.» Er fährt sich eitel durch die Haarbüschel. «Verliebt in einen Star, ja, das war ein gutes Thema. Da hab ich die Sängerin von Mr. President kennengelernt.»

Er spricht President deutsch aus, mit Betonung auf «dent»,

und ich muss ein bisschen lachen. Das scheint er als Bewunderung aufzufassen. «Willste mal das Hemd sehn, wo sie drauf unterschrieben hat?»

Bevor ich dankend ablehnen kann, winkt Alois mich hinter sich her, und ich folge ihm durch einen Vorhang aus bunten Plastikstreifen in den Anhänger.

«Fühl dich wie zu Hause!», sagt er, bevor sein Kopf in einem Klamottenhaufen verschwindet.

Das ist leichter gesagt als getan. Ich habe nämlich noch nie einen Wohnwagen von innen gesehen. Das heißt, bis auf Barbies Traummobil, aber hier sieht es komplett anders aus. Als hätte sich jemand eine Bude aus einem Zugabteil, einem Beichtstuhl und einem rustikalen Wandschrank gezimmert. Und dann einen Klostein mit Duftnote «Suppenwürfel» reingehängt. Ich rutsche auf die gepolsterte, mit schrillen Kringeln gemusterte Sitzbank. Auf dem quadratischen Tisch, den man aus der Wand klappen kann, breitet Alois nun ein weißes T-Shirt mit Bügelbild aus. Darauf ist tatsächlich er selbst mit den Mitgliedern von Mr. President zu sehen.

«Na, was sagste dazu?»

Das Autogramm der Sängerin könnte eine beliebige Arztunterschrift sein.

«Das wird unsere Leser sicher interessieren», sage ich. «Und in diesen Star sind Sie verliebt?»

«Nee, nicht in das Küken», lacht er heiser. «Aber ‹Coco Jambo› ist ein absolutes Lieblingslied von mir.»

Er faltet das T-Shirt wieder zusammen und wendet sich der Küchenzeile zu. Währenddessen mache ich mir Pseudo-Notizen. ‹Coco Jambo›, ha, ha! Wie alt ist der Mann, vierzehn? Aus dem Augenwinkel beobachte ich, wie er Instant-Zitronentee in eine Tasse löffelt, Leitungswasser dazugießt und einen

Tauchsieder reinhängt. Über der Küchennische imitiert ein Stück Linoleum braune Fliesen. Sie sind mit Duplo- und Hanuta-Stickern dekoriert; abwechselnd Snoopy, irgendwelche coolen Sprüche und Fußballspieler mit Dauerwellen.

«Was ist das eigentlich für eine Wurst, die da draußen liegt?», erkundige ich mich und zeige aus dem Fenster auf den Platz.

«Die Maxiwurst?» Er fährt strahlend herum. «Eine ganz einmalige Schönheit, was? Die hab ich im letzten Moment vor dem Schrottplatz gerettet. Hing früher an einer Imbissbude, aber die haben Pleite gemacht.»

Er stellt die dampfende Tasse auf den Tisch und dreht sie so, dass sie mir ihr Gesicht mit hervorstehender Knubbelnase präsentiert. Dann wiederholt er den Kochvorgang mit einer zweiten Tasse und löslichem Kaffeepulver.

«Ich sag immer: Wenn so eine Prachtwurst auf dem Schrottplatz krepiert, dann sind wir jenseits von Eden.»

Er nimmt mir gegenüber Platz und rührt seinen Kaffee um. «Die Welt, wie wir sie kannten, geht zugrunde. Selbst Minigolf Paradiso ist zu einer Ruine verkommen. Und wer ist schuld? Das kann ich dir sagen! Ihr alle seid schuld! Generation X? Generation Nix! Schreib das auf.»

«Ich habe noch nie Minigolf gespielt», verteidige ich mich. «Wie soll ich da schuld sein, dass –»

«Da haben wir es ja!», ruft Alois triumphierend. «Nie im Leben Minigolf gespielt! Ist es denn zu glauben? In den Siebzigern hättet ihr mir noch die Bude eingerannt!»

«In den Siebzigern war ich noch gar nicht auf der Welt.»

«Sag ich doch, damals war die Welt noch in Ordnung! Und kaum habt ihr diese Computer, ist's vorbei mit den simplen Freuden des Lebens. Ein bisschen die Sonne genießen im

Grünen, mit Schläger in der Hand, das ist euch zu viel Arbeit. Wozu noch einen Minigolfplatz besuchen, wenn man es auch auf dem Computer spielen kann!»

«Ich hab noch nicht mal einen Computer», lasse ich ihn wissen.

Er sieht mich mit einer Überraschung an, die an Enttäuschung grenzt.

«Aber Sie haben natürlich recht, die Anlage wirkt etwas aus der Mode gekommen. Haben Sie denn schon mal versucht, den Platz ein bisschen aufzumöbeln?»

«Na, und ob ich das versucht habe! Sehe ich etwa aus wie einer, dem es an Ideen mangelt?»

«Dann lassen Sie doch mal hören!», ermuntere ich ihn.

Er steht auf und bringt sich in Rednerposition.

«Es war einmal die Stadt der Städte, und ihr Name war Minidomm ...»

«Sie meinen das am Autobahnkreuz bei Ratingen?»

«Das kennst du?» Er guckt ziemlich verblüfft.

«Logo kenn ich das.»

Im Minidomm waren Miniaturmodelle bekannter Bauwerke ausgestellt. Also der ideale Ausflugsort für meine Familie, die sich die Welt in Originalgröße nicht leisten konnte.

«Dann weißte ja, wovon ich rede. Und jetzt pass auf», fährt er fort. «1992 erfahre ich, dass sie Minidomm für immer schließen wollen. Eine Tragödie für die Menschheit, aber welche Chance für mein Geschäft! Stell dir vor: der Eiffelturm auf meinem Minigolfplatz!» Er lässt seinen Arm mit gespreizter Hand durch die Luft gleiten wie ein großer Visionär. «Die Freiheitsstatue persönlich schaut dir beim Spielen zu! Oder Schloss Neuschwanstein. In einem See aus Windrädern und Flamingos. Ein Traum! Bin also sofort hin, um mir die Bauwerke für meinen Platz zu sichern. Und was muss ich hören? Die Modelle sind schon weg, alles weg. Die ganze große Welt: weg. Versteigert!»

Er haut wütend auf die Küchenanrichte.

«Und weißt du, an wen? Na, was glaubst du, wer ist so verrückt, ein paar Tausender für Schloss Neuschwanstein hinzublättern?»

Ich sehe ihn fragend an.

«Die Chinesen!», platzt er mit seiner Antwort heraus. «Die sind schuld. Schreib das auf! Die Chinesen haben Minigolf Paradiso zerstört.»

Fleißig notiere ich mir seinen Stuss.

«Wenn Computer und Chinesen die Welt regieren, helfen dir die besten Ideen nicht weiter.»

Verbittert wischt er mit dem Hemdzipfel einen Kaffeefleck vom Tisch.

«Und jetzt ist mir nach Käsekuchen. Willst du auch ein Stück?»

Ohne meine Antwort abzuwarten öffnet er den Kühlschrank und zaubert eine riesengroße Fertigtorte auf die Anrichte. *Coppenrath und Wiese.*

Während er umständlich an der Kuchenbox rumhantiert, merke ich, dass ich von einem seltsam vertrauten Kopf angestarrt werde. Es ist eine Büste aus Plastik, die neben mir auf einem Haufen undefinierbaren Gerümpels in einer offenen Kiste liegt. Der Kopf trägt einen Turban aus bunten Seidentüchern, und aus seinem Mund ragt ein Schlauch wie ein unverdauter Wurm. Die Lippen sind mit etwas angeschmiert, das wie roter Nagellack aussieht. Ich fische unauffällig das Foto aus meinem Rucksack und sehe es mir unter dem Tisch an. Jepp, das ist der Kopf vom Foto. Ein idealer Gesprächseinstieg, wenn ich mein Geständnis ablegen will. Alois stellt zwei Teller mit Käsekuchen auf den Tisch.

«Und was ist das eigentlich?», frage ich lässig und zeige auf die Büste.

«Das? Ein allwissender Kopp!»

«Aha. Und was macht der?»

«Er sagt die Zukunft voraus! Alter Zaubertrick. Sieht man das nicht?»

Alois zieht die Büste aus dem Karton und stellt sie zur Präsentation auf die Küchenanrichte. Der Schlauch, der dem Kopf aus dem Mund ragt, kommt unten auf der Rückseite wieder raus.

«Haben Sie den selbst gebastelt?», frage ich.

«Freilich! War ein Geschenk ... Für meine Frau.»

«Und wo ist die jetzt?»

«Wer?»

«Ihre Frau!»

«Wo sie ist? Tja! Das weiß niemand so genau!» Er zupft sich am Ohrläppchen und macht dabei ein Gesicht, als müsse er im Kopf eine Matheaufgabe lösen. «Vor ungefähr zwanzig Jahren ist sie in einen Badesee gestiegen, ans andere Ufer geschwommen und nie wiedergekommen. Einige sagen, sie sei ertrunken. Andere behaupten, sie wäre nach Amerika ausgewandert, wo sie als Fernsehstar Furore gemacht hat. Es gibt sogar die Theorie, dass sie sich in eine dämonische Meerjungfrau verwandelt haben soll, weil das irdische Leben ihr nicht genug war ...»

«Und was glauben Sie?»

«Tja, wenn ich das wüsste. Meiner Frau war schon immer alles zuzutrauen ...»

Bäm! Mit einem Mal wird mir klar, dass er in Wirklichkeit

von sich selbst erzählt. Er ist einfach nur abgehauen, um an einem anderen Ort neu anfangen zu können! Das ist das ganze Geheimnis!

«Was glotzt du mich so an?», fragt er ganz unwirsch.

Der Moment der Wahrheit ist gekommen.

«Sie erinnern mich an meinen verstorbenen Großvater», sage ich.

«Ach ja?»

Mir schlottern ganz schön die Knie, als ich das Foto auf den Tisch lege und es ihm zuschiebe.

«Finden Sie nicht, dass Sie ihm ähnlich sehen?»

Er nimmt es in die Hand und betrachtet es weit von sich gestreckt mit eingezogenem Kinn und zusammengekniffenen Augen, die dann plötzlich aufspringen wie zwei Knospen im Zeitraffer.

«Wer soll das sein?» Er gibt mir das Foto mit spitzen Fingern zurück.

«Das ist mein Großvater. Alois Dudek ...», sage ich tonlos.

«*Wie* heißt der?» Er tut, als hätte er den Namen noch nie im Leben gehört.

«Alois Dudek», sage ich. «Genau wie Sie! Und vor zwanzig Jahren ist er in einem See ertrunken. Genau wie Ihre Frau. Verrückt, nicht?»

Ohne den Löffel aus dem Kaffee zu nehmen, schlürft er laut und extrem lang drauflos und glotzt mich dabei über den Tassenrand hinweg mit aufgesperrten Augen an.

«Mmmhja ... erstaunlich», murmelt er. Dann stürzt er sich auf seinen Kuchen. Als ich das verräterische Zittern seiner Hände bemerke, ramme ich die Gabel in mein Kuchenstück und spreche aus, was wir beide längst wissen: «Sie sind mein Opa!»

Er hört augenblicklich auf zu kauen. «Opfws!?», stammelt er mit vollem Mund.

«Nicht Ihre Frau ist in diesem See verschwunden, sondern Sie!»

«Hö, hü», hustet er. «Das wäre ja wohl ... das würde dir wohl so passen, wie?»

«Das Foto beweist es! Warum geben Sie es nicht einfach zu?»

«Weil es Quatsch ist!» Er haut mit der Faust auf den Tisch. «Du hast jemanden auf tragische Weise verloren. Jetzt willst du deinen Opa wiederhaben. Aber er ist tot. Er kommt nicht wieder, verstehst du? Ich bin nicht dein Opa. Und nun iss deinen verdammten Käsekuchen!»

Aber ich denke gar nicht daran, jetzt lockerzulassen. «Sind Sie denn blind!? Das ist eindeutig der Kopf vom Foto! Wie erklären Sie sich das?»

Alois Dudek fegt den Kopf von der Anrichte und pfeffert ihn zurück in die Kiste. Der Kopf, der zu viel gesehen hat, denke ich.

«Hör mal, du Frechdachs!», fährt er mich an. «Was willst du eigentlich von mir? Hat dich jemand geschickt? Bist du vom Inkasso?»

«Sie sind mein Großvater», wiederhole ich.

«So, so. Und du glaubst, ich falle auf deinen Enkel-Trick rein, wie? Bei mir gibt es nichts zu holen! Das kannst du denen gleich ausrichten, für die du arbeitest.»

«Aber ...»

«Nichts aber. Du hast jemanden vor dir, der sich mit solchen Gaunereien *bestens* auskennt. Und jetzt raus mit dir!»

Er packt mich am Arm, zerrt mich ungeduldig Richtung Tür und schubst mich geradezu hinaus ins Freie.

«Lass dich hier nie wieder blicken!», schimpft er mir noch hinterher. «Tschüss! Adios! Aufwiederhähnchen!»

6

Die Leuchtschilder der Geschäfte vor der Bushaltestelle sind schon an, und rosa Wölkchen bedecken den Abendhimmel wie die Federn gerupfter Flamingos. Ich kauere in der Sitzschale und warte auf den Bus, der hier am Wochenende nur einmal die Stunde vorbeikommt. So viel zu meinem Plan, die Familie zusammenzuführen. Was bringt es, einem verschollenen Großvater auf die Spur gekommen zu sein, wenn der gar nicht gefunden werden will? Die Wahrheit ist hart, aber ich muss ihr ins Auge sehen. Alois Dudek ist nur ein popeliger Losverkäufer, der gründlich auf seine Familie pfeift. Er hatte keine Skrupel, seinen Tod vorzutäuschen und abzuhauen, in ein neues, freies Leben. Logisch, dass er nichts von mir wissen will. An einem Wiedersehen mit Mama dürfte er genauso wenig interessiert sein.

Es ist ein leichter Wind aufgezogen. Man hört nur noch das Klicken der Ampelschaltung und das ferne Rauschen der Autobahn. Eine leere Chipstüte taumelt vorbei. Ich zünde mir die verschrumpelte Zigarette an, die ich in der Seitentasche meines Rucksacks gefunden habe.

Auf einmal blitzen am Ende der Straße wie aus dem Nichts zwei Scheinwerfer auf. Im nächsten Moment fährt merkwürdig langsam ein Auto vorbei, so ein typischer Taxi-Mercedes, nur ohne dieses gelbe Schild auf dem Dach. Obwohl die Ampel grün ist, kommt der Wagen an der Kreuzung zum Stehen. Dann rollt er ganz langsam wieder rückwärts und hält genau vor mir. Am Steuer sitzt Alois Dudek. Ich springe vor Schreck auf.

«Du hast das hier vergessen», sagt er und streckt sich, um mir das Beweisfoto durchs offene Beifahrerfenster zu reichen. Ich zupfe es ihm missmutig aus der Hand. Ein Danke kriege ich nicht über die Lippen.

Der Motor tuckert. Aber Alois fährt nicht weiter. «Soll ich dich irgendwo hinfahren?», fragt er.

Meint der das ernst? Erst schmeißt er mich raus, und jetzt will er mir den Chauffeur machen? Aber weil der Bus verdächtig lange auf sich warten lässt und ich nicht riskieren will, hier die Nacht zu verbringen, sage ich: «Zum Bahnhof, bitte.»

Er öffnet die Beifahrertür, und ich kraxle in den Mercedes. Da bemerke ich, dass wir nicht allein sind im Auto. Auf der Rückbank sitzen nämlich drei riesige Plüschbären von der Losbude. Alle vorschriftsmäßig angeschnallt. Aldi beobachtet mich verstohlen von der Seite, während ich ungeschickt am Gurt zerre und den Rucksack zwischen meinen Füßen platziere. Dann tritt er endlich aufs Gas.

Wir fahren an einer Aral-Tankstelle vorbei und am Matratzen-Discounter, wo ich vorhin aus dem Bus gestiegen bin. Alois starrt über das Lenkrad gebeugt auf die Straße, als könnte er keine drei Meter weit sehen. Er ist sichtlich angespannt, aber das bin ich auch. Ich lasse die Augen möglichst unauffällig über das Armaturenbrett wandern. Der Wagen ist eine richtig alte Kiste, aber zu versifft, um als Oldtimer durchzugehen. Alles ist muffig dunkelbraun, wie Alte-Leute-Möbel. Und als wenn das nicht spießig genug wäre, schaukelt ein mit Duftbäumchen verknoteter Rosenkranz am Rückspiegel.

«Warum haben Sie für mich angehalten?», breche ich das Schweigen.

«Wie?» Er tut überrascht.

«Warum nehmen Sie mich mit?»

«Na ja, also, die Sache ist die ...», druckst er herum. «Ich habe nachgedacht, über das, was du gesagt hast. Und es könnte ...» Er räuspert sich mehrmals. «Es könnte durchaus etwas dran sein.»

«Wo dran? Dass Sie mein Großvater sind?», helfe ich ihm auf die Sprünge.

«Wenn du wirklich glaubst, dass ich dein Großvater bin, dann hör auf, wie mit einem Lehrer mit mir zu reden.»

«Haben Sie mir gerade das Du angeboten?», frage ich sicherheitshalber.

Er nickt. «Aber bilde dir bloß nichts drauf ein. Ich muss erst sichergehen, dass ich dir vertrauen kann. Dass du wirklich die bist, die du zu sein behauptest. Kannst du dich ausweisen?»

Ich krame meinen Personalausweis aus dem Portemonnaie, und er wirft einen schnellen Blick drauf, als wir an der roten Ampel stehen.

«Dein Name ist also Malina?»

«Ja», antworte ich, und weil das hier kein Verhör werden soll, füge ich hinzu: «Das ist Polnisch und heißt Himbeere.»

Er lacht verkniffen.

«Ich weiß, was es heißt. Siehst aber mehr wie ne Brombeere aus, wenn ich das mal so sagen darf. Schwarz, wie du angezogen bist, und mit den schwarzen Haaren ... Doch nun zu deiner Mutter. Name?»

«Grażyna. Grażyna Dudek.»

«Aha. Und die hat nie geheiratet?»

Ich brauche eine Weile, um zu kapieren, was er meint.

«Du meinst, weil sie immer noch Dudek heißt?»

Er nickt kaum merklich.

«Meine Eltern haben unseren Nachnamen ändern lassen, als wir nach Deutschland gekommen sind. Dudek ist leichter auszusprechen als Szczypiorski, so heißt Papa. Und Mama nennt sich heute nicht mehr Grażyna, sondern Grace.»

«Grace. Hmmm. Verstehe. Und wo ist Grace gerade?»

«Mit Papa im Urlaub. In Holland.»

«Holland. Aha. Also weiß sie nicht, wo du bist?»

«Keine Angst. Meine Mutter weiß nicht, dass ich weiß, dass du lebst.»

«Gut. Sehr gut ... Du bist also alleine hier ...»

Ich nicke. Langsam wird mir seine Fragerei unheimlich. Außerdem fällt mir gerade wieder seine Flinte ein, und weil ich weiß, zu was Psychopathen fähig sind, sehe ich mich schon die Tür aufreißen, aus dem Wagen purzeln und durch die Nacht davonrennen.

Aber in diesem Moment boxt er mich kumpelhaft in die Schulter und fragt: «Hast du Lust auf einen Hot Dog mit Pommes-Schranke und Limonade?»

Mein Panikbarometer fällt. Ein Imbiss ist schließlich ein öffentlicher Ort, also für den Fall, dass er mir gefährlich werden könnte.

«Was zu essen könnt ich schon vertragen ...», sage ich also.

«Ausgezeichnet. Ich lad dich ein. Aber unter einer Bedingung. Du nennst mich nicht Opa in dem Lokal. Mein Name ist Aldi. Kapiert?»

«Lässt sich einrichten», antworte ich und atme endlich meine Anspannung aus. Auch Aldi lehnt sich zurück, hat nur noch eine Hand auf dem Lenkrad, und so fahren wir schweigend durch die verschlafene Vorstadt.

20:30 Uhr. Die Straßenbeleuchtung im Bahnhofsviertel ist funzelig, und Schwärme von Motten knallen gegen die Lampen der Laternen. «ALF'S POMMES-PALAST» ist ein Eck-Imbiss mit sonnenverblichenem Schild. Die Tür wird von zwei überfressenen Mülleimern bewacht, die Pappschalen würgen. Bevor wir reingehen, zwirbelt Alois sich im Seitenspiegel eines parkenden Autos mit Daumen und Zeigefinger die Augenbrauen nach oben. Er korrigiert noch kurz seinen Kragen und räuspert sich ein paar Mal, bevor er mit großer Geste die Tür aufstößt. Ich folge ihm in das mit altmodischen Fliesen gekachelte Innere. Auf dem Hocker vor einem Spielautomaten hängt eine Frau mit schwarzer Löwenmähne rum, würdigt uns aber keines Blickes. Aus einem unsichtbaren Radio mischt sich «Wind of Change» in die Brat- und Brutzelgeräusche hinter der Theke.

«Aloisewitsch!», ruft der schrankförmige Mann an den Frittierkörben. Die pixelig gedruckte Urkunde an der Wand weist ihn als «Pomm-Fritz '93» aus.

«Mein Name ist Aldi!», stellt Alois klar.

«Aldi hat schon zu», kontert Pomm-Fritz. Er hat eine Handgranate auf den Hals tätowiert, die wie eine Ananas aussieht.

«Ist denn hier noch ein Tisch frei?», fragt Alois. «Wir sind äh … zu zweit.»

Ha, ha. Als hätten wir uns in ein Nobel-Restaurant verirrt. Ist doch alles leer hier! Pomm-Fritz weist uns einen Tisch zu, direkt am «Panoramafenster», mit Blick auf den hochgeklappten Bürgersteig. Dann wendet er sich wieder den spritzenden Fettkörben zu.

Aldi nimmt seinen Hut ab und platziert ihn auf dem leeren Stuhl neben sich. Nun sitzen wir einander gegenüber, zwischen uns ein in Alufolie gewickeltes Senfglas mit

Stoffblümchen drin. Alois macht sich demonstrativ locker, schlägt ein Bein über das andere und lässt die Fingerknöchel knacken.

«Aloha, hübsches Fräulein!», ruft er schnipsend. Die Frau am Spielautomaten dreht sich mechanisch zu uns um wie ein Gespenst in der Geisterbahn. Schwerfällig tritt sie an den Tisch. Sie trägt türkise Leggins mit Leopardenmuster, und ihr Gesicht ist total ledrig. Seltsam, dass diese Sonnenbank-Tanten immer aussehen wie Alice Cooper.

«Was hätten wir denn gern?», fragt sie desinteressiert.

«Was gibt's denn heute Schönes?», zwitschert Alois, sichtlich um einen lustigen Auftritt bemüht.

«Das Übliche», erwidert sie kühl.

«Hmmmm ...» Alois reibt sich die Hände. «Dann nehmen wir einmal das Menü rauf und runter.»

Alice Cooper verdreht die Augen und macht sich mit watschelndem Gang Richtung Bratküche davon.

«Das Menü rauf und runter?», frage ich. «Du hast doch jetzt nicht wirklich alles von der Speisekarte bestellt?»

«Keine Panik auf der Titanic, die haben um die Uhrzeit eh nix mehr da.» Er stößt sich mit beiden Händen von der Tischkante ab, wobei er auf den Hinterbeinen des Stuhls balanciert wie die Hirnis aus meiner Klasse, wenn sie cool sein wollen.

Während wir auf das Essen warten, trommelt Alois mit den Fingern auf dem Tisch herum und schaut immer wieder durch die Scheibe auf die Straße raus.

«Du bist also Schülerin?», fragt er.

«Klar.»

«In was für eine Schule gehst du denn?»

«Gymnasium.»

«Ohooo, *Gönasion*!», sagt er mit ironischem Ton.

«Aber gerade sind Sommerferien», füge ich wie zur Verteidigung hinzu.

«Na ja, Bildung ist wichtig.»

Zum Glück müssen wir keine Smalltalk-Weltmeisterschaft austragen. Aber da kommt auch schon Alice Cooper und knallt uns ein mit Essen vollgeladenes Plastiktablett auf den Tisch. Darauf ein Familiennapf Pommes-Schranke, zwei ungeschnittene Currywürste, eine Schachtel mit etwas, das wie panierte Hühnerfüße aussieht, und zwei XXL-Becher Fanta. Alois macht sich sofort an den Pommes zu schaffen. Er schiebt sich zehn auf einmal in den Mund, schleckt sich die Mayo-Finger ab und kaut betont in alle Himmelsrichtungen, als müsse er der ganzen Welt beweisen, wie gut es ihm schmeckt. Obwohl ich am liebsten auch richtig reinhauen würde, picke ich nur einzelne Pommes aus meiner Schale heraus. Ich will ja nicht dreist wirken, wenn er schon für mein Essen zahlt. Eine Weile mampfen wir schweigend vor uns hin.

«Wie kommt es eigentlich, dass du dich Aldi nennst?», frage ich nach einer Weile. Er reißt den Mund auf, streckt der Wurst seine Zunge entgegen und schlingt einen ersten Bissen runter.

«Spitzname!», sagt er mampfend.

«Und wer hat dir den verpasst?»

Er lehnt sich genüsslich zurück, und hätte er Hosenträger an, würde er sie jetzt schnalzen lassen.

«Ich selber!»

«Warst du mal bei Aldi an der Kasse, oder wie?»

«Nä. Aldi ist mein Künstlername. Ein bekannter Mann braucht einen Künstlernamen, damit ihn nicht jeder Hanswurst und Halbstarke belästigt. Das wusste schon Roberto Blanco. Ist übrigens ein guter Freund von mir.»

Ich nicke, als würde ich ihm glauben.

«Die ersten zwei Buchstaben kommen von Alois», erklärt er nun. «Das ‹d› steht für Dudek, und das ‹i› am Ende, das steht für Respekt.»

«Respekt?»

«Alle großen Männer haben ein i hinter dem Namen. Noch nicht bemerkt?»

Ich denke an Schumi und Klinsi und Didi Hallervorden. Haha, alles klar.

«Was ist eigentlich mit dir?», fragt er.

«Was soll mit mir sein?»

«Du hast doch sicher auch einen Spitznamen!»

«Nicht wirklich. Manchmal werde ich Malle genannt.»

«Malle, aha. Wie Mallorca, sehr gut.»

«Geht so. Weil, ‹malle› sind auch Leute, die total bekloppt sind.»

«Na ja. Ein bisschen Bekloppttheit hat noch keinem geschadet.» Er wischt sich mit der Serviette über den Mund, zerknüllt sie, wirft sie aufs Tablett und ruft nach dem «hübschen Fräulein». Dann beugt er sich zu mir hinüber, schaut demonstrativ nach links und rechts, wie um sich zu vergewissern, dass uns niemand beobachtet, und flüstert: «Jetzt lass mal Super-Aldi machen.»

«Hat's geschmeckt?», fragt die Bedienung im Meckerton. Während sie den Tisch abräumt, zieht Aldi ein dickes Lederportemonnaie aus seiner Tasche. Aber statt es zum Bezahlen zu öffnen, legt er nur seine Hand mit dem Siegelring darauf ab wie auf einer Sessellehne.

«Ganz vorzüglich, schöne Frau, es war ein Gedicht!», schleimt er sie voll. «Was ich noch fragen wollte ... Silke», liest er von ihrem Namensschild ab. «Darf ich Ihnen Fräulein Henckel von Donnersmarck vorstellen?» Er zeigt mit dem Finger auf mich. Ich spucke beinahe Fanta aufs Tablett. *Wer* soll ich sein?!

«Sie ist die Tochter eines bekannten TV-Produzenten. Wir hatten gerade ein kleines Geschäftsgespräch. Sind nämlich auf der Suche nach frischen Gesichtern für eine neue Vorabendserie, die hier im Ruhrpott gedreht werden soll.»

Alois glotzt Silke erwartungsvoll an, aber die verzieht keine Miene.

«Macht alles zusammen vierundzwanzig Mark», sagt sie gedehnt.

«Also meine Begleitung findet, dass Sie in der Rolle der jungen Anwältin ...»

«Hör mal, Freundchen», unterbricht Silke ihn barsch. «Ich weiß, wer du bist und was für eine Show du hier abziehst. Glaubst wohl, du kannst mich verarschen, nur weil ich neu bin. Der Chef hat mir schon von dir erzählt. Du zahlst also besser, was du bestellt hast, und dann machst du den Abflug. Klar?»

Aldi bricht in ein künstliches Husten aus.

«Was sind denn das für –»

Er stammelt noch herum und will offenbar Zeit gewinnen, da steht auch schon der Typ mit der Ananas auf dem Hals vor uns.

«Was ist los? Macht der alte Windbeutel schon wieder Probleme?»

Ich werfe Aldi einen besorgten Blick zu, aber der tut, als hätte er die Sache voll unter Kontrolle.

«Wieder so eine krumme Nummer», motzt Silke. «Denkt, der kriegt alles aufs Haus mit seiner Masche.»

«Was ist es denn diesmal?», fragt Pomm-Fritz belustigt.

«Angeblich hat er die Tochter von irgendeinem TV-Produzenten dabei», quillt es verächtlich aus Silke hervor. Pomm-Fritz sieht mich erstaunt an.

«Dieses blasse Früchtchen? Addams Family, oder was?» Und dann, an Alois gewandt: «Du bist der schlechteste Hochstapler aller Zeiten, Aloisewitsch, das muss man dir lassen. Jetzt zahlst du aber deine Rechnung und verschwindest, sonst wird's ungemütlich für dich.»

Mit gesenktem Blick hebt Aldi langsam die Hände. «Okay, okay», sagt er, während er widerwillig sein berstendes Portemonnaie öffnet. Und was da rausquillt, ist echt beachtlich: buntes Papiergeld, Pseudo-Kreditkarten von M. Mustermann, Mitgliedsausweise und ein Stapel mies bedruckter Visitenkarten. Und in diesem Haufen von Müll wühlt er nun herum, als könnte wie durch ein Wunder ein echter Geldschein dazwischen sein.

«Das gibt es ja nicht», stellt er sich dumm. «Ich habe ja nicht einen Pfennig dabei!»

Pomm-Fritz sieht ihn fassungslos an. Dann packt er ihn am Hawaiihemd, und ich bekomme Angst, dass er ihm gleich ein Ohr abbeißt.

«Ich bezahle alles!», höre ich mich sagen. Hastig ziehe ich zwei Zehn-Mark-Scheine aus meinem Portemonnaie, den Rest kratze ich aus dem Münzfach zusammen. Pomm-Fritz lässt langsam von Aldi ab. Silke fegt mein ganzes Fahrgeld vom Tisch und geht zurück an ihren Spielautomaten.

«Höchste Zeit, dass du wieder Teller spülen kommst, Aloisewitsch», knurrt Pomm-Fritz zum Abschied. Aldi schnappt sich noch schnell seinen Hut, und wir verlassen das Lokal wie zwei geprügelte Hunde.

«Was war denn das für ne Scheißaktion?», frage ich, während wir mit Händen in den Hosentaschen zum Mercedes zurückstapfen.

Er zieht sich die Hutkrempe ins Gesicht. Ich glaube, die Sache ist ihm ein bisschen peinlich. «Ich werde dir dein Geld gleich zurückgeben», murmelt er.

«Gut», sage ich. «Sonst komme ich nämlich nicht nach Hause.»

Er nickt schuldbewusst. «Pass auf», sagt er. «Wie gesagt, du kriegst dein Geld, aber ich müsste eben ein kleines Geschäft abwickeln. Wann kommt dein Zug?»

«In einer halben Stunde fährt der letzte.»

«Das schaffen wir», meint er und scheucht mich auf den Beifahrersitz.

7 Es ist 21:20 Uhr. Die Blocksiedlung, durch die wir fahren, erstrahlt im kränklich blauen Licht von Fernsehern und Solariumbänken. Um die Uhrzeit sind nur noch Jugendliche unterwegs. Sie lehnen an Stromkästen, glotzen den Autos nach und rauchen Kippen vom Bürgersteig. Aldi hält an einem Spielplatz, der von Hecken und Sträuchern umgeben ist. Er öffnet das Handschuhfach und holt eine Schachtel Vitraletten heraus, diese Traubenzuckerpastillen mit Cola-Geschmack. Ich beobachte, wie er ein kleines Plastiktütchen aus seiner Tasche pult, es öffnet und fünf Vitraletten hineinfallen lässt. Dann drückt er den Zippverschluss zusammen und lässt das Tütchen in seine Hemdtasche gleiten. Langsam dämmert mir, was er vorhat. Meine Kinnlade sinkt immer tiefer, aber bevor sie die Erdkruste in Australien durchbrochen hat, ist Aldi aus dem Wagen gestiegen und hat die Fahrertür hinter sich zugeknallt. Nun hantiert er am Kofferraum rum. Als er wieder auftaucht, trägt er eine Baseball-Kappe verkehrt herum und eine hässliche Jeansjacke mit einem Adlerkopf hintendrauf. Er gibt mir mit einer Handbewegung zu verstehen, dass ich mich ducken soll, aber das kann er jetzt vergessen. Kaum, dass er außer Sichtweite ist, kurble ich das Fenster runter und lehne mich hinaus. Durch die Äste beobachte ich, wie Aldi sich einer Gruppe von Jugendlichen nähert, die wie Hühner auf der Lehne einer Bank hocken. Hören kann ich aus der Entfernung zwar nichts, aber immerhin

sehe ich, wie sie irgendwas miteinander faseln. Ich lehne mich noch ein Stück weiter hinaus und sehe, dass Hände geschüttelt werden. Unglaublich. Der verkauft den Jugendlichen die Vitraletten tatsächlich als Ecstasy – und die sind auch noch dumm genug, das nicht zu merken! Ich sinke entgeistert zurück auf den Sitz und kurble das Fenster nach oben. Mein Opa ist ein Kleinkrimineller! Das muss ich erst mal sacken lassen.

Als er wiederkommt, lacht er dümmlich vor sich hin und drückt mir einen Fünfzig-DM-Schein in die Hand.

«Da haste dein Fahrgeld», sagt er selbstgefällig. «Rest kannste behalten.»

Während ich wie gelähmt auf den Geldschein starre, tritt er, ohne sich anzuschnallen, aufs Gas. Mit quietschenden Reifen lassen wir die Plattenbausiedlung hinter uns.

«Du hast denen jetzt nicht wirklich Traubenzucker als Drogen verkauft, oder?» Was mehr eine Feststellung ist als eine Frage. Seinen Schein halte ich dabei zwischen den Fingern wie eine schmutzige Unterhose.

«Gut, ne?» Aldi sieht mich beifallheischend an. «So jung und dumm kommen sie nicht mehr zusammen.»

Auf den Spruch komm ich jetzt überhaupt nicht klar. Drogen verticken ist eine Sache. Irgendjemand muss es ja machen. Aber Traubenzucker zum Preis von Drogen verticken, das geht einfach gar nicht.

«Ich kann das Geld nicht annehmen», sage ich.

«Nun hab dich nicht so!» Er stupst mich kumpelhaft an die Schulter. «Wenn sie es nicht bei mir kaufen, kaufen sie es bei einem anderen! Bei mir gibt's aber Drops, da steht ‹Lutsch dich fit!› auf der Packung. Die machen dich gesund, nicht so wie dieses *Exzessi*. Und ich wette, die Jungs tanzen trotzdem die ganze Nacht durch. Ist psychologisch, verstehste? Nun steck die Knete ein und sei froh, dass du noch nach Hause kommst.» Er trommelt selbstzufrieden auf dem Lenkrad rum.

«Mein Zug ist aber weg», sage ich mit Blick auf die Uhr neben der Spritanzeige.

«Wie meinst du das?»

«Die halbe Stunde ist rum, und jetzt ist mein letzter Zug weg. Kannst du mich vielleicht nach Hause fahren?»

Das Getrommel hört schlagartig auf. «Nein, ich kann dich nicht nach Hause fahren.»

«Warum denn nicht?»

«Aus Gründen!»

Von einer Sekunde auf die andere klingt er wie ein eingeschnapptes Mädchen.

«Aber ich habe dir aus der Patsche geholfen ...»

«Und ich habe dir dein verdammtes Geld zurückgegeben.»

«Ich will dein schmutziges Geld aber nicht.»

«Was willst du dann von mir?»

«Ich will, dass du dich wie ein verdammter Großvater benimmst!»

Aldi schnappt nach Luft. «Das ist doch lächerlich.»

«Schon mal was von familiären Pflichten gehört?», frage ich ihn.

Er schleudert seine Chicago-Bulls-Kappe aufs Armaturenbrett und sieht mich anklagend an.

«Du glaubst wohl, du hast die Moral mit Löffeln gefressen, was? Wer stand denn heute bei mir auf der Matte und hat behauptet, von der Zeitung zu sein? Wer hat mich schamlos angelogen, um mich hinterrücks erledigen zu können? Weißt du, was das war? Ich sag dir, was das war. Das war vorsätzliche Täuschung. Also komm *du* mir nicht mit Moral! Ich habe meine Schulden beglichen.»

Von wegen, denke ich. Er schuldet mir immer noch seine Geschichte. Aber weil ich grad echt keinen Bock auf Grundsatzdiskussionen habe, sage ich nur: «Sieht so aus, als müsste ich bei dir übernachten.»

«Übernachten?!» Aldi ringt um Fassung. «Ich habe keinen Platz für Gäste. Du hast doch gesehen, wie ich wohne.»

«In diesem kleinen Anhänger *wohnst* du?» Mit peinlich großer Verspätung beiße ich mir auf die Zunge.

«Ja, tut mir leid, dass ich nicht der große Zampano bin und der Dame keine Suite im Grandhotel anbieten kann.»

«So hohe Ansprüche hab ich doch gar nicht ...»

«Und ich bin nicht Jesus! Kann nicht einfach Platz herbeizaubern, wo keiner ist!»

Seine Birne ist so wutentbrannt, dass ich beginne, mir die Taxikosten nach Hause auszurechnen, bis ich auf einmal merke, dass wir wieder im Gewerbegebiet sind und Aldi den Mercedes zum Minigolfplatz zurücksteuert.

8 Draußen auf dem Platz ist es stockfinster, bis Aldi auf einen Schalter im Gras tritt und zwischen den Bäumen viele bunte Glühbirnen aufleuchten. Nur die Pommestütenskulptur macht mit ihrer unverändert fiesen Visage die Biergartenstimmung zunichte. Aldi stakst geradewegs auf die Maxiwurst zu, und weil er beleidigt ist und nichts sagt, bleibt mir nichts anderes übrig, als einfach hinter ihm herzutrotten. Schnaufend lässt er sich auf der Wurst nieder, und ich sehe zu, wie er sich eine Schachtel Lord Extra aus der Jackentasche fummelt.

«Krieg ich auch eine?», frage ich.

«Du bist viel zu jung, um zu rauchen», kommt es zurück. Ohne mich anzublicken, reicht er mir trotzdem die Schachtel. Ich stecke mir schnell eine an, und damit er nicht denkt, dass ich mich von seinem Getue einschüchtern lasse, rücke ich neben ihn auf die Wurst. Ich schaue nach oben, durch die Baumkronen. Die Wolken haben ein Stück zunehmenden Mond enthüllt. Eine Weile sitzen wir paffend da und hören dem Zirpen der Grillen zu. In der Ferne rauscht leise die Autobahn. Aber schon nach kurzer Zeit wird mir sein Schweigen zu blöd.

«Magst du mich eigentlich noch?», frage ich vorsichtig.

«Wer sagt, dass ich dich jemals gemocht habe? Wir kennen uns seit ein paar Stunden, und bis jetzt hast du mir nicht gerade Freude gemacht!»

Sofort werde ich wieder wütend. «Und was soll *ich* sagen?

Da will man einfach nur seinen Großvater besuchen und wird gleich in kriminelle Aktionen verwickelt!»

«Du hältst mich wohl für einen schlechten Menschen, was?», stellt er vollkommen richtig fest.

«Du hast mich rausgeschmissen wie einen Hund», antworte ich. «Deine eigene Enkelin ...»

«Ich hatte nur dein Wohl im Sinn. Es kommt nie etwas Gutes dabei herum, wenn ein Toter einem Lebenden begegnet.»

«Aber du bist nicht tot!», protestiere ich. «Du hast nur so getan, als wärst du ertrunken.»

«Das ist doch Jacke wie Hose. Weg ist weg.»

«Dabei müsstest du nur deinen Anstand reaktivieren und dich bei allen melden, die du verlassen hast. Mit einer Entschuldigung wäre doch alles wieder ...»

Aldi gibt ein schnappendes Lachen von sich. «Es gibt kein Zurück zu den Lebenden, du Fruchtzwerg. Nicht nach zwanzig Jahren.»

«Warum denn nicht?», frage ich.

Er ist sichtlich ins Schwitzen gekommen und steckt sich gleich noch eine Zigarette an, die er in drei Zügen durchschmort.

«So einfach ist es nicht zwischen den Menschen, wie ihr Halbstarken euch das vorstellt. Als Erwachsener kann man nicht immer das Richtige tun.»

Klar kann man als Erwachsener das Richtige tun, denke ich. Der hat bloß keinen Bock drauf, weil er ein viel besserer Talkshow-Lügner als Familienvater ist, so sieht's nämlich aus.

«Jetzt ist aber Schicht im Schacht, Chiquita», setzt er unserem Gespräch ein abruptes Ende. «Morgen früh fahr ich dich zum Bahnhof.» Er wuchtet sich von der Wurst hoch und geht zum Golfschlägerschuppen rüber, aus dem er eine Hängematte und ein paar Decken befördert. Und weil ich nicht weiß, wie ich mich nützlich machen soll, sehe ich Aldi einfach nur dabei zu, wie er die Matte zwischen zwei Baumstämmen festmacht und die Decken darauf verteilt.

«Du schläfst im Wohnwagen», sagt er. «Ist viel zu gefährlich für dich hier draußen.»

Nachdem er mit der Hängematte fertig ist, schließt er mir seine Bude auf. Er knipst eine alte Schreibtischlampe an, klappt ein Bett aus der Wand und wirft ein Kissen und eine ockerfarbene Blümchendecke drüber.

«Also, du hast alles», sagt er knapp. «Im Kühlschrank ist noch Käsekuchen, falls du Hunger bekommst.»

Dann stockt er, als wollte er noch etwas sagen, schüttelt aber nur den Kopf und schließt die Tür hinter sich.

«Gute Nacht», sage ich in die Leere und setze mich aufs Bett. Als ich mich im Wohnwagen umsehe, bemerke ich, dass Aldi meinen Kaktus auf den Tisch gestellt hat. Mittlerweile ist die Beleuchtung draußen ausgegangen, also mache ich auch das Licht aus, schäle mich aus der Jeans und schlüpfe unter die Decke.

9

Am nächsten Morgen reißt mich irres Hundegebell aus dem Schlaf.

«Gleich klatscht es hier, aber keinen Beifall!», brüllt draußen jemand. Kurz glaube ich, das ist nur wieder so ein Völkerball-Albtraum, in dem ich von fies grinsenden Bällen abgeknallt werde, aber als ich die Augen öffne und den Kaktus auf dem Tisch sehe, fallen mir auf einen Schlag die Ereignisse von gestern Abend wieder ein. So leise wie möglich rolle ich vom Klappbett und schlüpfe in meine Hose. Vorsichtig, Trippelschritt für Trippelschritt, nähere ich mich dem spaltbreit geöffneten Wohnwagenfenster.

«Was bildest du dir eigentlich ein, du fauler Polacke?», brüllt jetzt jemand. Ich muss mir erst mal den Schlaf aus den Augen reiben, um überhaupt was erkennen zu können. «Glaubst du etwa, du kannst uns nach Strich und Faden verarschen?!»

Aus der Deckung erspähe ich zwei Typen, die aussehen wie die Bazillen-Chefs aus «Es war einmal ... das Leben». Aldi klebt in der Hängematte wie eine Fliege im Netz und zappelt mit Armen und Beinen, während die beiden anderen versuchen, ihn aus dem Kokon zu schütteln. Ein Hund läuft kläffend im Kreis herum, wie aufgezogen.

«Du bist der dümmste Betrüger, der mir je über den Weg gelaufen ist», brüllt ein Typ mit Lederjacke und hoch sitzender Jeans. Und dann sehe ich nur noch, wie seine Faust gegen

Aldis Stirn saust. Ich presse mir die Hand vor den Mund, um nicht laut aufzuschreien. Szenen aus allen möglichen Krimis purzeln mir durch den Kopf, erbsengraue Wände im Polizeirevier und verschwommene Phantomzeichnungen.

«Wenn du die Kohle bis morgen nicht hergeschafft hast, brennen wir dir den Betrag als Deko auf den Arsch!», grunzt jetzt der andere, ein birnenförmiger Glatzkopf mit vollgetackerten Ohren. Der Lederjacken-Typ reißt Alois die Schuhe von den Füßen und schleudert sie im hohen Bogen quer über den Platz. Sofort prescht der Köter hinterher. Ich bin gerade mal drei Meter vom Geschehen entfernt und komme mir vor wie in einem Hollywood-Action-Film. Warum hilft Aldi denn keiner? Hallo!? Es muss doch jemand in der Nähe sein! Irgendwer!

Der hässliche Köter hat endlich aufgehört zu kläffen und verzieht sich mit Aldis Schuh in den Schatten eines Baumes. Und ich stehe hier immer noch blöd rum und glotze. Zum Glück kann mich durch die braun getönte Plastikscheibe niemand sehen. Fieberhaft überlege ich, was ich tun soll. Die Typen versuchen immer noch, den ächzenden Aldi aus seinem Netz zu schütteln. Mein Blick scannt rasend schnell die Umgebung. Auf der Küchenablage liegt ein tragbares Telefon, aber das ist Aldis Attrappe, damit kann man nur Bullen rufen, die direkt vor einem stehen. Und von dem Luftgewehr, das am Kühlschrank lehnt, lass ich auch lieber die Finger. Locker und geschmeidig bleiben, rede ich mir gut zu. Dann: ein dumpfer Schlag.

«Auaaaaaa!», jault Aldi. Ich spitze wieder aus dem Fenster. Aldi, der nun aus der Hängematte geplumpst ist, krümmt sich am Boden. Aber die Typen sehen nicht aus, als wären sie schon mit ihm fertig. Mein Blick wandert zurück zur Waffe.

Und zack! Ehe ich mich versehe, liegt sie doch in meinen Händen. Boah, ist die schwer. Jetzt ruhig weiteratmen, klar? Das ist alles nur Selbstverteidigung, alles noch im Rahmen. Es ist bestimmt ganz natürlich, dass ich ewig lange brauche, um den Abzug zu finden. Bin ja kein professioneller Auftragskiller. Das könnte ich auch einem Richter erklären! Ich bücke mich und stecke den Lauf durch den Fensterspalt, gerade so weit, dass ich mit dem Gewehr an den Typen vorbei in die Botanik zielen kann.

Während Alois draußen winselt und wimmert, geht mir hier drin der Arsch auf Grundeis. Aber was zu viel ist, ist zu viel. Ich kneife die Augen zusammen, halte die Luft an, zähle eins ... zwei ... drei ..., dann drücke ich ab. Es macht puff, puff, puff, und ich lasse mich wie Arnold Schwarzenegger nach hinten fallen. In diesem Moment jault der Köter laut auf, und gleichzeitig scheppert in voller Lautstärke Aldis Schlagermusik los. *«Paradiso unterm Sternenzelt, Paradiso Palmenstrand ...»*

Die nächsten Minuten, die mir wie Stunden vorkommen, verbringe ich stocksteif, aber unversehrt am Boden. Dann ist die Musik auf einmal aus, und von draußen ist nur noch Vogelgezwitscher zu hören. Ich rappele mich langsam wieder auf und stecke den Kopf aus dem Fenster. Die Luft scheint rein zu sein. Die Typen haben sich aus dem Staub gemacht, vom Köter auch keine Spur. Aldi ist mit einem blauen Auge davongekommen, er humpelt nämlich gerade zum Baum rüber, um sich seine Latschen zurückzuholen. Mit der Krone aus lichtweißen Haarhörnchen, die wirr von seinem Kopf abstehen, wirkt er wie ein verrückter König, der über die Ruinen seines untergegangenen Reiches stapft. Langsam beruhigt sich mein Herzschlag wieder, und ich lege das Luftgewehr ab. Als ich rausgehe, ist Aldi gerade dabei, den Kassettenrecorder aufzuheben, der neben seinem zerkauten Schuh auf dem Boden liegt. Die Schnur, mit der das Gerät festgebunden war, baumelt vom Ast herunter, und da dämmert es mir, was vorhin passiert sein muss. Ich hab mit dem Luftgewehr den Kassettenrecorder abgeschossen! Der muss dann den Hund getroffen haben, und was weiter passiert ist, könnten bestimmt irgendwelche Psychologen erklären, die sich mit Schreckreaktionen bei Halbhirnen auskennen.

«Aloha!», blökt Aldi mit kratziger Stimme, als er mich sieht. Er zeigt auf die Maxiwurst und wedelt mit seiner Zigarettenschachtel. Als wäre überhaupt nichts gewesen!

Aber als ich näher komme, bemerke ich sofort die Schrammen und die saftige Beule auf seiner Stirn. Bevor ich ihn darauf ansprechen kann, hat Aldi sich den Hut ins Gesicht gezogen und lässt sich schwerfällig auf der Wurst nieder. Seine Socken, die eine geringelt, die andere mit Rauten, sind vom Tau völlig durchnässt. Ich hocke mich ans andere Wurstende.

«Wer waren diese Typen?», frage ich, obwohl ich mir nicht sicher bin, ob das okay ist, ihn das so direkt zu fragen. Mein Mund fühlt sich an, als würde ein Hamster unter meiner Zunge klemmen.

«Freunde von mir», murmelt er. «Ich dachte, du schläfst noch!»

«Hab ich auch. Aber sie waren nicht zu überhören. Gab's Streit?»

Meine Frage scheint ihn so aus dem Takt zu bringen, dass er sie schlicht ignoriert. Er macht bloß ein Gesicht wie ein Pavian. Dabei ist er mir für den Schrecken, den er mir eingejagt hat, mindestens eine Erklärung schuldig. Ich überlege fieberhaft, wie ich ihn zum Reden bringe. Ein hoher EQ wäre jetzt nicht schlecht. Das ist so etwas wie ein IQ, wobei das E für Emotionen steht. Seit ein Buch darüber erschienen ist, kennen alle in meiner Klasse das Wort «Empathie» und tragen ihr Verständnis für andere zur Schau, indem sie nicht mehr «Penner!», sagen, sondern: «Es muss echt schlimm für dich sein, als Penner.» Das bringt mich auf eine Idee.

«Es muss schlimm für dich sein, als gefragter Fernsehstar Schulden zu haben», sage ich.

«Schulden!» Aldi stößt sich mit gespielter Empörung von der Wurst ab. «Wie kommst du denn auf Schulden!?»

«Na ja ...», beginne ich. «Gestern hast du mich gefragt, ob ich vom Inkasso bin. Und in der Imbissbude hast du ne Show abgezogen, weil du das Essen nicht bezahlen konntest. Von der Drogenaktion mal ganz zu schweigen.»

Alois starrt nachdenklich auf den Boden, als müsste er überlegen, ob an meiner waghalsigen Behauptung etwas dran ist.

«Das sind keine Beweise!», protestiert er schwach.

«Der eine Kerl hat gesagt, dass er dir die Summe auf den Arsch brennt», rede ich auf ihn ein. «Also kannst du ruhig zugeben, dass du Schulden hast.»

«Das ist mein gutes Recht!»

«Kann sein, dann hast du dir das Geld aber von den falschen Leuten geliehen.»

«Hör mal, du Quarktasche. Ich bin Lebenskünstler. Bei uns gibt es kein richtig oder falsch. Außerdem ist das nicht so wild, jemandem ein bisschen Geld zu schulden. Ist doch nur vorübergehend. Du siehst doch, dass ich vor meinem großen Durchbruch stehe!»

Als was?, denke ich. Realitätsfremder Loser? Oder wie nennt man jemanden, der dauerhaft in einem Wohnwagen haust und sich sein Essen erschleichen muss?

«Ruhm hilft dir jetzt auch nicht weiter», hole ich ihn auf den Boden der Tatsachen zurück. «Was du brauchst, ist Geld. Und zwar so schnell wie möglich.»

«Ich bin ja bald reich!», quäkt er.

«Wie das?»

«Wegen Lotto. Spiel ich seit zwanzig Jahren, Woche für Woche. Wie lange kann es da noch dauern, bis der große Gewinn kommt?»

Oh Mann. «Die Wahrscheinlichkeit, sechs Richtige zu haben, ist jedes Mal gleich gering», kläre ich ihn auf. «Es spielt keine Rolle, wie lange du das schon machst.»

«Hört, hört! Du hältst dich wohl für den Allmächtigen!»

«Gar nicht.»

«Woher willst du das dann so genau wissen?»

«Hatten wir in Mathe. Stochastik.»

«*Stuckastik!?* Du kleiner grüner Smartie willst mir also erzählen, dass die ganze Ankreuzerei umsonst war?»

«Ich will dir doch nur helfen», entgegne ich verzweifelt. «Du hast doch selbst gehört, was dir droht, wenn du nicht bald zahlst.»

«Aber die sind doch jetzt weg, die beiden.»

«Ja, weil ich eingegriffen habe!»

«Was, du!?»

Der hat wohl den Schuss nicht gehört. Also nicht nur im übertragenen Sinn.

«Wirst du gleich sehen, wenn wir alles der Polizei erzählen», sage ich.

Aldi schnappt nach Luft. «Das kommt überhaupt nicht in Frage! Die Bullen bleiben aus dem Spiel!»

Er hat vor Aufregung eine Fistelstimme bekommen, und ich kann mir auch denken, warum. Dass er selbst kein Unschuldslamm ist, hat er in der kurzen Zeit unserer Bekanntschaft ja ausreichend bewiesen.

«Wenn du so scharf drauf bist, aufs Maul zu kriegen, dann bleib ruhig hier. Du könntest aber auch bei uns unterkommen. Wie gesagt, ich hab sturmfrei.»

Aldi läuft jetzt nervös umher und lässt die Gelenke knacken.

«Das kommt nicht in Frage», sagt er überzeugt.

«Und was ist mit deinen Freunden? Du hast doch so viele berühmte Freunde. Was ist mit Roberto Blanco, oder der Mr. President-Tussi? Können die dir nicht mit Geld aushelfen?»

«Das sind doch alles nur geschäftliche Kontakte, Chiquita.»

Plötzlich scheint ihm aber doch etwas einzufallen, und er richtet den Finger auf mich wie Uncle Sam auf seinem Propaganda-Plakat.

«Ich weiß, wie *du* mir helfen kannst!»

«Ich bin ganz Ohr!»

«Nun ...» Er gibt ein Hüsteln von sich. «Ich habe an einen kleinen Selbstmord gedacht.»

«Einen *kleinen* –» Kurz glaube ich, mich verhört zu haben.

«Keine Sorge. Nicht, was du denkst. Ich tu nur so, als ob. Ein vorgetäuschter Selbstmord sozusagen. Eine saubere Sache, leichenfrei. Alles, was ich dafür brauche, ist ein Zeuge. Und du bist wie geschaffen für die Rolle.»

«Ich?»

«Du bist die einzige Verwandte, die ich habe. Auf wen soll man sich denn noch verlassen können in dieser kalten Welt? Also. Pass auf. Ich brauche jemanden, der beobachtet haben wird, wie ich mich von einer Brücke in den Rhein stürze. Der Trick ist aber: Ich springe gar nicht von der Brücke. Ich mach mich vom Acker! Fange irgendwo ganz neu an. Aber du, du meldest der Polizei, dass du gesehen hast, wie ein Mann von der Brücke gesprungen ist. Und dieser Mann wird zufällig ausgesehen haben wie ich ...» Er wackelt lustig mit den Augenbrauen, und ich frage mich, ob ich ihn nicht einfach im Irrenhaus abliefern sollte, ich meine, unser Problem wäre gelöst.

«Ich würde dir selbstverständlich etwas dafür geben», redet er wie ein Wasserfall auf mich ein. «Du kannst meine Telefonkarten-Sammlung haben. Zweihundert Stück, keine Doppelten, nach Erscheinungsjahr geordnet. Na, was sagste dazu? Du würdest mir zu einem neuen Leben verhelfen ...»

«Du willst *noch mal* sterben!?», frage ich ungläubig.

«Es wäre eine saubere Lösung!», kommt es zurück.

Oh Mann. Pomm-Fritz hatte recht. Aldi *ist* der schlechteste Betrüger aller Zeiten! Ich hole tief Luft.

«Und hast du auch nur eine Sekunde daran gedacht, dass wir den gleichen Nachnamen haben? Wie wahrscheinlich ist es wohl, dass ein zufälliger Zeuge den Namen des Opfers trägt, hm?»

Er glotzt mich mit großen Augen an. «Kommst du mir jetzt wieder mit deiner *Stuckastik*!?»

«Wir müssen uns etwas einfallen lassen, was funktioniert», sage ich. «Und nun denk mal gut nach. Hast du etwas Wertvolles in Besitz? Irgendwas, das man verkaufen könnte?»

Aldi bringt sich in Grübelstellung und fummelt mit dem Finger an seinem Kinn herum. Ich zünde mir eine Zigarette zum Nachdenken an und laufe ein bisschen im Kreis.

«Vor sehr langer Zeit habe ich einen Schatz vergraben ...», rückt er auf einmal heraus.

«Einen Schatz?»

«Von unermesslichem Wert für die Menschheit! Erasco-Weltkultur-Erbse! Ist ein Vermögen wert!»

«Aha. Und wo ist dieser Schatz jetzt?»

«Das ist das Problem, Chiquita. Er befindet sich irgendwo im Osten … Mindestens fünfhundert Meilen von hier. Mehr kann ich dir im Moment nicht verraten.»

Dass er mit dem Osten Polen meint, kann ich mir gerade noch selbst zusammenreimen. Ich glaube zwar nicht, dass es sich um Weltkulturerbe handelt, aber eines wird mir schlagartig klar: Es ist völlig egal, ob es den Schatz wirklich gibt oder nicht, wir hätten auf jeden Fall einen Vorwand, zusammen nach Polen zu fahren! Das klingt zwar auch nicht besonders vernünftig, aber wenn ich die Lage richtig überblicke, muss Aldi zuallererst seinen Arsch retten. Da er noch keine Kohle hat, bleibt ihm nur die Flucht. Und für mich ist es *die* Chance, nach Hunderten von Jahren meine Oma und den Ort meiner Kindheit wiederzusehen. Egal, was Mutter davon hält, denn sie bekommt es ja nicht mit. «Fünfhundert Meilen sind nicht das Ende der Welt», höre ich mich sagen. «Dafür brauchen wir nur einen Tag. Wenn wir uns gleich auf den Weg machen, bist du raus aus der Gefahrenzone, und mit etwas Glück finden wir deinen Schatz.»

Aldi muss erst mal meinen Vorschlag verdauen. Ich sehe, wie es in ihm arbeitet.

«Und du hast nichts Besseres zu tun, als mir Gesellschaft zu leisten, he?», fragt er.

Ich denke an Titus, und dass ich eigentlich meine wissenschaftlichen Experimente verfolgen wollte, schüttle aber den Kopf. «Etwas Besseres als ne Schatzsuche, meinst du? Nee.»

Aldi holt tief Luft.

«Außerdem könnte ich mich nützlich machen», schiebe ich noch schnell hinterher. «Bei so Geschäften, wie du sie machst, ist es nie verkehrt, einen zu haben, der Schmiere steht.»

Aldi starrt mich weiter grübelnd an. «Und was ist mit deinen Eltern?»

«Wie gesagt, die sind in Urlaub. Die kriegen nix mit.»

«Und was ist, wenn sie anrufen und du bist nicht zu Hause?»

«Die rufen nicht an. Ist denen zu teuer. Außerdem freut sich meine Mutter, wenn ich außer Haus bin. Dann denkt die, ich hätte Freunde.»

Aldi nimmt den Hut ab und reibt sich mit der Krempe über seine Beule. Dann huscht ein dümmliches Lächeln über sein Gesicht.

«Also gut, Chiquita. Auf deine Verantwortung.»

Ich schlucke. Spontan ist der Alte, das muss man ihm lassen. Spontaner als ich jedenfalls. Unter normalen Umständen hätte ich mich nämlich nie auf so eine Aktion eingelassen. Andererseits ist es keine Weltreise, sondern nur ein kleiner Roadtrip. Kein Grund, Panik zu schieben. Allerdings fällt mir ein, dass ich dringend einen Satz frischer Klamotten brauche, wobei man über spontane Aktionen eigentlich nicht lange nachdenken darf, sonst sind's nämlich keine spontanen Aktionen mehr. Außerdem brabbelt Aldi gerade was von Klamotten.

«Was?»

«Du kannst dir ein paar Klamotten von mir ausleihen», wiederholt er. Dann humpelt er zum Mercedes rüber und winkt mich hinter sich her. Er öffnet den Kofferraum, der vor Zeug nur so überquillt. Glitzerjacketts und Gamaschenschuhe, extravagante Gürtel und altmodische Hüte. Wo er das ganze Zeug wohl herhat? Wahrscheinlich ist er mal in ein Theaterdepot eingebrochen. Aldi sortiert die Damenmode für mich aus: eine Wildlederweste mit Fransen, eine original Siebziger-Jahre-Schlaghose und einen richtigen «Fummel» mit wallenden Ärmeln und Stickereien am Kragen. Mit etwas mulmigem Gefühl nehme ich die Sachen an mich und ziehe mich im Wohnwagen um. Als ich, zum verschollenen Mitglied der Kelly Family verwandelt, wieder rauskomme, hat Aldi sich auch frisch in Schale geworfen. Er trägt jetzt ein rosa Hemd und eine weiße Hose, dazu Slipper ohne Socken wie die Typen aus Miami Vice. Fehlt nur noch der Affe auf dem Arm, und er würde sich echt gut auf ner Showtreppe machen. Aber jetzt macht er erst mal Ententanz vor dem Autospiegel und kämmt sich die Haare in den Nacken. Ich werfe einen Blick in den Wagen.

«Was ist mit den Plüschmonstern da auf der Rückbank?», frage ich. «Kommen die etwa mit?»

«Die Bären? Das sind meine Sicherheitsleute. Und glaub mir, die werden wir brauchen.»

Reinste Platzverschwendung, wenn man mich fragt, aber besser, als wenn sie in ein paar Jahren die Notausgänge ukrainischer Kinderkrankenhäuser blockieren.

Aldi verschwindet noch mal im Wohnwagen, um wichtigen Kram einzusammeln, und kommt mit einer prallgefüllten Sporttasche und meinem Kaktus wieder.

«Wofür soll denn der Kaktus gut sein?»

Aldi sieht mich an, als hätte ich die dümmste aller Fragen gestellt.

«Wir fahren in die gottverlassene Wildnis, Chiquita. Wenn da auf einmal ein Büffel vor dir steht, biste froh, wenn du ein Wurfgeschoss hast.»

«Du denkst echt an alles», sage ich mit gespielter Anerkennung. Ein bisschen fühle ich mich sogar geehrt, dass mein Geschenk zum Einsatz kommt, und sei es nur als Requisit für Aldis blühende Phantasie. Er klemmt den Blumentopf hinter den Sicherheitsgurt eines XXL-Bären und wirft die Sporttasche zu dem Kleiderberg in den Kofferraum. Zum Schluss packt er noch den Kassettenrecorder ein.

Die Sonne steht bereits hoch am Himmel, als wir vor dem Auto stehen und ein letztes Mal über das Gelände blicken.

«Übermorgen sind wir wieder zurück, damit das klar ist», sagt Aldi. Ich nicke scheinheilig. Wenn etwas klar ist, dann, dass ich ihn zu Oma zurückbringen werde.

10

12:50 Uhr, irgendwo auf der Autobahn.

Es gibt nichts zu sehen außer die immer gleichen Schallschutzmauern mit hässlichen Graffiti. Aldi hat eine Mordslaune. Er hat eine Schlagerkassette reingetan und singt lautstark mit: «*Adiooo, adio Mexiko. Ich komme wieder zu dir zurück ... Adiooo, adio Mexiko. Ich grüß mit meinem Sombrero, te quiero, ich habe dich so lieb!*»

«Meine Ohren bluten!», stöhne ich, aber das juckt Aldi überhaupt nicht. Bei jedem «*Hossa!*» drückt er fröhlich auf die Hupe. Über die Schulter blickt er zu den drei Bärenbrüdern auf der Rückbank.

«Was sagt ihr denn dazu auf den billigen Plätzen? Ist doch schöne Musik!» Dann fährt er triumphierend zu mir herum. «Da hast du's, Knallfrosch. Vier gegen einen!»

Ich starre beleidigt zum Fenster hinaus. Der Wind bläst zerzauste Schafe über den Himmel. Wir sind gerade mal zwei Stunden unterwegs, und ich bereue schon, mich auf das Abenteuer eingelassen zu haben. Unter einem Roadtrip hatte ich mir wirklich etwas anderes vorgestellt. In meinem Kopfkino lief «Today» von den Smashing Pumpkins und nicht Rex Gildo. Und der Fahrer war keine dauerquasselnde Nervensäge, sondern Titus. Er hat oft davon gesprochen, dass er mit mir nach Polen fahren würde, sobald er den Führerschein hätte. Die Erinnerung daran sitzt mir wie ein Knödel im Hals, aber ich werde vor Aldi ganz bestimmt nicht heulen, also reiße ich mich zusammen und starre nach vorne.

Die Autobahn will kein Ende nehmen. Auf den blauen Schildern steht jetzt was von Hannover, Kassel und Göttingen. Wir sind noch nicht mal im Osten, aber die Richtung stimmt zumindest.

Auf einmal stupst Aldi mich an die Schulter und hält mir einen Lolli hin. Ein Zungenfärber von Chupa Chups.

«Pack aus!», verlangt er.

«Zungenfärber sind was für Spacken», winke ich ab.

«Der ist für mich!», plärrt er. «Nun pack aus! Oder willst du, dass ich einen Unfall baue?»

«Okay», sage ich und nehme ihm den Lolli aus der Hand. «Aber nur, wenn wir eine Schlagerpause einlegen.»

Aldi dreht die Lautstärke nur widerwillig und schrittweise runter. Erst als er das Radio ganz ausgemacht hat, reiche ich ihm den blanken Chupa Chups.

«Weißt du, was du mit dem gemeinsam hast?», fragt er und hält mir den Lolli vor die Nase.

«Was.»

«Stock im Arsch!» Er schreit wie ein Esel drauflos.

«Sehr witzig», sage ich. «Gibt es eigentlich einen bestimmten Grund, warum du mich ständig blöd anmachst?»

«Hält meinen Kreislauf in Schwung!», entgegnet er frech und saugt an der Lollikugel. Ein Greis mit Zungenfärber im Mund, ich lach mich tot. Na ja, so hält er wenigstens die Klappe.

Die Autobahnlandschaft wird hügelig, rechts und links liegen wie riesige Halstücher ausgebreitet gelbe Rapsfelder, grüne Wiesen und mit Mohnblumen gesprenkelte Kornfelder. Mein müder Blick verfängt sich im verknoteten Rosenkranz, der am Rückspiegel hin und her schwingt. Ich nehme das Kreuz zwischen die Finger und bewundere die miserable Verarbeitung, während Aldi neugierig zu mir linst. Schmatzend nimmt er den Lutscher, der zu einer kleinen Murmel geschrumpft ist, aus dem Mund.

«Glaubst du eigentlich an Gott?», fragt er blaumäulig. Er sieht aus wie ein verdammter Chow-Chow.

«Religion ist voll Mittelalter.» Ich bemühe mich, total gelangweilt zu klingen.

«Religion ist Religion», meint Aldi vielsagend. «Und Gott ist Gott.»

«Ich glaube weder an das eine noch an das andere», stelle ich klar. «Wenn es einen Gott gäbe, würde er nicht zulassen, dass in Afrika Kinder verhungern. Und er hätte was gegen Hitler unternommen. Und gegen Schlager.»

Aldi kräuselt vor Unbehagen die Lippen.

«Und du wärst längst Lottomillionär», fällt mir da noch ein.

«Hast du schon mal bedacht, dass der Mann auch älter wird?», fragt er.

«Der hatte doch schon nen langen weißen Bart, als er Adam und Eva erschaffen hat», sage ich.

«Siehste. Wahrscheinlich hat er am achten Tag Alzheimer bekommen und uns einfach vergessen. Kein Grund, schlecht über ihn zu reden.»

Dazu fällt mir jetzt auch nichts mehr ein. Also schaue ich wieder aus dem Fenster und denke daran zurück, wie Titus mir zum ersten Mal was von Nietzsche erzählt hat. Das war ein Typ mit gigantischem Schnauzer, der vor hundert Jahren viel Wahres gesagt hat. Einer seiner besten Sprüche war: Gott ist tot. Das liest man bis heute auf Schultoiletten.

«Also, ich halte es ja mit der Muttergottes», plaudert Aldi in meine Gedanken rein. «Du hast wieder was verbrochen. Gehst du zu Gottvater, gibt's ne Tracht Prügel. Bittest du Jesus um Vergebung, blutet er für dich, dass dir alles Selbstmitleid vergeht. Aber Maria, die ist wie eine nette Tante, die immer ein Bonbon für dich hat. Sie hat mir stets geduldig zugehört und mir immer alles verziehen. Wenn ich was angestellt hab, geh ich zu ihr. Maria hat richtig was im Köpfchen. Die weiß, dass man in gewissen Situationen gar nicht anders handeln kann, als –»

«Sag mal», unterbreche ich ihn. «Diese Maria ... Ist das deine Psychotherapeutin oder so was?»

«Du wirst es mir bestimmt nicht glauben», sagt Aldi, «aber die Gute ist mir schon einige Male leibhaftig erschienen.»

«Au weia.»

«Alle Jahre wieder beobachte ich, wie sie barfuß auf einer Wolke steht und besorgt nach unten schaut.»

«Aha, eine Akrophobikerin also», diagnostiziere ich.

«Eine was?»

«Akrophobie ist Höhenangst.»

«So einen Blödsinn hab ich ja schon lange nicht mehr gehört», sagt Aldi. «Maria ist eine Heilige, keine Irre! Und glaub bloß nicht, dass ich der Einzige bin, dem sie erscheint! Andere Menschen entdecken sie auf verbrannten Toastbrot-Scheiben – und das weltweit! Hab ich in der BILD gelesen.»

Ich pruste los.

«Was, glaubst du mir etwa nicht?»

«Ich glaube nur, was ich mit eigenen Augen sehe.»

Aldi nickt verständnisvoll. «Bist halt ein zweifelnder Thomas. Ja, ja. Der hat auch nicht geglaubt, dass Jesus von den Toten auferstanden ist ...»

«Ich an seiner Stelle hätte mich gefragt, ob dieser Jesus wirklich gestorben ist», sage ich. «Oder seinen Tod nur vorgetäuscht hat, so wie du das gemacht hast.»

Der soll ruhig merken, dass ich die Sache immer noch auf dem Schirm hab.

«Hast du mich gerade mit Jesus verglichen?», fragt er grinsend.

«Nicht ganz. Du hast dich mir nicht zu erkennen gegeben.»

«Dabei war ich mitten unter euch. Deine Mutter hab ich schon ein paar Mal auf der Kirmes gesehen. Hab sie gleich an ihrem Zinken erkannt, he, he ...»

«Waaaaaas!?» Die Info katapultiert mich beinahe aus den Latschen. «Du hast Mama getroffen? Und das erzählst du mir jetzt!?»

«Keine Panik, Chiquita. Ich hab mich geduckt, versteckt, mir den Hut ins Gesicht gezogen. Sie hat mich auf keinen Fall gesehen.»

«Was heißt denn hier keine Panik?» Ich schreie ihn geradezu an. «Mama sucht dich! Seit Jahren! Sie hat sogar an RTL geschrieben, nachdem sie dich bei ‹Der Preis ist heiß› gesehen hat!»

«Na, dann ist es ja umso besser, dass sie mich nicht entdeckt hat», sagt Aldi, jetzt mit leiser Stimme. «Sie hätte nicht akzeptiert, was aus mir geworden ist ...»

Er blickt nachdenklich auf die Autobahn, und ich halte den Atem an, ich finde es nämlich unglaublich, wie locker er das alles abtut.

«Kein Mensch jubelt, wenn einer aus den eigenen Reihen zum Star avanciert», führt er jetzt aus. «Der Prophet gilt nichts in seinem Lande, schon mal gehört, den Spruch? Die Daheimgebliebenen verstehen nicht, wenn einer die kleine Bühne der Häuslichkeit für die große Bühne der Welt verlässt.»

Oh Mann. Für einen kurzen Moment habe ich gedacht, dass er sich vor Mama für sein verpfuschtes Leben schämt, aber der hält sich ja wirklich für den erfolgreichen Entertainer, den er auf der Kirmes mimt!

«Und deshalb lebst du in Castrop-Rauxel, Germany?», frage ich. «Weil du ein Star werden wolltest und deine Familie dir dabei im Weg stand? Hast du deswegen deinen Tod vorgetäuscht?»

«Es war alles ganz anders, als du denkst», antwortet er gelassen.

«Dann lass endlich mal hören!», fordere ich, weil ich vor Wut und Ungeduld beinahe platze.

«Nun gut. Aber es ist eine verdammt lange Geschichte, dafür muss ich bis an den Anfang zurückgehen.»

«Mir egal, solange sie nur wahr ist.»

«Die Wahrheit ist oft unglaublicher als die Lüge», wirft er ein. «Vor allem in Zeiten, die man sich heute gar nicht mehr vorstellen kann. Du musst mir versprechen, dass du mir trotzdem glaubst.»

«Ja, ja», sage ich, drücke den Rücken fest in den Sitz und mache mich gefasst auf den größten Nonsens seit Monty Python.

«Es geschah im Jahr unseres Herrn und Heilands, im Sommer 1929 ...», beginnt er. «Nach wiederholten Fluchtversuchen war es mir endlich gelungen, mich aus dem Bauche meiner Mutter zu befreien. Meine Nasenlöcher weiteten sich, um den Duft des süßen Lebens einzusaugen. Doch ringsum roch es mitnichten nach Rosen, nein, es miefte nach Scheiße und Stroh.»

«Sag mal, hast du ne Märchenkassette verschluckt?», frage ich, aber er fährt einfach weiter so geschwollen fort.

«Meine halb offenen Augen gewahrten ein Schaukeln. Doch es war nicht das himmlische Schaukeln einer liebevoll geschnitzten Wiege, sondern das plumpe Gewabbel eines Euters. Offenbar war ich in einem Kuhstall zur Welt gekommen! Dass ich das Geburtsschicksal des Herrn Jesu teilte, war ein schwacher Trost, denn mit jedem Atemzug, den ich tat, machte sich mein innerer Adel bemerkbar. Ich war erfüllt von Abscheu und Entsetzen über das ärmliche Szenenbild, das mich umgab.»

Langsam frage ich mich wirklich, was der da rezitiert. Die Memoiren eines Anstaltsinsassen?

«Ich hatte mir alles ganz anders vorgestellt und brach in großes Geschrei aus. Ganz gewiss war ich zu Höherem bestimmt, und doch lag ich hier in den Armen dieser schlichten Frau, der man ansah, dass sie ihr Leben lang kein Buch angefasst hatte. Schmerzlich wurde mir bewusst, dass ich mich an ihrer Brust zu Tode langweilen würde.»

«Und du konntest in der Fruchtblase schon lesen und schreiben, oder wie?», frage ich.

«Ich sage dir doch, das waren ganz andere Zeiten. Ich hätte gar nicht überlebt, wenn ich nicht schon im Mutterleib ein schlaues Kerlchen gewesen wäre. Aber zurück zu meinem traurigen Schicksal. Es war eine große Tragödie, dass ich unter den gegebenen Umständen nicht meiner wahren Bestimmung folgen konnte, nämlich zu einem Mann von Welt heranzuwachsen. Doch glücklicherweise sollte ich schon bald einer außergewöhnlichen Entführung zum Opfer fallen ...»

Ich gebe ein ironisches «Uuuuuuh ...» von mir, aber Aldi lässt sich davon kein Stück irritieren.

«Meine arme Mutter ging jeden Tag zum Arbeiten aufs Feld. Dort legte sie mich in ein Tuch, das sie mit beiden Enden am Kuhgatter festband. So lag ich in meinem Bündel wie ein Bonbon in Glanzpapier und konnte nur durch einen Schlitz die vorbeiziehenden Wolken betrachten. Von außen war ich überhaupt nicht zu sehen, und die Mutter konnte unbesorgt ihrer Arbeit nachgehen. Bis eines Tages der Schatten eines riesigen Vogels auf mich fiel. Kälte umhüllte meine winzigen Glieder. Dann schlug der rotbestrumpfte Geselle ein paar Mal mit den Flügeln und stürzte in rasender Geschwindigkeit auf mich zu.»

Aldi gibt ein schrilles Pfeifen von sich. Im Fernsehen würde jetzt die Werbeunterbrechung kommen.

«Du hast bestimmt gehört, dass der Storch die Kinder bringt», fährt er nach einer Pause fort. Ich nicke lahm.

«Das ist aber nicht die ganze Wahrheit. Es gibt nämlich auch Störche, die sie wieder abholen, wenn bei der ersten Lieferung etwas schiefgelaufen ist. Nun kam heraus: Ich war eines von diesen falsch zugestellten Kindern. Der Storch hier wollte mir nichts Böses, er war zu meiner Rettung gekommen! Flugs schnappte er mich im Tuch und ehe ich wusste, wie mir geschah, flogen wir hoch, hoch hinaus, über alle Wipfel. Von oben warf ich einen letzten Blick auf meine falsche Mutter, die auf dem Kartoffelfeld zu einer winzigen Ameise geschrumpft war. ‹Höher, höher!›, rief ich übermütig, und der gefiederte Lümmel flog höher. Bald sahen die Flüsse wie Silberfäden aus und die Seen wie verstreute Scherben …»

Der Alte spinnt sich hier einen zusammen, als gäb's kein morgen, aber ich lasse ihn einfach mal weitererzählen. Besser, als seine Schlagerkassette ertragen zu müssen.

«Wir flogen ohne Umwege nach Ägypten. Die Menschen dort waren ganz anders als unsereins. Sie hatten Hundeköpfe und gingen mit durchgedrückten Knien. Und es gab Wassermelonen, die so groß waren, dass ich in eine Schalenhälfte passte wie in eine Wiege.»

«Du wurdest von Hundemenschen aufgezogen? In einer Melonenschale?»

«Ich wünschte, das wäre die Geschichte, die ich dir erzählen könnte, Chiquita, aber meine Zeit in Ägypten war kein Zuckerschlecken. Der Storch, in dessen Obhut ich war, hatte wenig Geduld mit mir, der ich weder die Vogelsprache beherrschte noch mit den Techniken des Nestbaus vertraut war. Er setzte die Melonenschale mit mir drin auf dem Nil aus, auf dass mich die Tochter des Pharaos finde.»

Ich scharre vor Fassungslosigkeit mit den Füßen. «Pharaonen gibt es doch seit Jahrtausenden nicht mehr!»

«Ja, ja. Stimmt schon», sagt Aldi versöhnlich. «Hast ja recht. Deswegen hat mich auch nicht die Pharaonentochter aus dem Nil geangelt, sondern eine Gruppe polnischer Archäologen. Mit ihrer Hilfe gelang es mir schließlich, in meine Heimat zurückzukehren.»

«Deine Mutter muss ja unheimlich erleichtert gewesen sein …»

«Ach, was. Die hatte sich längst mit dem Verlust abgefunden. Gewiss glaubte sie, ich sei von Landstreichern entführt worden. Ich habe sie nie wiedergesehen. Weißt du, auf dem Lande hat man kein solches Trara um Kinder gemacht. Früher oder später hätte die Frau mich sowieso an einen Wanderzirkus verkauft. Nein, mein Schicksal war ein ganz anderes. An der Seite des berühmten Anthropologen Truskawski flog ich im Heißluftballon zurück nach Europa. Unsere Reise endete im polnischen Bergdorf Zakopane, idyllisch in der Hohen Tatra gelegen, die Alpen im Westentaschenformat. Ich wurde zu einem reichen Hotelier und seiner Frau gebracht, die die luxuriöseste Pension in der Gegend besaßen. Das war eine riesengroße Villa, wie du sie noch nie gesehen hast, mit rosenüberwucherten Mauern und Giebeln mit allerlei Schnitzwerk und einem Garten, der einem Schlosspark in nichts nachstand. In dieser Pension waren Künstler und Literaten zu Gast, aber auch berühmte Abenteurer und Weltreisende, darunter Professor Truskawski, der mich dem kinderlosen Ehepaar gewissermaßen als Geschenk mitgebracht hatte. Zusammen mit einem eigenhändig erlegten Löwen!»

«Also wurdest du adoptiert?», frage ich. Langsam beginnt mir seine Geschichte Spaß zu machen.

«Gewissermaßen», sagt Aldi. «Mein neuer Papa war ein feiner Herr, der alle seine Briefe mit Siegelring stempelte. Aber was erzähl ich, sieh selbst! Der gehörte mal ihm.»

Aldi streckt mir die Hand entgegen, um mir den Ring an seinem Finger zu zeigen, der grünlich zu schimmeln scheint, als hätte er Jahre auf dem Grund eines Flusses gelegen. «Den hat er mir eines Tages geschenkt, damit ich mir nicht wie ein Findelkind aus der Melone vorkomme, sondern wie sein leiblicher Sohn.»

Der Ring sieht zugegeben ziemlich echt aus, aber das muss ja nichts heißen. Aldi rutscht unruhig auf seinem Sitz herum.

«Hör mal. Ich müsste langsam Kartöffelchen abseihen», sagt er.

«Und ich muss mir dringend was zwischen die Kiemen hauen.»

«Du meinst, was reinpfeifen», sagt Aldi. «Zu blöd, dass wir dafür kein Geld haben.»

«Was ist mit den fünfzig Mark vom Traubenzuckerdeal?», frage ich.

«Ich dachte, mein Geld ist dir nicht gut genug!»

«Besondere Umstände erfordern besondere Maßnahmen.»

«Na gut», brummt er. «Irgendwas müssen wir ja essen.»

11

Über McDonald's kann man ja viel sagen, aber nicht, dass der Laden für eine Überraschung gut ist. Die Cola: mit abgestandenem Sprudel übergossener Sirup. Das Rindfleisch wie aus der Tube gepresst. Und das Gürkchen aus dem Cheeseburger wird von Jugendlichen weltweit verschmäht und endet als Wurfgeschoss an der Fensterscheibe. Bei McDonald's kriegt man genau das, was man erwartet. Das ist das Erfolgsgeheimnis von denen: keine Überraschungen. Irgendwie war das auch immer mein Lebensmotto. Zumindest, bis ich Aldi getroffen habe.

Wo steckt der überhaupt? Er wollte doch nur kurz tanken und Zigaretten holen. Ich sauge noch den letzten Schluck Cola durch den Strohhalm und picke ein paar kalt gewordene Pommes vom Tablett, bevor ich zum Parkplatz zurückgehe.

Wie's aussieht, hat mich der Gauner vergessen, denn ich finde ihn bei seinem Mercedes, wo er in aller Ruhe Dehnübungen macht. Für sein Alter scheint er ziemlich gelenkig zu sein. Gelenkiger als ich jedenfalls. Ich nehme mir eine Zigarette aus der frischen Schachtel Lord Extra, die er auf dem Autodach abgelegt hat.

In einiger Entfernung hält nun mit Getöse und Gekeuche ein Reisebus mit getönten Scheiben. Aldi wischt sich mit der Hand den Schweiß von der Stirn, bevor er sich auch eine ansteckt. Aus dem Reisebus steigen alte Leute, oder vielmehr: Sie fallen wackelnd heraus, wie ein Twix aus dem Snackautomaten. Es wimmelt von leichten Zeltjacken und Bügelfaltenhosen in den beliebten Seniorenfarben Graupensuppe und Leberwurst. Gähnend wende ich den Blick ab.

«He, he. Das ist ne Kaffeefahrt», stellt Aldi grinsend fest. Er beobachtet das Ganze noch eine Weile interessiert, dann stupst er mich an.

«Was meinst du, sollen wir ein kleines Geschäft mit denen machen?»

Ich sehe ihn fragend an.

«Wenn das wirklich eine Kaffeefahrt ist, und danach sieht's aus, dann sind die heute alle in diesen Bus gestiegen, um ihre Rente zu verprassen. Die können uns ruhig was davon abgeben, findest du nicht?»

Ich schaue zu den Omas und Opas, die sich beim Gehen gegenseitig stützen und wie freundliche Vögel die Köpfe zusammenstecken, um sich besser ins Ohr brüllen zu können.

«Dass du Jugendliche verarschen willst, kann ich ja noch verstehen», sage ich. «Aber deinesgleichen?»

Aldi straft mich mit einem gereizten Blick. «Dass ich nicht lache! Ich habe mit diesen Schildkröten nichts gemein!»

«Aber sind die nicht ungefähr in deinem Alter?»

«Pah! In meinem Alter!» Er stemmt die Fäuste in die Hüften und sieht mich herausfordernd an. «Und was ist mit deinem Alter, hm? Wissen eigentlich deine Eltern, dass du rauchst?»

Die Sonne blendet mich gerade so stark, dass ich bestimmt den passenden Gesichtsausdruck für ihn habe.

«Wenn du deine Freunde abziehen willst, solltest du dich beeilen», sage ich. «Die machen bestimmt nur kurz Pinkelpause.»

Aldi funkelt mich böse an. «Das sind nicht meine Freunde»,

stellt er klar und wirft die erst halb abgefackelte Zigarette auf den Boden. «Das sind Fossilien. Bei denen rieselt nur noch der Kalk. Schau sie dir nur an! Da sind doch keine Träume, keine Visionen mehr!»

Ich muss zugeben, der Anblick der Kaffeefahrtgruppe lässt mich an eine sonnenverblichene Zeitung denken, die traurig über den Asphalt weht, während Aldi ... nun ja. Er ist mehr so ein Yps-Heft mit Gimmick.

«Wie auch immer.» Ich trete meine Zigarette aus. «Willst du ihnen einen Bären von der Rückbank aufschwatzen?»

«Nä», sagt Aldi. «Was die brauchen, ist ein bisschen Friede-Freude-Schlager-Glück.»

Er wird auf einmal ganz geschäftig, und ich folge ihm um den Wagen herum. Er lässt den Kofferraum aufspringen und beginnt, in einer Sporttasche zu kramen. Daraus zaubert er schließlich seine Telefonattrappe hervor.

«Halt mal.» Er drückt mir das Ding in die Hand und beginnt, im riesigen Haufen seiner Klamotten zu wühlen.

«Willst du dich etwa schon wieder umziehen?», frage ich.

«Ich bin Geschäftsmann, du Fritte», antwortet er. «Erste Lektion: Wenn du richtig gut sein willst im Verkaufen, musst du wissen, wen du vor dir hast.»

Er lässt eine lachsfarbene Krawatte von seinem Arm baumeln. «Wenn ich es mit einem Bonzen zu tun habe, bind ich mir diese Seidenkrawatte um und steck noch die Goldnadel rein. Das macht Eindruck. Oder will ich den Halbstarken aus dem Block verklickern, dass ich ein cooler Hund bin? Zieh ich die Jeansjacke und die Kappe an. Verstehste? Egal, mit wem du es zu tun hast, die müssen denken, das ist einer von uns, dem können wir vertrauen. Merk dir das. Kommt dir im Leben noch oft zugute.»

Nach endlosem Begutachten und Aussortieren zerrt Aldi endlich eine Art Elvis-Jacke hervor und knöpft sie sich über das rosa Hemd. Die Jacke hat Trompetenärmel und einen hochstehenden Kragen.

«Yeah!», sage ich anerkennend und strecke den Daumen nach oben. «Aber was hat das alles mit den Rentnern zu tun?»

«Ich bin der Tourmanager von Howard Carpendale», erklärt Aldi. Vor meinem inneren Auge taucht eine blonde Föhnfrisur auf, wie die meiner Mutter, das eingedrückte Lächeln mit fleischfarbener Warze – na klar! Carpendale! Der Schnulzenheini aus der ZDF-Hitparade!

«Howard Carpendale war Elvis-Imitator in Südafrika, bevor er in Deutschland die große Nummer wurde», sagt Aldi. «Das wissen die Alten natürlich auch, steht alles in der BUNTEN. Die bringen mich mit dem in Verbindung, wenn ich die Jacke anhab. Unterbewusst, verstehste? He, he ...» Er reibt sich die Hände. «Das wird ein Spaß.»

Er steckt einen Kugelschreiber und ein paar weiße Servietten ein, die er sich wohl vorhin bei McDonald's aus dem Spender gezupft hat.

«Du passt auf den Wagen auf», sagt er und nimmt mir das Telefon aus der Hand. «Bist ja jetzt sozusagen mein Komplize. Halt die Füße still!»

Ich lehne mich an das heiße Blech des Autos und beobachte, wie Aldi sich scheinbar beiläufig den Rentnern nähert. Im passenden Augenblick presst er sich das Telefon ans Ohr und beginnt, energisch reinzuplappern. Jetzt hat er die volle Aufmerksamkeit! Ich kriege zwar nicht genau mit, was er sagt, aber ein paar Omas recken bereits ihre wolkenförmigen Köpfe nach ihm. Was für eine bekloppte Show ... Gerade hat er «aufgelegt» und versucht, die Damen in ein Gespräch zu verwickeln. Ganz der Charmeur. Grinst breit und tätschelt rum. Und nun zeigt er mit dem Finger auf einen langen schwarzen Bus, der gut hundert Meter entfernt steht. Aha. Auf diesen Bus geht er jetzt zu. Allein. Die Omas tuscheln ganz aufgeregt miteinander, und dann stößt auch noch einer der Herren dazu. Aldi ist mittlerweile von der Bildfläche verschwunden. Ein paar Minuten später kommt er wieder. Die Alten strecken ihm neugierig die Köpfe entgegen. Was hat er denn da in der Hand? Servietten? Er verteilt die Servietten an die Omas. Und die kramen umständlich ihre Geldbörsen hervor und stecken Aldi Geldscheine zu!?! Jetzt kommt ein penetrantes Klingelgeräusch aus der Attrappe, und Aldi tut, als würde er einen Anruf entgegennehmen. Er winkt den Omas überschwenglich zu und verteilt ein paar Handküsse, bevor er wieder zu diesem schwarzen Bus zurücklatscht. Ich weiß echt nicht, was das gerade war, aber es hat geklappt. So viel steht fest. Wir sind reich! Na ja, zumindest dürften wir bis morgen über die Runden kommen. Die Rentner steigen jetzt wieder in ihren Kaffeefahrtbus. Als sie an uns vorbeifahren, sehe ich sie an den getönten Scheiben stehen und mit ihren Kompaktkameras Fotos vom schwarzen Bus knipsen. Ein paar Sekunden später kommt Aldi mit federndem Gang dahinter hervor. Ich bin baff – und wenn ich ehrlich sein soll, auch ein bisschen beeindruckt.

«Wie hast du denn das angestellt?», frage ich.

«War grad bei Howie im Tourbus … ein paar Autogramme holen.»

«Erzähl mir bloß nicht, dass du dahinten Servietten signiert hast.»

«Im Auftrag des Herrn Carpendale!»

Er platzt fast vor Stolz.

«Und warum haben sie dich dafür bezahlt? Das hat so ein Schlagerstar doch gar nicht nötig.»

«Hab denen von der Spendenaktion erzählt.»

«Welche Spendenaktion?»

«Für die Kinder in seiner Heimat … Südafrika!»

Meine Bewunderung geht von einem Moment auf den anderen in Empörung über.

«Und … wie viel Geld hast du ergaunert?»

«Siebzig Mark.»

Ich kann nur noch den Kopf schütteln.

«Schau mich nicht so an», sagt Aldi. «Wer wollte denn unbedingt ‹Zur Goldenen Möwe› speisen? Von irgendwas müssen wir deine Burger ja bezahlen.»

12 Als ich nach einem kurzen Schläfchen die Augen wieder öffne, sind wir von der Autobahn runter und fahren an einem Gewässer entlang, in dem sich der finstergrüne Wald spiegelt. Im Auto ist es so warm, dass Aldi sein Fenster heruntergekurbelt hat. Die Sonne im Rückspiegel ist viel sanfter als noch vor ein paar Stunden, und der Wind bläst mir die Hitze aus dem Gesicht.

«Jetzt wo du wach bist, kann ich ja weitererzählen», quasselt er mich von der Seite an. «Weißt du noch, wo ich stehengeblieben war?»

«Äh ... was?» Ich brauche ein paar Sekunden, bis ich kapiere, was er von mir will. Ach, stimmt: Der Spinner macht einen auf Scheherazade aus 1001 Nacht. Also, wenn ich der Sultan wäre, der sich dieses Gesülze anhören müsste, hätte ich Aldi längst hinrichten lassen.

«Du bist über Ägypten nach Polen gekommen, und irgendwelche reichen Leute haben dich adoptiert», kratze ich aus meinem Kurzzeitgedächtnis zusammen.

«Jawohl!», sagt Aldi. «Und das war endlich der richtige Ort für einen wie mich. Ich jagte Schmetterlinge, spuckte Kirschkerne, trieb Reifen über die Straße. Ich war ein ganz normaler Junge und gleichzeitig ein besonderer Glückspilz, denn neben den simplen Kindheitsfreuden hatte ich auch ein eigenes Zimmer, mit Goldfischaquarium und zwei Siamkatzen, einer Badewanne auf Löwenpfötchen und einer riesigen Bibliothek.»

Ich mache wieder die Augen zu und tröste mich damit, dass im Fernsehen um die Uhrzeit auch nichts Besseres läuft.

«Im Alter von fünf Jahren hatte ich bereits alle Abenteuerbücher und Reiseberichte verschlungen, die meine Eltern für mich hatten auftreiben können. Tom Sawyer las ich, Gullivers Reisen, Das Bordbuch des Christopher Kolumbus … Doch wie paradiesisch meine Kindheit hier auch sein mochte: Das wahre Paradies lag noch vor mir, das spürte ich jeden Tag …»

Er macht eine Pause, und ich stelle mir vor, wie ein kleines Männchen in seinem Kopf die Märchenkassette wendet.

«Eines Tages erreichte uns aus London ein Brief des Anthropologen Truskawski. Er bereitete gerade seine nächste Weltreise vor. Nun war es aber so, dass der Kapitän des Expeditionsschiffes als Trottel und Torfkopf bekannt war. Nicht die beste Gesellschaft für einen so vielseitig gebildeten und kultivierten Gentleman wie Professor Truskawski. Kurzum, in seinem Brief bat er meine Pflegeeltern, mich, ihren einzigen, vom Schicksal gesandten Sohn, als Reisebegleitung umgehend nach London zu schicken. Du kannst dir nicht vorstellen, welche Abenteuer mir da gleich schwanten. Zehn muss ich damals gewesen sein, ein kleiner Mann in den besten Jahren!»

«Wie, und dieser Typ hat in ganz London keine passendere Gesellschaft als dich gefunden?», frage ich.

«Na hör mal! Professor Truskawski hatte mich höchstpersönlich aus dem Nil geangelt. Der Mann war wie ein Vater für mich!»

Er schaut mich vorwurfsvoll an, als könne er nicht begreifen, was es an seiner Geschichte auszusetzen gibt. «Ach, ob ich in meinem Alter den Schneid hatte, um die Welt zu segeln, fragst du dich? Ich war ein über alle Maßen mutiges Kerlchen! So mutig, dass ich gegen den Willen meiner Eltern kurzerhand nach London aufbrach.»

«Du bist einfach abgehauen?»

«Was blieb mir denn anderes übrig, Chiquita? Sie hätten mich doch nie gehen lassen in ihrer grenzenlosen Elternliebe. Also stahl ich mich in der Morgendämmerung heimlich aus dem Haus, wir schrieben das Jahr 1939, um mit dem Professor an Bord der MS Pumpernickel zu gehen.»

Jetzt muss ich doch ein bisschen lachen.

«MS Pumpernickel? Hieß das Schiff wirklich so?»

«Wenn ich's dir doch sage! Es war ein Kriegsschiff der Königlichen Flotte. Damit begannen die drei aufregendsten Jahre meines Lebens. Auf dem Reiseplan des Kapitäns standen die exotischen und unerforschten Gegenden dieser Erde. In Argentinien half ich dem Professor, Dinosaurierknochen auszubuddeln. Ich sage dir, wenn du als kleiner Hanswurst vor so einem Riesenkiefer stehst und an den Zähnen herumpinseln musst, das sind Momente, die prägen dich fürs Leben.»

Er fummelt ein Stofftaschentuch aus der Hosentasche und wischt sich damit über das Gesicht. Ein Straßenschild informiert mich im Vorbeifahren, dass wir uns mitten im Harz befinden.

«Dann erkundeten wir den Pazifik. Den meisten Spaß hatte ich auf den Galapagos-Inseln, wo ich die Sprache der Kapuzineraffen studierte und lernte, auf Riesenschildkröten zu reiten. Wir gingen noch in Australien von Bord, und in Neuseeland. Wir umrundeten die Südspitze Afrikas und kehrten über den Atlantik nach London zurück. Nach drei Jahren Expedition machte ich mich auf den Weg zurück nach Polen, zur herrschaftlichen Familienvilla nach Zakopane.»

«Und da hast du erst mal mächtig Anschiss von deinen Eltern bekommen, was?»

«Ich fand das Haus leer vor ...», sagt er mit hörbarem Schlucken. «Meine Eltern ... sie waren nicht mehr da.»

«Was ist passiert?»

«Sie waren ausgewandert. Wahrscheinlich nach New York. Davon war oft genug die Rede gewesen. Aber ohne mich? Dachten sie etwa, ich sei tot? Auf hoher See ums Leben gekommen? Eine Weile stand ich hilflos an der Türschwelle, sah die leeren Räume, sah, dass nichts von Wert übrig war. Ich durchkämmte alle Friedhöfe der Umgebung. Suchte nach Grabsteinen mit meinem Namen drauf. Vergebens. Sie mussten meine Postkarten doch erhalten haben! Und trotzdem waren sie ohne mich in die Neue Welt aufgebrochen. Was für ein Jammer! Ja, eine Tragödie!»

«Warte mal kurz», unterbreche ich ihn. «War das nicht in der Nazizeit?» Wenn Aldi, wie er hier fabuliert, drei Jahre auf Expedition war, muss das Jahr seiner Rückkehr 1942 gewesen sein.

«Ja, ja.» Aldi winkt müde ab, als wäre das mit den Nazis nur eine Lappalie. «Jedenfalls war ich von einem Tag auf den anderen wieder der arme Schlucker, als der ich fälschlicherweise auf die Welt gekommen war. Kannst du dir das Ausmaß dieser Katastrophe vorstellen? Ich, Alois Dudek, meines Zeichens jüngster Abenteurer seit Huckleberry Finn, geraubt von einem Storch, um meiner wahren Bestimmung zugeführt zu werden, stehe also vor dem leeren Haus meiner Eltern, die mir nichts, absolut gar nichts hinterlassen haben. Was sollte ich nur tun? Ich beschloss, ihnen nachzureisen! Nur wie, ohne eine Kopeke in der Tasche und ohne eine Ahnung, wohin?

Ganze drei Jahre hauste ich mutterseelenallein in der langsam verfallenden Pension. Ich pfiff auf die Schule und auf das anständige Leben, trug löchrige Socken, meine Frisur glich der einer Rübe. Immer wieder kamen ein paar Besorgte vorbei, manche legten mir Essen auf die Veranda, andere schlugen mit den Fäusten gegen die Tür, wollten mich ins Kinderheim stecken, dachten wohl, ich hätte einen Koffer voller Gold unterm Bett versteckt. Und ganz so falsch lagen sie nicht ...»

«Dein Schatz?»

«Ganz recht. Eine Kiste voll der wunderbaren Dinge, die ich von meinen Reisen mit dem Professor mitgebracht hatte. Goldschmuck aus Mexiko und Edelsteine aus Afrika, Schrumpfköpfe, Katzenmumien und seltene Funde aus dem Inneren eines Walfischs ... Jeder wollte einen Blick in diese Kiste erhaschen. Es ging sogar die Kunde, dass ein Kobold aus dem Harz auf Wanderschaft war, um mir meinen Schatz zu rauben. Also vergrub ich meine Kiste unter einer Diele. In einem versteckten Winkel der Pension ...»

«Wir fahren also nach Zakopane, wo du aufgewachsen bist, um dort nach Walfischinnereien zu graben.»

«Wenn der Kobold uns nicht zuvorgekommen ist», meint Aldi, der den Sarkasmus in meiner Stimme nicht bemerkt zu haben scheint. «Der hat übrigens hier irgendwo sein Lager.»

Er zeigt aus dem Fenster über die Wälder. «Die Harzer Kobolde hausen nämlich drüben auf der Teufelsmauer.»

Also, langsam bringen mich seine Hirngespinste echt auf die Palme.

«Wie soll ich dir eigentlich irgendwas abkaufen, wenn du so unglaublich viel Blödsinn erzählst?»

«Wo bitte schön erzähle ich Blödsinn?», fragt Aldi dummdreist.

«Es gibt keine Kobolde, und es gibt keine Teufelsmauer!»

«Und ob es sie gibt! Und ich werd's dir beweisen, wenn du schon so eine bist, die alles mit eigenen Augen sehen muss. Wir fahren sofort hin.»

Aldi drückt jetzt auf die Tube. Jede Wette, dass wir uns gleich auf dem Parkplatz eines popeligen Märchenparks wiederfinden.

«Gleich sind wir in der DDR», informiert er mich, während wir am Wald entlangbrettern.

«Die DDR gibt es doch gar nicht mehr.»

«Das kümmert die Harzer Kobolde wenig. Und im Übrigen pfeifen sie darauf, ob du an sie glaubst oder nicht.»

Seufzend schaue ich aus dem Fenster. Ob wir die polnische Grenze heute noch erreichen, wenn Aldi so weitermacht?

13

Unter der ehemaligen DDR hatte ich mir definitiv etwas anderes vorgestellt als die Fachwerkhäuschen und wild wuchernden Bäume, die gerade am Fenster vorbeiziehen. Von den Plattenbauten, die sie immer im Fernsehen zeigen, jedenfalls keine Spur! Nachdem wir die Zivilisation hinter uns gelassen haben, biegt Aldi in einen x-beliebigen Feldweg ein. Zumindest glaube ich, dass es ein x-beliebiger Feldweg ist, bis wir anhalten und ich Aldis Blick aus dem Fenster folge. In einiger Entfernung, mittendrin in einem Kornfeld, liegt eine sanfte Anhöhe, und darauf erhebt sich eine Wand aus riesigen, schief aufeinandergeschichteten Felsbrocken. Von weitem sieht das Ganze aus wie eine gigantische Krone, der Kanonenkugeln die Zacken ausgeschlagen haben.

«Willkommen im Reich der Kobolde», sagt Aldi. «Hier können wir uns ein wenig die Beine vertreten.»

Wir steigen aus, und ich starre erst mal ehrfürchtig auf das zerklüftete Gebilde vor uns. Mittlerweile ist es etwas kühl geworden, und Aldi zieht sich sein Elvis-Jäckchen über, bevor wir zusammen losgehen. Bilde ich es mir nur ein, oder sieht die lange Wolke, die über der Felswand schwebt, tatsächlich aus wie ein geflügelter Drache?

«Diese Mauer hat der Teufel persönlich gebaut», sagt Aldi mit Dracula-Stimme. Er zieht den Zeigefinger von links nach rechts über den Himmel. «Da sollte vor Urzeiten mal die Grenze zwischen Gut und Böse verlaufen. Doch sooft der Teufel versucht hat, seine Mauer aufzustellen, so oft musste er sie niederreißen. Aber was erzähl ich dir, siehste ja selbst. Nichts Halbes und nichts Ganzes.»

Wir stapfen am Kornfeld entlang zur Anhöhe und sehen bestimmt seltsam zusammen aus, ich in den ollen Hippieklamotten und Aldi in seinem glitzernden Elvisaufzug. Ich schaue mich um, ob uns nicht jemand beobachtet. «Hier leben also Kobolde, sagst du?»

«Hier sind die Bengel zu Hause. Vielleicht bekommen wir da oben sogar einen zu sehen. Wir müssen bloß aufpassen, dass wir ihnen nicht zu nahe kommen.»

«Ich zittere vor Angst», sage ich spöttisch.

«Das ist schlecht. Angst spüren die auf wie Hunde.»

«Und wie sieht so ein Kobold aus? Nur, damit ich Bescheid weiß, wenn ich einen sehe.»

«Er hat die Fratze des Teufels», sagt Aldi. «Und aus seinem Maul hängen Mäuse, die er mit den Zähnen häutet und roh hinunterschlingt.»

«Du hast wohl zu viele schlechte Horrorfilme gesehen.»

Aldi schüttelt den Kopf. «Es gibt Dinge zwischen Himmel und Erde, von denen wir Menschen nichts, aber auch gar nichts verstehen.»

Dazu sag ich jetzt besser nichts, bin eh schon ziemlich aus der Puste. Wir setzen unseren Weg zwischen Disteln und Gräsern hangaufwärts fort. Er führt uns an gespaltenen Bäumen und verkrüppelten Baumstümpfen vorbei. Manche sehen aus wie in Verzweiflung erstarrte Menschen, und die Wurzeln, über die wir stolpern, haben was von sich windenden Schlangen. Aldis Spinnereien scheinen echt auf mich abzufärben, sonst würde ich gar nicht auf solche Gedanken kommen. Während er mit gesenktem Kopf ein paar Meter vor mir geht und ganz in sich versunken scheint, schaue ich an der zerklüfteten Felsmauer hoch und entdecke plötzlich einen kleinen schwarzen Hund, der sich im Galopp auf uns zubewegt. Zwei Sekunden später hat auch Aldi ihn entdeckt. Er bleibt stocksteif stehen und wird blass. Als der Hund bei uns angekommen ist, zittert Aldi am ganzen Körper und hält sich beide Hände vors Gesicht. Was soll denn das jetzt? Er führt sich auf, als hätte er einen wilden Wolf vor sich! Dabei ist das nur ein süßer kleiner Köter mit Punk-Frisur, der an Aldis Hosenbeinen schnüffelt.

«Mach ihn weg!», kreischt Aldi, als ich ihn eingeholt habe. «Schaff mir die Bestie vom Leib!»

«Nur mit der Ruhe», sage ich und strecke die Hand nach dem Hündchen aus. «Der ist doch ganz harmlos! Schau!» Ich versuche, ihm über den Schopf zu rubbeln, als ihn auch schon jemand zurückpfeift.

«Zerberus!» Die heisere Stimme gehört einer schlanken, schwarz gekleideten Gestalt. Es ist ein Typ, so um die fünfundzwanzig, und er kommt uns geradewegs entgegen. Er hat langes, windzerzaustes Haar, und unter seiner Lederjacke lugt ein *Motörhead*-Shirt hervor. Ein Gott aus der Unterwelt. Zerberus wendet sich sofort von Aldi ab und rennt schwanzwedelnd zu seinem Herrchen zurück.

«Hat er euch erschreckt?», fragt der Typ und nähert sich dem versteinerten Aldi mit besorgtem Blick. «Sorry, Mann. Der tut nix.»

«Nö, nö, alles okay», sage ich rasch und mustere den Rocker verstohlen, während er seinen Hund am Hals tätschelt. Er trägt spitz zulaufende Schlangenlederstiefel und sehr viel Silberschmuck an den Händen, und seit er da ist, riecht es nach altem Leder, Patschuli und Nelkentabak. Die Mischung kenn ich von Titus, und so riechen auch die Oberstufen-Gruftis im

Schulbus. Bevor peinliche Stille eintreten kann, steckt auf einmal ein Kerl mit rötlich schimmernder Mähne seinen Kopf hinter einem Felsen am Gipfel hervor.

«Ey, Ronny! Wo haste noch mal den Grillanzünder hingepackt?», ruft er dem düsteren Rocker zu.

«Krieg mal nicht gleich die Krise, ey!», brüllt dieser zurück. «Ich komm ja gleich!» Dann wendet er sich wieder an uns. «Sorry noch mal. Wir sind da oben am Grillen. Schaut doch vorbei, wenn ihr Bock habt.»

«Ja, warum eigentlich nicht?», sage ich, und meine Stimme klingt so gelassen, dass es mich selbst verblüfft. Unter normalen Umständen hätte ich nämlich kein Wort rausbekommen, wenn so ein Typ mich anlabern würde. Aber was heißt unter normalen Umständen ... Unter normalen Umständen bin ich für solche Leute komplett unsichtbar.

«Wir haben schon ewig nichts mehr zwischen die Kiemen bekommen», sage ich also ganz cool. «Was meinst du denn, Aldi?»

Keine Antwort. Hallo? Als ich mich umdrehe, sehe ich, dass der Gauner sich wieder an den Abstieg gemacht hat und auf dem Weg zurück zum Auto ist!

«Wer ist denn dieser Elvis-Verschnitt überhaupt?», fragt Ronny.

«Ach, ist so ein Kumpel von mir», entgegne ich. «Der war mal im Unterhaltungsbiz, aber jetzt ist er schon alt und ein bisschen plemplem.»

«Ach so. Dann sammel den mal schnell wieder ein, und dann kommt bei uns vorbei, die Jungs freuen sich bestimmt, wenn sie den King of Rock 'n' Roll zu sehen bekommen. Wir haben nicht viel zu essen da, aber ein Bierchen wird für den Alten schon rausspringen.»

«Super, dann kommen wir gleich!», sage ich und renne los, um Aldi einzuholen.

«Hey! Warte doch», keuche ich hinter ihm her. «Wollten wir nicht bis zum Felsen hochgehen?»

«Hab's mir anders überlegt», brummt Aldi.

«Was?»

«Du hast mich gehört. Ich geh da nicht hoch.»

Aldi verlangsamt seinen Schritt kein bisschen.

«Doch nicht wegen dem Hündchen? Was ist denn mit den Kobolden?»

«Du hast den Kobold doch selbst gesehen!», japst er.

«Kobold?» Was labert der denn da?

«Der rothaarige Satansbraten da oben! Von dem hab ich dir doch gerade erst erzählt!»

Okay. So langsam krieg ich den Verdacht, dass Aldi seine irren Geschichten selber glaubt und sich das Zeug nicht nur zu meiner Unterhaltung aus den Fingern saugt. Aber das ist jetzt wirklich nicht mein Problem.

«Das war doch ein ganz normaler Typ», rede ich auf ihn ein. «Außerdem hast du doch selbst gesagt, dass wir sparsam sein müssen und nicht an jeder Raststätte halten können. Und die grillen! Und laden uns einfach so dazu ein! Wie kannst du so eine Gelegenheit ausschlagen?»

Aber der Spinner marschiert einfach weiter, ohne mich anzuhören. Ich bleibe stehen.

«Dann geh ich eben alleine!», sage ich wütend. Soll er eben hungrig zurückbleiben und schmollen. Geschieht ihm ganz recht. Das kommt von seinen wilden Geschichten. Irgendwann kann das Hirn die Realität nicht mehr von Einbildung unterscheiden, und man sieht überall Fratzen. Jedenfalls hat er sich geschnitten, wenn er denkt, dass ich jetzt wie ein Schaf hinter ihm herlaufe. Ich drehe mich um und stapfe wieder den Hügel hinauf.

Die Landschaft wird immer dramatischer, je höher ich komme. Auf den letzten Schritten nach oben setze ich vorsichtig einen Fuß vor den anderen.

Die Abendbrise trägt Metal-Riffs und einen verkohlten Geruch heran. Hinter einem Felsen flitzt plötzlich Zerberus hervor und weist mir springend den Weg zu drei Metal-Typen, die um eine kleine Feuerstelle auf Baumstämmen hocken und Marshmallow-Mäuse an langen Stöcken grillen. Ich erkenne sofort Ronny und den Rothaarigen. Aldis Kobold. Auch aus der Nähe sieht er eher nach Wickie aus als nach einer gemeingefährlichen Kreatur. Der Dritte im Bunde trägt eine Rockerkutte und scheint ziemlich knülle zu sein. Ronny macht mit den Fingern eine Pommesgabel in meine Richtung.

«Das ist das Hippiemädchen, von dem ich euch erzählt hab!», stellt er mich den anderen vor. «Hattest du nicht eben noch Elvis im Schlepptau?»

«Der sitzt im Auto und hört Rex Gildo», sage ich.

«Korrekt, Alter. Bleibt mehr für uns!», freut sich der Rothaarige und hält mir eine Plastikdose mit HARIBO-Mäusen hin. Ich wurde noch nie von jemandem *Alter* genannt. Ob das eine besondere Auszeichnung ist? Es fühlt sich auf jeden Fall so an! Also schnappe ich mir eine weiße Maus und setze mich neben ihn. Sein hochgekrempelter T-Shirt-Ärmel gibt den Blick auf eine misslungene Tätowierung frei.

«Ich bin übrigens Hauke», stellt der Rothaarige sich mir vor.

«Und ich bin ... äh ... Malle.» Das kommt bei einem, der Hauke heißt, bestimmt besser an als Malina.

«Korrekter Name, Alter», sagt Hauke und beginnt, mit dem

Taschenmesser einen Ast anzuspitzen. Dann spießt er fünf Mäuse damit auf und reicht mir den Stock. Gut, dass Aldi nicht hier ist. Der würde bei dem Anblick ausflippen und die Mäuse für so echt halten wie den Kobold, der sie angeblich mit den Zähnen häutet.

Mittlerweile wird es leicht dämmrig. Die Flammen knistern, und unsere Gesichter glühen im Feuerschein.

Ich wünschte, Titus könnte mich jetzt sehen. Wie ich hier mit den ganz harten Jungs sitze, mit echten Thor-Anbetern. Er wäre stolz auf mich.

Wir reden über Nietzsche, Sigmund Freud und Joy Division, als wären es die alltäglichsten Themen der Welt, und dazwischen lachen wir uns über Kleinigkeiten kaputt. Die Jungs behandeln mich, als wäre ich ein normaler Mensch, jemand, mit dem man befreundet sein möchte. Sie können nicht wissen, wie unsichtbar ich zu Hause bin. Dass ich keine Freunde habe und mich in der Schule nicht traue, den Mund aufzumachen, selbst wenn ich die richtige Antwort weiß. Aber wenn ich ehrlich sein soll, habe ich das alles selbst schon vergessen. Seit ich in Aldis Hippiefummel geschlüpft bin, fühle ich mich, als könnte ich auch eine andere sein. Ich könnte zum Beispiel behaupten, dass ich aus einer wilden Künstlerfamilie stamme, die singend durch die Lande zieht und im Anhänger lebt. Wobei das fast ein bisschen stimmt, wenn ich so an Aldi denke. Apropos. Gerade als es am schönsten ist, klopft das schlechte Gewissen an die Tür meines Oberstübchens. Kann ich hier überhaupt so entspannt hocken, wenn ich nicht genau weiß, was Aldi unten treibt? Was ist, wenn er sich in seinem Mercedes so langweilt, dass er ohne mich weiterfährt? Dann darf ich nach Hause zurücktrampen, mutterseelenallein. Und den Besuch bei Oma kann ich dann ja wohl komplett vergessen.

«He, Malle, willsen Bier?», fragt Ronny, der im Begriff ist, mir eine Dose Pils zuzuwerfen.

«Danke», sage ich. «Aber wir müssen gleich weiterfahren. Haben nur einen kleinen Abstecher gemacht.»

«Ah so», sagt Ronny. «Wohin fahrt ihr denn?»

«Zu meiner Oma, nach Polen», rutscht es mir heraus. Was hätte ich auch sagen sollen? Kann denen ja schlecht von Aldis Schatz erzählen.

«Ohne Scheiß, ihr fahrt nach Polen? Könnt ihr Hauke mitnehmen? Der muss zu seinen Eltern, nach Dresden.»

«Ja, scheiße, Alter», sagt Hauke und rappelt sich hoch. «Kann ich bei euch mitfahren? Wär echt geil!»

Er sieht mich erwartungsvoll an. Aldi wird mich umbringen, wenn ich den Kobold anschleppe. Andererseits wäre es eine Lektion, die er sich redlich verdient hat.

«Wie weit ist denn Dresden von hier?», frage ich.

«Keine Ahnung. Zwei Stunden vielleicht?»

Dass Aldi ihn schon von weitem für die Ausgeburt der Hölle gehalten hat, behalte ich mal besser für mich. «Klar kannste bei uns mitfahren», sage ich im vollen Bewusstsein meines Leichtsinns und gebe meinen Mäusespieß an Ronny ab.

«Korrekt, Alter!», sagt Hauke und stopft Klamotten und kaputte CD-Hüllen in seinen Rucksack.

«Pass gut auf deinen Elvis auf!», ruft Ronny uns noch zum Abschied hinterher. Wir winken und machen uns an den Abstieg. Zum Glück ist es noch nicht dunkel, sodass wir den Weg erkennen können. Auf der Strecke nach unten erzählt Hauke mir von einem Metal-Festival im Harz, und ich lüge ihm vor, dass ich *Slayer*-Fan bin, obwohl ich noch nie einen Song von denen gehört habe.

«Bist du den ganzen Sommer bei deiner Oma?», fragt Hauke, kurz bevor der Mercedes unten zu sehen ist.

«Klar», sage ich. «Und du, wohnst du in Dresden?»

«Keine Ahnung. Bin letztens nach Essen abgehauen zu ner Freundin. Kam da aber gar nicht mehr klar, Alter. Wär beinahe auf Drogen hängengeblieben, aber geht ja schlecht, ohne Kohle. Na ja, jetzt muss ich halt zurück zu Mutti. Ich hoffe, die lässt mich wieder rein.»

«Warum sollte sie dich nicht wieder reinlassen?»

«Nu. Ich hab echt viel Scheiße gebaut.»

«Da unten ist mein Opa», sage ich, als ich Aldis Kopf schemenhaft hinter der Windschutzscheibe des Mercedes erkenne. Ein Glück, er ist noch da. «Warte mal kurz. Muss noch Bescheid geben, dass du mitfährst.»

Ich pirsche mich an die Karre heran, während ich überlege, wie ich Aldi die neue Situation verklickern soll. Plötzlich geht mir eine uralte Weisheit von Natascha durch den Kopf: *Nicht nachdenken, einfach machen!* Und weil ich vorhin zu Miss Selbstbewusstsein mutiert bin und nicht weiß, wie lange das anhält, reiße ich die Autotür auf, ohne zu zögern, wie so ne Superheldin.

Aldi hängt mit dem Kopf über dem Lenkrad und schnarcht übertrieben laut. Alles klar. Er tut, als wäre er eingenickt. Wahrscheinlich hat er uns längst gesehen, und eine bessere Fluchtmöglichkeit fiel ihm auf Anhieb nicht ein. Aber ich ignoriere seine Spackerei, atme tief durch und sage laut und deutlich: «Das da drüben ist Hauke. Wir nehmen ihn ein Stück mit, weil er sonst nicht nach Hause kommt.»

Wie nicht anders zu erwarten, ist Aldi plötzlich hellwach. Er lugt an mir vorbei und sieht, dass der «Kobold» ein paar Meter hinter mir steht und ihn erwartungsvoll anglotzt. Aldi packt meinen Arm und zieht mich zu sich heran. «Vergiss es, ich nehm den Fatzke nicht mit», zischt er.

«Aber du siehst doch selbst, dass das kein Kobold ist.»

«Der ist tätowiert!», flüstert er.

«Na und?»

«An Tätowierungen erkennst du Leute, die schon mal im Gefängnis waren.»

«Vor fünfzig Jahren vielleicht!», kläre ich ihn auf.

«Für mich ist das ein wildfremder Bengel. Und es ist unverantwortlich von dir, mir diesen Halbstarken anzuschleppen. Unverantwortlich und frech. Du solltest dich schämen!»

«Und Schulden machen, Fake-Drogen verticken, Senioren übers Ohr hauen, ist das etwa in Ordnung?», frage ich.

«Pscht!», macht Aldi entrüstet und schaut an mir vorbei zu Hauke.

«Du könntest zur Abwechslung mal was Gutes tun. Weil, wenn du dein ganzes Leben nur Scheiße baust, kommst du garantiert in die Hölle. Und da hilft dir keiner, wenn du es mal mit einem echten Kobold zu tun bekommst!»

Hauke rallt nicht, worüber wir reden. Der linst immer noch treudoof zu uns rüber. Aldi lässt meinen Arm langsam los, und ich winke Hauke heran.

«Tach!», ruft Hauke in den Wagen rein und wedelt mit der Hand zum Gruß. Aber Aldi verzieht nur missgelaunt das Gesicht. Hauke klopft zweimal leicht auf das Autodach.

«Ey, deine Karre wird ja nur noch vom Rost zusammengehalten, Alter. Und was sind denn das für Kasper?» Er zeigt mit dem Finger auf die Bären auf der Rückbank.

«Mit denen musst du dir gleich den Sitzplatz teilen», sage ich. «Aber du kannst auch auf den Beifahrersitz, dann setz ich mich nach hinten.»

Als Aldi das hört, schnellt er aus dem Auto, reißt die Hintertür auf, schmeißt mit Schwung einen Bären raus und schreit beinahe: «Hinten ist jetzt genug Platz für den jungen Mann!»

«Ey, schmeißen Sie den doch nicht gleich weg!», ruft Hauke entsetzt. «Meine Mutter sammelt die!»

Der Bär ist neben einem Baumstumpf gelandet und liegt jetzt auf der Seite wie ein Verletzter. Ohne lange zu überlegen rennt Hauke hin, um ihn aufzuheben, und klopft ihm behutsam den Dreck vom Hintern. Ich nehme den Bären und werfe ihn zu den Klamotten im Kofferraum. Dann fahren wir endlich los.

«In welchem Kaff darf ich den gnädigen Herrn denn rauslassen?», presst Aldi nach ein paar Metern hervor.

«Dresden», sagt Hauke und knüllt sich einen Big-Red-Kaugummi in den Mund.

Aldi kriegt einen solchen Schrecken, dass er eine Vollbremsung hinlegt.

«Immer mit der Ruhe!», ruft Hauke von hinten. «Das liegt auf dem Weg nach Polen!»

«Ich weiß, wo Dresden liegt», knurrt Aldi und setzt die Karre wieder in Bewegung. Der hat wohl gedacht, dass wir Hauke an der nächsten Ecke rauswerfen könnten, und jetzt muss er es gut zwei Stunden mit ihm aushalten. Aber das hat er sich selbst eingebrockt. Wer Kobolde heraufbeschwört, darf sich nicht wundern, wenn ein kleiner Metal-Troll dabei rausspringt.

Die erste halbe Stunde fahren wir nur über Feldwege und Landstraßen, vorbei an vergammelten Häusern mit klaffenden Löchern im Dach. Alle paar Meter entdecke ich eine Ruine, die Reste eines Gehöfts oder einer alten Fabrik, die zwischen toten, von Misteln befallenen Bäumen hervorlugen.

«Ich penn mal ne Runde», verkündet Hauke und kippt augenblicklich nach hinten weg. Fünf Minuten später höre ich ihn schon schnarchen. Ich versuche, die diplomatischen Beziehungen mit Aldi wiederaufzunehmen, aber der hat die Hände ums Lenkrad gekrallt und macht einen auf Stummfilm, also lasse ich mich in den Sitz sinken und schweige eisern zurück.

Nachdem wir bis Leipzig hauptsächlich über Landstraßen gezuckelt sind und durch Dörfer, deren Namen alle auf «witz» enden, geht's jetzt endlich wieder auf die Autobahn. Mittlerweile ist es dunkel geworden.

«Boah, Alter. Hab ich geratzt!» Hauke ist wach und steckt den Kopf zwischen unseren Sitzen durch. «Wie weit issn noch bis Dresden?»

«In zehn Minuten werfen wir dich raus», sagt Aldi barsch.

«Korrekt. Fahrt ihr eigentlich über Görlitz nach Polen?», fragt Hauke.

«Klar», sage ich, obwohl ich keine Ahnung habe, wo Görlitz ist.

«Wenn ihr normales Tempo draufhabt, seid ihr inner Stunde da», sagt Hauke. «Aber passt an der Grenze auf. Da stehen überall Nutten rum und wollen was wissen und ehe ihr euch verseht, sitzen sie schon hintendrin.»

«Du warst schon mal in Polen?», frage ich Hauke.

«Vor paar Jahren. Geschäfte machen mit meinem großen Bruder.»

Aldi dreht den Kopf nach hinten wie ein Uhu.

«Ey, fahr mal hier gleich raus, Alter!», ruft Hauke und fuchtelt wild mit dem Arm.

Aldi sieht aus, als würde er nur widerwillig die Ausfahrt nehmen, jetzt, wo es unerwartet interessant wird. «Was sind denn das für Geschäfte, Bursche?», fragt er.

«Na ja. In Polen gibt's Straßenmarkt an jeder Ecke. Haben da früher falsche Levis' gekauft, fünfzehn Mark das Stück, ganze IKEA-Taschen voll, auch CDs und Rolex und was weiß ich. Und dann alles in Berlin weitervertickt, dreimal so teuer, versteht sich.»

Aldi gibt keinen Kommentar ab, aber das «He, he» steht ihm überdeutlich ins Gesicht geschrieben. Der alte Gauner.

«Könnt mich gleich hier am Bahnübergang absetzen», sagt Hauke. Wir halten unter einer Eisenbahnbrücke am Stadtrand von Dresden.

«Grüß deine Mutter», sage ich, als Hauke sich den speckigen Rucksack über die Schulter wirft.

«Ja, mal sehen, ob die mich überhaupt noch kennt, wa?»

Er steigt aus und knallt die Tür zu.

«Hey, warte mal!», rufe ich im letzten Moment. Ich steige aus, öffne den Kofferraum, hole den Bären raus und drücke ihn gegen Haukes Brust.

«Hast du nicht gesagt, dass deine Mutter die sammelt? Die freut sich bestimmt, wenn du ihn ihr mitbringst.»

«Alter, supergeil ...», sagt Hauke mit seinem Wickie-Grinsen. «Und der olle Elvis da hat auch nix dagegen?»

«Nee. Du hast doch gesehen, dass er ihn fast ausgesetzt hätte.»

Hauke schnaubt anerkennend. Er schaut durch die Beifahrertür noch einmal zu Aldi rein und patscht zweimal aufs Dach: «Danke, Alter! Lass knacken! Und viel Spaß bei der Oma!»

Während Hauke über die Straße läuft, sehe ich, wie Aldis Miene in Zeitlupe gefriert. Scheiße. Den Spruch mit der Oma hätte Hauke sich echt sparen können. Damit hat er dem Feind nämlich meine geheimen Pläne verraten. Ich traue mich kaum, ins Auto zurückzusteigen, denn ich habe das miese Gefühl, dass unsere Reise hier schon zu Ende sein könnte.

«Du hast dem erzählt, dass wir zu deiner Oma fahren?», fragt Aldi mit einer Strenge, die ich ihm gar nicht zugetraut hätte.

«Das hab ich nur so gesagt ...», rede ich mich schnell heraus. «Konnte dem doch schlecht erzählen, dass wir einen Schatz suchen. Den wären wir nicht mehr losgeworden, und am Ende hätte er noch was abhaben wollen.»

Aldis Gesichtszüge entspannen sich auf Anhieb.

«Gutes Denken, Chiquita», sagt er, und zum ersten Mal liegt so etwas wie Anerkennung in seiner Stimme. Puuuh. Das ist gerade noch mal gutgegangen. Nicht mehr lange, dann sind wir an der Grenze. Als wir sie 1987 überquert haben, hat es Stunden gedauert. Ich musste ganz still sein, während unsere Koffer durchwühlt wurden. Heute wollen sie nicht mal den Pass sehen, hab ich gehört. Man kann einfach so ins andere Land rüberfahren. Was gut ist. Aldi sieht nämlich hundert Prozent aus wie einer, der im Arsch von XXL-Bären Drogen schmuggelt.

14

Als wir die deutsch-polnische Grenze überqueren, ist es schon 22:40 Uhr. Auf holprigen Betonplatten brettern wir an hohen zweiarmigen Straßenlaternen vorbei. Gelbe Schilder mit rotem Rand warnen vor Wild auf der Fahrbahn. Nutten gibt es hier aber keine, nur eine namenlose Tankstelle, die einsam in der Gegend herumsteht. Wir halten kurz, um zu tanken. Einen Shop wie bei ARAL sucht man hier aber vergebens, also geht es gleich wieder weiter.

Wir fahren gut eine Stunde durch die Dunkelheit, bis ein paar Lichter in der Ferne Zivilisation andeuten.

Ein verbeultes Schild, auf dem gerade noch so lesbar «MOTEL» steht, lotst uns in ein kleines Dorf, das nur aus zwei Straßen über Kreuz und einer Bushaltestelle zu bestehen scheint. Aldi bringt den Wagen auf einem von Schlaglöchern übersäten Schotterplatz zum Stehen. Außer uns parken dort nur zwei LKWs. An einer schmutzigen, fensterlosen Hauswand klebt eine überdimensionale Werbetafel, auf der man wegen der schlechten Straßenbeleuchtung kaum was erkennen kann.

«Können wir uns überhaupt ein Hotel leisten?», frage ich Aldi, der sich im Seitenspiegel die Augenbrauen zurechtzwirbelt.

«Das ist keine Frage des Geldes, sondern eine Frage von Stil», meint er und strafft mit beiden Händen die mit billigen Strass-Steinen verzierte Jacke. «Meinst du, ich komme nach zwanzig Jahren als gemachter Mann in meine Heimat zurück und übernachte wie ein Penner in meinem Auto?»

Sagt einer, der dauerhaft in einem Campingwagen lebt, aber diesen Kommentar verkneife ich mir lieber. Nachdem er sich den Cowboyhut aufgesetzt hat, gehen wir auf das lange einstöckige Gebäude zu, an dessen Seite sich in gleichmäßigen Abständen dunkle Fenster reihen.

Die Rezeption finden wir dank blinkendem «OPEN»-Schild auf Anhieb. Sonst ist hier ja auch nichts. Hinter der holzverkleideten Theke sitzt eine ältere Dame. Sie hat was von einem Hund, dem man Lippenstift ums Maul geschmiert hat, und blättert in einer Zeitschrift, von der sie erst aufblickt, als Aldi den Hut gelüftet und auf Polnisch «Guten Abend» gesagt hat.

«Ja, bitte? Was kann ich für Sie tun?»

Aldi glotzt die Frau an, als hätte es ihm die Sprache verschlagen. «Moment mal ...», sagt er und richtet den Zeigefinger auf sie. «Das glaub ich ja nicht! Was machst *du* denn hier?»

Die Frau sieht ihn verunsichert an. «Tut mir leid», stammelt sie, «aber ich weiß nicht, wer ...»

Aldi wedelt mit der Hand vor ihrer Nase herum, als wollte er ihr die Antwort durch Magie entlocken. «Na komm schon, versuch es!»

Ihr Blick springt hilflos von seinem zu meinem Gesicht und wieder zurück.

«Hast du etwa deinen Schulkameraden vergessen? Deinen alten Freund, den Auswanderer?»

Peinliches Schweigen.

«Józef?», sagt sie ein paar Sekunden später. «Józef Nowak?»

«Na endlich!» Aldi wirft freudig seinen Hut hoch und fängt ihn wieder auf.

«Meine Güte, wie lange ist es her?», haucht die Frau, aber erst, als Aldi in albernes Wiedersehensgeschrei ausbricht, dämmert mir, dass er sie noch nie im Leben gesehen hat. Angewidert beobachte ich, wie er ihr behutsam mit den Fingerspitzen auf die Schultern klopft.

«Bitte verzeih mein schlechtes Gedächtnis», nuschelt sie mit verlegenem Halblächeln. «Ich habe dich wirklich nicht erkannt. Hattest du nicht schon mit Anfang zwanzig eine Vollglatze? Ignaz hat dich doch immer gehänselt ...»

Jetzt ist Aldi baff und grinst nur blöd vor sich hin. «Ja, weißt du, ich probiere gerade dieses amerikanische Haarwuchsmittel aus ...», druckst er herum. «Hinter den Ohren klappt es ganz gut. Da sprießen die Haare wieder wie Unkraut.»

Er ist sofort in seiner Rolle drin, geht ein Stück in die Hocke und dreht sich mit dem Rücken zu ihr herum, damit sie seine Haarbüschel begutachten kann. «Da hast du's, drum herum sieht's eher dürftig aus. Aber was kann man von solchen Wundermitteln schon erwarten? Hab's mir telefonisch im Fernsehen bestellt, das wird ja heutzutage so gemacht in diesem Amerika.»

«Was es nicht alles gibt», sagt die Frau, die sich Aldis Story mit weit aufgerissenen Augen angehört hat. Also, die Hellste scheint sie ja nicht zu sein. Aber nun mustert sie Aldi wieder mit einem Anflug von Skepsis. «Meine Güte, ich werde wohl alt. Ich hatte dich viel größer in Erinnerung.»

Oje. Gleich redet er sich um Kopf und Kragen, und der ganze Betrug fliegt auf!

«Mein Opa war Schauspieler am Broadway», grätsche ich dazwischen. «Für eine Rolle hat er sich beide Beine brechen lassen.»

«Das gibt es ja nicht ...», sagt die Frau ehrfürchtig.

«Doch, doch. Die sind dann gekürzt wieder zusammengewachsen.»

Aldi wirft mir einen mahnenden Blick zu. Ja, ja. Ich geb's zu. Mein Einfall war auch nicht der allerbeste. Aber die Frau scheint fürs Erste besänftigt zu sein. Ein Glück, dass wir auf so eine leichtgläubige Tante getroffen sind!

«Du bist also Schauspieler geworden!», sagt sie entzückt. «Und ich habe mich schon über den Cowboyaufzug gewundert ...»

Sie kichert, und ich höre Aldi erleichtert aufatmen. «Na ja, genug von mir», sagt er. «Wie ist es denn dir ergangen?»

«Ach, die alte Armut», seufzt sie. «Seit mein Mann tot ist, muss ich mich allein um das Motel kümmern, und die Gäste werden mit jedem Jahr weniger. Mein Enkel hat morgen Geburtstag, und ich hab nicht mal Geld für ein Geschenk.»

Die Frau bricht urplötzlich in Schluchzen aus und fängt ihre Tränen mit der Handkante ab. Meine Güte! Die Arme wirkt, als hätte sie seit Monaten mit niemandem mehr gesprochen.

«Aber, aber», sagt Aldi mit onkelhafter Stimme. «Du wirst doch jetzt nicht weinen. Weißt du, was man bei uns in Amerika sagt? Jeder Tag, an dem du nicht lächelst, ist ein verlorener Tag.»

Ich verdrehe die Augen. Da zeigt er auf mich und tätschelt mir den Kopf. «Das ist übrigens meine Enkelin Malinka.»

Ich schenke der Frau mein freundlichstes Lächeln, auch wenn ich mich dafür echt zusammenreißen muss.

«Bin gerade dabei, ihr die alte Heimat zu zeigen. Du hast ja keine Ahnung, was für Barbaren diese Amerikaner sind. Das arme Kind ist mit Mikrowellengerichten groß geworden. Von einem hausgemachten Bigos oder köstlichen Pierogi hat die noch nie was gehört.»

Die Frau hat sich mittlerweile wieder gefangen und mustert mich besorgt.

«Das ist die Wahrheit», beteuert Aldi. «Bei denen kommt die Butter aus der Sprühdose aufs Brot.»

«Mein Gott, ich hatte ja keine Ahnung», sagt sie und kommt mit dramatisch erhobenen Händen hinter der Theke hervor. «Wisst ihr was? Ich mache euch sofort etwas Warmes, ihr müsst ja einen riesigen Hunger haben. Kommt mit, seid meine Gäste.»

Sie führt uns in eine Art Speisesaal direkt hinter der Rezeption und macht einen kleinen Fernseher an, so wie Kellner in einem echten Restaurant erst mal die Kerze auf dem Tisch anzünden würden. Aber hier gibt es keine Kerzen, nur altmodische Serviettenspender in Form einer Muschel.

Wir haben uns kaum hingesetzt, da ist die Frau schon aus der Tür. Aldi folgt ihr und gibt mir ein Zeichen, dass ich warten soll. Ich lehne mich erst mal müde zurück und sehe mich im Raum um. Die schweren Vorhänge, die Tische und Stühle, alles außer dem Fernseher stammt aus den sechziger Jahren und sieht irgendwie traurig und abgenutzt aus. Es riecht nach vergilbten Zeitungen und verbrannter Milch. Im Fernsehen läuft eine Seifenoper, nächtliche Wiederholung. Das Geschnatter klingt spanisch, aber es wird von einer polnischen Tonspur überlagert. Eine tiefe, männliche Stimme, die monoton die Rollen der Männer, Frauen und Kinder spricht. Durch die geöffnete Tür beobachte ich Aldi, der plaudernd an der Rezeptionstheke lehnt, während die Frau dahinter kichert und gackert und ihm dann mit einer «Da nicht für!»-Geste einen Schlüssel überreicht. Aldi latscht hinter ihr her, in einen anderen Raum. Man kann nun Mikrowellengeräusche vernehmen. Kurz darauf kommt Aldi mit einem dampfenden Tablett zur Tür herein, die er mit dem Fuß hinter sich zuknallt. Auf dem Tisch stehen jetzt zwei Teller mit aufgewärmten Piroggen. Das Lieblingsessen meiner Mutter, nur dass sie es «Maultaschen» nennt, obwohl echte Maultaschen viel größer sind und eine andere Füllung haben.

Aldi wedelt mit einem Schlüssel vor meiner Nase herum und grinst selbstzufrieden. «Die gute Pani Wanda stellt uns kostenlos ein Zimmer zur Verfügung. Na, was sagste dazu?»

Der Gauner scheint tatsächlich Lob von mir zu erwarten.

«Du musstest sie nicht gleich nach Strich und Faden verarschen», sage ich. «Weißt du, dass wir echt Schwein gehabt haben? Jeder halbwegs intelligente Mensch hätte dich spätestens bei der Story mit dem Haarwuchsmittel ertappt.»

«Das hat nix mit Intelligenz zu tun, Chiquita, das ist ganz natürlich. Wenn Menschen was glauben *wollen*, werden sie blind für Gegenbeweise. Und die Tante wollte eben, dass ein alter Freund aus der Kindheit sie in ihrem Motelchen besucht. Ist doch schön! Davon wird die noch ihren Ururenkeln erzählen! Also, wie ich das sehe, haben wir der kein Stück geschadet, ich würde sogar sagen, wir haben ihr einen christlichen Dienst erwiesen!»

Jetzt schlägt's aber dreizehn. Einen christlichen Dienst! Aber ich hab zu viel Kohldampf, um das jetzt auszudiskutieren, und weil der Duft der Piroggen mir in die Nüstern steigt, fange ich sofort an zu schlingen.

Auch Aldi beginnt, das Zeug in sich reinzuschaufeln und, wie es seine Art ist, in alle Himmelsrichtungen zu schmatzen. «Hör mal», sagt er mit kauendem Mund. «Weißt du eigentlich, dass du einen deutschen Akzent hast, wenn du versuchst, Polnisch zu sprechen?»

«Und du hast einen polnischen Akzent, wenn du versuchst, Deutsch zu sprechen», kontere ich.

«So war's nicht gemeint, Chiquita», sagt Aldi und wischt sich mit einer Serviette über den Mund. «Hab dich gerade zum ersten Mal Polnisch sprechen gehört, das ist alles.»

«Hab's auch nicht so gemeint», gebe ich zu. «Dein Deutsch ist echt gut für nen Ausländer.»

«Deutsch ist meine Muttersprache, du Fruchtzwerg.»

Aber bevor ich «Hä?» sagen kann, springt er auf und ruft: «Komm. Schauen wir uns die Kojen an!»

15

Unser Zimmer ist keine Luxussuite, aber auch keine Besenkammer. Ich würde sagen: zweieinhalb Sterne. Ein Tisch, ein Stuhl, zwei Betten und ein Nachtschränkchen, auf dem ein Radio steht. Über der Tür hängt ein alter Kalender mit dem verblichenen Antlitz des polnischen Papstes. Dusche und Klo befinden sich am Ende des Flurs, neben der Tür hängt ein winziges Waschbecken mit Sprung. Ich habe bereits geduscht und trage zum Schlafen ein schlauchartiges Matrosenshirt, das ich mir blind aus dem Kofferraum geangelt habe. Aldi, der in seinem Behelfspyjama aus langer Unterhose und Unterhemd wie ne Weißwurst aussieht, sitzt auf dem Bett und dreht pausenlos am Zimmerradio herum, auf der Suche nach einem Sender. Auf einmal dringen die Klänge eines polnischen Oldies durch das statische Rauschen. Die Aufnahme hört sich an, als würde sie aus der Zeit von Elvis stammen, und der Typ singt mit ausländischem Akzent.

«Das gibt's ja gar nicht!», freut sich Aldi. «Die spielen den guten alten Marino Marini! Dazu haben wir stundenlang getanzt damals, deine Oma und ich.»

Er springt auf, um ein paar Tanzschritte zu trippeln, und singt eine Weile mit. Dann dreht er noch ein paar Pirouetten mit dem imaginären Besen, bevor er sich zurück aufs Bett fallen lässt, das Radio zärtlich ans Ohr gedrückt. Jetzt liegt er in schwelgerischer Pose auf der Seite und dirigiert die Nummer mit dem Finger.

«Das waren Zeiten … Marino Marini und ‹Paradiso› von Connie Francis. Wir haben getanzt, bis uns die Schuhe gequalmt haben.»

«Du hast mir noch gar nicht erzählt, wie ihr euch kennengelernt habt», stelle ich fest. Überhaupt ist es das erste Mal, dass er von sich aus auf Oma zu sprechen kommt.

Aldi macht das Radio aus und stellt es zurück auf den Nachttisch. «Dann sollst du jetzt deine Gutenachtgeschichte bekommen.» Er schlüpft unter seine Decke, lässt aber das Licht an.

«Wie du dich bestimmt noch erinnerst, hatte ich nach meiner Rückkehr in die Heimat die Familienpension ganz leer vorgefunden. Und wenn ich mir auch nicht erklären konnte, warum sie mich übergangen hatten, war ich fest entschlossen, meinen Eltern nach New York zu folgen …»

Er richtet seine Worte an die gegenüberliegende Wand, als würde er für einen Theatermonolog üben.

«Ich sammelte und verkaufte Pfandflaschen, einige Jahre lang, bis ich das Geld für meine Überfahrt nach Amerika zusammenhatte. Dann konnte ich endlich den Ranzen mit meinen Siebensachen schnüren und nach Gdingen aufbrechen, von wo aus das berühmte Schiff *Batory* Kurs auf New York nahm.»

Auch wenn es mir schwerfällt, versuche ich, mir Aldi als jungen Mann vorzustellen. Wie er an Bord eines Dampfers steht und denen an Land mit der Schiebermütze winkt.

«Als erfahrener Weltenbummler schaffte ich es ohne Schwierigkeiten an Bord. Aber die *Batory* rührte sich nicht von der Stelle. Stell dir vor: Während ich für diese Reise so fleißig gespart hatte, war das olle Schiff zu einem Hotel-Restaurant umfunktioniert worden. Ich schrie, ich tobte, war außer mir!

Aber wo ich schon mal hier war, wollte ich doch wenigstens das berühmte Restaurant in Augenschein nehmen. Vielleicht könnte ich einen Kristallaschenbecher mitgehen lassen oder zwei. So was war damals ein Vermögen wert. Und während ich dort festsaß und fieberhaft überlegte, wie ich denn nun über den Großen Teich kommen sollte, fesselten die Gaunereien einer jungen Dame am Nebentisch meine ganze Aufmerksamkeit.»

«Oma …», formen meine Lippen lautlos.

«Sie hatte ein Wachspüppchen vor sich, in das sie lange Nadeln trieb, und einen Stapel Tarot-Karten, aus denen sie reichen Restaurantbesuchern die Zukunft las. Alle fünf Minuten nahm sie im Tausch gegen ihre Dienste einen ganzen Stapel Dollars entgegen. Ich war Feuer und Flamme, einfach hin und weg! Ich musste das Fräulein Rosa, wie man sie rief, unbedingt kennenlernen.»

Meine Oma war also Wahrsagerin. *Wenn* die Geschichte stimmt.

«Ich stellte mich ihr als verhinderter Erbe eines Millionenvermögens vor», erzählt Aldi weiter. «Und es dauerte nicht lang, da verriet ich ihr auch, dass ich nach New York auszuwandern gedachte. Sie war so beeindruckt von meinen Plänen und meiner Person, dass sie mir gleich ein Geständnis machte. Es stellte sich heraus, dass sie aus demselben Grund im Bordrestaurant festsaß wie ich! Auch sie war auf dem Weg nach Amerika. Sie strebte nämlich eine Karriere als Zauberin an. Nirgendwo sonst konnte man mit Illusionen so reich und berühmt werden wie auf den Varieté-Bühnen von New York. Und sie war nicht nur eine große Schwärmerin, deine Großmutter, tatsächlich war sie auch eine Meisterin der Täuschung.»

«Dann wart ihr ja wie füreinander geschaffen!», rutscht es mir beinahe entzückt heraus.

«Du sagst es, Chiquita! Wir heirateten noch im selben Jahr. Da hast du deine Lovestory. Gute Nacht.»

«Ich muss aber wissen, wie's weiterging!», sage ich fordernd, aber da hat Aldi bereits den Lichtschalter neben dem Bett betätigt und seiner Aufführung ein Ende gesetzt.

«Bitte, erzähl mir noch ein bisschen mehr ...», flüstere ich im Dunkeln.

«Also gut», seufzt Aldi. «Wir zogen ganz in die Nähe meines Geburtsorts, in ein oberschlesisches Dorf bei Katowice. Ich wünschte, es hätte uns woandershin verschlagen, doch hatte Rosa dort das Häuschen ihrer Großtante geerbt, und die Dorfbevölkerung war so rückständig, dass Rosa sich als Spezialistin für Gespräche mit der Geisterwelt verdingen konnte. Ich für meinen Teil sammelte weiter Pfandflaschen für einen erneuten Auswanderungsversuch. Und sollte ich meine Eltern in New York nicht finden und Rosas Karriere als Illusionistin nicht zünden, dann könnten wir immer noch als Gangster-Pärchen Furore machen. Was hatte man nicht für Möglichkeiten damals in diesem Amerika! Alkoholschmuggel zum Beispiel, damit ist schon so mancher zum Großstadtbaron aufgestiegen.»

Er schweigt ein paar Sekunden, bevor er fortfährt.

«Aber die Weltgeschichte machte uns einen Strich durch die Rechnung. Plötzlich war es verboten, in den Westen zu reisen. Vom Auswandern ganz zu schweigen. Und mittendrin in dieser gottlosen Zeit, als hätte sie nicht noch ein paar Jährchen warten können, hatte die Seele deiner Mutter beschlossen, in unserer Mitte fleischliche Gestalt anzunehmen.»

Ich muss mich unwillkürlich schütteln.

«Das Kind war schuld, dass unsere Pläne im Sande verliefen. Meine Sehnsucht nach der weiten Welt war immer noch groß. Doch aus meiner Frau, der verrückten Wahrsagerin, war über Nacht ein Vernunftmensch geworden. Sie begann, meine großen Träume als kindische Illusionen abzutun. Auch daran dürfte deine Mutter schuld sein, wenn du mich fragst ...»

Er hält kurz inne. «Schläfst du schon, Chiquita?»

Obwohl ich hellwach bin, murmle ich nur schlaftrunken vor mich hin. Wenn er denkt, dass ich nicht ganz da bin, erzählt er vielleicht eher die Wahrheit.

«Ach ... Du kannst dir nicht vorstellen, wie ich all die Jahre auf einen Tornado hoffte, der unser Häuschen aus der Erde reißen und über den Atlantik wehen würde, in das ferne Kalifornien, wo die Orangenbäume blühen ... Doch tatsächlich wurde unsere Welt mit jedem Jahr grauer und die Wahrscheinlichkeit, wegzukommen, geringer. Nicht mal die Zugvögel verließen das Land. Im Winter fielen sie tot von den Bäumen.»

Ich gebe ein vage zustimmendes Geräusch von mir, also erzählt er weiter.

«Ehe wir uns versahen, waren die Siebziger angebrochen, und ich feierte meinen fünfzigsten Geburtstag. Deine Mutter Grażyna war mittlerweile zu einer jungen Frau herangewachsen und bereitete sich auf ihre Matura-Prüfungen vor. Lass mich dir sagen, dass es für einen Mann in seiner Lebensmitte nichts Schlimmeres gibt, als den Gedanken, dass das schon alles gewesen sein soll. Dass der letzte Tango getanzt, dass der Drops gelutscht ist. Ich war schon kurz davor, mein Leben wegzuwerfen, als in den Zigarrensalons, in denen ich verkehrte, getuschelt wurde, dass es nun möglich sei, nach Deutschland auszuwandern. Gut, Deutschland, das war nicht Amerika. Aber es war ein Kompromiss, wenn man sich die bunten

Kataloge aus den Westpaketen so ansah. Und nun, da die Politik uns nicht mehr im Wege stand und das Kind die Schule abgeschlossen hatte, fasste ich mir ein Herz und nahm Rosa beiseite und brachte unsere Auswanderungspläne von damals erneut aufs Tapet. Doch sie wollte nichts mehr davon wissen! Vernunftgründe! Pah! Ich habe natürlich Einsicht geheuchelt, um des lieben Friedens willen. Aber weil ich ein Fuchs war, suchte ich heimlich nach Schleichwegen, heckte im Dunkeln jede Menge Pläne aus. Ich war ja nicht wie die Leute in diesem zurückgebliebenen Dorf. Ich würde nicht mein Leben lang drauf warten, dass die Letzten endlich die Ersten sein werden. Kurz nach dem achtzehnten Geburtstag deiner Mutter fasste ich einen folgenreichen Entschluss. Ich würde es ihnen allen zeigen: Alois Dudek war wie eh und je zu Großem bestimmt! Meine Geschichte war noch lange nicht zu Ende erzählt. Und diesmal würden sie selbst Teil dieser Geschichte werden …»

Ich halte die Luft an.

«Es geschah an einem Septembertag im Jahre 1976. Wir waren an den See gegangen, für ein letztes Picknick im Grünen. An diesem Abend zogen sich die Stunden zäh dahin wie nie. Die Fruchtfliegenplage gab noch den interessantesten Gesprächsstoff ab. Ich weiß noch, dass ich recht wortkarg war und lieber den Libellen zusah, wie sie starr über dem Schilf schwebten und nicht von der Stelle kamen. Als die Kirchenglocken sieben schlugen, richtete ich mich auf und sprach: ‹Ich schwimm noch ne Runde!› Und Rosa darauf: ‹Du willst jetzt noch ins kalte Wasser?› Und ich: ‹Mir wird beim Schwimmen schon warm!›

Die Familie sah mir gelangweilt zu, wie ich mir das Hemd über die Rübe zog. Meine Socken abstreifte und in die Schuhe stopfte. Bis ich in Badehose vor ihnen stand. Nur meinen Ring hatte ich noch am Finger stecken. Sie ahnten nichts, als ich ins Wasser stieg. Ich schwamm bis ans andere Ufer. Dort hatte ich im Gebüsch eine Tasche mit Ersatzkleidung versteckt und allem, was ich auf der Flucht brauchen würde. Als ich zum letzten Mal über den See auf die andere Seite blickte, wusste ich noch nicht, dass ich Grażyna und Rosa nie wiedersehen würde.»

Ich kann nicht länger tun, als würde ich schlafen. Als hätte man mir einen Eimer kaltes Wasser ins Gesicht gekippt, richte ich mich im Bett auf und schlage mit der Faust gegen das Kissen. «Wie kann man nur so blöd sein?», platzt es aus mir heraus. «Was ist denn das für ein endbescheuerter Plan, seinen Tod vorzutäuschen, wenn man einfach nur auswandern will?»

«Das war ja gar nicht der Plan gewesen!», widerspricht Aldi. «Eigentlich wollte ich mich nur elegant aus dem Staub machen. Für ein, zwei Jahre verschwinden, es in Deutschland zu etwas bringen und die beiden zur rechten Zeit zu mir holen. Ins gemachte Nest, verstehst du?» Seine Stimme wird leiser. «Ich dachte, dass man da schlecht nein sagen kann.»

«Aber wenn du Oma nicht in den Plan eingeweiht hast», rufe ich und merke, wie ich noch mehr in Rage gerate, «dann konnte sie doch nur annehmen, dass du ertrunken bist!»

«Stell dir vor, dein Mann kommt auf tragische Weise ums Leben», sagt Aldi. «Du beweinst ihn, wünschst dir, du wärst nicht immer so streng mit ihm gewesen ... Und dann erfährst du, der ist gar nicht gestorben! Der ist nur ein besserer Mensch geworden, der dir jetzt richtig was bieten kann! Palmen, Flamingos, einen Tisch mit Ananas in der Mitte! Würdest du den Wiederauferstandenen nicht mit offenen Armen begrüßen?»

«Kann schon sein ...»

«Siehste. So hab ich damals auch gedacht. Aber deine Großmutter war anders gestrickt. Sie hat mir den Exodus ziemlich übelgenommen. Ob ich es ihr zum Vorwurf mache? Nein, nein. Sie war damals nicht schlau genug, die Tragweite meines genialen Plans zu überblicken. Außerdem konnte sie nicht wissen, dass ich das Zeug zum Fernsehstar hatte, dass ich zu Größerem bestimmt war! Gleich nach meiner Ankunft in Castrop-Rauxel habe ich die ersten Briefe nach Hause geschrieben. Erst ein Jahr später habe ich Antwort bekommen. Da hat Rosa mir Fotos von meiner Beerdigung geschickt.»

«Wie bitte?»

«Du hast richtig gehört. Totenmesse, Trauerfeier, Leichenschmaus. Und ein Bild vom Kreuz, das sie am See für mich aufgestellt hatten. Rosa hatte alles perfekt inszeniert. Sie warf mir vor, sie verlassen zu haben wie einer, der weggeht, um Zigaretten zu holen. Für sie war ich nichts weiter als ein feiger Schuft. Sie hatte sich Zwiebeln ins Taschentuch gestopft, um mich auf der Trauerfeier glaubwürdig beweinen zu können. Das alles schrieb sie mir. In ihrem Herzen war ich wirklich gestorben. Und mit der offiziellen Bestattung hatte sie dafür gesorgt, dass ich auch für alle anderen tot war.»

Hammer. Jetzt habe ich einen richtigen Knödel im Hals. Wenn meine Oma wirklich so drauf ist, wie Aldi es darstellt, dann ist es kein Wunder, dass meine Mutter sie nicht mehr besuchen will. Aber irgendwas sagt mir, dass das immer noch nicht die ganze Wahrheit ist.

«Was ist denn mit Mama?», frage ich. «Hat sie deine Briefe nicht gelesen?»

«Rosa meinte, es sei besser, Grażyna glauben zu lassen, ich sei tot. Sie sollte mich nicht als Schandfleck der Familie in Erinnerung behalten. Sie hatte mir den allwissenden Kopp im Paket geschickt. Als Warnung, für immer zu schweigen. Du siehst ... Deine Großmutter war eine stolze Frau. Ihr Hochmut sollte die ganze Familie ins Verderben stürzen. Und alles nur, weil sie mir nicht verzeihen konnte, dass ich sie verlassen habe.»

«Aber du hast sie ja gar nicht verlassen», sage ich.

«Eben!», schreit Aldi. Jetzt sitzen wir beide aufgerichtet auf unseren Betten.

«Das ist es ja! Ich hatte nie vor, sie sitzenzulassen! Ich war ja quasi nur kurz ausgeflogen, um uns ein besseres Nest an einem besseren Ort zu bauen!»

Stille.

«Eines verstehe ich nicht», sage ich nach einer Weile. «Was hat dich denn daran gehindert, zu ihr ins Dorf zurückzukehren? Irgendwann hättet ihr euer Missverständnis doch aus der Welt räumen können.»

«Hast du mir überhaupt zugehört?», schreit Aldi mich an. «Die Frau hatte mich bereits zu Grabe getragen!»

«Ja, und? Wenn sie so ein David Copperfield war, wie du vorhin erzählt hast, hätte sie doch sicher einen Weg gefunden, dich wiederauferstehen zu lassen.»

«Du hast ja überhaupt keine Ahnung. Ich hätte lebensmüde sein müssen, um zurückzugehen! In Polen auf dem Dorf geht's ganz anders zu, als du dir das vorstellst. Das war nicht irgendein Vorort von Castrop-Rauxel. Die Menschen, die dort leben, sind Hinterwäldler vor dem Herrn. Die halten die Erde immer noch für den Mittelpunkt des Universums. Sie glauben, die Sterne wären Löcher im Himmel, durch die das Paradies durchscheint. Aber stärker als an alles andere glauben sie an Geister und Dämonen. Rosa hat sich nicht ohne Grund ausgerechnet dort niederlassen wollen mit ihrem Wahrsagereigeschäft! Die Dorfbewohner haben sich seit eh und je vor Wiedergängern gefürchtet. Ich habe selbst noch erlebt, wie man frischen Leichen den Kopf abschlug, um sicherzugehen, dass die nicht zu Untoten mutieren. Meine Leiche hatte niemand zu sehen bekommen. Im See hatten sie mich schließlich nicht finden können. Und das konnte nur eines bedeuten, dass ich nämlich am Grund des Sees längst mein Unwesen als Utopek trieb ...»

Utopek? Das Wort sagt mir irgendwie was ... Ach ja! So hat meine Mutter mich früher genannt, wenn ich zu lange in der Badewanne planschte!

«Was genau ist eigentlich ein Utopek?», frage ich.

«Das möchtest du gar nicht wissen. Es sind Wasserdämonen, die aus den Überresten von Selbstmördern, Ungetauften und Ertrunkenen entstehen. Sie leben auf dem Grund von Gewässern und ernähren sich von menschlichen Seelen, die sie in Einmachgläsern gefangen halten ...»

«Wer glaubt denn an so einen Schwachsinn?»

«Die Menschen im Dorf glauben daran. Nachdem bekannt wurde, dass ich darin unauffindbar ertrunken war, haben sie den See für Badende gesperrt. Kannst du dir das vorstellen? So groß war die Angst, dass meine Utopek-Gestalt dort Besoffenen auflauern könnte, um sie an den Füßen auf den Grund zu ziehen. Und nun bemühe bitte deine Phantasie und versuche, dir auszumalen, was passiert wäre, wenn ich plötzlich wieder aufgetaucht wäre.»

«Die Dorfbewohner hätten dich für den leibhaftigen Utopek gehalten?»

«Kaltgemacht hätten sie mich! Mit Knüppeln niedergestreckt! Mit Schaufeln zerstückelt! Mich mit Feuerfackeln auf dem Scheiterhaufen verbrannt!» Aldi kriegt sich kaum mehr ein vor Geschnaufe. «Verstehst du jetzt, warum ich nie wieder zurückkann?»

«Aber –»

«Genug davon», unterbricht Aldi. Er legt sich wieder hin und dreht den Kopf zur Wand. «Du hast mich ganz schön ausgelaugt mit deiner Neugier. Jetzt hab ich mir die Bettruhe redlich verdient. Gute Nacht!»

Er zieht sich die Decke über die Ohren und fängt augenblicklich an zu schnarchen.

«Nacht», murmle ich und lasse den Kopf aufs Kissen zurückfallen. Das muss ich erst mal alles verarbeiten.

Aldis Fake-Geratze geht allmählich in echtes Schnarchen über, und ich drehe mich von einer Seite zur anderen. Wenn seine Geschichte stimmt, zumindest der ein oder andere Teil, dann basiert die ganze Familientragödie auf einem Missverständnis. Denn offenbar ist Aldi gar nicht aus Egoismus über den Teich geschwommen, sondern damit es allen bessergeht! Nachdem der Plan und seine Umsetzung aber ziemlich daneben waren und Oma ihn so radikal in die Einsamkeit verbannt hat, ist es kein Wunder, dass er glaubt, er könnte nie wieder zurück. Von wegen Utopek ... Außer Aldi glaubt kein Mensch mehr an Dämonen. Die Aufklärung hört doch hinter der polnischen Grenze nicht einfach so auf. Wir sind hier nicht in Rumänien und auf dem Weg zu Graf Dracula. Es war einfach eine verdammt fiese Nummer von Oma Rosa, dass sie ihren Ehemann totgesagt hat. Da würden jedem erst mal ein paar Tassen aus dem Schrank fallen, glaube ich. Jedenfalls verstehe ich jetzt viel besser, warum Aldi nicht ganz normal ist. Warum er sich für kein krummes Geschäft zu schade ist und ohne jedes Schamgefühl durch die Talkshows tingelt. Was hat einer, der alles verloren hat, schon zu verlieren? Irgendwie hab ich jetzt richtig Mitleid mit dem alten Tölpel. Und noch etwas ist mir klargeworden. Und zwar, dass Aldi Oma Rosa wirklich vermisst. Dabei sind zwanzig Jahre eine verdammt lange Zeit, um einer kaputten Ehe nachzutrauern. Ob Oma Rosa immer noch wütend auf ihn ist? Irgendwas sagt mir, dass sie ihn nicht zurückweisen würde, wenn Aldi morgen aus dem Totenreich zurückkäme. Natürlich nur, wenn er sich bei ihr entschuldigt. Vorher müsste er aber einsehen, dass er auch einen Fehler gemacht hat, und da sehe ich im Moment schwarz. Und ob die alte Zitterpalme sich überhaupt trauen würde, sich seiner Vergangenheit zu stellen, das ist noch mal eine ganz andere Geschichte. Aber noch bevor ich mir eine Strategie überlegen kann, wie ich Aldi rumkriegen könnte, eine Wiederauferstehung zu wagen, zwingt mich die Müdigkeit in den Schlaf.

16

Ich bin hellwach. So plötzlich und mühelos, wie man nur an Weihnachten wach wird oder vor einer wichtigen Klassenarbeit. Durch die vergilbte Gardine dringt Sonne ins Motelzimmer und lässt die Wände in einem blassen Seifengrün leuchten. Ich gucke rüber zu Aldis Bett. Es ist leer. Auch seine Sachen sind weg. Er wird doch nicht etwa ... Ich springe aus dem Bett, reiße das Fenster weit auf und suche den Parkplatz mit den Augen ab. Puuuh. Glück gehabt. Der Mercedes steht genau dort, wo wir ihn gestern geparkt haben. Wieso habe ich eigentlich ständig Angst, Aldi könnte verschwunden sein? Ach ja ... weil das seine Spezialität ist! Mit einem Schlag ist die ganze Geschichte von gestern wieder da. Ich atme die kühle Luft ein. An der bröselnden Seitenwand des heruntergekommenen Hauses gegenüber hängt noch immer das riesige bunte Plakat. Jetzt bei Tageslicht sieht man, dass es für eine unbekannte Jeansmarke wirbt. In der Ferne kräht ein Hahn. Stinkende Kleinwagen rumpeln vorbei. Irgendwo bellen Hunde. Wir sind in Polen. Spätestens jetzt sollte mir doch irgendetwas vertraut vorkommen, aber die Wahrheit ist, ich fühle mich wie auf einem anderen Planeten.

Ich nehme die Klamotten vom Stuhl, die ich mir gestern Abend aus dem Kofferraum gezogen habe, ein T-Shirt mit «KEINE MACHT DEN DROGEN»-Aufdruck und eine graue Strickjacke à la Kurt Cobain, ziehe mich in Rekordgeschwindigkeit an, werfe mein Zeug in den Rucksack und renne los, um Aldi zu suchen.

Im Flur riecht es nach verbranntem Rührei. Die Tür zum Frühstücksraum steht weit offen. An zwei der kleinen Tische sitzen müde LKW-Fahrer und kippen sich Kaffee in den Schlund. Am dritten entdecke ich Aldi. Er hat sich den Tisch genau in der Mitte ausgesucht und rutscht mit dem Hintern auf dem Stuhl hin und her, während er vergnügt ein Würstchen ansägt. Als er mich im Türrahmen bemerkt, winkt er mir mit dem ganzen Arm zu und ruft mit vollem Mund: «Da bist du ja endlich, Chiquita! Haaaach!» Er reckt und streckt sich ausgiebig. «Welch ein Tag! Fühlst du dich nicht auch wie geläutert?»

«Eher wie gerädert», sage ich und setze mich zu ihm.

Auf der Plastiktischdecke sind aufgestellt: ein ganzer Topf, in dem polnische Würste dampfen, in Scheiben geschnittene Gurken, eine Schüssel mit grobkörnigem Frischkäse und ein Körbchen, in dem ein paar eingerissene Brotscheiben liegen.

Aldi hat vor sich Nutella-, Marmelade- und Honig-Miniaturen ausgebreitet und schiebt sie hin und her wie Panini-Sammelbilder. «Gibt's doch gar nicht», staunt er. «Da wanderst du extra aus, um Schwartau-Marmelade zu löffeln, und dann haben die hier zwanzig Jahre später alles genau so wie im Westen. Verrückt!»

Während ich mir Butter aufs Brot schmiere, pfeffert Aldi ein paar Gurkenscheiben mit einem Streuer in Tomatenform. «Und schau mal, was im Fernsehen läuft!» Er deutet auf die alte Kiste in der Zimmerecke. «Werbung am laufenden Band! Und alles in Farbe! Das ist doch Zauberei!»

«Ich brauche erst mal nen Kaffee», sage ich, obwohl ich

normalerweise keinen trinke, aber wenn das hier so weitergeht, muss ich echt stark sein.

«Pani Wanda bringt dir gleich einen guten, alten Fussel-Kaffee Türkische Art», trällert er. «Bitte schön, da kommt er schon!» Er winkt unsere Gastgeberin heran, die gerade mit einem Kännchen zur Tür hereinkommt. Pani Wanda ist perfekt frisiert und gießt mir den Kaffee in ein gewöhnliches Trinkglas, das in einem Aluminiumkörbchen mit Henkel dran steht.

Aldi nickt ihr anerkennend zu und stößt in der Luft mit mir an. «Und jetzt mach hinne», hetzt er mich, noch bevor ich einen Bissen genommen oder einen Schluck getrunken habe. «Wir haben keine Zeit zu verplempern.»

Er zieht den Zimmerschlüssel aus der Jackentasche und überreicht ihn unserer Gastgeberin, die den Tisch nebenan abräumt. «Eine prächtige Zeit hatten wir bei dir, geschätzte Wanda!», sagt er feierlich. Er steht auf und klopft ihr sanft auf die Schultern.

«Was? Ihr wollt schon wieder fahren?», fragt sie erstaunt. «Wolltest du deiner Enkelin nicht deine Heimat zeigen?»

«Sicher, sicher. Aber erst fahren wir nach Zakopane. Muss der Kleinen zeigen, wie man in Polen Urlaub macht. Aber ich hab noch etwas für dich», fällt ihm ein. «Rühr dich nicht von der Stelle.»

Er sprintet aus dem Frühstücksraum, und ich gebe der verwirrten Frau mit einem Schulterzucken zu verstehen, dass ich auch keinen Plan habe, was der Alte vorhat. Besser sehe ich zu, dass mein Magen voll wird.

Kurze Zeit später kommt Aldi mit einem der beiden übrig gebliebenen Bären aus dem Auto wieder. Der ist tatsächlich so riesig, dass er gerade so durch den Türrahmen passt.

«Dein Enkel hat doch heute Geburtstag ...», sagt Aldi und drückt Wanda das Vieh an die Brust. «Und du hast mir erzählt, dass du kein Geschenk für ihn hast. Und da habe ich mir gedacht ...»

Wanda schaut erst verdattert, aber als ihr klarwird, dass der Bär Aldis Dankeschön für die kostenlose Unterbringung ist, bekommt sie ganz feuchte Augen vor Glück.

«Der Bär hat schon Kinder aus brennenden Häusern gerettet», sagt Aldi. «Das musst du deinem Enkel unbedingt erzählen.» Er zeigt ihr die Sengspuren an einem der Bärenohren, und mir wird klar, dass er da gerade erst dran rumgekokelt hat. «Und vergiss nicht, was wir Amerikaner immer sagen», raunt er der beseelten Wanda verschwörerisch zu. «Jeder Tag, an dem du nicht lächelst, ist ein verlorener Tag!»

Er zupft mich am Ärmel und flüstert: «Schnell, bevor sie merkt, dass wir nicht mit einem Cadillac unterwegs sind.»

«Danke für das Bärchen!», ruft die überrumpelte Wanda uns hinterher, als wir über den Gang nach draußen hasten. Aldi öffnet den Wagen, ich hüpfe auf den Beifahrersitz, und noch bevor ich mich angeschnallt habe, tritt Aldi aufs Gaspedal. Der Kies knirscht und spritzt unter den Reifen, als wir endlich die Kurve kratzen. Aber schon auf den ersten paar Metern muss Aldi für eine Gänsefamilie bremsen, und bis wir auf die Autobahn kommen, tuckern wir mit Tempo 30 übers Land.

Es fängt an zu regnen. Ich strecke mich und glotze nach draußen: Vor nahezu jedem Haus stehen riesige Werbetafeln, und an den Zäunen hängen Planen mit Telefonnummern, die auf irgendwelche Dienstleistungen und Kleinunternehmen aufmerksam machen. Textilgroßverkauf hier, Möbel und «Komputery» dort, Großbuchstaben auf schrillem Grund. Das Ganze als Schilderwald zu bezeichnen wäre noch untertrieben. Es ist ein einziger Anzeigendschungel! Auch Aldi guckt mit offenem Mund aus dem Fenster. Die Häuser sind aber auch schon ein Thema für sich, soweit ich das beurteilen kann und nicht großflächige Banner die Fassaden verdecken. Einige Buden sehen echt alt aus. Also richtig alt. Wie diese dunklen Hütten, die man im Freilichtmuseum besichtigen kann. Die neueren Häuser dazwischen sind meistens würfelförmig und entweder unverputzt, so dreckig, dass sie schwarz aussehen, oder in unmöglichen Farben gestrichen. Und zwischendurch steht total unpassend eine weiße Villa mit römischen Säulen dazwischen. Augenkrebs, echt. Gut, dass wir bald wieder zurück auf der Autobahn sind. Ich lasse Aldi seine Paradiso-Kassette hören, schaue aus dem Fenster und denke nach. Die Aussicht, schon morgen oder heute Abend nach Deutschland zurückzufahren, macht mir verdammt schlechte Laune. In Wirklichkeit bin ich doch wegen Oma mit Aldi nach Polen gekommen, und nicht, um einen Schatz zu suchen, den er sich vermutlich nur einbildet. Ich überlege krampfhaft, wie ich ihn in Omas Nähe lotsen kann. Dafür müssten wir auf jeden Fall Richtung Katowice fahren. Und hatte er nicht erzählt, dass er in der Gegend geboren ist? Die Tropfen hämmern gegen die Windschutzscheibe. Auf einmal fällt mir ein, wie ich ihn von seiner Route abbringen kann.

«Kannst du mir eigentlich die Stelle zeigen, wo der Storch dich geholt hat, wenn wir schon mal hier sind?», frage ich, denn wie ich Aldi kenne, lassen Pseudobeweise sein Erzählerherz höher schlagen.

«Ohooo! Dieser Schauplatz meines abenteuerlichen Lebens liegt im heutigen Katowice ...», sagt er und grinst wie ein Honigkuchenpferd.

«Ach, das war in Katowice?», stelle ich mich dumm. «Das steht hier überall angeschrieben.» Ich zeige auf die nächste grüne Tafel.

«Ja, ist nicht weit von hier. Wollen wir einen kleinen Abstecher wagen, Chiquita?»

Na bitte. Es hat funktioniert. Und wie auf Kommando hat es plötzlich aufgehört zu regnen.

17

Eine Stunde später fahren wir langsam von der A4 runter. Jetzt ragen vereinzelt Industrieanlagen aus der Landschaft und dazwischen riesige Siedlungen in verblassten Pastellfarben, bröckelig und angenagt wie alte Schuhkartons.

«Gleich sind wir da», sagt Aldi, als die Wohnblöcke immer dichter stehen und wir an drei Betontürmen vorbeifahren, die wie Maiskolben in den Himmel zeigen. Aldi biegt an der nächsten Kreuzung ab und parkt den Wagen am Rande der Siedlung.

Ich kurble das Fenster runter und glotze hinaus. Alle Achtung. Das ist mal eine Wohngegend, die den Namen Ghetto verdient. Dagegen ist unser Mehrfamilienhaus ein Wohnparadies und Castrop-Rauxel eine urbane Perle.

«Das war alles noch nicht da, als ich geboren wurde», erzählt Aldi. «Früher arbeitete meine Mutter hier auf den Feldern. Von denen ist natürlich nix übrig geblieben.»

Ich steige aus und kann erst mal nur gucken und staunen.

«Und hier, irgendwo in dieser Gegend, hat dich also der Storch geholt ...», sage ich.

«Hier hat der Lümmel mich aufgegabelt.»

Wir stehen neben einer Litfaßsäule, die sich in unzähligen Schichten häutet. Auf der anderen Straßenseite, unter einer von dünnen Pfeilern gestützten Überdachung, drängen sich containerartige Bauten mit kleinen Läden drin. In großen, glücksradartigen Lettern stehen Sachen wie APTEKA und FRYZJER drüber. Ein Mütterchen mit ausgebeulten Einkaufstaschen überquert gerade die Straße und versucht, dabei nicht in die Pfützen zu treten. Sie wirft uns einen kurzen, argwöhnischen Blick zu. Etwa hundert Meter rechts vom Einkaufskomplex sehe ich nun längliche Plastikfolien flattern. Dahinter Kleiderständer, irgendwelche Buden und ein Gewimmel von Menschen dazwischen. Ich stupse Aldi an.

«Sag mal, ist das nicht einer dieser Straßenmärkte, von denen uns Hauke erzählt hat?»

Aldi kneift die Augen zusammen und stiert über die Straße. «Du könntest recht haben. Das sollten wir uns ansehen, Chiquita! Aber wenn du einkaufen willst, brauchen wir polnische Złoty. Da drüben ist eine Wechselstube.»

Er deutet mit dem Kopf zu einem unscheinbaren Büdchen hinüber, an dem das Wort KANTOR prangt. Eine Wechselstube, mitten in einer Wohngegend. So was habe ich in Deutschland auch noch nie gesehen.

Aldi pult die Kohle vom Seniorenbetrug aus der Tasche und geht zum Kantor rüber. Ich bleibe auf dem zertrümmerten Bürgersteig stehen und schaue nach oben. Die vielen Hochhäuser mit ihren gleich aussehenden Eingängen und wie übereinandergeschichteten Balkonen verursachen bei mir ein leichtes Schwindelgefühl. Außerdem stelle ich gerade fest, dass der Osten ganz andere Farben als der Westen hat. Als hätte man mit einem Schwamm über die Welt gerubbelt, der alle Kraft aus den Farben gezogen hat. Selbst der Himmel, der sich in den Pfützen auf der Straße spiegelt, sieht irgendwie grobkörnig und verblasst aus. Aber das alles hat auch was beruhigend Ehrliches. Fast wie ein Totenschädel. Bevor ich diesen Gedanken weiter nachhängen kann, kommt Aldi mit den polnischen Geldscheinen wieder, und wir latschen zusammen zu den Buden.

Der Markt beginnt mit Schrottarmbändern, Holzperlen, irgendwelchen billigen Kettchen, wie man sie vom Leder-Indianer in der Fußgängerzone kennt. Die Händler vor ihren vollbeladenen Transportbussen haben Feldbetten aufgebaut, auf denen bunte Fummel ausliegen. Darüber Rohre, an denen Kleiderbügel mit Kunstlederjacken schaukeln. Alles mit Nieten, Fransen, Flicken, Reiß- und Klettverschlüssen, mit Gold- und Silberfäden verziert, dazu Netzstrumpfhosen und Leggins im Leoparden-Look. Die Frauen wühlen routiniert in der Ware und schichten die bunten Stapel um. Im polnischen Stimmengewirr mischen sich trockene Preisansagen mit entzückten Seufzern. Die schlechtrasierten Händler sehen sich das Ganze gelangweilt an, mit Fäusten in den Jackentaschen und Kippe im Mund. Wir gehen weiter bis zu einem Stand, vor dem Plastikbahnen auf dem Boden ausgelegt sind, darauf Musikkassetten. Eine neben der anderen: Klassiker von Michael Jackson und Phil Collins, aber auch die allerneuesten Alben, also Fugees und Skunk Anansie. Auf den Hüllen sind sogar gefälschte Echtheitsaufkleber drauf! Aldi kauft sich spontan «Herzfrequenz», das Album von Blümchen. Allen Ernstes! Ich darf mir auch was aussuchen und nehme «Unplugged in New York» von Nirvana.

Als Nächstes entdecken wir einen Stand mit gefälschten Markenklamotten. Es gibt klassische Diesel-T-Shirts zu kaufen, auf denen der Irokesenkopf ein Stirnband trägt wie eine Aerobic-Tussi aus den Achtzigern, aber auch Undenkbares wie Batikshirts von HOMEBOY und Levis mit Reißverschluss statt Knöpfen im Schritt.

«Rolex-Uhren!», ruft Aldi mit Schnappatmung und ist

schon beim nächsten Stand. Der zwielichtige Händler bietet ihm an, sich ein Modell auszusuchen.

«Als ich jung war, konntest du hier mit einer Rolex niemanden beeindrucken», erzählt Aldi mir, während er sich die Uhr ans Handgelenk hält. «Die Leute wussten nämlich gar nicht, was das ist. Heute schmeißen sie dir das Zeug auf offener Straße nach. Das ist doch nicht zu fassen.» Er gibt dem Händler die Uhr mit anerkennendem Kopfnicken zurück, und wir gehen weiter, vorbei an Folklorelatschen aus steifem Leder und Puschen mit Fellbesatz, losem Computerschrott und Bergen aus pastellfarbenen BHs. Und wie sie sich überall auf die Ware stürzen, um sie in hauchdünne Plastiktaschen stopfen zu lassen, kann ich mir langsam vorstellen, was meine Mutter meint, wenn sie sagt: «Wir hatten ja nichts.»

An einem der letzten Stände kaufe ich mir dann aber selbst frische Unterhosen und Socken, weil die in Aldis Kofferraum-Fundus natürlich nicht vorrätig waren, und Aldi nimmt eine Stange Zigaretten mit.

Wir sind langsam am Ende des Marktes angelangt, als ich hinter den Hochhäusern plötzlich ein Riesenrad entdecke. Es sieht absolut surreal aus, wie es da bewegungslos hinter den fiesen Betontürmen hervorragt.

«Schau mal!», sage ich zu Aldi. «Ist das ne Kirmes?» Ich zeige auf die Riesenradhälfte, die sich rostig gegen den Himmel abzeichnet.

«Du hast ‹Wesołe Miasteczko› entdeckt», sagt Aldi, und seine Augen beginnen zu leuchten. «Das ‹fröhliche Städtchen›. Ein Freizeitpark, eine seltene Erscheinung im alten Polen. Ich war 1959 bei der Eröffnung dabei, mit deiner Mutter Grażynka. Stundenlang haben wir uns in einer Riesentasse gedreht …»

Ich kann meinen Blick nicht von der seltsamen Szenerie wenden. Wolken, Hochhäuser und dahinter dieses Riesenrad. Es ist, als würde man in einer Fotomontage stehen.

«Meinst du, es ist noch in Betrieb?», frage ich.

«Lass es uns herausfinden!», sagt Aldi.

Also verlassen wir den Markt, laden unser gekauftes Zeug ins Auto und fahren ein paar hundert Meter zum bewachten Parkplatz der Freizeitanlage vor.

Es ist 11:50 Uhr. Über dem Eingang mit Kassenhäuschen steht in großen Buchstaben WESOŁE MIASTECZKO, aber würde da keiner sitzen, der Karten verkauft, könnte man meinen, der Park hätte geschlossen. Noch ist nämlich absolut tote Hose. Nachdem wir einen Eintritt von umgerechnet einer Mark geblecht haben und durch das Drehkreuz gegangen sind, finden wir uns in einer krassen Landschaft aus lackiertem Stahl wieder. Karussells und Rutschen, Riesenrad und Achterbahn, alle Fahrgeschäfte wirken wie primitive Maschinen, die uns via Vorstellungskraft in den Weltraum katapultieren sollen. Die Zukunftsvisionen von Menschen, die den Mond für einen riesigen Käse hielten.

«Das war früher der neueste Stand der Technik, was?», frage ich.

«Die drehenden Tassen waren der helle Wahnsinn», schwärmt Aldi. «Aber die gibt es offenbar nicht mehr.»

Darüber informiert uns auch die Tafel im Eingangsbereich. Keine Tassen weit und breit. Die Stelle, an der Aldis Lieblingskarussell stand, nimmt eine zugewucherte Bimmelbahn ein. Sie steht einfach verrostet und ungenutzt herum. Die Waggons sind mit deformierten Micky-Maus-Köpfen und hautfarbenen Schlümpfen bemalt. Als ich Aldi darauf aufmerksam mache, erzählt er mir, dass es früher kaum Schlümpfe in Polen gab und erst recht keine blauen.

Wir schlendern weiter über das Gelände. Außer der Eisenbahn scheinen alle Fahrgeschäfte in Betrieb zu sein, auch wenn man sie nicht gerade überlaufen nennen kann. Aldi entdeckt ein rotes Zelt, in dem jeder normale Mensch eine Wahrsagerin mit Glaskugel vermuten würde. Auf der Klapptafel davor lesen wir dann aber, dass man sich im Inneren als historische Gestalt abknipsen lassen kann. Und als uns dann auch noch ein Typ mit schimmerndem Zylinderhut reinlotst, müssen wir es wohl selbst ausprobieren. Im Zelt steht jede Menge Fotokrempel rum und eine Leinwand mit dem Ganzkörperporträt eines Paares. An der Stelle, wo die Gesichter hingehören, sind Löcher reingestanzt, wo man seinen eigenen Kopf platzieren soll. Wir folgen den Anweisungen des Fotografen. Aldi steckt seinen Kopf durch die Schablone und grinst wie ein T-Rex.

«Früher haben Menschen auf Porträts nicht gelächelt», belehrt uns der Fotograf. «Wenn Sie es schaffen, nicht zu lächeln, wirkt es authentischer.»

Also setzen wir beide Grabesmienen auf, und der Fotograf drückt zweimal auf den Auslöser. Noch vom Blitzlicht geblendet, bekommen wir einen Zettel mit einer Nummer in die Hand gedrückt. Mit dem Wisch können wir unsere Fotos in einer halben Stunde abholen.

Wir setzen unsere Tour durch den Freizeitpark fort. Als wir am Riesenrad vorbeigehen, wird extra eine Gondel für uns geöffnet. Aldi springt sofort rein, und mir bleibt nichts anderes übrig, als ihm zu folgen. Ich hab ganz schön Schiss, aber ich lasse mir nichts anmerken. Riesenrad ist Babykram, das krieg ich schon irgendwie hin. Die Gondel ist überdacht und hat in der Mitte eine Art Lenkrad, mit dem man sie während der

Fahrt zum Rotieren bringen kann. Obwohl wir die einzigen Passagiere sind, setzt sich das Riesenrad langsam in Bewegung. Es knirscht und quietscht, und ich mache mir halb in die Hose vor Angst.

«Ich hatte schon ewig nicht mehr so viel Spaß!», ruft Aldi und streckt beide Arme über das Geländer. «Was ist mit dir? Ist dir ne Laus über die Leber gelaufen?»

«Ich mach mir Sorgen um unsere Sicherheit!»

«Du meinst die Geräusche? Die sind doch normal!»

«In der Geisterbahn vielleicht!»

«Du musst dich halt lockermachen, Chiquita.»

Na ja. Wahrscheinlich hat er recht. Wir sind hier in einem Vergnügungspark, da sollte ich mich zusammenreißen und mich verdammt noch mal vergnügen.

Langsam gewinnen wir an Höhe. Wir können bereits das gesamte Gelände überblicken. Von hier oben sehen wir die ganze Siedlung, die drei Maiskolben und die bröckelnden Betonklötze.

Mit vereinten Kräften drehen wir die Gondel langsam um die eigene Achse. Als Aldi sich übermütig rauslehnt und seine Haarbüschel in der Sonne leuchten, muss ich an seinen abenteuerlichen Storchenflug nach Ägypten denken. Er hat Phantasie, das muss man ihm lassen. Ich muss auch zugeben, dass ich ihn gerade ziemlich gernhabe, den alten Halunken, und das lenkt mich von meiner Höhenangst ab. Jetzt wage ich auch einen Blick nach unten. Auf der anderen Seite des Geländes ist es parkmäßig grün, die Bäume sind noch nass vom Regen und glitzern. Unten schimmert der künstliche See, an dessen Ufer die Achterbahn steht. Als wir ganz oben angekommen sind, wird das Riesenrad kurz angehalten. Jetzt sind wir höher als die höchsten Türme, und ich kann weit in die Landschaft blicken. Beinahe rutscht mir die Frage heraus, in welcher Richtung eigentlich Omas Dorf liegt.

«Was machen wir heute noch?», frage ich stattdessen.

«Wir fahren nach Zakopane und holen meinen Schatz, und dann geht es zurück nach Castrop-Rauxel.»

«Und wenn wir den Schatz nicht finden?»

«Dann kommen wir morgen noch mal hierher, wickeln zusammen ein paar Geschäfte ab, kaufen für die Ausbeute Rolex ein und verticken das Zeug im Westen zum Originalpreis. Wie der Kobold, äh, dein Kumpel gesagt hat.»

«Und das reicht, um deine Schulden zu bezahlen?»

«Hakuna Matata!»

«Was?»

«Afrikanische Weisheit. Es heißt, die Sorgen bleiben dir immer fern. Haste ‹König der Löwen› nicht gesehen?»

Mann, der lässt sich echt durch nichts die Laune vermiesen. Das Riesenrad beginnt wieder zu knirschen, und die Gondel senkt sich langsam herab. Nach einer einzigen Runde ist unsere Fahrt schon zu Ende. Wir hüpfen auf den sicheren Erdboden zurück, und sofort zieht Aldi mich am Arm zur nächsten Attraktion. Am Fuß des Riesenrads stehen zwei Tonnen, die sich gegeneinander drehen. Sie sind innen mit Filz ausgekleidet, und Aldi zeigt mir, dass man da mitlaufen kann, wie in einem Hamsterrad. Er spreizt sich richtig rein in die Tonne, sodass er aussieht wie dieser vierbeinige Mensch von Leonardo da Vinci, und bei jeder Umdrehung lacht er wie ein Wahnsinniger. Nach einiger Zeit wage ich mich auch hinein. Aber ich falle sofort hin und muss auf allen vieren um mein Leben krabbeln. Aldi hört gar nicht mehr auf, sich zu beömmeln, und ich lache aus Verzweiflung mit.

Als wir aus den Tonnen raus sind, beginnt der Park, sich mit

Leuten zu füllen: Paare, junge Mütter, Großeltern mit Enkelkindern, die Luftballons vor sich hertragen.

«Lass uns noch eine Runde Achterbahn fahren, bevor wir die Fliege machen!», sagt Aldi.

Ich kriege sofort Panik. Die Achterbahn am Seeufer hat zwar keine Loopings, dafür aber ein ziemlich starkes Gefälle. «Da bringen mich keine zehn Pferde drauf», stelle ich klar.

«Ach, komm schon», quengelt Aldi. «Ich hab mich soooo drauf gefreut!»

«Nee, lass mal», sage ich gequält. «Fahr du lieber alleine. Ich warte in der Zwischenzeit hier auf dich.»

«Alleine!? Ich soll alleine Achterbahn fahren?» Er tut, als wäre das die dämlichste Idee, die er je gehört hat. «Alleine Achterbahn fahren ist wie alleine ins Kino gehen. Nur was für Loser!»

Als ich keine Reaktion zeige, sieht er mich mit Dackelblick an. «Komm schon, sei kein Huflattich. Tu mir doch den Gefallen!»

Da kommt mir auf einmal eine Idee. «Was bekomme ich, wenn ich's tue?»

«Wie, was bekommst du?»

«Na, wenn ich für dich mein Leben aufs Spiel setze. Irgendwas muss doch für mich rausspringen, wenn ich mich in Todesgefahr begebe.»

Aldi guckt erst verdutzt, fängt aber sofort wieder zu grinsen an. «Nicht übel, Chiquita. Aus der Not Kapital schlagen, das hat deinem alten Opa auch schon oft aus der Patsche geholfen. Hmm, dann lass mal sehen ...» Er kratzt sich kurz am Kopf. «Wenn du mitfährst, hast du einen Wunsch frei.»

«Abgemacht!», sage ich sofort.

Aldi steigt mit tollkühnem Schritt in den allervordersten

Wagen, und ich quetsche mich neben ihn. Es dauert wenige Sekunden, da hat uns der Schausteller schon den Sicherheitsbügel über die Rübe geklappt. Noch können wir mit den Extremitäten zappeln. Als die Bahn sich mit ein paar weiteren Passagieren gefüllt hat, ertönt ein lautes Klicken. Jetzt sind wir richtig eingeklemmt. Es gibt kein Zurück mehr. Die Bahn zuckelt los. Oh oh, das werde ich bereuen ... Ich höre das schaurige Mahlen, während der Waggon wackelig, aber stetig auf den Gipfel zusteuert. Die Bahn zieht uns nach oben, und wir können nicht sehen, was vor uns liegt, aber hinter uns, da klafft der gähnende Abgrund. Auf der Spitze wackelt es kurz. Ich halte den Atem an. Und dann stürzen wir in die Tiefe. Meine Hände krallen sich an der Halterung fest, und ich schreie, wie ich noch nie in meinem Leben geschrien habe. Es ist ein einziges Rattern, der Wind zischt uns durch die Haare. Mit jeder Sekunde brausen wir schneller auf den Abgrund zu. Dann pressen uns die scharfen Kurven in den Sitz, und ich begreife, dass ich noch am Leben bin. Neben mir hat Aldi beide Arme in die Luft gerissen und lacht wie ein Irrer. Der Wind hat seine Haare nach oben gebürstet.

«Herzlichen Glückwunsch, Chiquita!», brüllt er mir ins Ohr. «Na, war doch gar nicht so schlimm, oder?»

Es geht einen kleinen Hügel hinauf und wieder hinunter. Nächste Runde. Die Bahn ruckelt unvermeidlich wieder auf den steilen Abhang zu. Es knattert und knarzt, als wir hinaufgezogen werden. «Komm schon, die zweite Runde überlebst du auch noch. Haste dir denn schon überlegt, welchen Wunsch ich dir erfüllen soll?», fragt er, als er mein bleiches Gesicht sieht. Ja, habe ich. Genau als der Wagen am Gipfel kurz stehen bleibt, bringe ich meinen Wunsch an: «Ich will, dass du mit mir zu Oma fährst!»

Und ich höre, wie diesmal *sein* Herz in die Hose plumpst, als wir erneut in die Tiefe stürzen, und Aldi seine Antwort schreit: «NEEEEEEEEEEEEIIIIIIIIIIIIIIN!!!!!»

Die Achterbahn windet sich und reißt uns in alle Richtungen. Sie schüttelt uns noch einmal kräftig durch die Kurven, und dann fallen wir wieder zurück auf die Erde. Die Bahn rollt aus, der Haltebügel löst sich, und wir steigen mit zitternden Knien aus dem Wagen. Mir ist ganz flau, aber Aldi tut, als wäre gar nichts passiert.

«Das war eine Fahrt, was?», sagt er und steigt hastig die kleine Treppe von der Achterbahn hinab. «Nun müssen wir aber schnell nach Zakopane, um meinen Schatz zu heben.»

Ich bleibe auf der Stelle stehen. «Nix da. Ich bin mit dir Achterbahn gefahren, jetzt fährst du erst mal mit mir zu Oma.»

Aldi guckt mich an, als hätte er gerade sein Todesdatum erfahren. Also das echte jetzt.

«Hör mal, Chiquita. Als ich vorhin sagte, dass du dir was wünschen kannst, da hab ich an Autoscooter gedacht. An Zuckerwatte oder gebrannte Mandeln. Nicht an so was.»

«Dann hättest du das aber vorher sagen müssen», wende ich ein.

«Aber sieh mal ...», versucht er sich rauszuwinden.

«Enkelversprechen sind Ehrenversprechen!», falle ich ihm ins Wort. «Das gilt auch für einen Ganoven wie dich. Mein Wunsch steht, und ich wünsche mir, dass wir zu Oma fahren.»

«Womit hab ich das nur verdient!?», jammert Aldi. «Erpresst! Von der eigenen Enkelin!»

Oh Mann. Ich seh schon, was die nächsten Stunden auf mich zukommt. Und Dauergejammer ist echt das Letzte, was ich gebrauchen kann.

«Du musst Oma ja nicht selbst besuchen. Es reicht, wenn du mich zu ihr bringst.»

Der Vorschlag scheint Aldi zu beruhigen, trotzdem braucht er ewig, bis er antwortet. «Na schön. Wir können wohl kurz vorbeifahren», sagt er schließlich. «Aber auf keinen Fall, bevor wir den Schatz geholt haben, kapiert?»

«Erst holen wir den Schatz, aber dann geht's zu Oma. Versprochen?»

«So wahr ich Aloisewitsch Dudek heiße!»

Nachdem er mir sein Ehrenwort gegeben hat, muss Aldi dringend aufs Klo. In der Zwischenzeit laufe ich zum roten Zelt, um unser Bild abzuholen. Das hat er nämlich offenbar schon vergessen.

Das Ergebnis haut mich echt von den Socken. Das Bild ist in Brauntönen gehalten, und wir sehen darauf wie lebendige Leichen aus. Aber nicht wirklich zum Fürchten, mehr so Tim-Burton-mäßig. Ich borge mir schnell einen Stift vom Fotofritzen, um etwas für Aldi auf die Rückseite zu schreiben. *«Danke, dass du meinen Sommer gerettet hast. Du bist der beste Opa, den ich je hatte. Malina».*

Dann schiebe ich das Bild zurück in den Umschlag und stecke es mir hinter den Gürtel, unter das T-Shirt.

18

Nachdem wir ein paar überbackene Brötchen vom Imbiss verdrückt haben, fahren wir endlich weiter. Unser Foto hab ich unbemerkt im Handschuhfach versteckt. Ich werde es Aldi nämlich erst schenken, wenn er mich zu Oma gebracht hat. Jetzt gurken wir erst mal zum apokalyptischen Sound von Blümchen durch die Dörfer. Auf den Feldern stehen total viele halb fertige und unverputzte Gebäude rum. Sie sehen aber nicht aus, als würden sie jemals bezogen werden. Außerdem fällt mir auf, dass hier fast nur winzige Fiats unterwegs sind. So ziemlich jedes Mal, wenn ich ein größeres Auto sehe, hat es ein deutsches Kennzeichen.

Nach fast vier Stunden Fahrt wird die Landschaft immer hügeliger, und kleine Gruppen von Häusern und Berghütten ziehen sich an den Kämmen entlang.

«Wir sind jetzt in der Hohen Tatra», belehrt mich Aldi. Am Horizont ragt ein gezacktes Felsengebirge auf, und als wären wir in eine Theaterkulisse gefahren, müssen wir prompt eine Pferdekutsche überholen, die von einem ollen Trachtenkasper gelenkt wird. Die Birken sind mittlerweile dunklen Tannen und Fichten gewichen. Einen Moment später befinden wir uns in einer Art holzgeschnitztem Disneyland. Die Häuser bestehen zum Großteil aus Baumstämmen und sind überladen mit Giebeln und Gauben, die mit Blumen und anderen Mustern verziert sind. Aldi macht erst mal einen auf Reiseleiter und berichtet mir, dass die Architektur typisch für die Region ist und dass der felsige Gebirgskamm vor uns «schlafender Ritter» genannt wird. Angeblich sieht der nämlich so aus. Wie ein überdimensionaler Typ, der in der Landschaft liegt und pennt. Ich kann gerade mal eine krumme Nase erkennen. Wir lassen die Touristengegend hinter uns und blicken bald auf Wiesen mit grasenden Kühen und schneebedeckte Berggipfel als ferne Kulisse. Dann wird die Straße eng und holprig, und Aldi hält in einer kleinen Parkbucht den Wagen an.

«Zur Villa müssen wir zu Fuß weitergehen», sagt er.

Es ist ein Fußweg von fünf Minuten, an einem plätschernden Bächlein entlang. Unterwegs steht immer wieder mal eine kleine Hütte im Märchenstil. Aldi marschiert tollkühn voran. Er scheint sich hier auszukennen, also folge ich ihm, ohne Fragen zu stellen. Auf den Schatz bin ich echt gespannt. Ich meine, darauf, wie Aldi aus der Nummer wieder rauskommt. Die Story mit dem Expeditionsgold kaufe ich ihm nämlich genauso wenig ab wie die Entführung durch den Storch.

Es geht eine kleine Anhöhe hinauf, und nachdem wir uns durch ein Dickicht aus Sträuchern und Schilf gekämpft haben, finden wir uns plötzlich in einem verwilderten Obstgarten wieder. Die Äste der Apfelbäume sind knorpelig und verschlungen. Kleine rote Äpfel liegen im Gras wie vergessene Spielbälle.

«Wir haben Glück», sagt Aldi. «Die Villa ist noch da.»

Hinter den Bäumen kann ich jetzt auch die Umrisse eines großen Gebäudes ausmachen. Ich bin baff. Das ist also das Haus, in dem Aldi seine Kindheit verbracht hat. Er hat mir die Wahrheit erzählt! Aber als wir näher kommen, erkennen wir, dass von der prächtigen Villa nicht viel mehr als eine verwitterte Ruine übrig geblieben ist. Aldi stapft über einen Trampelpfad durch den zugewachsenen Garten, ich ihm nach.

«Früher sah das alles viel größer aus», seufzt er, als wir den Garten durchquert haben.

«Wahrscheinlich hattest du kleinere Füße», heitere ich ihn auf.

«He, he, da haste recht. In Kinderschuhen war es eine halbe Weltreise von einem Ende zum anderen.»

Wir gehen einmal um das ganze Haus herum, um uns einen Überblick zu verschaffen. Jemand hat ein Hakenkreuz an die Wand gesprüht, das wie eine misslungene Spinne wirkt. Es sieht alles genauso aus, wie Aldi es geschildert hat – wenn man sich die Spuren des Verfalls wegdenkt. Das Dach der Veranda, zu der eine Treppe hochführt, wird von morschen Säulen gestützt. Von den Holzrahmen der Fenster ist die Farbe abgesprungen. Die Scheiben müssen vor langer Zeit eingeschlagen worden sein, denn es sind keine Scherben mehr da. Nur in wenigen Fenstern zittert noch ein alter Gardinenfetzen wie ein Gespenst. Aldi stakst voran. Die gesamte Rückseite des Gebäudes ertrinkt in wuchernden Himbeersträuchern.

«Hier hab ich früher Verstecken gespielt», sagt er.

Wir laufen die Treppe zur Veranda hoch. Vor dem Eingang liegen Bretter, über die wir steigen müssen. Dahinter noch mehr Sperrholz, leere Bierflaschen, altes Blech. Ein Schritt über die Schwelle, und wir stehen in einem großen Saal mit ziemlich hohen Decken.

«Da oben ließ ich meine Siam-Katzen schaukeln», sagt Aldi und zeigt auf den schief hängenden, von Spinnweben umhüllten Kronleuchter. Durch die Fenster ragen Äste in den Raum hinein. Im geheimnisvollen Zwielicht, das durch ein paar Löcher hoch oben in der Decke noch verstärkt wird, entdecke ich die Überreste von Möbelstücken. Ein Stuhlpolster mit schimmernden Ornamenten, ein altertümliches Schränkchen, ein umgeworfener Tisch. Löwenzahn sprießt durch das knirschende Parkett. Wir stapfen durch die Ruinen einer eleganten Pension, in die heute höchstens noch ein Fuchs einziehen würde. Auf dem Boden sind noch die Umrisse von etwas zu erkennen, das die Rezeption gewesen sein könnte. Aldi kickt mit dem Fuß eine Bierdose weg und beginnt, forschend auf den Dielen herumzutreten.

«Irgendwo hier muss er sein», sagt er. «Ein paar Zentimeter trennen uns vom Reichtum.» Er hat mit seinem Fuß eine bewegliche Diele erwischt, die er mit der Schuhspitze anhebt. Und tatsächlich ... Aus der dunklen Vertiefung unter der Diele holt er eine Zigarrenkiste mit altmodischem Schriftzug hervor. Seine Hände zittern, als er den Staub vom Deckel pustet.

Wenn das hier ein Film wäre, würde gleich ein Goldstrahl aus der Kiste schießen wie ein Scheinwerfer, untermalt von himmlischen Engelschören. Aber als Aldi den Deckel hochklappt, steigt nur ein dunkler Staubschwall auf. Und während sein Blick über den Inhalt der Kiste wandert, beobachte ich, wie ihm langsam die Gesichtszüge entgleisen, einer nach dem anderen. Als er schließlich den Kopf hebt und mich ansieht, denke ich, dass er gleich anfängt zu heulen.

«Ist die Kiste leer?», frage ich. Meine Stimme ist nur noch ein Flüstern. «Ist dein Schatz nicht mehr da?»

Aldi dreht die Kiste stumm zu mir herum und schlägt sich die Hände vors Gesicht, als könnte er den Anblick nicht ertragen.

Ich habe es gewusst. «Schatz» war ein ziemlich großes Wort für diesen Krempel: Statt Edelsteinen und Goldschmuck liegen da nur ein paar Kronkorken, Glasmurmeln und alte Knöpfe. Er hatte von einem Schrumpfkopf gesprochen, aber da kullert nur ein dreckiger Puppenkopf ohne Augen rum. Die angekündigte Katzenmumie ist in Wirklichkeit ein Stück Treibholz. Der Rest ist Nippes, den ich nicht einordnen kann; aus dem Inneren eines Walfischs wurde das Zeug aber ganz bestimmt nicht geangelt. So was verkaufen zu wollen, wär sogar auf dem Flohmarkt peinlich. Aber Aldi scheint wirklich aus allen Wolken zu fallen. Er tut mir richtig leid. «Ich habe wohl vergessen, was ich ... hab mir wohl falsch gemerkt, was ich reingetan habe», stammelt er.

Ich nicke verständnisvoll, bevor ich die Kiste für ihn schließe. Aldi legt sie in die Vertiefung zurück und deckt sie wieder mit der Diele ab. Langsam, bedächtig, wie unter Schock. Es herrscht eine Stimmung, als hätten wir einen Hund begraben.

«Machen wir die Fliege, Malina», sagt Aldi mit belegter Stimme. «Hier gibt es für uns nichts mehr zu holen.» Wir verlassen die Villa. Aldi blickt nicht einmal zurück.

Sobald wir aus dem Waldstück raus sind und die letzte lahme Pferdekutsche überholt haben, tritt Aldi aufs Gaspedal. Wir heizen über die Dörfer und Landstraßen wie nach einem Banküberfall. Aldi fährt noch bei Dunkelgelb über jede Ampel und hupt alle an, die ihm nicht passen. Er fährt dermaßen rabiat, dass ich Angst um mein Leben habe.

«Könntest du vielleicht ein bisschen langsamer fahren?», frage ich. Aldi ignoriert mich. Auch auf dem gesamten Rückweg von der verfallenen Villa bis zum Auto hat er kein Wort gesagt. Was ich verstehen kann. Da hat er sich das Ende seiner Probleme lang und breit herbeiphantasiert, und dann diese Enttäuschung. Hätte mich auch voll runtergezogen. Aber noch mehr als Aldis Kummer beschäftigt mich gerade die Frage, was das jetzt alles für unsere weiteren Pläne bedeutet.

«Wir fahren jetzt aber trotzdem zu Oma, oder?», versuche ich es noch mal vorsichtig.

«Kannste vergessen», kommt es nun wie aus der Pistole geschossen.

«Was soll das heißen, kannste vergessen? Du hast es mir versprochen!»

«Ja, weil ich dachte, dass wir dann reich sind.»

Ich steh total auf dem Schlauch. «Du musst mich da doch nur absetzen.»

«Das funktioniert nicht, Chiquita. Was ist, wenn deine Oma mich aus dem Fenster sieht und ich nicht mehr fliehen kann? Auf den Fall bin ich nicht vorbereitet.»

«Verstehe. Du glaubst also, dass du da nur mit einem Vermögen aufkreuzen kannst.»

Aldi rauscht mit voller Wucht durch ein Schlagloch und bringt dann plötzlich den Wagen mit quietschenden Reifen am Straßenrand zum Stehen. «Was hab ich denn sonst zu bieten?», keift er mich an. «Ich bin weder der Papst noch Roman Polanski, mit Welterfolgen kann ich nicht glänzen!» Er haut mit der flachen Hand aufs Lenkrad.

«Warum willst du denn unbedingt glänzen?», frage ich mit möglichst einfühlsamer Stimme.

«Was hätte die Rückkehr denn sonst für einen Sinn? Wenn du schon deine Heimat verlässt, um das große Glück in der Welt zu suchen, erwarten die Leute, dass du es zu etwas bringst. Die wollen den reichen Onkel aus Amerika sehen und nicht den alten Tölpel, den sie in Erinnerung haben.»

Er macht den Motor aus und lässt sich aufs Lenkrad fallen. Auf einmal spüre ich, wie mein Mitleid in Wut umkippt. Warum zur Hölle kann er sich nicht *ein Mal* seinen Problemen stellen?

«Ehrlich, ich glaube, Oma würde dir auch so verzeihen», versuche ich, ihn zum Umdenken zu bewegen.

«Und warum sollte sie das tun?»

«Weil du alles erklären wirst! Du wirst deine Schuld eingestehen und Oma Rosa um Verzeihung bitten! So einfach ist das.» In mir brodelt's.

«Ich? Eingestehen?», platzt es aus ihm heraus. «Bin ich etwa schuld, dass sie mich totgesagt hat? Und was heißt um Verzeihung bitten? Willst du etwa, dass ich meine große Geschichte mit einer Niederlage enden lasse!?»

«ES GEHT NICHT IMMER NUR UM DICH!!!», brülle ich ihn an.

Aldi reißt erschrocken die Augenbrauen nach oben, und ich merke, wie ich am ganzen Körper zittere. «Was ist denn mit mir? Ich habe überhaupt keine Geschichte! Du erzählst mir eine irre Story nach der andern und zeigst mir deine Vergangenheit, und ich weiß nicht einmal, wo ich aufgewachsen bin! Was soll ich denn mal meinen Enkelkindern zeigen?» Mir schießen auf einmal Tränen in die Augen.

«Aufhören! Hör auf!», fleht Aldi. Er hält sich die Hände über die Ohren, aber ich kann nicht anders und breche in das reinste Wolfsgeheul aus. Wenn wir jetzt nach Castrop-Rauxel zurückfahren, war's das nämlich. Dann ist alles, aber wirklich alles umsonst gewesen, und Aldi wird noch tiefer in der Scheiße stecken als zuvor. Nix da Familienzusammenführung. Nicht nach dieser Aktion.

«Immer haust du ab!», lege ich nach. «Und was hast du dir damit eingebrockt?»

«Was *ich* mir damit eingebrockt habe?», schreit er. «*Du* hast es mir eingebrockt! Vorher hatte ich ein aufregendes Leben, eine Karriere, war auf dem Weg zum Fernsehstar!»

«Red es dir nur weiter ein!», flenne ich, und obwohl ich sehe, dass er mein Geheule kaum aushält, bricht es immer weiter aus mir heraus.

«AUFHÖREN! HÖR ENDLICH AUF!», schreit Aldi. Er schnallt sich ab und öffnet die Tür, aber ein vorbeidröhnender LKW zwingt ihn, sie sofort wieder zu schließen. Dann haut er wütend auf die Hupe. «*Kurwa!!!*»

Es vergehen ein paar Sekunden, in denen ich uns beide nur atmen höre.

«Ich fahr dich ja schon zu deiner gottverdammten Oma!», sagt er schließlich. Mein Geheule stoppt ganz automatisch. Er lässt den Motor wieder an, und ich brauche einen Moment, um wieder zu mir zu kommen.

«Wir können da trotzdem nicht mit ganz leeren Händen hin», wendet er ein, als wir ein Stück weitergefahren sind und ich mir Tränen und Rotz aus dem Gesicht gewischt habe. «Wir brauchen wenigstens ein kleines Mitbringsel, meinst du nicht, dass deine Oma so viel Respekt verdient hat?»

«Doooch», schniefe ich.

«Na also. Ich weiß, wo man schöne Souvenirs kaufen kann. Und zwar in den Tuchhallen, das ist auf dem Rynek, in Krakau. Ist ne große Stadt und nicht weit von hier. Liegt sozusagen auf dem Weg. Vorher müssen wir aber unseren letzten Bären verkaufen, haben nämlich kein Geld mehr. Der Kerl vom Straßenmarkt hat uns übers Ohr gehauen. Deine Unterhosen haben uns ein Vermögen gekostet!»

Jetzt muss ich doch wieder ein bisschen lachen.

Eine halbe Stunde später plappert Aldi bereits von Krakau und seinen Sehenswürdigkeiten. Den Bären würden wir auf dem Marktplatz in Windeseile verkauft haben und Rosa in den Tuchhallen das hübscheste Püppchen besorgen. Anschließend zählt er all die Bauwerke, Kirchen und Kellerkneipen auf, die Krakau zu bieten hat, und irgendwas von einem Handwerksburschen und einem explodierten Drachen faselt er auch noch. Der meint wohl, mich beruhigen zu müssen, dabei sind meine Tränen doch längst versiegt. Wenn sich hier jemand beruhigen muss, dann er. Seit Zakopane ist er das reinste Nervenbündel. Aber ist mir gerade egal. Hauptsache, mein blödes Geheule hat ihn dazu gebracht, doch zu Oma zu fahren. Erleichtert lasse ich mich in den Sitz sinken und mache die Augen zu.

19 Als ich aufwache, sind wir bereits in Krakau. Und das ist echt mal ne Stadt, was man schon daran erkennt, dass die Werbetafeln zehnmal größer sind als auf dem Dorf. Die Straße ist mehrspurig, und statt von Schlaglöchern werden wir hier alle paar Meter von roten Ampeln in die Gurte geschleudert.

«Find mal hier nen Parkplatz», schnaubt Aldi, als wir uns langsam der Innenstadt nähern. Ein paar Minuten kreisen wir in einem Gewirr aus Einbahnstraßen umher, aber weder Aldi noch ich können irgendwo eine Parklücke ausmachen. «Zu meiner Zeit hatte hier noch nicht jeder Bolek und Lolek ein Auto. Da hättste überall mit einem Tanklaster parken können!», schimpft er, während er unfreiwillig wieder auf die mehrspurige Hauptstraße biegt. Als wir ein paar Minuten später an einem breiten Gebäude mit Rundbogenfenstern vorbeifahren, beginnt es gerade rosig zu dämmern. DWORZEC GŁÓWNY steht auf der gelben Fassade. Hauptbahnhof.

Aldi bringt den Wagen kurzerhand im Halteverbot zum Stehen. «Nun pass mal auf», sagt er in entschlossenem Ton. «Am besten schnappst du dir schon mal den Bären und gehst zum Marktplatz vor. Wir müssen den Kollegen verkaufen, bevor die Geschäfte schließen. Keine Sorge, der Rynek ist nicht zu verfehlen. Gleich hier um die Ecke, du folgst einfach den Massen. Und ich suche hier in der Zwischenzeit weiter nach nem Parkplatz. Alles klar?»

«Alles klar», sage ich und wundere mich ein bisschen, dass Aldi einmal mitdenkt. Ich steige aus und mache mich schnell daran, den letzten Bären aus seinem Sicherheitsgurt zu befreien. Der Blumentopf mit dem Kaktus ist auf den Boden gekippt, und die Erde verteilt sich über die Fußmatte, aber weil ich merke, dass Aldi immer unruhiger wird, lasse ich alles liegen. «Wo treffen wir uns denn genau?», frage ich zur Sicherheit noch mal nach.

«Auf dem Rynek steht ein großes Denkmal für den Dichter Adam Mickiewicz, tausend Tauben drum herum», antwortet er. «Und nun raus mit dir, Kumpel. Ich setze mein Vertrauen in dich.»

«Alles klar. Bis nachher!», sage ich und schlage die Tür zu. Aldi bleibt noch eine Weile mit laufendem Motor im Wagen sitzen und schaut mich eindringlich an. Warum fährt er nicht einfach? Jetzt macht er eine scheuchende Handbewegung. Ja, ist gut. Ich weiß ja jetzt, wo ich hinmuss. Als ich mich umdrehe, um den Touristen durch die Unterführung zu folgen, höre ich, wie er losbraust, dass die Reifen quietschen. Mit dem Bären vor der Brust überquere ich erst eine Art Parkallee, die mit alten Laternen gesäumt ist, und dann laufe ich an einem alten Theatergebäude vorbei geradewegs in eine mittelalterlich wirkende Gasse. Und mit Mittelalter meine ich jetzt nicht abgeschlagene Köpfe und Geschrei auf matschigen Straßen, sondern schönes altes Gemäuer und Kopfsteinpflaster. Die Beschläge von Holztüren und Toren leuchten golden in der Abendsonne, und fröhliches Gemurmel dringt aus den Cafés. Mit dem Polen aus dem Autofenster hat das hier nichts, aber auch gar nichts gemeinsam. Und gerade fährt eine weiße Kutsche, die aussieht wie ein Kürbis, an mir vorbei. Die Stimmung ist beinahe magisch, und ich bekomme richtig Lust, mit Aldi später ein Bierchen trinken zu gehen. Aber erst mal müssen wir natürlich diesen Bären verkaufen. Sieht bestimmt merkwürdig aus, wie ich hier mit dem Riesenteil durch die Altstadt irre. Andererseits latschen hier auch ganzkörperbemalte Straßenkünstler rum. Am Ende der Gasse sehe ich nun spitze Türmchen aufragen. Und nur ein paar Schritte weiter öffnet sich vor mir ein riesiger, prachtvoller Platz. Das kann nur der Rynek sein. Auch wenn ich mir alles lange nicht so schön vorgestellt habe. Ich bleibe erst mal wie angewurzelt stehen und lasse alles auf mich wirken.

Irgendwo spielt jemand Klavier. Ringsum Häuser in Eisbecherfarben, mit Zierschnecken und geschnörkelten Giebeln, unten Cafés, Bars und Geschäfte, wo es von Menschen und Tauben nur so wimmelt. Das längliche Gebäude in der Mitte des Platzes sieht wie ein italienischer Palast aus, mit Spitzbögen und minarettartigen Türmchen, die mit Goldkugeln gespickt sind. Ob das die Tuchhallen sind, von denen Aldi erzählt hat? Vor dem Palast stehen jedenfalls noch mehr von diesen weißen Kutschen. Und da entdecke ich auch schon das Denkmal, das Aldi als Treffpunkt vorgeschlagen hat. Ein paar Kinder füttern dort gerade die Tauben. Ich gehe rüber und setze mich auf den Sockel. Den Bären lehne ich neben mich, und wir betrachten eine ganze Weile das entspannte Gewusel auf dem Marktplatz und die hübsche Kirche mit den zwei ungleichen Türmen.

Es vergeht eine halbe Stunde, und Aldi ist immer noch nicht da. Wahrscheinlich hat er weit abseits parken müssen und irrt jetzt durch die Stadt. Andererseits hat er gesagt, dass er sich in Krakau gut auskennt. Da wird er ja wohl nicht allzu lange brauchen, oder?

In diesem Moment fliegen ein paar hundert Tauben auf, und irgendwo oben trötet jemand eine Art Melodie. Dann geht das Ganze von vorne los, offenbar in eine andere Himmelsrichtung. Ob das die Trompeten der apokalyptischen Engel sind? Von denen hat Titus mal erzählt, der kannte alle krassen Stellen in der Bibel. Ein paar Leute schauen nach oben zu den Kirchtürmen. Die Melodie ertönt viermal insgesamt, dann ist Schluss. Glück gehabt. Wenn die Endzeit anbricht, werden es sieben Trompeten sein. Ich warte eine weitere halbe Stunde. Langsam wird es richtig Abend, und Aldi ist immer noch nicht da. Ich habe die Marktkulisse vor mir schon zig Mal mit den Augen abgesucht. Und in der Stadt rumlaufen kann ich jetzt auch nicht, sonst verpasse ich ihn.

Wenn das nicht einer dieser Momente ist, für die das Rauchen erfunden wurde, dann weiß ich auch nicht. Ich schnorre beim nächstbesten Pärchen eine Zigarette und fummle nach dem Paradiso-Feuerzeug in meiner Hosentasche. Aber die ist leer, also beginne ich, die Taschen meiner Strickjacke abzutasten. Da ist das Feuerzeug aber auch nicht drin, dafür ziehe ich eine Serviette und mehrere Scheine raus. Złoty-Scheine. Hä? Wo kommen die denn her? Dann entdecke ich, dass auf der Serviette etwas geschrieben steht. Mit Kugelschreiber. Es ist Omas Adresse. Für ein paar Sekunden stehe ich wie belämmert da. Zähle das Geld in meiner Hand, starre auf die Serviette.

Und dann wird es mir schlagartig klar. Aldi ist nicht mit quietschenden Reifen davongefahren, weil er es eilig hatte, einen Parkplatz zu finden, sondern weil er es nicht erwarten konnte, mich loszuwerden! Selbst dass wir den Bären verkaufen müssten, war eine Lüge. Er hatte genug Geld, um Oma etwas zu kaufen. Die Scheine in meiner Hand sind der Beweis.

Aldi hat mich verlassen. Sitzengelassen. Er wird nicht mehr kommen, denn er ist weg. Ich warte vergeblich auf ihn.

Mir wird so schlecht, dass ich mich wieder setzen muss. Wahrscheinlich sitze ich mehrere Minuten so da, bis am Himmel blutrote Wolken aufziehen und ein wachsendes Panikgefühl mich in Bewegung versetzt. Ich laufe planlos über den Marktplatz. Als ich nach oben schaue, grinsen mich fratzenhafte Riesengesichter vom Dach der Tuchhallen an. Der Himmel ist feuerrot. Jetzt bloß nicht den Verstand verlieren. Wenn ich mich beeile, komme ich vielleicht noch weg von hier.

Mit dem Bären vor der Brust wanke ich wie ein Zombie die Gasse runter bis zum Theater und über den grünen Alleegürtel zum Bahnhof zurück. Meine Beine sind so schwer, als würde ich durch Pudding waten. Auf den letzten Metern zur Unterführung werde ich fast von einer blauen Tram überfahren. Nach der Unterführung kommt geradeaus das Bahnhofsgebäude, links liegen die Gleise. Ich merke, wie ich nach dem weißen Mercedes Ausschau halte, obwohl ich genau weiß, dass es hoffnungslos ist. Der Alte hat sich aus dem Staub gemacht und ist längst auf der Autobahn Richtung Deutschland. Und ich? Soll ich mich allen Ernstes allein zu Oma durchschlagen? Das schaffe ich nie. Im wilden Osten kenne ich mich nicht aus. Außerdem ist mein Rucksack in Aldis Auto. Scheiße!!!

Nicht mal Musik habe ich dabei. Die riesige Uhr auf dem Bahnhofsgebäude zeigt 22:10 Uhr an. Ich betrete das Gebäude, aber der Ticketschalter hat bereits zu. Ich bleibe vor den Fahrplänen stehen und starre wie ein kaputter Roboter auf Ortsnamen und Abfahrtzeiten. Omas Dorf steht da aber nirgendwo. Wahrscheinlich ist es viel zu klein. Und selbst wenn noch was fahren würde, will ich ganz bestimmt nicht im Dunkeln ankommen. Alleine. Im totalen Nichts. Ich merke, wie die Panik wieder in mir aufsteigt, aber das hier erfordert einen kühlen Kopf, also befehle ich meinem Körper, sich jetzt verdammt noch mal zusammenzureißen.

Gegenüber vom Bahnhof ist ein Gebäude, auf dessen Dach in Neonbuchstaben «Hotel Polonia» steht. Aber eine Übernachtung kann ich vergessen. Dafür reicht das Geld niemals aus. Außerdem brauche ich die Kohle für mein Ticket. Also wandere ich am Bahnhofsgebäude vorbei zu den Gleisen. Dort beobachte ich eine Gruppe spanischsprechender Schüler, die gerade in ihren Nachtzug steigen. Schon bald werden sie wieder zu Hause sein, in Madrid oder Barcelona, bei ihren Eltern und Freunden. Sie werden eine Dusche nehmen und sich eine Tiefkühlpizza in den Ofen schieben, ihr Leben wird ganz normal weitergehen. Und ich? Wo werde ich sein?

Gerade wäre ich am liebsten tot. Aber Selbstmord ist was für Feiglinge, und ich bin kein Feigling. Aldi ist ein Feigling. Ich bin das genaue Gegenteil. Fürchte mich nur vor Nonnen und Clowns. Alles andere: pffff. Mit dem Bären huckepack gehe ich den Bahnsteig entlang, ganz nach hinten, wo keine Menschen sind. Menschen können mir gerade so was von gestohlen bleiben. Wir setzen uns auf eine Bank, Schulter an Schulter, und sehen stumm den einfahrenden und abfahrenden Zügen zu. In meinen Ohren dröhnt es, die Durchsagen klingen wie ein einziger Matsch aus quietschenden Schuhen und raschelnden Blättern. Der Magen hängt mir in den Kniekehlen, aber hier gibt's nicht mal einen Snackautomaten. Es wird immer später. Als mir klarwird, dass ich keine andere Wahl habe, als die ganze Nacht auf dieser Bank zu verbringen, fange ich endlich an zu flennen. Die Warnlichter und Scheinwerfer der Züge verschwimmen vor meinen Augen zu großen bunten Bällen, während die Frauenstimme unermüdlich über die leeren

Bahnsteige hallt. Sie sagt Verspätungen an, und ich stelle mir vor, jede Durchsage sei für mich.

«Die Familienzusammenführung fällt heute aus.»

«Alois Dudek ist entgleist. Die Erkenntnis auf Gleis 3 verspätet sich um mehrere Stunden.»

Die Nacht vertreibt die letzten Farben vom Himmel. Wäre dies hier «Die unendliche Geschichte», würde jetzt Fuchur geflogen kommen, um mich zu retten. Aber das letzte Mal, dass ich Fuchur erwartet hatte, ist Aldi per Video in mein Leben getreten. Und von da ging es nicht hoch in die Wolken, sondern nur noch steil bergab.

Das Schlimmste ist, dass ich es die ganze Zeit gewusst habe. Ich meine, dass er nur ein Lügner und Kleinganove ist, war ja von Anfang an klar. Genauso klar, wie dass er null Interesse an seiner Enkelin hat und an einer Rückkehr zu seiner Frau schon mal gar nicht. Und trotzdem hielt ich die ganze Zeit an meinen falschen Hoffnungen fest, genau wie diese religiösen Spinner, die im verkohlten Toastbrot die Mutter Gottes erkennen wollen und über die ich so gelacht habe. Da fällt mir das Foto im Handschuhfach ein, das ich Aldi hatte schenken wollen, wenn er mich zu Oma bringt. Hätte ich es nur mitgenommen, dann könnte ich es jetzt zerreißen.

Ich schmiege mich an den Bären. Was meine Mutter wohl gerade macht? Die sitzt bestimmt mit Papa in einem Strandlokal und pfeift sich holländische Frietjes rein, nichts ahnend, dass ihre arme Tochter in der Fremde herumirrt. Das hat sie nun von ihren «Du musst mehr rausgehen»-Parolen. Das kommt dabei heraus, wenn man sein Zimmer einmal verlässt. So hat schon manche Drogenkarriere begonnen. Aber da taucht plötzlich Titus in meinen Gedanken auf. «Mensch, Malle!», ruft er, als er mich auf der Bank kauern sieht. «Ist noch kein Weltuntergang! Eine Nacht auf dem Bahnhof ist Rock 'n' Roll!»

Ich wische mir die Tränen ab. Er hat natürlich recht. Es ist alles eine Frage der Einstellung. Ich kann jetzt rumheulen, bis das Hochwasserkommando zu meiner Rettung eilt, ich kann aber auch versuchen, die Sache zu meinem Abenteuer zu machen. Klar, noch besser wäre es mit Morrissey auf den Ohren, aber von The Smiths habe ich eh alles im Kopf. *Call me morbid, call me pale. I've spent too long on your trail, far too long chasing your tail …* Ich lege den Bären quer über die Bank, sodass ich ihn als Kopfkissen benutzen kann, dann lege ich mich selbst der Länge nach hin und versuche zu schlafen. Die erste Stunde verbringe ich damit, alle paar Minuten die Augen wieder zu öffnen, weil ich das Gefühl habe, dass sich jemand an mich ranwanzt. Hier treiben sich nämlich ewig zwei alte Knacker in Lederjacken rum. Als die dann endlich weg sind, ist an echten Schlaf nicht zu denken, weil ich jedes Mal wieder wach werde, wenn ein Güterzug vorbeirattert. Aber irgendwann, als es schon beinahe wieder hell wird, übermannt mich dann doch die Erschöpfung, und ich schlafe für mindestens zwei Stunden in den Armen des Bären ein.

Als ich aufwache, habe ich von zwei schwer bewaffneten Nonnen geträumt, die auf Riesenmilben durch die Wüste reiten. Horror. Ich öffne die Augen einen Spaltbreit, und gleißendes Sonnenlicht drischt von allen Seiten auf mich ein. Mein Gesicht schwitzt, meine Beine sind steif, und ich liege auf einem Typen aus Plüsch. Ich blinzle in die Sonne, und da schieben sich wieder diese Albtraum-Nonnen ins Bild. Ich kann sie immer lauter murmeln hören: «… hat die Arme kein Dach über dem Kopf.» Auf einmal mischen sich Zugdurchsagen unter die Stimmen, und ich weiß wieder, wo ich bin. Das weitaus größere Problem ist, dass die Nonnen aus meinem Albtraum direkt vor mir stehen. Sie heben und senken ihre teigigen Köpfe und scheinen mit mir Verbindung aufnehmen zu wollen. Die eine guckt mich neugierig von oben an, und jetzt beugt sich die andere vor, um mit dem Finger auf meine Schulter zu tippen. Ich zucke erschrocken zusammen, dann richte ich mich ächzend auf. Erst jetzt merke ich, wie sehr mein Rücken schmerzt, dass mein Nacken verdreht ist und ich einen Geschmack im Mund habe, als hätte ich ein Stinktier gefressen. Eine Moralpredigt ist jedenfalls das Letzte, was ich jetzt gebrauchen kann. Aber das scheinen die auch gar nicht vorzuhaben.

«Es gibt einen sicheren Ort für die Obdachlosen dieser Stadt», sagt die eine zu mir.

«Ich bin aber nicht aus dieser Stadt», antworte ich mit einer Stimme, als hätte ich ne Stange Zigaretten weggequarzt. «Ich komme aus Deutschland, und normalerweise penn ich nicht auf Bänken.»

Ich reibe mir die verstrubbelten Haare, als sich die dickere von den beiden neben mich plumpsen lässt. Sie schraubt eine Thermoskanne auf, gießt Tee in den Verschluss und reicht mir die dampfende Tasse.

«Du hast bestimmt Hunger», sagt die andere gutmütig und zieht ein Käsebrot aus ihrem Rucksack, an dem ein riesiger Smiley-Button prangt. Okay. Langsam kapier ich. Das hier sind *nette* Nonnen. So wie es auch nette Soldaten und nette Außerirdische gibt. Ich sehe die beiden noch einmal kritisch an, aber weil ich nicht das geringste Anzeichen von Bosheit erkennen kann, nehme ich das Brot dankend entgegen und packe es sofort aus, zittrig wie ein Junkie. Ich habe einen tierischen Hunger, und mit vier großen Bissen ist das Brot in meinem Magen verschwunden.

«Und jetzt erzählst du uns am besten, wie du hierhergekommen bist», sagt die dicke Nonne. Die andere nickt mir freundlich zu. Ich glaube, die beiden mögen mich ein bisschen. Und weil ich sie für Nonnen auch nicht ganz uncool finde, erzähle ich ihnen die ganze Geschichte im Schnelldurchlauf. Von dem wiedergefundenen Großvater und seinen Schulden. Von unserer Flucht durch die Pampa nach Polen. Dann erzähle ich noch, was es mit dem Bären auf sich hat, und schließlich von meiner Oma, und wie meine Reise ein plötzliches Ende nahm, als Aldi mich hier am Bahnhof ausgesetzt hat. Erst als ich fertig bin, geben die Nonnen mitleidige Seufzer von sich. Ich zeige ihnen, wie viel Geld ich habe, und die Serviette mit Omas Adresse.

«Mach dir keine Sorgen», sagt die dicke Nonne. «Ich finde für dich heraus, wie du dahin kommst. Unser Zug nach Tschenstochau hat sowieso Verspätung.» Womit auch geklärt wäre, warum die beiden nichts Besseres zu tun haben, als sich um mich zu kümmern. Ich drücke ihr das Geld und die Serviette in die Hand, und sie verschwindet im Bahnhofsgebäude. Die andere bleibt bei mir und lässt jede Menge schlauer Sprüche ab wie «Gott schnallt dir nie einen Rucksack um, der schwerer ist, als du tragen kannst». Das hat sich Jesus, oder wer auch immer, gut ausgedacht. Muss ich zugeben. Zehn Minuten später kommt die dicke Nonne mit meinem Ticket und einem handgeschriebenen Fahrplan wieder.

«In zehn Minuten fährt dein Zug», sagt sie. «In zwei Stunden bist du bei deiner Oma.»

Mir fällt ein Stein vom Herzen. Ich bedanke mich, etwas beschämt, weil ich anfangs dachte, sie wollten mich bekehren.

Zum Dank für ihre Hilfe und die lebensrettende Verpflegung schenke ich ihnen meinen Bären. Den können sie ja wie ein Kreuz vor sich hertragen, wenn sie Gitarre klampfend und singend durch die Gegend ziehen. Oder was Nonnen sonst den ganzen Tag so machen.

20

Der Zug, in den ich steige, sieht so alt aus, als hätte man ihn vom Abstellgleis eines Bahnmuseums geholt. Die Waggons sind groß, dunkel und verraucht. Nur wenige Menschen sind unterwegs. Ich ziehe von einem Waggon zum nächsten, auf der Suche nach einem Abteil, in dem ich mich breitmachen kann. Die Nacht auf der Bank hat mich ziemlich gerädert. Als der Zug sich in Bewegung setzt, quietscht und knirscht es, dass ich Angst bekomme, der Waggon könnte gleich auseinanderfallen. Aber dann fallen mir das Riesenrad und die Achterbahn ein, die ich auch überlebt habe. Ein kalter Luftzug weht durch die wackligen Korridore. Die Tür zum nächstbesten leeren Abteil steht schon offen, und ich gehe hinein. Die Sitze sind dunkelrot und irgendwie klebrig. Die Gemütlichkeit hält sich in Grenzen. Aber gerade wäre mir auch die einfachste Pritsche recht. Ich lege die Füße hoch und schaue aus dem versifften Fenster. Gelbe Ebenen aus verbranntem Gras sausen vorbei, vereinzelt stehen Birken herum. Hin und wieder blitzt eine mit Graffiti beschmierte Mauer auf, dann kilometerlang nur Wald. Ich schließe die Augen, worauf mein Hirn ein kleines Filmchen auf die Innenseite meiner Lider wirft. Ich sehe, wie Aldi sich auf der Flucht bis nach Portugal durchschlägt, sich am Ufer des Atlantiks die Badekappe über die Haarbüschel streift und, ohne zurückzublicken, nach Amerika schwimmt. In New York tritt er das Erbe seiner Stiefeltern an und verwandelt sich in einen Millionär im weißen

Anzug, in einen Lebemann mit funkelnden Goldzähnen. Happy End. Eine Enkelin aus dem Nichts war im Drehbuch nicht vorgesehen, und eine Rückkehr in die alte Heimat schon gar nicht. Aber jeder ist Regisseur seines eigenen Films, und in dem Moment, wo mir das klarwird, entlasse ich Aldi in die Freiheit wie einen ausgewilderten Tiger. Mein Kopf wird bei der Vorstellung ganz leer, und das Rattern des Zuges lullt mich für eine Weile in einen traumlosen Schlaf.

Eineinhalb Stunden später tauchen wieder irgendwelche Industrieanlagen auf, und gruselige Schornsteine ragen in den Himmel. Beim Anblick der kasernenartigen Häuser aus schmutzigem Backstein muss ich an die Romane von Charles Dickens denken, Oliver Twist und so. Und ein paar Käffer weiter rollt der Zug auch schon im Bahnhof ein. Als ich die Abteiltür aufgezogen habe und durch den Gang an die Tür gehe, pumpt mein Herz immer schneller. «Du hast die ganze Zukunft noch vor dir», höre ich meine Mutter sagen. Doch vor mir liegt erst mal die Vergangenheit.

Außer mir ist niemand ausgestiegen, ich bin die einzige Person auf dem Bahnsteig. Aber kein Wunder, so winzig, wie der Bahnhof hier ist. Nur zwei Gleise und ein kaum lesbarer Fahrplan. Das Bahnhofsgebäude ist ein kleiner, heruntergekommener Betonkasten. Ein Stück alter Zeitung begleitet mich mit dem Luftzug zum Ausgang. Meine Schritte machen ein hohles Echo, als ich durch die miefende Halle stakse. Es gibt einen Ticketschalter, aber der ist nicht besetzt, und auf der Uhr, die über der Eingangstür hängt, fehlen beide Zeiger. Durch die quietschende Tür gehe ich nach draußen und stehe in einer menschenleeren Kulisse. Vor mir ein staubiger Kiesplatz und dahinter nichts als dichtes Gestrüpp und von

Misteln befallene Bäume. Eine einzige Straße führt um die Ecke ins Nirgendwo. Langsam wird mir mulmig. Hier ist echt Niemandsland. Kein Dorf in Sicht. Die totale Zombie-Apokalypse. Auf einmal höre ich ein schmatzendes Röcheln, als ob ein Untoter gerade seine Zähne in einen frischen Leichnam rammt. Ist aber zum Glück nur mein knurrender Bauch. Das Letzte, was ich gegessen hab, war nämlich das Käsebrot von den Nonnen, und das hielt nicht besonders lange vor. Ich gehe ein paar hundert Meter die Straße entlang, vorbei an einer Plumpskloanlage und einem kleinen Häuschen mit versifften Gardinen, in dem früher vermutlich ein Bahnwärter gehaust hat. Die Sonne knallt wie eine Tapezierleuchte. Es ist keine einzige Wolke am Himmel, kein Schatten, in den ich mich retten kann. Und als ob das nicht schon Horror genug wäre, kommt jetzt aus dem Gebüsch hinter dem Häuschen ein unheimliches Rascheln! Würde ich jetzt schweißgebadet aufwachen, dann wär alles klar. Albtraum abschütteln und weiterpennen. Das Problem ist, ich wache nicht auf. Die gute Nachricht ist, dass das Geraschel von einem verirrten Feldhasen stammt, der durch das Gestrüpp hoppelt. Ein Hase, Mann! Ich bin echt ziemlich durch den Wind. Immerhin ist das Tier ein Zeichen von Leben auf diesem Planeten. Plötzlich kommt hinter mir wie aus dem Nichts ein Bus um die Ecke geschossen und brettert mit mächtig viel Lärm und Gestank an mir vorbei. Er verschwindet in einer ockerfarbenen Staubwolke. Habe ich eine Haltestelle übersehen? Egal. Wo Busse hinfahren, da müssen auch Menschen sein. Also schleppe ich mich tapfer weiter.

Nach fünf Minuten Fußmarsch kurze Verschnaufpause. Vor mir liegt karges Kratergelände. Kiesgruben voller Schutt, Schrott und Geröll und aufgeschüttete Halden. Am Wegesrand wuchern Schafgarben, Löwenzahn, Disteln und weißer Klee. In der Ferne erstreckt sich die flimmernde Silhouette eines Birkenwalds. Ich atme ein paar Mal tief durch. Jetzt nur nicht die Nerven verlieren, Malina. Du bist fast am Ziel. Als das von Unkraut überwucherte Gebiet endlich hinter mir liegt, kommen aber erst mal nur Kornfelder, in denen vereinzelt Mohnblüten flattern. Ich werde mit jedem Schritt unruhiger, und hinter meiner Stirn beginnt es dumpf zu pochen. Das macht der Hunger. Durst habe ich auch wie Hölle. Und die Sonne fährt ungerührt immer weiter ihre Stacheln aus.

Der Weg steigt an und führt auf eine sanfte Anhöhe, von der aus ich endlich ein paar Häuser und die Spitze eines Kirchturms sehen kann. Der Feldweg geht hier in eine holprige Dorfstraße über. Eine Marienkapelle steht am Wegesrand. Durch zusammengekniffene Augen erkenne ich eine Gestalt, die auf eine dunkle Scheune zuhumpelt. Ich trabe mit letzter Kraft hin. «Entschuldigung!», rufe ich. Ein alter Mann dreht sich zu mir um. Seine Gesichtszüge sind wie geschnitzt.

«Können Sie mir sagen, ob ich hier richtig bin?»

Er mustert mich skeptisch, während ich die Serviette mit Omas Adresse aus der Hosentasche friemele.

«Pani Dudek, ja, ja», nölt er. «Die wohnt ganz am Ende der Straße.» Er zeigt mit dem Finger nach links. Glück gehabt. «Aber nimm dich in Acht», knurrt er. «Die Alte ist mit dem Teufel im Bunde.»

Ich bedanke mich für die Auskunft und schlage den ungeteerten Weg ein. Was der verwirrte Mann mit dem Teufelsbund meint, ist mir jetzt echt egal. Hunde springen an die Einfahrtstore und bellen, als wollten sie mich vor etwas warnen. Aber die können mich kreuzweise. Ich bin ein Wrack. Mein Kopf pocht, meine Beine gehorchen mir nicht mehr.

Meine Oma darf gern der Leibhaftige sein, ich will nur endlich irgendwo ankommen. Nach ein paar Metern stehe ich vor ihrem Gartentor. Ohne Aldi, ohne Gepäck, ohne Ankündigung. Es schien komplett unmöglich zu sein, aber ich habe es ganz allein hierhergeschafft.

Apfelbaumäste ragen über den Lattenzaun, und durch den Garten hindurch blicke ich auf ein kleines grünes Häuschen. Hier habe ich also meine Kindheit verbracht. Es kommt mir auch seltsam vertraut vor, obwohl ich nicht sagen könnte, warum. Gerade als ich durch das Gartentor gegangen bin, lenkt ein leises Klingeln meinen Blick nach oben. Was ist das denn? In den Bäumen sind irgendwelche Sachen an Bindfäden aufgehängt. Silberlöffel, kleine Porzellantassen mit gesplitterten Rändern und weiter oben … schaukeln Puppen in der Brise. Die Augen herausgepult, schwarze Löcher in den Köpfen. Klarer Fall von Hitzehalluzination. Ich wanke auf das Häuschen zu, wo ich ewig nach einer Klingel suche. Aber weil ich mich kaum noch auf den Beinen halten kann, gebe ich auf und klopfe einfach an.

Innen hört man jetzt eine Tür quietschen, dann das Klacken von Absätzen. Die Haustür öffnet sich, und vor mir steht eine winzige Frau mit rundem Gesicht und goldbraunen Augen. Das graue Haar hängt ihr als Zopf über die Schulter. Sie trägt einen Kimono, der mit bunten Palmwedeln bedruckt ist. Ein paar Sekunden starrt sie mich einfach nur an, bis ihre Augen plötzlich aufleuchten.

«Malinka!», ruft sie und schließt mich lächelnd in die Arme. Was sie danach sagt, bekomme ich gar nicht mehr mit, weil alles ringsum plötzlich grobkörnig wird und die Umgebung sich aufzulösen beginnt, in immer größere Quadrate. Mir wird ganz schwarz vor Augen. Und dann bin ich auf einmal weg.

Als ich wieder zu mir komme, glotze ich auf einen mit bunten Blumen verzierten Ofen, neben dem ein Reisigbesen lehnt. Ich bin allein und liege auf einem altmodischen Sofa. An der gegenüberliegenden Wand stehen Möbel, die aussehen, als wären sie für sehr große Puppen gemacht. Auf dem Herd dampft es aus einem Topf, und oben auf einer weißen Anrichte drängen sich alte Kaffeemühlen. Dieses Zimmer kann nur Omas Küche sein, aber ich könnte schwören, dass es direkt meiner Phantasie entsprungen ist. Das alles war in meinem Kopf, wenn meine Eltern mir Märchen vorgelesen haben. Erst jetzt, wo ich wirklich hier bin, begreife ich, dass es mehr als eine Vorstellung war. Es war eine echte Kindheitserinnerung.

Da kommt auch schon meine Großmutter zur Tür herein. Als sie sieht, dass ich wach bin, setzt sie sich lächelnd zu mir aufs Sofa. «Du kannst dir gar nicht vorstellen, wie sehr es mich freut, dass du mich endlich besuchen kommst», sagt sie mit warmer Stimme. Ihre Hand streicht über meine glühende Wange. Aber ich bin noch viel zu benebelt, um zu antworten.

«Na, komm erst mal zu dir», sagt sie ganz ruhig. «Erzählen kannst du mir später alles. Vorher gibt es einen Teller Suppe, damit du wieder zu Kräften kommst.»

Dann geht sie an den Herd, um im Topf zu rühren. Ich stehe langsam auf, torkle los und lasse mich auf einen Stuhl fallen. Auf dem Tisch steht schon ein Porzellanteller für mich bereit. Oma gießt mir Hühnersuppe ein und wünscht mir einen guten Appetit. Während ich gierig einen Löffel nach dem anderen schlürfe, sitzt sie einfach nur da, ohne Fragen zu stellen. Als wäre es das Normalste der Welt, dass ich allein, total entkräftet und völlig unangemeldet bei ihr aufkreuze. Erst als ich den Löffel im leeren Teller abgelegt habe, ergreift sie das

Wort: «So, dann schieß mal los. Wie bist du überhaupt hergekommen?»

«Nach Polen? Mit dem Nachtbus», lüge ich sie an. Es reicht schon, dass ich in ihrer Tür umgekippt bin, da muss ich nicht auch noch mit Aldi rausrücken.

«Und wo ist dein Gepäck?», fragt sie weiter. «Man hat dich doch nicht etwa beklaut?»

Ich weiche ihrem durchdringenden Blick aus. «Nein ... äh, das – das habe ich unterwegs verloren.»

«Du meine Güte», sagt sie besorgt. «Na ja, Hauptsache, du hast heil zu mir gefunden.»

«Ich habe einen Bauern nach dem Weg gefragt», verrate ich ihr, um nicht über den anderen Teil der Reise reden zu müssen. «Der meinte, du seist mit dem Teufel im Bunde.»

Oma lacht auf. Es ist ein Lachen wie das Klirren einer Flasche, die man mit Schwung in den Altglascontainer pfeffert.

«Ja, ja. Es gibt ein paar Leute hier im Dorf, denen bin ich nicht ganz geheuer», sagt sie erheitert. «Später erzähle ich dir vielleicht, warum.»

Ich überlege, ob es etwas mit den Puppen draußen zu tun haben könnte. Mir kommt diese Frau mit ihrer warmen Ausstrahlung nämlich wie ein Geschenk des Himmels vor.

«Und du bist ganz alleine gekommen, wie?», will sie wissen.

«Ja», lüge ich wieder.

«Du hättest ruhig eine Freundin mitnehmen können.»

«Der einzige Freund, den ich habe, ist tot.» Das ist mir gerade irgendwie rausgerutscht. Muss die Erschöpfung sein. Aber Oma ist weder überrascht noch schockiert. Sie nickt einfach nur und wartet darauf, dass ich weiterspreche.

«Sein Name ist Titus», erzähle ich schließlich. «Er hatte

einen Herzfehler. Vor zwei Jahren ist er auf einem Konzert umgekippt. Als der Notarzt kam, war er schon tot.»

Oma berührt meine Schulter und sieht mich mitfühlend an.

«Aber das hat nichts an unserer Freundschaft verändert», fahre ich fort. «Ich schreibe ihm Briefe, seit ich nicht mehr mit ihm reden kann.»

«Dieser Titus kann sich glücklich schätzen, dass er in dir eine so treue Freundin gefunden hat», sagt sie, als fände sie nichts daran erstaunlich. «Du kommst ganz nach mir, glaube ich.»

Ich starre sie wie gebannt an. Wir reden hier, als würden wir uns schon ewig kennen.

«Meine Zeitgenossen waren auch nicht mein Fall. Romanfiguren schienen mir stets die echteren Menschen zu sein. Ich war überzeugt, dass sie mehr Seele hatten als die echten Leute um mich herum. Aber so ist es nun mal im Leben. Man kann sich nicht aussuchen, wem man begegnet und wann. Die Leute, mit denen man gleichzeitig auf der Welt ist, sind nicht immer die Leute, die zu einem passen.»

«Also sind wir für immer einsam», sage ich.

«Nein, Malinka», widerspricht sie mir. «Wirklich einsam ist nur jemand, der selbst keine Liebe in sich hat. Was würde es dir nützen, von allen bewundert zu werden, wenn es nicht einen einzigen Menschen gäbe, den du magst? Es spielt doch keine Rolle, ob lebendig oder tot, ob echt oder ausgedacht. Solange dein Herz an etwas hängt, bist du nie wirklich einsam.»

Oma steht langsam vom Tisch auf. Am liebsten würde ich ihr noch stundenlang zuhören, aber ich kann mich vor Müdigkeit kaum noch auf dem Stuhl halten. Mit Mühe unterdrücke ich ein Gähnen.

«Nun zeige ich dir erst mal dein Zimmer, wo du dich ausruhen kannst», sagt Oma, als hätte sie meine Gedanken gelesen. «Und ein Bad willst du auch sicher nehmen.»

Nachdem Oma mir das Bad gezeigt hat, führt sie mich durch den Flur zum letzten Raum.

«Das war unser Schlafzimmer, als dein Großvater noch lebte», sagt sie, während sie die Tür aufschließt. Mir läuft ein kalter Schauer über den Rücken. *Als er noch lebte.* Sie hat die Lüge ausgesprochen, ohne mit der Wimper zu zucken. «Es soll dein Zimmer sein, solange du hier bist. Fühl dich wie zu Hause. Rechts im Schrank sind ein paar alte Kleider von mir. Es ist bestimmt nicht dein Stil, aber bedien dich ruhig, wenn du dir etwas Frisches anziehen willst. Und wenn du dich ausgeruht hast, können wir eine Runde spazieren gehen. Ach, da fällt mir noch etwas ein …»

Sie kramt in der Tasche ihres Kimonos und holt etwas heraus. In ihrer Hand liegt ein kleiner Vogelschädel.

Vor Schreck kippe ich beinahe zum zweiten Mal im Türrahmen um.

«Den habe ich gestern im Wald gefunden. Ist er nicht hübsch?», fragt sie verschmitzt.

«Er ist wunderschön», antworte ich.

«Dann soll er mein Willkommensgeschenk für dich sein. Ich habe mir gleich gedacht, dass du einen Sinn für so was hast.» Sie lässt mich im Zimmer allein und zieht die Tür hinter sich zu.

Ich lege den Vogelschädel auf dem Nachttisch ab und sehe mich erst mal ausgiebig um. Neben dem riesigen Bett steht ein Fünfziger-Jahre-Schränkchen mit Schiebetür. Darin reiht sich ein Buch an das andere. Ich gehe in die Hocke, um die Titel zu lesen. Märchen und Legenden. Mary Poppins, Dr. Dolittle und Der geheime Garten. Auch das Schlafzimmer kommt mir seltsam bekannt vor, obwohl es nicht die Möbel oder die Bücher sind, an die ich mich erinnere. Es ist das grünliche Wabern des Lichts. Es kommt nämlich durch eine Wand, die aus faustgroßen, unregelmäßig geformten Glasbrocken gemacht ist. Es sind große, stumpfe Scherben, die man mit etwas Phantasie für Edelsteine halten könnte. Aber bevor ich meiner Erinnerung weiter nachgehe, werfe ich meine stinkenden Klamotten ab und stakse schnell unter die Dusche.

Danach, eingewickelt in ein großes Badetuch, öffne ich den gewaltigen, hässlich gemaserten Schrank. Die Tür quietscht wie ein gefoltertes Meerschweinchen. Es riecht nach Secondhand-Laden, wie bei Aldi im Kofferraum. Altbackene Hemden, Hosen und Jacketts hängen auf Kleiderbügeln. An der Innenseite der Schranktür, wo auch ein langer Spiegel angebracht ist, baumeln Polyester-Krawatten. An den Mustern kann man ablesen, wie alt die Outfits sind. Zwiebelquerschnitte, Fischschuppen, halbierte Eier … Der Schrank ist die reinste Zeitmaschine, und das müssen Original-Kluften von Aldi sein. Oma hat seine Sachen also weder verkauft noch weggegeben. Hätte sie ihn nicht damals selbst totgesagt, könnte man glatt meinen, sie wartet auf seine Rückkehr.

Rechts im Schrank hängen Frauenkleider, wie Oma gesagt hat. Ich lasse meine Hand hindurchwandern. Auf eine unmodische Art sind sie sehr schön. Gürtel aus Lederblumen, skurrile Kragen. Da fällt mir auf, dass ich seit meinem ersten Tag am Gymnasium kein Kleid mehr getragen habe. Damals hatte meine Mutter mich in ein superfestliches Rüschenkleid gesteckt, weil sie dachte, man muss nach was aussehen am ersten Schultag. Blöd nur, dass die deutschen Eltern anderer

Meinung waren und ich von Mädchen mit verkehrt herum aufgesetzter Kappe ausgelacht wurde. Kurz danach meinte meine Mutter, dass wir aufhören sollten, zu Hause Polnisch zu sprechen. Und seitdem habe ich, wie gesagt, auch kein Kleid mehr getragen. Jetzt bleibt mir aber nichts anderes übrig, also nehme ich ein schlichtes schwarzes mit Pünktchen, das mir bis über die Knie reicht. Im Spiegel sieht es gar nicht so übel aus. Ich werfe mich aufs Bett und strecke alle Glieder von mir. Kurz überlege ich, ob ich mir Sorgen um Aldi machen sollte. Aber erstens penn ich wirklich gleich weg, und zweitens geht er mich nichts mehr an. Ich habe meinen Opa verloren, aber dafür meine Oma wiedergefunden. Sie hat die Enttäuschung, die Aldi mir bereitet hat, schon wieder wettgemacht. Ich spüre, dass ich bei ihr in Sicherheit bin. Ja, ich bin angekommen. Mit einem Lächeln auf dem Gesicht drehe ich mich auf die Seite und schließe die Augen.

21

Als ich nach einem kurzen Schläfchen mein Zimmer verlasse, flutet orangefarbenes Licht den Flur, und im ganzen Haus riecht es nach Kaffee.

Oma sitzt am Küchentisch. Sie hat sich umgezogen und trägt nun statt des Kimonos eine Jeanslatzhose mit einem karierten Hemd darunter. Gerade scheint sie in eine Bastelarbeit vertieft zu sein. Erst als ich näher komme, erkenne ich, dass sie mit einer Pipette Milch in zwei Walnusshälften träufelt.

«Die Hausgeister verlangen nach einer kleinen Mahlzeit ...», erklärt sie, ohne aufzuschauen. Ich checke gar nichts. Dann schaut sie endlich zu mir auf, aber nicht etwa, um sich zu erklären, sondern um mich in meinem neuen Outfit zu mustern. Allerdings nicht so wie meine Mutter, wenn sie nach Unzulänglichkeiten Ausschau hält, sondern wohlwollend, irgendwie liebevoll.

«Du siehst einfach toll aus!», ruft sie entzückt. «Dieses Kleid steht dir ausgezeichnet. Behalte es ruhig an, ich schenke es dir!»

«Danke», sage ich. «Da hatte ich ja Glück, dass ich meine Klamotten verloren habe.»

«Die Wege zum eigenen Stil sind unergründlich», sagt sie und seufzt. «Wäre dein Großvater nicht vor seiner Zeit gestorben, hätte ich nie erfahren, wie gut mir Schwarz steht. Aber was rede ich hier. Lass uns einen Spaziergang machen!

Das Licht draußen ist so schön, es wäre eine Sünde, es zu verpassen.»

Sie nimmt die beiden mit Milch gefüllten Nussschalen und stellt sie vorsichtig neben den Ofen. «Ich gebe ihnen jetzt schon was», sagt sie, als würde sie von ihren Katzen sprechen. «Dann werden sie müde und poltern nachts nicht so rum.»

Langsam beschleicht mich die Ahnung, dass Oma von derselben Krankheit wie Aldi befallen ist. Einer ausgewachsenen Spinneritis nämlich.

Während ich mir im Flur die Schuhe anziehe, schlingt Oma sich ihren Zopf wie einen Kranz um den Kopf. Dann verlassen wir zusammen das Haus.

«Ich muss noch kurz zu meinen Hühnern», sagt sie und geht ans andere Ende des Gartens, wo ein kleiner Holzschuppen steht.

Ich blinzle in die Sonne, die jetzt am späten Nachmittag viel milder und freundlicher scheint, und gehe ein bisschen im Garten herum, stecke meine Nase in die Rosenbüsche und berausche mich an ihrem Duft.

Oma kommt mit einer leeren Milchkanne wieder. «Unterwegs können wir ein paar Blaubeeren pflücken», erklärt sie, und wir schlendern zum Gartentor.

«Was ist eigentlich das hier?», frage ich und zeige auf die Bäume mit den hängenden Puppenleichen.

«Hübsch, nicht? Das ist ein Spielplatz. Für meine Elstern.»

«Elstern?»

«Ja, ich weiß. Nicht jedermanns Lieblingsvogel. Die meisten Menschen wollen sie aus ihren Gärten vertreiben, weil ihnen eine bösartige Natur nachgesagt wird. Aber daran glaube ich nicht. Ich verstecke kleine Gegenstände in den Tassen. Mal eine Murmel, mal silbernes Schokoladenpapier. Elstern lieben alles, was funkelt. Deswegen haben sie den Puppen gleich die Augen ausgepickt. Ist das nicht reizend?» Sie kichert wie ein kleines Mädchen, und auch ich kann mir ein Grinsen nicht verkneifen.

Wir treten auf die staubige Straße hinaus. Der Weg, den wir einschlagen, schlängelt sich an Häusern vorbei, die wie hingewürfelt im Feld herumstehen. Die Gärten sind schattig, mit alten Bäumen bestanden, und lenken von den kargen Fassaden ab. Grauer Putz, wohin man schaut. Staubige Höfe, die von Kötern bewacht werden, Anbauschuppen mit schiefen Blechdächern. Trauerweiden hängen über die schmiedeeisernen Zäune. Die Autos in den Einfahrten wirken fehl am Platz, wie aus der Zukunft in diese Zeit gefallen. Ein Mann in Unterhemd und Hosenträgern sitzt rauchend in einem Fenster neben einer Satellitenschüssel und glotzt uns frech an. Gegenüber lehnen sich zwei vollbusige Frauen über den Sims wie Burgfräuleins, die was erleben wollen.

«Nimm es nicht persönlich, dass sie dich so anstarren», sagt Oma. «Du bist die erste Fremde hier seit Jahren. Wenn ich ihnen sagen würde, wer du bist, würden sie sich sicher an dich erinnern. Erinnerst du dich denn noch an die Gegend?»

«Nein», sage ich schuldbewusst.

«Das macht nichts», entgegnet Oma. «Schau dir alles in Ruhe an. Vielleicht kommt mit der Zeit das ein oder andere wieder.»

Als wir den Weg an den Feldern entlang geschafft haben, kommen wir in den Dorfkern, auf einen kleinen, von Linden beschatteten Platz. Eine ältere Frau mit strengem Dutt kommt uns aus Richtung der kleinen Kirche entgegen. Bei Omas Anblick beschleunigt sie ihren Schritt und drückt die Handtasche fester an sich.

«Was war denn mit der los?», frage ich, als sie um die Ecke gebogen ist.

«Das war Agatha», sagt Oma seufzend. «Sie ist eine sehr gläubige Frau.»

«Verstehe ... Denkt sie auch, du seist mit dem Teufel im Bunde?»

«Jemand, der den ganzen Tag *Radio Maryja* hört, sieht überall Feinde», erklärt sie. «Neulich soll sie sich mit Gleichgesinnten getroffen haben, um esoterische Bücher zu verbrennen. Alles, was nicht mit der christlichen Heilslehre vereinbar ist, muss zerstört werden. Diese Leute wollen nicht zulassen, dass Menschen sich die Welt anders als durch die Geschichten von Jesus erklären. Und wer so denkt, der kann nicht einverstanden sein mit dem, was ich mache.»

«Und was ist es genau, was du machst?», frage ich endlich.

«Ich halte den Geisterglauben unserer heidnischen Ahnen lebendig. Sorge dafür, dass die alten slawischen Mythen nicht in Vergessenheit geraten. Oder das, was davon übrig geblieben ist ...»

Ich muss wieder an die Walnussschalen denken. «Und wie machst du das?», frage ich.

«Ich kümmere mich um die Menschen aus dem Dorf. Bin so eine Art Seelsorgerin hier. Aber anders als der Pfarrer. Die Leute kommen mit ihren Problemen zu mir, und ich erzähle ihnen Geschichten, die ihnen den Weg weisen können. Natürlich nur denen, die einen Sinn dafür haben. Die wenigen Leute im Dorf, die so fromm sind wie die alte Agatha, halten sich von mir fern. Siehst du das Haus dort am Ende der Gasse? Da wohnt eine Frau, die ein behindertes Kind zur Welt gebracht hat. Sie war so verzweifelt, dass ihr Mann jeden Tag fürchtete, sie könnte sich etwas antun. Sie hat sich schwere Vorwürfe gemacht.»

«Aber da kann doch niemand was dafür!», wende ich ein.

«Das sagst du. Hier im Dorf leben noch Menschen, die ein behindertes Kind für eine Strafe Gottes halten. Die Frau konnte sich nicht erklären, warum ausgerechnet ihr dieses Schicksal widerfahren ist, denn sie hielt sich selbst für einen rechtschaffenen Menschen. Da habe ich ihr von der Waldfee Boginka erzählt.»

«Aha?»

«Das ist ein boshaftes Wesen, das gesunde Menschenkinder raubt, um sie gegen ihre eigenen, kranken einzutauschen. Oh, ich weiß, was du jetzt denkst. Ist ja nur ausgedacht, irgendein erfundener Quatsch.»

Richtig.

«Aber ich sage dir, auf Wissenschaftlichkeit kommt es hier nicht an. Die böse Boginka war eine Erklärung, die die Frau viel besser akzeptieren konnte als die Schuldzuweisungen der alten Agatha. Und seitdem kümmert sie sich ganz reizend um ihr Waldfeenkind. Die bösen Zungen können ihr nichts mehr anhaben.»

«Glaubst du denn auch daran?», frage ich sie.

«Nun, was kann ich schon wissen. Wie heißt es so schön? Es gibt mehr Dinge zwischen Himmel und Erde, als eure Schulweisheit sich träumen lässt.»

«Die Geschichte mit der Waldfee find ich gar nicht schlecht», sage ich. «Aber wäre es nicht besser gewesen, der Frau zu erklären, warum das Kind wirklich behindert war? Ich meine, biologisch?»

«Für dich wäre das besser», sagt Oma. «Aber das hier ist ein sehr kleines Dorf. Die Zeit vergeht langsamer als anderswo, es verändert sich wenig. Die Mentalität der Menschen ist immer noch die gleiche wie vor hundert Jahren. An Orten wie diesen ist der Geisterglaube wichtig fürs Überleben.»

Sie zeigt auf eine baufällige Hütte mit Blechdach.

«Hier wohnte mal ein alter Trinker. Er war ein guter Mann. Der Wodka hat ihn nicht grob, nur sehr melancholisch gemacht. Vor zehn Jahren ist er besoffen in den See gefallen und ertrunken. Wahrscheinlich ein Selbstmord. Als seine Frau in ihrem Kummer zu mir kam, war ihre größte Sorge, dass er auf alle Ewigkeit in der Hölle schmoren könnte. Da habe ich ihr von den Utopeks erzählt, den Dämonen, die am Grund von Gewässern ihr Unwesen treiben. Als dein Großvater ertrunken ist, konnte seine Leiche nicht gefunden werden. Und niemand wusste, warum. Meine offizielle Erklärung auf der Totenfeier war, dass ein Utopek sich seine arme Seele einverleibt hatte. Das konnten die Menschen akzeptieren.»

Der Weg gabelt sich, und Oma schlägt vor, dass wir durch die Schneise im Feld zum Wald weitergehen.

«Die Frau des Trinkers jedenfalls ...», nimmt Oma ihre Geschichte wieder auf, «war sehr beruhigt, zu erfahren, dass mein Mann ihm da unten bestimmt gute Gesellschaft leistet. Dass sie am Grund des Sees in einem Schloss aus Glas leben und den ganzen Tag Karten spielen.»

«Also, ich finde die Vorstellung jetzt nicht unbedingt beruhigend», sage ich.

«Aber der Seegrund ist ein Ort, den eine Frau wie diese sich besser vorstellen kann als das Fegefeuer. Es ist immer noch ein größerer Trost für sie, wenn sie ihren Mann dort unten vermutet, als überhaupt nicht zu wissen, was mit seiner Selbstmörderseele passiert ist.»

«Aber was hat sie denn davon, wenn sie an Dinge glaubt, die nicht stimmen?», will ich wissen.

Oma bleibt kurz stehen. «Ich sage dir doch: Es geht nicht darum, die richtige Antwort zu haben. Sondern irgendeine Antwort. Liest du manchmal dein Horoskop?»

«Na ja. Manchmal», gebe ich widerwillig zu.

«Dann weißt du ja selbst, dass es manchmal besser ist, irgendwas zu wissen, als nichts. Ganz egal, ob es stimmt oder nicht. Das Leben ist zufällig und chaotisch. So etwas wie einen Sinn gibt es nicht. Aber das ist eine sehr grausame Erkenntnis. Sie kann uns in den Wahnsinn treiben. Wenn ich den Leuten Sagen erzähle, die sie mit ihren Ahnen verbinden, gebe ich ihnen ein kleines Stück Kontrolle über ihr Leben zurück.»

«Ich weiß nicht», sage ich. «Den Leuten Illusionen machen, sie anlügen ... Ich finde so was irgendwie gefährlich.»

«Geschichten sind nicht gefährlich, Malinka», sagt Oma. «Aber sie müssen sich mit den Menschen verändern, die sie einander erzählen. Sonst werden sie zu starren Gewissheiten, die mehr Schaden anrichten als nützen.»

Wir spazieren schweigend weiter bis zum Waldrand. Die hellen Töne des Korns und der Schafgarben zeichnen sich leuchtend gegen das dunkle Grün der Bäume ab. Eine bröselnde Mutter Gottes aus Gips, die von weitem aussah wie ein Eis am Stiel, markiert das Ende der Menschenwelt. Über einen Teppich aus Farnen betreten wir den Wald. Und das ist mal ein Wald, der seinen Namen verdient. Ein richtiger Märchenwald. Nicht so ein Larifari-Wandertag-Gehölz mit Wildschweingehege, wo alle paar Meter ein Mülleimer steht. Ich schaue auf zu den dunklen Fichten, die uns von allen Seiten umgeben. Hier und dort blitzt eine Birke mit ihrer weiß gefleckten Rinde auf. Die Wolken über uns sehen aus wie zusammengefallene Sahnehäubchen. Oma hat mich am Arm gefasst und zieht mich sanft hinter sich her. Sie schiebt störende Zweige beiseite, und ich passe auf, dass ich nicht in die Brennnesseln laufe. Jetzt hat Oma einen Himbeerstrauch entdeckt, aber die Früchte sind noch zu grün, um sie zu pflücken.

«Ich weiß, wo wir reife Blaubeeren finden», sagt sie. «Es gibt unzählige Sträucher an dem See, wo dein Opa ertrunken ist.»

Ich zucke zusammen. Sie hat echt nicht die leiseste Ahnung, dass ich mit dem Ertrunkenen erst gestern gesprochen habe. Aber woher auch? Während wir durch den Farn weiterstapfen, versuche ich, mir mein Unbehagen nicht anmerken zu lassen.

Ein leichter Wind erhebt sich, und die Fichten rauschen, als zwischen den Stämmen plötzlich ein Gewässer ins Bild rückt.

«Es gab eine Zeit, da hätten wir jetzt ohne Bedenken ein paar Runden im See schwimmen können», sagt Oma. «Heute ist er so mit Chemikalien verseucht, dass man darin Fotos entwickeln kann.»

Wir kommen zum Ufer, und sie schiebt mit der Hand ein paar Schilfhalme zurück. Nach Aldis Erzählungen habe ich mir den See, in dem er verschwunden ist, ziemlich groß vorgestellt, in Wirklichkeit ist es aber nur so ein mittelgroßer Weiher. Aus dem grützigen Wasser ragt eine alte Tonne.

«Ach, und dort siehst du das Gedenkkreuz für deinen Großvater.» Ich zucke erneut zusammen, als sie auf das Birkenkreuz zeigt, das gegenüber am Ufer steht. «Aber das können wir uns ein andermal ansehen.» Und ohne ein weiteres Wort zieht sie, ihre Milchkanne schwingend, zu den Blaubeerbüschen weiter. «Kommst du?», flötet sie.

«Gleich! Muss noch schnell Pipi machen», schwindele ich. Oma ist weitergegangen und beugt sich bereits über die Büsche. Als ich mir sicher bin, dass sie mit nichts als Pflücken beschäftigt ist, spähe ich noch einmal durch das Schilf, um einen Blick auf das Kreuz zu erhaschen. Ein ziemlich gewöhnungsbedürftiger Anblick. Hinter dem Kreuz steht ein kahler Baum, der seine grauen Äste wie Krallen nach oben streckt. Plötzlich stößt ein Schwarm Vögel mit lautem Flügelschlag aus dem Wipfel hervor. Und was ich dann sehe, zieht mir echt die Schuhe aus. Hinter dem Baum kommt breitbeinig ein Mann hervor, der sich den Hosenstall nach oben zieht. Ich kenne diesen Mann. Es ist Aldi. Was zur Hölle macht der denn auf einmal hier? Durch den Vorhang aus Schilf beobachte ich, wie er auf sein Grabmal zusteuert. Ich drehe mich panisch um, schaue nach Oma. Aber die ist immer noch ganz ins Beerensammeln versunken und für Aldi garantiert nicht zu sehen. Ich lasse meine Hand durch das Schilf gleiten, gerade so viel, dass ein Sichtschlitz entsteht.

Was macht der denn da? Ich glaube, er versucht, das Kreuz aus der Erde zu reißen! Aber warum!? Während ich mich noch frage, wie es sein kann, dass er hier wie aus dem Nichts auftaucht, gleitet Aldi plötzlich aus und fällt mit einem unüberhörbaren Plumps ins Wasser. Scheiße! Jetzt hat er das Kreuz mit sich gerissen und versucht, sich an einem umgekippten Baumstamm durch den Morast zurück ans Ufer zu ziehen. Erst höre ich ihn japsen und prusten. Dann Omas Schritte.

«Malinka! Ist alles in Ordnung?», ruft sie, während sie mir eilig entgegenläuft. Ihre Hände sind blutrot von den Beeren.

«Ich dachte schon, du wärst ins Wasser gefallen», sagt sie mit besorgter Stimme. «Hast du den Plumps auch gehört?» Und als sie bei der Schilfwand angekommen ist: «Was ist denn los? Du bist ja leichenblass!»

Ich zeige auf die Stelle, wo eben noch Aldi war. Das Wasser, aus dem er gestiegen ist, kräuselt sich noch. Aber statt Oma vorzuwarnen, was für ein Wiedersehen sie gleich erwartet, stammle ich nur einzelne Silben vor mich hin. Bevor ich einen geraden Satz sagen kann, hat sie die Milchkanne fallen gelassen und rennt los, um Erste Hilfe zu leisten. Ich laufe um den Weiher hinter ihr her. Als ich sie eingeholt habe, steht sie bewegungslos da, mit vor Schreck geweiteten Augen. Ihre Brust hebt und senkt sich, sie ist kreidebleich.

«Sei ganz still und beweg dich nicht», faucht sie, während sie mich mit dem Arm zurückhält. Und dann bezeugen wir das Unsagbare: Das Totenkreuz mit beiden Händen umklammert, torkelt uns schwer atmend der leibhaftige Utopek entgegen. Ein Gehänge aus Schlick und tropfendem Algenschleim über dem Schädel, die grüne Plörre rinnt ihm über das schlammbesudelte Gesicht. Einen Meter vor uns lässt er das Kreuz fallen, sackt wie in Zeitlupe zusammen und landet der Länge nach im Matsch. Sein sich windender Körper gibt eklige, moorig schmatzende Geräusche von sich. Aus seinem Mund kommt nur ein schwaches Röcheln. Oma schaut das Monster ein paar Sekunden lang an. Dann betrachtet sie seine Hand, an der ein grüner Siegelring schimmert. Kurzerhand ergreift sie das Kreuz und beginnt, auf ihn einzudreschen.

«NEIIIIN!», schreie ich, während Aldi sich unter Omas Hieben krümmt und windet. Ich kann Blut an seinem Hinterkopf sehen. «BITTE HÖR AUF!!!! DAS IST KEIN UTOPEK!»

«Natürlich ist das kein Utopek!», keift Oma. «Das ist mein bescheuerter Mann!»

Ich stelle mich vor sie und breite die Arme aus wie eine Schranke, um Schlimmeres zu verhindern. «Ohne ihn wäre ich nicht nach Polen gekommen!», sage ich verzweifelt, worauf sie endlich das Kreuz sinken lässt. «Ich hätte es dir von Anfang an sagen sollen … Er hat mir erzählt, was passiert ist. Dass du ihn totgesagt hast, dass …»

Omas Schultern sacken herunter. Langsam scheint sie aus ihrer Wut zu erwachen. Sie schlägt sich die Hand vor den Mund und starrt betroffen auf das grünliche Häufchen Elend, das Aldi abgibt.

«Ich habe ihn ganz schön erwischt», stellt sie fest. «Wir müssen ihn schnell versorgen. Schaffen wir ihn fort!»

«Er ist mit dem Auto hier», sage ich. «Irgendwo in der Nähe muss er es geparkt haben!»

«Da gibt es nicht viele Möglichkeiten», sagt Oma. «Ich weiß, wo wir es finden.»

Zusammen wälzen wir Aldi auf den Rücken. Oma greift ihm unter die Achseln, ich nehme die Beine, und dann schleppen wir ihn am Ufer entlang vorwärts. Er ist richtig schwer in seinen nassen Klamotten, und er stinkt wie die Pest. Auf dem Weg erzähle ich Oma im Schnelldurchlauf von den letzten Stunden mit Aldi. Dass wir nach Krakau gefahren sind, um ein Geschenk für sie zu kaufen, und dass er mich am Bahnhof ausgesetzt hat. Wie ich ihn in Deutschland überhaupt gefunden habe und warum wir losgefahren sind, erwähne ich mit keinem Wort. Der Schock sitzt mir immer noch tief in den Knochen.

Der Waldweg führt uns auf die Landstraße, wo Aldi den Mercedes geparkt hat. Als wir endlich dort ankommen, dämmert es bereits, und Millionen kleiner Fliegen schwirren in der Luft. Aldi ist immer noch bewusstlos. Und wir total aus der Puste. Die Autoschlüssel finden wir in seiner Hosentasche. Mit letzter Kraft bugsieren wir ihn auf den Rücksitz. Oma setzt sich umgehend ans Steuer. Respekt. Ich hätte nicht gedacht, dass sie einen Führerschein hat. Oder vielleicht hat sie auch keinen. Ich frage jedenfalls nicht nach.

Während der ganzen Fahrt hat sie die Stirn in Falten gelegt und scheint angestrengt nachzudenken. Ich drehe mich immer wieder besorgt zu Opa Aldi um, denn der gibt keinen Mucks mehr von sich.

Die Straßen sind bis auf ein paar spielende Kinder komplett leer. Niemand da, der beobachten könnte, wie Oma das Auto durch die Einfahrt bringt und rasch vor dem Schuppen am Ende des Gartens parkt. Nur die paar Hühner, die draußen herumlaufen, aber die machen nicht den Eindruck, als wollten sie uns bei den Nachbarn verpetzen. Oma öffnet die hintere Tür und beugt sich über Alois. Die Wunde an seinem Kopf hat fast aufgehört zu bluten.

«Sieht schlimmer aus, als es ist. Nicht mehr als ein Kratzer», stellt Oma fest. Dann blickt sie ihn lange an, und ihre Augen ziehen sich zu zwei Schlitzen zusammen. «Der wird sein blaues Wunder erleben», schnaubt sie schließlich mit zusammengepressten Lippen. Mann, die ist echt sauer. Sie schiebt den Riegel am Holzschuppen zurück. Durch die Tür ist allerlei Gerümpel zu erkennen. Schaufeln und Rechen, ein verrostetes Fahrrad, noch mehr Milchkannen, ein Gartenschlauch. Die hintere Hälfte ist durch Holzlatten abgetrennt, und weil da die Hühner drin schlafen, riecht es nach Hühnerkacke und Heu. Oma zerrt hinter ein paar Brettern ein Campingbett mit Siebziger-Jahre-Blumenmuster hervor. Mit wenigen Handgriffen hat sie es aufgeklappt und klopft den gröbsten Staub von der Liegefläche.

«Hier kann er wieder zu sich kommen, der alte Esel», schimpft sie. «Vielleicht kommt er dann auch wieder zu Verstand. Meine Enkelin einfach so auszusetzen ... und dann feige ins Koma fallen! Was bildet der sich überhaupt ein? Nach zwanzig Jahren ohne Ankündigung einfach aufzukreuzen! Und dann auch noch als Utopek. Komm, hilf dem Dummkopf auf die Liege!»

Ächzend wuchten wir Aldi vom Rücksitz auf das knarzende Klappbett im Hühnerstall. Keine Ahnung, was ich davon halten soll, dass sie Opa ausgerechnet hier einquartieren will, denn im Haus wäre doch auch genug Platz. Aber ich hüte mich besser, irgendwelche Einwände zu bringen, Oma wird schon ihre Gründe haben.

Während sie Aldis Beine und Arme auf der Liege platziert, weist sie mich an, ein Bettlaken und einen Pyjama aus dem Schlafzimmer zu holen. Ich mache mich sofort auf den Weg.

Als ich wiederkomme, hockt Oma auf der Kante des Campingbetts und säubert Aldi. Wie sie mit angespannter Miene da sitzt und sein Gesicht mit dem Zipfel eines Handtuchs vom Schlamm befreit, muss ich an ein Rubbellos denken, bei dem man auch nicht weiß, ob sich darunter ein Gewinn oder eine Niete verbirgt. Langsam kommt Aldis Gesicht wieder zum Vorschein. Ich reiche ihr Laken und Pyjama. Oma reißt das Laken auseinander und trennt einen Stoffstreifen ab, den sie Aldi als Verband um den Kopf wickelt.

«Am besten gehst du wieder zurück ins Haus», sagt sie zu mir. «Ich würde gern unter vier Augen mit ihm reden, wenn er aufwacht.»

22

Es ist 19:30 Uhr. Geschirr klappert, Besteck klirrt, zwischendurch geht ein Glas zu Bruch. Keine Ahnung, was Oma in der Küche anstellt, aber dem Aggro-Sound nach zu urteilen war es eine gute Idee, sie nach der Begegnung mit Aldi in Ruhe zu lassen. Ich sitze schon gut eine Stunde im Zimmer, als das Gepolter endlich verstummt und Oma mich zum Abendessen ruft.

In der Küche duftet es nach Zitronentee und heißen Würstchen. Halbe Brotscheiben liegen fertig gebuttert bereit. Der Tisch ist aber nur für zwei Personen gedeckt.

«Wie geht's Opa?», frage ich und nehme Platz. «Hast du mit ihm gesprochen?»

«Der Esel tut immer noch, als wäre er bewusstlos», sagt Oma bitter. «Dabei habe ich genau gesehen, wie er ein Augenlid gelupft hat.»

Typisch Aldi. Da hat er es so weit geschafft und muss sich immer noch aufführen wie der letzte Kindskopf. «Sollten wir ihn nicht besser ins Haus tragen?», frage ich vorsichtig.

«Das kommt nicht in Frage», weist Oma meinen Vorschlag zurück. «Dem geht's im Hühnerstall ausgezeichnet. Er kann froh sein, dass er mit einer so milden Strafe davonkommt.»

Sie spießt mit der Gabel eine Wurst im Topf auf. Heißes Wasser spritzt hoch, ich weiche erschrocken zurück. Die Wurst zappelt von der Gabel auf meinen Teller. Dann kramt Oma was aus ihrer Latzhosentasche hervor.

«Schau mal, was ich bei ihm gefunden habe.» Sie hält mir Aldis Feuerzeug hin. «Minigolf Paradiso? Was bedeutet das?»

«Minigolf? Äääh ... Das ist so eine Art Sport. So ähnlich wie richtiges Golf, nur in ganz klein.»

Oma macht ein erstauntes Gesicht. «Und warum steht da A. Dudek drunter?»

«Weil Opa der Besitzer dieser Anlage ist.»

«Ach, tatsächlich?» Sie nimmt das Feuerzeug noch mal in Augenschein, aber diesmal, als wär's ein fragliches Erbstück, dessen Wert es noch zu bestimmen gilt. «Und davon ist er der Chef?»

«Sozusagen.» Und bei dieser Auskunft belasse ich es auch. Ich werde mich hüten, ihr zu erzählen, in welchem Zustand die Anlage ist. Oma zündet mit dem Feuerzeug ein paar Teelichter an. Dann legt sie es wieder weg und setzt sich zu mir an den Tisch. «Wie lange kennst du deinen Opa denn schon?», fragt sie, während sie mir Tee einschenkt.

Ich muss kurz nachdenken. «Keine drei Tage?», und wie ich es ausspreche, finde ich es selbst ziemlich unglaublich. Es kommt mir nämlich wie eine Ewigkeit vor.

«Und, was hältst du von ihm?» Omas Gesichtsausdruck verrät nicht, was sie hören möchte.

«Ich glaube, er hat ganz viel Phantasie», sage ich diplomatisch, nachdem ich mir mit einem beherzten Biss in die Wurst kurz Zeit zum Nachdenken verschafft habe. «Zumindest ist er ein guter Geschichtenerzähler. Oder sagen wir Märchenerzähler.»

Oma lacht laut auf. Einerseits klingt es höhnisch, andererseits, als würde ihr der Gedanke daran Spaß bereiten. «Und wann wurde dir das klar?»

«Das erste Mal so richtig ...?» Ich überlege. «Die Sache

mit dem Kobold ... Ach nee, viel früher, als er mir von seiner Kindheit in Ägypten erzählt hat, glaube ich. Ja, damit fing alles an.»

Ihre Katzenaugen blicken mich prüfend an. «Du hast keinen blassen Schimmer, wo Ägypten ist, oder?»

«Klar weiß ich, wo Ägypten ist. Nordafrika, östlich von Libyen.»

«Natürlich, Kindchen. Aber das hat dein Großvater nicht gemeint.» Sie seufzt und hält inne. Die Flammen der Teelichter flackern auf.

«Ägypten war ein Elendsquartier in Katowice. In den dreißiger Jahren lebten dort nur die Ärmsten der Armen. Das Viertel war wirklich heruntergekommen, nur Lehmhütten und dunkle Kerker. Es gab kein Licht und keine Kanalisation. Daher der Name. Weil es den Leuten dort nicht besser ging als den armen Bauern am Nil.»

Ich verbrenne mir die Zunge an einem zu großen Schluck Tee. Was erzählt sie mir denn da?

«Heute steht auf dem Gelände eine Plattenbausiedlung, aber damals ...»

Auf einmal wird mir klar, dass wir gestern tatsächlich in Aldis Ägypten waren. Es war keine Lüge. Dort hatte er seine Kindheit verbracht.

«Was hat er dir noch über seine Herkunft erzählt?», will Oma wissen.

«Er hat gesagt, dass seine Mutter sehr arm war und keine Bücher las», fällt mir auf Anhieb ein. «Aber später wurde er von einer wohlhabenden Familie adoptiert.»

«Alois war ein Bastard», poltert Oma ohne Vorwarnung. Bei dem harten Wort zucke ich richtig zusammen. «Das heißt, er war nicht innerhalb einer Ehe gezeugt worden. Er wuchs ohne Vater auf, bei seiner Mutter. Und eine Frau mit unehelichem Kind war ein großes gesellschaftliches Ärgernis. Solche Kinder hatten es überall schwer. Sie wurden gehänselt und ausgegrenzt. Aber manchmal kam es vor, dass der Vater sich seines Bastards annahm. Meistens war es leider so, dass der Vater von guter Abstammung war und die Mutter ein armes Bauernmädchen. So eine Verbindung war eine unvorstellbare Schande! Das Beste, was dem Kind passieren konnte, war, dass die Mutter es weggab, in den Haushalt des Vaters, wo es als Diener getarnt werden konnte. Und genau das war das Schicksal deines Opas.»

Relativ gelassen nagt sie an ihrer Wurst. Meine ist mir längst im Hals stecken geblieben.

«Alois wuchs in der Familie seines leiblichen Vaters auf, aber er war nur ein gewöhnlicher Helfer. Jahrelang hat er Pferde gesattelt und Rosenbüsche beschnitten. Niemand außer seinem Vater wusste, wer er wirklich war.»

«Aber wir waren gestern noch dort!», unterbreche ich sie. «Opa hat mir gezeigt, wo er sich im Garten versteckt hat und wo er seine Katzen schaukeln ließ. Mit keinem Wort hat er erwähnt, dass er nur ein Bediensteter in dieser Villa war!»

«Ja, die Lindenbaums und ihre Pension ...» Omas Blick schweift in die Ferne. «Sie haben ihn sehr gut behandelt. Herr Lindenbaum hatte ein großes Herz, in ganz Zakopane war er für seine Wohltätigkeit bekannt. Er soll sogar Reisen für seine Bediensteten organisiert haben.»

«Weltreisen?», frage ich. Aldi hatte doch behauptet, mit diesem Londoner Professor auf Expedition gewesen zu sein ...

Aber Oma winkt ab. «Ach was! Kleine Ausflüge nach Krakau oder in das Tal der Sieben Seen ... Für die Leute damals war das Reisen keine Selbstverständlichkeit. So ein Ausflug über die Stadtgrenze war schon die halbe Welt.» Sie gießt uns beiden Tee nach.

«Und woher weißt du das alles?», frage ich.

«Ich bin selbst in Zakopane aufgewachsen. Als ich sieben Jahre alt war, habe ich ein Gespräch meiner Eltern belauscht. Es hieß, dass Hitler nach Polen drängt, um die Juden zu ermorden. Du musst wissen, dass die meisten Pensionen in Zakopane von Juden geführt wurden. Auch die Lindenbaums waren Juden.»

Ich lasse Messer und Gabel fallen. «Also ist Opa ein Jude?»

«Nicht nach jüdischem Recht, nein. Dafür müsste seine Mutter Jüdin gewesen sein. Jedenfalls ändert das nichts daran, dass im Sommer 1940 die gesamte Region für Juden gesperrt wurde. Ihre Geschäfte, Synagogen und Friedhöfe wurden zerstört, und die Deutschen erklärten Zakopane zu ihrem Erholungsgebiet.»

«Deshalb sind die Lindenbaums nach New York ausgewandert ...», ergänze ich.

«Hat dir das dein Opa erzählt?» Omas Stimme klingt auf einmal belegt. Ich nicke. Sie blickt zur Seite. «Herr Lindenbaum hatte keine Hoffnung für seine Familie, aber er hat alles versucht, um Alois zu retten. Er hat einen Fluchtplan für ihn besorgt. Über die Hohe Tatra gelangte Alois mit anderen Flüchtlingen in die Tschechoslowakei. Die meisten gingen zu Fuß nach Ungarn weiter, und von Ungarn wanderten sie nach Amerika aus. Es war eine lange und gefährliche Reise. Auf der Flucht wurden viele Juden erschossen. Alois hatte furchtbare Angst und ein schlechtes Gewissen, weil er die Familie zurückgelassen hatte. Also kehrte er auf halber Strecke um. Bis Kriegsende musste er sich jedoch in den Wäldern verstecken.»

Da fallen mir Aldis Erzählungen von Riesenschildkröten

und Kapuzineraffen ein, und mir wird klar, dass es in Wirklichkeit wohl eher Wildschweine und Füchse gewesen sein dürften.

«Wahrscheinlich hat die Angst ihm damals das Leben gerettet», fährt Oma fort. «Aber als er nach dem Krieg in die Pension zurückkehrte, waren seine Eltern nicht mehr da.»

Sie schluckt, worauf mir ganz flau im Magen wird.

«Auch ich habe beide Eltern im Lager verloren», sagt Oma mit so leiser Stimme, als spräche sie zu sich selbst. «Auf der Suche nach Pilzen habe ich Alois in der leeren Pension gefunden. Er hauste dort ganz allein und vertrieb sich die Zeit mit den Büchern aus der Bibliothek seines Vaters. Sein Lieblingsbuch war Tom Sawyer ... Irgendwo habe ich sogar noch die polnische Originalausgabe von 1901 ...»

Ein leichtes Lächeln huscht über ihr Gesicht, aber ihre Augen sind dunkel und ernst.

«Wir freundeten uns an. Ich nahm Zuflucht in diesem Haus. Wir lasen uns den ganzen Tag Geschichten vor und dachten uns eigene aus. Wir waren Piraten, Entdecker und Adlige.»

«Und das Schiff?», frage ich tonlos. «Er hat mir erzählt, dass ihr euch auf einem Schiff kennengelernt habt.»

«Da ist wohl seine Phantasie mit ihm durchgegangen. Es gab kein Schiff. Wir haben uns ein Floß gebaut und ließen uns den Dunajez hinuntertreiben, wie Huckleberry Finn auf dem Mississippi.»

Als sie mich wieder ansieht, stehen ihr die Tränen in den Augen. Der Tee in unseren Tassen ist längst kalt geworden.

«Ich ... Ich weiß nicht, was ich dazu sagen soll», stammle ich. «Ich hatte keine Ahnung, wer mein Opa ist.»

«Dein Opa ist ein Lügner.» Omas Stimme klingt fest und streng, als sie vom Tisch aufsteht. «Ich habe dir seine Geschichte erzählt, damit du es ihm nicht übelnimmst. Du kannst ihm jetzt etwas zu essen bringen.» Sie zeigt auf den Topf mit den Würsten, räumt das Geschirr ab und beginnt abzuspülen.

Mir ist gerade nur nach Heulen zumute, aber ich atme einmal tief durch und reiße mich tapfer zusammen. Über Omas Geschichte kann ich mir später Gedanken machen. Jetzt ist keine Zeit für Mitleid, und für Selbstmitleid schon gar nicht.

Als ich mit dem Wursttopf in den Händen nach draußen trete, dringt funzeliges Licht aus dem Schuppen. Ich pirsche mich auf Zehenspitzen heran. Da höre ich gedämpftes Gemurmel.

«Dazu fällt dir wohl auch nichts mehr ein, was, Ludmilla?» Es ist unverkennbar Aldis Stimme. Aber wer zum Teufel ist Ludmilla?

«Hier steht's. Schwarz auf weiß! Sie mag mich!»

Durch ein Astloch in der Holztür spähe ich in den Schuppen. Aldi hockt im flackernden Schein einer Grubenlampe. Obenrum sieht er aus wie eine Mumie, aber das liegt daran, dass er einen Verband um den Kopf gewickelt hat. Ansonsten trägt er den kürbisgelben Pyjama, den ich für ihn ausgesucht habe. Sein Gesprächspartner ist allerdings keine Dame, sondern – ich lach mich tot – ein Huhn! Und nun kann ich auch endlich erkennen, was er da in der Hand hält. Das ist nämlich das Foto aus dem Freizeitpark, das ich im Handschuhfach versteckt hatte. Offenbar hat er es vor kurzem gefunden. Nun lässt er das Foto sinken und lehnt sich mit dem Unterarm an die Lattenwand, die seinen Schlafbereich von dem der Hühner trennt.

«Wir hatten so viel gemeinsam ... Und ich habe sie im Stich gelassen!» Er begräbt die Nase in der Ellenbeuge und schluchzt theatralisch. «Warum, Ludmilla? Warum?»

Soweit ich das aus der Ferne beurteilen kann, könnte Ludmilla nichts egaler sein.

«Buhuhuuuu! Was habe ich getan!?», heult Aldi und schlägt mit der Faust gegen die Lattenwand. Mein lieber Scholli, jetzt dreht er völlig durch. Aber ich kann jetzt nicht einfach so reinplatzen. Um ihn nicht in Verlegenheit zu bringen, schleiche ich wieder zum Hauseingang zurück und dann, als hätte ich von seinem Geheule nichts mitbekommen, mache ich einen höllischen Lärm, indem ich mit der Gabel gegen den Topf schlage und «ESSEN!!» schreie. Aldi hört augenblicklich auf zu jammern. Kein Mucks dringt mehr aus dem Hühnerstall. Ich klopfe ein paar Mal gegen die Tür, bevor ich den Riegel zurückschiebe. Aldi ist vor Schreck auf eine Kiste gesprungen. Der Verband ist ihm über die Augen gerutscht, und jetzt steht er schlotternd im Pyjama da und quiekt wie eine Cartoon-Frau mit Angst vor Mäusen.

«Lass mich laufen!», kreischt er und legt sich schützend die Hände über den Kopf. «Du siehst mich auch bestimmt nie wieder!»

Ich stelle den Topf neben dem Campingbett ab und gehe langsam auf ihn zu. «Psssst ...», beruhige ich ihn. «Ich bin's doch nur! Malina!»

«M-M-Malina?» Er reißt sich den Verband von den Augen. «Du lebst!?» Mit diesen Worten fällt er mir um den Hals und drückt mich an sich. Sein Gesicht ist von kratzigen Bartstoppeln bedeckt, und er riecht nach Utopek.

«Ich werde alles tun, um dich aus ihren Klauen zu befreien», heult er, «versprochen!»

Ich drücke ihn sanft von mir weg. «Was? Wessen Klauen? Wovon redest du?»

«Deine böse Großmutter! Wo hält sie dich gefangen?»

«Äh ... Sie hat mich in deinem alten Zimmer untergebracht. Und außerdem hält sie mich gar nicht ...»

«Ich werde also alleine in diesem Verlies sterben ...», schluchzt er wieder auf.

«Nun bleib mal geschmeidig», beschwichtige ich ihn. «Du bist doch erst ein paar Stunden hier. Und ich bin mir sicher, dass du bald ...»

Aldi steckt sich die Finger in die Ohren, als könnte er nicht ertragen, was ihm gleich mitgeteilt wird. Au weia. Der Schlag auf den Hinterkopf muss seine Gehirnteile ganz schön durcheinandergewürfelt haben.

«Iss erst mal was, Aldi», sage ich und führe ihn am Arm zu seinem Klappbett zurück. «Hier sind Würstchen für dich.» Ich lasse ihn in den Topf lugen, damit er es überprüfen kann, und jetzt setzt er sich endlich aufs Feldbett. Ich nehme neben ihm Platz und reiche ihm die Gabel. Seine Hand zittert, als er sie zum Mund führt. Aber schon nach den ersten Bissen lässt er sich die Würstchen mit sichtlichem Behagen schmecken, und ich kann live beobachten, wie er langsam wieder zu Kräften kommt.

«Du, Malina ...», sagt er plötzlich, noch mit vollem Mund.

«Ja?»

«Es tut mir so schrecklich leid.»

«Was genau?»

«Ich habe gelesen, was du hinten aufs Foto geschrieben hast.»

«Das muss dir nicht leidtun.»

«Nein, ich meine, dass ich dich ... dass du in dieser fremden Stadt, ganz allein ...»

«Wie du siehst, bin ich auch ohne dich klargekommen», sage ich, etwas angesäuert.

«Du hast Sommerferien ...», fährt Aldi zerknirscht fort. «Du hättest auch ins Freibad gehen können. Aber du hast lieber mir einen Gefallen getan. Hast es die ganze Zeit mit mir ausgehalten, und ich ...»

Er ist schon wieder den Tränen nahe. Und weil ich nicht will, dass er hier noch weiter aufquillt und außerdem nicht selbst losheulen will, gebe ich mir einen Ruck und sage: «Entschuldigung angenommen.»

Ich stupse ihn kumpelhaft an, um zu signalisieren, dass wirklich alles okay ist. Dann muss ich ihn aber doch noch was fragen. «Hast du dir denn gar keine Sorgen gemacht, dass mir was passiert?»

«Ich hatte keine Zweifel, dass du dich auch alleine bis zu deiner Oma durchschlägst», sagt er. «Bist schließlich ein patentes und mutiges Mädchen.»

«Mutig?» Ich muss unwillkürlich kichern.

«Jawohl, mutig. Bist die mutigste Enkelin, die ich je hatte. Hast mich schon mit der Luftgewehr-Nummer schwer beeindruckt, wenn ich ehrlich bin. Und wie du dir im Motel die Broadway-Story aus den Fingern gesogen hast, alle Achtung! Mir ist jedenfalls noch kein Halbstarker begegnet, der so viel Pfiff gehabt hätte wie du.»

Ich merke, wie ich rot werde, und wechsle schnell das Thema. «Und sag mal, warum bist du eigentlich an den See gefahren? Was sollte die ganze Aktion mit dem Kreuz? Wäre es nicht besser gewesen, erst mal ohne Utopek-Kostüm bei Oma aufzukreuzen?»

«Wollte ich ja!», beteuert Aldi. «Hab meinen ganzen Mut zusammengenommen. Aber es war keiner zu Hause.»

Das könnte stimmen. War ja wirklich keiner zu Hause, als Oma und ich spazieren waren.

«Und da bin ich eben an den See gefahren, um mir das Schandmal anzusehen ... Und das Kreuz stand einfach so da. Niemand hatte eine Kerze für mich aufgestellt. Nicht mal ein kleines Blümchen hat man mir hingelegt. Und da ist mir bewusst geworden, dass ich es auch gar nicht verdient habe. Mein ganzes Leben lang bin ich nichts als ein elender Lügner gewesen.» Jetzt heult er schon wieder los. Schwere, dicke Tränen fallen ins Wurstwasser wie Regentropfen in einen See.

«Und da hab ich das Kreuz rausgerissen, um alles ungeschehen zu machen, verstehst du? Aber sieh, wohin es mich gebracht hat.» Er breitet die Arme aus. «Hierher, ins Fegefeuer, in die Vorhölle für Lügner!» Er schnäuzt in den Ärmel seines Pyjamas.

«In meinen Augen bist du kein richtiger Lügner», sage ich ihm zur Aufmunterung. Er blickt mich argwöhnisch an. «Du hast gelogen, um deinem Leben Glanz zu verleihen. Das spricht für einen exzellenten Charakter.»

«Findest du?», fragt er schniefend.

«Auf jeden Fall. Fakten sind was für Streber. Außerdem hast du mir beigebracht, ein junger Mensch zu sein. Ich habe immer nur Hindernisse gesehen. Du siehst überall Möglichkeiten.»

Ein Lächeln breitet sich über Aldis Gesicht aus. Und auch ich merke, wie ich unwillkürlich grinsen muss.

«Also sind wir quitt, ja? Du verzeihst mir? Einfach so?»

«Natürlich verzeihe ich dir. Aber darauf kommt es nicht an. Du musst mit Oma reden.»

Und das hätte ich mal besser nicht gesagt, denn mit Aldis Ruhe ist es schlagartig vorbei.

«Machst du Witze!?» Er springt auf, wirft die Gabel gegen die Wand und rennt umher wie von der Tarantel gestochen. «Mit deiner Oma soll ich reden? Und ich dachte, du wärst gekommen, um mich zu retten! Die will mich umbringen! Sie hat es immer und immer wieder versucht!» Er rauft sich die zerzausten Haarbüschel, befingert seinen Hinterkopf, zeigt auf seine Wunde, zurrt sich den Verband wieder zurecht, der ihm die ganze Zeit um den Hals baumelte.

«Nee. Die wollte dich nicht umbringen!», sage ich. «Echt nicht. Das war ne Kurzschlussreaktion!»

«Kurzschlussreaktion!? Ich bin ihr Ehemann! Die kann mich doch nicht ...»

«Nun hör aber mal auf!», rufe ich. «Zwanzig Jahre ist es her, dass sie dich das letzte Mal gesehen hat. Ist doch verständlich, dass sie erst mal ausflippt, wenn du nach einer halben Ewigkeit als stinkender Utopek aus der Plörre steigst!»

Dann warte ich geduldig, bis Aldi sich wieder beruhigt hat. «Ich glaube, dass Oma dir längst verziehen hat», behaupte ich tapfer. «Sie hat dich im Hühnerstall eingesperrt, weil du mich sitzengelassen hast.»

Aldi schnieft wieder in seinen Pyjamaärmel. «Man kann zwanzig Jahre nicht einfach ungeschehen machen.»

«Das übersteigt die Möglichkeiten der modernen Wissenschaft», pflichte ich ihm bei. «Aber vielleicht fällt uns ja etwas anderes ein.»

Ich klopfe ihm besänftigend auf die Schulter, aber ich fürchte, da ist heute nichts mehr zu machen. Aldi sieht aus wie ein Häufchen Elend.

«Schlaf erst mal ne Runde», sage ich zu ihm. «Wir überlegen uns morgen was, wenn ich dir das Frühstück gebracht habe. Sind doch ein super Team, oder nicht?»

Aldi sieht mich mit einer Mischung aus Dankbarkeit und Verzweiflung an, und ich lasse ihn mit dem Wursttopf und Ludmilla alleine im Schuppen.

23 Am nächsten Morgen reißt mich ein original Hahnenschrei aus dem Schlaf. Ich strecke mich, öffne das Fenster und schaue nach draußen. Omas Garten liegt ruhig da, ein leichter Dunst schwebt über dem Gras. Am Horizont, an den Dächern der Häuser vorbei, erstrecken sich grüne Wiesen und Felder, und am Himmel geht gerade groß und gelb die Sonne auf. So eine richtige Teletubbies-Sonne, fehlt nur noch die Babyfratze. Aber dann wandert mein Blick zum Hühnerstall rüber, und schlagartig ist es vorbei mit Idylle. Da fällt mir nämlich wieder ein, was in dem Holzschuppen drin ist. Der Utopek. Oder der büßende Aldi, wie man's nimmt. In Rekordgeschwindigkeit mache ich mich für den Tag bereit und greife mir dafür ein dunkelgrünes Kleid von Oma aus dem Schrank. Kurzer Blick in den Spiegel. Olivia von Popeye glotzt mir entgegen. Geht klar.

Oma hat Frühstück für uns gemacht und rührt angespannt in einer Tasse Kaffee. Sie macht einen ziemlich übernächtigten Eindruck. Ich setze mich zu ihr an den Tisch.

«Du warst gestern lange bei deinem Opa ...», sagt sie, aber es klingt mehr nach Neugier als nach Vorwurf.

«Ja, wir haben uns ein bisschen unterhalten ...» Ich versuche, mir meine Unruhe nicht anmerken zu lassen, während ich schnell mein Ei schäle. «Und übrigens hat er sich bei mir entschuldigt ...»

Sie blickt erstaunt auf.

«Es tut ihm alles echt leid, die ganze Sache mit Krakau und so. Vielleicht könnten wir ihn jetzt doch langsam ins Haus lassen ...»

Oma schürzt die Lippen. Für einen kurzen Moment glaube ich, dass sie sich zögerlich zu einem «Okay» formen, aber sie kreuzt die Arme über der Brust und sagt: «Nein, so leicht soll er es nicht haben.»

Ich stecke mir das Ei komplett in den Mund, damit sie mir meine Enttäuschung nicht ansieht.

«Was müsste Opa denn tun, damit du ihn frei lässt?», frage ich, als das Ei durch meine Speiseröhre gerutscht ist. «Ich dachte, er ist da drin, weil er mich sitzengelassen hat.»

«Der ist da drin, weil er über sein Leben nachdenken soll.»

«Aber ...»

«Ich weiß, was du jetzt denkst. Du hast Mitleid mit ihm nach allem, was ich dir über seine Kindheit erzählt habe. Und das ist auch dein gutes Recht als Enkelin. Aber Alois ist auch mein Mann und der Vater meiner Tochter, und da kann ich nicht einfach ...» Sie lässt den Satz ins Leere laufen und steht auf, um sich Kaffee nachzuschenken. Dabei klappert sie so übertrieben lange mit der Kanne rum, dass ich beschließe, sie nach was anderem zu fragen.

«Seit wann machst du eigentlich das, was du machst? Ich meine, den Leuten Phantasiegeschichten erzählen?»

Sie setzt sich wieder zu mir und rührt noch ein bisschen in der Tasse.

«Seit ich deinen Opa kenne», antwortet sie schließlich. Ich lehne mich nach vorne. «Wir hatten es beide faustdick hinter den Ohren. Die ganze Zeit haben wir uns mit Schwindel und Gaunereien durchs Leben geschlagen. Tom Sawyer war unser größter Held. Kennst du den Anfang der Geschichte? Wie er von seiner Tante verdonnert wird, den Zaun zu streichen? Mit einem simplen Trick bringt er die anderen Kinder dazu, die ganze Arbeit für ihn zu machen – und es auch noch für eine Auszeichnung zu halten! Damals, als wir in Zakopane in der leeren Villa zu überleben versuchten, beschlossen wir, dass wir clever genug waren, um Tom Sawyers Beispiel zu folgen.»

«Wie das?» Ich stopfe mir eine halbe Brotscheibe auf einmal in den Mund.

«Wir machten uns den Aberglauben der Menschen zunutze. Zu Kirchweih, wenn die Kirmes ins Dorf kam, unterhielten wir die Leichtgläubigen und Gelangweilten mit Tricks und Illusionen. Wir hatten die üblichen magischen Praktiken im Angebot; Liebeselixiere, Geisterbeschwörung, Schutzbann legen um Haus und Hof. Aber erst der ‹allwissende Kopf› machte uns zur Sensation.»

«Meinst du den mit dem Turban?», unterbreche ich sie. Den hat Opa noch in seinem …» Gerade rechtzeitig sage ich «Domizil» statt «Wohnwagen».

Oma reißt die Augen auf. «Ach, tatsächlich?»

«Ja, was hatte es damit auf sich?»

«Ach, reinster Betrug», winkt sie ab. «Heute könnte man damit nicht mal die Dörfler vom Hocker hauen. Das funktionierte so: Der Kopf war durch einen gut versteckten Schlauch mit einem Trichter verbunden, in den Alois mit verstellter Stimme hineinsprach. Er selbst saß im Nebenraum und war natürlich nicht zu sehen. Aber durch ein kleines Loch in der Wand wusste er genau, wer da gerade vor dem Kopf stand! Und da im Dorf jeder jeden kennt, war es natürlich nicht schwer, die Leute von der Allwissenheit des Kopfes zu überzeugen …»

«Und auf diesen billigen Trick fielen die Leute rein?»

Oma zuckt mit den Schultern.

«Dann wart ihr also wirklich ein Gangsterpärchen», sage ich anerkennend.

«Na ja, kein besonders erfolgreiches. Im Kommunismus konntest du es weder mit ehrlicher noch mit unehrlicher Arbeit zu etwas bringen, und jeder war in irgendeine illegale Aktivität verwickelt. Ohne solche Nebeneinnahmen wäre man auch gar nicht über die Runden gekommen. Das war vielleicht die große Tragödie unseres Lebens. Dass wir mit unseren wilden Ideen zu einem mittelmäßigen Leben gezwungen waren.»

«Ihr wart sozusagen in der falschen Zeit auf die Welt gekommen.»

«So hat dein Großvater es auch immer ausgedrückt. Seine Ära war die der Abenteurer und Entdecker. Das alles kannte er aus seinen Büchern. Der Krieg hatte diese Traumwelt zerstört, aber in seinem Kopf hörte sie nie auf zu existieren. Er hat sich immer sein Paradies bewahrt ... Wie gern tanzten wir damals zu diesem deutschen Schlager ...» Sie beginnt, leise zu singen.

«Paradiso, unterm Sternenzelt ...»

Ich erkenne den Song sofort.

«Paradiso Palmenstrand ...»

Aldi hatte sogar erzählt, dass sie früher dazu getanzt haben. Aber erst jetzt, wo ich ihren glasigen Blick sehe, wird mir klar, dass es *das* Lied der beiden ist.

«Oma ...», sage ich. «Warum hast du Opa totgesagt?»

Sie nimmt einen großen Schluck Kaffee und denkt nach.

«Er war verantwortungslos», antwortet sie schließlich. «Ich war nie so verantwortungslos wie er.»

«Aber jeder hat doch irgendeinen Fehler», sage ich. «Du bist doch selbst auch nicht perfekt ...»

«Stimmt», sagt sie und schiebt die leere Tasse von sich. «Ich habe einen fehlerhaften Mann geheiratet. Mein zweiter Fehler ist, dass ich stets zu gutmütig war.» Sie stößt einen Seufzer des Bedauerns aus, während sie mit der Hand imaginäre Krümel vom Tisch fegt.

«Aber jetzt bist du dran, Malina», wechselt sie das Thema. «Ich wollte dir gestern keine unangenehmen Fragen stellen, aber ... wissen deine Eltern eigentlich, wo du bist?»

«Nein», antworte ich. «Aber keine Sorge. Die sind in Urlaub und ahnen nichts.»

«Du solltest trotzdem zu Hause anrufen für den Fall, dass sie früher als geplant zurückgekommen sind, man weiß nie. Ich hätte es ja längst selbst getan, aber ...»

Ich spreche es für sie aus. «Ihr habt keinen Kontakt mehr zueinander.»

Sie nickt. «Weißt du, deine Mutter glaubte lange Zeit, dass ihr Vater ertrunken war.»

«Glaubte?»

«Ich hatte ihr die Wahrheit nie gesagt. Bis sie seine Briefe an mich fand. Die ersten Jahre schrieb er mir immer aus Deutschland. Hat ausgeschnittene Bilder beigelegt, von Südfrüchten, Zimmerpalmen und schnellen Autos ... Er wollte unbedingt, dass ich nachkomme, ihn wenigstens einmal besuche. Sogar Reisegeld hat er geschickt für Grażyna und mich. Wir hätten nur in den Zug steigen müssen ...»

Sie hält für ein paar Sekunden den Atem an. «Aber man kann die Zeit nicht zurückdrehen. Als deine Mutter nach vielen Jahren die Briefe in meiner Schublade fand, war sie so wütend, dass es ihr noch leichter fiel, mich zu verlassen und mit euch auszuwandern. Deiner Mutter war die Enge des Dorfes sowieso immer zuwider. Ihr fehlte der Sinn für den Zauber der Rückständigkeit.»

«Mama hat mir nie von Opa erzählt», sage ich.

«Sicher wollte sie dich vor der Enttäuschung bewahren. Genauso, wie ich sie damals bewahren wollte.»

Dann nimmt sie mein Gesicht in beide Hände und sagt mit wässrigen Augen, aber trotzdem lächelnd: «Eins muss man deiner Mutter lassen. Sie hat dich zu einem guten Menschen erzogen.»

In diesem Moment klopft es an die Fensterscheibe.

«Das muss Kamil sein!», ruft sie und steht auf.

«Wer ist Kamil?»

«Er ist ein alter Freund von dir! Dein Cousin zweiten Grades, um genau zu sein. Früher habt ihr täglich zusammen gespielt.»

Gut zu wissen. Ich bin erst mal ziemlich überrumpelt. Außerdem hab ich total zerzauste Haare, aber jetzt unter dem Tisch verstecken ist nicht. Oma zieht mich hinter sich her zur Tür. Als sie aufmacht, steht ein Junge vor mir, der genauso blass und zerzaust ist wie ich. Er hat mangamäßig große Augen und trägt ein T-Shirt mit uncoolem Sportmotiv.

«Hi!», sagt er. «Lange nicht gesehen!»

«Hi», antworte ich und reiche ihm die Hand.

«Ich habe Kamil vorhin eingeladen», erklärt Oma mit mindestens einer Stunde Verspätung. «Früher habt ihr so viel Zeit miteinander verbracht, vielleicht gelingt es ihm ja, deine Erinnerungslücken zu schließen.» Und an Kamil gerichtet: «Du kannst ihr ja das Theater zeigen.» Sie legt ihre Hand kurz auf seine Schulter. «Kamil ist ein sehr talentierter Regisseur. Geht doch am besten gleich spazieren, ihr beiden.»

Sie drängt uns zur Tür hinaus. Anscheinend will sie uns echt loswerden.

«Nutzt nur das Morgenwetter, bevor es heiß wird, Kinder», flötet sie. «Ihr habt euch sicher viel zu erzählen.»

An der Türschwelle fällt mir brühwarm ein, dass ich Aldi versprochen hatte, ihm sein Frühstück zu bringen. Und genau in diesem Augenblick poltert es hinten im Hühnerstall.

«Was war das?», fragt Kamil. Ich starre rüber zum Holzschuppen, wo ich geradewegs in Aldis neugierige Pupille sehen kann, die sich an das Astloch presst. Mist.

«Nichts, gar nichts», sagt Oma. Sie packt Kamil an den Schultern und dreht ihn Richtung Gartenpforte. «Wahrscheinlich ist nur eine Schaufel umgefallen.» Mir wirft sie einen mahnenden Blick zu, dem ich entnehme, dass Aldis Rückkehr unser Geheimnis bleiben soll. «Und nun raus mit euch», sagt sie und scheucht uns zum Garten hinaus.

Wir gehen zusammen den Weg entlang, den ich schon vom Spaziergang mit Oma kenne. Ich linse Kamil von der Seite an. Er sieht überhaupt nicht aus, wie man sich einen Polen vom Lande vorstellt. Kahlgeschorener Schädel Fehlanzeige, er hat eine Frisur wie ein Playmobilmännchen. Und bisher hat er kein einziges Mal geflucht. Ich wette, er ist schwul.

«Bist du echt Theaterregisseur?», frage ich, um ihn zum Reden zu bringen.

«Ach, das ist nicht so glamourös, wie es klingt», winkt Kamil ab. «Wir haben hier nur eine kleine Dorfbühne! Ich kümmere mich um die Volkstradition. Zum Beispiel an Heiligabend, wenn der Teufel mit dem Tod, dem Engel und einem Haufen magischer Tiere um die Häuser zieht. Ich habe die Masken und Kostüme gemacht. Und ansonsten haben wir hier für jede Jahreszeit ein Theaterstück, da führe ich Regie. Und ich spiele auch selbst mit.» Er klingt richtig stolz, aber nicht arrogant dabei.

«Ich habe auch mal in einem Theaterstück mitgespielt, vor ein paar Jahren», erzähle ich ihm. «Das war aber nur für die

Schule, und meine Rolle hätte ehrlich gesagt auch ein Pappaufsteller hingekriegt.»

«Das kann passieren, wenn du drauf wartest, bis andere dir eine Rolle zuteilen», sagt er. «Das ist wie im echten Leben. Man ist selbst dafür verantwortlich, wen man spielt. Manchmal muss man sich seine Rolle auch selbst erfinden.»

Ich nicke zustimmend. Kamil ist ganz schön weise für sein Alter.

Wir sind auf dem Platz mit der Post und der kleinen Kirche angekommen. Von dort geht es nun aber nicht wie gestern in den Wald weiter, sondern wir schlagen eine Abzweigung in die entgegengesetzte Richtung ein, an ein paar halbrunden Gewächshäusern vorbei.

«Ich war vor zwei Jahren einmal in Deutschland», nimmt Kamil das Gespräch wieder auf. «Bei meinem Onkel in Frankfurt, auf einer Automesse.»

«War's gut?», frage ich.

«Bestimmt. Wenn man sich für Autos interessiert.»

Wir müssen beide lachen. Das Eis ist gebrochen.

«Schau mal!», sagt er plötzlich und zeigt auf einige Kinder, die auf einem klapprigen Kettcar eine Böschung runtersausen. «Da sind wir früher Schlitten gefahren. Erinnerst du dich?»

«Ich erinnere mich an kaum etwas», beichte ich ihm. «Nur an das Licht in Omas Haus.»

«Erzählen deine Eltern dir denn nie von früher?»

«Die Vergangenheit ist nicht gerade ihr Lieblingsthema ...», sage ich zerknirscht.

«Dann ist es kein Wunder, dass du alles verdrängt hast. Jede Geschichte stirbt, wenn man aufhört, sie zu erzählen.»

Wir erreichen schließlich ein Gebäude mit vergitterten

Fenstern, das wie ein verlassener Knast aussieht. Von unten kriecht Dreck die Mauern hinauf.

«Hier proben wir mit der Theatergruppe», sagt Kamil. «Und im Winter führen wir hier unsere Stücke auf. Ich hab keinen Schlüssel dabei, aber du kannst ja mal durchs Fenster schauen.»

Ich stelle mich auf die Zehenspitzen. Durch die staubige Scheibe kann ich Kulissenteile erkennen, und hinten im Raum befindet sich auch eine kleine Bühne mit rotem Vorhang. Das Ganze sieht fast schon professionell aus. Für ein Dorf jedenfalls.

«Seit ich die Theatergruppe ins Leben gerufen habe, ist hier endlich wieder was los. Das halbe Dorf ist involviert», erzählt Kamil stolz. «Es sind einfache Leute, Laienschauspieler, manche mehr, manche weniger begabt. Aber darum geht es hier nicht. Es geht darum, den Leuten aus dem Dorf eine Stimme zu geben.»

«Du hast das Dorftheater also selbst gegründet? Wow!»

«Daran dürfte deine Großmutter schuld sein», sagt Kamil. «Ich weiß nicht, was aus mir geworden wäre, wenn sie mich nicht von klein auf mit ihren Geschichten versorgt hätte. Rosa ist die gute Seele des Dorfes. Man kann mit den kleinsten und den größten Problemen zu ihr kommen. Sie macht keinen Unterschied zwischen Jung und Alt. In ihren Augen hat jeder ein Recht auf seine Geschichte. Wegen der Kinder, die sie besuchen, stellt sie mit Milch gefüllte Nusshälften auf, als Mahlzeit für die Beboki, die hinter dem Ofen hausen.»

«Beboki heißen die Viecher also.»

«Ja, es sind Hausgeister, die sehr gerne rumpeln», sagt er und lacht. «Harmlose Gesellen, aber pädagogisch echt wirksam. Komm, lass uns weitergehen. Ich möchte dir etwas zeigen, das deiner Erinnerung vielleicht auf die Sprünge hilft.»

Durch ein Dickicht aus hohem Gestrüpp geht es nun querfeldein weiter. Kamil bahnt uns den Weg durch Dornen und Äste. Als die Büsche sich nach einer Weile wieder lichten, stehen wir auf einem großen, verfallenen Fabrikgelände. Vor uns erhebt sich ein riesiger Zylinder aus rostigem Blech, dahinter Schornsteine und hohe Klinkerbauten mit Fensterlöchern, die wie verheulte Kajal-Augen aussehen. Kamil deutet in die Ferne, auf einen etwas schiefen Schornstein mit zwei weißen Streifen an der Spitze.

«Die alte Ziegelei», erklärt er. «Seit Jahrzehnten stillgelegt. Und hier, wo wir gerade stehen, war einmal die Glasfabrik.»

Als wir uns der Anlage nähern, sehe ich, dass zwischen den beiden Fabriken mehrere Gleise verlaufen. Grasbüschel wachsen über die Schienen und sprengen den Asphalt.

«Früher haben wir hier oft gespielt», sagt Kamil, als wir ein paar Meter weitergegangen sind. «Sieh nur, hier liegt immer noch Glas rum.» Er zeigt auf die kartoffelgroßen Brocken, die wie angelutschte Bonbons von der Sonne durchschienen im Gras funkeln. Es sind die gleichen grünen Glasstücke, aus denen die Wand im Schlafzimmer gemacht ist.

«Klar! Wir haben sie gesammelt …», erinnere ich mich plötzlich.

«Ja!», ruft Kamil. «Du weißt es noch! Auf die grünen und die blauen waren wir am meisten aus.»

Er hebt einen Brocken auf und wischt mit dem Daumen den Schmutz weg. Wie ein Smaragd schimmert er jetzt in Kamils Hand. Und weil diese Erinnerung mehr ist, als ich ihm zurückgeben kann, beschließe ich, dass ich wenigstens mein Geheimnis mit ihm teilen werde.

«Du weißt doch bestimmt, was mit Rosas Mann passiert ist», fange ich an.

«Na klar, der Arme ist im Waldsee ertrunken. Oder meinst du die Geschichte, dass er auf dem Seegrund als Utopek weiterlebt?» Kamil wirft den Brocken zurück ins Gras, und ich räuspere mich, bevor ich weiterspreche.

«Kamil – er lebt. Aber nicht als Utopek im Waldsee, sondern als Bebok im Hühnerstall.»

«Wie meinst du das?» Er sieht mich schräg an, ein Auge wird größer als das andere.

«Alois Dudek ist nicht tot. Nie tot gewesen. Er ist nach Deutschland abgehauen. 1976 ... Rosa hat nur behauptet, dass er ertrunken ist.»

«Was erzählst du mir denn da?!»

«Ich bin mit Alois aus Deutschland gekommen. Und ich schwöre, gerade hockt er im Hühnerstall, weil Rosa ihn nicht ins Haus lässt. Du hast ihn vorhin selbst gehört. Das Geräusch aus dem Hühnerstall, das war Alois.»

Und dann sprudelt die ganze Story aus mir heraus, und zwar so richtig, von Anfang an. Wie ich zu Hause die Videokassette und dann Aldi auf einer Kirmes fand. Dass sein Leben wegen Schulden bedroht war und wir uns auf die Flucht machen mussten. Wie er mir auf der Fahrt nach und nach seine Lebensgeschichte erzählt hat, und wie er, nachdem er mich in Krakau sitzengelassen hatte, ins Dorf zurückgekehrt ist, in der Gestalt eines waschechten Utopeks, weswegen er jetzt im Hühnerstall sitzt.

«Um Himmels willen ...», schnauft Kamil. Er hat die ganze Zeit die Luft angehalten und atmet nun endlich weiter. Wir lassen uns auf einer morschen Bank nieder, die auf einer Betonplattform steht, direkt an den Gleisen.

«Rosa hatte also nie einen Mann zu betrauern», sagt er langsam. «Das erklärt einiges.»

Ich sehe ihn fragend an.

«Dass Rosa für verrückt gehalten wird, hat nicht nur mit ihren Geschichten zu tun. Seit sie, äh … deinen Opa totgesagt hat, hat sie sich nicht um das Grab gekümmert. Dafür kommt sie oft an diesen Ort und starrt stundenlang auf die Gleise. Früher war hier ja auch eine Personenhaltestelle.»

Er klopft auf die Bank. «Sie sitzt dann hier und scheint nach einem Zug Ausschau zu halten, der niemals kommt.»

Wir blicken beide in die Richtung, in der die Gleise in der Ferne verschwinden. «Niemand weiß, worauf sie da in Wirklichkeit wartet. Es ist unheimlich und traurig zugleich.»

«Ich weiß, wohin sie fahren will», sage ich und versuche, mich an Omas genaue Worte zu erinnern. «Alois hat ihr nach seiner Ausreise Zugtickets für Deutschland geschickt. Immer wieder hat er sie eingeladen. Erst als sie ihm schrieb, dass sie ihn totgesagt hat, gab er auf.»

«Jetzt ergibt alles einen Sinn», sagt Kamil. «Ich kenne sie echt gut, aber das hätte ich nie gedacht, dass das Kreuz am See für einen Lebenden steht.»

«Nicht mehr», verrate ich ihm. «Aldi, ich meine Alois, hat es gestern herausgerissen.»

«Ihr müsst es wieder aufstellen!», ruft Kamil. «Sonst fabulieren sich die Dörfler sonst was zurecht, und dann grassiert hier wieder die Angst vor Wiedergängern!»

«Ist es wirklich so schlimm?»

«Dein Opa kann froh sein, dass Rosa ihn nicht aus dem Hühnerstall lässt», sagt er total ernst. «Nicht auszudenken, wenn man ihn erkennen würde.»

«Und deswegen müssen meine Großeltern sich so bald wie

möglich versöhnen und zusammen nach Deutschland zurückfahren!», sage ich.

«Rosa würde das Dorf nie verlassen», sagt Kamil zu meiner Bestürzung. «Sie hat sich den Menschen hier immer verpflichtet gefühlt. Ihre Geschichten halten alles zusammen.»

Ich schlucke.

«Auch wenn ich ihr nichts mehr wünsche, als dass sie auf ihre alten Tage glücklich wird», fügt er hinzu. «Sie hat das Wohl der anderen immer vor das eigene Glück gestellt.»

Wir sitzen wortlos nebeneinander und starren auf die rostigen Schienen vor uns, die ins Ungewisse zu führen scheinen. Man kann die Zeit nicht zurückdrehen. Das hat Aldi gestern im Hühnerstall gesagt und Oma Rosa heute Morgen am Frühstückstisch. Die Zeit zurückdrehen ... Physikalisch unmöglich, aber im Theater ... Auf einmal habe ich eine Idee.

«Meinst du, es gibt eine Möglichkeit, hier mit einer Lokomotive zu fahren?», frage ich.

«Eine Lokomotive? Hier?» Kamil blickt sich um. «Die Gleise sind seit Jahren stillgelegt, hier fährt schon lange nichts mehr. Höchstens eine Draisine ...»

«Eine was?»

Er grinst plötzlich über beide Ohren. «Komm mit, ich zeig sie dir!»

Durch wucherndes Unkraut stapfen wir auf eine runde Backsteinhalle zu. Ich will Kamil fragen, was die ganzen Verbotsschilder hier zu bedeuten haben, aber der ist schon längst vorausgeeilt und damit beschäftigt, das große Holztor der Halle aufzustemmen. Als ich ihn eingeholt habe, steht das Tor weit offen. Das Licht dringt durch die eingeworfenen Scheiben, und feiner Staub tanzt in der Luft.

«Bitte schön, hier ist sie!» Kamil zeigt auf ein seltsames

Gefährt auf dem Gleis, welches von der Ziegelei kommend in die Halle mündet. Es handelt sich um eine Plattform auf vier Rädern, ungefähr so groß wie eine Tischtennisplatte. In der Mitte befindet sich ein großer Hebel, der an einen Pumpschwengel erinnert. Ich glaube, so ein Ding hab ich schon mal in einem Western gesehen.

«Komm, fahren wir eine Runde!», ruft Kamil, und das lasse ich mir nicht zweimal sagen. Wir springen beide auf die Plattform. Der Hebel in der Mitte muss wie eine Wippe bedient werden, indem man ihn abwechselnd links und rechts runterdrückt. Mal ist der eine, mal der andere dran. Schon beim ersten Versuch setzt sich das Gefährt in Bewegung, rollt erst langsam und quietschend aus der Halle heraus, und dann sausen wir erstaunlich schnell das Gleis entlang auf die Ziegelei zu. Ich kriege vor Schreck über die Geschwindigkeit einen Lachkrampf.

«Und wozu soll so ein Ding gut sein?», rufe ich Kamil zu, während wir die Draisine pumpend vorwärtstreiben.

«Ich glaube, das war dafür gedacht, irgendwelche Sachen zu transportieren, aber ich wette, die hatten damals damit genauso viel Spaß wie wir jetzt!»

An der Ziegelei angekommen lassen wir das Gefährt ausrollen und springen lachend ab.

«Noch eine Runde?», fragt Kamil.

Wir fahren noch fünf oder sechs Mal hin und her, bevor unsere Arme so müde werden, dass wir die Draisine wieder in der Halle abstellen.

«Warum hast du eigentlich gefragt, ob man hier mit einer Lokomotive fahren kann?», fragt Kamil, als wir uns auf einem Mauervorsprung ausruhen.

«Vergiss die Lokomotive, die Draisine tut's auch», sage ich

und muss auf einmal ziemlich grinsen. «Ich habe eine Idee, wie ich meine Großeltern wieder zusammenbringen kann. Aber dazu brauche ich deine Hilfe.»

24

Als ich zum zweiten Mal an diesem Tag zur Waggonhalle stapfe, ist es Viertel nach fünf, und statt Kamil habe ich Aldi im Schlepptau. Die letzten Stunden waren der reinste Action-Film. Während Kamil damit beschäftigt war, die Draisine herzurichten, habe ich bei Oma zu Mittag gegessen. So weit, so unspektakulär. Um vier ist Kamil zum Teetrinken vorbeigekommen. Ich gab vor, ein Schläfchen machen zu müssen, und er hat Oma mit Gesprächen bei Laune gehalten. Kaum, dass ich die Tür hinter mir zugemacht hatte, bin ich aus dem Fenster nach draußen geklettert, um Aldi aus dem Hühnerstall zu befreien. War gar nicht so einfach, ihn von meinem Plan zu überzeugen. Außerdem sah er aus wie Kaspar Hauser. So konnte er unmöglich vor Oma treten. Während er sich mit einem Gartenschlauch abgebraust hat, hab ich ihm einen weißen Anzug aus dem Kofferraum herausgesucht. Nicht das Elvis-Kostüm, ein richtig elegantes Teil. Die Haarbüschel musste er sich mit einer krummen Gabel kämmen. Aber jetzt sieht er wieder wie ein Mensch aus. Er trägt den Ghettoblaster, in dem die Paradiso-Kassette steckt, vor sich her. Den Hut hat er tief ins Gesicht gezogen, damit ihn unterwegs niemand erkennt.

Als wir unser Ziel erreicht haben, stemme ich die Hallentür einen Spaltbreit auf, und wir schlüpfen hinein. In der Mitte steht die von Kamil geschmückte Draisine. Sie ist kaum wiederzuerkennen. Kamil hat an alle möglichen Stellen bunte

Luftballons geknotet. Und vorne dran hat er ein Schild in der Form eines flatternden Spruchbands genagelt. «1976» steht drauf, wie ausgemacht. In das Jahr werden wir nämlich gleich zurückreisen. Und zwar zu dem Moment, in dem das Schicksal neu entschieden werden kann. Über dem Pumpschwengel hängen eine Trillerpfeife und eine Kapitänsmütze aus Kamils Theaterfundus.

«Und das Ding soll mich aus dem Schlamassel befreien?», fragt Aldi, nachdem er die Draisine von allen Seiten begutachtet hat. Er nimmt seinen Cowboyhut ab, und ich setze ihm die Kapitänsmütze auf die kahle Birne.

«Mit der Verantwortung für deine Taten übernimmst du das Steuer», sage ich und klinge original wie die Berkel, meine Deutschlehrerin, wenn sie über einen Text abschwafelt. «Mit anderen Worten: Du bist hier der Captain. Du bringst dein Leben selbst unter Kontrolle.»

«Ich bin der Captain ...», flüstert er.

Ich lege ihm eine hawaiianische Blumenkette um den Hals.

«Und hiermit verleihe ich dir die Macht, für Oma Rosa die Zeit zurückzudrehen.»

Aldi zupft nervös an den Stoffblumen. «Und hinterher ist alles so wie vorher?»

«Das steht in den Sternen», sage ich. «Das Wichtigste ist, dass du noch mal zu Oma zurückkommst. Aber diesmal nicht als Utopek, sondern als der, der du wirklich bist, Alois Dudek. Das ist doch eine Show ganz nach deinem Geschmack, oder?»

«Ich weiß nicht, ob das eine so gute Idee ist, Chiquita. Mein ganzes Leben war Show. Und jetzt soll ich schon wieder betrügen?»

«Oma weiß doch, was eine Show ist», beruhige ich ihn. «Aber es wird *deine* Show sein. Für *sie*. Und eine ehrliche

Show noch dazu, weil du sie aufrichtig um Verzeihung bitten wirst.»

Aldi nickt. Er wirkt nachdenklich, aber entschlossen.

Dann wird es langsam ernst. Wir spulen die Paradiso-Kassette an den Anfang und stellen den Ghettoblaster auf die Draisine. Ich hänge mir wie ein Schaffner die Trillerpfeife um den Hals. Dann hocken wir nur noch im Halbdunkel der Halle und warten. Oben, in den eingeschlagenen Scheiben, steht orangerot die Sonne. Ich gehe im Kopf noch einmal den Ablauf durch. Der Plan ist, dass Kamil Oma Rosa unter irgendeinem Vorwand zur Personenhaltestelle führt. Sobald sie da sind, werden Aldi und ich auf der Draisine um die Kurve rollen. Ich schaue auf die Uhr. Punkt 17:30 Uhr. Die beiden müssen das Fabrikgelände bereits betreten haben. Aldi hat den Mund zu einem O geformt und versucht, seine Nervosität wegzuschnaufen. Aber jetzt ist keine Zeit für Atemübungen. Ich schiebe Aldi auf die Draisine, drücke den Play-Knopf des Kassettenrecorders und drehe auf maximale Lautstärke. Das Abendlicht blendet mich, als ich das quietschende Tor aufstemme. Aldi bringt sich in aufrechte Position. Ich springe zu ihm auf die Plattform und umklammere meinen Teil des Antriebshebels. Wir nicken uns noch einmal ermunternd zu – und dann fangen wir an zu pumpen.

«Paradiso unterm Sternenzelt … Paradiso Palmenstrand …», singt die Frau mit amerikanischem Akzent. *«Ich komme wieder in die Wunderwelt … Wo ich deine Liebe fand …»*

Leise rattern die Räder über die Schienen. Wir lassen die Halle hinter uns. Gleich nach der Biegung kann ich in der Ferne zwei Gestalten erkennen. Es sind die Silhouetten von Kamil und Oma, die sich langsam vom Bänkchen der Haltestelle erheben. Ich lasse kurz meinen Hebel los, um kräftig in die Trillerpfeife zu pusten. Oma hat nun die Handkante an die Stirn gelegt und blinzelt in unsere Richtung.

«Paradiso, unterm Sternenzelt ...», singt Connie Francis wieder. Auf halber Strecke zwischen Halle und Zielstation reißt Aldi sich die Kapitänsmütze vom Kopf und winkt Rosa überschwenglich zu. Die rührt sich aber immer noch nicht von der Stelle. Nun lasse auch ich den Hebel locker, damit die Draisine ausrollen kann. Erst als wir buchstäblich vor ihr zum Stehen kommen, macht Oma Rosa einen Schritt auf uns zu. Ihr Mund ist offen, der Blick wie hypnotisiert auf Aldi geheftet. Aber der kriegt auf Anhieb kein Wort heraus. Auch Rosa sieht nicht aus, als würde ihr bald ein filmreifer Spruch über die Lippen kommen. Für einen kurzen Moment glaube ich, dass alles umsonst war. Doch dann merke ich, dass ich es bin, die den beiden im Weg steht, also springe ich ab und überlasse Aldi die Bühne. Nun reicht er Rosa endlich die Hand. Sie zögert nur wenige Sekunden, bevor sie kopfschüttelnd zu ihm auf die Plattform steigt. Na also!! Geschafft! Kamil und ich geben uns ein unsichtbares High-Five. Meine Großeltern stehen zusammen auf der Draisine und schauen sich endlich wieder in die Augen. Das ist alles, was ich mir gewünscht habe.

Plötzlich zupft Kamil mich sanft am Ärmel. «Wir sollten sie lieber alleine lassen ...», flüstert er mir zu. Klar, dass sie sich nicht aussprechen können, solange wir sie anstarren. Wir sind ja hier nicht bei RTL in Ulla Kock am Brinks «Verzeih mir»-Show. Unser Job ist hiermit getan. Den Rest müssen die beiden unter vier Augen regeln.

Kamil und ich wandern langsam zurück Richtung Dorf. Die verwilderten Industrieruinen sehen surreal aus, wie auf einem Plattencover von Pink Floyd. Die Sonne scheint durch die Grashalme und bringt hier und dort einen grünen Glasbrocken zum Leuchten. Ich blicke nach oben zu den Wolken. Ihre Farbe erinnert mich an die schiefen Flamingos von Minigolf Paradiso, und brühwarm fällt mir wieder ein, was Aldi vor gerade mal zwei Tagen in die Flucht getrieben hat. Oma weiß noch nicht, dass ihr Mann auf einem Schuldenberg sitzt. Sie kann ja nicht ahnen, dass er in einem Wohnwagen haust und nur mit peinlichen TV-Auftritten und Gaunereien über die Runden kommt. Was nach der Versöhnung passiert, darüber habe ich mir keinen einzigen Gedanken gemacht. Bis nach Castrop-Rauxel ist es jedenfalls noch ein verdammt weiter Weg.

25

In Omas Garten ist es noch hell, aber oben am Himmel ist schon der volle Mond zu sehen. Sie sitzt in ihrem Schaukelstuhl und schaut wie eine Eule, die über die Tiere des Waldes richtet. Kamil und ich haben auf einem Bänkchen neben dem Hühnerstall Platz genommen, Aldi gegenüber auf einem Klappstuhl. Auf dem Gartentisch steht eine Flasche selbstgemachter Himbeerlikör.

«Alois, du bist uns noch eine Geschichte schuldig», sagt Oma und steht kurz auf, um allen einzuschenken.

«Was wollt ihr wissen?», fragt er und lässt die Fingerknöchel knacken. «Ich erzähle euch alles!» Vom verängstigten Aldi aus dem Hühnerstall ist nach der Versöhnung mit Oma nichts mehr zu spüren.

«Du könntest uns erzählen, wie du es zum Chef einer Freizeitanlage gebracht hast.» Mit abgespreiztem kleinem Finger hebt Oma ihr Glas zum Mund, und ich bete zu Isis, Osiris und Thor, dass Aldi ihr jetzt nicht einen Haufen Lügen auftischt.

«Freizeitpark? Nun … Sein Ruf eilt ihm ja weit voraus …», beginnt er sichtlich geschmeichelt.

«Erst musst du uns erzählen, wie es dir die erste Zeit in Deutschland ergangen ist», grätsche ich dazwischen. Der soll bloß nicht in Versuchung kommen, den Minigolfplatz zur Palastanlage aufzubauschen.

«Ja, erzählen Sie mal», sagt Kamil. «War doch bestimmt nicht einfach für Sie im Westen.»

«Also gut.» Aldi legt den Kopf in den Nacken, leert sein Glas und legt los: «Die ersten Wochen verbrachte ich damit, meine neue Heimat Castrop-Rauxel zu erkunden. Weißt du noch, Rosa, als Klopapier bei uns das kostbarste Gut war?»

Ich schaue zu Oma, die bestätigend nickt.

«Ihr jungen Spunde habt diese Zeiten nicht miterlebt, sonst wüsstet ihr, dass das polnische Klopapier nicht nur knapp war, sondern ein Albtraum. In Castrop-Rauxel hingegen, da gab es Klopapier in rauen Mengen. Mit Wölkchen bedruckt und nach Blümchen duftend, in Blau, Gelb und Rosarot. Stellt man sich so das Paradies vor? Ich hatte es mir exakt so vorgestellt. Die Sache hatte bloß einen Haken ... Mir war nie in den Sinn gekommen, dass ich Geld brauchen würde, um die Früchte des Wohlstands zu pflücken. Man konnte hier nämlich nicht automatisch alles kaufen, nur weil es in den Regalen lag. Ich für meinen Teil hatte von Lindt-Pralinen geträumt und musste mich mit Schogetten zufriedengeben ...»

«Jetzt bleib mal bei der Sache!», unterbreche ich ihn. Wenn der so weitermacht, sind wir hier in ein paar Wochen noch nicht fertig.

«Wie hast du denn dein bescheidenes Leben finanziert?», will Oma wissen. «Du wirst dir doch nicht etwa eine ehrliche Arbeit gesucht haben?»

«Ich? Mich für einen Chef abrackern?», prustet Aldi. «Wo denkt ihr hin? Nein, nein. Mein Überzeugungstalent fand in Westdeutschland gute Bedingungen vor. Es war die perfekte Zeit für einen wie mich. In den Siebzigern haben die Leute ja noch geglaubt, was auf deiner Visitenkarte stand. Da konntest du einfach wo anrufen und behaupten, du seist der Kaiser von China. Heute wird alles angezweifelt, alles hinterfragt. Die Leute kaufen dir nix ab, wo nicht ein Aufkleber von Stiftung

Warentest drauf ist. Aber wo war ich? Ach ja. In den Siebzigern. Ich übte in Deutschland unzählige Berufe aus. Ich habe mich als Wasserrutschentester und Scherzartikelerfinder verdingt. Als Kaffeefahrtmoderator für Reptilienfreunde verkaufte ich sogar Peeling-Cremes für Schlangen!»

Ich gebe Aldi mit einer Augenpirouette zu verstehen, dass er mal halblang machen soll.

«Ja, ja», sagt Oma nur, ohne sich anmerken zu lassen, ob sie ihm glaubt oder nicht. «Aber jetzt wollen wir endlich wissen, wie du zu deinem Unternehmen gekommen bist!»

«Also gut», sagt Aldi und lehnt sich mit einem tiefen Seufzer zurück. «Nachdem meine Jobs mich nicht reich gemacht hatten, lernte ich auf der Kirmes eine Schaustellertruppe kennen. Ihr wisst schon, so Kerle, die mit Fahrgeschäften und Attraktionen durchs Land zogen. Das waren echte Vagabunden, die in Zirkuswagen lebten und mich für sich arbeiten ließen, ohne je nach Papieren zu fragen. Für den Fremden, der ich damals war, der ideale Job. Viele Jahre lang bremste ich Schiffschaukeln und schraubte Achterbahnen zusammen. Aus dieser Zeit stammt auch mein Wohnwagen ... Und in dem ...»

Er stockt, und ich halte die Luft an.

«... lebe ich heute immer noch», bringt er heiser hervor. Ich schaue zu Oma, die ihre Augen weit aufgesperrt hat.

«Du lebst in einem Wohnwagen?», fragt sie überrascht, aber mit einem warmen Lächeln, ohne eine Spur von Enttäuschung. «Wie unglaublich romantisch!»

Aldi grinst dümmlich vor sich hin. Mit dieser Reaktion hat keiner von uns gerechnet.

«Da habt ihr's», sagt er und patscht auf den Tisch. «Ich habe noch nie einen Mietvertrag unterschrieben. Warum hätte ich das auch tun sollen? Ich wollte meiner Tochter und meiner Frau viel mehr bieten als eine popelige Wohnung im Plattenbau. Ein Grundstück war ja wohl das Mindeste! Eine feine Anlage im Grünen! Meine große Chance ließ nicht lange auf sich warten ...»

Oma bringt Aldi mit einer Handbewegung zum Schweigen. Es ist spürbar dunkler geworden. Bevor er weitererzählt, holt sie ein paar Paraffinlämpchen aus der Küche. Eine stellt sie auf den Tisch, die anderen verteilt sie in den Blumenbeeten. Das Licht spielt in den Blättern der Bäume und bringt die Puppenköpfe zum Glühen. Als Oma sich wieder zu uns gesellt hat, fährt Aldi mit seiner Geschichte fort. Kamil und ich hören gespannt zu.

«Ich hatte einen Kirmeskumpel, Salvatore war sein Name. Er war zwanzig Jahre vor mir nach Deutschland gekommen und besaß einen Minigolfplatz im Gewerbegebiet. Aber die Geschäfte liefen nicht gut für Salvatore, er lebte hauptsächlich vom Hütchenspiel. Nach einer durchzechten Nacht hat er das Grundstück als Gewinn beim Pokerspiel ausgesetzt. Dreimal dürft ihr raten, wer sich den eingeheimst hat. Leider hat Salvatore mir den Minigolfplatz mitsamt der Schulden und Verluste überlassen, die er sich damit eingebrockt hatte.»

«Selber schuld!», rutscht es mir heraus, weil ich wirklich kaum glauben kann, wie man so leichtsinnig sein kann. «Niemand verschenkt doch einfach so ein Grundstück. Du hättest dir doch denken können, dass ...»

«Aber ich hatte eine Vision für diesen Platz!», wendet Aldi mit rotem Schädel ein. «Eine echte Geschäftsidee! Zu Salvatores Zeiten hatte die Anlage ja nicht mal einen Namen. Kein Wunder, dass die Besucher ausblieben. Ich hingegen würde dieses öde Stück Rasen mit seinen reizlosen Bahnen in einen

Ort der ewigen Glückseligkeit verwandeln! Mein sollten die Pforten zum PARADISO sein ...» Aldi schaut hoffnungsvoll zu Rosa, die mittlerweile auch mit geschockter Miene dasitzt, aber sie fordert ihn auf, weiterzuerzählen.

«Salvatore war nun alle seine Probleme los. Für mich hatten sie gerade erst begonnen. Aber ein Mann mit Visionen lässt sich nicht beirren. Ich machte mich sofort ans Werk. Ließ tausend goldene Aufkleber drucken, so welche fürs Auto, als Gratisgeschenk, ließ Feuerzeuge anfertigen, Kugelschreiber und was sonst noch alles. Doch nach fünf Jahren, in denen nur ein paar Baumarktkunden kurz über den Zaun geblickt hatten, war ich immer noch arm, und zu den wenigen Gästen gesellten sich gerissene Kredithaie und andere Halunken, die sich als Versicherungsvertreter und Finanzberater ausgaben.»

«Und auf die bist du prompt reingefallen», errät Oma Rosa. Aber bevor Aldi eine weitere Niederlage eingestehen kann, hören wir plötzlich Gemurmel und Gezeter vor dem Haus, und einen Augenblick später lugt ein auf Krawall gebürsteter Dutt über den Zaun.

«Schnell, zurück in den Hühnerstall mit dir!», zischt Oma Aldi zu. Der ist natürlich komplett überrumpelt und kann sich gerade noch in den Holzschuppen retten, bevor die Gestalt mit der strengen Zwiebel auf dem Kopf durch die Gartenpforte stampft. Mensch, die Alte kenn ich doch, denke ich. Das ist die ultrafromme Agatha, die Oma und ich auf unserem Spaziergang durchs Dorf getroffen haben! Ihr auf dem Fuß folgen nun drei weitere Personen. Da ist erst mal ein grimmiger Mann mit fettem Schnurrbart, der original aussieht wie Günter Grass. Aber das Beste ist, dass er Aldis Kreuz vor sich herträgt! Agatha hat übrigens auch was in den Händen, etwas, das wie ein Einmachglas aussieht. Und dann kommt noch eine kugelrunde alte Frau durch die Pforte gewatschelt, mit einer über die Ohren gezogenen Baskenmütze. Sie schleift einen etwa zehnjährigen Jungen hinter sich her.

«Da haben wir ja die Teufelsbraut!», brüllt Agatha quer durch den Garten, als die versammelte Truppe geschlossen vor uns steht. Jetzt müsste ihnen nur noch wer Mistgabeln und Fackeln geben für ein 1a-Mittelalter-Szenario.

«Die vier apokalyptischen Reiter sind da ...», flüstert Oma. Agatha zieht die Augen zu zwei Schlitzen zusammen und beginnt, in alle Himmelsrichtungen zu schnüffeln.

«Ich kann es riechen, das Böse ist unter uns», sagt sie mit Kennermiene. «Wo ist er?», stellt sie Oma zur Rede. «Wo versteckst du den Wiedergänger?»

«Immer mit der Ruhe», antwortet Oma gelassen. «Trink erst mal ein Gläschen, und dann erzählst du mir, was du auf der Seele hast.» Bedächtig gießt sie Agatha ein Himbeerlikörchen ein. Aber die krallt bloß die Hände noch fester um ihr seltsames Einmachglas.

«Herr Wróbel, Sie auch hier?», sagt Oma zu Günter Grass, der mit Aldis Kreuz wie mit einer Monstranz hinter Agatha steht. «Wollen Sie vielleicht einen mit uns trinken? Habe ich Ihnen eigentlich schon meine Enkelin vorgestellt?»

«Sparen Sie sich das Theater», kläfft der Mann. «Wir wissen ganz genau, was Sie treiben. Seit Jahren versucht Agatha, Ihnen einen Bund mit den dunklen Mächten nachzuweisen. Und ich habe ihr Gerede immer als Frömmelei abgetan. Aber jetzt haben wir Beweise. Sie haben mit unlauteren Mitteln die Leiche Ihres Mannes wiederbelebt!»

Langsam glaube ich, dass Kamil für diesen irren Auftritt seine Theatergruppe zusammengetrommelt hat, aber als ich zu ihm rüberlinse, sehe ich, dass er genauso baff ist wie ich.

Sichtlich angeekelt stellt Agatha nun ihr Einmachglas auf den Tisch. Es ist grünlich und verstaubt, und erst jetzt im Lampenlicht entdecke ich, dass vorne ein Etikett angebracht ist. *Alojz Dudek* steht darauf geschrieben, inklusive Geburts- und Todesdatum.

«Da war seine Seele drin, bevor sie sich seines Leichnams bemächtigt hat!», versucht uns Agatha zu schocken. «Seit Urzeiten wissen wir, dass Utopki ihre Seelen in Einmachgläsern aufbewahren.»

«Agatha hat dieses Glas im Wald gefunden», eilt ihr die Baskenmütze zur Hilfe.

«Genau!», ruft Günter Grass. «Und mein Junge hat mir berichtet, das Kreuz am See sei verschwunden! Und vorhin fanden wir es am Ufer, herausgerissen und blutbesudelt!»

Er wedelt mit dem Kreuz herum, als wollte er uns allen den Teufel austreiben.

«Ich weiß immer noch nicht, was ihr mit diesem Unsinn beweisen wollt», sagt Oma.

«Du hast mit des Teufels Hilfe deinen Mann wiederbelebt!», krächzt jetzt die Baskenmütze. «Wir haben ihn mit eigenen Augen gesehen!»

Das kann nur auf dem Weg zur Halle passiert sein, denke ich, jemand muss uns gefolgt sein. Aldis Cowboyhut war komplett wirkungslos. Er hat die Aufmerksamkeit erst recht auf uns gelenkt.

«Nun verrate uns endlich, wo er steckt!», ruft der Kreuzträger. «Wir müssen ihn unschädlich machen! Ein entfesselter Utopek bringt das ganze Dorf in Gefahr!»

Ich muss schlucken. Die meinen mit «unschädlich machen» doch nicht etwa totschlagen, oder?

«Ach, kommen Sie!», mischt Kamil sich auf einmal ein.

«Sie glauben wirklich, Rosa habe ihren toten Mann zum Leben erweckt? Ist Gott der Allmächtige nicht der Einzige, der solche Wunder vollbringen kann?»

Und da schauen sie erst mal alle verdutzt und ertappt drein.

«Wenn ihr so fromm wärt, wie ihr immer tut, würdet ihr Herrn Dudek nicht für einen Dämon halten. Nach der christlichen Heilslehre gibt es die Utopki nämlich gar nicht. Hab ich recht, Rosa? Das sind doch alles heidnische Erfindungen!» Kamil hält einen Moment inne, als es plötzlich dumpf aus dem Hühnerstall rumpelt. Ängstlich blickt er zu Oma Rosa. «Habe ich recht?», wiederholt er merklich leiser.

Und dann starren alle wie gebannt auf den Hühnerstall, aus dem leibhaftig Alois Dudek herausstolpert. Die Baskenmützen-Oma muss sich erst mal setzen und schlägt ein Kreuz vor der Brust.

«Ich habe es immer schon gewusst!», schreit Agatha außer sich, den Finger auf Aldi gerichtet. «Rosa Dudek ist eine Hexe!»

«Meine Frau ist keine Hexe!», poltert Aldi und tritt wagemutig vor die Menge. «Ich habe mich selbst ums Leben gebracht. Zumindest um das Leben hier in diesem Dorf.» Alle Blicke sind weiter fest auf ihn gerichtet, nur die Baskenmütze bekreuzigt sich in einem fort und murmelt dazu unablässig das Vaterunser.

«Ihr kennt mich, ich habe mir nie viel aus euch gemacht. Ihr glaubt, dass ich ertrunken bin? Zeitlebens war ich ein exzellenter Schwimmer. Nein, ich habe meinen Tod vorgetäuscht, um in Deutschland neu anfangen zu können! Und dafür bin ich ganz allein verantwortlich. Meine Frau hat mit alledem nichts zu tun. Nun wisst ihr endlich, wer vor euch steht. Gestatten? Alois Dudek. Der größte Lügner, den die Welt je gesehen hat. Ein polnischer Versager vor dem Herrn.»

Mit diesen Worten macht er eine Verbeugung und greift nach Agathas Einmachglas. «Und hier soll meine arme Seele rausgekrochen sein?» Er hebt das Glas hoch und beäugt es von allen Seiten. «Alle Achtung! Hätte sich ein Berufsbetrüger wie ich nicht besser ausdenken können!»

Dann zerschlägt er das Glas auf dem Boden, dass es nur so splittert und kracht. Die Utopekjäger weichen zurück wie Fettpartikel, die von einem Tropfen Superspülmittel getroffen wurden. Mit aufgesperrten Mündern stehen sie da und glotzen. Auch Kamil, Rosa und ich sind steif vor Schreck. Aber Aldi sieht nicht aus, als wäre er hier bald fertig. Mit großen Schritten geht er auf den Schnurrbärtigen los, um ihm das Kreuz aus der Hand zu reißen.

«Das ist meins!», stellt er klar.

«Ist das der Utopek?», flüstert der Junge, der sich hinter Agatha versteckt hat. Sein knochiger Finger zeigt in Aldis Richtung.

«Es gibt keinen Utopek, du Rotzlöffel!», schimpft Aldi. «Der Utopek bin *ich*! Und jetzt ist Schluss mit dem Theater! Wer hat euch überhaupt eingeladen? Raus aus meinem Garten, ihr Hinterwäldler! Raus!!»

Sprachlos sehen wir zu, wie er die vier rückwärts durchs Gartentor auf die Straße hinausscheucht. Als er wieder bei uns ist, haben sie murrend und kleinlaut den Rückzug angetreten.

«Bühnenreife Vorstellung!», ruft Kamil applaudierend. Das Gemeckere verhallt in der Dunkelheit. Ich blicke zu Oma. Sie hat nie glücklicher ausgesehen. Zumindest, bis sie merkt, dass Aldi mit seinem Paradiso-Feuerzeug am Kreuz herumzündelt.

«Was zum Teufel machst du da, Aloisius?», fragt sie entsetzt.

«Dem Spuk ein Ende setzen!»

«Du kannst doch nicht einfach ein Kreuz anzünden!», weist sie ihn zurecht.

«Wieso denn nicht? Das ist mein Kreuz und meine Vergangenheit.»

Oma reißt ihm das Feuerzeug aus der Hand. «Das Kreuz ist auch ein Teil der Dorfgeschichte ... Wir sollten es so schnell wie möglich an seinen Platz zurückbringen.»

«Einfach so?», fragt Aldi verdattert.

«Meinetwegen können wir dein Todesdatum streichen», sagt Oma.

«Als wäre ich nie in diesen See gestiegen ...»

«Oder als wärst du wieder rausgekommen, um als Utopek unter den Menschen zu leben.»

«Verstehe ... Und was schreiben wir stattdessen drauf? Unbekannt verzogen? He, he ... Chiquita, sag doch mal, was schmiert ihr Spunde immer auf Toilettentüren? ‹Ich war hier›?»

«Brüller!», sage ich und strecke den Daumen nach oben. «Das schreibst du drauf!»

Gesagt, getan. Oma und Kamil holen ein Brettchen, Hammer und Nägel aus dem Hühnerstall. Die Beschriftung schnitzt Aldi etwas notdürftig mit einem Taschenmesser hinein.

Und um dem Ganzen noch den letzten Schliff zu geben, hole ich den kleinen Vogelschädel, den Oma mir geschenkt hat, aus dem Haus und wir befestigen ihn mit einem Nagel über dem Schriftzug.

Es ist kurz vor Mitternacht, als wir in den Mercedes steigen. Das Kreuz werfen wir in den Kofferraum. Rosa schwingt sich neben Aldi auf den Beifahrersitz, und Kamil und ich rutschen auf die Rückbank. Dabei stoße ich mit dem Fuß an den Kaktus, den ich Aldi in Castrop-Rauxel geschenkt habe, der Blumentopf liegt nämlich noch immer da. Also sammle ich unterwegs die Erde auf und werfe sie in den Topf zurück.

Fünf Minuten später sind wir am Waldrand angekommen und steigen aus dem Auto. Den Kaktus nehme ich mit, als Blumenersatz. Am Ende soll es sich auszahlen, dass wir ihn mitgenommen haben!

Der Himmel ist übersät von Sternen, und die Wolken, dunkelblau mit schäumenden weißen Rändern, ziehen am Vollmond vorbei wie gigantische Wildgänse. Es ist so hell, dass wir keine Taschenlampe brauchen. Oma geht voran und weist uns den Weg, Aldi trägt sein Kreuz über der Schulter, und Kamil und ich stapfen hinterher. Das morsche Gehölz knirscht und knackt unter unseren Füßen. Ringsum zeichnen sich silberweiße Birken gegen das undurchdringliche Schwarz der Fichten ab. Und wie der Wind durch die Baumkronen rauscht, hört es sich an, als würden die Tiere des Waldes über uns tuscheln. Der Fuchs duckt sich im Farn, die Eule wippt auf dem Ast. Was das wohl für Gespenster sind, die sich mit einem Kreuz dem Waldsee nähern?

Am Ufer angekommen, rammt Opa das Kreuz zurück in die Erde, und Oma schaut ihm wohlwollend zu. Die Stimmung ist magisch. Der Mond spiegelt sich in der grünbraunen Plörre, und auf der Wasseroberfläche wabert ein Streifen aus schimmerndem Licht. Es ist eine Nacht wie in «Tonight, Tonight» von den Smashing Pumpkins, eine Nacht, in der das Unmögliche möglich ist. Wir machen das Gewesene ungeschehen, verändern, was nicht zu verändern war, wir begraben die Vergangenheit.

«Und hier ist noch ein kleines Blümchen für den Utopek», sage ich und stelle den Kaktus unters Kreuz.

«Huch? Wo kommt der denn auf einmal her?», fragt Oma.

«Hat mir der Frechdachs mitgebracht», antwortet Aldi. «Ich weiß ja nicht, wie das heutzutage ist, aber in unserer Jugend war das ein vielsagendes Geschenk für Starrköpfe und Egoisten.»

«Unsinn», fährt Oma dazwischen. «Der Kaktus ist ein zähes und widerstandsfähiges Wesen. Wie wir alle hier in dieser Runde.»

Und sie hat recht damit. Wir haben uns nie unterkriegen lassen. Diese Eigenschaft liegt in der Familie. Das Beste aber ist, dass ich Teil dieser Familie bin. Ich habe sie zusammengeführt. Ich bin die Ursache dieser Veränderung, und zumindest für diesen Augenblick fühle ich mich, als könnte ich noch viel mehr erreichen.

«Und jetzt?», fragt Oma und schaut zum Himmel hoch, als würde sie eine Antwort von den Sternen erwarten.

«Du hast dich jetzt genug um die Geschichten der anderen gekümmert», sagt Kamil. «Jetzt kann endlich deine eigene weitergehen.»

Wir schauen uns an, Opa Aldi, Oma Rosa und ich, und da wissen wir, dass wir den Morgen nicht mehr erleben werden. Jedenfalls nicht mehr in diesem Dorf.

26 CASTROP-RAUXEL. *So mancher Besucher des Gewerbegebiets Nord dürfte sich an die maroden Minigolfbahnen hinter dem Großbaumarkt erinnern. Doch wer das «Paradiso» heute betritt, findet sich mitten im «Garten der Lüste» des niederländischen Malers Hieronymus Bosch wieder. Der Minigolfplatz, der seit 1984 nicht mehr in Betrieb war, wurde jüngst vom polnischstämmigen Ehepaar Rosa und Alois Dudek erneuert und wiederbelebt. Dabei ließen sich die beiden Unternehmer von den 500 Jahre alten Triptychen Boschs inspirieren, einem grotesken, von Dämonen und Fabelwesen bevölkerten Paradies.*

«Zu allen Zeiten haben sich Menschen nach dem Übernatürlichen gesehnt», weiß Rosa Dudek. «Deswegen kommen sie zu uns.»

In der Mitte des Platzes steht heute ein kugelförmiger Brunnen, auf dem sich verbogene Schrottgebilde zu einem bizarren Schloss auftürmen. Zweibeinige Hunde, Einhörner und Giraffen aus Gips tummeln sich auf dem Rasen. Fast könnte man beim Minigolfen über die nackten Beine einer Schaufensterpuppe stolpern, die aus einer überdimensionalen Miesmuschel ragen. Durch ein Loch in einer Riesenerdbeere schaut ein geheimnisvoller Turban-Kopf. Doch nicht alles scheint in die utopische Traumwelt des Hieronymus Bosch zu passen. Wie kommt zum Beispiel die Currywurst neben die Bahn Nummer 7?

«Die habe ich vor vielen Jahren vor dem Schrottplatz gerettet», berichtet Alois Dudek nicht ohne Stolz. Bei einem Testspiel auf dem Gelände fallen uns ein paar dunkel gekleidete Besucher auf. Wir

fragen sie nach ihrer Meinung zur wiedereröffneten Freizeitanlage. «Es ist schon eine ganz besondere Mischung», sagt einer der bekennenden ‹Gothics›. «Viele von uns kommen hierher, um sich vor den Objekten fotografieren lassen.» Dass dies nicht der schlechteste Ort für interessante Blickwinkel ist, davon kann sich jeder selbst überzeugen.

In den Sommerferien ist das Minigolf Paradiso von 10:00 bis 22:00 Uhr geöffnet.

28. Juni 1998

Hey Titus!

Alles merde unter der Erde? Seit meinem letzten Brief an dich hat sich bei mir echt viel getan. Und nicht nur bei mir, wie du an dem Zeitungsartikel sehen kannst. Weißt du noch, als ich dir schrieb, dass ich keine Geschichte habe, weil ich nichts über meine Familie weiß? Diese Zeiten sind so was von vorbei! Für meinen Aufsatz zum Thema habe ich eine glatte Eins von der Berkel bekommen. Aber nicht, dass du denkst, ich hätte einfach nur die Lebensgeschichte meiner Großeltern abgespult: Nee, ich hab meine eigene Story erzählt. Die von Malina Dudek, die in einer Sozialwohnung lebt und nie Besuch von deutschen Freunden hat. Die fast ihre Muttersprache vergessen hätte, um nicht mit Kies beworfen zu werden. Die so angestrengt versuchte, sich anzupassen und nicht aufzufallen, dass sie irgendwann glaubte, unsichtbar zu sein. Das alles habe ich zum ersten Mal aufgeschrieben, dabei war die Geschichte schon immer ein Teil von mir. Aber erst in dem Moment, wo ich anfing, sie zu erzählen, ist sie sichtbar geworden. Und ich mit ihr. Die Berkel hat sich jedenfalls gar nicht mehr eingekriegt, mich den Aufsatz sogar im Unterricht vor-

lesen lassen. Und auf dem letzten Elternsprechtag hat meine Mutter endlich was anderes von ihr zu hören bekommen, als dass ich öfter aufzeigen soll. Nämlich dass Auswandern eine große Leistung sei und Mehrsprachigkeit ein echter Vorteil in der globalisierten Welt. Nach dem Gespräch mit ihr war meine Mutter wie verwandelt. Seitdem stellt sie sich neuen Bekanntschaften als Grażyna vor, «mit Punkt auf Z», haha.

Aber ich hab dir immer noch nicht von der großen Familienzusammenführung erzählt. Hat auch ziemlich lange gedauert. Meine Großeltern haben sich damit bis Weihnachten Zeit gelassen. Mama war komplett ahnungslos, klar. Als an Heiligabend dann kurz vor der Bescherung das Glöckchen klingelte und Oma und Aldi zur Tür reingeschneit kamen, wären meine Eltern beinahe in Ohnmacht gefallen. Aber nicht, dass du jetzt denkst, da wär gleich Friede Freude Eierkuchen gewesen. Nee, eher Pustekuchen, hartes Brot und gerupftes Hühnchen. Das hat noch bis Ostern gedauert, bis alle einigermaßen normal miteinander reden konnten. Tja, Familien sind eine komplizierte Angelegenheit, wir sind hier schließlich nicht bei Bibi Blocksberg. Meine Großeltern sind übrigens in so ne Siedlung bei Castrop-Rauxel gezogen. Nix Dolles, gewöhnlicher Plattenbau. Zumindest ist Opa Aldi seine Schulden jetzt los. Nimm das: Meine Oma hat seit seinem Tod eine Witwenrente bekommen, von der sie sich genug zusammengespart hatte, um ihn aus seiner Misere zu retten. Damit waren die beiden quitt vor dem Universum.

Mit dem neuen Minigolfplatz helfe ich, wo ich kann. Gerade bin ich dabei, Fotos von den neuen Bahnen zu scannen, weil ich nämlich am Schulcomputer eine Homepage für Minigolf Paradiso bastle. Jetzt fragst du dich bestimmt, was das sein soll. Also, eine Homepage ist eine Seite im Internet. Glaub mir, du hast hier echt nix verpasst, aber das Internet, das hättest du ruhig noch erleben können. Man kann sich jetzt nämlich mit der ganzen Welt unterhalten. Alles, was man dazu braucht, ist ein Modem. Das ist so ne kleine schwarze Kiste mit roten Lämpchen dran. Labern im «Cyberspace», wie die Berkel es nennt, heißt übrigens «chatten», und Homepages gibt es zu jedem erdenklichen Thema. Du glaubst ja gar nicht, wie viele Fans The Smiths allein in Deutschland haben. Ich hab schon richtig viele Leute kennengelernt. Stell dir das Internet als Massenauferstehung von denen vor, die bislang wie Geister unter den Menschen lebten, weil sie dachten, sie wären allein auf der Welt – mit ihren Träumen, ihren Geisteskrankheiten und ihrem Musikgeschmack. Im Internet merkt noch der letzte Einsiedler, dass er nicht wirklich allein ist. Einsamkeit heißt nämlich nicht, dass es niemanden gibt, der dich versteht. Sondern nur, dass du diese Person noch nicht gefunden hast. Und manchmal trennt dich nur eine Wand von möglichen Freunden. Die Wand zur Parallelklasse zum Beispiel. Dort habe ich ausgerechnet über den Chatroom eine kennengelernt, die genauso drauf ist wie ich. Sie heißt Lisa und ist echt cool. Wir sind gleich noch zum CD-Tausch verabredet. Was mich auch schon zum Ende bringt. Das ist mein letzter Brief an dich, Titus. Denn eines habe ich begriffen: Man kann das Leben nur rückwärts verstehen, aber leben muss man es vorwärts. Das hat ein Typ namens Kierkegaard gesagt. Vielleicht läufst du ihm da unten ja mal über den Weg …

Ciao,
Malina

MIX
Papier aus verantwortungsvollen Quellen
FSC® C083411

Das für dieses Buch verwendete Papier ist FSC®-zertifiziert.

儒林外史

[清] 吴敬梓◎著

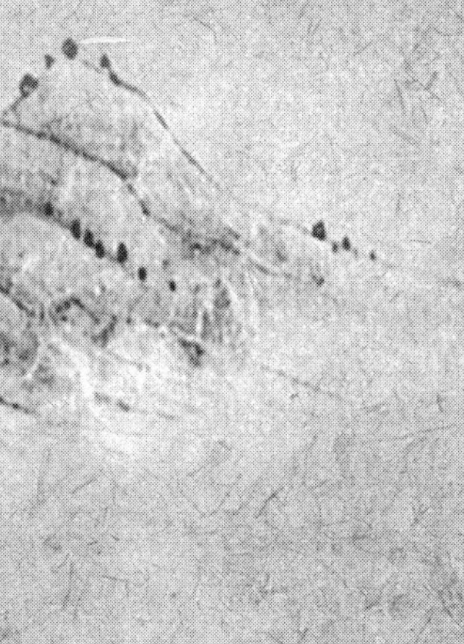

线装书局

图书在版编目(CIP)数据

儒林外史 / (清) 吴敬梓著. —北京：线装书局，2008.6

ISBN 978-7-80106-798-2

Ⅰ. 儒… Ⅱ. 吴… Ⅲ. 章回小说 – 中国 – 清代 Ⅳ. Ⅰ242.4

中国版本图书馆 CIP 数据核字 (2008) 第 084481 号

儒林外史

著　　者：(清)吴敬梓
责任编辑：崔建伟　孙嘉镇
排　　版：长　盛
出版发行：线装书局
　　地　址：北京市鼓楼西大街 41 号(100009)
　　电　话：010-64045283　64041012
　　网　址：www.xzhbc.com
经　　销：新华书店
印　　刷：北京建泰印刷有限公司
开　　本：710mm×1000mm　1/16
印　　张：20
字　　数：403 千字
版　　次：2008 年 6 月第 1 版　2008 年 6 月第 1 次印刷

定　　价：39.00 元

目　次

第　一　回　说楔子敷陈大义　借名流隐括全文 ………………………………… 001
第　二　回　王孝廉村学识同科　周蒙师暮年登上第 ……………………………… 007
第　三　回　周学道校士拔真才　胡屠户行凶闹捷报 ……………………………… 013
第　四　回　荐亡斋和尚吃官司　打秋风乡绅遭横事 ……………………………… 020
第　五　回　王秀才议立偏房　严监生疾终正寝 ………………………………… 025
第　六　回　乡绅发病闹船家　寡妇含冤控大伯 ………………………………… 031
第　七　回　范学道视学报师恩　王员外立朝敦友谊 ……………………………… 037
第　八　回　王观察穷途逢世好　娄公子故里遇贫交 ……………………………… 043
第　九　回　娄公子捐金赎朋友　刘守备冒姓打船家 ……………………………… 049
第　十　回　鲁翰林怜才择婿　蘧公孙富室招亲 ………………………………… 055
第十一回　鲁小姐制义难新郎　杨司训相府荐贤士 ……………………………… 060
第十二回　名士大宴莺脰湖　侠客虚设人头会 ………………………………… 066
第十三回　蘧駪夫求贤问业　马纯上仗义疏财 ………………………………… 072
第十四回　蘧公孙书坊送良友　马秀才山洞遇神仙 ……………………………… 078
第十五回　葬神仙马秀才送丧　思父母匡童生尽孝 ……………………………… 084
第十六回　大柳庄孝子事亲　乐清县贤宰爱士 ………………………………… 090
第十七回　匡秀才重游旧地　赵医生高踞诗坛 ………………………………… 095
第十八回　约诗会名士携匡二　访朋友书店会潘三 ……………………………… 101
第十九回　匡超人幸得良朋　潘自业横遭祸事 ………………………………… 106
第二十回　匡超人高兴长安道　牛布衣客死芜湖关 ……………………………… 112
第二十一回　冒姓字小子求名　念亲戚老夫卧病 ………………………………… 117
第二十二回　认祖孙玉圃联宗　爱交游雪斋留客 ………………………………… 122
第二十三回　发阴私诗人被打　叹老景寡妇寻夫 ………………………………… 128
第二十四回　牛浦郎牵连多讼事　鲍文卿整理旧生涯 ……………………………… 134
第二十五回　鲍文卿南京遇旧　倪廷玺安庆招亲 ………………………………… 140
第二十六回　向观察升官哭友　鲍廷玺丧父娶妻 ………………………………… 145
第二十七回　王太太夫妻反目　倪廷珠兄弟相逢 ………………………………… 150
第二十八回　季苇萧扬州入赘　萧金铉白下选书 ………………………………… 156
第二十九回　诸葛佑僧寮遇友　杜慎卿江郡纳姬 ………………………………… 162

第三十回　爱少俊访友神乐观　逞风流高会莫愁湖 …… 167
第三十一回　天长县同访豪杰　赐书楼大醉高朋 …… 173
第三十二回　杜少卿平居豪举　娄焕文临去遗言 …… 179
第三十三回　杜少卿夫妇游山　迟衡山朋友议礼 …… 185
第三十四回　议礼乐名流访友　备弓旌天子招贤 …… 190
第三十五回　圣天子求贤问道　庄征君辞爵还家 …… 196
第三十六回　常熟县真儒降生　泰伯祠名贤主祭 …… 202
第三十七回　祭先圣南京修礼　送孝子西蜀寻亲 …… 207
第三十八回　郭孝子深山遇虎　甘露僧狭路逢仇 …… 213
第三十九回　萧云仙救难明月岭　平少保奏凯青枫城 …… 219
第四十回　萧云仙广武山赏雪　沈琼枝利涉桥卖文 …… 224
第四十一回　庄濯江话旧秦淮河　沈琼枝押解江都县 …… 230
第四十二回　公子妓院说科场　家人苗疆报信息 …… 236
第四十三回　野羊塘将军大战　歌舞地酋长劫营 …… 241
第四十四回　汤总镇成功归故乡　余明经把酒问葬事 …… 246
第四十五回　敦友谊代兄受过　讲堪舆回家葬亲 …… 251
第四十六回　三山门贤人饯别　五河县势利熏心 …… 257
第四十七回　虞秀才重修元武阁　方盐商大闹节孝祠 …… 262
第四十八回　徽州府烈妇殉夫　泰伯祠遗贤感旧 …… 268
第四十九回　翰林高谈龙虎榜　中书冒占凤凰池 …… 274
第五十回　假官员当街出丑　真义气代友求名 …… 279
第五十一回　少妇骗人折风月　壮士高兴试官刑 …… 284
第五十二回　比武艺公子伤身　毁厅堂英雄讨债 …… 288
第五十三回　国公府雪夜留宾　来宾楼灯花惊梦 …… 294
第五十四回　病佳人青楼算命　呆名士妓馆献诗 …… 299
第五十五回　添四客述往思来　弹一曲高山流水 …… 305
第五十六回　神宗帝下诏旌贤　刘尚书奉旨承祭 …… 311

第一回

说楔子敷陈大义
借名流隐括全文

人生南北多歧路，将相神仙，也要凡人做。百代兴亡朝复暮，江风吹倒前朝树。功名富贵无凭据，费尽心情，总把流光误。浊酒三杯沉醉去，水流花谢知何处。

这一首词，也是个老生常谈。不过说人生富贵功名，是身外之物；但世人一见了功名，便舍着性命去求他，及至到手之后，味同嚼蜡。自古及今，那一个是看得破的！

虽然如此说，元朝末年，也曾出了一个嵚崎磊落的人。这人姓王名冕，在诸暨县乡村里住。七岁上死了父亲，他母亲做些针指，供给他到村学堂里去读书。看看三个年头，王冕已是十岁了。母亲唤他到面前来说道："儿阿，不是我有心要耽误你。只因你父亲亡后，我一个寡妇人家，只有出去的，没有进来的；年岁不好，柴米又贵；这几件旧衣服和些旧家伙，当的当了，卖的卖了；只靠着我替人家做些针指生活寻来的钱，如何供得你读书。如今没奈何，把你雇在间壁人家放牛，每月可以得他几钱银子，你又有现成饭吃，只在明日就要去了。"王冕道："娘说的是。我在学堂里坐着，心里也闷；不如往他家放牛，倒快活些。假如我要读书，依旧可以带几本去读。"当夜商议定了。

第二日，母亲同他到间壁秦老家。秦老留着他母子两个吃了早饭，牵出一条水牛来交与王冕，指着门外道："就在我这大门过去两箭之地，便是七泖湖。湖边一带绿草，各家的牛都在那里打睡。又有几十棵合抱的垂杨树，十分阴凉，牛要渴了，就在湖边上饮水。小哥，你只在这一带顽耍，不必远去。我老汉每日两餐小菜饭是不少的，每日早上，还折两个钱与你买点心吃；只是百事勤谨些，休嫌怠慢。"他母亲谢了扰要回家去，王冕送出门来。母亲替他理理衣服，口里说道："你在此须要小心，休惹人说不是；早出晚归，免我悬望。"王冕应诺，母亲含着两眼眼泪去了。

王冕自此只在秦家放牛，每到黄昏，回家跟着母亲歇宿。或遇秦家煮些腌鱼、腊肉给他吃，他便拿块荷叶包了来家，递与母亲。每日点心钱，他也不买了吃，聚到一两个月，便偷个空，走到村学堂里，见那闯学堂的书客，就买几本旧书，日逐把牛拴了，坐在柳阴树下看。

弹指又过了三四年。王冕看书,心下也着实明白了。那日,正是黄梅时候,天气烦躁。王冕放牛倦了,在绿草地上坐着。须臾,浓云密布,一阵大雨过了。那黑云边上镶着白云,渐渐散去,透出一派日光来,照耀得满湖通红。湖边上山,青一块,紫一块,绿一块。树枝上都像水洗过一番的,尤其绿得可爱。湖里有十来枝荷花,苞子上清水滴滴,荷叶上水珠滚来滚去。王冕看了一回,心里想道:“古人说,‘人在图画中’,其实不错。可惜我这里没有一个画工,把这荷花画他几枝,也觉有趣。”又心里想道:“天下那有个学不会的事,我何不自画他几枝?”

正存想间,只见远远的一个夯汉,挑了一担食盒来,手里提着一瓶酒,食盒上挂着一块毡条,来到柳树下,将毡铺了,食盒打开。那边走过三个人来,头戴方巾,一个穿宝蓝夹纱直裰,两人穿元色直裰,都有四五十岁光景,手摇白纸扇,缓步而来。那穿宝蓝直裰的是个胖子,来到树下,尊那穿元色的一个胡子坐在上面,那一个瘦子坐在对席;他想是主人了,坐在下面把酒来斟。吃了一回,那胖子开口道:“危老先生回来了。新买了住宅,比京里钟楼街的房子还大些,值得二千两银子。因老先生要买,房主人让了几十两银卖了,图个名望体面。前月初十搬家,太尊、县父母都亲自到门来贺,留着吃酒到二三更天。街上的人,那一个不敬。”那瘦子道:“县尊是壬午举人,乃危老先生门生,这是该来贺的。”那胖子道:“敝亲家也是危老先生门生,而今在河南做知县。前日小婿来家,带二斤干鹿肉来见惠,这一盘就是了。这一回小婿再去,托敝亲家写一封字来,去晋谒晋谒危老先生;他若肯下乡回拜,也免得这些乡户人家,放了驴和猪在你我田里吃粮食。”那瘦子道:“危老先生要算一个学者了。”那胡子说道:“听见前日出京时,皇上亲自送出城外,携着手走了十几步,危老先生再三打躬辞了,方才上轿回去。看这光景,莫不是就要做官?”三人你一句,我一句,说个不了。

王冕见天色晚了,牵了牛回去。自此,聚的钱不买书了,托人向城里买些胭脂铅粉之类,学画荷花。初时画得不好,画到三个月之后,那荷花精神颜色无一不像,只多着一张纸,就像是湖里长的;又像才从湖里摘下来贴在纸上的。乡间人见画得好,也有拿钱来买的。王冕得了钱,买些好东好西,孝敬母亲。一传两,两传三,诸暨一县都晓得是一个画没骨花卉的名笔,争着来买。到了十七八岁,不在秦家了,每日画几笔画,读古人的诗文,渐渐不愁衣食,母亲心里欢喜。

这王冕天性聪明,年纪不满二十岁,就把那天文、地理、经史上的大学问,无一不贯通。但他性情不同:既不求官爵,又不交纳朋友,终日闭户读书。又在《楚辞图》上看见画的屈原衣冠,他便自造一顶极高的帽子,一件极阔的衣服。遇着花明柳媚的时节,把一乘牛车载了母亲,他便戴了高帽,穿了阔衣,执着鞭子,口里唱着歌曲,在乡村镇上,以及湖边,到处顽耍,惹的乡下孩子们三五成群跟着他笑,他也不放在意下。只有隔壁秦老,虽然务农,却是个有意思的人,因自小看见他长大,如此不俗,所以敬他爱他,时时和他亲热,邀在草堂里坐着说话儿。

一日，正和秦老坐着，只见外边走进一个人来，头带瓦楞帽，身穿青布衣服。秦老迎接，叙礼坐下。这人姓翟，是诸暨县一个头役，又是买办。因秦老的儿子秦大汉拜在他名下，叫他干爷，所以常时下乡来看亲家。秦老慌忙叫儿子烹茶，杀鸡、煮肉款留他，就要王冕相陪。彼此道过姓名，那翟买办道："只位王相公，可就是会画没骨花的么？"秦老道："便是了。亲家，你怎得知道？"翟买办道："县里人那个不晓得。因前日本县老爷吩咐：要画二十四幅花卉册页送上司，此事交在我身上。我闻有王相公的大名，故此一径来寻亲家。今日有缘，遇着王相公，是必费心大笔画一画。在下半个月后，下乡来取。老爷少不得还有几两润笔的银子，一并送来。"秦老在旁，着实撺掇。王冕屈不过秦老的情，只得应诺了。回家用心用意，画了二十四幅花卉，都题了诗在上面。翟头役禀过了本官，那知县时仁发出二十四两银子来。翟买办扣克了十二两，只拿十二两银子送与王冕，将册页取去。时知县又办了几样礼物，送与危素，作候问之礼。

危素受了礼物，只把这本册页看了又看，爱玩不忍释手。次日，备了一席酒，请时知县来家致谢。当下寒暄已毕，酒过数巡，危素道："前日承老父台所惠册页花卉，还是古人的呢，还是现在人画的？"时知县不敢隐瞒，便道："这就是门生治下一个乡下农民，叫做王冕，年纪也不甚大，想是才学画几笔，难入老师的法眼。"危素叹道："我学生出门久了，故乡有如此贤士，竟坐不知，可为惭愧。此兄不但才高，胸中见识，大是不同，将来名位不在你我之下。不知老父台可以约他来此相会一会么？"时知县道："这个何难，门生出去，即遣人相约。他听见老师相爱，自然喜出望外了。"说罢，辞了危素，回到衙门，差翟买办持个侍生帖子去约王冕。

翟买办飞奔下乡，到秦老家，邀王冕过来，一五一十向他说了。王冕笑道："却是起动头翁，上覆县主老爷，说王冕乃一介农夫，不敢求见。这尊帖也不敢领。"翟买办变了脸道："老爷将帖请人，谁敢不去！况这件事，原是我照顾你的；不然，老爷如何得知你会画花？论理，见过老爷，还该重重的谢我一谢才是！如何走到这里，茶也不见你一杯，却是推三阻四，不肯去见，是何道理？叫我如何去回覆得老爷！难道老爷一县之主，叫不动一个百姓么？"王冕道："头翁，你有所不知。假如我为了事，老爷拿票子传我，我怎敢不去！如今将帖来请，原是不逼迫我的意思了；我不愿去，老爷也可以相谅。"翟买办道："你这都说的是甚么话！票子传着倒要去，帖子请着倒不去？这不是不识抬举了！"秦老劝道："王相公，也罢；老爷拿帖子请你，自然是好意，你同亲家去走一回罢。自古道：'灭门的知县'，你和他拗些甚么？"王冕道："秦老爹！头翁不知，你是听见我说过的。不见那段干木、泄柳的故事么？我是不愿去的。"翟买办道："你这是难题目与我做，叫拿甚么话去回老爷？"秦老道："这个果然也是两难。若要去时，王相公又不肯；若要不去，亲家又难回话。我如今倒有一法：亲家回县里，不要说王相公不肯，只说他抱病在家，不能就来，一两日间好了就到。"翟买办道："害病，就要取四邻的甘结！"彼此争论了一番，秦老整治晚饭与他吃了；又暗叫了王冕出去问母亲秤了三钱二分银子，送与翟买办做差钱，方才应诺去了，回覆知县。知县心里想道："这小厮那里害甚么病！想是翟家这奴才,走下乡狐假虎威,着实恐吓了他一场。他从来不曾见过官府的人,害怕不敢来了。老师既把这个人托我,我若不把他就叫了来见老师,也惹得老师笑我做事疲软。我不如竟自己下乡去拜他。他看见赏他脸面,断不是难为他的意思,自然大着胆见我;我就便带了他来见老师,却不是办事勤敏?"又想道:"一个堂堂县令,屈尊去拜一个乡民,惹得衙役们笑话。"又想道:"老师前日口气,甚是敬他;老师敬他十分,我就该敬他一百分。况且屈尊敬贤,将来志书上少不得称赞一篇。这是万古千年不朽的勾当,有甚么做不得!"当下定了主意。

次早,传齐轿夫,也不用全副执事,只带八个红黑帽夜役军牢,翟买办扶着轿子,一直下乡来。乡里人听见锣响,一个个扶老携幼,挨挤了看。轿子来到王冕门首,只见七八间草屋,一扇白板门紧紧关着。翟买办抢上几步,忙去敲门。敲了一会,里面一个婆婆,拄着拐杖出来说道:"不在家了。从清早晨牵牛出去饮水,尚未回来。"翟买办道:"老爷亲自在这里传你家儿子说话,怎的慢条斯理!快快说在那里,我好去传!"那婆婆道:"其实不在家了,不知在那里。"说毕,关着门进去了。

说话之间,知县轿子已到。翟买办跪在轿前禀道:"小的传王冕,不在家里,请老爷龙驾到公馆里略坐一坐,小的再去传。"扶着轿子,过王冕屋后来。屋后横七竖八几棱窄田埂,远远的一面大塘,塘边都栽满了榆树、桑树。塘边那一望无际的几顷田地,又有一座山,虽不甚大,却青葱树木堆满山上。约有一里多路,彼此叫呼,还听得见。知县正走着,远远的有个牧童,倒骑水牯牛,从山嘴边转了过来。翟买办赶将上去,问道:"秦小二汉,你看见你隔壁的王老大牵了牛在那里饮水哩?"小二道:"王大叔么?他在二十里路外王家集亲家家吃酒去了。这牛就是他的,央及我替他赶了来家。"翟买办如此这般禀了知县。知县变着脸道:"既然如此,不必进公馆了!即回衙门去罢!"时知县此时心中十分恼怒,本要立即差人拿了王冕来责惩一番,又想恐怕危老师说他暴躁,且忍口气回去,慢慢向老师说明此人不中抬举,再处置他也不迟。知县去了。

王冕并不曾远行,即时走了来家。秦老过来抱怨他道:"你方才也太执意了。他是一县之主,你怎的这样怠慢他?"王冕道:"老爹请坐,我告诉你。时知县倚着危素的势要,在这里酷虐小民,无所不为。这样的人,我为什么要相与他?但他这一番回去,必定向危素说;危素老羞变怒,恐要和我计较起来。我如今辞别老爹,收拾行李,到别处去躲避几时。只是母亲在家,放心不下。"母亲道:"我儿,你历年卖诗卖画,我也积聚下三五十两银子,柴米不愁没有。我虽年老,又无疾病,你自放心出去躲避些时不妨。你又不曾犯罪,难道官府来拿你的母亲去不成。"秦老道:"这也说得有理。况你埋没在这乡村镇上,虽有才学,谁人是识得你的;此番到大邦去处,或者走出些遇合来也不可知。你尊堂家下大小事故,一切都在我老汉身上,替你扶持便了。"王冕拜谢了秦老,秦老又走回家去,取了些酒肴来替王冕送行,吃了半夜酒回去。

次日五更,王冕起来收拾行李,吃了早饭,恰好秦老也到。王冕拜辞了母亲,又拜了秦老两拜,母子洒泪分手。王冕穿上麻鞋,背上行李。秦老手提一个小白灯笼,直送出村口,洒泪而别。秦老手拿灯笼,站着看着他走,走的望不着了,方才回去。

王冕一路风餐露宿,九十里大站,七十里小站,一径来到山东济南府地方。这山东虽是近北省分,这会城却也人物富庶,房舍稠密。王冕到了此处,盘费用尽了,只得租个小庵门面屋,卖卜测字;也画两张没骨的花卉贴在那里,卖与过往的人。每日问卜卖画,到也挤个不开。

弹指间,过了半年光景。济南府里有几个俗财主,也爱王冕的画,时常要买;又自己不来,遣几个粗夯小厮,动不动大呼小叫,闹的王冕不得安稳。王冕心不耐烦;就画了一条大牛贴在那里,又题几句诗在上,含着讥刺。也怕从此有口舌,正思量搬移一个地方。

那日清早,才坐在那里,只见许多男女,啼啼哭哭,在街上过。也有挑着锅的,也有箩担内挑着孩子的,一个个面黄肌瘦,衣裳褴褛。过去一阵,又是一阵,把街上都塞满了。也有坐在地上就化钱的,问其所以,都是黄河沿上的州县,被河水决了,田庐房舍,尽行漂没。这是些逃荒的百姓,官府又不管,只得四散觅食。王冕见此光景,过意不去,叹了一口气道:“河水北流,天下自此将大乱了。我还在这里做甚么!”将些散碎银子,收拾好了,拴束行李,仍旧回家。入了浙江境,才打听得危素已还朝了,时知县也升任去了;因此放心回家,拜见母亲。看见母亲康健如常,心中欢喜。母亲又向他说秦老许多好处。他慌忙打开行李,取出一匹茧绸,一包耿饼,拿过去拜谢了秦老。秦老又备酒与他洗尘。自此,王冕依旧吟诗作画,奉养母亲。

又过了六年,母亲老病卧床。王冕百方延医调治,总不见效。一日,母亲吩咐王冕道:“我眼见得不济事了。但这几年来,人都在我耳根前说你的学问有了,该劝你出去做官。做官怕不是荣宗耀祖的事,我看见这些做官的都不得有甚好收场。况你的性情高傲,倘若弄出祸来,反为不美。我儿可听我的遗言,将来娶妻生子,守着我的坟墓,不要出去做官。我死了,口眼也闭。”王冕哭着应诺。他母亲淹淹一息,归天去了。王冕擗踊哀号,哭得那邻舍之人无不落泪。又亏秦老一力帮衬,制备衣衾棺椁。王冕负土成坟,三年苫块,不必细说。

到了服阕之后,不过一年有余,天下就大乱了。方国珍据了浙江,张士诚据了苏州,陈友谅据了湖广,都是些草窃的英雄。只有太祖皇帝起兵滁阳,得了金陵,立为吴王,乃是王者之师;提兵破了方国珍,号令全浙,乡村镇市,并无骚扰。

一日,日中时分,王冕正从母亲坟上拜扫回来,只见十几骑马竟投他村里来。为头一人,头戴武巾,身穿团花战袍,白净面皮,三绺髭须,真有龙凤之表。那人到门首下了马,向王冕施礼道:“动问一声,那里是王冕先生家?”王冕道:“小人王冕,这里便是寒舍。”那人喜道:“如此甚妙。特来晋谒。”吩咐从人都下了马,屯在外边,把马都系在湖边柳树上。那人独和王冕携手进到屋里,分宾主施礼坐下。王冕道:“不敢拜问尊官尊姓大名?因甚降临这乡僻所在?”那人道:“我姓朱,先在江南起兵,号滁阳王;而今据有金陵,称为吴王的便是。因平方国珍到此,特来拜访先生。”王冕道:“乡民肉眼不识,原来就是王爷。但乡民一介愚人,怎敢劳王爷贵步?”吴王道:“孤是一个粗卤汉子,今得见先生儒者气像,不觉功利之见顿消。孤在江南,即慕大名,今来拜访,要先生指示:浙人久反之后,何以能服其心?”王冕道:“大王是高明远见的,不消乡民多说。若以仁义服人,何人不服,岂但浙江?若以兵力服人,浙人虽弱,恐亦义不受辱,不见方国珍么?”吴王叹息,点头称善。两人促膝谈到日暮。那些从者都带有干粮。王冕自到厨下烙了一斤面饼,炒了一盘韭菜,自捧出来,陪着。吴王吃了,称谢教诲,上马去了。这日,秦老进城回来,问及此事。王冕也不曾说就是吴王,只说是军中一个将官,向年在山东相识的,故此来看我一看。说着就罢了。

不数年间,吴王削平祸乱,定鼎应天,天下一统,建国号大明,年号洪武。乡村人各各安居乐业。到了洪武四年,秦老又进城里,回来向王冕道:“危老爷已自问了罪,发在和州去了。我带了一本邸抄来与你看。”王冕接过来看,才晓得危素归降之后,妄自尊大,在太祖面前自称老臣。太祖大怒,发往和州守余阙墓去了。此一条之后,便是礼部议定取士之法:三年一科,用《五经》、《四书》八股文。王冕指与秦老看,道:“这个法却定的不好!将来读书人既有此一条荣身之路,把那文行出处都看得轻了。”说着,天色晚了下来。此时正是初夏,天时乍热,秦老在打麦场上放下一张桌子,两人小饮。须臾,东方月上,照耀得如同万顷玻璃一般。那些眠鸥宿鹭,阒然无声。王冕左手持杯,右手指着天上的星,向秦老道:“你看贯索犯文昌,一代文人有厄!”话犹未了,忽然起一阵怪风,刮的树木都飕飕的响,水面上的禽鸟格格惊起了许多,王冕同秦老吓的将衣袖蒙了脸。少顷,风声略定,睁眼看时,只见天上纷纷有百十个小星,都坠向东南角上去了。王冕道:“天可怜见,降下这一颗星君去维持文运,我们是不及见了!”当夜收拾家伙,各自歇息。

自此以后,时常有人传说,朝廷行文到浙江布政司,要征聘王冕出来做官。初时不在意里,后来渐渐说的多了,王冕并不通知秦老,私自收拾,连夜逃往会稽山中。

半年之后,朝廷果然遣一官员,捧着诏书,带领许多人,将着彩缎表里,来到秦老门首,见秦老八十多岁,须鬓皓然,手扶拄杖。那官与他施礼,秦老让到草堂坐下。那官问道:“王冕先生就在这庄上么?而今皇恩授他咨议参军之职,下官特地捧诏而来。”秦老道:“他虽是这里人,只是久矣不知去向了。”秦老献过了茶,领那官员走到王冕家,推开了门,见蟏蛸满室,蓬蒿满径,知是果然去得久了。那官咨嗟叹息了一回,仍旧捧诏回旨去了。

王冕隐居在会稽山中,并不自言姓名;后来得病去世,山邻敛些钱财,葬于会稽山下。是年,秦老亦寿终于家。可笑近来文人学士,说着王冕,都称他做王参军,究竟王冕何曾做过一日官?所以表白一番。这不过是个楔子,下面还有正文。

第二回

王孝廉村学识同科
周蒙师暮年登上第

话说山东兖州府汶上县有个乡村,叫做薛家集。这集上有百十来人家,都是务农为业。村口一个观音庵,殿宇三间之外,另还有十几间空房子,后门临着水次。这庵是十方的香火,只得一个和尚住。集上人家,凡有公事,就在这庵里来同议。

那时成化末年,正是天下繁富的时候。新年正月初八日,集上人约齐了,都到庵里来议闹龙灯之事。到了早饭时候,为头的申祥甫带了七八个人走了进来,在殿上拜了佛。和尚走来与诸位见节,都还过了礼。申祥甫发作和尚道:"和尚,你新年新岁,也该把菩萨面前香烛点勤些!阿弥陀佛!受了十方的钱钞,也要消受。"又叫:"诸位都来看看:这琉璃灯内,只得半琉璃油!"指着内中一个穿齐整些的老翁,说道:"不论别人,只这一位荀老爹,三十晚里还送了五十斤油与你,白白给你炒菜吃,全不敬佛!"和尚陪着小心,等他发作过了,拿一把铅壶,撮了一把苦丁茶叶,倒满了水,在火上燎的滚热,送与众位吃。

荀老爹先开口道:"今年龙灯上庙,我们户下各家须出多少银子?"申祥甫道:"且住,等我亲家来一同商议。"正说着,外边走进一个人来,两只红眼边,一副锅铁脸,几根黄胡子,歪戴着瓦楞帽,身上青布衣服就如油篓一般;手里拿着一根赶驴的鞭子,走进门来,和众人拱一拱手,一屁股就坐在上席。这人姓夏,乃薛家集上旧年新参的总甲。夏总甲坐在上席,先吩咐和尚道:"和尚,把我的驴牵在后园槽上,卸了鞍子,将些草喂的饱饱的。我议完了事,还要到县门口黄老爹家吃年酒去哩。"吩咐过了和尚,把腿跷起一只来,自己拿拳头在腰上只管捶。捶着,说道:"俺如今倒不如你们务农的快活了。想这新年大节,老爷衙门里,三班六房,那一位不送帖子来。我怎好不去贺节?每日骑着这个驴,上县下乡,跑得昏头晕脑。打紧又被这瞎眼的亡人在路上打个前失,把我跌了下来,跌的腰胯生疼。"申祥甫道:"新年初三,我备了个豆腐饭邀请亲家,想是有事不得来了。"夏总甲道:"你还说哩。从新年这七八日,何曾得一个闲?恨不得长出两张嘴来,还吃不退。就像今日请我的黄老爹,他就是老爷面前站得起来的班头;他抬举我，我若不到，不惹他怪？"申祥甫道："西班黄老爹，我听见说，他从年里头就是老爷差出去了。他家又无兄弟、儿子，却是谁做主人？"夏总甲道："你又不知道了。今日的酒，是快班李老爹请，李老爹家房子褊窄，所以把席摆在黄老爹家大厅上。"

说了半日，才讲到龙灯上，夏总甲道："这样事，俺如今也有些不耐烦管了。从前年年是我做头，众人写了功德，赖着不拿出来，不知累俺赔了多少。况今年老爷衙门里，头班、二班、西班、快班，家家都兴龙灯，我料想看个不了，那得功夫来看乡里这条把灯。但你们说了一场，我也少不得搭个分子，任凭你们那一位做头。像这荀老爹，田地广，粮食又多，叫他多出些；你们各家照分子派，这事就舞起来了。"众人不敢违拗，当下捺着姓荀的出了一半，其余众户也派了，共二三两银子，写在纸上。和尚捧出茶盘——云片糕、红枣，和些瓜子、豆腐干、栗子、杂色糖，摆了两桌，尊夏老爹坐在首席，斟上茶来。

申祥甫又说："孩子大了，今年要请一个先生。就是这观音庵里做个学堂。"众人道："俺们也有好几家孩子要上学。只这申老爹的令郎，就是夏老爹的令婿；夏老爹时刻有县主老爷的牌票，也要人认得字。只是这个先生，须是要城里去请才好。"夏总甲道："先生倒有一个。你道是谁？就是咱衙门里户总科提控顾老相公家请的一位先生，姓周，官名叫做周进，年纪六十多岁，前任老爷取过他个头名，却还不曾中过学。顾老相公请他在家里三个年头，他家顾小舍人去年就中了学，和咱镇上梅三相一齐中的。那日从学里师爷家迎了回来，小舍人头上戴着方巾，身上披着大红绸，骑着老爷棚子里的马，大吹大打，来到家门口。俺合衙门的人都拦着街递酒。落后请将周先生来，顾老相公亲自奉他三杯，尊在首席。点了一本戏，是梁灏八十岁中状元的故事。顾老相公为这戏，心里还不大喜欢，落后戏文内唱到梁灏的学生却是十七八岁就中了状元，顾老相公知道是替他儿子发兆，方才喜了。你们若要先生，俺替你把周先生请来。"众人都说是好。吃完了茶，和尚又下了一箸牛肉面吃了，各自散讫。

次日，夏总甲果然替周先生说了，每年馆金十二两银子，每日二分银子在和尚家代饭，约定灯节后下乡，正月二十开馆。

到了十六日，众人将分子送到申祥甫家备酒饭，请了集上新进学的梅三相做陪客。那梅玖戴着新方巾，老早到了。直到巳牌时候，周先生才来。听得门外狗叫，申祥甫走出去迎了进来。众人看周进时，头戴一顶旧毡帽，身穿元色绸旧直裰，那右边袖子同后边坐处都破了，脚下一双旧大红绸鞋，黑瘦面皮，花白胡子。申祥甫拱进堂屋，梅玖方才慢慢的立起来和他相见，周进就问："此位相公是谁？"众人道："这是我们集上在庠的梅相公。"周进听了，谦让不肯僭梅玖作揖，梅玖道："今日之事不同。"周进再三不肯。众人道："论年纪也是周先生长，先生请老实些罢。"梅玖回过头来向众人道："你众位是不知道我们学校规矩，老友是从来不同小友序齿的。只是今日不同，还是周长兄请上。"原来明朝士大夫称儒学生员叫做"朋友"，称童生是"小友"。比如童生进了学，不怕十几岁，也称为"老友"；若是不进学，就到八十岁，也还称"小友"。就如女儿嫁人的：嫁时称为“新娘”，后来称呼“奶奶”、“太太”，就不叫“新娘”了；若是嫁与人家做妾，就到头发白了，还要唤做“新娘”。

闲话休题。周进因他说这样话，倒不同他让了，竟僭着他作了揖。众人都作过揖坐下。只有周、梅二位的茶杯里有两枚生红枣，其余都是清茶。吃过了茶，摆两张桌子杯箸，尊周先生首席，梅相公二席，众人序齿坐下，斟上酒来。周进接酒在手，向众人谢了扰，一饮而尽。随即每桌摆上八九个碗，乃是猪头肉、公鸡、鲤鱼、肚、肺、肝、肠之类。叫一声：“请！”一齐举箸，却如风卷残云一般，早去了一半。看那周先生时，一箸也不曾下。申祥甫道：“今日先生为甚么不用肴馔？却不是上门怪人？”拣好的递了过来。周进拦住道：“实不相瞒，我学生是长斋。”众人道：“这个倒失于打点。却不知先生因甚吃斋？”周进道：“只因当年先母病中，在观音菩萨位下许的，如今也吃过十几年了。”梅玖道：“我因先生吃斋，倒想起一个笑话，是前日在城里我那案伯顾老相公家听见他说的。有个做先生的一字至七字诗……”众人都停了箸听他念诗。他便念道：“呆，秀才，吃长斋，胡须满腮，经书不揭开，纸笔自己安排，明年不请我自来。”念罢，说道：“像我这周长兄如此大才，呆是不呆的了。”又掩着口道：“秀才，指日就是；那‘吃长斋，胡须满腮’，竟被他说一个着！”说罢，哈哈大笑。众人一齐笑起来。周进不好意思。申祥甫连忙斟一杯酒道：“梅三相该敬一杯。顾老相公家西席就是周先生了。”梅玖道：“我不知道，该罚该罚！但这个话不是为周长兄，他说明了是个秀才。但这吃斋也是好事，先年俺有一个母舅，一口长斋，后来进了学，老师送了丁祭的胙肉来，外祖母道：‘丁祭肉若是不吃，圣人就要计较了：大则降灾，小则害病。’只得就开了斋。俺这周长兄，只到今年秋祭，少不得有胙肉送来，不怕你不开哩。”众人说他发的利市好，同斟一杯，送与周先生预贺，把周先生脸上羞的红一块白一块，只得承谢众人，将酒接在手里。厨下捧出汤点来，一大盘实心馒头，一盘油煎的扛子火烧。众人道：“这点心是素的，先生用几个。”周进怕汤不洁净，讨了茶来吃点心。

内中一人问申祥甫道：“你亲家今日在那里？何不来陪先生坐坐？”申祥甫道：“他到快班李老爹家吃酒去了。”又一个人道：“李老爹这几年在新任老爷手里着实跑起来了，怕不一年要寻千把银子。只是他老人家好赌，不如西班黄老爹，当初也在这些事里顽耍，这几年成了正果，家里房子盖得像天宫一般，好不热闹！”荀老爹向申祥甫道：“你亲家自从当了门户，时运也算走顺风，再过两年，只怕也要弄到黄老爹的意思哩。”申祥甫道：“他也要算停当的了。若想到黄老爹的地步，只怕还要做几年的梦。”梅相公正吃着火烧，接口道：“做梦倒也有些准哩。”因问周进道：“长兄这些年考校，可曾得个甚么梦兆？”周进道：“倒也没有。”梅玖道：“就是侥幸的这一年，正月初一日，我梦见在一个极高的山上，天上的日头，不差不错，端端正正掉了下来，压在我头上，惊出一身的汗。醒了摸一摸头，就像还有些热。彼时不知甚么原故，如今想来，好不有准！”于是点心吃完，又斟了一巡酒。直到上灯时候，梅相公同众人别了回去。申祥甫拿出一副蓝布被褥，送周先生到观音庵歇宿；向和尚说定，馆地就在后门里这两间屋内。

直到开馆那日，申祥甫同着众人领了学生来，七长八短几个孩子，拜见先生。众人各自散了。周进上位教书。晚间学生家去，把各家贽见拆开来看，只有荀家是一钱银子，另有八分银子代茶；其余也有三分的，也有四分的，也有十来个钱的，合拢了不够一个月饭食。周进一总包了，交与和尚收着再算。那些孩子就像蠢牛一般，一时照顾不到，就溜到外边去打瓦踢球，每日淘气不了。周进只得捺定性子，坐着教导。

不觉两个多月，天气渐暖。周进吃过午饭，开了后门出来，河沿上望望。虽是乡村地方，河边却也有几树桃花柳树，红红绿绿，间杂好看。看了一回，只见濛濛的细雨下将起来。周进见下雨，转入门内，望着雨下在河里，烟笼远树，景致更妙。这雨越下越大，却见上流头一只船冒雨而来。那船本不甚大，又是芦席篷，所以怕雨。将近河岸，看时，中舱坐着一个人，船尾坐着两个从人，船头上放着一担食盒。将到岸边，那人连呼船家泊船，带领从人，走上岸来。周进看那人时，头戴方巾，身穿宝蓝缎直裰，脚下粉底皂靴，三绺髭须，约有三十多岁光景。走到门口，与周进举一举手，一直进来，自己口里说道："原来是个学堂。"周进跟了进来作揖，那人还了个半礼道："你想就是先生了。"周进道："正是。"那人问从者道："和尚怎的不见？"说着，和尚忙走了出来道："原来是王大爷。请坐。僧人去烹茶来。"向着周进道："这王大爷就是前科新中的。先生陪了坐着，我去拿茶。"

那王举人也不谦让，从人摆了一条凳子，就在上首坐了，周进下面相陪。王举人道："你这位先生贵姓？"周进知他是个举人，便自称道："晚生姓周。"王举人道："去年在谁家作馆？"周进道："在县门口顾老相公家。"王举人道："足下莫不是就在我白老师手里曾考过一个案首的？说这几年在顾二哥家做馆，不差不差。"周进道："俺这顾东家，老先生也是相与的？"王举人道："顾二哥是俺户下册书，又是拜盟的好弟兄。"

须臾，和尚献上茶来吃了。周进道："老先生的朱卷是晚生熟读过的。后面两大股文章，尤其精妙。"王举人道："那两股文章不是俺作的。"周进道："老先生又过谦了。却是谁作的呢？"王举人道："虽不是我作的，却也不是人作的。那时头场，初九日，天色将晚，第一篇文章还不曾做完，自己心里疑惑，说：'我平日笔下最快，今日如何迟了？'正想不出来，不觉磕睡上来，伏着号板打一个盹，只见五个青脸的人跳进号来，中间一人，手里拿着一枝大笔，把俺头上点了一点，就跳出去了。随即一个戴纱帽、红袍金带的人，揭帘子进来，把俺拍了一下，说道：'王公请起。'那时弟吓了一跳，通身冷汗，醒转来，拿笔在手，不知不觉写了出来。可见贡院里鬼神是有的。弟也曾把这话回禀过大主考座师，座师就道弟该有鼎元之分。"

正说得热闹，一个小学生送仿来批，周进叫他搁着。王举人道："不妨，你只管去批仿，俺还有别的事。"周进只得上位批仿。王举人吩咐家人道："天已黑了，雨又不住，你们把船上的食盒挑了上来，叫和尚拿升米做饭。船家叫他伺候着，明日早走。"向周进道："我方才上坟回来，不想遇着雨，耽搁一夜。"说着，就猛然回头，一眼看见那小学生的仿纸上的名字是荀玫，不觉就吃了一惊。一会儿咂嘴弄唇的，脸上做出许多怪物像。

周进又不好问他，批完了仿，依旧陪他坐着。他就问道："方才这小学生几岁了？"周进道："他才七岁。"王举人道："是今年才开蒙？这名字是你替他起的？"周进道："这名字不是晚生起的。开蒙的时候，他父亲央及集上新进梅朋友替他起名。梅朋友说自己的名字叫做'玖'，也替他起个'王'旁的名字发发兆，将来好同他一样的意思。"

王举人笑道："说起来，竟是一场笑话。弟今年正月初一日梦见看会试榜，弟中在上面是不消说了，那第三名也是汶上人，叫做荀玫。弟正疑惑我县里没有这一个姓荀的孝廉，谁知竟同着这个小学生的名字。难道和他同榜不成！"说罢，就哈哈大笑起来，道："可见梦作不得准！况且功名大事，总以文章为主，那里有甚么鬼神！"周进道："老先生，梦也竟有准的。前日晚生初来，会着集上梅朋友，他说也是正月初一日，梦见一个大红日头落在他头上，他这年就飞黄腾达的。"王举人道："这话更作不得准了。比如他进过学，就有日头落在他头上，像我这发过的，不该连天都掉下来，是俺顶着的了？"彼此说着闲话，掌上灯烛，管家捧上酒饭，鸡、鱼、鸭、肉，堆满春台。王举人也不让周

进，自己坐着吃了，收下碗去。落后和尚送出周进的饭来，一碟老菜叶，一壶热水。周进也吃了。叫了安置，各自歇宿。

次早，天色已晴。王举人起来洗了脸，穿好衣服，拱一拱手，上船去了。撒了一地的鸡骨头、鸭翅膀、鱼刺、瓜子壳，周进昏头昏脑，扫了一早晨。

自这一番之后，一薛家集的人都晓得荀家孩子是县里王举人的进士同年，传为笑话。这些同学的孩子赶着他就不叫荀玫了，都叫他"荀进士"。各家父兄听见这话，都各不平，偏要在荀老翁跟前恭喜，说他是个封翁太老爷，把个荀老爹气得有口难分。申祥甫背地里又向众人道："那里是王举人亲口说这番话。这就是周先生看见我这一集上只有荀家有几个钱，捏造出这话来奉承他，图他个逢时遇节，他家多送两个盒子。俺前日听见说，荀家炒了些面筋、豆腐干送在庵里，又送了几回馒头、火烧，就是这些原故了。"众人都不喜欢，以此周进安身不牢；因是碍着夏总甲的面皮，不好辞他，将就混了一年。后来夏总甲也嫌他呆头呆脑，不知道常来承谢，由着众人把周进辞了来家。

那年却失了馆，在家日食艰难。一日，他姊丈金有余来看他，劝道："老舅，莫怪我说你，这读书求功名的事，料想也是难了。人生世上，难得的是这碗现成饭，只管'稂不稂莠不莠'的到几时？我如今同了几个大本钱的人到省城去买货，差一个记帐的人，你不如同我们去走走，你又孤身一人，在客伙内，还是少了你吃的、穿的？"周进听了这话，自己想："'瘫子掉在井里，捞起也是坐。'有甚亏负我？"随即应允了。

金有余择个吉日，同一伙客人起身，来到省城杂货行里住下。周进无事闲着，街上走走，看见纷纷的工匠都说是修理贡院。周进跟到贡院门口，想挨进去看，被看门的大鞭子打了出来。晚间向姊夫说，要去看看。金有余只得用了几个小钱，一伙客人也都同了去看；又央及行主人领着。行主人走进头门，用了钱的并无拦阻。到了龙门下，行主人指道："周客人，这是相公们进的门了。"进去两边号房门，行主人指道："这是天字号了，你自进去看看。"周进一进了号，见两块号板摆的齐齐整整，不觉眼睛里一阵酸酸的，长叹一声，一头撞在号板上，直僵僵不省人事。只因这一死，有分教：

累年蹭蹬，忽然际会风云；终岁凄凉，竟得高悬月旦。

未知周进性命如何，且听下回分解。

第三回

周学道校士拔真才
胡屠户行凶闹捷报

话说周进在省城要看贡院,金有余见他真切,只得用几个小钱同他去看。不想才到天字号,就撞死在地下。众人多慌了,只道一时中了恶。行主人道:"想是这贡院里久没有人到,阴气重了,故此周客人中了恶。"金有余道:"贤东,我扶着他,你且去到做工的那里借口开水来灌他一灌。"行主人应诺,取了水来,三四个客人一齐扶着,灌了下去,喉咙里咯咯的响了一声,吐出一口稠涎来。众人道:"好了!"扶着立了起来。周进看着号板,又是一头撞将去。这回不死了,放声大哭起来。众人劝着不住。金有余道:"你看,这不是疯了么?好好到贡院来耍,你家又不死了人,为甚么这'号啕痛'也是的?"周进也不听见,只管伏着号板哭个不住;一号哭过,又哭到二号、三号;满地打滚,哭了又哭,哭的众人心里都凄惨起来。金有余见不是事,同行主人一左一右架着他的膀子。他那里肯起来,哭了一阵,又是一阵,直哭到口里吐出鲜血来。众人七手八脚将他扛抬了出来,贡院前一个茶棚子里坐下,劝他吃了一碗茶,犹自索鼻涕,弹眼泪,伤心不止。内中一个客人道:"周客人有甚心事?为甚到了这里,这等大哭起来?却是哭得利害。"金有余道:"列位老客有所不知。我这舍舅,本来原不是生意人。因他苦读了几十年的书,秀才也不曾做得一个,今日看见贡院,就不觉伤心起来。"自因这一句话道着周进的真心事,于是不顾众人,又放声大哭起来。又一个客人道:"论这事,只该怪我们金老客。周相公既是斯文人,为甚么带他出来做这样的事?"金有余道:"也只为赤贫之士,又无馆做,没奈何上了这一条路。"又一个客人道:"看令舅这个光景,毕竟胸中才学是好的;因没有人识得他,所以受屈到此田地。"金有余道:"他才学是有的,怎奈时运不济!"那客人道:"监生也可以进场。周相公既有才学,何不捐他一个监进场?中了,也不枉了今日这一番心事。"金有余道:"我也是这般想,只是那里有这一注银子!"此时周进哭的住了。那客人道:"这也不难。现放着我这几个弟兄在此,每人拿出几十两银子借与周相公纳监进场,若中了做官,那在我们这几两银子。就是周相公不还,我们走江湖的人,那里不破掉了几两银子。何况这是好事。你众位意下如何?"众人一齐道："'君子成人之美。'又道：'见义不为，是为无勇。'俺们有甚么不肯。只不知周相公可肯俯就？"周进道："若得如此，便是重生父母，我周进变驴变马，也要报效！"爬到地下就磕了几个头，众人还下礼去。金有余也称谢了众人。又吃了几碗茶，周进再不哭了，同众人说说笑笑，回到行里。

次日，四位客人果然备了二百两银子，交与金有余。一切多的使费，都是金有余包办。周进又谢了众人和金有余。行主人替周进备一席酒，请了众位。金有余将着银子，上了藩库，讨出库收来。正值宗师来省录遗，周进就录了个贡监首卷。到了八月初八日进头场，见了自己哭的所在，不觉喜出望外，自古道："人逢喜事精神爽"，那七篇文字，做的花团锦簇一般。出了场，仍旧住在行里。金有余同那几个客人还不曾买完了货。直到放榜那日，巍然中了。众人各各欢喜，一齐回到汶上县。拜县父母、学师，典史拿晚生帖子上门来贺，汶上县的人，不是亲的也来认亲，不相与的也来认相与。忙了个把月。申祥甫听见这事，在薛家集敛了分子，买了四只鸡，五十个蛋和些炒米、欢团之类，亲自上县来贺喜。周进留他吃了酒饭去。荀老爹贺礼是不消说了。看看上京会试，盘费、衣服都是金有余替他设处。到京会试，又中了进士，殿在三甲，授了部属。荏苒三年，升了御史，钦点广东学道。

这周学道虽也请了几个看文章的相公，却自心里想道："我在这里面吃苦久了，如今自己当权，须要把卷子都要细细看过，不可听着幕客，屈了真才。"主意定了，到广州上了任。次日，行香挂牌。先考了两场生员。第三场是南海、番禺两县童生。周学道坐在堂上，见那些童生纷纷进来：也有小的，也有老的，仪表端正的，獐头鼠目的，衣冠齐楚的，蓝缕破烂的。落后点进一个童生来，面黄肌瘦，花白胡须，头上戴一顶破毡帽。广东虽是地气温暖，这时已是十二月上旬，那童生还穿着麻布直裰，冻得乞乞缩缩，接了卷子，下来归号。周学道看在心里，封门进去。出来放头牌的时节，坐在上面，只见那穿麻布的童生上来交卷，那衣服因是朽烂了，在号里又扯破了几块。周学道看看自己身上，绯袍金带，何等辉煌。因翻一翻点名册，问那童生道："你就是范进？"范进跪下道："童生就是。"学道道："你今年多少年纪了？"范进道："童生册上写的是三十岁，童生实年五十四岁。"学道道："你考过多少回数了？"范进道："童生二十岁应考，到今考过二十余次。"学道道："如何总不进学？"范进道："总因童生文字荒谬，所以各位大老爷不曾赏取。"周学道道："这也未必尽然。你且出去，卷子待本道细细看。"范进磕头下去了。

那时天色尚早，并无童生交卷。周学道将范进卷子用心用意看了一遍，心里不喜道："这样的文字，都说的是些甚么话！怪不得不进学！"丢过一边不看了。又坐了一会，还不见一个人来交卷，心里又想道："何不把范进的卷子再看一遍？倘有一线之明，也可怜他苦志。"从头至尾，又看了一遍，觉得有些意思。正要再看看，却有一个童生来交卷。那童生跪下道："求大老爷面试。"学道和颜道："你的文字已在这里了，又面试些甚么？"那童生道："童生诗词歌赋都会，求大老爷出题面试。"学道变了脸道："'当今天子重文章，足下何须讲汉唐！'像你做童生的人，只该用心做文章，那些杂览，学他做甚么！况且本道奉旨到此衡文，难道是来此同你谈杂学的么？看你这样务名而不务实，那正务自然荒废，都是些粗心浮气的说话，看不得了。左右的，赶了出去！"一声吩咐过了，两旁走过几个如狼似虎的公人，把那童生叉着膊子，一路跟头，叉到大门外。

周学道虽然赶他出去，却也把卷子取来看看。那童生叫做魏好古，文字也还清通。学道道："把他低低的进了学罢。" 因取过笔来，在卷子尾上点了一点，做个记认。又取过范进卷子来看，看罢，不觉叹息道："这样文字，连我看一两遍也不能解，直到三遍之后，才晓得是天地间之至文！真乃一字一珠！可见世上糊涂试官，不知屈煞了多少英才！"忙取笔细细圈点，卷面上加了三圈，即填了第一名；又把魏好古的卷子取过来，填了第二十名。将各卷汇齐，带了进去。发出案来，范进是第一。谒见那日，着实赞扬了一回。点到二十名，魏好古上去，又勉励了几句"用心举业，休学杂览"的话，鼓吹送了出去。

次日起马，范进独自送在三十里之外，轿前打恭。周学道又叫到跟前，说道："龙头属老成。本道看你的文字，火候到了，即在此科，一定发达。我复命之后，在京专候。"范进又磕头谢了，起来立着。学道轿子，一拥而去。范进立着，直望见门枪影子抹过前山，看不见了，方才回到下处，谢了房主人。他家离城还有四十五里路，连夜回来，拜见母亲。家里住着一间草屋，一厦披子，门外是个茅草棚。正屋是母亲住着，妻子住在披房里。他妻子乃是集上胡屠户的女儿。

范进进学回家，母亲、妻子，俱各欢喜。正待烧锅做饭，只见他丈人胡屠户，手里拿着一副大肠和一瓶酒，走了进来。范进向他作揖，坐下。胡屠户道："我自倒运，把个女儿嫁与你这现世宝穷鬼，历年以来，不知累了我多少。如今不知因我积了甚么德，带挈你中了个相公，我所以带个酒来贺你。"范进唯唯连声，叫浑家把肠子煮了，烫起酒来，在茅草棚下坐着。母亲自和媳妇在厨下造饭。胡屠户又吩咐女婿道："你如今既中了相公，凡事要立起个体统来。比如我这行事里都是些正经有脸面的人，又是你的长亲，你怎敢在我们跟前装大？若是家门口这些做田的，扒粪的，不过是平头百姓，你若同他拱手作揖，平起平坐，这就是坏了学校规矩，连我脸上都无光了。你是个烂忠厚没用的人，所以这些话我不得不教导你，免得惹人笑话。"范进道："岳父见教的是。"胡屠户又道："亲家母也来这里坐着吃饭。老人家每日小菜饭，想也难过。我女孩儿也吃些，自从进了你家门，这十几年，不知猪油可曾吃过两三回哩！可怜！可怜！"说罢，婆媳两个都来坐着吃了饭。吃到日西时分，胡屠户吃的醺醺的。这里母子两个，千恩万谢。屠户横披了衣服，腆着肚子去了。

次日，范进少不得拜拜乡邻。魏好古又约了一班同案的朋友，彼此来往。因是乡试年，做了几个文会。不觉到了六月尽间，这些同案的人约范进去乡试。范进因没有盘费，走去同丈人商议，被胡屠户一口啐在脸上，骂了一个狗血喷头道："不要失了你的时了！你自己只觉得中了一个相公，就'癞虾蟆想吃起天鹅肉'来！我听见人说，就是中相公时,也不是你的文章,还是宗师看见你老,不过意,舍与你的。如今痴心就想中起老爷来！这些中老爷的都是天上的'文曲星'！你不看见城里张府上那些老爷,都是万贯家私,一个个方面大耳。像你这尖嘴猴腮,也该撒抛尿自己照照！不三不四,就想天鹅屁吃！趁早收了这心。明年在我们行事里替你寻一个馆,每年寻几两银子,养活你那老不死的老娘和你老婆是正经！你问我借盘缠,我一天杀一个猪还赚不得钱把银子,都把与你去丢在水里,叫我一家老小嗑西北风！"一顿夹七夹八,骂的范进摸门不着。辞了丈人回来,自心里想:"宗师说我火候已到,自古无场外的举人,如不进去考他一考,如何甘心?"因向几个同案商议,瞒着丈人,到城里乡试。出了场,即便回家,家里已是饿了两三天。被胡屠户知道,又骂了一顿。

到出榜那日,家里没有早饭米,母亲吩咐范进道:"我有一只生蛋的母鸡,你快拿集上去卖了,买几升米来煮餐粥吃,我已是饿的两眼都看不见了。"范进慌忙抱了鸡,走出门去。才去不到两个时候,只听得一片声的锣响,三匹马闯将来。那三个人下了马,把马拴在茅草棚上,一片声叫道:"快请范老爷出来,恭喜高中了！"母亲不知是甚事,吓得躲在屋里;听见中了,方敢伸出头来说道:"诸位请坐,小儿方才出去了。"那些报录人道:"原来是老太太。"本家簇拥着要喜钱。正在吵闹,又是几匹马,二报、三报到了,挤了一屋的人,茅草棚地下都坐满了。邻居都来了,挤着看。老太太没奈何,只得央及一个邻居去寻她儿子。

那邻居飞奔到集上,一地里寻不见;直寻到集东头,见范进抱着鸡,手里插个草标,一步一踱的,东张西望,在那里寻人买。邻居道:"范相公,快些回去。你恭喜中了举人,报喜人挤了一屋里。"范进道是哄他,只装不听见,低着头,往前走。邻居见他不理,走上来,就要夺他手里的鸡。范进道:"你夺我的鸡怎的?你又不买。"邻居道:"你中了举了,叫你家去打发报子哩。"范进道:"高邻,你晓得我今日没有米,要卖这鸡去救命,为甚么拿这话来混我?我又不同你顽,你自回去罢,莫误了我卖鸡。"邻居见他不信,劈手把鸡夺了,掼在地下,一把拉了回来。报录人见了道:"好了,新贵人回来了。"正要拥着他说话。范进三两步走进屋里来,见中间报帖已经升挂起来,上写道:"捷报贵府老爷范讳进高中广东乡试第七名亚元。京报连登黄甲。"

范进不看便罢,看了一遍,又念一遍,自己把两手拍了一下,笑了一声道:"噫！好了！我中了！"说着,往后一交跌倒,牙关咬紧,不省人事。老太太慌了,慌将几口开水灌了过来,他爬将起来,又拍着手大笑道:"噫！好！我中了！"笑着,不由分说,就往门外飞跑,把报录人和邻居都吓了一跳。走出大门不多路,一脚踹在塘里,挣起来,头发都跌散了,两手黄泥,淋淋漓漓一身的水,众人拉他不住,拍着笑着,一直走到集上去了。众人大眼望小眼,一齐道:"原来新贵人欢喜疯了。"老太太哭道:"怎生这样苦命的事！中了一个甚么举人,就得了这个拙病！这一疯了,几时才得好?"娘子胡氏道:"早上好好出去,怎的就得了这样的病！却是如何是好?"众邻居劝道:"老太太不要心慌。我们而今且派两个人跟定了范老爷。这里众人家里拿些鸡蛋酒米,且管待了报子上的老爹们,再为商酌。”

当下众邻居有拿鸡蛋来的,有拿白酒来的,也有背了斗米来的,也有捉两只鸡来的。娘子哭哭啼啼,在厨下收拾齐了,拿在草棚下。邻居又搬些桌凳,请报录的坐着吃酒,商议:“他这疯了,如何是好?”报录的内中有一个人道:“在下倒有一个主意,不知可以行得行不得?”众人问:“如何主意?”那人道:“范老爷平日可有最怕的人?他只因欢喜狠了,痰涌上来,迷了心窍。如今只消他怕的这个人来打他一个嘴巴,说:‘这报录的话都是哄你,你并不曾中。’他吃这一吓,把痰吐了出来,就明白了。”众邻都拍手道:“这个主意好得紧,妙得紧!范老爷怕的,莫过于肉案子上胡老爹。好了!快寻胡老爹来。他想是还不知道,在集上卖肉哩。”又一个人道:“在集上卖肉,他倒好知道了;他从五更鼓就往东头集上迎猪,还不曾回来。快些迎着去寻他。”

一个人飞奔去迎,走到半路,遇着胡屠户来,后面跟着一个烧汤的二汉,提着七八斤肉,四五千钱,正来贺喜。进门见了老太太,老太太大哭着告诉了一番。胡屠户诧异道:“难道这等没福!”外边人一片声请胡老爹说话。胡屠户把肉和钱交与女儿,走了出来。众人如此这般,同他商议。胡屠户作难道:“虽然是我女婿,如今却做了老爷,就是天上的星宿。天上的星宿是打不得的!我听得斋公们说:打了天上的星宿,阎王就要拿去打一百铁棍,发在十八层地狱,永不得翻身。我却是不敢做这样的事!”邻居内一个尖酸人说道:“罢么!胡老爹!你每日杀猪的营生,白刀子进去,红刀子出来,阎王也不知叫判官的簿子上记了你几千条铁棍;就是添上这一百棍,也打甚么要紧?只恐把铁棍子打完了,也算不到这笔帐上来。或者你救好了女婿的病,阎王叙功,从地狱里把你提上第十七层来,也不可知。”报录的人道:“不要只管讲笑话。胡老爹,这个事须是这般,你没奈何,权变一权变。”屠户被众人局不过,只得连斟两碗酒喝了,壮一壮胆,把方才这些小心收起,将平日的凶恶样子拿出来,卷一卷那油晃晃的衣袖,走上集去。众邻居五六个都跟着走。老太太赶出来叫道:“亲家,你只可吓他一吓,却不要把他打伤了!”众邻居道:“这自然,何消吩咐!”说着,一直去了。

来到集上,见范进正在一个庙门口站着,散着头发,满脸污泥,鞋都跑掉了一只,兀自拍着掌,口里叫道:“中了!中了!”胡屠户凶神似的走到跟前,说道:“该死的畜生!你中了甚么?”一个嘴巴打将去。众人和邻居见这模样,忍不住的笑。不想胡屠户虽然大着胆子打了一下,心里到底还是怕的,那手早颤起来,不敢打到第二下。范进因这一个嘴巴,却也打晕了,昏倒于地。众邻居一齐上前,替他抹胸口,捶背心,舞了半日,渐渐喘息过来,眼睛明亮,不疯了。众人扶起,借庙门口一个外科郎中“跳驼子”板凳上坐着。胡屠户站在一边,不觉那只手隐隐的疼将起来;自己看时,把个巴掌仰着,再也弯不过来。自己心里懊恼道:“果然天上‘文曲星’是打不得的,而今菩萨计较起来了。”想一想,更疼的狠了,连忙问郎中讨了个膏药贴着。

范进看了众人,说道:“我怎么坐在这里?”又道:“我这半日,昏昏沉沉,如在梦里一般。”众邻居道:“老爷,恭喜高中了。适才欢喜的有些引动了痰,方才吐出几口痰来,好了。快请回家去打发报录人。"范进说道:"是了。我也记得是中的第七名。"范进一面自绾了头发,一面问郎中借了一盆水洗洗脸。一个邻居早把那一只鞋寻了来,替他穿上。见丈人在跟前,恐怕又要来骂。胡屠户上前道:"贤婿老爷,方才不是我敢大胆,是你老太太的主意,央我来劝你的。"邻居内一个人道:"胡老爹方才这个嘴巴打的亲切,少顷范老爷洗脸,还要洗下半盆猪油来!"又一个道:"老爹,你这手明日杀不得猪了。"胡屠户道:"我那里还杀猪,有我这贤婿,还怕后半世靠不着也怎的?我每常说,我的这个贤婿,才学又高,品貌又好,就是城里头那张府、周府这些老爷,也没有我女婿这样一个体面的相貌!你们不知道,得罪你们说,我小老这一双眼睛,却是认得人的,想着先年,我小女在家里长到三十多岁,多少有钱的富户要和我结亲,我自己觉得女儿像有些福气的,毕竟要嫁与个老爷,今日果然不错!"说罢,哈哈大笑,众人都笑起来,看着范进洗了脸。郎中又拿茶来吃了,一同回家。范举人先走,屠户和邻居跟在后面。屠户见女婿衣裳后襟滚皱了许多,一路低着头替他扯了几十回。到了家门,屠户高声叫道:"老爷回府了!"老太太迎着出来,见儿子不疯,喜从天降。众人问报录的,已是家里把屠户送来的几千钱打发他们去了。范进拜了母亲,也拜谢丈人。胡屠户再三不安道:"些须几个钱,不够你赏人!"范进又谢了邻居。正待坐下,早看见一个体面的管家,手里拿着一个大红全帖,飞跑了进来:"张老爷来拜新中的范老爷。"说毕,轿子已是到了门口。胡屠户忙躲进女儿房里,不敢出来。邻居各自散了。

范进迎了出去,只见那张乡绅下了轿进来,头戴纱帽,身穿葵花色员领,金带、皂靴。他是举人出身,做过一任知县的,别号静斋,同范进让了进来,到堂屋内平磕了头,分宾主坐下。张乡绅先攀谈道:"世先生同在桑梓,一向有失亲近。"范进道:"晚生久仰老先生,只是无缘,不曾拜会。"张乡绅道:"适才看见题名录,贵房师高要县汤公,就是先祖的门生,我和你是亲切的世弟兄。"范进道:"晚生侥幸,实是有愧。却幸得出老先生门下,可为欣喜。"张乡绅四面将眼睛望了一望,说道:"世先生果是清贫。"随在跟的家人手里拿过一封银子来,说道:"弟却也无以为敬,谨具贺仪五十两,世先生权且收着。这华居,其实住不得,将来当事拜往,俱不甚便。弟有空房一所,就在东门大街上,三进三间,虽不轩敞,也还干净,就送与世先生;搬到那里去住,早晚也好请教些。"范进再三推辞,张乡绅急了,道:"你我年谊世好,就如至亲骨肉一般,若要如此,就是见外了。"范进方才把银子收下,作揖谢了。又说了一会,打躬作别。胡屠户直等他上了轿,才敢走出堂屋来。

范进即将这银子交与浑家打开看,一封一封雪白的细丝锭子,即便包了两锭,叫胡屠户进来,递与他道:"方才费老爹的心,拿了五千钱来。这六两多银子,老爹拿了去。"屠户把银子攥在手里紧紧的,把拳头舒过来,道:"这个,你且收着。我原是贺你的,怎好又拿了回去?"范进道:"眼见得我这里还有这几两银子,若用完了,再来问老爹讨来用。"屠户连忙把拳头缩了回去,往腰里揣,口里说道:"也罢,你而今相与了这个张老爷,何愁没有银子用?他家里的银子,说起来比皇帝家还多些哩!他家就是我卖肉的主顾，一年就是无事，肉也要用四五千斤，银子何足为奇！”又转回头来望着女儿说道：“我早上拿了钱来，你那该死行瘟的兄弟还不肯，我说：‘姑老爷今非昔比，少不得有人把银子送上门来给他用，只怕姑老爷还不希罕。’今日果不其然！如今拿了银子家去骂这死砍头短命的奴才！”说了一会，千恩万谢，低着头，笑迷迷的去了。

自此以后，果然有许多人来奉承他：有送田产的，有人送店房的，还有那些破落户，两口子来投身为仆图荫庇的。到两三个月，范进家奴仆、丫鬟都有了，钱、米是不消说了。张乡绅家又来催着搬家。搬到新房子里，唱戏、摆酒、请客，一连三日。到第四日上，老太太起来吃过点心，走到第三进房子内，见范进的娘子胡氏，家常戴着银丝䯼髻——此时是十月中旬，天气尚暖——穿着天青缎套，官绿的缎裙，督率着家人、媳妇、丫鬟，洗碗盏杯箸。老太太看了，说道：“你们嫂嫂、姑娘们要仔细些，这都是别人家的东西，不要弄坏了。”家人媳妇道：“老太太，那里是别人的，都是你老人家的。”老太太笑道：“我家怎的有这些东西？”丫鬟和媳妇一齐都说道：“怎么不是？岂但这个东西是，连我们这些人和这房子都是你老太太家的。”老太太听了，把细磁碗盏和银镶的杯盘逐件看了一遍，哈哈大笑道：“这都是我的了！”大笑一声，往后便跌倒。忽然痰涌上来，不省人事。只因这一番，有分教：

会试举人，变作秋风之客；多事贡生，长为兴讼之人。

不知老太太性命如何，且听下回分解。

第四回

荐亡斋和尚吃官司
打秋风乡绅遭横事

话说老太太见这些家伙什物都是自己的，不觉欢喜，痰迷心窍，昏绝于地。家人、媳妇和丫鬟、娘子都慌了，快请老爷进来。范举人三步作一步走来看时，连叫母亲不应，忙将老太太抬放床上，请了医生来。医生说："老太太这病是中了脏，不可治了。"连请了几个医生，都是如此说，范举人越发慌了。夫妻两个，守着哭泣，一面制备后事；挨到黄昏时分，老太太淹淹一息，归天去了。合家忙了一夜。

次日，请将阴阳徐先生来写了七单，老太太是犯三七，到期该请僧人追荐。大门上挂了白布球，新贴的厅联都用白纸糊了。合城绅衿都来吊唁。请了同案的魏好古，穿着衣巾，在前厅陪客。胡老爹上不得台盘，只好在厨房里，或女儿房里，帮着量白布、秤肉，乱窜。

到得二七过了，范举人念旧，拿了几两银子，交与胡屠户，托他仍旧到集上庵里请平日相与的和尚做揽头，请大寺八众僧人来念经，拜"梁皇忏"，放焰口，追荐老太太生天。屠户拿着银子，一直走到集上庵里滕和尚家，恰好大寺里僧官慧敏也在那里坐着。僧官因有田在左近，所以常在这庵里起坐。滕和尚请屠户坐下，言及："前日新中的范老爷得病在小庵里，那日贫僧不在家，不曾候得；多亏门口卖药的陈先生烧了些茶水，替我做个主人。"胡屠户道："正是，我也多谢他的膏药。今日不在这里？"滕和尚道："今日不曾来。"又问道："范老爷那病随即就好了，却不想又有老太太这一变。胡老爹这几十天想总是在那里忙，不见来集上做生意。"胡屠户道："可不是么？自从亲家母不幸去世，合城乡绅，那一个不到他家来！就是我主顾张老爷、周老爷，在那里司宾，大长日子，坐着无聊，只拉着我说闲话，陪着吃酒吃饭；见了客来，又要打躬作揖，累个不了。我是个闲散惯了的人，不耐烦作这些事！欲待躲着些，难道是怕小婿怪，惹绅衿老爷们看乔了，说道：'要至亲做甚么呢？'"说罢，又如此这般把请僧人做斋的话说了。和尚听了，屁滚尿流，慌忙烧茶，下面；就在胡老爹面前转托僧官去约僧众，并备香、烛、纸马、写疏等事。胡屠户吃过面去。

僧官接了银子，才待进城，走不到一里多路，只听得后边一个人叫道："慧老爷，为甚么这些时不到庄上来走走？"僧官忙回过头来看时，是佃户何美之。何美之道："你老人家这些时这等财忙！因甚事总不来走走？"僧官道："不是，我也要来，只因城里张大房里想我屋后那一块田，又不肯出价钱，我几次回断了他。若到庄上来，他家那佃户又走过来嘴嘴舌舌，缠个不清。我在寺里，他有人来寻我，只回他出门去了。"何美之道："这也不妨。想不想由他，肯不肯由你。今日无事，且到庄上去坐坐；况且老爷前日煮过的那半只火腿，吊在灶上，已经走油了，做的酒，也熟了，不如消缴了他罢。今日就在庄上歇了去，怕怎的？"和尚被他说的口里流涎，那脚由不得自己，跟着他走到庄上。何美之叫浑家煮了一只母鸡，把火腿切了，酒舀出来烫着。和尚走热了，坐在天井内，把衣服脱了一件，敞着怀，腆着个肚子，走出黑津津一头一脸的肥油。

须臾，整理停当，何美之捧出盘子，浑家拎着酒，放在桌子上摆下。和尚上坐，浑家下陪，何美之打横，把酒来斟。吃着，说起三五日内要往范府替老太太做斋。何美之浑家说道："范家老奶奶，我们自小看见他的，是个和气不过的老人家。只有他媳妇儿，是庄南头胡屠户的女儿，一双红镶边的眼睛，一窝子黄头发，那日在这里住，鞋也没有一双，夏天靸着个蒲窝子，歪腿烂脚的，而今弄两件'尸皮子'穿起来，听见说做了夫人，好不体面！你说那里看人去！"正吃得兴头，听得外面敲门甚凶，何美之道："是谁？"和尚道："美之，你去看一看。"何美之才开了门，七八个人一齐拥了进来，看见女人、和尚一桌子坐着，齐说道："好快活！和尚妇人大青天白日调情！好僧官老爷！知法犯法！"何美之喝道："休胡说！这是我田主人！"众人一顿骂道："田主人！连你婆子都有主儿了！"不由分说，拿条草绳，把和尚精赤条条，同妇人一绳捆了，将个杠子穿心抬着；连何美之也带了。来到南海县前一个关帝庙前戏台底下，和尚同妇人拴做一处，候知县出堂报状。众人押着何美之出去，和尚悄悄叫他报与范府。

范举人因母亲做佛事，和尚被人拴了，忍耐不得，随即拿帖子向知县说了。知县差班头将和尚解放，女人着交美之领了家去；一班光棍带着，明日早堂发落。众人慌了，求张乡绅帖子在知县处说情。知县准了，早堂带进，骂了几句，扯一个淡，赶了出去。和尚同众人倒在衙门口用了几十两银子。僧官先去范府谢了，次日方带领僧众来铺结坛场，挂佛像，两边十殿阎君。吃了开经面，打动铙、钹、叮当，念了一卷经，摆上早斋来。八众僧人，连司宾的魏相公，共九位，坐了两席。才吃着，长班报："有客到！"魏相公丢了碗出去迎接进来，便是张、周两位乡绅，乌纱帽，浅色员领，粉底皂靴。魏相公陪着一直拱到灵前去了。内中一个和尚向僧官道："方才进去的，就是张大房里静斋老爷。他和你是田邻，你也该过去问讯一声才是。"僧官道："也罢了！张家是甚么有意思的人！想起我前日这一番是非，那里是甚么光棍！就是他的佃户，商议定了，做鬼做神，来弄送我；不过要簸掉我几两银子，好把屋后的那一块田卖与他！使心用心，反害了自身！落后县里老爷要打他庄户，一般也慌了，腆着脸，拿帖子去说，惹的县主不喜欢。"又道："他没脊骨的事多哩！就像周三房里，做过巢县家的大姑娘，是他的外甥女儿。三房里曾托我说媒，我替他讲西乡里封大户家，好不有钱！张家硬主张着许与方才这穷不了的小魏相公，因他进个学，又说他会作个甚么诗词。前日替这里作了一个荐亡的疏，我拿了给人看，说是倒别了三个字。像这都是作孽！眼见得二姑娘也要许人家了，又不知撮弄与个甚么人！"说着，听见靴底响，众和尚挤挤眼，僧官就不言语了。两位乡绅出来，同和尚拱一拱手，魏相公送了出去。众和尚吃完了斋，洗了脸和手，吹打拜忏，行香放灯，施食散花，跑五方，整整闹了三昼夜，方才散了。

光阴弹指，七七之期已过，范举人出门谢了孝。一日，张静斋来候问，还有话说。范举人叫请在灵前一个小书房里坐下，穿着衰绖，出来相见，先谢了丧事里诸凡相助的话。张静斋道："老伯母的大事，我们做子侄的理应效劳。想老伯母这样大寿归天，也罢了；只是误了世先生此番会试。看来想是祖茔安葬了？可曾定有日期？"范举人道："今年山向不利，只好来秋举行，但费用尚在不敷。"张静斋屈指一算："铭旌是用周学台的衔。墓志托魏朋友将就做一篇，却是用谁的名？其余殡仪、桌席、执事、吹打，以及杂用、饭食、破土、谢风水之类，须三百多银子。"正算着，捧出饭来吃了。张静斋又道："三载居庐，自是正理；但世先生为安葬大事，也要到外边设法使用，似乎不必拘拘。现今高发之后，并不曾到贵老师处一候。高要地方肥美，或可秋风一二。弟意也要去候敝世叔，何不相约同行？一路上舟车之费，弟自当措办，不须世先生费心。"范举人道："极承老先生厚爱，只不知大礼上可行得？"张静斋道："礼有经，亦有权，想没有甚么行不得处。"范举人又谢了。

张静斋约定日期，雇齐夫马，带了从人，取路往高要县进发。于路上商量说："此来，一者见老师；二来，老太夫人墓志，就要借汤公的官衔名字。"不一日，进了高要城。那日知县下乡相验去了，二位不好进衙门，只得在一个关帝庙里坐下。那庙正修大殿，有县里工房在内监工，工房听见县主的相与到了，慌忙迎到里面客位内坐着，摆上九个茶盘来。工房坐在下席，执壶斟茶。

吃了一回，外面走进一个人来，方巾阔服，粉底皂靴，蜜蜂眼，高鼻梁，落腮胡子。那人一进了门，就叫把茶盘子撤了，然后与二位叙礼坐下，动问那一位是张老先生，那一位是范老先生。二人各自道了姓名。那人道："贱姓严，舍下就在咫尺。去岁宗师案临，幸叨岁荐，与我这汤父母是极好的相与。二位老先生想都是年家故旧？"二位各道了年谊师生，严贡生不胜钦敬。工房告过失陪，那边去了。

严家家人掇了一个食盒来，又提了一瓶酒，桌上放下，揭开盒盖，九个盘子，都是鸡、鸭、糟鱼、火腿之类。严贡生请二位老先生上席，斟酒奉过来，说道："本该请二位老先生降临寒舍，一来蜗居恐怕亵尊，二来就要进衙门去，恐怕关防有碍，故此备个粗碟，就在此处谈谈，休嫌轻慢。"二位接了酒道："尚未奉谒，倒先取扰。"严贡生道："不敢，不敢。"立着要候干一杯，二位恐怕脸红，不敢多用，吃了半杯放下。严贡生道："汤父母为人廉静慈祥，真乃一县之福。"张静斋道："是；敝世叔也还有些善政么？"严贡生道："老先生，人生万事，都是个缘法，真个勉强不来的。汤父母到任的那日，敝处阖县绅衿,公搭了一个彩棚,在十里牌迎接。弟站在彩棚门口。须臾,锣、旗、伞、扇、吹手、夜役,一队一队,都过去了。轿子将近,远远望见老父母两朵高眉毛,一个大鼻梁,方面大耳,我心里就晓得是一位岂弟君子。却又出奇:几十人在那里同接,老父母轿子里两只眼只看着小弟一个人。那时有个朋友,同小弟并站着,他把眼望一望老父母,又把眼望一望小弟,悄悄问我:'先年可曾认得这位父母?'小弟从实说:'不曾认得。'他就痴心,只道父母看的是他,忙抢上几步,意思要老父母问他甚么,不想老父母下了轿,同众人打躬,倒把眼望了别处,才晓得从前不是看他,把他羞的要不的。次日,小弟到衙门去谒见,老父母方才下学回来,诸事忙作一团,却连忙丢了,叫请小弟进去,换了两遍茶,就像相与过几十年的一般。"张乡绅道:"总因你先生为人有品望,所以敝世叔相敬,近来自然时时请教。"严贡生道:"后来倒也不常进去。实不相瞒,小弟只是一个为人率真,在乡里之间,从不晓得占人寸丝半粟的便宜,所以历来的父母官,都蒙相爱。汤父母容易不大喜会客,却也凡事心照。就如前月县考,把二小儿取在第十名,叫了进去,细细问他从的先生是那个,又问他可曾定过亲事,着实关切!"范举人道:"我这老师看文章是法眼,既然赏鉴令郎,一定是英才可贺。"严贡生道:"岂敢,岂敢。"又道:"我这高要,是广东出名县分,一岁之中,钱粮、耗羡,花、布、牛、驴、渔船、田房税,不下万金。"又自拿手在桌上画着,低声说着:"像汤父母这个做法,不过八千金;前任潘父母做的时节,实有万金。他还有些枝叶,还用着我们几个要紧的人。"说道,恐怕有人听见,把头别转来望着门外。一个蓬头赤足的小使走了进来,望着他道:"老爷,家里请你回去。"严贡生道:"回去做甚么?"小厮道:"早上关的那口猪,那人来讨了,在家里吵哩。"严贡生道:"他要猪,拿钱来!"小厮道:"他说猪是他的。"严贡生道:"我知道了。你先去罢,我就来。"那小厮又不肯去。张、范二位道:"既然府上有事,老先生竟请回罢。"严贡生道:"二位老先生有所不知,这口猪原是舍下的……"才说得一句,听见锣响,一齐立起身来说道:"回衙了。"

二位整一整衣帽,叫管家拿着帖子,向贡生谢了扰,一直来到宅门口投进帖子去。知县汤奉接了帖子,一个写"世侄张师陆",一个写"门生范进",自心里沉吟道:"张世兄屡次来打秋风,甚是可厌;但这回同我新中的门生来见,不好回他。"吩咐快请。两人进来,先是静斋见过,范进上来叙师生之礼。汤知县再三谦让,奉坐吃茶,同静斋叙了些阔别的话;又把范进的文章称赞了一番,问道:"因何不去会试?"范进方才说道:"先母见背,遵制丁忧。"汤知县大惊,忙叫换去了吉服;拱进后堂,摆上酒来。席上燕窝、鸡、鸭,此外就是广东出的柔鱼、苦瓜,也做两碗。知县安了席坐下,用的都是银镶杯箸。范进退前缩后的不举杯箸,知县不解其故。静斋笑道:"世先生因遵制,想是不用这个杯箸。"知县忙叫换去,换了一个磁杯,一双象箸来,范进又不肯举。静斋道:"这个箸也不用。"随即换了一双白颜色竹子的来,方才罢了。知县疑惑他居丧如此尽礼,倘或不用荤酒,却是不曾备办。落后看见他在燕窝碗里拣了一个大虾元子送在嘴里,方才放心,因说道:"却是得罪的紧。我这敝教,酒席没有什么吃得,只这几样小菜,权且用个便饭。敝教只是个牛羊肉，又恐贵教老爷们不用，所以不敢上席。现今奉旨禁宰耕牛，上司行来牌票甚紧，衙门里都也莫得吃。”掌上烛来，将牌拿出来看着。一个贴身的小厮在知县耳跟前悄悄说了几句话，知县起身向二位道：“外边有个书办回话，弟去一去就来。”

去了一时，只听得吩咐道：“且放在那里。”回来又入席坐下，说了失陪；向张静斋道：“张世兄，你是做过官的，这件事正该商之于你，就是断牛肉的话——方才有几个教亲，共备了五十斤牛肉，请出一位老师夫来求我，说是要断尽了，他们就没有饭吃，求我略松宽些，叫做‘瞒上不瞒下’，送五十斤牛肉在这里与我，却是受得受不得？”张静斋道：“老世叔，这话断断使不得的了。你我做官的人，只知有皇上，那知有教亲？想起洪武年间，刘老先生……”汤知县道：“那个刘老先生？”静斋道：“讳基的了。他是洪武三年开科的进士，‘天下有道’三句中的第五名。”范进插口道：“想是第三名？”静斋道：“是第五名。那墨卷是弟读过的。后来入了翰林。洪武私行到他家，就如‘雪夜访普’的一般。恰好江南张王送了他一坛小菜，当面打开看，都是些瓜子金。洪武圣上恼了，说道：‘他以为天下事都靠着你们书生！’到第二日，把刘老先生贬为青田县知县，又用毒药摆死了。这个如何了得！”知县见他说的口若悬河，又是本朝确切典故，不由得不信；问道：“这事如何处置？”张静斋道：“依小侄愚见，世叔就在这事上出个大名。今晚叫他伺候，明日早堂，将这老师夫拿进来，打他几十个板子，取一面大枷枷了，把牛肉堆在枷上，出一张告示在旁，申明他大胆之处。上司访知，见世叔一丝不苟，升迁就在指日。”知县点头道：“十分有理。”当下席终，留二位在书房住了。

次日早堂，头一起带进来是一个偷鸡的积贼，知县怒道：“你这奴才，在我手里犯过几次，总不改业！打也不怕，今日如何是好！”因取过朱笔来，在他脸上写了“偷鸡贼”三个字，取一面枷枷了，把他偷的鸡，头向后，尾向前，捆在他头上，枷了出去。才出得县门，那鸡屁股里唰喇的一声，屙出一抛稀屎来，从额颅上淌到鼻子上，胡子沾成一片，滴到枷上。两边看的人多笑。第二起叫将老师夫上来，大骂一顿“大胆狗奴”，重责三十板，取一面大枷，把那五十斤牛肉都堆在枷上，脸和颈子箍的紧紧的，只剩得两个眼睛，在县前示众。天气又热，枷到第二日，牛肉生蛆，第三日，呜呼死了。

众回子心里不伏，一时聚众数百人，鸣锣罢市，闹到县前来，说道：“我们就是不该送牛肉来，也不该有死罪！这都是南海县的光棍张师陆的主意！我们闹进衙门去，揪他出来，一顿打死，派出一个人来偿命！”不因这一闹，有分教：

贡生兴讼，潜踪来到省城；乡绅结亲，谒贵竞游京国。

未知众回子吵闹如何，且听下回分解。

第五回

王秀才议立偏房
严监生疾终正寝

话说众回子因汤知县枷死了老师夫，闹将起来，将县衙门围的水泄不通，口口声声只要揪出张静斋来打死。知县大惊，细细在衙门里追问，才晓得是门子透风。知县道："我至不济，到底是一县之主，他敢怎的我？设或闹了进来，看见张世兄，就有些开交不得了。如今须是设法先把张世兄弄出去，离了这个地方上才好。"忙唤了几个心腹的衙役进来商议。幸得衙门后身紧靠着北城，几个衙役，先溜到城外，用绳子把张、范二位系了出去，换了蓝布衣服，草帽草鞋，寻一条小路，忙忙如丧家之狗，急急如漏网之鱼，连夜找路回省城去了。

这里学师、典史，俱出来安民，说了许多好话，众回子渐渐的散了。汤知县把这情由细细写了个禀帖，禀知按察司。按察司行文书檄了知县去。汤奉见了按察司，摘去纱帽，只管磕头。按察司道："论起来，这件事你汤老爷也忒孟浪了些，不过枷责就罢了，何必将牛肉堆在枷上！这个成何刑法！但此刁风也不可长。我这里少不得拿几个为头的来尽法处置，你且回衙门去办事，凡事须更斟酌些，不可任性。"汤知县又磕头说道："这事是卑职不是。蒙大老爷保全，真乃天地父母之恩，此后知过必改。但大老爷审断明白了，这几个为头的人，还求大老爷发下卑县发落，赏卑职一个脸面。"按察司也应承了。知县叩谢出来，回到高要。过了些时，果然把五个为头的回子问成奸民挟制官府，依律枷责，发来本县发落。知县看了来文，挂出牌去。次日早晨，大摇大摆出堂，将回子发落了。

正要退堂，见两个人进来喊冤，知县叫带上来问。一个叫做王小二，是贡生严大位的紧邻。去年三月内，严贡生家一口才过下来的小猪，走到他家去，他慌送回严家。严家说：猪到人家，再寻回来，最不利市。押着出了八钱银子，把小猪就卖与他。这一口猪在王家已养到一百多斤，不想错走到严家去，严家把猪关了。小二的哥子王大走到严家讨猪，严贡生说，猪本来是他的，"你要讨猪，照时值估价，拿几两银子来，领了猪去。"王大是个穷人，那有银子，就同严家争吵了几句，被严贡生几个儿子，拿拴门的闩，赶面的杖，打了一个臭死，腿都打折了，睡在家里。所以小二来喊冤。知县喝过一边，带那一个上来问道："你叫做甚么名字？"那人是个五六十岁的老者，禀道："小人叫做黄梦统，在乡下住。因去年九月上县来交钱粮，一时短少，央中向严乡绅借二十两银子，每月三分钱，写立借约，送在严府，小的却不曾拿他的银子。走上街来，遇着个乡里的亲眷，说他有几两银子借与小的，交个几分数，再下乡去设法，劝小的不要借严家的银子。小的交完钱粮，就同亲戚回家去了。至今已是大半年，想起这事来，问严府取回借约，严乡绅问小的要这几个月的利钱。小的说：'并不曾借本，何得有利？'严乡绅说小的当时拿回借约，好让他把银子借与别人生利；因不曾取约，他将二十两银子也不能动，误了大半年的利钱，该是小的出。小的自知不是，向中人说，情愿买个蹄酒上门取约。严乡绅执意不肯，把小的的驴和米同稍袋都叫人短了家去，还不发出纸来。这样含冤负屈的事，求太老爷做主！"知县听了，说道："一个做贡生的人，忝列衣冠，不在乡里间做些好事，只管如此骗人，其实可恶！"便将两张状子都批准，原告在外伺候。早有人把这话报知严贡生。严贡生慌了，自心里想："这两件事都是实的，倘若审断起来，体面上须不好看。'三十六计，走为上计'！"卷卷行李，一溜烟急走到省城去了。

知县准了状子，发房出了差，来到严家，严贡生已是不在家了，只得去会严二老官。二老官叫做严大育，字致和，他哥字致中，两人是同胞弟兄，却在两个宅里住。这严致和是个监生，家有十多万银子。严致和见差人来说了此事，他是个胆小有钱的人，见哥子又不在家，不敢轻慢，随即留差人吃了酒饭，拿两千钱打发去了，忙着小厮去请两位舅爷来商议。

他两个阿舅姓王，一个叫王德，是府学廪膳生员；一个叫王仁，是县学廪膳生员。都做着极兴头的馆，铮铮有名；听见妹丈请，一齐走来。严致和把这件事从头告诉一遍，"现今出了差票在此，怎样料理？"王仁笑道："你令兄平日常说同汤公相与的，怎的这一点事就吓走了？"严致和道："这话也说不尽了；只是家兄而今两脚站开，差人却在我这里吵闹要人，我怎能丢了家里的事，出外去寻他？他也不肯回来。"王仁道："各家门户，这事究竟也不与你相干。"王德道："你有所不知。衙门里的差人，因妹丈有碗饭吃，他们做事，只拣有头发的抓，若说不管，他就更要的人紧了。如今有个道理，是'釜底抽薪'之法。只消央个人去把告状的安抚住了，众人递个拦词，便歇了。谅这也没有多大的事。"王仁道："不必又去央人，就是我们愚兄弟两个去寻了王小二、黄梦统，到家替他分说开；把猪也还与王家，再折些须银子给他养那打坏了的腿；黄家那借约，查了还他；一天的事，都没有了。"严致和道："老舅怕不说的是！只是我家嫂也是个糊涂人，几个舍侄，就像生狼一般，一总也不听教训。他怎肯把这猪和借约拿出来？"王德道："妹丈，这话也说不得了。假如你令嫂、令侄拗着，你认晦气，再拿出几两银子，折个猪价，给了王姓的；黄家的借约，我们中间人立个纸笔与他，说寻出作废纸无用。这事才得落台，才得个耳根清静。"

当下商议已定，一切办的停妥，严二老官连在衙门使费共用去了十几两银子，官司已了。过了几日，整治一席酒，请二位舅爷来致谢。两个秀才，拿班做势，在馆里又不肯来。严致和吩咐小厮去说："奶奶这些时心里有些不好，今日一者请吃酒，二者奶奶要同舅爷们谈谈。"二位听见这话，方才来。严致和即迎进厅上，吃过茶，叫小厮进去说了。丫鬟出来请二位舅爷。进到房内，抬头看见他妹子王氏，面黄肌瘦，怯生生的，路也走不全，还在那里自己装瓜子，剥栗子，办围碟。见他哥哥进来，丢了过来拜见。奶妈抱着妾出的小儿子，年方三岁，带着银项圈，穿着红衣服，来叫舅舅。二位吃了茶，一个丫鬟来说："赵新娘进来拜舅爷。"二位连忙道："不劳罢。"坐下说了些家常话，又问妹子的病，"总是虚弱，该多用补药。"说罢，前厅摆下酒席，让了出去上席。

叙些闲话，又题起严致中的话来。王仁笑着问王德道："大哥，我倒不解，他家大老那宗笔下，怎得会补起廪来的？"王德道："这是三十年前的话。那时宗师都是御史出来，本是个吏员出身，知道甚么文章！"王仁道："老大而今越发离奇了。我们至亲，一年中也要请他几次，却从不曾见他家一杯酒。想起还是前年出贡竖旗杆，在他家扰过一席。"王德愁着眉道："那时我不曾去。他为出了一个贡，拉人出贺礼，把总甲、地方都派分子，县里狗腿差是不消说，弄了有一二百吊钱，还欠下厨子钱，屠户肉案子上的钱，至今也不肯还，过两个月在家吵一回，成甚么模样！"严致和道："便是我也不好说。不瞒二位老舅，像我家还有几亩薄田，日逐夫妻四口在家里度日，猪肉也舍不得买一斤，每常小儿子要吃时，在熟切店内买四个钱的哄他就是了。家兄寸土也无，人口又多，过不得三天，一买就是五斤，还要白煮的稀烂；上顿吃完了，下顿又在门口赊鱼。当初分家，也是一样田地，白白都吃穷了。而今端了家里花梨椅子，悄悄开了后门，换肉心包子吃。你说这事如何是好！"二位哈哈大笑；笑罢说："只管讲这些混话，误了我们吃酒。快取骰盆来。"当下取骰子送与大舅爷："我们行状元令。"两位舅爷，一个人行一个状元令，每人中一回状元吃一大杯。两位就中了几回状元，吃了几十杯。却又古怪：那骰子竟像知人事的，严监生一回状元也不曾中。二位拍手大笑。吃到四更尽鼓，跌跌撞撞，扶了回去。

自此以后，王氏的病，渐渐重将起来。每日四五个医生用药，都是人参、附子，并不见效。看看卧床不起，生儿子的妾在旁侍奉汤药，极其殷勤；看他病势不好，夜晚时，抱了孩子在床脚头坐着哭泣，哭了几回。那一夜道："我而今只求菩萨把我带了去，保佑大娘好了罢。"王氏道："你又痴了，各人的寿数，那个是替得的？"赵氏道："不是这样说。我死了值得甚么，大娘若有些长短，他爷少不得又娶个大娘。他爷四十多岁，只得这点骨血，再娶个大娘来，各养的各疼。自古说：'晚娘的拳头，云里的日头。'这孩子料想不能长大，我也是个死数，不如早些替了大娘去，还保得这孩子一命。"王氏听了，也不答应。赵氏含着眼泪，日逐煨药煨粥，寸步不离。一晚，赵氏出去了一会，不见进来。王氏问丫鬟道："赵家的那去了？"丫鬟道："新娘每夜摆个香桌在天井里哭求天地，他仍要替奶奶，保佑奶奶就好。今夜看见奶奶病重，所以早些出去拜求。"王氏听了，似信不信。次日晚间，赵氏又哭着讲这些话。王氏道："何不向你爷说，明日我若死了，就把你扶正做个填房?”赵氏忙叫请爷进来,把奶奶的话说了。严致和听不得这一声,连三说道:“既然如此,明日清早就要请二位舅爷说定此事,才有凭据。”王氏摇手道:“这个也随你们怎样做去。”

严致和就叫人极早去请了舅爷来,看了药方,商议再请名医。说罢,让进房内坐着,严致和把王氏如此这般意思说了,又道:“老舅可亲自问声令妹。”两人走到床前,王氏已是不能言语了,把手指着孩子,点了一点头。两位舅爷看了,把脸本丧着,不则一声。须臾,让到书房里用饭,彼此不提这话。吃罢,又请到一间密屋里。严致和说起王氏病重,吊下泪来道:“你令妹自到舍下二十年,真是弟的内助!如今丢了我,怎生是好!前日还向我说,岳父岳母的坟,也要修理。他自己积的一点东西,留与二位老舅做个遗念。”因把小厮都叫出去,开了一张橱,拿出两封银子来,每位一百两,递与二位老舅:“休嫌轻意。”二位双手来接。严致和又道:“却是不可多心。将来要备祭桌,破费钱财,都是我这里备齐,请老舅来行礼。明日还拿轿子接两位舅奶奶来,令妹还有些首饰,留为遗念。”交毕,仍旧出来坐着。外边有人来候,严致和去陪客去了,回来见二位舅爷哭得眼红红的。王仁道:“方才同家兄在这里说,舍妹真是女中丈夫,可谓王门有幸。方才这一番话,恐怕老妹丈胸中也没有这样道理,还要恍恍忽忽,疑惑不清,枉为男子。”王德道:“你不知道,你这一位如夫人关系你家三代。舍妹殁了,你若另娶一人,磨害死了我的外甥,老伯老伯母在天不安,就是先父母也不安了。”王仁拍着桌子道:“我们念书的人,全在纲常上做工夫,就是做文章,代孔子说话,也不过是这个理;你若不依,我们就不上门了!”严致和道:“恐怕寒族多话。”两位道:“有我两人做主。但这事须要大做,妹丈,你再出几两银子,明日只做我两人出的,备十几席,将三党亲都请到了,趁舍妹眼见,你两口子同拜天地祖宗,立为正室,谁人再敢放屁!”严致和又拿出五十两银子来交与,二位义形于色的去了。

过了三日,王德、王仁,果然到严家来写了几十副帖子,遍请诸亲六眷,择个吉期,亲眷都到齐了,只有隔壁大老爹家五个亲侄子一个也不到。众人吃过早饭,先到王氏床面前写立王氏遗嘱。两位舅爷王于据、王于依都画了字。严监生戴着方巾,穿着青衫,披了红绸;赵氏穿着大红,戴了赤金冠子。两人双拜了天地,又拜了祖宗。王于依广有才学,又替他做了一篇告祖先的文,甚是恳切。告过祖宗,转了下来,两位舅爷叫丫鬟在房里请出两位舅奶奶来,夫妻四个,齐铺铺请妹夫、妹妹转在大边,磕下头去,以叙姊妹之礼。众亲眷都分了大小。便是管家的管事、家人、媳妇、丫鬟、使女,黑压压的几十个人,都来磕了主人、主母的头。赵氏又独自走进房内拜王氏做姐姐。那时王氏已发昏去了。行礼已毕,大厅、二厅、书房、内堂屋,官客并堂客,共摆了二十多桌酒席。吃到三更时分,严监生正在大厅陪着客,奶妈慌忙走了出来说道:“奶奶断了气了!”严监生哭着走了进去,只见赵氏扶着床沿,一头撞去,已经哭死了。众人且扶着赵氏灌开水,撬开牙齿,灌了下去,灌醒了时,披头散发,满地打滚,哭的天昏地暗。连严监生也无可奈何。管家都在厅上,堂客都在堂屋候殓,只有两个舅奶奶在房里,乘着人乱,将些衣服、金珠、首饰,一掳精空;连赵氏方戴的赤金冠子,滚在地下,也拾起来藏在怀里。严监生慌忙叫奶妈抱起哥子来,拿一搭麻替他披着。那时衣衾棺椁,都是现成的。入过了殓,天才亮了。灵柩停在第二层中堂内,众人进来参了灵,各自散了。次日送孝布,每家两个。第三日成服,赵氏定要披麻戴孝,两位舅爷断然不肯道:"'名不正则言不顺'。你此刻是姊妹了,妹子替姐姐只带一年孝,穿细布孝衫,用白布孝箍。"议礼已定,报出丧去。自此,修斋、理七、开丧、出殡,用了四五千两银子,闹了半年,不必细说。赵氏感激两位舅爷入于骨髓,田上收了新米,每家两石;腌冬菜,每家也是两石;火腿每家四只;鸡、鸭、小菜不算。

不觉到了除夕,严监生拜过了天地祖宗,收拾一席家宴,严监生同赵氏对坐,奶妈带着哥子坐在底下。吃了几杯酒,严监生吊下泪来,指着一张橱里,向赵氏说道:"昨日典铺内送来三百两利钱,是你王氏姐姐的私房。每年腊月二十七八日送来,我就交与他,我也不管他在那里用。今年又送这银子来,可怜就没人接了!"赵氏道:"你也莫要说大娘的银子没用处,我是看见的。想起一年到头,逢时遇节,庵里师姑送盒子,卖花婆换珠翠,弹三弦琵琶的女瞎子不离门,那一个不受他的恩惠?况他又心慈,见那些穷亲戚,自己吃不成,也要把人吃;穿不成的,也要把人穿。这些银子,够做甚么!再有些也完了。倒是两位舅爷从来不沾他分毫。依我的意思,这银子也不费用掉了,到开年替奶奶大大的做几回好事,剩来的银子,料想也不多,明年是科举年,就是送与两位舅爷做盘程,也是该的。"严监生听着他说。桌子底下一个猫就扒在他腿上,严监生一靴头子踢开了。那猫吓的跑到里房内去,跑上床头,只听得一声大响,床头上掉下一个东西来,把地板上的酒坛子都打碎了。拿烛去看,原来那瘟猫把床顶上的板跳蹋一块,上面吊下一个大篾篓子来;近前看时,只见一地黑枣子拌在酒里,篾篓横睡着。两个人才扳过来,枣子底下,一封一封,桑皮纸包着;打开看时,共五百两银子。严监生叹道:"我说他的银子那里就肯用完了!像这都是历年聚积的,恐怕我有急事好拿出来用的。而今他往那里去了!"一回哭着,叫人扫了地,把那个干枣子装了一盘,同赵氏放在灵前桌上,伏着灵床子,又哭了一场。因此,新年不出去拜节,在家哽哽咽咽,不时哭泣,精神颠倒,恍惚不宁。过了灯节后,就叫心口疼痛,初时撑着,每晚算帐,直算到三更鼓,后来就渐渐饮食不进,骨瘦如柴,又舍不得银子吃人参。赵氏劝他道:"你心里不自在,这家务事就丢开了罢。"他说道:"我儿子又小,你叫我托那个?我在一日,少不得料理一日。"不想春气渐深,肝木克了脾土,每日只吃两碗米汤,卧床不起。及到天气和暖,又强勉进些饮食,挣起来家前屋后走走。挨过长夏,立秋以后病又重了,睡在床上。想着田上要收早稻,打发了管庄的仆人下乡去;又不放心,心里只是急躁。

那一日,早上吃过药,听着萧萧落叶打的窗子响,自觉得心里虚怯,长叹了一口气,把脸朝床里面睡下。赵氏从房外同两位舅爷进来问病,就辞别了到省城里乡试去。严监生叫丫鬟扶起来强勉坐着。王德、王仁道:"好几日不曾看妹丈,原来又瘦了些——喜得精神还好。"严监生请他坐下,说了些恭喜的话,留在房里吃点心,就讲到除夕晚里这一番话，叫赵氏拿出几封银子来；指着赵氏说道："这倒是他的意思，说姐姐留下来的一点东西，送与二位老舅添着做恭喜的盘费。我这病势沉重，将来二位回府，不知可会的着了？我死之后，二位老舅照顾你外甥长大，教他读读书，挣着进个学，免得像我一生，终日受大房里的气！"二位接了银子，每位怀里带着两封，谢了又谢，又说了许多的安慰的话，作别去了。

自此，严监生的病，一日重似一日，再不回头。诸亲六眷都来问候。五个侄子穿梭的过来陪郎中弄药。到中秋已后，医家都不下药了。把管庄的家人都从乡里叫了上来。病重得一连三天不能说话。晚间挤了一屋的人，桌上点着一盏灯。严监生喉咙里痰响得一进一出，一声不倒一声的，总不得断气，还把手从被单里拿出来，伸着两个指头。大侄子走上前来问道："二叔，你莫不是还有两个亲人不曾见面？"他就把头摇了两三摇。二侄子走上前来问道："二叔，莫不是还有两笔银子在那里，不曾吩咐明白？"他把两眼睁的的溜圆，把头又狠狠摇了几摇，越发指得紧了。奶妈抱着哥子插口道："老爷想是因两位舅爷不在跟前，故此记念。"他听了这话，把眼闭着摇头，那手只是指着不动。赵氏慌忙揩揩眼泪，走近上前道："爷，别人都说的不相干，只有我晓得你的意思！"只因这一句话，有分教：

争田夺产，又从骨肉起戈矛；继嗣延宗，齐向官司进词讼。

不知赵氏说出甚么话来，且听下回分解。

第六回

乡绅发病闹船家
寡妇含冤控大伯

话说严监生临死之时，伸着两个指头，总不肯断气；几个侄儿和些家人都来讧乱着问，有说为两个人的，有说为两件事的，有说为两处田地的，纷纷不一；只管摇头不是。赵氏分开众人，走上前道："爷，只有我能知道你的心事。你是为那灯盏里点的是两茎灯草，不放心，恐费了油。我如今挑掉一茎就是了。"说罢，忙走去挑掉一茎。众人看严监生时，点一点头，把手垂下，登时就没了气。合家大口号哭起来，准备入殓，将灵柩停在第三层中堂内。

次早着几个家人小厮满城去报丧。族长严振先领着合族一班人来吊孝，都留着吃酒饭，领了孝布回去。赵氏有个兄弟赵老二在米店里做生意，侄子赵老汉在银匠店扯银炉，这时也公备个祭礼来上门。僧道挂起长幡，念经追荐。赵氏领着小儿子，早晚在柩前举哀。伙计、仆从、丫鬟、养娘，人人挂孝。门口一片都是白。

看看闹过头七，王德、王仁科举回来了，齐来吊孝，留着过了一日去。又过了三四日，严大老官也从省里科举了回来。几个儿子都在这边丧堂里。大老爹卸了行李，正和浑家坐着，打点拿水来洗脸，早见二房里一个奶妈，领着一个小厮，手里捧着端盒和一个毡包，走进来道："二奶奶顶上大老爹，知道大老爹来家了，热孝在身，不好过来拜见。这两套衣服和这银子，是二爷临终时说下的，送与大老爹做个遗念。就请大老爹过去。"

严贡生打开看了，簇新的两套缎子衣服，齐臻臻的二百两银子，满心欢喜，随向浑家封了八分银子赏封，递与奶妈，说道："上覆二奶奶，多谢，我即刻就过来。"打发奶妈和小厮去了，将衣裳和银子收好，又细问浑家，知道和儿子们都得了他些别敬，这是单留与大老官的。问毕，换了孝巾，系了一条白布的腰绖，走过那边来。到柩前叫声"老二"，干号了几声，下了两拜。赵氏穿着重孝，出来拜谢；又叫儿子磕伯伯的头，哭着说道："我们苦命！他爷半路里丢了去了，全靠大爷替我们做主！"严贡生道："二奶奶，人生各禀的寿数。我老二已是归天去了，你现今有恁个好儿子，慢慢的带着他过活，焦怎的？”赵氏又谢了，请在书房，摆饭请两位舅爷来陪。

须臾，舅爷到了，作揖坐下。王德道：“令弟平日身体壮盛，怎么忽然一病就不能起，我们至亲的也不曾当面别一别，甚是惨然！”严贡生道：“岂但二位亲翁，就是我们弟兄一场，临危也不得见一面。但自古道：‘公而忘私，国而亡家。’我们科场是朝廷大典，你我为朝廷办事，就是不顾私亲，也还觉得于心无愧。”王德道：“大先生在省，将有大半年了？”严贡生道：“正是；因前任学台周老师举了弟的优行，又替弟考出了贡。他有个本家在这省里住，是做过应天巢县的，所以到省去会会他。不想一见如故，就留着住了几个月，又要同我结亲，再三把他第二个令爱许与二小儿了。”王仁道：“在省就住在他家的么？”严贡生道：“住在张静斋家。他也是做过县令，是汤父母的世侄；因在汤父母衙门里同席吃酒认得，相与起来。周亲家家，就是静斋先生执柯作伐。”王仁道：“可是那年同一位姓范的孝廉同来的？”严贡生道：“正是。”王仁递个眼色与乃兄道：“大哥，可记得就是惹出回子那一番事来的了。”王德冷笑了一声。

一会摆上酒来，吃着又谈。王德道：“今岁汤父母不曾入帘？”王仁道：“大哥，你不知道么？因汤父母前次入帘，都取中了些‘陈猫古老鼠’的文章，不入时目，所以这次不曾来聘。今科十几位帘官，都是少年进士，专取有才气的文章。”严贡生道：“这倒不然。才气也须是有法则，假若不照题位，乱写些热闹话，难道也算有才气不成？就如我这周老师，极是法眼，取在一等前列，都是有法则的老手，今科少不得还在这几个人内中。”严贡生说此话，因他弟兄两个在周宗师手里都考的是二等。二人听这话，心里明白，不讲考校的事了。酒席将阑，又谈到前日这一场官事：“汤父母着实动怒，多亏令弟看的破，息下来了。”严贡生道：“这是亡弟不济。若是我在家，和汤父母说了，把王小二、黄梦统这两个奴才，腿也砍折了！一个乡绅人家，由得百姓如此放肆！”王仁道：“凡事还是厚道些好。”严贡生把脸红了一阵，又彼此劝了几杯酒。奶妈抱着哥子出来道：“奶奶叫问大老爹，二爷几时开丧？又不知今年山向可利，祖茔里可以葬得，还是要寻地？费大老爹的心，同二位舅爷商议。”严贡生道：“你向奶奶说，我在家不多时耽搁，就要同二相公到省里去周府招亲，你爷的事托在二位舅爷就是。祖茔葬不得，要另寻地，等我回来斟酌。”说罢，叫了扰，起身过去。二位也散了。

过了几日，大老爷果然带着第二个儿子往省里去了。赵氏在家掌管家务，真个是钱过北斗，米烂成仓，僮仆成群，牛马成行，享福度日。不想皇天无眼，不祐善人，那小孩子出起天花来，发了一天热，医生来看，说是个险症，药里用了犀角、黄连、人牙，不能灌浆，把赵氏急的到处求神许愿，都是无益。到七日上，把个白白胖胖的孩子跑掉了。赵氏此番的哭泣，不但比不得哭大娘，并且比不得哭二爷，直哭得眼泪都哭不出来。整整的哭了三日三夜，打发孩子出去。叫家人请了两位舅爷来商量，要立大房里第五个侄子承嗣，二位舅爷踌躇道：“这件事，我们做不得主。况且大先生又不在家，儿子是他的，须是要他自已情愿，我们如何硬做主？”赵氏道：“哥哥，你妹夫有这几两银子的家私，如今把个正经主儿去了，这些家人小厮都没个投奔，这立嗣的事是缓不得的。

知道他伯伯几时回来？间壁第五个侄子才十一二岁，立过来，还怕我不会疼热他，教导他。他伯娘听见这个话，恨不得双手送过来，就是他伯伯回来，也没得说，你做舅舅的人，怎的做不得主？”王德道：“也罢，我们过去替他说一说罢。”王仁道：“大哥，这是那里话？宗嗣大事，我们外姓如何做得主，如今姑奶奶若是急的很，只好我弟兄两人公写一字，他这里叫一个家人连夜到省里请了大先生回来商议。”王德道：“这话最好，料想大先生回来也没得说。”王仁摇着头笑道：“大哥，这话也且再看，但是不得不如此做。”赵氏听了这话，摸头不着，只得依着言语，写了一封字，遣家人来富连夜赴省接大老爹。

来富来到省城，问着大老爹的下处在高底街。到了寓处门口，只见四个戴红黑帽子的，手里拿着鞭子，站在门口；吓了一跳，不敢进去。站了一会，看见跟大老爹的四斗子出来，才叫他领了他进去。看见敞厅上，中间摆着一乘彩轿，彩轿旁边竖着一把遮阳，遮阳上贴着“即补县正堂”。四斗子进去请了大老爹出来，头戴纱帽，身穿圆领补服，脚下粉底皂靴，来富上前磕了头，递上书信。大老爹接着看了，道：“我知道了。我家二相公恭喜，你且在这里伺候。”来富下来，到厨房里，看见厨子在那里办席。新人房在楼上，张见摆的红红绿绿的，来富不敢上去。直到日头平西，不见一个吹手来。二相公戴着新方巾，披着红，簪着花，前前后后走着着急，问吹手怎的不来。大老爹在厅上嚷成一片声，叫四斗子快传吹打的。四斗子道：“今日是个好日子，八钱银子一班叫吹手还叫不动，老爹给了他二钱四分低银子，又还扣了他二分戥头，又叫张府里押着他来；他不知今日应承了几家，他这个时候怎得来？”大老爹发怒道：“放狗屁！快替我去！来迟了，连你一顿嘴巴！”四斗子骨都着嘴，一路絮聒了出去，说道：“从早上到此刻，一碗饭也不给人吃，偏生有这些臭排场！”说罢，去了。

直到上灯时候，连四斗子也不见回来，抬新人的轿夫和那些戴红黑帽子的又催的狠，厅上的客说道：“也不必等吹手，吉时已到，且去迎亲罢。”将掌扇掮起来，四个戴红黑帽子的开道，来富跟着轿，一直来到周家。那周家敞厅甚大，虽然点着几盏灯烛，天井里却是不亮。这里又没有个吹打的，只得四个戴红黑帽子的，一递一声，在黑天井里喝道，喝个不了。来富看见，不好意思，叫他不要喝了。周家里面有人吩咐道：“拜上严老爷，有吹打的就发轿，没吹打的不发轿。”正吵闹着，四斗子领了两个吹手赶来，一个吹箫，一个打鼓，在厅上滴滴打打的，总不成个腔调。两边听的人笑个不住。周家闹了一会，没奈何，只得把新人轿发来了。新人进门，不必细说。

过了十朝，叫来富同四斗子去写了两只高要船。那船家就是高要县的人，两只大船，银十二两，立契到高要付银。一只装的新郎、新娘，一只严贡生自坐。择了吉日，辞别亲家，借了一副“巢县正堂”的金字牌，一副“肃静”、“回避”的白粉牌，四根门枪，插在船上；又叫了一班吹手，开锣掌伞，吹打上船。船家十分畏惧，小心伏侍，一路无话。

那日将到了高要县，不过二三十里路了，严贡生坐在船上，忽然一时头晕上来，两眼昏花，口里作恶心，哕出许多清痰来。来富同四斗子，一边一个，架着膊子，只是要跌。严贡生口里叫道:“不好!不好!”叫四斗子快丢了去烧起一壶开水来。四斗子把他放了睡下,一声不倒一声的哼。四斗子慌忙同船家烧了开水,拿进舱来。严贡生将钥匙开了箱子,取出一方云片糕来,约有十多片,一片一片,剥着吃了几片,将肚子揉着,放了两个大屁,登时好了。剩下几片云片糕,搁在后鹅口板上,半日也不来查点。那掌舵驾长害馋痨,左手扶着舵,右手拈来,一片片的送在嘴里了。严贡生只作不看见。

少刻,船拢了马头。严贡生叫来富着速叫他两乘轿子来,摆齐执事,将二相公同新娘先送了家里去;又叫些马头上人来把箱笼都搬了上岸,把自己的行李也搬上了岸。船家、水手都来讨喜钱。严贡生转身走进舱来,眼张失落的,四面看了一遭,问四斗子道:“我的药往那里去了?”四斗子道:“何曾有甚药?”严贡生道:“方才我吃的不是药?分明放在船板上的!”那掌舵的道:“想是刚才船板上的几片云片糕。那是老爷剩下不要的,小的大胆就吃了。”严贡生道:“吃了好贱的云片糕!你晓的我这里头是些甚么东西?”掌舵的道:“云片糕无过是些瓜仁、核桃、洋糖、粉面做成的了,有甚么东西?”严贡生发怒道:“放你的狗屁!我因素日有个晕病,费了几百两银子合了这一料药,是省里张老爷在上党做官带了来的人参,周老爷在四川做官带了来的黄连!你这奴才!‘猪八戒吃人参果,全不知滋味’!说的好容易!是云片糕!方才这几片,不要说值几十两银子,‘半夜里不见了枪头子,攮到贼肚里’;只是我将来再发了晕病,却拿甚么药来医?你这奴才,害我不浅!”叫四斗子开拜匣,写帖子:“送这奴才到汤老爷衙里去,先打他几十板子再讲!”掌舵的吓了,陪着笑脸道:“小的刚才吃的甜甜的,不知道是药,只说是云片糕。”严贡生道:“还说是云片糕!再说云片糕,先打你几个嘴巴!”

说着,已把帖子写了,递给四斗子;四斗子慌忙走上岸去,那些搬行李的人帮船家拦着,两只船上船家都慌了,一齐道:“严老爷,而今是他不是,不该错吃了严老爷的药;但他是个穷人,就是连船都卖了,也不能赔老爷这几十两银子。若是送到县里,他那里耽得住?如今只是求严老爷开恩,高抬贵手,恕过他罢。”严贡生越发恼得暴躁如雷。搬行李的脚子走过几个到船上来道:“这事原是你船上人不是,方才若不如是着紧的问严老爷要喜钱、酒钱,严老爷已经上轿去了——都是你们拦住那严老爷,才查到这个药。如今自知理亏,还不过来向严老爷跟前磕头讨饶!难道你们不赔严老爷的药,严老爷还有些贴与你不成?”众人一齐捺着掌舵的磕了几个头,严贡生转湾道:“既然你众人说,我又喜事匆匆,且放着这奴才,再和他慢慢算帐!不怕他飞上天去!”骂毕,扬长上了轿,行李和小厮跟着,一哄去了。船家眼睁睁看着他走去了。

严贡生回家,忙领了儿子和媳妇拜家堂,又忙的请奶奶来一同受拜。他浑家正在房里抬东抬西,闹得乱哄哄的。严贡生走来道:“你忙甚么?”他浑家道:“你难道不知道家里房子窄鳖鳖的?统共只得这一间上房,媳妇新新的,又是大家子姑娘,你不挪与他住?”严贡生道:“呸!我早已打算定了,要你瞎忙!二房里高房大厦的,不好住?”他浑家道:“他有房子,为甚的与你的儿子住?”严贡生道:“他二房无子,不要立嗣的?”浑家道:“这不成,他要继我们第五个哩。”严贡生道:“这都由他么?他算是个甚么东西!我替二房立嗣，与他甚么相干？”他浑家听了这话，正摸不着头脑，只见赵氏着人来说：“二奶奶听见大老爷回家，叫请大老爷说话，我们二位舅老爷，也在那边。”严贡生便走过来，见了王德、王仁，之乎也者了一顿，便叫过几个管事家人来吩咐：“将正宅打扫出来，明日二相公同二娘来住。”赵氏听得，还认他把第二个儿子来过继，便请舅爷，说道：“哥哥，大爷方才怎样说？媳妇过来，自然在后一层，我照常住在前面，才好早晚照顾，怎倒叫我搬到那边去；媳妇住着正屋，婆婆倒住着厢房，天地世间，也没有这个道理！”王仁道：“你且不要慌，随他说着，自然有个商议。”说罢，走出去了。彼此谈了两句淡话，又吃了一杯茶。王家小厮走来说：“同学朋友候着作文会。”二位作别去了。

严贡生送了回来，拉一把椅子坐下，将十几个管事的家人都叫了来吩咐道：“我家二相公，明日过来承继了，是你们的新主人，须要小心伺候。赵新娘是没有儿女的，二相公只认得他是父妾，他也没有还占着正屋的，吩咐你们媳妇子把群屋打扫两间，替他搬过东西去；腾出正屋来，好让二相公歇宿。彼此也要避个嫌疑：二相公称呼他‘新娘’，他叫二相公、二娘是‘二爷’、‘二奶奶’。再过几日，二娘来了，是赵新娘先过来拜见，然后二相公过去作揖。我们乡绅人家，这些大礼，都是差错不得的。你们各人管的田房、利息帐目，都连夜攒造清完，先送与我逐细看过，好交与二相公查点；比不得二老爹在日，小老婆当家，凭着你们这些奴才朦胧作弊！此后若有一点欺隐，我把你这些奴才，三十板一个，还要送到汤老爷衙门里追工本饭米哩！“众人应诺下去，大老爹过那边去了。

这些家人、媳妇领了大老爹的言语，来催赵氏搬房；被赵氏一顿臭骂，又不敢就搬。平日嫌赵氏装尊作威作福，这时偏要领了一班人来房里说：“大老爹吩咐的话，我们怎敢违拗？他到底是个正经主子。他若认真动了气，我们怎样了得？”赵氏号天大哭，哭了又骂，骂了又哭，足足闹了一夜。次日，一乘轿子抬到县门口，正值汤知县坐早堂，就喊了冤。知县叫补进词来，次日发出：“仰族亲处覆。”

赵氏备了几席酒，请来家里。族长严振先，乃城中十二都的乡约，平日最怕的是严大老官，今虽坐在这里，只说道：“我虽是族长，但这事以亲房为主，老爷批处，我也只好拿这话回老爷。”那两位舅爷，王德、王仁，坐着就像泥塑木雕的一般，总不置一个可否。那开米店的赵老二，扯银炉的赵老汉，本来上不得台盘；才要开口说话，被严贡生睁开眼睛，喝了一声，又不敢言语了。两个人自心里也裁划道：“姑奶奶平日只敬重的王家哥儿两个，把我们不偢不采；我们没来由，今日为他得罪严老大，‘老虎头上扑苍蝇’怎的？落得做好好先生。”把个赵氏在屏风后急得像热锅上蚂蚁一般，见众人都不说话，自己隔着屏风请教大爷，数说这些从前已往的话；数了又哭，哭了又数，捶胸跌脚，号做一片。严贡生听着，不耐烦道：“像这泼妇，真是小家子出身！我们乡绅人家，那有这样规矩！不要恼犯了我的性子，揪着头发臭打一顿，登时叫媒人来领出发嫁！”赵氏越发哭喊起来，喊的半天云里都听见，要奔出来揪他，撕他，是几个家人媳妇劝住了。众人见不是事，也把严贡生扯了回去。当下各自散了。

次日，商议写覆呈，王德、王仁说："身在黉宫，片纸不入公门。"不肯列名。严振先只得混帐覆了几句话，说："赵氏本是妾扶正，也是有的；据严贡生说与律例不合，不肯叫儿子认做母亲，也是有的。总候太老爷天断。"那汤知县也是妾生的儿子，见了覆呈道："'律设大法，理顺人情'，这贡生也忒多事了！"就批了个极长的批语，说："赵氏既扶过正，不应只管说是妾。如严贡生不愿将儿子承继，听赵氏自行拣择，立贤立爱可也。"严贡生看了这批，那头上的火直冒了有十几丈，随即写呈到府里去告，府尊也是有妾的，看着觉得多事，"仰高要县查案。"知县查上案去，批了个"如详缴"。严贡生更急了，到省赴按察司一状，司批："细故赴府县控理。"严贡生没法了，回不得头，想道："周学道是亲家一族，赶到京里，求了周学道在部里告下状来，务必要正名分！"只因这一去，有分教：

多年名宿，今番又掇高科；英俊少年，一举便登上第。

不知严贡生告状得准否，且听下回分解。

第七回

范学道视学报师恩
王员外立朝敦友谊

话说严贡生因立嗣兴讼,府、县都告输了,司里又不理,只得飞奔到京。想冒认周学台的亲戚,到部里告状。一直来到京师,周学道已升做国子监司业了。大着胆,竟写一个"眷姻晚生"的帖,门上去投。长班传进帖,周司业心里疑惑,并没有这个亲戚,正在沉吟,长班又送进一个手本,光头名字,没有称呼,上面写着"范进"。周司业知道是广东拔取的,如今中了,来京会试,便叫快请进来。范进进来,口称恩师,叩谢不已。周司业双手扶起,让他坐下,开口就问:"贤契同乡,有个甚么姓严的贡生么?他方才拿姻家帖子来拜学生,长班问他,说是广东人,学生却不曾有这门亲戚。"范进道:"方才门人见过,他是高要县人,同敝处周老先生是亲戚,只不知老师可是一家?"周司业道:"虽是同姓,却不曾序过,这等看起来,不相干了。"即传长班进来吩咐道:"你去向那严贡生说,衙门有公事,不便请见,尊帖也带了回去罢。"长班应诺回去了。

周司业然后与范举人话旧道:"学生前科看广东榜,知道贤契高发,满望来京相晤,不想何以迟至今科?"范进把丁母忧的事说了一遍,周司业不胜叹息,说道:"贤契绩学有素,虽然耽迟几年,这次南宫一定入选。况学生已把你的大名常在当道大老面前荐扬,人人都欲致之门下,你只在寓静坐,揣摩精熟。若有些须缺少费用,学生这里还可相帮。"范进道:"门生终身皆顶戴老师高厚栽培。"又说了许多话,留着吃了饭,相别去了。

会试已毕,范进果然中了进士。授职部属,考选御史。数年之后,钦点山东学道,命下之日,范学道即来叩见周司业。周司业道:"山东虽是我故乡,我却也没有甚事相烦;只心里记得训蒙的时候,乡下有个学生,叫做荀玫,那时才得七岁,这又过了十多年,想也长成人了。他是个务农的人家,不知可读得成书,若是还在应考,贤契留意看看,果有一线之明,推情拔了他,也了我一番心愿。"范进听了,专记在心,去往山东到任。考事行了大半年,才按临兖州府,生童共是三棚,就把这件事忘断了。直到第二日要发童生案,头一晚才想起来,说道:"你看我办的是甚么事!老师托我汶上县荀玫,我怎么并不照应？大意极了！”慌忙先在生员等第卷子内一查，全然没有。随即在各幕客房里把童生落卷取来，对着名字、坐号，一个一个的细查。查遍了六百多卷子，并不见有个荀玫的卷子。学道心里烦闷道：“难道他不曾考？”又虑着：“若是有在里面，我查不到，将来怎样见老师？还要细查。就是明日不出案也罢。”一会同幕客们吃酒，心里只将这件事委决不下。众幕宾也替疑猜不定。

内中一个少年幕客蘧景玉说道：“老先生，这件事倒合了一件故事。数年前，有一位老先生点了四川学差，在何景明先生寓处吃酒，景明先生醉后大声道：‘四川如苏轼的文章，是该考六等的了。’这位老先生记在心里，到后典了三年学差回来，再会见何老先生，说：“学生在四川三年，到处细查，并不见苏轼来考，想是临场规避了。’”说罢，将袖子掩了口笑；又道：“不知这荀玫是贵老师怎么样向老先生说的？”范学道是个老实人，也不晓得他说的是笑话，只愁着眉道：“苏轼既文章不好，查不着也罢了，这荀玫是老师要提拔的人，查不着，不好意思的。”一个年老的幕客牛布衣道：“是汶上县？何不在已取中入学的十几卷内查一查，或者文字好，前日已取了，也不可知。”学道道：“有理，有理。”忙把已取的十几卷取了，对一对号簿，头一卷就是荀玫，学道看罢，不觉喜逐颜开，一天愁都没有了。

次早发出案来，传齐生童发落。先是生员。一等、二等、三等都发落过了；传进四等来，汶上县学四等第一名上来是梅玖，跪着阅过卷，学道作色道：“做秀才的人，文章是本业，怎么荒谬到这样地步！平日不守本分，多事可知！本该考居极等，姑且从宽，取过戒饬来，照例责罚！”梅玖告道：“生员那一日有病，故此文字糊涂，求大老爷格外开恩！”学道道：“朝廷功令，本道也做不得主。左右！将他扯上凳去，照例责罚！”说着，学里面一个门斗已将他拖在凳上。梅玖急了，哀告道：“大老爷！看生员的先生面上开恩罢！”学道道：“你先生是那一个？”梅玖道：“现任国子监司业周蕡轩先生，讳进的，便是生员的业师。”范学道道：“你原来是我周老师的门生；也罢，权且免打。”门斗把他放起来，上来跪下，学道吩咐道：“你既出周老师门下，更该用心读书。像你做出这样文章，岂不有玷门墙桃李！此后须要洗心改过。本道来科考时，访知你若再如此，断不能恕了！”喝声：“赶将出去！”

传进新进儒童来。到汶上县，头一名点着荀玫，人丛里一个清秀少年上来接卷，学道问道：“你和方才这梅玖是同门么？”荀玫不懂这句话，答应不出来。学道又道：“你可是周蕡轩老师的门生？”荀玫道：“这是童生开蒙的师父。”学道道：“是了，本道也在周老师门下。因出京之时，老师吩咐来查你卷子，不想暗中摸索，你已经取在第一，似这少年才俊，不枉了老师一番栽培，此后用心读书，颇可上进。”荀玫跪下谢了。候众人阅过卷，鼓吹送了出去，学道退堂掩门。

荀玫才走出来，恰好遇着梅玖还站在辕门外。荀玫忍不住问道：“梅先生，你几时从过我们周先生读书？”梅玖道：“你后生家那里知道？想着我从先生时，你还不曾出世！先生那时在城里教书，教的都是县门口房科家的馆，后来下乡来，你们上学，我已是进过了，所以你不晓得。先生最喜欢我的，说是我的文章有才气，就是有些不合规矩，方才学台批我的卷子上也是这话，可见会看文章的，都是这个讲究，一丝也不得差。你可知道，学台何难把俺考在三等中间，只是不得发落，不能见面了，特地把我考在这名次，以便当堂发落，说出周先生的话，明卖个情。所以把你进个案首，也是为此。俺们做文章的人，凡事要看出人的细心，不可忽略过了。"两人说着闲话，到了下处。次日送过宗师，雇牲口，一同回汶上县薛家集。

此时荀老爹已经没了，只有母亲在堂，荀玫拜见母亲，母亲欢喜道："自你爹去世，年岁不好，家里田地渐渐也花费了，而今得你进个学，将来可以教书过日子。"申祥甫也老了，拄着拐杖来贺喜，就同梅三相商议，集上约会分子，替荀玫贺学，凑了二三十吊钱，荀家管待众人，就借这观音庵里摆酒。

那日早晨，梅玖、荀玫先到，和尚接着。两人先拜了佛，同和尚施礼。和尚道："恭喜荀小相公，而今挣了这一顶头巾，不枉了荀老爹一生忠厚，做多少佛面上的事，广积阴功。那咱你在这里上学时还小哩，头上扎着抓角儿。"又指与二位道："这里不是周大老爷的长生牌！"二人看时，一张供桌：香炉、烛台，供着个金字牌位，上写道："赐进士出身，广东提学御史，今升国子监司业周大老爷长生禄位。"左边一行小字，写着："公讳进，字蕡轩，邑人。"右边一行小字："薛家集里人，观音庵僧人，同供奉。"两人见是老师的位，恭恭敬敬，同拜了几拜；又同和尚走到后边屋里，周先生当年设帐的所在，见两扇门开着，临了水次，那对过河滩塌了几尺，这边长出些来。看那三间屋，用芦席隔着，而今不做学堂了。左边一间，住着一个江西先生，门上贴着"江右陈和甫仙乩神数"。那江西先生不在家，房门关着，只有堂屋中间墙上还是周先生写的联对，红纸都久已贴白了，上面十个字是："正身以俟时；守己而律物。"梅玖指着向和尚道："还是周大老爷的亲笔，你不该贴在这里，拿些水喷了，揭下来裱一裱，收着才是。"和尚应诺，连忙用水揭下，弄了一会。申祥甫领着众人到齐了，吃了一日酒才散。

荀家把这几十吊钱赎了几票当，买了几石米，剩下的，留与荀玫做乡试盘费。次年录科，又取了第一。果然英雄出于少年，到省试，高高中了。忙到布政司衙门里领了杯、盘、衣帽、旗匾、盘程，匆匆进京会试，又中了第三名进士。明朝的体统：举人报中了进士，即刻在下处摆起公座来升座，长班参堂磕头。这日正磕着头，外边传呼接帖，说："同年同乡王老爷来拜。"荀进士叫长班抬开公座，自己迎了出去。只见王惠须发皓白，走进门，一把拉着手，说道："年长兄，我同你是'天作之合'，不比寻常同年弟兄。"两人平磕了头，坐着，就说起昔年这一梦，"可见你我都是天榜有名。将来同寅协恭，多少事业都要同做。"荀玫自小也依稀记得听见过这句话，只是记不清了，今日听他说来，方才明白，因说道："小弟年幼，叨幸年老先生榜末，又是同乡，诸事全望指教。"王进士道："这下处是年长兄自己赁的？"荀进士道："正是。"王进士道："这甚窄，况且离朝纲又远，这里住着不便。不瞒年长兄说，弟还有一碗饭吃，京里房子也是我自己买的，年长兄竟搬到我那用去住，将来殿试，一切事都便宜些。"说罢，又坐了一会，去了。次日，竟叫人来把荀进士的行李搬在江米巷自己下处同住。传胪那日,荀玫殿在二甲,王惠殿在三甲,都授了工部主事。俸满,一齐转了员外。

一日,两位正在寓处闲坐,只见长班传进一个红全帖来,上写“晚生陈礼顿首拜”,全帖里面夹着一个单帖,上写着“江西南昌县陈礼,字和甫,素善乩仙神数,曾在汶上县薛家集观音庵内行道”。王员外道:“长兄,这人你认得么?”荀员外道:“是有这个人。他请仙判的最妙,何不唤他进来请仙,问问功名的事?”忙叫:“请。”只见那陈和甫走了进来,头戴瓦楞帽,身穿茧绸直裰;腰系丝绦;花白胡须,约有五十多岁光景。见了二位,躬身唱诺,说:“请二位老先生台座,好让山人拜见。”二人再三谦让,同他行了礼,让他首位坐下。荀员外道:“向日道兄在敝乡观音庵时,弟却无缘,不曾会见。”陈礼躬身道:“那日晚生晓得老先生到庵,因前三日纯阳老祖师降坛,乩上写着这日午时三刻有一位贵人来到,那时老先生尚不曾高发,天机不可泄漏,所以晚生就预先回避了。”王员外道:“道兄请仙之法,是何人传授?还是专请纯阳祖师,还是各位仙人都可启请?”陈礼道:“各位仙人都可请,就是帝王、师相、圣贤、豪杰,都可启请。不瞒二位老先生说,晚生数十年以来,并不在江湖上行道,总在王爷府里和诸部院大老爷衙门交往。切记先帝宏治十三年,晚生在工部大堂刘大老爷家扶乩,刘大老爷因李梦阳老爷参张国舅的事下狱,请仙问其吉凶,那知乩上就降下周公老祖来,批了‘七日来复’四个大字。到七日上,李老爷果然奉旨出狱,只罚了三个月的俸。后来李老爷又约晚生去扶乩,那乩半日也不得动;后来忽然大动起来,写了一首诗,后来两句说道:‘梦到江南省宗庙,不知谁是旧京人?’那些看的老爷都不知道是谁,只有李老爷懂得诗词,连忙焚了香,伏在地下,敬问是那一位君王,那乩又如飞的写了几个字道:‘朕乃建文皇帝是也。’众位都吓的跪在地下朝拜了,所以晚生说是帝王、圣贤都是请得来的。”王员外道:“道兄如此高明,不知我们终身官爵的事可断得出来?”陈礼道:“怎么断不出来?凡人富贵、穷通、贫贱、寿夭,都从乩上判下来,无不奇验。”两位见他说得热闹,便道:“我两人要请教,问一问升迁的事。”那陈礼道:“老爷请焚起香来。”二位道:“且慢,候吃过便饭。”

当下留着吃了饭,叫长班到他下处把沙盘、乩笔都取了来摆下。陈礼道:“二位老爷自己默祝。”二位祝罢,将乩笔安好,陈礼又自己拜了,烧了一道降坛的符,便请二位老爷两边扶着乩笔,又念了一遍咒语,烧了一道启请的符,只见那乩渐渐动起来了。那陈礼叫长班斟了一杯茶,双手捧着,跪献上去,那乩笔先画了几个圈子,便不动了;陈礼又焚了一道符,叫众人都息静。长班、家人站在外边去了。

又过了一顿饭时,那乩扶得动了,写出四个大字:“王公听判。”王员外慌忙丢了乩笔,下来拜了四拜,问道:“不知大仙尊姓大名?”问罢,又去扶乩。那乩旋转如飞,写下一行道:“吾乃伏魔大帝关圣帝君是也。”陈礼吓得在下面磕头如捣蒜,说道:“今日二位老爷心诚,请得夫子降坛,这是轻易不得的事!总是二位老爷大福。须要十分诚敬,若有些须怠慢,山人就担戴不起!”二位也觉悚然,毛发皆竖;丢着乩笔,下来又拜了四拜，再上去扶。陈礼道："且住；沙盘小，恐怕夫子指示言语多，写不下，且拿一副纸笔来，待山人在旁记下同看。"于是拿了一副纸笔，递与陈礼在旁抄写，两位仍旧扶着。那乩运笔如飞，写道：

羡尔功名夏后，一枝高折鲜红。大江烟浪杳无踪，两日黄堂坐拥。　只道骅骝开道，原来天府夔龙。琴瑟琵琶路上逢，一盏醇醪心痛！

写毕，又判出五个大字："调寄《西江月》"。三个人都不解其意。王员外道："只有头一句明白。'功名夏后'是'夏后氏五十而贡'，我恰是五十岁登科的，这句验了；此下的话，全然不解。"陈礼道："夫子是从不误人的，老爷收着，后日必有神验；况这诗上说'天府夔龙'，想是老爷升任直到宰相之职。"王员外被他说破，也觉得心里欢喜。说罢，荀员外下来拜了，求夫子判断。那乩笔半日不动，求的急了，运笔判下一个"服"字。陈礼把沙摊平了求判，又判了一个"服"字。一连平了三回沙，判了三个"服"字，再不动了。陈礼道："想是夫子龙驾已经回天，不可再亵渎了。"又焚了一道退送的符，将乩笔、香炉、沙盘撤去，重新坐下。二位官府封了五钱银子，又写了一封荐书，荐在那新升通政司范大人家。陈山人拜谢去了。

到晚，长班进来说："荀老爷家有人到。"只见荀家家人挂着一身的孝，飞跑进来磕了头，跪着禀道："家里老太太已于前月二十一日归天。"荀员外听了这话，哭倒在地。王员外扶了半日，救醒转来；就要到堂上递呈丁忧。王员外道："年长兄，这事且再商议。现今考选科、道在即，你我的资格，都是有指望的，若是报明了丁忧家去，再迟三年，如何了得？不如且将这事瞒下，候考选过了再处。"荀员外道："年老先生极是相爱之意，但这件事恐瞒不下。"王员外道："快吩咐来的家人把孝服作速换了，这事不许通知外面人知道，明早我自有道理。"一宿无话。

次日清早，请了吏部掌案的金东崖来商议。金东崖道："做官的人，匿丧的事是行不得的，只可说是能员，要留部在任守制，这个不妨；但须是大人们保举，我们无从用力。若是发来部议，我自然效劳，是不消说了。"两位重托了金东崖去。到晚，荀员外自换了青衣小帽，悄悄去求周司业、范通政两位老师，求个保举，两位都说："可以酌量而行。"

又过了两三日，都回复了来说："官小，与夺情之例不合。这夺情，须是宰辅或九卿班上的官；倒是外官在边疆重地的亦可，若工部员外是个闲曹，不便保举夺情。"荀员外只得递呈丁忧。王员外道："年长兄，你此番丧葬需费，你又是个寒士，如何支持得来？况我看见你不喜理这烦剧的事，怎生是好？如今也罢，我也告一个假，同你回去，丧葬之费数百金，也在我家里替你应用，这事才好。"荀员外道："我是该的了，为何因我又误了年老先生的考选？"王员外道："考选还在明年，你要等除服，所以担误；我这告假，多则半年，少只三个月，还赶的着。"

当下荀员外拗不过，只得听他告了假，一同来家，替太夫人治丧。一连开了七日吊，司、道、府、县，都来吊纸。此时哄动薛家集，百十里路外的人，男男女女，都来看荀老爷家的丧事。集上申祥甫已是死了,他儿子申文卿袭了丈人夏总甲的缺,拿手本来磕头,看门效力。整正闹了两个月,丧事已毕。王员外共借了上千两的银子与荀家,作辞回京;荀员外送出境外,谢了又谢。王员外一路无话,到京才开了假,早见长班领着一个报录的人进来叩喜。不因这一报,有分教:

贞臣良佐,忽为悖逆之人;郡守部曹,竟作逋逃之客。

未知所报王员外是何喜事,且听下回分解。

第八回

王观察穷途逢世好
娄公子故里遇贫交

话说王员外才到京开假，早见长班领报录人进来叩喜，王员外问是何喜事，报录人叩过头，呈上报单。上写道：

> 江抚王一本。为要地须才事：南昌知府员缺，此乃沿江重地，须才能干济之员；特本请旨，于部属内拣选一员。奉旨：南昌府知府员缺，着工部员外王惠补授。钦此！

王员外赏了报喜人酒饭，谢恩过，整理行装，去江西到任。非止一日，到了江西省城。南昌府前任蘧太守，浙江嘉兴府人，由进士出身，年老告病，已经出了衙门，印务是通判署着。王太守到任，升了公座，各属都禀见过了，便是蘧太守来拜。王惠也回拜过了。为这交盘的事，彼此参差着，王太守不肯就接。

一日，蘧太守差人来禀说："太爷年老多病，耳朵听话又不甚明白。交盘的事本该自己来领王太爷的教；因是如此，明日打发少爷过来当面相恳，一切事都要仗托王太爷担代。"王惠应诺了，衙里整治酒饭，候蘧公子。直到早饭过后，一乘小轿，一副红全帖，上写"眷晚生蘧景玉拜"。王太守开了宅门，叫请少爷进来。王太守看那蘧公子翩然俊雅，举动不群，彼此施了礼，让位坐下。王太守道："前晤尊公大人，幸瞻丰采，今日却闻得略有些贵恙？"蘧公子道："家君年老，常患肺病，不耐劳烦，兼之两耳重听。多承老先生记念。"王太守道："不敢。老世台今年多少尊庚了？"蘧公子道："晚生三十七岁。"王太守道："一向总随尊大人任所的？"蘧公子道："家君做县令时，晚生尚幼，相随敝门伯范老先生在山东督学幕中读书，也帮他看看卷子，直到升任南昌，署内无人办事，这数年总在这里的。"王太守道："尊大人精神正旺，何以就这般急流勇退了？"蘧公子道："家君常说：'宦海风波，实难久恋。'况做秀才的时候，原有几亩薄产，可供饘粥；先人敝庐，可蔽风雨；就是琴、樽、炉、几，药栏、花榭，都也还有几处，可以消遣；所以在风尘劳攘的时候，每怀长林丰草之思。而今却可赋'遂初'了。"王太守道："自古道：'休官莫问子。'看老世台这等襟怀高旷，尊大人所以得畅然挂冠。"笑着说道："将来，不日高科鼎甲，老先生正好做封翁享福了。”蘧公子道：“老先生，人生贤不肖，倒也不在科名，晚生只愿家君早归田里，得以菽水承欢，这是人生至乐之事。”王太守道：“如此，更加可敬了。”

说着，换了三遍茶，宽去大衣服，坐下。说到交代一事，王太守着实作难。蘧公子道：“老先生不必过费清心。家君在此数年，布衣蔬食，不过仍旧是儒生行径，历年所积俸余，约有二千余金，如此地仓谷、马匹、杂项之类，有甚么缺少不敷处，悉将此项送与老先生任意填补。家君知道老先生数任京官，宦囊清苦，决不有累。”王太守见他说得大方、爽快，满心欢喜。

须臾，摆上酒来，奉席坐下。王太守慢慢问道：“地方人情，可还有甚么出产？词讼里可也略有些甚么通融？”蘧公子道：“南昌人情，鄙野有余，巧诈不足；若说地方出产及词讼之事，家君在此，准的词讼甚少，若非纲常伦纪大事，其余户婚田土，都批到县里去，务在安辑，与民休息。至于处处利薮，也绝不耐烦去搜剔他；或者有，也不可知！但只问着晚生，便是‘问道于盲’了。”王太守笑道：“可见‘三年清知府，十万雪花银’的话，而今也不甚确了。”当下酒过数巡，蘧公子见他问的都是些鄙陋不过的话，因又说起：“家君在这里无他好处，只落得个讼简刑清；所以这些幕宾先生，在衙门里都也吟啸自若。还记得前任臬司向家君说道：‘闻得贵府衙门里有三样声息。’”王太守道：“是那三样？”蘧公子道：“是吟诗声，下棋声，唱曲声。”王太守大笑道：“这三样声息却也有趣的紧。”蘧公子道：“将来老先生一番振作，只怕要换三样声息。”王太守道：“是那三样？”蘧公子道：“是戥子声，算盘声，板子声。”王太守并不知这话是讥诮他，正容答道：“而今你我替朝廷办事，只怕也不得不如此认真。”蘧公子十分大酒量，王太守也最好饮，彼此传杯换盏，直吃到日西时分，将交代的事当面言明，王太守许定出结，作别去了。过了几日，蘧太守果然送了一项银子，王太守替他出了结。蘧太守带着公子家眷，装着半船书画，回嘉兴去了。

王太守送到城外回来。果然听了蘧公子的话，钉了一把头号的库戥，把六房书办都传进来，问明了各项内的余利，不许欺隐，都派入官。三日五日一比。用的是头号板子，把两根板子拿到内衙上秤，较了一轻一重，都写了暗号在上面。出来坐堂之时，吩咐叫用大板，皂隶若取那轻的，就知他得了钱了，就取那重板子打皂隶。这些衙役百姓，一个个被他打得魂飞魄散。合城的人，无一个不知道太爷的利害，睡梦里也是怕的。因此，各上司访闻，都道是江西第一个能员，做到两年多些，各处荐了。适值江西宁王反乱，各路戒严，朝廷就把他推升了南赣道，催趱军需；王太守接了羽檄文书，星速赴南赣到任。到任未久，出门查看台站，大车驷马，在路晓行夜宿。那日到了一个地方，落在公馆，——公馆是个旧人家一所大房子——走进去举头一看，正厅上悬着一块匾，匾上贴着红纸，上面四个大字是“骅骝开道”。王道台看见，吃了一惊。到厅升座，属员衙役参见过了，掩门用饭，忽见一阵大风把那片红纸吹在地下，里面现出绿底金字，四个大字是“天府夔龙”，王道台心里不胜骇异，才晓得关圣帝君判断的话，直到今日才验：那所判“两日黄堂”，便就是南昌府的个“昌”字。可见万事分定。一宿无话，查毕公事回衙。

次年，宁王统兵破了南赣官军，百姓开了城门，抱头鼠窜，四散乱走；王道台也抵当不住，叫了一只小船，黑夜逃走。走到大江中，遇着宁王百十只艨艟战船，明盔亮甲，船上有千万火把，照见小船，叫一声“拿！”几十个兵卒跳上船来，走进中舱，把王道台反剪了手，捉上大船。那些从人、船家，杀的杀了，还有怕杀的，跳在水里死了。王道台吓得撒抖抖的颤，灯烛影里，望见宁王坐在上面，不敢抬头。宁王见了，慌走下来，亲手替他解了缚，叫取衣裳穿了，说道：“孤家是奉太后密旨，起兵诛君侧之奸，你既是江西的能员，降顺了孤家，少不得升授你的官爵。”王道台颤抖抖的叩头道：“情愿降顺。”宁王道：“既然愿降，待孤家亲赐一杯酒。”此时王道台被缚得心口十分疼痛，跪着接酒在手，一饮而尽，心便不疼了。又磕头谢了。王爷即赏与江西按察司之职，自此随在宁王军中。听见左右的人说，宁王在玉牒中是第八个王子，方才悟了关圣帝君所判“琴瑟琵琶”，头上是八个“王”字，到此无一句不验了。

宁王闹了两年，不想被新建伯王守仁一阵杀败，束手就擒。那些伪官，杀的杀了，逃的逃了；王道台在衙门并不曾收拾得一件东西，只取了一个枕箱，里面几本残书和几两银子，换了青衣小帽，黑夜逃走。真乃是慌不择路，赶了几日旱路，又搭船走，昏天黑地，一直走到了浙江乌镇地方。

那日住了船，客人都上去吃点心，王惠也拿了几个钱上岸。那点心店里都坐满了，只有一个少年独自据了一桌。王惠见那少年仿佛有些认得，却想不起。开店的道：“客人，你来同这位客人一席坐罢。”王惠便去坐在对席，少年立起身来同他坐下。王惠忍不住问道：“请教客人贵处？”那少年道：“嘉兴。”王惠道：“尊姓？”那少年道：“姓蘧。”王惠道：“向日有位蘧老先生，曾做过南昌太守，可与足下一家？”那少年惊道：“便是家祖。老客何以见问？”王惠道：“原来是蘧老先生的令公孙，失敬了。”那少年道：“却是不曾拜问贵姓仙乡。”王惠道：“这里不是说话处。宝舟在那边？”蘧公孙道：“就在岸边。”当下会了帐，两人相携着下了船坐下。王惠道：“当日在南昌相会的少爷，台讳是景玉，想是令叔？”蘧公孙道：“这便是先君。”王惠惊道：“原来便是尊翁，怪道面貌相似。却如何这般称呼，难道已仙游了么？”蘧公孙道：“家祖那年南昌解组，次年即不幸先君见背。”

王惠听罢，流下泪来，说道：“昔年在南昌，蒙尊公骨肉之谊，今不想已作故人。世兄今年贵庚多少了？”蘧公孙道：“虚度十七岁。到底不曾请教贵姓仙乡。”王惠道：“盛从同船家都不在此么？”蘧公孙道：“他们都上岸去了。”王惠附耳低言道：“便是后任的南昌知府王惠。”蘧公孙大惊道：“闻得老先生已荣升南赣道，如何改装独自到此？”王惠道：“只为宁王反叛，弟便挂印而逃；却为围城之中，不曾取出盘费。”蘧公孙道：“如今却将何往？”王惠道：“穷途流落，那有定所！”就不曾把降顺宁王的话说了出来。蘧公孙道：“老先生既边疆不守，今日却不便出来自呈，只是茫茫四海，盘费缺少，如何使得？晚学生此番却是奉家祖之命，在杭州舍亲处讨取一桩银子，现在舟中，今且赠与老先生以为路费，去寻一个僻静所在安身为妙。”

说罢，即取出四封银子递与王惠，共二百两。王惠极其称谢，因说道：“两边船上都要赶路，不可久迟，只得告别，周济之情，不死当以厚报。”双膝跪了下去。蘧公孙慌忙跪下同拜了几拜。王惠又道：“我除了行李被褥之外，一无所有；只有一个枕箱，内有残书几本，此时潜踪在外，虽这一点物件，也恐被人识认，惹起是非，如今也将来交与世兄，我轻身更好逃窜了。”蘧公孙应诺，他即刻过船取来交代，彼此洒泪分手。王惠道：“敬问令祖老先生。今世不能再见，来生犬马相报便了。”分别去后，王惠另觅了船入到太湖，自此更姓改名，削发披缁去了。

蘧公孙回到嘉兴，见了祖父，说起路上遇见王太守的话。蘧太守大惊道：“他是降顺了宁王的。”公孙道：“这却不曾说明，只说是挂印逃走，并不曾带得一点盘缠。”蘧太守道：“他虽犯罪朝廷，却与我是个故交，何不就将你讨来的银子送他盘费？”公孙道：“已送他了。”蘧太守道：“共是多少？”公孙道：“只取得二百两银子，尽数送与他了。”蘧太守不胜欢喜道：“你真可谓汝父之肖子。”就将当日公子交代的事又告诉了一遍。公孙见过乃祖，进房去见母亲刘氏，母亲问了些路上的话，慰劳了一番，进房歇息。次日，在乃祖跟前又说道：“王太守枕箱内还有几本书。”取出来送与乃祖看，蘧太守看了，都是抄本；其他也还没要紧，只内有一本，是《高青邱集诗话》，有一百多纸，就是青邱亲笔缮写，甚是精工。蘧太守道：“这本书多年藏之大内，数十年来，多少才人求见一面不能，天下并没有第二本；你今无心得了此书，真乃天幸，须是收藏好了，不可轻易被人看见！”蘧公孙听了，心里想道：“此书既是天下没有第二本，何不竟将他缮写成帙，添了我的名字，刊刻起来，做这一番大名？”主意已定，竟去刻了起来，把高季迪名字写在上面，下面写“嘉兴蘧来旬駪夫氏补辑。”刻毕，刷印了几百部，遍送亲戚朋友；人人见了，赏玩不忍释手。自此，浙西各郡都仰慕蘧太守公孙是个少年名士，蘧大守知道了，成事不说，也就此常教他做些诗词，写斗方，同诸名士赠答。

一日，门上人进来禀道：“娄府两位少老爷到了。”蘧太守叫公孙：“你娄家表叔到了，快去迎请进来。”公孙领命，慌出去迎。这二位乃是娄中堂的公子。中堂在朝二十余年，薨逝之后，赐了祭葬，谥为文恪，乃是湖州人氏。长子现任通政司大堂；这位三公子，讳琫，字玉亭，是个孝廉；四公子讳瓒，字瑟亭，在监读书。是蘧太守的亲内侄。公孙随着两位进来，蘧太守欢喜，亲自接出厅外檐下。两人进来，请姑丈转上，拜了下去。蘧太守亲手扶起，叫公孙过来拜见了表叔，请坐奉茶。二位娄公子道：“自拜别姑丈大人，屈指已十二载。小侄们在京，闻知姑丈挂冠归里，无人不拜服高见，今日得拜姑丈，早已须鬓皓然，可见有司官是劳苦的。”蘧太守道：“我本无宦情。南昌待罪数年，也不曾做得一些事业，虚糜朝廷爵禄，不如退休了好；不想到家一载，小儿亡化了，越觉得胸怀冰冷，细想来，只怕还是做官的报应。”娄三公子道：“表兄天才磊落英多，谁想享年不永，幸得表侄已长成人，侍奉姑丈膝下，还可借此自宽。”娄四公子道：“便是小侄们闻了表兄讣音，思量总角交好，不想中路分离，临终也不能一别，同三兄悲痛过深，几乎发了狂疾。大家兄念着，也终日流涕不止。"蘧太守道："令兄宦况也还觉得高兴么？"二位道："通政司是个清淡衙门，家兄在那里浮沉着，绝不曾有甚么建白，却是事也不多。所以小侄们在京师转觉无聊，商议不如返舍为是。"

坐了一会，换去衣服，二位又进去拜见了表嫂。公孙陪奉出来，请在书房里。面前一个小花圃，琴、樽、炉、几，竹、石、禽、鱼，萧然可爱。蘧太守也换了葛巾野服，拄着天台藤杖，出来陪坐。摆出饭来，用过饭，烹茗清谈，说起江西宁王反叛的话："多亏新建伯神明独运，建了这件大功，除了这番大难。"娄三公子道："新建伯此番有功不居，尤为难得。"四公子道："据小侄看来，宁王此番举动，也与成祖差不多。只是成祖运气好，到而今称圣称神，宁王运气低，就落得个为贼为虏，也要算一件不平的事。"蘧太守道："成败论人，固是庸人之见；但本朝大事，你我做臣子的，说话须要谨慎。"四公子不敢再说了。那知这两位公子，因科名蹭蹬，不得早年中鼎甲，入翰林，激成了一肚子牢骚不平，每常只说："自从永乐篡位之后，明朝就不成个天下！"每到酒酣耳热，更要发这一种议论。娄通政也是听不过，恐怕惹出事来，所以劝他回浙江。

当下又谈了一会闲话，两位问道："表侄学业，近来造就何如？却还不曾恭喜毕过姻事？"太守道："不瞒二位贤侄说，我只得这一个孙子，自小娇养惯了。我每常见这些教书的先生也不见有甚么学问，一味装模做样，动不动就是打骂。人家请先生的，开口就说要严；老夫姑息的紧，所以不曾着他去从时下先生。你表兄在日，自己教他读些经史，自你表兄去后，我心里更加怜惜他，已替他捐了个监生，举业也不曾十分讲究。近来我在林下，倒常教他做几首诗，吟咏性情，要他知道乐天知命的道理，在我膝下承欢便了。"二位公子道："这个更是姑丈高见。俗语说得好：'与其出一个斫削元气的进士，不如出一个培养阴骘的通儒。'这个是得紧。"蘧太守便叫公孙把平日做的诗取几首来与二位表叔看。二位看了，称赞不已。一连留住盘桓了四五日，二位辞别要行。蘧太守治酒饯别，席间说起公孙姻事："这里大户人家，也有央着来说的；我是个穷官，怕他们争行财下礼，所以耽迟着。贤侄在湖州，若是老亲旧戚人家，为我留意。贫穷些也不妨。"二位应诺了。

当日席终。次日，叫了船只，先发上行李去。蘧太守叫公孙亲送上船，自己出来厅事上作别，说道："老夫因至亲，在此数日，家常相待，休怪怠慢。二位贤侄回府，到令先太保公及尊公文恪公墓上，提着我的名字，说我蘧祐年迈龙钟，不能亲自再来拜谒墓道了。"两公子听了，悚然起敬，拜别了姑丈，蘧太守执手送出大门。公孙先在船上，候二位到时，拜别了表叔，看着开了船，方才回来。两公子坐着一只小船，萧然行李，仍是寒素，看见两岸桑阴稠密，禽鸟飞鸣，不到半里多路，便是小港，里边撑出船来，卖些菱、藕，两弟兄在船内道："我们几年京华尘土中，那得见这样幽雅景致？宋人词说得好：'算计只有归来是。'果然！果然！"

看看天色晚了，到了一镇，人家桑阴里射出灯光来，直到河里，两公子道："叫船家泊下船。此处有人家，上面沽些酒来消此良夜，就在这里宿了罢。"船家应诺，泊了船，两弟兄凭舷痛饮，谈说古今的事。次早，船家在船中做饭，两弟兄上岸闲步，只见屋角头走过一个人来，见了二位，纳头便拜下去，说道："娄少老爷，认得小人么？"只因遇着这个人，有分教：

公子好客，结多少硕彦名儒；相府开筵，常聚些布衣韦带。

毕竟此人是谁，且听下回分解。

第九回

娄公子捐金赎朋友
刘守备冒姓打船家

话说两位公子在岸上闲步，忽见屋角头走过一个人来，纳头便拜，两公子慌忙扶起，说道："足下是谁？我不认得。"那人道："两位少老爷认不得小人了么？"两公子道："正是面善，一会儿想不起。"那人道："小人便是先太保老爷坟上看坟的邹吉甫的儿子邹三。"两公子大惊道："你却如何在此处？"邹三道："自少老爷们都进京之后，小的老子看着坟山，着实兴旺，门口又置了几块田地，那旧房子就不够住了，我家就另买了房子搬到东村，那房子让与小的叔子住。后来小的家弟兄几个又娶了亲，东村房子，只够大哥、大嫂子，二哥、二嫂子住。小的有个姐姐，嫁在新市镇，姐夫没了，姐姐就把小的老子和娘都接了这里来住，小的就跟了来的。"两公子道："原来如此。我家坟山，没有人来作践么？"邹三道："这是那个敢！府县老爷们，大凡往那里过，都要进来磕头，一茎草也没人动。"两公子道："你父亲、母亲而今在那里？"邹三道："就在市梢尽头姐姐家住着，不多几步。小的老子时常想念二位少老爷的恩德，不能见面。"三公子向四公子道："邹吉甫这老人家，我们也甚是想他，既在此不远，何不去到他家里看看？"四公子道："最好。"带了邹三回到岸上，叫跟随的吩咐过了船家。邹三引着路，一径走到市梢头，只见七八间矮小房子，两扇篱笆门，半开半掩。邹三走去叫道："阿爷，三少老爷、四少老爷在此。"邹吉甫里面应道："是那个？"拄着拐杖出来，望见两位公子，不觉喜从天降，让两公子走进堂屋，丢了拐杖，便要倒身下拜。

两公子慌忙扶住道："你老人家何消行这个礼？"两公子扯他同坐下。邹三捧出茶来，邹吉甫亲自接了，送与两公子吃着。三公子道："我们从京里出来，一到家就要到先太保坟上扫墓，算计着会你老人家，却因绕道在嘉兴看蘧姑老爷，无意中走这条路，不想撞见你儿子，说你老人家在这里，得以会着。相别十几年，你老人家越发康健了。方才听见说，你那两个令郎都娶了媳妇，曾添了几个孙子了么？你的老伴也同在这里？"说着，那老婆婆白发齐眉，出来向两公子道了万福，两公子也还了礼。邹吉甫道："你快进去向女孩儿说，整治起饭来，留两位少老爷坐坐。"婆婆进去了。邹吉甫道："我夫妻两个,感激太老爷、少老爷的恩典,一时也不能忘。我这老婆子,每日在这房檐下烧一炷香,保祝少老爷们仍旧官居一品。而今大少老爷想也是大轿子?”四公子道:“我们弟兄们都不在家,有甚好处到你老人家,却说这样的话!越说得我们心里不安。”三公子道:“况且坟山累你老人家看守多年,我们方且知感不尽,怎说这话?”邹吉甫道:“蘧姑老爷已是告老回乡了,他少爷可惜去世!小公子想也长成人了么?”三公子道:“他今年十七岁,资性倒也还聪明的。”邹三捧出饭来,鸡、鱼、肉、鸭,齐齐整整,还有几样蔬菜,摆在桌上,请两位公子坐下,邹吉甫不敢来陪,两公子再三扯他同坐。斟上酒来,邹吉甫道:“乡下的水酒,老爷们恐吃不惯。”四公子道:“这酒也还有些身分。”邹吉甫道:“再不要说起!而今人情薄了,这米做出来的酒汁都是薄的,小老还是听见我死鬼父亲说:‘在洪武爷手里过日子,各样都好;二斗米做酒,足有二十斤酒娘子。后来永乐爷掌了江山,不知怎样的,事事都改变了,二斗米只做的出十五六斤酒来。’像我这酒是扣着水下的,还是这般淡薄无味。”三公子道:“我们酒量也不大,只这个酒十分好了。”邹吉甫吃着酒,说道:“不瞒老爷说,我是老了,不中用了,怎得天可怜见,让他们孩子们再过几年洪武爷的日子就好了!”

四公子听了,望着三公子笑。邹吉甫又道:“我听见人说:‘本朝的天下要同孔夫子的周朝一样好的,就为出了个永乐爷就弄坏了。’这事可是有的么?”三公子笑道:“你乡下一个老实人,那里得知这些话,这话毕竟是谁向你说的?”邹吉甫道:“我本来果然不晓得这些话;因我这镇上有个盐店,盐店一位管事先生,闲常无事,就来到我们这稻场上,或是柳阴树下坐着,说的这些话,所以我常听见他。”两公子惊道:“这先生姓甚么?”邹吉甫道:“他姓杨,为人忠直不过,又好看的是个书,要便袖口内藏了一卷,随处坐着,拿出来看。往常他在这里,饭后没事,也好步出来了,而今要见这先生,却是再不能得。”公子道:“这先生往那里去了?”邹吉甫道:“再不要说起!杨先生虽是生意出身,一切帐目,却不肯用心料理,除了出外闲游,在店里时,也只是垂帘看书,凭着这伙计胡三。所以一店里人都称呼他是个‘老阿呆’。先年东家因他为人正气,所以托他管总;后来听见这些呆事,本东自己下店,把帐一盘,却亏空了七百多银子。问着,又没处开消,还在东家面前咬文嚼字,指手画脚的不服,东家恼了,一张呈子送在德清县里;县主老爷见是盐务的事,点到奉承,把这先生拿到监里坐着追比。而今已在监里将有一年半了。”三公子道:“他家可有甚么产业可以赔偿?”吉甫道:“有倒好了。他家就住在村口外四里多路,两个儿子都是蠢人,既不做生意,又不读书,还靠着老官养活,却将甚么赔偿?”四公子向三公子道:“穷乡僻壤,有这样读书君子,却被守钱奴如此凌虐,足令人怒发冲冠!我们可以商量个道理救得此人么?”三公子道:“他不过是欠债,并非犯法;如今只消到城里问明底细,替他把这几两债负弄清了就是。这有何难!”四公子道:“这最有理。我两人明日到家,就去办这件事。”邹吉甫道:“阿弥陀佛!二位少老爷是肯做好事的。想着从前已往,不知拔济了多少人。如今若救出杨先生来,这一镇的人,谁不感仰。”三公子道:“吉甫,这句话你在镇上且不要说出来,待我们去相机而动。”四公子道：“正是；未知事体做的来与做不来，说出来就没趣了。”于是不用酒了，取饭来吃过，匆匆回船。邹吉甫拄着拐杖，送到船上说：“少老爷们恭喜回府，小老迟日再来城里府内候安。”又叫邹三捧着一瓶酒和些小菜，送在船上，与二位少老爷消夜，看着开船，方才回去了。

两公子到家，清理了些家务，应酬了几天客事，即便唤了一个办事家人晋爵，叫他去到县里查新市镇盐店里送来监禁这人是何名字，亏空何项银两，共计多少，本人有功名没功名，都查明白了来说。晋爵领命，来到县衙，户房书办原是晋爵拜盟的弟兄，见他来查，连忙将案寻出，用纸誊写一通，递与他，拿了回来回覆两公子。只见上面写着：

> 新市镇公裕旗盐店呈首：商人杨执中（即杨允），累年在店不守本分，嫖赌穿吃，侵用成本七百余两，有误国课，恳恩追比云云。但查本人系廪生挨贡，不便追比，合详请褫革，以便严比，今将本犯权时寄监收禁，候上宪批示，然后勒限等情。

四公子道：“这也可笑的紧；廪生挨贡，也是衣冠中人物，今不过侵用盐商这几两银子，就要将他褫革追比，是何道理！”三公子道：“你问明了他并无别情么？”晋爵道：“小的问明了，并无别情。”三公子道：“既然如此，你去把我们前日黄家圩那人来赎田的一宗银子，兑七百五十两替他上库；再写我两人的名帖，向德清县说：‘这杨贡生是家老爷们相好’，叫他就放出监来。你再拿你的名字添上一个保状。你作速去办理。”四公子道：“晋爵，这事你就去办，不可怠慢。那杨贡生出监来，你也不必同他说什么，他自然到我这里来相会。”晋爵应诺去了。晋爵只带二十两银子，一直到书办家，把这银子送与书办，说道：“杨贡生的事，我和你商议个主意。”书办道：“既是太师老爷府里发的有帖子，这事何难？”随即打个禀帖，说：

> 这杨贡生是娄府的人。两位老爷发了帖，现有娄府家人具的保状。况且娄府说：“这项银子，非赃非帑，何以便行监禁？”此事乞老爷上裁。

知县听了娄府这番话，心下着慌，却又回不得盐商；传进书办去细细商酌，只得把几项盐规银子凑齐，补了这一项，准了晋爵保状，即刻把杨贡生放出监来，也不用发落，释放去了。那七百多银子都是晋爵笑纳，把放来的话都回覆了公子。公子知道他出了监，自然就要来谢。那知杨执中并不晓得是甚么缘故；县前问人，说是一个姓晋的晋爵保了他去。他自心里想，生平并认不得这姓晋的。疑惑一番，不必管他，落得身子干净，且下乡家去照旧看书。到家，老妻接着，喜从天降；两个蠢儿子，日日在镇上赌钱，半夜也不归家；只有一个老妪，又痴又聋，在家烧火做饭，听候门户。杨执中次日在镇上各家相熟处走走，邹吉甫因是第二个儿子养了孙子，接在东庄去住，不曾会着；所以娄公子这一番义举，做梦也不得知道。

娄公子过了月余，弟兄在家，不胜诧异；想到越石甫故事，心里觉得杨执中想是高绝的学问，更加可敬。一日，三公子向四公子道：“杨执中至今并不来谢，此人品行不同。”四公子道：“论理，我弟兄既仰慕他，就该先到他家相见订交，定要望他来报谢，这不是俗情了么？”三公子道：“我也是这样想。但岂不闻‘公子有德于人，愿公子忘之’之说，我们若先到他家，可不像要特地自明这件事了？”四公子道：“相见之时，原不要提起，朋友闻声相思，命驾相访，也是常事，难道因有了这些缘故，倒反隔绝了，相与不得的？”三公子道：“这话极是有理。”当下商议已定，又道：“我们须先一日上船，次日早到他家，以便作尽日之谈。”

于是叫了一只小船，不带从者，下午下船，走了几十里。此时正值秋末冬初，昼短夜长，河里有些朦朦的月色。这小船乘着月色，摇着橹走，那河里各家运租米船，挨挤不开，这船却小，只在船旁边擦过去。看看二更多天气，两公子将次睡下，忽听一片声，打的河路响。这小船却没有灯，舱门又关着，四公子在板缝里张一张，见上流头一只大船，明晃晃点着两对大高灯：一对灯上字是“相府”，一对是“通政司大堂”；船上站着几个如狼似虎的仆人，手拿鞭子，打那挤河路的船。四公子吓了一跳，低低叫：“三哥，你过来看看。这是那个？”三公子来看了一看：“这仆人却不是我家的！”说着，那船已到了跟前，拿鞭子打这小船的船家。船家道：“好好的一条河路，你走就走罢了，行凶打怎的？”船上那些人道：“狗攮的奴才！你睁开驴眼看看灯笼上的字！船是那家的船！”船家道：“你灯上挂着相府，我知道你是那个宰相家！”那些人道：“瞎眼的死囚！湖州除了娄府还有第二个宰相！”船家道：“娄府！罢了，是那一位老爷？”那船上道：“我们是娄三老爷装租米的船，谁人不晓得！这狗攮的，再回嘴，拿绳子来把他拴在船头上，明日回过三老爷，拿帖子送到县里，且打几十板子再讲！”船家道：“娄三老爷现在我船上，你那里又有个娄三老爷出来了！”

两公子听着暗笑。船家开了舱板，请三老爷出来给他们认一认。三公子走在船头上，此时月尚未落，映着那边的灯光，照得亮。三公子问道：“你们是我家那一房的家人？”那些人却认得三公子，一齐都慌了，齐跪下道：“小人们的主人却不是老爷一家，小人们的主人刘老爷曾做过守府。因从庄上运些租米，怕河路里挤，大胆借了老爷府里官衔，不想就冲撞了三老爷的船，小的们该死了！”三公子道：“你主人虽不是我本家，却也同在乡里，借个官衔灯笼何妨。但你们在河道里行凶打人，却使不得，你们说是我家，岂不要坏了我家的声名？况你们也是知道的，我家从没有人敢做这样事。你们起来，就回去见了你们主人，也不必说在河里遇着我的这一番话，只是下次也不必如此。难道我还计较你们不成？”众人应诺，谢了三老爷的恩典，磕头起来，忙把两副高灯登时吹息，将船溜到河边上歇息去了。三公子进舱来同四公子笑了一回。四公子道：“船家，你究竟也不该说出我家三老爷在船上，又请出与他看，把他们扫这一场大兴，是何意思？”船家道：“不说，他把我船板都要打通了！好不凶恶！这一会才现出原身来了！”说罢，两公子解衣就寝。

小船摇橹行了一夜，清晨已到新市镇泊岸。两公子取水洗了面，吃了些茶水点心，吩咐了船家：“好好的看船，在此伺候。”两人走上岸，来到市梢尽头邹吉甫女儿家，见关着门。敲门问了一问,才知道老邹夫妇两人都接到东庄去了,女儿留两位老爷吃茶,也不曾坐。两人出了镇市,沿着大路去走有四里多路,遇着一个挑柴的樵夫,问他:"这里有个杨执中老爷家住在那里?"樵夫用手指着:"远望着一片红的便是他家屋后,你们打从这条小路穿过去。"两位公子谢了樵夫,披榛觅路,到了一个村子,不过四五家人家,几间茅屋。屋后有两颗大枫树,经霜后,枫叶通红,知道这是杨家屋后了。又一条小路,转到前门,门前一条涧沟,上面小小板桥。两公子过得桥来,看见杨家两扇板门关着。见人走到,那狗便吠起来。三公子自来叩门,叩了半日,里面走出一个老妪来,身上衣服甚是破烂,两公子近前问道:"你这里是杨执中老爷家么?"问了两遍,方才点头道:"便是,你是那里来的?"两公子道:"我弟兄两个姓娄,在城里住。特来拜访杨执中老爷的。"那老妪又听不明白,说道:"是姓刘么?"两公子道:"姓娄。你只向老爷说是大学士娄家便知道了。"老妪道:"老爷不在家里。从昨日出门看他们打鱼,并不曾回来,你们有甚么说话,改日再来罢。"说罢,也不晓得请进去请坐吃茶,竟自关了门回去了。两公子不胜怅怅,立了一会,只得仍旧过桥,依着原路,回到船上,进城去了。

杨执中这老呆直到晚里才回家来。老妪告诉他道:"早上城里有两个甚么姓'柳'的来寻老爹,说他在甚么'大觉寺'里住。"杨执中道:"你怎么回他去的?"老妪道:"我说老爹不在家,叫他改日来罢。"杨执中自心里想:"那个甚么姓柳的?……"忽然想起当初盐商告他,打官司,县里出的原差姓柳,一定是这差人要来找钱。因把老妪骂了几句道:"你这老不死,老蠢虫!这样人来寻我,你只回我不在家罢了,又叫他改日来怎的,你就这样没用!"老妪又不服,回他的嘴,杨执中恼了,把老妪打了几个嘴巴,踢了几脚。自此之后,恐怕差人又来寻他,从清早就出门闲混,直到晚才归家。

不想娄府两公子放心不下,过了四五日,又叫船家到镇上,仍旧步到门首敲门。老妪开门,看见还是这两个人,惹起一肚子气,发作道:"老爹不在家里!你们只管来寻怎的!"两公子道:"前日你可曾说我们是大学士娄府?"老妪道:"还说甚么!为你这两个人,带累我一顿拳打脚踢!今日又来做甚么!老爹不在家!还有些日子不来家哩!我不得工夫,要去烧锅做饭!"说着,不由两人再问,把门关上,就进去了,再也敲不应。两公子不知是何缘故,心里又好恼,又好笑,立了一会,料想叫不应了,只得再回船来。

船家摇着行了有几里路。一个卖菱的船,船上一个小孩子摇近船来,那孩子手扶着船窗,口里说道:"买菱那!买菱那!"船家把绳子拴了船,且秤菱角。两公子在船窗内伏着问那小孩子道:"你是那村里住?"那小孩子道:"我就在这新市镇上。"四公子道:"你这里有个杨执中老爹,你认得他么?"那小孩子道:"怎么不认得?这位老先生是个和气不过的人,前日趁了我的船去前村看戏,袖子里还丢下一张纸卷子,写了些字在上面。"三公子道:"在那里?"那小孩子道:"在舱底下不是?"三公子道:"取过来我们看看。"那小孩子取了递过来,接了船家买菱的钱,摇着去了。两公子打开看,是一幅素纸,上面写着一首七言绝句诗道:

不敢妄为些子事,只因曾读数行书。

严霜烈日皆经过，次第春风到草庐。

后面一行写"枫林拙叟杨允草"。两公子看罢，不胜叹息，说道："这先生襟怀冲淡，其实可敬！只是我两人怎么这般难会？……"

这日虽霜风凄紧，却喜得天气晴明，四公子在船头上看见山光水色，徘徊眺望，只见后面一只大船，赶将上来。船头上一个人叫道："娄四老爷，请拢了船，家老爷在此。"船家忙把船拢过去，那人跳过船来，磕了头，看见舱里道："原来三老爷也在此。"只因遇着这只船，有分教：

少年名士，豪门喜结丝萝；相府儒生，胜地广招俊杰。

毕竟这船是那一位贵人，且听下回分解。

第十回

鲁翰林怜才择婿
蘧公孙富室招亲

话说娄家两位公子在船上，后面一只大官船赶来，叫拢了船，一个人上船来请。两公子认得是同乡鲁编修家里的管家，问道："你老爷是几时来家的？"管家道："告假回家，尚未曾到。"三公子道："如今在那里？"管家道："现在大船上，请二位老爷过去。"两公子走过船来，看见贴着"翰林院"的封条，编修公已是方巾便服，出来站在舱门口。编修原是太保的门生，当下见了，笑道："我方才远远看见船头上站的是四世兄，我心里正疑惑你们怎得在这小船上，不想三世兄也在这里，有趣的紧。请进舱里去！"让进舱内，彼此拜见过了坐下。三公子道："京师拜别，不觉又是半载，世老先生因何告假回府？"鲁编修道："老世兄，做穷翰林的人，只望着几回差事。现今肥美的差都被别人钻谋去了，白白坐在京里，赔钱度日。况且弟年将五十，又无子息，只有一个小女，还不曾许字人家，思量不如告假返舍，料理些家务，再作道理。二位世兄，为何驾着一只小船在河里？从人也不带一个，却做甚么事？"四公子道："小弟总是闲着无事的人，因见天气晴暖，同家兄出来闲游，也没甚么事。"鲁编修道："弟今早在那边镇上去看一个故人，他要留我一饭，我因匆匆要返舍，就苦辞了他，他却将一席酒肴送在我船上。今喜遇着二位世兄，正好把酒话旧。"因问从人道："二号船可曾到？"船家答应道："不曾到，还离得远哩。"鲁编修道："这也罢了。"叫家人："把二位老爷行李搬上大船来，那船叫他回去罢。"吩咐摆了酒席，斟上酒来同饮，说了些京师里各衙门的细话。鲁编修又问问故乡的年岁，又问近来可有几个有名望的人。三公子因他问这一句话，就说出杨执中这一个人可以算得极高的品行，就把这一张诗拿出来送与鲁编修看。鲁编修看罢，愁着眉道："老世兄，似你这等所为，怕不是自古及今的贤公子，就是信陵君、春申君，也不过如此。但这样的人，盗虚声者多，有实学者少。我老实说：他若果有学问，为甚么不中了去？只做这两句诗，当得甚么？就如老世兄这样屈尊好士，也算这位杨兄一生第一个好遭际了，两回躲着不敢见面，其中就可想而知。依愚见，这样人不必十分周旋他，也罢了。"两公子听了这话，默然不语；又吃了半日酒，讲了些闲话，已到城里，鲁编修定要送两位公子回家，然后自己回去。

两公子进了家门，看门的禀道："蘧小少爷来了，在太太房里坐着哩。"两公子走进内堂，见蘧公孙在那里，三太太陪着。公孙见了表叔来，慌忙见礼，两公子扶住，邀到书房。蘧公孙呈上乃祖的书札并带了来的礼物，所刻的诗话，每位一本。两公子将此书略翻了几页，称赞道："贤侄少年如此大才，我等俱要退避三舍矣。"蘧公孙道："小子无知妄作，要求表叔指点。"两公子欢喜不已，当夜设席接风，留在书房歇息。次早起来，会过蘧公孙，就换了衣服，叫家人持帖，坐轿子去拜鲁编修。拜罢回家，即吩咐厨役备席，发帖请编修公，明日接风。走到书房内，向公孙笑着说道："我们明日请一位客，劳贤侄陪一陪。"蘧公孙问是那一位。三公子道："就是我这同乡鲁编修，也是先太保做会试总裁取中的。"四公子道："究竟也是个俗气不过的人。却因我们和他世兄弟，又前日船上遇着就先扰他一席酒，所以明日邀他来坐坐。"说着，看门的人进来禀说："绍兴姓牛的牛相公，叫做牛布衣，在外候二位老爷。"三公子道："快请厅上坐。"蘧公孙道："这牛布衣先生，可是曾在山东范学台幕中的？"三公子道："正是，你怎得知？"蘧公孙道："曾和先父同事，小侄所以知道。"四公子道："我们倒忘了尊公是在那里的。"随即出去会了牛布衣，谈之良久，便同牛布衣走进书房。蘧公孙上前拜见，牛布衣说道："适才会见令表叔，才知尊大人已谢宾客，使我不胜伤感。今幸见世兄如此英英玉立，可称嗣续有人，又要破涕为笑。"因问："令祖老先生康健么？"蘧公孙答道："托庇粗安。家祖每常也时时想念老伯。"牛布衣又说起："范学台幕中查一个童生卷子，尊公说出何景明的一段话，真乃：'谈言微中，名士风流。'"因将那一席话又述了一遍，两公子同蘧公孙都笑了。三公子道："牛先生，你我数十年故交，凡事忘形；今又喜得舍表侄得接大教，竟在此坐到晚去。"少顷，摆出酒席，四位樽酒论文。直吃到日暮，牛布衣告别，两公子问明寓处，送了出去。

次早，遣家人去邀请鲁编修，直到日中才来，头戴纱帽，身穿蟒衣，进了厅事，就要进去拜老师神主。两公子再三辞过，然后宽衣坐下，献茶。茶罢，蘧公孙出来拜见。三公子道："这是舍表侄，南昌太守家姑丈之孙。"鲁编修道："久慕久慕。"彼此谦让坐下，寒暄已毕，摆上两席酒来。鲁编修道："老世兄，这个就不是了。你我世交，知己间何必做这些客套，依弟愚见，这厅事也太阔落，意欲借尊斋，只须一席酒，我四人促膝谈心，方才畅快。"两公子见这般说，竟不违命，当下让到书房里。鲁编修见瓶花垆几，位置得宜，不觉怡悦。奉席坐了，公子吩咐一声叫"焚香"，只见一个头发齐眉的童子，在几上捧了一个古铜香炉出去，随即两个管家进来放下暖帘，就出去了。足有一个时辰，酒斟三巡，那两个管家又进来把暖帘卷上，但见书房两边墙壁上，板缝里，都喷出香气来，满座异香袭人，鲁编修觉飘飘有凌云之思。三公子向鲁编修道："香必要如此烧，方不觉得有烟气。"编修赞叹了一回，同蘧公孙谈及江西的事，问道："令祖老先生南昌接任便是王讳惠的了？"蘧公孙道："正是。"鲁编修道："这位王道尊却是了不得，而今朝廷捕获得他甚紧。"三公子道："他是降了宁王的。"鲁编修道："他是江西保荐第一能员，及期就是他先降顺了。”四公子道：“他这降，到底也不是。”鲁编修道：“古语道得好：‘无兵无粮，因甚不降？’只是各伪官也逃脱了许多，只有他领着南赣数郡一齐归降，所以朝廷尤把他罪状的狠，悬赏捕拿。”公孙听了这话，那从前的事，一字也不敢提。鲁编修又说起他请仙这一段故事。两公子不知。鲁编修细说这件事，把《西江月》念了一遍，后来的事逐句讲解出来，又道：“仙乩也古怪，只说道他归降，此后再不判了，还是吉凶未定。”四公子道：“‘几者，动之微，吉之先见。’这就是那扶乩的人一时动乎其机。说是有神仙，又说有灵鬼的，都不相干。”换过了席，两公子把蘧公孙的诗和他刻的诗话请教，极夸少年美才，鲁编修叹赏了许久，便向两公子问道：“令表侄贵庚？”三公子道：“十七。”鲁编修道：“悬弧之庆，在于何日？”三公子转问蘧公孙。公孙道：“小侄是三月十六亥时生的。”鲁编修点了一点头，记在心里。到晚席散，两公子送了客，各自安歇。

又过了数日，蘧公孙辞别回嘉兴去，两公子又留了一日。这日，三公子在内书房写回覆蘧太守的书。才写着，书童进来道：“看门的禀事。”三公子道：“着他进来。”看门的道：“外面有一位先生，要求见二位老爷。”三公子道：“你回他我们不在家，留下了帖罢。”看门的道：“他没有帖子；问着他名姓，也不肯说，只说要面会二位老爷谈谈。”三公子道：“那先生是怎样一个人？”看门的道：“他有五六十岁，头上也戴的是方巾，穿的件茧绸直裰，像个斯文人。”三公子惊道：“想是杨执中来了。”忙丢了书子，请出四公子来，告诉他如此这般，似乎杨执中的行径；因叫门上的：“去请在厅上坐，我们就出来会。”看门的应诺去了，请了那人到厅上坐下。两公子出来相见，礼毕，奉坐。那人道：“久仰大名，如雷灌耳，只是无缘，不曾拜识。”三公子道：“先生贵姓，台甫？”那人道：“晚生姓陈，草字和甫，一向在京师行道。昨同翰苑鲁老先生来游贵乡，今得瞻二位老爷丰采。三老爷‘耳白于面，名满天下’；四老爷土星明亮，不日该有加官晋爵之喜。”两公子听罢，才晓得不是杨执中，问道：“先生精于风鉴？”陈和甫道：“卜易、谈星，看相、算命，内科、外科，内丹、外丹，以及请仙判事，扶乩笔箓，晚生都略知道一二。向在京师，蒙各部院大人及四衙门的老先生请个不歇，经晚生许过他升迁的，无不神验。不瞒二位老爷说，晚生只是个直言，并不肯阿谀趋奉，所以这些当道大人，俱蒙相爱。前日正同鲁老先生笑说，自离江西，今年到贵省，屈指二十年来，已是走过九省了！”说罢，哈哈大笑。左右捧上茶来吃了。四公子问道：“今番是和鲁老先生同船来的？愚弟兄那日在路遇见鲁老先生，在船上盘桓了一日，却不曾会见。”陈和甫道：“那日晚生在二号船上，到晚，才知道二位老爷在彼。这是晚生无缘，迟这几日，才得拜见。”三公子道：“先生言论轩爽，愚兄弟也觉得恨相见之晚。”陈和甫道：“鲁老先生有句话托晚生来面致二位老爷，可借尊斋一话。”两公子道：“最好。”

当下让到书房里。陈和甫举眼四面一看，见院宇深沉，琴书潇洒，说道：“真是‘天上神仙府，人间宰相家’！”说毕，将椅子移近跟前道：“鲁老先生有一个令爱，年方及笄，晚生在他府上，是知道的。这位小姐，德性温良，才貌出众，鲁老先生和夫人因无子息，爱如掌上之珠，许多人家求亲，只是不允；昨在尊府会见南昌蘧太爷的公孙，着实爱他才华，所以托晚生来问，可曾毕过姻事？”三公子道：“这便是舍表侄，却还不曾毕姻；极承鲁老先生相爱，只不知他这位小姐贵庚多少？年命可相妨碍？”陈和甫笑道：“这个倒不消虑。令表侄八字，鲁老先生在尊府席上已经问明在心里了，到家就是晚生查算，替他两人合婚：小姐少公孙一岁，今年十六岁了，天生一对好夫妻，年、月、日、时，无一不相合；将来福寿绵长，子孙众多，一些也没有破绽的。”四公子向三公子道：“怪道他前日在席间谆谆问表侄生的年月，我道是因甚么，原来那时已有意在那里。”三公子道：“如此极好。鲁老先生错爱，又蒙陈先生你来作伐，我们即刻写书与家姑丈，择吉央媒到府奉求。”陈和甫作别道：“容日再来请教，今暂告别，回鲁老先生话去。”两公子送过陈和甫，回来将这话说与蘧公孙道：“贤侄既有此事，却且休要就回嘉兴，我们写书与太爷，打发盛从回去取了回音来，再作道理。”蘧公孙依命住下。

家人去了十余日，领着蘧太守的回书来见两公子道：“太老爷听了这话，甚是欢喜，向小人吩咐说：自己不能远来，这事总央烦二位老爷做主。央媒拜允，一是二位老爷拣择；或娶过去，或招在这里，也是二位老爷斟酌。呈上回书并白银五百两，以为聘礼之用，大相公也不必回家，住在这里办这喜事。太老爷身体是康强的，一切放心。”两公子收了回书、银子，择个吉日，央请陈和甫为媒，这边添上一位媒人，就是牛布衣。当日两位月老，齐到娄府，设席款待过，二位坐上轿子，管家持帖，去鲁编修家求亲。鲁编修那里也设席相留，回了允帖，并带了庚帖过来。到第三日，娄府办齐金银珠翠首饰，装蟒刻丝绸缎绫罗衣服，羊酒、果品，共是几十抬，行过礼去。又备了谢媒之礼，陈、牛二位，每位代衣帽银十二两，代果酒银四两，俱各欢喜。两公子就托陈和甫选定花烛之期，陈和甫选在十二月初八日不将大吉，送过吉期去。鲁编修说：只得一个女儿，舍不得嫁出门，要蘧公孙入赘。娄府也应允了。

到十二月初八，娄府张灯结彩，先请两位月老吃了一日。黄昏时分，大吹大擂起来。娄府一门官衔灯笼，就有八十多对，添上蘧太守家灯笼，足摆了三四条街，还摆不了。全副执事，又是一班细乐，八对纱灯，——这时天气初晴，浮云尚不曾退尽，灯上都用绿绸雨帷罩着，——引着四人大轿，蘧公孙端坐在内。后面四乘轿子，便是娄府两公子、陈和甫、牛布衣，同送公孙入赘。到了鲁宅门口，开门钱送了几封，只见重门洞开，里面一派乐声，迎了出来。四位先下轿进去，两公子穿着公服，两山人也穿着吉服。鲁编修纱帽蟒袍，缎靴金带，迎了出来，揖让升阶；才是一班细乐，八对绛纱灯，引着蘧公孙，纱帽宫袍，簪花披红，低头进来。到了厅事，先奠了雁，然后拜见鲁编修。编修公奉新婿正面一席坐下，两公子、两山人和鲁编修，两列相陪。献过三遍茶，摆上酒席，每人一席，共是六席。鲁编修先奉了公孙的席，公孙也回奉了。下面奏着细乐。鲁编修去奉众位的席。蘧公孙偷眼看时，是个旧旧的三间厅古老房子，此时点几十枝大蜡烛，却极其辉煌。

须臾，送定了席，乐声止了。蘧公孙下来告过丈人同二位表叔的席，又和两山人平行了礼，入席坐了。戏子上来参了堂，磕头下去，打动锣鼓，跳了一出“加官”，演了一出

“张仙送子”，一出“封赠”。这时下了两天雨才住，地下还不甚干，戏子穿着新靴，都从廊下板上大宽转走了上来。唱完三出头，副末执着戏单上来点戏，才走到蘧公孙席前跪下，恰好侍席的管家，捧上头一碗脍燕窝来上在桌上，管家叫一声“免”，副末立起，呈上戏单。忽然乒乓一声响，屋梁上掉下一件东西来，不左不右，不上不下，端端正正掉在燕窝碗里，将碗打翻。那热汤溅了副末一脸，碗里的菜泼了一桌子。定睛看时，原来是一个老鼠从梁上走滑了脚，掉将下来。那老鼠掉在滚热的汤里，吓了一惊，把碗跳翻，爬起就从新郎官身上跳了下去，把簇新的大红缎补服都弄油了。众人都失了色，忙将这碗撤去，桌子打抹干净，又取一件员领与公孙换了。公孙再三谦让，不肯点戏，商议了半日，点了“三代荣”，副末领单下去。

须臾，酒过数巡，食供两套，厨下捧上汤来。那厨役雇的是个乡下小使，他靸了一双钉鞋，捧着六碗粉汤，站在丹墀里尖着眼睛看戏。管家才掇了四碗上去，还有两碗不曾端，他捧着看戏。看到戏场上小旦装出一个妓者，扭扭捏捏的唱，他就看昏了，忘其所以然，只道粉汤碗已是端完了，把盘子向地下一掀，要倒那盘子里的汤脚，却叮当一声响，把两个碗和粉汤都打碎在地下。他一时慌了，弯下腰去抓那粉汤，又被两个狗争着，咂嘴弄舌的，来抢那地下的粉汤吃，他怒从心上起，使尽平生气力，跷起一只脚来踢去，不想那狗倒不曾踢着，力太用猛了，把一只钉鞋踢脱了，踢起有丈把高。陈和甫坐在左边的第一席，席上上了两盘点心——一盘猪肉心的烧卖，一盘鹅油白糖蒸的饺儿，热烘烘摆在面前，又是一大深碗索粉八宝攒汤，正待举起箸来到嘴，忽然席口一个乌黑的东西的溜溜的滚了来，乒乓一声，把两盘点心打的稀烂，陈和甫吓了一惊，慌立起来，衣袖又把粉汤碗招翻，泼了一桌，满坐上都觉得诧异。鲁编修自觉得此事不甚吉利，懊恼了一回，又不好说；随即悄悄叫管家到跟前骂了几句，说：“你们都做甚么？却叫这样人捧盘，可恶之极！过了喜事，一个个都要重责！”乱着，戏子正本做完，众家人掌了花烛，把蘧公孙送进新房；厅上众客换席看戏，直到天明才散。

次日，蘧公孙上厅谢亲，设席饮酒。席终，归到新房里，重新摆酒，夫妻举案齐眉。此时鲁小姐卸了浓装，换几件雅淡衣服，蘧公孙举眼细看，真有沉鱼落雁之容，闭月羞花之貌。三四个丫鬟养娘，轮流侍奉，又有两个贴身侍女——一个叫做采蘋，一个叫做双红，都是袅娜轻盈，十分颜色。此时蘧公孙恍如身游阆苑蓬莱，巫山洛浦。只因这一番，有分教：

闺阁继家声，有若名师之教；草茅隐贤士，又招好客之踪。

毕竟后事如何，且听下回分解。

第十一回

鲁小姐制义难新郎
杨司训相府荐贤士

话说蘧公孙招赘鲁府，见小姐十分美貌，已是醉心，还不知小姐又是个才女。且他这个才女，又比寻常的才女不同，鲁编修因无公子，就把女儿当作儿子，五六岁上请先生开蒙，就读的是《四书》、《五经》；十一二岁就讲书、读文章，先把一部王守溪的稿子读的滚瓜烂熟。教他做“破题”、“破承”、“起讲”、“题比”、“中比”成篇。送先生的束修。那先生督课，同男子一样。这小姐资性又高，记心又好，到此时，王、唐、瞿、薛，以及诸大家之文，历科程墨，各省宗师考卷，肚里记得三千余篇；自己作出来的文章，又理真法老，花团锦簇。鲁编修每常叹道：“假若是个儿子，几十个进士、状元都中来了！”闲居无事，便和女儿谈说：“八股文章若做的好，随你做甚么东西，——要诗就诗，要赋就赋，都是一鞭一条痕，一掴一掌血；若是八股文章欠讲究，任你做出甚么来，都是野狐禅、邪魔外道！”小姐听了父亲的教训，晓妆台畔，刺绣床前，摆满了一部一部的文章；每日丹黄烂然，蝇头细批。人家送来的诗词歌赋，正眼儿也不看他。家里虽有几本甚么《千家诗》，《解学士诗》，东坡、小妹诗话之类，倒把与伴读的侍女采蘋、双红们看；闲暇也教他诌几句诗，以为笑话。此番招赘进蘧公孙来，门户又相称，才貌又相当，真个是“才子佳人，一双两好”，料想公孙举业已成，不日就是个少年进士。但赘进门来十多日，香房里满架都是文章，公孙却全不在意。小姐心里道：“这些自然都是他烂熟于胸中的了。”又疑道：“他因新婚燕尔，正贪欢笑，还理论不到这事上。”又过了几日，见公孙赴宴回房，袖里笼了一本诗来灯下吟哦，也拉着小姐并坐同看。小姐此时还害羞，不好问他，只得强勉看了一个时辰，彼此睡下。到次日，小姐忍不住了；知道公孙坐在前边书房里，即取红纸一条，写下一行题目，是“身修而后家齐”，——叫采蘋过来，说道：“你去送与姑爷，说是老爷要请教一篇文字的。”公孙接了，付之一笑，回说道：“我于此事不甚在行。况到尊府未经满月，要做两件雅事；这样俗事，还不耐烦做哩。”公孙心里只道说，向才女说这样话是极雅的了，不想正犯着忌讳。

当晚，养娘走进房来看小姐，只见愁眉泪眼，长吁短叹，养娘道：“小姐，你才恭喜，招赘了这样好姑爷，有何心事，做出这等模样？"小姐把日里的事告诉了一遍，说道："我只道他举业已成，不日就是举人、进士；谁想如此光景，岂不误我终身！"养娘劝了一回。公孙进来，待他词色就有些不善，公孙自知惭愧，彼此也不便明言。从此啾啾唧唧，小姐心里纳闷，但说到举业上，公孙总不招揽；劝的紧了，反说小姐俗气。小姐越发闷上加闷，整日眉头不展。夫人知道，走来劝女儿道："我儿，你不要恁般呆气。我看新姑爷人物已是十分了；况你爹原爱他是个少年名士。"小姐道："母亲，自古及今，几曾看见不会中进士的人可以叫做个名士的？"说着，越要恼怒起来。夫人和养娘道："这个是你终身大事，不要如此。况且现放着两家鼎盛，就算姑爷不中进士，做官，难道这一生还少了你用的？"小姐道："'好男不吃分家饭，好女不穿嫁时衣。'依孩儿的意思，总是自挣的功名好，靠着祖、父，只算做不成器！"夫人道："就是如此，也只好慢慢劝他。这是急不得的。"养娘道："当真姑爷不得中，你将来生出小公子来，自小依你的教训，不要学他父亲。家里放着你恁个好先生，怕教不出个状元来，就替你争口气。你这封诰是稳的。"说着，和夫人一齐笑起来。小姐叹了一口气，也就罢了。落后鲁编修听见这些话，也出了两个题请教公孙，公孙勉强成篇。编修公看了，都是些诗词上的话，又有两句像《离骚》，又有两句"子书"，不是正经文字；因此，心里也闷，说不出来。却全亏夫人疼爱这女婿，如同心头一块肉。

看看过了残冬。新年正月，公子回家拜祖父、母亲的年回来。正月十二日，娄府两公子请吃春酒。公孙到了。两公子接在书房里坐，问了蘧太守在家的安，说道："今日也并无外客，因是令节，约贤侄到来，家宴三杯。"刚才坐下，看门人进来禀："看坟的邹吉甫来了。"

两公子自从岁内为蘧公孙毕姻之事，忙了月余，又乱着度岁，把那杨执中的话已丢在九霄云外；今见邹吉甫来，又忽然想起，叫请进来。两公子同蘧公孙都走出厅上，见头上戴着新毡帽，身穿一件青布厚棉道袍，脚下踏着暖鞋。他儿子小二，手里拿着个布口袋，装了许多炒米、豆腐干，进来放下。两公子和他施礼，说道："吉甫，你自恁空身来走走罢了，为甚么带将礼来？我们又不好不收你的。"邹吉甫道："二位少老爷说这笑话，可不把我羞死了。乡下物件，带来与老爷赏人。"两公子吩咐将礼收进去，邹二哥请在外边坐，将邹吉甫让进书房来。吉甫问了，知道是蘧小公子，又问蘧姑老爷的安，因说道："还是那年我家太老爷下葬，会着姑老爷的，整整二十七年了，叫我们怎的不老！姑老爷胡子也全白了么？"公孙道："全白了三四年了。"邹吉甫不肯僭公孙的坐。三公子道："他是我们表侄，你老人家年尊，老实坐罢。"吉甫遵命坐下，先吃过饭，重新摆下碟子，斟上酒来。两公子说起两番访杨执中的话，从头至尾，说了一遍。邹吉甫道："他自然不晓得。这个却因我这几个月住在东庄，不曾去到新市镇，所以这些话没人向杨先生说。杨先生是个忠厚不过的人，难道会装身分故意躲着不见；他又是个极肯相与人的，听得二位少老爷访他，他巴不得连夜来会哩！明日我回去向他说了，同他来见二位老爷。”四公子道：“你且住过了灯节，到十五日那日，同我这表侄往街坊上去看看灯，索性到十七八间，我们叫一只船，同你到杨先生家。还是先去拜他才是。”吉甫道：“这更好了。”

当夜吃完了酒，送蘧公孙回鲁宅去，就留邹吉甫在书房歇宿。次日乃试灯之期，娄府正厅上悬挂一对大珠灯，——乃是武英殿之物，宪宗皇帝御赐的；那灯是内府制造，十分精巧。——邹吉甫叫他的儿子邹二来看，也给他见见广大。到十四日，先打发他下乡去，说道：“我过了灯节，要同老爷们到新市镇，顺便到你姐姐家，要到二十外才家里去。你先去罢。”邹二应诺去了。

到十五晚上，蘧公孙正在鲁宅同夫人、小姐家宴。宴罢，娄府请来吃酒，同在街上游玩。湖州府太守衙前扎着一座鳌山灯。其余各庙，社火扮会，锣鼓喧天，人家士女，都出来看灯踏月；真乃金吾不禁，闹了半夜。次早，邹吉甫向两公子说，要先到新市镇女儿家去，约定两公子十八日下乡，同到杨家。两公子依了，送他出门。搭了个便船到新市镇。女儿接着，新年磕了老子的头，收拾酒饭吃了。

到十八日，邹吉甫要先到杨家去候两公子。自心里想：“杨先生是个穷极的人，公子们到，却将甚么管待？”因问女儿要了一只鸡，数钱去镇上打了三斤一方肉，又沽了一瓶酒，和些蔬菜之类，向邻居家借了一只小船，把这酒和鸡、肉，都放在船舱里，自己棹着，来到杨家门口，将船泊在岸傍，上去敲开了门。杨执中出来，手里捧着一个炉，拿一方帕子在那里用力的擦；见是邹吉甫，丢下炉唱诺。彼此见过节，邹吉甫把那些东西搬了进来。杨执中看见，吓了一跳道：“哎哟！邹老爹！你为甚么带这些酒肉来？我从前破费你的还少哩，你怎的又这样多情？”邹吉甫道：“老先生，你且收了进去。我今日虽是这些须村俗东西，却不是为你；要在你这里等两位贵人。你且把这鸡和肉向你太太说，整治好了，我好同你说这两个人。”杨执中把两手袖着笑道：“邹老爹，却是告诉不得你。我自从去年在县里出来，家下一无所有，常日只好吃一餐粥。直到除夕那晚，我这镇上开小押的汪家店里，想着我这座心爱的炉，出二十四两银子，分明是算定我节下没有些柴米，要来讨这巧。我说：‘要我这个炉，须是三百两现银子，少一厘也成不的。就是当在那里，过半年，也要一百两。像你这几两银子，还不够我烧炉买炭的钱哩！’那人将银子拿了回去。这一晚到底没有柴米。我和老妻两个，点了一枝蜡烛，把这炉摩弄了一夜，就过了年。”因将炉取在手内，指与邹吉甫看，道：“你看这上面包浆，好颜色！今日又恰好没有早饭米，所以方才在此摩弄这炉，消遣日子，不想遇着你来。这些酒和菜，都有了，只是不得有饭。”邹吉甫道：“原来如此，这便怎么样？”在腰间打开钞袋一寻，寻出二钱多银子，递与杨执中道：“先生，你且快叫人去买几升米来，才好坐了说话。”杨执中将这银子，唤出老妪，拿个家伙到镇上籴米。不多时，老妪籴米回，往厨下烧饭去了。

杨执中关了门来,坐下问道:“你说是今日那两个什么贵人来?”邹吉甫道:“老先生,你为盐店里的事累在县里,却是怎样得出来的?”杨执中道:“正是,我也不知。那日县父母忽然把我放了出来,我在县门口问,说是个姓晋的具保状保我出来;我自己细想,不曾认得这位姓晋的老爷。你到底在那里知道些影子的?”邹吉甫道:“那里是甚么姓晋的!这人叫做晋爵,就是娄太师府里三少老爷的管家。少老爷弟兄两位因在我这里听见你老先生的大名,回家就将自己银子兑出七百两上了库,叫家人晋爵具保状。这些事,——先生回家之后,两位少老爷亲自到府上访了两次,——先生难道不知道么?”杨执中恍然醒悟道:“是了是了,这事被我这个老妪所误!我头一次看打鱼回来,老妪向我说:‘城里有一个姓柳的。’我疑惑是前日那个姓柳的原差,就有些怕会他。后一次又是晚上回家,他说‘那姓柳的今日又来,是我回他去了。’说着,也就罢了。如今想来,柳者,娄也;我那里猜的到是娄府?只疑惑是县里原差。”邹吉甫道:“你老人家因打这年把官司,常言道得好:‘三年被毒蛇咬了,如今梦见一条绳子也是害怕。’只是心中疑惑是差人。这也罢了。因前日十二我在娄府叩节,两位少老爷说到这话,约我今日同到尊府,我恐怕先生一时没有备办,所以带这点东西来替你做个主人,好么?”杨执中道:“既是两公错爱,我便该先到城里去会他,何以又劳他来?”邹吉甫道:“既已说来,不消先去,候他来会便了。”

坐了一会,杨执中烹出茶来吃了,听得叩门声,邹吉甫道:“是少老爷来了,快去开门。”才开了门,只见一个稀醉的醉汉闯将进来,进门就跌了一交,扒起来,摸一摸头,向内里直跑。杨执中定睛看时,便是他第二个儿子杨老六,在镇上赌输了,又噇了几杯烧酒,噇的烂醉,想着来家问母亲要钱再去赌,一直往里跑。杨执中道:“畜生!那里去!还不过来见了邹老爷的礼!”那老六跌跌撞撞,作了个揖,就到厨下去了。看见锅里煮的鸡和肉喷鼻香,又闷着一锅好饭,房里又放着一瓶酒,不知是那里来的,不由分说,揭开锅就要捞了吃。他娘劈手把锅盖盖了。杨执中骂道:“你又不害馋劳病!这是别人拿来的东西,还要等着请客!”他那里肯依,醉的东倒西歪,只是抢了吃。杨执中骂他,他还睁着醉眼混回嘴,杨执中急了,拿火叉赶着,一直打了出来。邹老爹且扯劝了一回,说道:“酒菜是候娄府两位少爷的。”那杨老六虽是蠢,又是酒后,但听见娄府,也就不敢胡闹了。他娘见他酒略醒些,撕了一只鸡腿,盛了一大碗饭,泡上些汤,瞒着老子递与他吃。吃罢,扒上床,挺觉去了。

两公子直至日暮方到,蘧公孙也同了来。邹吉甫、杨执中迎了出去。两公子同蘧公孙进来,见是一间客座,两边放着六张旧竹椅子,中间一张书案;壁上悬的画是楷书《朱子治家格言》,两边一副笺纸的联,上写着:“三间东倒西歪屋,一个南腔北调人。”上面贴了一个报帖,上写:“捷报贵府老爷杨讳允,钦选应天淮安府沭阳县儒学正堂。

京报……”不曾看完，杨执中上来行礼奉坐，自己进去取盘子捧出茶来，献与各位；茶罢，彼此说了些闻声相思的话。三公子指着报帖，问道：“这荣选是近来的信么？”杨执中道：“是三年前小弟不曾被祸的时候有此事，只为当初无意中补得一个廪，乡试过十六七次，并不能挂名榜末；垂老得这一个教官，又要去递手本，行庭参，自觉得腰胯硬了，做不来这样的事，当初力辞了患病不去，又要经地方官验病出结，费了许多周折。那知辞官未久，被了这一场横祸，受小人驵侩之欺！那时懊恼不如竟到沭阳，也免得与狱吏为伍，若非三先生、四先生相赏于风尘之外，以大力垂手相援，则小弟这几根老骨头，只好瘐死囹圄之中矣！此恩此德，何日得报！”三公子道：“些须小事，何必挂怀。今听先生辞官一节，更足仰品高德重。”四公子道：“朋友原有通财之义，何足挂齿。小弟们还恨得知此事已迟，未能早为先生洗脱，心切不安。”杨执中听了这番话，更加钦敬，又和蘧公孙寒暄了几句。邹吉甫道：“二位少老爷和蘧少爷来路远，想是饥了。”杨执中道：“腐饭已经停当，请到后面坐。”

当下请在一间草屋内，是杨执中修葺的一个小小的书屋：面着一方小天井，有几树梅花，这几日天暖，开了两三枝；书房内满壁诗画，中间一副笺纸联，上写道：“嗅窗前寒梅数点，且任我俯仰以嬉；攀月中仙桂一枝，久让人婆娑而舞。”两公子看了，不胜叹息，此身飘飘如游仙境。杨执中捧出鸡肉酒饭，当下吃了几杯酒，用过饭，不吃了，撤了过去，烹茗清谈。谈到两次相访，被聋老妪误传的话，彼此大笑。两公子要邀杨执中到家盘桓几日，杨执中说：“新年略有俗务，三四日后，自当敬造高斋，为平原十日之饮。”谈到起更时候，一庭月色，照满书窗，梅花一枝枝如画在上面相似，两公子留连不忍相别。杨执中道：“本该留三先生、四先生草榻，奈乡下蜗居，二位先生恐不甚便。”于是执手踏着月影，把两公子同蘧公孙送到船上，自同邹吉甫回去了。

两公子同蘧公孙才到家，看门的禀道：“鲁大老爷有要紧事，请蘧少爷回去，来过三次人了。”蘧公孙慌回去，见了鲁夫人。夫人告诉说，编修公因女婿不肯做举业，心里着气，商量要娶一个如君，早养出一个儿子来叫他读书，接进士的书香。夫人说年纪大了，劝他不必，他就着了重气，昨晚跌了一交，半身麻木，口眼有些歪斜。小姐在旁泪眼汪汪，只是叹气。公孙也无奈何，忙走到书房去问候。陈和甫正在那里切脉。切了脉，陈和甫道：“老先生这脉息，右寸略见弦滑，肺为气之主，滑乃痰之征。总是老先生身在江湖，心悬魏阙，故尔忧愁抑郁，现出此症。治法当先以顺气祛痰为主。晚生每见近日医家嫌半夏燥，一遇痰症，就改用贝母；不知用贝母疗湿痰，反为不美。老先生此症，当用四君子，加入二陈，饭前温服。只消两三剂，使其肾气常和，虚火不致妄动，这病就退了。”于是写立药方。一连吃了四五剂，口不歪了，只是舌根还有些强。陈和甫又看过了脉，改用一个丸剂的方子，加入几味祛风的药，渐渐见效。

蘧公孙一连陪伴了十多日，并不得闲。那日值编修公午睡，偷空走到娄府，进了书房门,听见杨执中在内哂哂而谈,知道是他已来了,进去作揖,同坐下。杨执中接着说道:"我方才说的,二位先生这样礼贤好士,如小弟何足道;我有个朋友,在萧山县山里住,这人真有经天纬地之才,空古绝今之学,真乃'处则不失为真儒,出则可以为王佐。'三先生、四先生如何不要结识他?"两公子惊问:"那里有这样一位高人?"杨执中叠着指头,说出这个人来。只因这一番,有分教:

相府延宾,又聚几多英杰;名邦胜会,能消无限壮心。

不知杨执中说出甚么人来,且听下回分解。

第十二回

名士大宴莺脰湖
侠客虚设人头会

话说杨执中向两公子说："三先生、四先生如此好士，似小弟的车载斗量，何足为重！我有一个朋友，姓权，名勿用，字潜斋，是萧山县人，住在山里。此人若招致而来，与二位先生一谈，才见出他管、乐的经纶，程、朱的学问。此乃是当时第一等人。"三公子大惊道："既有这等高贤，我们为何不去拜访？"四公子道："何不约定杨先生，明日就买舟同去？"说着，只见看门人拿着红帖，飞跑进来说道："新任街道厅魏老爷上门请二位老爷的安，在京带有大老爷的家书，说要见二位老爷，有话面禀。"两公子向蘧公孙道："贤侄陪杨先生坐着，我们去会一会就来。"便进去换了衣服，走出厅上。那街道厅冠带着进来，行过了礼，分宾主坐下。

两公子问道："老父台几时出京？荣任还不曾奉贺，倒劳先施。"魏厅官道："不敢。晚生是前月初三日在京领凭，当面叩见大老爷，带有府报在此，敬来请三老爷、四老爷台安。"便将家书双手呈送过来。三公子接过来，拆开看了，将书递与四公子，向厅官道："原来是为丈量的事。老父台初到任就要办这丈量公事么？"厅官道："正是，晚生今早接到上宪谕票，催促星宿丈量。晚生所以今日先来面禀二位老爷，求将先太保大人墓道地基开示明白，晚生不日到那里叩过了头，便要传齐地保细细查看；恐有无知小民在左近樵采作践，晚生还要出示晓谕。"四公子道："父台就去的么？"厅官道："晚生便在三四日内禀明上宪，各处丈量。"三公子道："既如此，明日屈老父台舍下一饭。丈量到荒山时，弟辈自然到山中奉陪。"说着，换过三遍茶，那厅官打了躬又打躬，作别去了。

两公子送了回来，脱去衣服，到书房里踌躇着："偏有这许多不巧的事！我们正要去访权先生，却遇着这厅官来讲丈量，明日要待他一饭，丈量到先太保墓道，愚弟兄却要自走一遭，须有几时耽搁，不得到萧山去，为之奈何？"杨执中道："二位先生可谓求贤若渴了。若是急于要会权先生，或者也不必定须亲往，二位先生竟写一书，小弟也附一札，差一位盛使到山中面致潜斋，邀他来府一晤，他自当忻然命驾。"四公子道："唯恐权先生见怪弟等傲慢。"杨执中道："若不如此，府上公事是有的，过了此一事，又有事来，何日才得分身，岂不常悬此一段相思，终不能遂其愿？"蘧公孙道："也罢。表叔要会权先生，得闲之日，却未可必，如今写书差的当人去，况又有杨先生的手书，那权先生也未必见外。"当下商议定了，备几色礼物，差家人晋爵的儿子宦成，收拾行李，带了书礼、礼物往萧山。

这宦成奉着主命，上了杭州的船。船家见他行李齐整，人物雅致，请在中舱里坐。中舱先有两个戴方巾的坐着，他拱一拱手，同着坐下。当晚吃了饭，各铺行李睡下。次日，行船无事，彼此闲谈。宦成听见那两个戴方巾的说的都是些萧山县的话。——下路船上，不论甚么人，彼此都称为"客人"，因开口问道："客人，贵处是萧山？"那一个胡子客人道："是萧山。"宦成道："萧山有位权老爷，客人可认得？"那一个少年客人道："我那里不听见有个甚么权老爷。"宦成道："听见说，号叫做潜斋的。"那少年道："那个甚么潜斋？我们学里不见这个人。"那胡子道："是他么？可笑的紧！"向那少年道："你不知道他的故事，我说与你听。他在山里住，祖代都是务农的人，到他父亲手里，挣起几个钱来，把他送在村学里读书。读到十七八岁，那乡里先生没良心，就作成他出来应考。落后他父亲死了，他是个不中用的货，又不会种田，又不会作生意，坐吃山崩，把些田地都弄的精光，足足考了三十多年，一回县考的覆试也不曾取。他从来肚里也莫有通过，借在个土地庙里训了几个蒙童。每年应考，混着过也罢了；不想他又倒运：那年遇着湖州新市镇上盐店里一个伙计——姓杨的杨老头子来讨帐，住在庙里，呆头呆脑，口里说甚么天文地理，经纶匡济的混话。他听见就像神附着的发了疯，从此不应考了，要做个高人。自从高人一做，这几个学生也不来了，在家穷的要不的，只在村坊上骗人过日子，口里动不动说：'我和你至交相爱，分甚么彼此，你的就是我的，我的就是你的。'这几句话，便是他的歌诀。"那少年的道："只管骗人，那有这许多人骗？"那胡子道："他那一件不是骗来的！同在乡里之间，我也不便细说。"因向宦成道："你这位客人，却问这个人怎的？"宦成道："不怎的，我问一声儿。"口里答应，心里自忖说："我家二位老爷也可笑。多少大官大府来拜往，还怕不够相与，没来由，老远的路来寻这样混帐人家去做甚么？"正思忖着，只见对面来了一只船，船上坐着两个姑娘，好像鲁老爷家采蘋姊妹两个，吓了一跳，连忙伸出头来看，原来不相干。那两人也就不同他谈了。

不多几日，换船来到萧山，招寻了半日，招到一个山凹里，几间坏草屋，门上贴着白，敲门进去。权勿用穿着一身白，头上戴着高白夏布孝帽，问了来意，留宦成在后面一间屋里，开个稻草铺，晚间拿些牛肉、白酒，与他吃了。次早写了一封回书，向宦成道："多谢你家老爷厚爱。但我热孝在身，不便出门。你回去，多多拜上你家二位老爷和杨老爷，厚礼权且收下，再过二十多天，我家老太太百日满过，我定到老爷们府上来会。管家，实在多慢了你，这两分银子，权且为酒资。"将一个小纸包递与宦成。宦成接了道："多谢权老爷。到那日，权老爷是必到府里来，免得小的主人盼望。"权勿用道："这个自然。"送了宦成出门。宦成依旧搭船，带了书子，回湖州回覆两公子。两公子不胜怅怅，因把书房后一个大轩敞不过的亭子上换了一匾，匾上写作“潜亭”，以示等权潜斋来住的意思；就把杨执中留在亭后一间房里住。杨执中老年痰火疾，夜里要人作伴，把第二个蠢儿子老六叫了来同住，每晚一醉，是不消说。

将及一月，杨执中又写了一个字去催权勿用。权勿用见了这字，收拾搭船来湖州。在城外上了岸，衣服也不换一件，左手掮着个被套，右手把个大布袖子晃荡晃荡，在街上脚高步低的撞。撞过了城门外的吊桥，那路上却挤，他也不知道出城该走左首，进城该走右手，方不碍路；他一味横着膀子乱摇，恰好有个乡里人在城里卖完了柴出来，肩头上横掮着一根尖扁担，对面一头撞将去，将他的个高孝帽子横挑在扁担尖上。乡里人低着头走，也不知道，掮着走了。他吃了一惊，摸摸头上，不见了孝帽子。望见在那人扁担上，他就把手乱招，口里喊道：“那是我的帽子！”乡里人走的快，又听不见。他本来不会走城里的路，这时着了急，七首八脚的乱跑，眼睛又不看着前面；跑了一箭多路，一头撞到一顶轿子上，把那轿子里的官几乎撞了跌下来。那官大怒，问是甚么人，叫前面两个夜役一条链子锁起来。他又不服气，向着官指手画脚的乱吵；那官落下轿子，要将他审问，夜役喝着叫他跪，他睁着眼不肯跪。

这时街上围了六七十人，齐铺铺的看。内中走出一个人来，头戴一顶武士巾，身穿一件青绢箭衣，几根黄胡子，两只大眼睛，走近前向那官说道：“老爷，且请息怒。这个人是娄府请来的上客，虽然冲撞了老爷，若是处了他，恐娄府知道不好看相。”那官便是街道厅老魏，听见这话，将就盖个喧，抬起轿子去了。权勿用看那人时，便是他旧相识侠客张铁臂。张铁臂让他到一个茶室里坐下，叫他喘息定了，吃过茶，向他说道：“我前日到你家作吊，你家人说道，已是娄府中请了去了。今日为甚么独自一个在城门口间撞？”权勿用道：“娄公子请我久了，我却是今日才要到他家去，不想撞着这官，闹了一场，亏你解了这结。我今便同你一齐到娄府去。”

当下两人一同来到娄府门上，看门的看见他穿着一身的白，头上又不戴帽子，后面领着一个雄赳赳的人，口口声声要会三老爷、四老爷。门上人问他姓名，他死不肯说，只说：“你家老爷已知道久了。”看门的不肯传，他就在门上大嚷大叫。闹了一会，说：“你把杨执中老爹请出来罢！”看门的没奈何，请出杨执中来。杨执中看见他这模样，吓了一跳，愁着眉道：“你怎的连帽子都弄不见了！”叫他权且坐在大门板凳上，慌忙走进去，取出一顶旧方巾来与他戴了，便问：“此位壮士是谁？”权勿用道：“他便是我时常和你说的，有名的张铁臂！”杨执中道：“久仰久仰。”三个人一路进来，就告诉方才城门口这一番相闹的话。杨执中摇手道：”少停见了公子，这话不必提起了。”这日两公子都不在家，两人跟着杨执中竟到书房里，洗脸吃饭，自有家人管待。

晚间，两公子赴宴回家，来书房相会，彼此恨相见之晚，指着潜亭与他看了，道出钦慕之意。又见他带了一个侠客来，更觉举动不同于众，又重新摆出酒来：权勿用首席，杨执中、张铁臂对席，两公子主位。席间问起这号“铁臂”的缘故，张铁臂道：“晚生小时，有几斤力气，那些朋友们和我赌赛，叫我睡在街心里，把膀子伸着，等那车来，有心不起来让他。那牛车走行了,来的力猛,足有四五千斤,车毂恰好打从膀子上过,压着膀子了,那时晚生把膀子一挣,古丁的一声,那车就过去了几十步远。看看膀子上,白迹也没有一个,所以众人就加了我这一个绰号。"三公子鼓掌道:"听了这快事,足可消酒一斗,各位都斟上大杯来。"权勿用辞说:"居丧不饮酒。"杨执中道:"古人云:'老不拘礼,病不拘礼。'我方才看见肴馔也还用些,或者酒略饮两杯,不致沉醉,也还不妨。"权勿用道:"先生,你这话又欠考核了。古人所谓五荤者,葱、韭、蒝荽之类,怎么不戒?酒是断不可饮的。"四公子道:"这自然不敢相强。"忙叫取茶来斟上。张铁臂道:"晚生的武艺尽多,马上十八,马下十八,鞭、锏、锤、锤,刀、枪、剑、戟,都还略有些讲究,只是一生性气不好,惯会路见不平,拔刀相助,最喜打天下有本事的好汉;银钱到手,又最喜帮助穷人。所以落得四海无家,而今流落在贵地。"四公子道:"只才是英雄本色。"权勿用道:"张兄方才所说武艺,他舞剑的身段,尤其可观,诸先生何不当面请教?"

两公子大喜,即刻叫人家里取出一柄松文古剑来,递与铁臂。铁臂灯下拔开,光芒闪烁,即便脱了上盖的箭衣,束一束腰,手持宝剑,走出天井,众客都一拥出来。两公子叫:"且住!快吩咐点起烛来。"一声说罢,十几个管家小厮,每人手里执着一个烛奴,明晃晃点着蜡烛,摆列天井两边。张铁臂一上一下,一左一右,舞出许多身分来。舞到那酣畅的时候,只见冷森森一片寒光,如万道银蛇乱掣,并不见个人在那里,但觉阴风袭人,令看者毛发皆竖。权勿用又在几上取了一个铜盘,叫管家满贮了水,用手蘸着洒,一点也不得人。须臾,大叫一声,寒光陡散,还是一柄剑执在手里。看铁臂时,面上不红,心头不跳。众人称赞一番,直饮到四更方散,都留在书房里歇。自此,权勿用、张铁臂,都是相府的上客。

一日,三公子来向诸位道:"不日要设一个大会,遍请宾客游莺脰湖。"此时天气渐暖,权勿用身上那一件大粗白布衣服太厚,穿着热了,思量当几钱银子去买些蓝布,缝一件单直裰,好穿了做游莺脰湖的上客。自心里算计已定,瞒着公子,托张铁臂去当了五百文钱来,放在床上枕头边。日间在潜亭上眺望,晚里归房宿歇,摸一摸,床头间五百文,一个也不见了。思量房里没有别人,只是杨执中的蠢儿子在那里混,因一直寻到大门门房里,见他正坐在那里说呆话,便叫道:"老六,和你说话。"老六已是噇得烂醉了,问道:"老叔,叫我做甚么?"权勿用道:"我枕头边的五百钱,你可曾看见?"老六道:"看见的。"权勿用道:"那里去了?"老六道:"是下午时候,我拿出去赌钱输了,还剩有十来个在钞袋里,留着少刻买烧酒吃。"权勿用道:"老六!这也奇了!我的钱,你怎么拿去赌输了?"老六道:"老叔,你我原是一个人,你的就是我的,我的就是你的,分甚么彼此?"说罢,把头一掉,就几步跨出去了。把个权勿用气的眼睁睁,敢怒而不敢言,真是说不出来的苦。自此,权勿用与杨执中彼此不合:权勿用说杨执中是个呆子,杨执中说权勿用是个疯子。三公子见他没有衣服,却又取出一件浅蓝绸直裰送他。

两公子请遍了各位宾客,叫下两只大船,厨役备办酒席,和司茶酒的人另在一个船上；一班唱清曲打粗细十番的，又在一船。此时正值四月中旬，天气清和，各人都换了单夹衣服，手持纨扇。这一次虽算不得大会，却也聚了许多人。在会的是：娄玉亭三公子、娄瑟亭四公子、蘧公孙驰夫、牛高士布衣、杨司训执中、权高士潜斋、张侠客铁臂、陈山人和甫，鲁编修请了不曾到。席间八位名士，带挈杨执中的蠢儿子杨老六也在船上，共合九人之数。当下牛布衣吟诗，张铁臂击剑，陈和甫打哄说笑，伴着两公子的雍容尔雅，蘧公孙的俊俏风流，杨执中古貌古心，权勿用怪模怪样，真乃一时胜会。两边船窗四启，小船上奏着细乐，慢慢游到莺脰湖。酒席齐备，十几个阔衣高帽的管家，在船头上更番斟酒上菜，那食品之精洁，茶酒之清香，不消细说。饮到月上时分，两只船上点起五六十盏羊角灯，映着月色湖光，照耀如同白日，一派乐声大作，在空阔处更觉得响亮，声闻十余里。两边岸上的人，望若神仙，谁人不羡？游了一整夜，次早回来，蘧公孙去见鲁编修。编修公道："令表叔在家，只该闭户做些举业，以继家声，怎么只管结交这样一班人？如此招摇豪横，恐怕亦非所宜。"

次日，蘧公孙向两表叔略述一二。三公子大笑道："我亦不解你令外舅就俗到这个地位！……"不曾说完，门上人进来禀说："鲁大老爷开坊，升了侍读，朝命已下，京报适才到了，老爷们须要去道喜。"蘧公孙听了这话，慌忙先去道喜。到了晚间，公孙打发家

人飞跑来说："不好了！鲁大老爷接着朝命，正在合家欢喜，打点摆酒庆贺，不想痰病大发，登时中了脏，已不省人事了。快请二位老爷过去！"两公子听了，轿也等不得，忙走去看；到了鲁宅，进门听得一片哭声，知道已不在了。众亲戚已到，商量在本族亲房立了一个儿子过来，然后大殓治丧。蘧公孙哀毁骨立，极尽半子之谊。

又忙了几日，娄通政有家信到，两公子同在内书房商议写信到京。此乃二十四五，月色未上，两公子秉了一枝烛，对坐商议。到了二更半后，忽听房上瓦一片声的响，一个人从屋檐上掉下来，满身血污，手里提了一个革囊，两公子烛下一看，便是张铁臂。两公子大惊道："张兄，你怎么半夜里走进我的内室，是何缘故？这革囊里是甚么物件？"张铁臂道："二位老爷请坐，容我细禀：我生平一个恩人，一个仇人。这仇人已衔恨十年，无从下手，今日得便，已被我取了他首级在此。这革囊里面是血淋淋的一颗人头。但我那恩人已在这十里之外，须五百两银子去报了他的大恩，自今以后，我的心事已了，便可以舍身为知己者用了。我想可以措办此事，只有二位老爷，外此，那能有此等胸襟？所以冒昧黑夜来求，如不蒙相救，即从此远遁，不能再相见矣。"遂提了革囊要走。两公子此时已吓得心胆皆碎，忙拦住道："张兄且休慌。五百金小事，何足介意，但此物作何处置？"张铁臂笑道："这有何难？我略施剑术，即灭其迹。但仓卒不能施行，候将五百金付去之后，我不过两个时辰，即便回来，取出囊中之物，加上我的药末，顷刻化为水，毛发不存矣。二位老爷可备了筵席，广招宾客，看我施为此事。"两公子听罢，大是骇然，弟兄忙到内里取出五百两银子付与张铁臂。铁臂将革囊放在阶下，银子拴束在身，叫一声多谢，腾身而起，上了房檐，行步如飞，只听得一片瓦响，无影无踪去了。当夜万籁俱寂，月色初上，照着阶下革囊里血淋淋的人头。只因这一番，有分教：

豪华公子，闭门休问世情；名士文人，改行访求举业。

不知这人头毕竟如何，且听下回分解。

第十三回

蘧駪夫求贤问业
马纯上仗义疏财

话说娄府两公子将五百两银子送了侠客,与他报谢恩人,把革囊人头放在家里。两公子虽系相府,不怕有意外之事,但血淋淋一个人头丢在内房阶下,未免有些焦心。四公子向三公子道:"张铁臂,他做侠客的人,断不肯失信于我,我们却不可做俗人。我们竟办几席酒,把几位知己朋友都请到了,等他来时开了革囊,果然用药化为水,也是不容易看见之事。我们就同诸友做一个'人头会',有何不可?"三公子听了,到天明,吩咐办下酒席,把牛布衣、陈和甫、蘧公孙都请到;家里住的三个客是不消说。只说小饮,且不必言其所以然,直待张铁臂来时,施行出来,好让众位都吃一惊。众客到齐,彼此说些闲话。等了三四个时辰,不见来,直等到日中,还不见来;三公子悄悄向四公子道:"这事就有些古怪了。"四公子道:"想他在别处又有耽搁了。他革囊现在我家,断无不来之理。"看看等到下晚,总不来了。厨下酒席已齐,只得请众客上坐。这日天气甚暖,两公子心里焦躁:"此人若竟不来,这人头却往何处发放?"直到天晚,革囊臭了出来,家里太太闻见,不放心,打发人出来请两位老爷去看。二位老爷没奈何,才硬着胆开了革囊,一看,那里是甚么人头,只有六七斤一个猪头在里面!两公子面面相觑,不则一声,立刻叫把猪头拿到厨下赏与家人们去吃。两公子悄悄相商,这事不必使一人知道,仍旧出来陪客饮酒。心里正在纳闷,看门的人进来禀道:"乌程县有个差人,持了县里老爷的帖,同萧山县来的两个差人叩见老爷,有话面禀。"三公子道:"这又奇了,有甚么话说?"留四公子陪着客,自己走到厅上,传他们进来。那差人进来磕了头,说道:"本官老爷请安。"随呈上一张票子和一角关文。三公子叫取烛来看,见那关文上写着:

> 萧山县正堂吴。为地棍奸拐事:案据兰若庵僧慧远,具控伊徒尼僧心远,被地棍权勿用奸拐霸占在家一案,查本犯未曾发觉之先,已自潜迹逃往贵治,为此移关,烦贵县查点来文事理,遣役协同来差访该犯潜踪何处,擒获解还敝县,以便审理究治。望速!望速!

看过,差人禀道:"小的本官上覆三老爷,知道这人在府内,因老爷这里不知他这些事,所以留他。而今求老爷把他交与小的,他本县的差人现在外伺候,交与他带去,休使他知觉逃走了,不好回文。”三公子道:“我知道了,你在外面候着。”差人应诺出去了,在门房里坐着。

三公子满心惭愧,叫请了四老爷和杨老爷出来。二位一齐来到,看了关文和本县拿人的票子,四公子也觉不好意思。杨执中道:“三先生、四先生,自古道:‘蜂虿入怀,解衣去赶。’他既弄出这样事来,先生们庇护他不得了。如今我去向他说,把他交与差人,等他自己料理去。”两公子没奈何。杨执中走进书房席上,一五一十说了。权勿用红着脸道:“真是真,假是假!我就同他去,怕甚么!”两公子走进来,不肯改常,说了些不平的话;又奉了两杯别酒,取出两封银子送作盘程。两公子送出大门,叫仆人替他拿了行李,打躬而别。那两个差人见他出了娄府,两公子已经进府,就把他一条链子锁去了。

两公子因这两番事后,觉得意兴稍减,吩咐看门的:“但有生人相访,且回他到京去了。”自此,闭门整理家务。不多几日,蘧公孙来辞,说蘧太守有病,要回嘉兴去侍疾。两公子听见,便同公孙去候姑丈,及到嘉兴,蘧太守已是病得重了,看来是个不起之病。公孙传着太守之命,托两公子替他接了鲁小姐回家。两公子写信来家,打发婢子去说,鲁夫人不肯。小姐明于大义,和母亲说了,要去侍疾。此时采蘋已嫁人去了,只有双红一个丫头做了赠嫁。叫两只大船,全副妆奁都搬在船上。来嘉兴,太守已去世了,公孙承重。鲁小姐上侍孀姑,下理家政,井井有条,亲戚无不称羡。娄府两公子候治丧已过,也回湖州去了。

公孙居丧三载,因看见两个表叔半世豪举,落得一场扫兴,因把这做名的心也看淡了,诗话也不刷印送人了。服阕之后,鲁小姐头胎生的个小儿子,已有四岁了。小姐每日拘着他在房里讲《四书》,读文章。公孙也在旁指点。却也心里想在学校中相与几个考高等的朋友谈谈举业,无奈嘉兴的朋友都知道公孙是个做诗的名士,不来亲近他,公孙觉得没趣。那日打从街上走过,见一个新书店里贴着一张整红纸的报帖,上写道:

> 本坊敦请处州马纯上先生精选三科乡会墨程。凡有同门录及朱卷赐顾者,幸认嘉兴府大街文海楼书坊不误。

公孙心里想道:“这原来是个选家,何不来拜他一拜?……”急到家换了衣服,写个“同学教弟”的帖子,来到书坊,问道:“这里是马先生下处?”店里人道:“马先生在楼上。”因喊一声道:“马二先生,有客来拜。”楼上应道:“来了。”于是走下楼来。公孙看那马二先生时,身长八尺,形容甚伟,头带方巾,身穿蓝直裰,脚下粉底皂靴,面皮深黑,不多几根胡子。相见作揖让坐。马二先生看了帖子,说道:“尊名向在诗上见过,久仰久仰!”公孙道:“先生来操选政,乃文章山斗,小弟仰慕,晋谒已迟。”店里捧出茶来吃了,公孙又道:“先生便是处州学,想是高补过的。”马二先生道:“小弟补廪二十四年,蒙历任宗师的青目,共考过六七个案首,只是科场不利,不胜惭愧!”公孙道:“遇合有时,下科一定是抡元无疑的了。”说了一会，公孙告别。马二先生问明了住处，明日就来回拜。公孙回家向鲁小姐说：“马二先生明日来拜。他是个举业当行，要备个饭留他。”小姐欣然备下。

次早，马二先生换了大衣服，写了回帖，来到蘧府。公孙迎接进来，说道：“我两人神交已久，不比泛常。今蒙赐顾，宽坐一坐，小弟备个家常饭，休嫌轻慢。”马二先生听罢欣然。公孙问道：“尊选程墨，是那一种文章为主？”马二先生道：“文章总以理法为主，任他风气变，理法总是不变，所以本朝洪、永是一变，成、宏又是一变，细看来，理法总是一般。大约文章既不可带注疏气，尤不可带词赋气；带注疏气不过失之于少文采，带词赋气便有碍于圣贤口气，所以词赋气尤在所忌。”公孙道：“这是做文章了；请问批文章是怎样个道理？”马二先生道：“也全是不可带词赋气。小弟每常见前辈批语，有些风花雪月的字样，被那些后生们看见，便要想到诗词歌赋那条路上去，便要坏了心术。古人说得好：作文之心如人目，凡人目中，尘土屑固不可有，即金玉屑又是着得的么？所以小弟批文章，总是采取《语类》、《或问》上的精语。时常一个批语要做半夜，不肯苟且下笔，要那读文章的读了这一篇，就悟想出十几篇的道理，才为有益。将来拙选告成，送来细细请教。”说着，里面捧出饭来，果是家常肴馔：一碗炖鸭，一碗煮鸡，一尾鱼，一大碗煨的稀烂的猪肉。马二先生食量颇高，举起箸来向公孙道：“你我知己相逢，不做客套，这鱼且不必动，倒是肉好！”当下吃了四碗饭，将一大碗烂肉吃得干干净净。里面听见，又添出一碗来；连汤都吃完了，抬开桌子，啜茗清谈。

马二先生问道：“先生名门，又这般大才，久已该高发了，因甚困守在此？”公孙道：“小弟因先君见背的早，在先祖膝下料理些家务，所以不曾致力于举业。”马二先生道：“你这就差了。举业二字，是从古及今人人必要做的。就如孔子生在春秋时候，那时用‘言扬行举’做官，故孔子只讲得个‘言寡尤，行寡悔，禄在其中’，这便是孔子的举业。讲到战国时，以游说做官，所以孟子历说齐梁，这便是孟子的举业。到汉朝用‘贤良方正’开科，所以公孙弘、董仲舒举贤良方正，这便是汉人的举业。到唐朝用诗赋取士，他们若讲孔孟的话，就没有官做了，所以唐人都会做几句诗，这便是唐人的举业。到宋朝又好了，都用的是些理学的人做官，所以程、朱就讲理学，这便是宋人的举业。到本朝用文章取士，这是极好的法则。就是夫子在而今，也要念文章、做举业，断不讲那‘言寡尤，行寡悔’的话。何也？就日日讲究‘言寡尤，行寡悔’，那个给你官做？孔子的道也就不行了。”一席话，说得蘧公孙如梦方醒。又留他吃了晚饭，结为性命之交，相别而去。自此，日日往来。

那日在文海楼，彼此会着，看见刻的墨卷目录摆在桌上，上写着“历科墨卷持运”，下面一行刻着“处州马静纯上氏评选”。蘧公孙笑着向他说道：“请教先生，不知尊选上面可好添上小弟一个名字，与先生同选，以附骥尾？”马二先生正色道：“这个是有个道理的。站封面亦非容易之事，就是小弟，全亏几十年考校的高，有些虚名，所以他们来请。难道先生这样大名还站不得封面？只是你我两个，只可独站，不可合站，其中有个缘故。"蘧公孙道:"是何缘故?"马二先生道:"这事不过是名利二者。小弟一不肯自己坏了名,自认做趋利。假若把你先生写在第二名,那些世俗人就疑惑刻资出自先生,小弟岂不是个利徒了?若把先生写在第一名,小弟这数十年虚名,岂不都是假的了?还有个反面文章是如此算计,先生自想,也是这样算计。"说着,坊里捧出先生的饭来,一碗熝青菜,两个小菜碟。马二先生道:"这没菜的饭,不好留先生用,奈何?"蘧公孙道:"这个何妨?但我晓得长兄先生也是吃不惯素饭的,我这里带的有银子。"忙取出一块来,叫店主人家的二汉买了一碗熟肉来。

两人同吃了,公孙别去。在家里,每晚同鲁小姐课子到三四更鼓,或一天遇着那小儿子书背不熟,小姐就要督责他念到天亮,倒先打发公孙到书房里去睡。双红这小丫头在旁递茶递水,极其小心。他会念诗,常拿些诗来求讲,公孙也略替他讲讲;因心里喜他殷勤,就把收的王观察的个旧枕箱把与他盛花儿针线;又无意中把遇见王观察这一件事向他说了。不想宦成这奴才小时同他有约,竟大胆走到嘉兴,把这丫头拐了去。公孙知道,大怒,报了秀水县,出批文拿了回来。两口子看守在差人家,央人来求公孙,情愿出几十两银子与公孙做丫头的身价,求赏与他做老婆。公孙断然不依。差人要带着宦成回官,少不得打一顿板子,把丫头断了回来,一回两回诈他的银子。宦成的银子使完,衣服都当尽了。那晚在差人家,两口子商议,要把这个旧枕箱拿出去卖几十个钱来买饭吃。双红是个丫头家,不知人事,向宦成说道:"这箱子是一位做大官的老爷的,想是值的银子多,几十个钱卖了,岂不可惜?"宦成问:"是蘧老爷的?是鲁老爷的?"丫头道:"都不是。说这官比蘧太爷的官大多着哩。我也是听见姑爷说,这是一位王太爷,就接蘧太爷南昌的任,后来这位王太爷做了不知多大的官,就和宁王相与,宁王日夜要想杀皇帝,皇帝先把宁王杀了,又要杀这王太爷。王太爷走到浙江来,不知怎的,又说皇帝要他这个箱子,王太爷不敢带在身边走,恐怕搜出来,就交与姑爷;姑爷放在家里闲着,借与我盛些花,不晓的我带了出来。我想皇帝都想要的东西,不知是值多少钱,你不见箱子里还有王太爷写的字在上?"宦成道:"皇帝也未必是要他这个箱子,必有别的缘故。这箱子能值几文!"那差人一脚把门踢开,走进来骂道:"你这倒运鬼!放着这样大财不发,还在这里受瘟罪!"宦成道:"老爷,我有甚么财发?"差人道:"你这痴孩子!我要传授了,便宜你的狠哩!老婆白白送你,还可以发得几百银子财,你须要大大的请我,将来银子同我平分,我才和你说。"宦成道:"只要有银子。平分是罢了,请是请不起的,除非明日卖了枕箱子请老爷。"差人道:"卖箱子?还了得!就没戏唱了!你没有钱我借钱给你。不但今日晚里的酒钱,从明日起,要用同我商量。我替你设法了来,总要加倍还我。"又道:"我竟在里面扣除,怕你拗到那里去!"差人即时拿出二百文,买酒买肉,同宦成两口子吃,算是借与宦成的,记一笔帐在那里。吃着,宦成问道:"老爹说我有甚么财发?"差人道:"今日且吃酒,明日再说。"当夜猜三划五,吃了半夜,把二百文都吃完了。

宦成这奴才吃了个尽醉,两口子睡到日中还不起来。差人已是清晨出门去了,寻了一个老练的差人商议，告诉他如此这般："事还是竟弄破了好；还是'开弓不放箭'，大家弄几个钱有益？"被老差人一口大啐道："这个事都讲破！破了还有个大风？如今只是闷着同他讲，不怕他不拿出钱来。还亏你当了这几十年的门户，利害也不晓得！遇着这样事还要讲破！破你娘的头！"骂的这差人又羞又喜，慌跑回来，见宦成还不曾起来，说道："好快活！这一会像两个狗恋着。快起来和你说话！"宦成慌忙起来，出了房门。差人道："和你到外边去说话——"两人拉着手，到街上一个僻静茶室里坐下。差人道："你这呆孩子，只晓得吃酒吃饭，要同女人睡觉！放着这样一注大财不会发，岂不是'如入宝山空手回'？"宦成道："老爹指教便是。"差人道："我指点你，你却不要'过了庙不下雨'。"说着，一个人在门首过，叫了差人一声"老爹"，走过去了。差人见那人出神，叫宦成坐着，自己悄悄尾了那人去。只听得那人口里抱怨道："白白给他打了一顿，却是没有伤，喊不得冤；待要自己做出伤来，官府又会验的出。"差人悄悄的拾了一块砖头，凶神的走上去把头一打，打了一个大洞，那鲜血直流出来。那人吓了一跳，问差人道："这是怎的？"差人道："你方才说没有伤，这不是伤么？又不是自己弄出来的，不怕老爷会验，还不快去喊冤哩！"那人倒着实感激，谢了他，把那血用手一抹，涂成一个血脸，往县前喊冤去了。

宦成站在茶室门口望，听见这些话，又学了一个乖。差人回来，坐下，说道："我昨晚听见你当家的说，枕箱是那王太爷的。王太爷降了宁王，又逃走了，是个钦犯，这箱子便是个钦赃。他家里交结钦犯，藏着钦赃，若还首出来，就是杀头充军的罪，他还敢怎样你！"宦成听了他这一席话，如梦方醒，说道："老爹，我而今就写呈去首。"差人道："呆兄弟，这又没主意了。你首了，就把他一家杀个精光，与你也无益，弄不着他一个钱，况你又同他无仇。如今只消串出个人来吓他一吓，吓出几百两银子来，把丫头白白送你做老婆，不要身价，这事就罢了。"宦成道："多谢老爹费心。如今只求老爹替我做主。"差人道："你且莫慌。"当下还了茶钱，同走出来。差人嘱付道："这话，到家在丫头跟前不可露出一字。"宦成应诺了。从此，差人借了银子，宦成大酒大肉，且落得快活。

蘧公孙催着回官，差人只腾挪着混他，今日就说明日，明日就说后日，后日又说再迟三五日。公孙急了，要写呈子告差人，差人向宦成道："这事却要动手了！"因问："蘧小相平日可有一个相厚的人？"宦成道："这却不知道。"回去问丫头，丫头道："他在湖州相与的人多，这里却不曾见，我只听得有个书店里姓马的来往了几次。"宦成将这话告诉差人。差人道："这就容易了。"便去寻代书写下一张出首叛逆的呈子，带在身边，到大街上一路书店问去。问到文海楼，一直进去请马先生说话，马二先生见是县里人，不知何事，只得邀他上楼坐下。差人道："先生一向可同做南昌府的蘧家蘧小相儿相与？"马二先生道："这是我极好的弟兄。头翁，你问他怎的？"差人两边一望道："这里没有外人么？"马二先生道："没有。"把座子移近跟前，拿出这张呈子来与马二先生看，道："他家竟有这件事。我们公门里好修行，所以通个信给他，早为料理，怎肯坏这个良心？"马二先生看完，面如土色，又问了备细，向差人道："这事断断破不得。既承头翁好心,千万将呈子捺下。他却不在家,到坟上修理去了,等他来时商议。”差人道:“他今日就要递。这是犯关节的事,谁人敢捺?”马二先生慌了道:“这个如何了得!”差人道:“先生,你一个‘子曰行’的人,怎这样没主意?自古‘钱到公事办,火到猪头烂。’只要破些银子,把这枕箱买了回来,这事便罢了。”马二先生拍手道:“好主意!”当下锁了楼门,同差人到酒店里,马二先生做东,大盘大碗请差人吃着,商议此事。只因这一番,有分教:

通都大邑,来了几位选家;僻壤穷乡,出了一尊名士。

毕竟差人要多少银子赎这枕箱,且听下回分解。

第十四回

蘧公孙书坊送良友
马秀才山洞遇神仙

话说马二先生在酒店里同差人商议要替蘧公孙赎枕箱，差人道："这奴才手里拿着一张首呈，就像拾到了有利的票子。银子少了，他怎肯就把这钦赃放出来？极少也要三二百银子。还要我去拿话吓他：'这事弄破了，一来，与你无益；二来，钦案官司，过司由院，一路衙门，你都要跟着走。你自己算计，可有这些闲钱陪着打这样的恶官司？'——是这样吓他，他又见了几个冲心的钱，这事才得了。我是一片本心，特地来报信。我也只愿得无事，落得'河水不洗船'；但做事也要'打蛇打七寸'才妙。你先生请上裁！"马二先生摇头道："二三百两是不能。不要说他现今不在家，是我替他设法，就是他在家里，虽然他家太爷做了几任官，而今也家道中落，那里一时拿的许多银子出来？"差人道："既然没有银子，他本人又不见面，我们不要耽误他的事，把呈子丢还他，随他去闹罢了。"马二先生道："不是这样说。你同他是个淡交，我同他是深交，眼睁睁看他有事，不能替他掩下来，这就不成个朋友了。——但是要做的来。"差人道："可又来！你要做的来，我也要做的来！"马二先生道："头翁，我和你从长商议，实不相瞒，在此选书，东家包我几个月，有几两银子束修，我还要留着些用；他这一件事，劳你去和宦成说，我这里将就垫二三十两银子把与他，他也只当是拾到的，解了这个冤家罢。"差人恼了道："这个正合着古语，'瞒天讨价，就地还钱。'我说二三百银子，你就说二三十两，'戴着斗笠亲嘴，差着一帽子！'怪不得人说你们'诗云子曰'的人难讲话！这样看来，你好像'老鼠尾巴上害疖子，出脓也不多！'倒是我多事，不该来惹这婆子口舌！"说罢，站起身来谢了扰，辞别就往外走。马二先生拉住道："请坐再说，急怎的？我方才这些话，你道我不出本心么？他其实不在家，我又不是先知了风声，把他藏起，和你讲价钱。况且你们一块土的人，彼此是知道的，蘧公孙是甚么慷慨脚色，这宗银子知道他认不认，几时还我？只是由着他弄出事来，后日懊悔迟了。——总之，这件事，我也是个旁人，你也是个旁人，我如今认些晦气，你也要极力帮些，一个出力，一个出钱，也算积下一个莫大的阴功；若是我两人先参差着，就不是共事的道理了。"差人道："马老先生，而今这银子我也不问是你出，是他出，你们原是'毡袜裹脚靴'，但须要我效劳的来。老实一句，'打开板壁讲亮话'，这事一些半些，几十两银子的话，横竖做不来，没有三百，也要二百两银子，才有商议。我又不要你十两五两，没来由把难题目把你做怎的？"马二先生见他这话说顶了真，心里着急道："头翁，我的束修其实只得一百两银子，这些时用掉了几两，还要留两把作盘费到杭州去。挤的干干净净，抖了包，只挤的出九十二两银子来，一厘也不得多。你若不信，我同你到下处去拿与你看，此外行李箱子内，听凭你搜，若搜出一钱银子来，你把我不当人。就是这个意思，你替我维持去，如断然不能，我也就没法了，他也只好怨他的命。"差人道："先生，像你这样血心为朋友，难道我们当差的心不是肉做的？自古山水尚有相逢之日，岂可人不留个相与？只是这行瘟的奴才头高，不知可说的下去？"又想一想道："我还有个主意，又合着古语说，'秀才人情纸半张。'现今丫头已是他拐到手了，又有这些事，料想要不回来，不如趁此就写一张婚书，上写收了他身价银一百两，合着你这九十多，不将有二百之数？这分明是有名无实的，却塞得住这小厮的嘴，这个计较何如？"马二先生道："这也罢了，只要你做的来，这一张纸何难，我就可以做主。"

当下说定了，店里会了帐，马二先生回到下处候着。差人假作去会宦成，去了半日，回到文海楼。马二先生接到楼上，差人道："为这件事，不知费了多少唇舌，那小奴才就像我求他的，定要一千八百的乱说，说他家值多少就该给他多少，落后我急了，要带他回官，说：'先问了你这奸拐的罪，回过老爷，把你纳在监里，看你到那里去出首！'他才慌了，依着我说。我把他枕箱先赚了来，现放在楼下店里。先生快写起婚书来，把银子兑清，我再打一个禀帖，销了案，打发这奴才走清秋大路，免得又生出枝叶来。"马二先生道："你这赚法甚好，婚书已经写下了。"随即同银子交与差人。差人打开看，足足九十二两，把箱子拿上楼来交与马二先生，拿着婚书、银子，去了。回到家中，把婚书藏起，另外开了一篇细帐，借贷吃用，衙门使费，共开出七十多两，只剩了十几两银子递与宦成。宦成嫌少，被他一顿骂道："你奸拐了人家使女，犯着官法，若不是我替你遮盖，怕老爷不会打折你的狗腿！我倒替你白白的骗一个老婆，又骗了许多银子，不讨你一声知感，反问我找银子！——来！我如今带你去回老爷，先把你这奸情事打几十板子，丫头便传蘧家领去，叫你吃不了的苦，兜着走！"宦成被他骂得闭口无言，忙收了银子，千恩万谢，领着双红，往他州外府寻生意去了。

蘧公孙从坟上回来，正要去问差人，催着回官，只见马二先生来候，请在书房坐下，问了些坟上的事务，慢慢说到这件事上来。蘧公孙初时还含糊，马二先生道："长兄，你这事还要瞒我么？你的枕箱现在我下处楼上。"公孙听见枕箱，脸便飞红了。马二先生遂把差人怎样来说，我怎样商议，后来怎样怎样，"我把选书的九十几两银子给了他，才买回这个东西来，而今幸得平安无事。就是我这一项银子，也是为朋友上一时激于意气，难道就要你还？但不得不告诉你一遍。明日叫人到我那里把箱子拿来，或是劈开了，或是竟烧化了，不可再留着惹事！"公孙听罢，大惊，忙取一把椅子放在中间，把马二先生捺了坐下,倒身拜了四拜。请他坐在书房里,自走进去,如此这般,把方才这些话说与乃眷鲁小姐,又道:“像这样的才是斯文骨肉朋友,有意气!有肝胆!相与了这样正人君子,也不枉了!像我娄家表叔结交了多少人,一个个出乖露丑,若听见这样话,岂不羞死!”鲁小姐也着实感激,备饭留马二先生吃过,叫人跟去将箱子取来毁了。

次日,马二先生来辞别,要往杭州,公孙道:“长兄先生,才得相聚,为甚么便要去?”马二先生道:“我原在杭州选书。因这文海楼请我来选这一部书,今已选完,在此就没事了。”公孙道:“选书已完,何不搬来我小斋住着,早晚请教?”马二先生道:“你此时还不是养客的时候。况且杭州各书店里等着我选考卷,还有些未了的事,没奈何,只得要去。倒是先生得闲来西湖上走走,那西湖山光水色,颇可以添文思。”公孙不能相强,要留他办酒席饯行。马二先生道:“还要到别的朋友家告别。”说罢,去了,公孙送了出来。到次日,公孙封了二两银子,备了些薰肉小菜,亲自到文海楼来送行,要了两部新选的墨卷回去。

马二先生上船,一直来到断河头,问文瀚楼的书坊,——乃是文海楼一家——到那里去住。住了几日,没有甚么文章选,腰里带了几个钱,要到西湖上走走。

这西湖乃是天下第一个真山真水的景致!且不说那灵隐的幽深,天竺的清雅,只这出了钱塘门,过圣因寺,上了苏堤,中间是金沙港,转过去就望见雷峰塔;到了净慈寺,有十多里路,真乃五步一楼,十步一阁。一处是金粉楼台,一处是竹篱茅舍,一处是桃柳争妍,一处是桑麻遍野。那些卖酒的青帘高飏,卖茶的红炭满炉,士女游人,络绎不绝,真不数“三十六家花酒店,七十二座管弦楼”。

马二先生独自一个,带了几个钱,步出钱塘门,在茶亭里吃了几碗茶,到西湖沿上牌楼跟前坐下。见那一船一船乡下妇女来烧香的,都梳着挑鬓头,也有穿蓝的,也有穿青绿衣裳的,年纪小的都穿些红绸单裙子;也有模样生的好些的,都是一个大团白脸,两个大高颧骨;也有许多疤、麻、疥、癞的。一顿饭时,就来了有五六船。那些女人后面都跟着自己的汉子,掮着一把伞,手里拿着一个衣包,上了岸,散往各庙里去了。马二先生看了一遍,不在意里,起来又走了里把多路。望着湖沿上接连着几个酒店,挂着透肥的羊肉,柜台上盘子里盛着滚热的蹄子、海参、糟鸭、鲜鱼,锅里煮着馄饨,蒸笼上蒸着极大的馒头。马二先生没有钱买了吃,喉咙里咽唾沫,只得走进一个面店,十六个钱吃了一碗面。肚里不饱,又走到间壁一个茶室吃了一碗茶,买了两个钱处片嚼嚼,倒觉得有些滋味。吃完了出来,看见西湖沿上柳阴下系着两只船,那船上女客在那里换衣裳:一个脱去元色外套,换了一件水田披风,一个脱去天青外套,换了一件玉色绣的八团衣服;一个中年的脱去宝蓝缎衫,换了一件天青缎二色金的绣衫。那些跟从的女客,十几个人,也都换了衣裳。这三位女客,一位跟前一个丫鬟,手持黑纱团香扇替他遮着日头,缓步上岸;那头上珍珠的白光,直射多远,裙上环佩,叮叮当当的响。马二先生低着头走了过去,不曾仰视。往前走过了六桥,转个湾,便像些村乡地方,又有人家的棺材厝基,中间走了一二里多路,走也走不清,甚是可厌。马二先生欲待回家,遇着一走路的，问道："前面可还有好顽的所在？"那人道："转过去便是净慈、雷峰，怎么不好顽？"马二先生又往前走。走到半里路，见一座楼台盖在水中间，隔着一道板桥，马二先生从桥上走过去，门口也是个茶室，吃了一碗茶。里面的门锁着，马二先生要进去看，管门的问他要了一个钱，开了门，放进去。里面是三间大楼，楼上供的是仁宗皇帝的御书，马二先生吓了一跳，慌忙整一整头巾，理一理宝蓝直裰，在靴桶内拿出一把扇子来当了笏板，恭恭敬敬，朝着楼上扬尘舞蹈，拜了五拜。拜毕起来，定一定神，照旧在茶桌子上坐下。旁边有个花园，卖茶的人说是布政司房里的人在此请客，不好进去。那厨房却在外面，那热汤汤的燕窝、海参，一碗碗在跟前捧过去，马二先生又羡慕了一番。出来过了雷峰，远远望见高高下下，许多房子，盖着琉璃瓦，曲曲折折，无数的朱红栏杆；马二先生走到跟前，看见一个极高的山门，一个直匾，金字，上写着"敕赐净慈禅寺"，山门旁边一个小门。马二先生走了进去，一个大宽展的院落，地下都是水磨的砖，才进二道山门，两边廊上都是几十层极高的阶级。那些富贵人家的女客，成群逐队，里里外外，来往不绝，都穿的是锦绣衣服，风吹起来，身上的香一阵阵的扑人鼻子。马二先生身子又长，戴一顶高方巾，一幅乌黑的脸，腆着个肚子，穿着一双厚底破靴，横着身子

乱跑,只管在人窝子里撞。女人也不看他,他也不看女人,前前后后跑了一交,又出来坐在那茶亭内——上面一个横匾,金书“南屏”两字,——吃了一碗茶。柜上摆着许多碟子:桔饼、芝麻糖、粽子、烧饼、处片、黑枣、煮栗子。马二先生每样买了几个钱的,不论好歹,吃了一饱。马二先生也倦了,直着脚,跑进清波门,到了下处关门睡了;因为走多了路,在下处睡了一天。

第三日起来,要到城隍山走走,城隍山就是吴山,就在城中,马二先生走不多远,已到了山脚下。望着几十层阶级,走了上去,横过来又是几十层阶级,马二先生一气走上,不觉气喘。看见一个大庙门前卖茶,吃了一碗。进去见是吴相国伍公之庙。马二先生作了个揖,逐细的把匾联看了一遍。又走上去,就像没有路的一般,左边一个门,门上钉着一个匾,匾上“片石居”三个字,里面也想是个花园,有些楼阁。马二先生步了进去,看见窗棂关着,马二先生在门外望里张了一张,见几个人围着一张桌子,摆着一座香炉,众人围着,像是请仙的意思。马二先生想道:“这是他们请仙判断功名大事,我也进去问一问。”站了一会,望见那人磕头起来,旁边人道:“请了一个才女来了。”马二先生听了暗笑。又一会,一个问道:“可是李清照?”又一个问道:“可是苏若兰?”又一个拍手道:“原来是朱淑真!”马二先生道:“这些甚么人?料想不是管功名的了,我不如去罢。”又转过两个湾,上了几层阶级,只见平坦的一条大街,左边靠着山,一路有几个庙宇;右边一路,一间一间的房子,都有两进。屋后一进,窗子大开着,空空阔阔,一眼隐隐望得见钱塘江。那房子:也有卖酒的,也有卖耍货的,也有卖饺儿的,也有卖面的,也有卖茶的,也有测字算命的。庙门口都摆的是茶桌子。这一条街,单是卖茶就有三十多处,十分热闹。

马二先生正走着,见茶铺子里一个油头粉面的女人招呼他吃茶,马二先生别转头来就走,到间壁一个茶室泡了一碗茶,看见有卖的蓑衣饼,叫打了十二个钱的饼吃了,略觉有些意思。走上去,一个大庙,甚是巍峨,便是城隍庙,他便一直走进去,瞻仰了一番。过了城隍庙,又是一个湾,又是一条小街,街上酒楼、面店都有,还有几个簇新的书店。店里贴着报单,上写:“处州马纯上先生精选《三科程墨持运》于此发卖”。马二先生见了欢喜,走进书店坐坐,取过一本来看,问个价钱,又问:“这书可还行?”书店人道:“墨卷只行得一时,那里比得古书。”马二先生起身出来,因略歇了一歇脚,就又往上走。过这一条街,上面无房子了,是极高的个山冈,一步步去走到山冈上,左边望着钱塘江,明明白白。那日江上无风,水平如镜,过江的船,船上有轿子,都看得明白。再走上些,右边又看得见西湖,雷峰一带、湖心亭都望见,那西湖里打鱼船,一个一个,如小鸭子浮在水面。马二先生心旷神怡,只管走了上去,又看见一个大庙门摆着茶桌子卖茶,马二先生两脚酸了,且坐吃茶。吃着,两边一望,一边是江,一边是湖,又有那山色一转围着,又遥见隔江的山,高高低低,忽隐忽现,马二先生叹道:“真乃‘载华岳而不重,振河海而不泄,万物载焉!’”吃了两碗茶,肚里正饿,思量要回去路上吃饭,恰好一个乡里人捧着许多烫面薄饼来卖,又一篮子煮熟的牛肉,马二先生大喜,买了几十文饼和牛肉,就在茶桌子上尽兴一吃。吃得饱了,自思趁着饱再上去。

走上一箭多路,只见左边一条小径,榛莽蔓草,两边拥塞,马二先生照着这条路走去,见那玲珑怪石,千奇万状,钻进一个石罅,见石壁上多少名人题咏,马二先生也不看他。过了一个小石桥,照着那极窄的石磴走上去,又是一座大庙,又有一座石桥,甚不好走。马二先生攀藤附葛,走过桥去,见是个小小的祠宇,上有匾额,写着:"丁仙之祠"。马二先生走进去,见中间塑一个仙人,左边一个仙鹤,右边竖着一座二十个字的碑。马二先生见有签筒,思量:"我困在此处,何不求个签问问吉凶?"正要上前展拜,只听得背后一人道:"若要发财,何不问我?"马二先生回头一看,见祠门口立着一个人,身长八尺,头戴方巾,身穿茧绸直裰,左手自理着腰里丝绦,右手拄着龙头拐杖,一部大白须,直垂过脐,飘飘有神仙之表。只因遇着这个人,有分教:

慷慨仗义,银钱去而复来;广结交游,人物久而愈盛。

毕竟此人是谁,且听下回分解。

第十五回

葬神仙马秀才送丧　思父母匡童生尽孝

话说马二先生在丁仙祠正要跪下求签,后面一人叫一声"马二先生",马二先生回头一看,那人像个神仙,慌忙上前施礼道:"学生不知先生到此,有失迎接。但与先生素昧平生,何以便知学生姓马?"那人道:"'天下何人不识君?'先生既遇着老夫,不必求签了,且同到敝寓谈谈。"马二先生道:"尊寓在那里?"那人指道:"就在此处,不远。"当下携了马二先生的手,走出丁仙祠,却是一条平坦大路,一块石头也没有,未及一刻功夫,已到了伍相国庙门口,马二先生心里疑惑:"原来有这近路!我方才走错了。"又疑惑:"恐是神仙缩地腾云之法也不可知……"来到庙门口,那人道:"这便是敝寓,请进去坐。"

那知这伍相国殿后有极大的地方,又有花园,园里有五间大楼,四面窗子望江望湖,那人就住在这楼上,邀马二先生上楼,施礼坐下。那人四个长随,齐齐整整,都穿着绸缎衣服,每人脚下一双新靴,上来小心献茶。那人吩咐备饭,一齐应诺下去了。马二先生举眼一看,楼中间挂着一张匹纸,上写冰盘大的二十八个大字,一首绝句诗道:

南渡年来此地游,而今不比旧风流。
湖光山色浑无赖,挥手清吟过十洲。

后面一行写"天台洪憨仙题"。马二先生看过《纲鉴》,知道"南渡"是宋高宗的事,屈指一算,已是三百多年,而今还在,一定是个神仙无疑。因问道:"这佳作是老先生的?"那仙人道:"憨仙便是贱号。偶尔遣兴之作,颇不足观。先生若爱看诗句,前时在此,有同抚台、藩台及诸位当事在湖上唱和的一卷诗,取来请教。"便拿出一个手卷来。马二先生放开一看,都是各当事的亲笔,一递一首,都是七言律诗,咏的西湖上的景,图书新鲜,着实赞了一回,收递过去。捧上饭来,一大盘稀烂的羊肉,一盘糟鸭,一大碗火腿虾圆杂脍,又是一碗清汤,虽是便饭,却也这般热闹。马二先生腹中尚饱,不好辜负了仙人的意思,又尽力的吃了一餐。撤下家伙去。

洪憨仙道:"先生久享大名,书坊敦请不歇,今日因甚闲暇到这祠里来求签?"马二先生道："不瞒老先生说，晚学今年在嘉兴选了一部文章，送了几十金，却为一个朋友的事垫用去了。如今来到此处，虽住在书坊里，却没有甚么文章选。寓处盘费已尽，心里纳闷，出来闲走走，要在这仙祠里求个签，问问可有发财机会。谁想遇着老先生，已经说破晚生心事，这签也不必求了。"洪憨仙道："发财也不难；但大财须缓一步，目今权且发个小财，好么？"马二先生道："只要发财，那论大小！只不知老先生是甚么道理？"洪憨仙沉吟了一会，说道："也罢，我如今将些须物件送与先生，你拿到下处去试一试；如果有效验，再来问我取讨，如不相干，别作商议。"因走进房内，床头边摸出一个包子来打开，里面有几块黑煤，递与马二先生道："你将这东西拿到下处，烧起一炉火来，取个罐子把他顿在上面，看成些甚么东西，再来和我说。"

马二先生接着，别了憨仙，回到下处。晚间果然烧起一炉火来，把罐子顿上，那火支支的响了一阵，取罐倾了出来，竟是一锭细丝纹银。马二先生喜出望外，一连倾了六七罐，倒出六七锭大纹银。马二先生疑惑不知可用得，当夜睡了。次日清早，上街到钱店里去看，钱店都说是十足纹银，随即换了几千钱，拿回下处来。马二先生把钱收了，赶到洪憨仙下处来谢。憨仙已迎出门来道："昨晚之事如何？"马二先生道："果是仙家妙用！"如此这般，告诉憨仙倾出多少纹银。憨仙道："早哩！我这里还有些，先生再拿去试试。"又取出一个包子来，比前有三四倍，送与马二先生。又留着吃过饭。别了回来。马二先生一连在下处住了六七日，每日烧炉，倾银子，把那些黑煤都倾完了，上戥子一秤，足有八九十两重。马二先生欢喜无限，一包一包收在那里。

一日，憨仙来请说话。马二先生走来。憨仙道："先生，你是处州，我是台州，相近，原要算桑里。今日有个客来拜我，我和你要认作中表弟兄，将来自有一番交际，断不可误。"马二先生道："请问这位尊客是谁？"憨仙道："便是这城里胡尚书家三公子，名缜，字密之。尚书公遗下宦囊不少，这位公子却有钱癖，思量多多益善，要学我这'烧银'之法；眼下可以拿出万金来，以为炉火药物之费。但此事须一居间之人，先生大名，他是知道的，况在书坊操选，是有踪迹可寻的人，他更可以放心。如今相会过，订了此事，到七七四十九日之后，成了'银母'，凡一切铜锡之物，点着即成黄金，岂止数十百万。我是用他不着，那时告别还山，先生得这'银母'，家道自此也可小康了。"马二先生见他这般神术，有甚么不信，坐在下处，等了胡三公子来。三公子同憨仙施礼，便请问马二先生："贵乡贵姓？"憨仙道："这是舍弟，各书坊所贴处州马纯上先生选《三科程墨》的便是。"胡三公子改容相接，施礼坐下。三公子举眼一看，见憨仙人物轩昂，行李华丽，四个长随轮流献茶，又有选家马先生是至戚，欢喜放心之极，坐了一会，去了。

次日，憨仙同马二先生坐轿子回拜胡府，马二先生又送了一部新选的墨卷，三公子留着谈了半日，回到下处。顷刻，胡家管家来下请帖，两副：一副写洪太爷，一副写马老爷。帖子上是："明日湖亭一卮小集，候教！胡缜拜订。"持帖人说道："家老爷拜上太爷，席设在西湖花港御书楼旁园子里，请太爷和马老爷明日早些。"憨仙收下帖子。次日，两人坐轿来到花港，园门大开，胡三公子先在那里等候。两席酒，一本戏，吃了一日。马二先生坐在席上，想起前日独自一个看着别人吃酒席，今日恰好人请我也在这里。当下极丰盛的酒馔点心，马二先生用了一饱。胡三公子约定三五日再请到家写立合同，央马二先生居间，然后打扫家里花园，以为丹室；先兑出一万银子，托憨仙修制药物，请到丹室内住下。三人说定，到晚席散，马二先生坐轿竟回文瀚楼。

一连四天，不见憨仙有人来请，便走去看他，一进了门，见那几个长随不胜慌张，问其所以，憨仙病倒了，症候甚重，医生说脉息不好，已是不肯下药。马二先生大惊，急上楼进房内去看，已是淹淹一息，头也抬不起来。马二先生心好，就在这里相伴，晚间也不回去。挨过两日多，那憨仙寿数已尽，断气身亡。那四个人慌了手脚，寓处掳一掳，只得四五件绸缎衣服还当得几两银子，其余一无所有，几个箱子都是空的。这几个人也并非长随，是一个儿子，两个侄儿，一个女婿，这时都说出来。马二先生听在肚里，替他着急。此时棺材也不够买。马二先生有良心，赶着下处去取了十两银子来与他们料理。儿子守着哭泣，侄子上街买棺材，女婿无事，同马二先生到间壁茶馆里谈谈。

马二先生道："你令岳是个活神仙，今年活了三百多岁，怎么忽然又死起来？"女婿道："笑话！他老人家今年只得六十六岁，那里有甚么三百岁！想着他老人家，也就是个不守本分，惯弄玄虚。寻了钱又混用掉了，而今落得这一个收场。不瞒老先生说，我们都是买卖人，丢着生意，同他做这虚头事。他而今直脚去了，累我们讨饭回乡，那里说起！"马二先生道："他老人家床头间有那一包一包的'黑煤'，烧起炉来，一倾就是纹银。"女婿道："那里是甚么'黑煤'！那就是银子，用煤煤黑了的！一下了炉，银子本色就现出来了。那原是个做出来哄人的，用完了那些，就没的用了。"马二先生道："还有一说：他若不是神仙，怎的在丁仙祠初见我的时候，并不曾认得我，就知我姓马？"女婿道："你又差了。他那日在片石居扶乩出来，看见你坐在书店看书，书店问你尊姓，你说，我就是书面上马甚么，他听了知道的。世间那里来的神仙！"马二先生恍然大悟："他原来结交我是要借我骗胡三公子，幸得胡家时运高，不得上算。"又想道："他亏负了我甚么？我到底该感激他。"当下回来，候着他装殓，算还庙里房钱，叫脚子抬到清波门外厝着。马二先生备个牲醴纸钱，送到厝所，看着用砖砌好了。剩的银子，那四个人做盘程，谢别去了。

马二先生送殡回来，依旧到城隍山吃茶，忽见茶室旁边添了一张小桌子，一个少年坐着拆字。那少年虽则瘦小，却还有些精神；却又古怪，面前摆着字盘笔砚，手里却拿着一本书看。马二先生心里诧异，假作要拆字，走近前一看，原来就是他新选的《三科程墨持运》。马二先生竟走到桌旁板凳上坐下，那少年丢下文章，问道："是要拆字的？"马二先生道："我走倒了，借此坐坐。"那少年道："请坐，我去取茶来。"即向茶室里开了一碗茶，送在马二先生跟前，陪着坐下。马二先生见他乖觉，问道："长兄，你贵姓？可就是这本城人？"那少年又看见他戴着方巾，知道是学里朋友，便道："晚生姓匡，不是本城人。晚生在温州府乐清县住。"马二先生见他戴顶破帽，身穿一件单布衣服，甚是蓝缕，因说道："长兄，你离家数百里，来省做这件道路，这事是寻不出大钱来的，连糊口也不足。你今年多少尊庚？家下可有父母妻子？我看你这般勤学，想也是个读书人。”那少年道：“晚生今年二十二岁，还不曾娶过妻子，家里父母俱存，自小也上过几年学，因是家寒无力，读不成了。去年跟着一个卖柴的客人来省城，在柴行里记帐，不想客人消折了本钱，不得回家，我就流落在此。前日一个家乡人来，说我父亲在家有病，于今不知个存亡，是这般苦楚。”说着，那眼泪如豆子大掉了下来。马二先生着实恻然，说道：“你且不要伤心。你尊讳尊字是甚么？”那少年收泪道：“晚生叫匡迥，号超人。还不曾请问先生仙乡贵姓。”马二先生道：“这不必问。你方才看的文章，封面上马纯上就是我了。”匡超人听了这话，慌忙作揖，磕下头去，说道：“晚生真乃‘有眼不识泰山’！”马二先生忙还了礼，说道：“快不要如此，我和你萍水相逢，斯文骨肉。这拆字到晚也有限了，长兄何不收了，同我到下处谈谈？”匡超人道：“这个最好。先生请坐，等我把东西收了。”当下将笔砚纸盘收了，做一包背着，同桌凳寄在对门庙里，跟马二先生到文瀚楼。

马二先生到文瀚楼开了房门坐下。马二先生问道：“长兄，你此时心里可还想着读书上进？还想着家去看看尊公么？”匡超人见问这话，又落下泪来道：“先生，我现今衣食缺少，还拿甚么本钱想读书上进？这是不能的了。只是父亲在家患病，我为人子的，不能回去奉侍，禽兽也不如，所以几回自心里恨极，不如早寻一个死处！”马二先生劝道：“快不要如此。只你一点孝思，就是天地也感格的动了。你且坐下，我收拾饭与你吃。”当下留他吃了晚饭，又问道：“比如长兄你如今要回家去，须得多少盘程？”匡超人

道："先生，我那里还讲多少？只这几天水路搭船，到了旱路上，我难道还想坐山轿不成，背了行李走，就是饭食少两餐也罢；我只要到父亲跟前，死也瞑目！"马二先生道："这也使得。你今晚且在我这里住一夜，慢慢商量。"到晚，马二先生又问道："你当时读过几年书？文章可曾成过篇？"匡超人道："成过篇的。"马二先生笑着向他说："我如今大胆出个题目，你做一篇，我看看你笔下可望得进学。这个使得么？"匡超人道："正要请教先生，只是不通，先生休笑。"马二先生道："说那里话，我出一题，你明日做。"说罢，出了题，送他在那边睡。次日，马二先生才起来，他文章已是停停当当，送了过来。马二先生喜道："又勤学，又敏捷，可敬可敬！"把那文章看了一遍，道："文章才气是有，只是理法欠些。"将文章按在桌上，拿笔点着，从头至尾，讲了许多虚实反正，吞吐含蓄之法与他。他作揖谢了要去，马二先生道："休慌。你在此终不是个长策，我送你盘费回去。"匡超人道："若蒙资助，只借出一两银子就好了。"马二先生道："不然，你这一到家，也要些须有个本钱奉养父母，才得有功夫读书。我这里竟拿十两银子与你，你回去做些生意，请医生看你尊翁的病。"当下开箱子取出十两一封银子，又寻了一件旧棉袄，一双鞋，都递与他，道："这银子，你拿家去；这鞋和衣服，恐怕路上冷，早晚穿穿。"匡超人接了衣裳、银子，两泪交流道："蒙先生这般相爱，我匡迥何以为报！意欲拜为盟兄，将来诸事还要照顾。只是大胆，不知长兄可肯容纳？"

马二先生大喜，当下受了他两拜，又同他拜了两拜，结为兄弟。留他在楼上，收拾菜蔬，替他饯行。吃着，向他说道："贤弟，你听我说。你如今回去，奉事父母，总以文章举业为主。人生世上，除了这事，就没有第二件可以出头。不要说算命、拆字是下等，就是教馆、作幕，都不是个了局。只是有本事进了学，中了举人、进士，即刻就荣宗耀祖。这就是《孝经》上所说的'显亲扬名'，才是大孝，自身也不得受苦。古语道得好：'书中自有黄金屋，书中自有千钟粟，书中自有颜如玉。'而今甚么是书？就是我们的文章选本了。贤弟，你回去奉养父母，总以做举业为主。就是生意不好，奉养不周，也不必介意，总以做文章为主。那害病的父亲，睡在床上，没有东西吃，果然听见你念文章的声气，他心花开了，分明难过也好过，分明那里疼也不疼了。这便是曾子的'养志'。假如时运不好，终身不得中举，一个廪生是挣的来的，到后来，做任教官，也替父母请一道封诰。我是百无一能，年纪又大了；贤弟，你少年英敏，可细听愚兄之言，图个日后宦途相见。"说罢，又到自己书架上细细检了几部文章，塞在他棉袄里卷着，说道："这都是好的，你拿去读下。"匡超人依依不舍，又急于要家去看父亲，只得洒泪告辞。马二先生携着手，同他到城隍山旧下处取了铺盖，又送他出清波门，一直送到江船上。看着上了船，马二先生辞别，进城去了。

匡超人过了钱塘江，要搭温州的船。看见一只船正走着，他就问："可带人？"船家道："我们是抚院大人差上郑老爹的船，不带人的。"匡超人背着行李正待走，船窗里一个白须老者道："驾长，单身客人，带着也罢了，添着你买酒吃。"船家道："既然老爹吩咐，客人你上来罢。"把船撑到岸边，让他下了船。匡超人放下行李，向老爹作了揖，看见舱里三个人:中间郑老爹坐着,他儿子坐在旁边,这边坐着一个外府的客人。郑老爹还了礼,叫他坐下。匡超人为人乖巧,在船上不拿强拿,不动强动,一口一声,只叫"老爹"。那郑老爹甚是欢喜,有饭叫他同吃。饭后行船无事,郑老爹说起:"而今人情浇薄,读书的人,都不孝父母。这温州姓张的,弟兄三个都是秀才,两个疑惑老子把家私偏了小儿子,在家打吵,吵的父亲急了,出首到官;他两弟兄在府、县都用了钱,倒替他父亲做了假哀怜的呈子,把这事销了案。亏得学里一位老师爷持正不依,详了我们大人衙门,大人准了,差了我到温州提这一干人犯去。"那客人道:"这一提了来审实,府、县的老爷不都有碍?"郑老爹道:"审出真情,一总都是要参的!"匡超人听见这话,自心里叹息:"有钱的不孝父母,像我这穷人,要孝父母又不能,真乃不平之事!"过了两日,上岸起旱,谢了郑老爹。郑老爹饭钱一个也不问他要。他又谢了。一路晓行夜宿,来到自己村庄,望见家门。只因这一番,有分教:

　　敦伦修行,终受当事之知;实至名归,反作终身之玷。

不知后事如何,且听下回分解。

第十六回

大柳庄孝子事亲
乐清县贤宰爱士

话说匡超人望见自己家门，心里欢喜，两步做一步，急急走来敲门。母亲听见是他的声音，开门迎了出来，看见道："小二！你回来了？"匡超人道："娘！我回来了！"放下行李，整一整衣服，替娘作揖磕头。他娘捏一捏他身上，见他穿着极厚的棉袄，方才放心，向他说道："自从你跟了客人去后，这一年多，我的肉身时刻不安！一夜梦见你掉在水里，我哭醒来。一夜又梦见你把腿跌折了。一夜又梦见你脸上生了一个大疙瘩，指与我看，我替你拿手拈，总拈不掉。一夜又梦见你来家望着我哭，把我也哭醒了。一夜又梦见你头戴纱帽，说做了官。我笑着说：'我一个庄农人家，那有官做？'旁一个人道：'这官不是你儿子，你儿子却也做了官，却是今生再也不到你跟前来了。'我又哭起来说：'若做了官就不得见面，这官就不做他也罢！'就把这句话哭着，吆喝醒了；把你爹也吓醒了。你爹问我，我一五一十把这梦告诉你爹，你爹说我心想痴了。不想就在这半夜你爹就得了病，半边身子动不得，而今睡在房里。"

外边说着话，他父亲匡太公在房里已听见儿子回来了，登时那病就轻松些，觉得有些精神。匡超人走到跟前，叫一声"爹！儿子回来了！"上前磕了头。太公叫他坐在床沿上，细细告诉他这得病的缘故，说道："自你去后，你三房里叔子就想着我这个屋。我心里算计，也要卖给他，除另寻屋，再剩几两房价，等你回来，做个小本生意。旁人向我说：'你这屋是他屋边屋，他谋买你的，须要他多出几两银子。'那知他有钱的人只想便宜，岂但不肯多出钱，照时值估价，还要少几两，分明知道我等米下锅，要杀我的巧。我赌气不卖给他，他就下一个毒，串出上手业主拿原价来赎我的。——业主，你晓得的，还是我的叔辈，他倚恃尊长，开口就说：'本家的产业是卖不断的。'我说：'就是卖不断，这数年的修理也是要认我的。'他一个钱不认，只要原价回赎。那日在祠堂里彼此争论，他竟把我打起来，族间这些有钱的，受了三房里嘱托，都偏为着他，倒说我不看祖宗面上。你哥又没中用，说了几句'道三不着两'的话。我着了这口气，回来就病倒了；自从我病倒，日用益发艰难。你哥听着人说，受了原价，写过吐退与他，那银子零星收来，都花费了。你哥看见不是事，同你嫂子商量，而今和我分了另吃；我想又没有家私给他，自挣自吃，也只得由他。他而今每早挑着担子在各处赶集，寻的钱，两口子还养不来。我又睡在这里，终日只有出的气，没有进的气，间壁又要房子翻盖，不顾死活，三五天一回人来催，口里不知多少闲话。你又去得不知下落。你娘想着，一场两场的哭！”匡超人道：“爹，这些事都不要焦心，且静静的养好了病。我在杭州，亏遇着一个先生，他送了我十两银子，我明日做起个小生意，寻些柴米过日子。三房里来催，怕怎的！等我回他。”

母亲走进来叫他吃饭，他跟了走进厨房，替嫂子作揖。嫂子倒茶与他吃。吃罢，又吃了饭；忙走到集上把剩的盘程钱买了一只猪蹄来家煨着，晚上与太公吃。买了回来，恰好他哥子挑着担子进门，他向哥作揖下跪，哥扶住了他，同坐在堂屋，告诉了些家里的苦楚。他哥子愁着眉道：“老爹而今有些害发了，说的话，‘道三不着两’的。现今人家催房子，挨着总不肯出，带累我受气。他疼的是你，你来家早晚说着他些。”说罢，把担子挑到房里去。匡超人等菜烂了，和饭拿到父亲面前，扶起来坐着。太公因儿子回家，心里欢喜，又有些荤菜，当晚那菜和饭也吃了许多。剩下的，请了母亲同哥进来，在太公面前，放桌子吃了晚饭。太公看着欢喜，直坐到更把天气，才扶了睡下。匡超人将被单拿来在太公脚跟头睡。次日清早起来，拿银子到集上买了几口猪，养在圈里，又买了斗把豆子。先把猪肩出一个来杀了，烫洗干净，分肌劈理的卖了一早晨；又把豆子磨了一厢豆腐，也都卖了钱，拿来放在太公床底下，就在太公跟前坐着。见太公烦闷，便搜出些西湖上景致，以及卖的各样的吃食东西，又听得各处的笑话，曲曲折折，细说与太公听。太公听了也笑。太公过了一会，向他道：“我要出恭，快喊你娘进来。”母亲忙走进来，正要替太公垫布，匡超人道：“爹要出恭，不要这样出了，像这布垫在被窝里，出的也不自在，况每日要洗这布，娘也怕薰的慌，不要薰伤了胃气。”太公道：“我站的起来出恭倒好了，这也是没奈何！”匡超人道：“不要站起来，我有道理。”连忙走到厨下端了一个瓦盆，盛上一瓦盆的灰，拿进去放在床面前，就端了一条板凳放在瓦盆外边，自己扒上床，把太公扶了横过来，两只脚放在板凳上，屁股紧对着瓦盆的灰。他自己钻在中间，双膝跪下，把太公两条腿捧着肩上，让太公睡的安安稳稳，自在出过恭；把太公两腿扶上床，仍旧直过来，又出的畅快，被窝里又没有臭气。他把板凳端开，瓦盆拿出去倒了，依旧进来坐着。

到晚，又扶太公坐起来吃了晚饭。坐一会，伏侍太公睡下，盖好了被，他便把省里带来的一个大铁灯盏装满了油，坐在太公旁边，拿出文章来念。太公睡不着，夜里要吐痰、吃茶，一直到四更鼓，他就读到四更鼓。太公叫一声，就在跟前。太公夜里要出恭，从前没人服侍，就要忍到天亮，今番有儿子在旁伺候，夜里要出就出。晚饭也放心多吃几口。匡超人每夜四鼓才睡，只睡一个更头，便要起来杀猪，磨豆腐。

过了四五日，他哥在集上回家的早，集上带了一个小鸡子在嫂子房里煮着；又买了一壶酒，要替兄弟接风，说道：“这事不必告诉老爹罢。”匡超人不肯，把鸡先盛了一碗送与父母，剩下的，兄弟两人在堂里吃着。恰好三房的阿叔过来催房子，匡超人丢下酒，向阿叔作揖下跪。阿叔道："好呀！老二回来了？穿的恁厚厚敦敦的棉袄！又在外边学得恁知礼，会打躬作揖！"匡超人道："我到家几日，事忙，还不曾来看得阿叔，就请坐下吃杯便酒罢。"阿叔坐下吃了几杯酒，便提到出房子的话。匡超人道："阿叔莫要性急。放着弟兄两人在此，怎敢白赖阿叔的房子住？就是没钱典房子，租也租两间出去住了，把房子让阿叔，只是而今我父亲病着，人家说，病人移了床，不得就好。如今我弟兄着急请先生替父亲医，若是父亲好了，作速的让房子与阿叔；就算父亲是长病，不得就好，我们也说不得料理寻房子搬去。只管占着阿叔的，不但阿叔要催，就是我父母两个老人家，住的也不安。"阿叔见他这番话说的中听，又婉委，又爽快，倒也没的说了，只说道："一个自家人，不是我只管要来催，因为要一总拆了修理，既是你恁说，再耽带些日子罢。"匡超人道："多谢阿叔！阿叔但请放心，这事也不得过迟。"那阿叔应诺了要去。他哥道："阿叔再吃一杯酒。"阿叔道："我不吃了。"便辞了过去。

自此以后，匡超人的肉和豆腐都卖得生意又燥，不到日中就卖完了，把钱拿来家伴着父亲。算计那日赚的钱多，便在集上买个鸡鸭，或是鱼，来家与父亲吃饭。因太公是个痰症，不十分宜吃大荤，所以要买这些东西。或是猪腰子，或是猪肚子，倒也不断；医药是不消说。太公日子过得称心，每日每夜出恭小解都是儿子照顾定了，出恭一定是匡超人跪在跟前，把腿捧在肩头上。太公的病渐渐好了许多，也和两个儿子商议要寻房子搬家，倒是匡超人说："父亲的病才好些，索性等再好几分，扶着起来走得，再搬家也不迟。"那边人来催，都是匡超人支吾过去。

这匡超人精神最足：早半日做生意，夜晚伴父亲，念文章，辛苦已极；中上得闲，还溜到门首同邻居们下象棋。那日正是早饭过后，他看着太公吃了饭；出门无事，正和一个本家放牛的，在打稻场上将一个稻箩翻过来做了桌子，放着一个象棋盘对着。只见一个白胡老者背剪着手来看，看了半日，在旁边说道："喽！老兄这一盘输了！"匡超人抬头一看，认得便是本村大柳庄保正潘老爹；因立起身来叫了他一声，作了个揖。潘保正道："我道是谁，方才几乎不认得了。你是匡太公家匡二相公。你从前年出门，是几时回来了的？你老爹病在家里？"匡超人道："不瞒老爹说，我来家已是有半年了，因为无事，不敢来上门上户，惊动老爹；我家父病在床上，近来也略觉好些，多谢老爹记念。请老爹到舍下奉茶。"潘保正道："不消取扰。"因走近前替他把帽子升一升，又拿他的手来细细看了，说道："二相公，不是我奉承你，我自小学得些麻衣神相法，你这骨格是个贵相，将来只到二十七八岁，就交上好的运气，妻、财、子、禄，都是有的。现今印堂颜色有些发黄，不日就有个贵人星照命。"又把耳朵边揹着看看，道："却也还有个虚惊，不大碍事，此后运气一年好似一年哩。"匡超人道："老爹，我做这小生意，只望着不折了本，每日寻得几个钱养活父母，便谢天地菩萨了，那里想甚么富贵轮到我身上。"潘保正摇手道："不相干，这样事那里是你做的？"说罢，各自散了。

三房里催出房子，一日紧似一日，匡超人支吾不过，只得同他硬撑了几句，那里急了,发狠说:“过三日再不出,叫人来摘门下瓦!”匡超人心里着急,又不肯向父亲说出。过了三日,天色晚了,正伏侍太公出了恭起来,太公睡下,他把那铁灯盏点在旁边念文章,忽然听得门外一声响亮,有几十人声一齐吆喝起来。他心里疑惑是三房里叫多少人来下瓦摘门。顷刻,几百人声,一齐喊起,一派红光,把窗纸照得通红。他叫一声:“不好了!”忙开出去看,原来是本村失火。一家人一齐跑出来说道:“不好了!快些搬!”他哥睡的梦梦铳铳,扒了起来,只顾得他一副上集的担子。担子里面的东西又零碎:芝麻糖,豆腐干,腐皮,泥人,小孩子吹的箫,打的叮当,女人戴的锡簪子,挝着了这一件,掉了那一件。那糖和泥人,断的断了,碎的碎了,弄了一身臭汗,才一总捧起来朝外跑。那火头已是望见有丈把高,一个一个的火团子往天井里滚。嫂子抢了一包被褥、衣裳、鞋脚,抱着哭哭啼啼,反往后走。老奶奶吓得两脚软了,一步也挪不动。那火光照耀得四处通红,两边喊声大震。匡超人想,别的都不打紧,忙进房去抢了一床被在手内,从床上把太公扶起,背在身上,把两只手搂得紧紧的,且不顾母亲,把太公背在门外空处坐着;又飞跑进来,一把拉了嫂子,指与他门外走;又把母亲扶了,背在身上。才得出门,那时火已到门口,几乎没有出路。匡超人道:“好了!父母都救出来了!”且在空地下把太公放了睡下,用被盖好。母亲和嫂子坐在跟前。再寻他哥时,已不知吓的躲在那里去了。那火轰轰烈烈,熚熚烞烞,一派红光,如金龙乱舞。乡间失火,又不知救法,水次又远,足足烧了半夜,方才渐渐熄了;稻场上都是烟煤,兀自有焰腾腾的火气。一村人家房子都烧成空地。匡超人没奈何,无处存身,望见庄南头大路上一个和尚庵,且把太公背到庵里,叫嫂子扶着母亲,一步一挨,挨到庵门口。和尚出来问了,不肯收留,说道:“本村失了火,凡被烧的都没有房子住,一个个搬到我这庵里时,再盖两进屋也住不下,况且你又有个病人,那里方便呢?”只见庵内走出一个老翁来,定睛看时,不是别人,就是潘保正。匡超人上前作了揖,如此这般:“被了回禄。”潘保正道:“匡二相公,原来昨晚的火,你家也在内!可怜!”匡超人又把要借和尚庵住,和尚不肯,说了一遍。潘保正道:“师父,你不知道,匡太公是我们村上有名的忠厚人。况且这小二相公好个相貌,将来一定发达。你出家人与人方便,自己方便,权借一间屋与他住两天,他自然就搬了去。香钱我送与你。”和尚听见保正老爹吩咐,不敢违拗,才请他一家进去,让出一间房子来。匡超人把太公背进庵里去睡下。潘保正进来问候太公,太公谢了保正。和尚烧了一壶茶来与众位吃。保正回家去了,一会又送了些饭和菜来与他压惊。直到下午,他哥才寻了来,反怪兄弟不帮他抢东西。

匡超人见不是事,托保正就在庵旁大路口替他租了间半屋,搬去住下。幸得那晚原不曾睡下,本钱还带在身边,依旧杀猪、磨豆腐过日子,晚间点灯念文章。太公却因着了这一吓,病更添得重了。匡超人虽是忧愁,读书还不歇。那日读到二更多天,正读得高兴,忽听窗外锣响,许多火把簇拥着一乘官轿过去,后面马蹄一片声音,自然是本县知县过,他也不曾住声,由着他过去了。不想这知县这一晚就在庄上住下了公馆,心中叹息:“这样乡村地面,夜深时分,还有人苦功读书,实为可敬!只不知这人是秀才是童生，何不传保正来问一问。”当下传了潘保正来，问道：“庄南头庙门旁那一家，夜里念文章的是个甚么人？”保正知道就是匡家，悉把如此这般：“被火烧了，租在这里住。这念文章的是他第二个儿子匡迥，每日念到三四更鼓。不是个秀才，也不是个童生，只是个小本生意人。”知县听罢惨然，吩咐道：“我这里发一个帖子，你明日拿出去致意这匡迥，说我此时也不便约他来会，现今考试在即，叫他报名来应考；如果文章会做，我提拔他。”保正领命下来。

次日清早，知县进城回衙去了。保正叩送了回来，飞跑走到匡家，敲开了门，说道：“恭喜！”匡超人问道：“何事？”保正帽子里取出一个单帖来递与他，上写：“侍生李本瑛拜”。匡超人看见是本县县主的帖子，吓了一跳，忙问：“老爹，这帖是拜那个的？”保正悉把如此这般：“老爷在你这里过，听见你念文章，传我去问；我就说你如此穷苦，如何行孝，都禀明了老爷。老爷发这帖子与你，说不日考校，叫你去应考，是要抬举你的意思。我前日说你气色好，主有个贵人星照命，今日何如？”匡超人喜从天降，捧了这个帖子去向父亲说了，太公也欢喜。到晚，他哥回来，看见帖子，又把这话向他哥说了。他哥不肯信。

过了几天时，县里果然出告示考童生。匡超人买卷子去应考。考过了，发出团案来，取了；覆试，匡超人又买卷伺候。知县坐了堂，头一个点名就是他。知县叫住道：“今年多少年纪了？”匡超人道：“童生今年二十二岁。”知县道：“你文字是会做的。这回覆试，更要用心，我少不得照顾你。”匡超人磕头谢了，领卷下去。覆试过两次，出了长案，竟取了第一名案首，报到乡里去。匡超人拿手本上来谢，知县传进宅门去见了，问其家里这些苦楚，便封出二两银子来送他：“这是我分俸些须，你拿去奉养父母。到家并发忿加意用功，府考、院考的时候你再来见我，我还资助你的盘费。”匡超人谢了出来，回家把银子拿与父亲，把官说的这些话告诉了一遍。太公着实感激，捧着银子在枕上望空磕头，谢了本县老爷。到此时，他哥才信了。乡下眼界浅，见匡超人取了案首，县里老爷又传进去见过；也就在庄上，大家约着送过贺分到他家来。太公吩咐借间壁庵里请了一天酒。

这时残冬已过。开印后，宗师按临温州。匡超人叩辞别知县，知县又送了二两银子。他到府，府考过，接着院考。考了出来，恰好知县上辕门见学道，在学道前下了一跪，说：“卑职这取的案首匡迥，是孤寒之士，且是孝子。”就把他行孝的事细细说了。学道道：“‘士先器识而后辞章。’果然内行克敦，文辞都是末艺。但昨看匡迥的文字，理法虽略有未清，才气是极好的。贵县请回，领教便了。”只因这一番，有分教：

婚姻缔就，孝便衰于二亲；科第取来，心只系乎两榜。

未知匡超人这一考得进学否，且听下回分解。

第十七回

匡秀才重游旧地
赵医生高踞诗坛

话说匡太公自从儿子上府去考,尿屎仍旧在床上。他去了二十多日,就如去了两年的一般,每日眼泪汪汪,望着门外。那日向他老奶奶说道:“第二个去了这些时总不回来,不知他可有福气挣着进一个学。这早晚我若死了,就不能看见他在跟前送终!”说着,又哭了。老奶奶劝了一回。忽听门外一片声打的响,一个凶神的人赶着他大儿子打了来,说在集上赶集,占了他摆摊子的窝子。匡大又不服气,红着眼,向那人乱叫。那人把匡大担子夺了下来,那些零零碎碎东西,撒了一地,筐子都踢坏了。匡大要拉他见官,口里说道:“县主老爷现同我家老二相与,我怕你么!我同你回老爷去!”太公听得,忙叫他进来,吩咐道:“快不要如此!我是个良善人家,从不曾同人口舌,经官动府。况且占了他摊子,原是你不是,央人替他好好说,不要吵闹,带累我不安!”他那里肯听,气狠狠的,又出去吵闹,吵的邻居都来围着看,也有拉的,也有劝的。正闹着,潘保正走来了,把那人说了几声,那人嘴才软了。保正又道:“匡大哥,你还不把你的东西拾在担子里,拿回家去哩。”匡大一头骂着,一头拾东西。

只见大路上两个人,手里拿着红纸帖子,走来问道:“这里有一个姓匡的么?”保正认得是学里门斗,说道,“好了。匡二相公恭喜进了学了。”便道:“匡大哥,快领二位去同你老爹说。”匡大东西才拾完在担子里,挑起担子,领两个门斗来家。那人也是保正劝回去了。门斗进了门,见匡太公睡在床上,道了恭喜,把报帖升贴起来。上写道:“捷报贵府相公匡讳迥,蒙提学御史学道大老爷取中乐清县第一名入泮。联科及第。本学公报。”太公欢喜,叫老奶奶烧起茶来,把匡大担子里的糖和豆腐干装了两盘,又煮了十来个鸡子,请门斗吃着。潘保正又拿了十来个鸡子来贺喜,一总煮了出来,留着潘老爹陪门斗吃饭。饭罢,太公拿出二百文来做报钱,门斗嫌少,太公道:“我乃赤贫之人,又遭了回禄。小儿的事,劳二位来,这些须当甚么,权为一茶之敬。”潘老爹又说了一番,添了一百文,门斗去了。

直到四五日后,匡超人送过宗师,才回家来,穿着衣巾,拜见父母。嫂子是因回禄后就住在娘家去了，此时只拜了哥哥，他哥见他中了个相公，比从前更加亲热些。潘保正替他约齐了分子，择个日子贺学，又借在庵里摆酒。此番不同，共收了二十多吊钱，宰了两个猪和些鸡鸭之类，吃了两三日酒，和尚也来奉承。

匡超人同太公商议，不磨豆腐了，把这剩下来的十几吊钱把与他哥，又租了两间屋开个小杂货店；嫂子也接了回来，也不分在两处吃了，每日寻的钱家里盘缠。忙过几日，匡超人又进城去谢知县。知县此番便和他分庭抗礼，留着吃了酒饭，叫他拜做老师。事毕回家，学里那两个门斗又下来到他家说话。他请了潘老爹来陪。门斗说："学里老爷要传匡相公去见，还要进见之礼。"匡超人恼了，道："我只认得我的老师！他这教官，我去见他做甚么？有甚么进见之礼！"潘老爹道："二相公，你不可这样说了。我们县里老爷虽是老师，是你拜的老师，——这是私情。这学里老师是朝廷制下的，专管秀才，你就中了状元，这老师也要认的。怎么不去见？你是个寒士，进见礼也不好争，每位封两钱银子去就是了。"当下约定日子，先打发门斗回去。到那日，封了进见礼去见了学师回来，太公又吩咐买个牲醴到祖坟上去拜奠。

那日上坟回来，太公觉得身体不大爽利；从此，病一日重似一日，吃了药也再不得见效，饮食也渐渐少的不能吃了。匡超人到处求神问卜，凶多吉少，同哥商议，把自己向日那几两本钱替太公备后事，店里照旧不动。当下买了一具棺木，做了许多布衣，合着太公的头做了一顶方巾，预备停当。太公淹淹在床，一日昏聩的狠，一日又觉得明白些。那日，太公自知不济，叫两个儿子都到跟前，吩咐道："我这病犯得拙了！眼见得望天的日子远，入地的日子近。我一生是个无用的人，一块土也不曾丢给你们，两间房子都没有了。第二的侥幸进了一个学，将来读读书，会上进一层也不可知，但功名到底是身外之物，德行是要紧的；我看你在孝弟上用心，极是难得，却又不可因后来日子略过的顺利些，就添出一肚子里的势利见识来，改变了小时的心事。我死之后，你一满了服，就急急的要寻一头亲事，总要穷人家的儿女，万不可贪图富贵，攀高结贵。你哥是个混帐人，你要到底敬重他，和奉事我的一样才是！"兄弟两个哭着听了，太公瞑目而逝，合家大哭起来。匡超人呼天抢地，一面安排装殓。因房屋褊窄，停放过了头七，将灵柩送在祖茔安葬，满庄的人都来吊孝送丧。两弟兄谢过了客。匡大照常开店。匡超人逢七便去坟上哭奠。

那一日，正从坟上奠了回来，天色已黑。刚才到家，潘保正走来向他说道："二相公，你可知道县里老爷坏了？今日委了温州府二太爷来摘了印去了。他是你老师，你也该进城去看看。"匡超人次日换了素服，进城去看。才走进城，那晓得百姓要留这官，鸣锣罢市，围住了摘印的官，要夺回印信，把城门大白日关了，闹成一片。匡超人不得进去，只得回来再听消息。第三日，听得省里委下安民的官来了，要拿为首的人。又过了三四日，匡超人从坟上回来，潘保正迎着道："不好了！祸事到了！"匡超人道："甚么祸事？"潘保正道："到家去和你说。"当下到了匡家，坐下道："昨日安民的官下来，百姓散了，上司叫这官密访为头的人，已经拿了几个。衙门里有两个没良心的差人，就把你也密报了，说老爷待你甚好，你一定在内为头要保留，是那里冤枉的事！如今上面还要密访，但这事那里定得。他若访出是实，恐怕就有人下来拿；依我的意思，你不如在外府去躲避些时，没有官事就罢，若有，我替你维持。”匡超人惊得手慌脚忙，说道：“这是那里晦气！多承老爹相爱，说信与我，只是我而今那里去好？”潘保正道：“你自心里想，那处熟就往那处去。”匡超人道：“我只有杭州熟，却不曾有甚相与的。”潘保正道：“你要往杭州，我写一个字与你带去。我有个房分兄弟，行三，人都叫他潘三爷，现在布政司里充吏，家里就在司门前山上住。你去寻着了他，凡事叫他照应。他是个极慷慨的人，不得错的。”匡超人道：“既是如此，费老爹的心写下书子，我今晚就走才好。”当下潘老爹一头写书，他一面嘱咐哥嫂家里事务，洒泪拜别母亲，拴束行李，藏了书子出门。潘老爹送上大路回去。

匡超人背着行李，走了几天旱路，到温州搭船。那日没有便船，只得到饭店权宿。走进饭店，见里面点着灯，先有一个客人坐在一张桌子上，面前摆了一本书，在那里静静的看。匡超人看那人时，黄瘦面皮，稀稀的几根胡子。那人看书出神，又是个近视眼，不曾见有人进来。匡超人走到跟前，请教了一声“老客”，拱一拱手。那人才立起身来为礼，青绢直身，瓦楞帽子，像个生意人模样。两人叙礼坐下。匡超人问道：“客人贵乡尊姓？”那人道：“在下姓景，寒舍就在这五十里外。因有个小店在省城，如今往店里去，因无便船，权在此住一夜。”看见匡超人戴着方巾，知道他是秀才，便道：“先生贵处那里？尊姓台甫？”匡超人道：“小弟贱姓匡，字超人，敝处乐清，也是要往省城，没有便船。”那景客人道：“如此甚好，我们明日一同上船。”各自睡下。

次日早去上船，两人同包了一个头舱。上船放下行李，那景客人就拿出一本书来看。匡超人初时不好问他，偷眼望那书上圈的花花碌碌，是些甚么诗词之类。到上午同吃了饭，又拿出书来看，看一会又闲坐着吃茶。匡超人问道：“昨晚请教老客，说有店在省城，却开的是甚么宝店？”景客人道：“是头巾店。”匡超人道：“老客既开宝店，却看这书做甚么？”景客人笑道：“你道这书单是戴头巾做秀才的会看么？我杭城多少名士都是不讲八股的。不瞒匡先生你说，小弟贱号叫做景兰江，各处诗选上都刻过我的诗，今已二十余年。这些发过的老先生，但到杭城，就要同我们唱和。”因在舱内开了一个箱子，取出几十个斗方子来递与匡超人，道：“这就是拙刻，正要请教。”匡超人自觉失言，心里惭愧；接过诗来，虽然不懂，假做看完了，瞎赞一回。景兰江又问：“恭喜入泮是那一位学台？”匡超人道：“就是现在新任宗师。”景兰江道：“新学台是湖州鲁老先生同年。鲁老先生就是小弟的诗友。小弟当时联句的诗会，杨执中先生，权勿用先生，嘉兴蘧太守公孙駪夫，还有娄中堂两位公子——三先生、四先生，都是弟们文字至交。可惜有位牛布衣先生只是神交，不曾会面。”匡超人见他说这些人，便问道：“杭城文瀚楼选书的马二先生，讳叫做静的，先生想也相与？”景兰江道：“那是做时文的朋友，虽也认得，不算相与。不瞒先生说，我们杭城名坛中，倒也没有他们这一派。却是有几个同调的人，将来到省，可以同先生相会。”匡超人听罢，不胜骇然。同他一路来到断河头，船近了岸，正要搬行李。景兰江站在船头上，只见一乘轿子歇在岸边，轿里走出一个人来，头戴方巾，身穿宝蓝直裰，手里摇着一把白纸诗扇，扇柄上拴着一个方象牙图书；后面跟着一个人，背了一个药箱。那先生下了轿，正要进那人家去。景兰江喊道："赵雪兄，久违了！那里去？"那赵先生回过头来，叫一声："哎呀！原来是老弟！几时来的？"景兰江道："才到这里，行李还不曾上岸。"因回头望着舱里道："匡先生，请出来。这是我最相好的赵雪斋先生，请过来会会。"匡超人出来，同他上了岸。

景兰江吩咐船家把行李且搬到茶室里来。当下三人同作了揖，同进茶室。赵先生问道："此位长兄尊姓？"景兰江道："这位是乐清匡先生，同我一船来的。"彼此谦逊了一回坐下，泡了三碗茶来。赵先生道："老弟，你为甚么就去了这些时？叫我终日盼望。"景兰江道："正是为些俗事缠着。这些时可有诗会么？"赵先生道："怎么没有。前月中翰顾老先生来天竺进香，邀我们同到天竺做了一天的诗。通政范大人告假省墓，船只在这里住了一日，还约我们到船上拈题分韵，着实扰了他一天。御史荀老先生来打抚台的秋风，丢着秋风不打，日日邀我们到下处做诗。这些人都问你。现今胡三公子替湖州鲁老先生征挽诗，送了十几个斗方在我那里，我打发不清，你来得正好，分两张去做。"说着，吃了茶，问："这位匡先生想也在庠，是那位学台手里恭喜的？"景兰江道："就是现任学台。"赵先生微笑道："是大小儿同案。"吃完了茶，赵先生先别，看病去了。景兰江问道："匡先生，你而今行李发到那里去？"匡超人道："如今且拢文瀚楼。"景兰江道："也罢，你拢那里去，我且到店里。我的店在豆腐桥大街上金刚寺前，先生闲着，到我店里来谈。"说罢，叫人挑了行李去了。

匡超人背着行李，走到文瀚楼问马二先生，已是回处州去了。文瀚楼主人认的他，留在楼上住。次日，拿了书子到司前去找潘三爷。进了门，家人回道："三爷不在家，前几日奉差到台州学道衙门办公事去了。"匡超人道："几时回家？"家人道："才去，怕不也还要三四十天功夫。"匡超人只得回来，寻到豆腐桥大街景家方巾店里，景兰江不在店内。问左右店邻，店邻说道："景大先生么？这样好天气，他先生正好到六桥探春光，寻花问柳，做西湖上的诗。绝好的诗题，他怎肯在店里坐着？"匡超人见问不着，只得转身又走。走过两条街，远远望见景先生同着两个戴方巾的走，匡超人相见作揖。景兰江指着那一个麻子道："这位是支剑峰先生。"指着那一个胡子道："这位是浦墨卿先生。都是我们诗会中领袖。"那二人问："此位先生？"景兰江道："这是乐清匡超人先生。"匡超人道："小弟方才在宝店奉拜先生，恰值公出。此时往那里去？"景先生道："无事闲游。"又道："良朋相遇，岂可分途，何不到旗亭小饮三杯？"那两位道："最好。"当下拉了匡超人同进一个酒店，拣一副坐头坐下。酒保来问要甚么菜，景兰江叫了一卖一钱二分银子的杂脍，两碟小吃。那小吃，一样是炒肉皮，一样就是黄豆芽。拿上酒来。支剑峰问道："今日何以不去访雪兄？"浦墨卿道："他家今日宴一位出奇的客。"支剑峰道："客罢了，有甚么出奇？"浦墨卿道："出奇的紧哩！你满饮一杯，我把这段公案告诉你。"

当下支剑峰斟上酒，二位也陪着吃了。浦墨卿道："这位客姓黄，是戊辰的进士，而今选了我这宁波府鄞县知县。他先年在京里同杨执中先生相与。杨执中却和赵爷相好，因他来浙，就写一封书子来会赵爷。赵爷那日不在家，不曾会。"景兰江道："赵爷官府来拜的也多，会不着他也是常事。"浦墨卿道："那日真正不在家。次日，赵爷去回拜，会着，彼此叙说起来。——你道奇也不奇？……"众人道："有甚么奇处？"浦墨卿道："那黄公竟与赵爷生的同年、同月、同日、同时！"众人一齐道："这果然奇了！"浦墨卿道："还有奇处。赵爷今年五十九岁，两个儿子，四个孙子，老两个夫妻齐眉，只却是个布衣；黄公中了一个进士，做任知县，却是三十岁上就断了弦，夫人没了，而今儿花女花也无。"支剑峰道："这果然奇！同一个年、月、日、时，一个是这般境界，一个是那般境界，判然不合，可见'五星'、'子平'都是不相干的。"说着，又吃了许多的酒。浦墨卿道："三位先生，小弟有个疑难在此，诸公大家参一参。比如黄公同赵爷一般的年、月、日、时生的，一个中了进士，却是孤身一人；一个却是子孙满堂，不中进士。这两个人，还是那一个好？我们还是愿做那一个？"三位不曾言语。浦墨卿道："这话让匡先生先说。——匡先生，你且说一说。"匡超人道："'二者不可得兼'。依小弟愚见，还是做赵先生的好。"众人一齐拍手道："有理有理！"浦墨卿道："读书毕竟中进士是个了局，赵爷各样好了，到底差一个进士；不但我们说，就是他自己心里也不快活的是差着一个进士。

而今又想中进士，又想像赵爷的全福，天也不肯！虽然世间也有这样人，但我们如今既设疑难，若只管说要合做两个人，就没的难了。如今依我的主意：只中进士，不要全福；只做黄公，不做赵爷！可是么？"支剑峰道："不是这样说。赵爷虽差着一个进士，而今他大公郎已经高进了，将来名登两榜，少不得封诰乃尊；难道儿子的进士，当不得自己的进士不成？"浦墨卿笑道："这又不然。先年有一位老先生，儿子已做了大位，他还要科举。后来点名，监临不肯收他，他把卷子掼在地下，恨道：'为这个小畜生：累我戴个假纱帽！'这样看来，儿子的到底当不得自己的！"景兰江道："你们都说的是隔壁帐。都斟起酒来满满的吃三杯，听我说。"支剑峰道："说的不是怎样？"景兰江道："说的不是，倒罚三杯。"众人道："这没的说。"当下斟上酒吃着。景兰江道："众位先生所讲中进士，是为名？是为利？"众人道："是为名。"景兰江道："可知道赵爷虽不曾中进士，外边诗选上刻着他的诗几十处，行遍天下，那个不晓得有个赵雪斋先生？只怕比进士享名多着哩！"说罢，哈哈大笑。众人都一齐道："这果然说的快畅！"一齐干了酒。匡超人听得，才知道天下还有这一种道理。

景兰江道："今日我等雅集，即拈'楼'字为韵，回去都做了诗，写在一个纸上，送在匡先生下处请教。"当下同出店来，分路而别。只因这一番，有分教：

交游添气色，又结婚姻；文字发光芒，更将进取。

不知后事如何，且听下回分解。

第十八回

约诗会名士携匡二
访朋友书店会潘三

话说匡超人那晚吃了酒,回来寓处睡下。次日清晨,文瀚楼店主人走上楼来,坐下道:"先生,而今有一件事相商。"匡超人问是何事。主人道:"目今我和一个朋友合本,要刻一部考卷卖,要费先生的心替我批一批,又要批的好,又要批的快。合共三百多篇文章,不知要多少日子就可以批得出来?我如今扣着日子,好发与山东、河南客人带去卖,若出的迟,山东、河南客人起了身,就误了一觉睡。这书刻出来,封面上就刻先生的名号,还多寡有几两选金和几十本样书送与先生。不知先生可赶的来?"匡超人道:"大约是几多日子批出来方不误事?"主人道:"须是半个月内有的出来,觉得日子宽些;不然,就是二十天也罢了。"匡超人心里算计,半个月料想还做的来,当面应承了。主人随即搬了许多的考卷文章上楼来,午间又备了四样菜,请先生坐坐,说:"发样的时候再请一回,出书的时候又请一回。平常每日就是小菜饭,初二、十六,跟着店里吃'牙祭肉';茶水、灯油,都是店里供给。"匡超人大喜,当晚点起灯来替他不住手的批,就批出五十篇,听听那樵楼上,才交四鼓。匡超人喜道:"像这样那里要半个月!"吹灯睡下,次早起来又批。一日搭半夜,总批得七八十篇。

到第四日,正在楼上批文章,忽听得楼下叫一声道:"匡先生在家么?"匡超人道:"是那一位?"忙走下楼来,见是景兰江,手里拿着一个斗方卷着,见了作揖道:"候迟有罪。"匡超人把他让上楼去。他把斗方放开在桌上,说道:"这就是前日宴集限'楼'字韵的。同人已经写起斗方来;赵雪兄看见,因未得与,不胜怅怅,因照韵也做了一首。我们要让他写在前面,只得又各人写了一回,所以今日才得送来请教。"匡超人见题上写着"暮春旗亭小集,同限'楼'字";每人一首诗,后面排着四个名字是:"赵洁雪斋手稿","景本蕙兰江手稿","支锷剑峰手稿","浦玉方墨卿手稿"。看见纸张白亮,图书鲜红,真觉可爱,就拿来贴在楼上壁间,然后坐下。匡超人道:"那日多扰大醉,回来晚了。"景兰江道:"这几日不曾出门?"匡超人道:"因主人家托着选几篇文章,要替他赶出来发刻,所以有失问候。"景兰江道:"这选文章的事也好。今日我同你去会一个人。"匡超人道："是那一位？"景兰江道："你不要管，快换了衣服，我同你去便知。"

当下换了衣服，锁了楼门，同下来走到街上。匡超人道："如今往那里去？"景兰江道："是我们这里做过冢宰的胡老先生的公子胡三先生。他今朝小生日，同人都在那里聚会，我也要去祝寿，故来拉了你去。到那里可以会得好些人，方才斗方上几位都在那里。"匡超人道："我还不曾拜过胡三先生，可要带个帖子去？"景兰江道："这是要的。"一同走到香蜡店，买了个帖子，在柜台上借笔写："眷晚生匡迥拜"。写完，笼着又走。景兰江走着告诉匡超人道："这位胡三先生虽然好客，却是个胆小不过的人。先年冢宰公去世之后，他关着门总不敢见一个人，动不动就被人骗一头，说也没处说；落后这几年，全亏结交了我们，相与起来，替他帮门户，才热闹起来，没有人敢欺他。"匡超人道："他一个冢宰公子，怎的有人敢欺？"景兰江道："冢宰么？是过去的事了！他眼下又没人在朝，自己不过是个诸生。俗语说得好：'死知府不如一个活老鼠。'那个理他？而今人情是势利的！倒是我这雪斋先生诗名大，府、司、院、道，现任的官员，那一个不来拜他。人只看见他大门口，今日是一把黄伞的轿子来，明日又是七八个红黑帽子吆喝了来，那蓝伞的官不算，就不由的不怕。所以近来人看见他的轿子不过三日两日就到胡三公子家去，就疑猜三公子也有些势力。就是三公子那门首住房子的，房钱也给得爽利些。胡三公子也还知感。"

正说得热闹，街上又遇着两个方巾阔服的人，景兰江迎着道："二位也是到胡三先生家拜寿去的？却还要约那位，向那头走？"那两人道："就是来约长兄。既遇着，一同行罢。"因问："此位是谁？"景兰江指着那两人向匡超人道："这位是金东崖先生，这位是严致中先生。"指着匡超人向二位道："这是匡超人先生。"四人齐作了一个揖，一齐同走。走到一个极大的门楼，知道是冢宰第了，把帖子交与看门的。看门的说："请在厅上坐。"匡超人举眼看见中间御书匾额"中朝柱石"四个字，两边楠木椅子。四人坐下。

少顷，胡三公子出来，头戴方巾，身穿酱色缎直裰，粉底皂靴，三绺髭须，约有四十多岁光景。三公子着实谦光，当下同诸位作了揖。诸位祝寿，三公子断不敢当，又谢了诸位，奉坐。金东崖首座，严致中二座，匡超人三座，景兰江是本地人，同三公子坐在主位。金东崖向三公子谢了前日的扰。三公子向严致中道："一向驾在京师，几时到的？"严致中道："前日才到。一向在都门敝亲家国子司业周老先生家做居停，因与通政范公日日相聚。今通政公告假省墓，约弟同行，顺便返舍走走。"胡三公子道："通政公寓在那里？"严贡生道："通政公在船上，不曾进城，不过三四日即行。弟因前日进城，会见雪兄，说道三哥今日寿日，所以来奉祝，叙叙阔怀。"三公子道："匡先生几时到省？贵处那里？寓在何处？"景兰江代答道，"贵处乐清，到省也不久，是和小弟一船来的。现今寓在文瀚楼，选历科考卷。"三公子道："久仰久仰。"说着，家人捧茶上来吃了。三公子立起身来让诸位到书房里坐。四位走进书房，见上面席间先坐着两个人，方巾白须，大模大样，见四位进来，慢慢立起身。严贡生认得，便上前道："卫先生、随先生都在这里，我们公揖。"当下作过了揖，请诸位坐。那卫先生、随先生也不谦让，仍旧上席坐了。家人来禀三公子又有客到，三公子出去了。

这里坐下，景兰江请教二位先生贵乡。”严贡生代答道：“此位是建德卫体善先生，乃建德乡榜；此位是石门随岑庵先生，是老明经。二位先生是浙江二十年的老选家，选的文章，衣被海内的。”景兰江着实打躬，道其仰慕之意。那两个先生也不问诸人的姓名。随岑庵却认得金东崖，是那年出贡进京，到监时相会的。因和他攀话道：“东翁，在京一别，又是数年，因甚回府来走走？想是年满授职？也该荣选了。”金东崖道：“不是。近来部里来投充的人也甚杂，又因司官王惠出去做官，降了宁王，后来朝里又拿问了刘太监，常到部里搜剔卷案；我怕在那里久惹是非，所以就告假出了京来。”说着，捧出面来吃了。吃过，那卫先生、随先生闲坐着，谈起文来。卫先生道：“近来的选事益发坏了！”随先生道：“正是。前科我两人该选一部，振作一番。”卫先生估着眼道：“前科没有文章！”匡超人忍不住，上前问道：“请教先生，前科墨卷，到处都有刻本的，怎的没有文章？”卫先生道：“此位长兄尊姓？”景兰江道：“这是乐清匡先生。”卫先生道：“所以说没有文章者，是没有文章的法则。”匡超人道：“文章既是中了，就是有法则了。难道中式之外，又另有个法则？”卫先生道：“长兄，你原来不知。文章是代圣贤立言，有个一定的规矩，比不得那些杂览，可以随手乱做个，所以一篇文章，不但看出这本人的富贵福泽，并看出国运的盛衰。洪、永有洪、永的法则，成、弘有成、弘的法则，都是一脉流传，有个元灯。比如主考中出一榜人来，也有合法的，也有侥幸的，必定要经我们选家批了出来，这篇就是传文了。若是这一科无可入选，只叫做没有文章！”随先生道：“长兄，所以我们不怕不中，只是中了出来，这三篇文章要见得人不丑；不然，只算做侥幸，一生抱愧。”又问卫先生道：“近来那马静选的《三科程墨》，可曾看见？”卫先生道：“正是他把个选事坏了！他在嘉兴蘧坦庵太守家走动，终日讲的是些杂学。听见他杂览倒是好的，于文章的理法，他全然不知，一味乱闹，好墨卷也被他批坏了！所以我看见他的选本，叫子弟把他的批语涂掉了读。”说着，胡三公子同了支剑峰、浦墨卿进来，摆桌子，同吃了饭。一直到晚，不得上席，要等着赵雪斋。等到一更天，赵先生抬着一乘轿子，又两个轿夫跟着，前后打着四枝火把，飞跑了来；下了轿，同众人作揖，道及：“得罪，有累诸位先生久候。”胡府又来了许多亲戚、本家，将两席改作三席，大家围着坐了。席散，各自归家。

匡超人到寓所还批了些文章才睡。屈指六日之内，把三百多篇文章都批完了。就把在胡家听的这一席话敷衍起来，做了个序文在上。又还偷着功夫去拜了同席吃酒的这几位朋友。选本已成，书店里拿去看了，回来说道：“向日马二先生在家兄文海楼，三百篇文章要批两个月，催着还要发怒，不想先生批的恁快！我拿给人看，说又快又细。这是极好的了！先生住着，将来各书坊里都要来请先生，生意多哩！”因封出二两选金，送来说道：“刻完的时候，还送先生五十个样书。”又备了酒在楼上吃。吃着，外边一个小厮送将一个传单来。匡超人接着开看，是一张松江笺，折做一个全帖的样式，上写道：

谨择本月十五日，西湖宴集，分韵赋诗。每位各出杖头资二星。今将在会诸位先生台衔开列于后：卫体善先生、随岑庵先生、赵雪斋先生、严致中先生、浦墨卿先生、支剑峰先生、匡超人先生、胡密之先生、景兰江先生，共九位。

下写“同人公具”。又一行写道：“尊分约齐，送至御书堂胡三老爷收。”匡超人看见各位名下都画了“知”字，他也画了，随即将选金内秤了二钱银子，连传单交与那小使拿去了。到晚无事，因想起明日西湖上须要做诗，我若不会，不好看相，便在书店里拿了一本《诗法入门》，点起灯来看。他是绝顶的聪明，看了一夜，早已会了。次日又看了一日一夜，拿起笔来就做，做了出来，觉得比壁上贴的还好些。当日又看，要已精而益求其精。

到十五日早上，打选衣帽，正要出门，早见景兰江同支剑峰来约。三人同出了清波门，只见诸位都坐在一只小船上候。上船一看，赵雪斋还不曾到，内中却不见严贡生，因问胡三公子道：“严先生怎的不见？”三公子道：“他因范通政昨日要开船，他把分子送来，已经回广东去了。”当下一上了船，在西湖里摇着。浦墨卿问三公子道：“严大先生我听见他家为立嗣有甚么家难官事，所以到处乱跑，而今不知怎样了？”三公子道：“我昨日问他的，那事已经平复，仍旧立的是他二令郎，将家私三七分开，他令弟的妾自分了三股家私过日子。这个倒也罢了。”

一刻到了花港。众人都倚着胡公子，走上去借花园吃酒。胡三公子走去借，那里竟关着门不肯；胡三公子发了急，那人也不理。景先生拉那人到背地里问，那人道：“胡三爷是出名的悭吝！他一年有几席酒照顾我？我奉承他！况且他去年借了这里摆了两席酒，一个钱也没有！去的时候，他也不叫人扫扫，还说煮饭的米剩下两升，叫小厮背了回去。这样大老官乡绅，我不奉承他！”一席话，说的没法，众人只得一齐走到于公祠一个和尚家坐着。和尚烹出茶来。

分子都在胡三公子身上，三公子便拉了景兰江出去买东西。匡超人道：“我也跟去顽顽。”当下走到街上，先到一个鸭子店。三公子恐怕鸭子不肥，拔下耳挖来戳戳脯子上肉厚，方才叫景兰江讲价钱买了。因人多，多买了几斤肉，又买了两只鸡，一尾鱼，和些蔬菜，叫跟的小厮先拿了去。还要买些肉馒头，中上当点心。于是走进一个馒头店，看了三十个馒头；那馒头三个钱一个，三公子只给他两个钱一个，就同那馒头店里吵起来。景兰江在旁劝闹。劝了一回，不买馒头了，买了些索面去下了吃，就是景兰江拿着。又去买了些笋干、盐蛋、熟栗子、瓜子之类，以为下酒之物。匡超人也帮着拿些。来到庙里，交与和尚收拾。支剑峰道：“三老爷，你何不叫个厨役伺候？为甚么自己忙？”三公子吐舌道：“厨役就费了！”又秤了一块银，叫小厮去买米。

忙到下午，赵雪斋轿子才到了，下轿就叫取箱来。轿夫把箱子捧到，他开箱取出一个药封来，二钱四分，递与三公子收了。厨下酒菜已齐，捧上来众位吃了。吃过饭，拿上酒来。赵雪斋道：“吾辈今日雅集，不可无诗。”当下拈阄分韵，赵先生拈的是“四支”，卫先生拈的是“八齐”，浦先生拈的是“一东”，胡先生拈的是“二冬”，景先生拈的是“十四寒”，随先生拈的是“五微”，匡先生拈的是“十五删”，支先生拈的是“三江”：分韵已定，又吃了几杯酒，各散进城。胡三公子叫家人取了食盒，把剩下来的骨头骨脑和些果子装在里面，果然又问和尚查剩下的米共几升，也装起来，——送了和尚五分银子的香资，——押家人挑着，也进城去。

匡超人与支剑峰、浦墨卿、景兰江同路。四人高兴，一路说笑，勾留顽耍，进城迟了，已经昏黑。景兰江道：“天已黑了，我们快些走！”支剑峰已是大醉，口发狂言道：“何妨！谁不知道我们西湖诗会的名士！况且李太白穿着宫锦袍，夜里还走，何况才晚？放心走！谁敢来！”正在手舞足蹈高兴，忽然前面一对高灯，又是一对提灯，上面写的字是“盐捕分府”。那分府坐在轿里，一眼看见，认得是支锷，叫人采过他来，问道：“支锷！你是本分府盐务里的巡商，怎么黑夜吃得大醉，在街上胡闹？”支剑峰醉了，把脚不稳，前跌后撞，口里还说：“李太白宫锦夜行。”那分府看见他戴了方巾，说道：“衙门巡商，从来没有生、监充当的，你怎么戴这个帽子！左右的！挝去了！一条链子锁起来！”浦墨卿走上去帮了几句。分府怒道：“你既是生员，如何黑夜酗酒？带着送在儒学去！”景兰江见不是事，悄悄在黑影里把匡超人拉了一把，往小巷内，两人溜了。转到下处，打开了门，上楼去睡。次日出去访访，两人也不曾大受累，依旧把分韵的诗都做了来。

匡超人也做了。及看那卫先生、随先生的诗，“且夫”、“尝谓”都写在内，其余也就是文章批语上采下来的几个字眼。拿自己的诗比比，也不见得不如他。众人把这诗写在一个纸上，共写了七八张。匡超人也贴在壁上。又过了半个多月，书店考卷刻成，请先生，那晚吃得大醉。次早睡在床上，只听下面喊道：“匡先生，有客来拜。”只因会着这个人，有分教：

婚姻就处，知为夙世之因；名誉隆时，不比时流之辈。

毕竟此人是谁，且听下回分解。

第十九回

匡超人幸得良朋
潘自业横遭祸事

话说匡超人睡在楼上,听见有客来拜,慌忙穿衣起来下楼,见一个人坐在楼下,头戴吏巾,身穿元缎直裰,脚下虾蟆头厚底皂靴,黄胡子,高颧骨,黄黑面皮,一双直眼。那人见匡超人下来,便问道:"此位是匡二相公么?"匡超人道:"贱姓匡,请问尊客贵姓?"那人道:"在下姓潘,前日看见家兄书子,说你二相公来省。"匡超人道:"原来就是潘三哥。"慌忙作揖行礼,请到楼上坐下。潘三道:"那日二相公赐顾,我不在家。前日返舍,看见家兄的书信,极赞二相公为人聪明,又行过多少好事,着实可敬。"匡超人道:"小弟来省,特地投奔三哥,不想公出。今日会见,欢喜之极。"说罢,自己下去拿茶;又托书店买了两盘点心,拿上楼来。潘三正在那里看斗方,看见点心到了,说道:"哎呀!这做甚么?"接茶在手,指着壁上道:"二相公,你到省里来,和这些人相与做甚么?"匡超人问是怎的。潘三道:"这一班人是有名的呆子。这姓景的开头巾店,本来有两千银子的本钱,一顿诗做的精光。他每日在店里,手里拿着一个刷子刷头巾,口里还哼的是'清明时节雨纷纷',把那买头巾的和店邻看了都笑。而今折了本钱,只借这做诗为由,遇着人就借银子,人听见他都怕。那一个姓支的是盐务里一个巡商,我来家在衙门里听见说,不多几日,他吃醉了,在街上吟诗,被府里二太爷一条链子锁去,把巡商都革了,将来只好穷的淌屎!二相公,你在客边要做些有想头的事,这样人同他混缠做甚么?"当下吃了两个点心,便丢下,说道:"这点心吃他做甚么,我和你到街上去吃饭。"叫匡超人锁了门,同到街上司门口一个饭店里。潘三叫切一只整鸭,脍一卖海参杂脍,又是一大盘白肉,都拿上来,饭店里见是潘三爷,屁滚尿流,鸭和肉都捡上好的极肥的切来;海参杂脍,加味用作料。两人先斟两壶酒。酒罢用饭,剩下的就给了店里人。出来也不算帐,只吩咐得一声:"是我的。"那店主人忙拱手道:"三爷请便,小店知道。"

走出店门,潘三道:"二相公,你而今往那去?"匡超人道:"正要到三哥府上。"潘三道:"也罢,到我家去坐坐。"同着一直走到一个巷内,一带青墙,两扇半截板门,又是两扇重门。进到厅上,一伙人在那里围着一张桌子赌钱,潘三骂道:"你这一班狗才,无事便在我这里胡闹！”众人道：“知道三老爹到家几日了，送几个头钱来与老爹接风。”潘三道：“我那里要你甚么头钱接风！”又道：“也罢，我有个朋友在此，你们弄出几个钱来热闹热闹。”匡超人要同他施礼。他拦住道：“方才见过罢了，又作揖怎的？你且坐着。”当下走了进去，拿出两千钱来，向众人说道：“兄弟们，这个是匡二相公的两千钱，放与你们，今日打的头钱都是他的。”向匡超人道：“二相公，你在这里坐着，看着这一个管子。这管子满了，你就倒出来收了，让他们再丢。”便拉一把椅子叫匡超人坐着，他也在旁边看。

看了一会，外边走进一个人来请潘三爷说话。潘三出去看时，原来是开赌场的王老六。潘三道：“老六，久不见你！寻我怎的？”老六道：“请三爷在外边说话。”潘三同他走了出来，一个僻静茶室里坐下。王老六道：“如今有一件事，可以发个小财，一径来和三爷商议。”潘三问是何事。老六道：“昨日钱塘县衙门里快手拿着一班光棍在茅家铺轮奸，奸的是乐清县大户人家逃出来的一个使女，叫做荷花。这班光棍正奸得好，被快手拾着了，来报了官。县里王太爷把光棍每人打几十板子放了，出了差，将这荷花解回乐清去。我这乡下有个财主，姓胡，他看上了这个丫头，商量若想个方法瞒的下这个丫头来，情愿出几百银子买他。这事可有个主意？”潘三道：“差人是那个？”王老六道：“是黄球。”潘三道：“黄球可曾自己解去？”王老六道：“不曾去，是两个副差去的。”潘三道：“几时去的？”王老六道：“去了一日了。”潘三道：“黄球可知道胡家这事？”王老六道：“怎么不知道，他也想在这里面发几个钱的财，只是没有方法。”潘三道：“这也不难，你去约黄球来当面商议。”那人应诺去了。

潘三独自坐着吃茶，只见又是一个人，慌慌张张的走了进来，说道：“三老爹！我那里不寻你，原来独自坐在这里吃茶！”潘三道：“你寻我做甚么？”那人道：“这离城四十里外，有个乡里人施美卿卖弟媳妇与黄祥甫，银子都兑了，弟媳妇要守节，不肯嫁。施美卿同媒人商议着要抢。媒人说：‘我不认得你家弟媳妇，你须是说出个记认。’施美卿说：‘每日清早上是我弟媳妇出来屋后抱柴，你明日众人伏在那里，遇着就抢罢了。’众人依计而行，到第二日抢了家去。不想那一日早，弟媳妇不曾出来，是他乃眷抱柴，众人就抢了去。隔着三四十里路，已是睡了一晚。施美卿来要讨他的老婆，这里不肯。施美卿告了状。如今那边要诉，却因讲亲的时节，不曾写个婚书，没有凭据，而今要写一个，乡里人不在行，来同老爹商议。还有这衙门里事，都托老爹料理，有几两银子送作使费。”潘三道：“这是甚么要紧的事，也这般大惊小怪！你且坐着，我等黄头说话哩。”

须臾，王老六同黄球来到。黄球见了那人道：“原来郝老二也在这里。”潘三道：“不相干，他是说别的话。”因同黄球另在一张桌子上坐下。王老六同郝老二又在一桌。黄球道：“方才这件事，三老爹是怎个施为？”潘三道：“他出多少银子？”黄球道：“胡家说，只要得这丫头荷花，他连使费一总干净，出二百两银子。”潘三道：“你想赚他多少？”黄球道：“只要三老爹把这事办的妥当，我是好处，多寡分几两银子罢了，难道我还同你老人家争。”潘三道：“既如此，罢了。我家现住着一位乐清县的相公，他和乐清县的太爷最好,我托他去人情上弄一张回批来,只说荷花已经解到,交与本人领去了。我这里再托人向本县弄出一个朱签来,到路上将荷花赶回,把与胡家。这个方法何如?"黄球道:"这好的很了。只是事不宜迟,老爹就要去办。"潘三道:"今日就有朱签,你叫他把银子作速取来。"黄球应诺,同王老六去了。潘三叫郝老二:"跟我家去。"

当下两人来家,赌钱的还不曾散。潘三看着赌完了,送了众人出去,留下匡超人来道:"二相公,你住在此,我和你说话。"当下留在后面楼上,起了一个婚书稿,叫匡超人写了,把与郝老二看,叫他明日拿银子来取。打发郝二去了。吃了晚饭,点起灯来,念着回批,叫匡超人写了。家里有的是豆腐干刻的假印,取来用上,又取出朱笔,叫匡超人写了一个赶回文书的朱签。办毕,拿出酒来对饮,向匡超人道:"像这都是有些想头的事,也不枉费一番精神,和那些呆瘟缠甚么!"是夜,留他睡下。次早,两处都送了银子来,潘三收进去,随即拿二十两银子递与匡超人,叫他带在寓处做盘费。匡超人欢喜接了,遇便人也带些家去与哥添本钱。书坊各店也有些文章请他选。潘三一切事都带着他分几两银子,身上渐渐光鲜;果然听了潘三的话,和那边的名士来往稀少。

不觉住了将及两年。一日,潘三走来道:"二相公,好几日不会,同你往街上吃三杯。"匡超人锁了楼门,同走上街。才走得几步,只见潘家一个小厮寻来了说:"有客在家里等三爷说话。"潘三道:"二相公,你就同我家去。"当下同他到家,请匡超人在里间小客座里坐下。潘三同那人在外边,潘三道:"李四哥,许久不见。一向在那里?"李四道:"我一向在学道衙门前。今有一件事,回来商议,怕三爷不在家;而今会着三爷,这事不愁不妥了。"潘三道:"你又甚么事捣鬼话?同你共事,你是'马蹄刀瓢里切菜,滴水也不漏',总不肯放出钱来。"李四道:"这事是有钱的。"潘三道:"你且说是甚么事。"李四道:"目今宗师按临绍兴了,有个金东崖在部里做了几年衙门,挣起几个钱来,而今想儿子进学。他儿子叫做金跃,却是一字不通的,考期在即,要寻一个替身。这位学道的关防又严,须是想出一个新法子来,这事所以要和三爷商议。"潘三道:"他愿出多少银子?"李四道:"绍兴的秀才,足足值一千两一个。他如今走小路,一半也要他五百两。只是眼下且难得这一个替考的人。又必定是怎样装一个何等样的人进去?那替考的笔资多少?衙门里使费共是多少?剩下的你我怎样一个分法?"潘三道:"通共五百两银子,你还想在这里头分一个分子,这事就不必讲了。你只好在他那边得些谢礼,这里你不必想。"李四道:"三爷,就依你说也罢了。到底是怎个做法?"潘三道:"你总不要管,替考的人也在我,衙门里打点也在我,你只叫他把五百两银子兑出来,封在当铺里,另外拿三十两银子给我做盘费,我总包他一个秀才。若不得进学,五百两一丝也不动。可妥当么?"李四道:"这没的说了。"当下说定,约着日子来封银子。潘三送了李四出去,回来向匡超人说道:"二相公,这个事用的着你了。"匡超人道:"我方才听见的。用着我,只好替考。但是我还是坐在外面做了文章传递,还是竟进去替他考?若要进去替他考,我竟没有这样的胆子。"潘三道:"不妨,有我哩!我怎肯害你?且等他封了银子来,我少不得同你往绍兴去。"当晚别了回寓。

过了几日,潘三果然来搬了行李同行,过了钱塘江,一直来到绍兴府,在学道门口寻了一个僻静巷子寓所住下。次日,李四带了那童生来会一会。潘三打听得宗师挂牌考会稽了,三更时分,带了匡超人,悄悄同到班房门口。拿出一顶高黑帽,一件青布衣服,一条红搭包来,叫他除了方巾,脱了衣裳,就将这一套行头穿上。附耳低言:"如此如此,不可有误。"把他送在班房,潘三拿着衣帽去了。交过五鼓,学道三炮升堂,超人手执水火棍,跟了一班军牢夜役,吆喝了进去,排班站在二门口。学道出来点名,点到童生金跃,匡超人递个眼色与他,那童生是照会定了的,便不归号,悄悄站在黑影里。匡超人就退下几步,到那童生跟前,躲在人背后,把帽子除下来与童生戴着,衣服也彼此换过来。那童生执了水火棍,站在那里。匡超人捧卷归号,做了文章,放到三四牌才交卷出去,回到下处,神鬼也不知觉。发案时候,这金跃高高进了。

潘三同他回家,拿二百两银子以为笔资。潘三道:"二相公,你如今得了这一注横财,这就不要花费了,做些正经事。"匡超人道:"甚么正经事?"潘三道:"你现今服也满了,还不曾娶个亲事。我有一个朋友,姓郑,在抚院大人衙门里。这郑老爹是个忠厚不过的人,父子都当衙门。他有第三个女儿,托我替他做个媒,我一向也想着你,年貌也相当。一向因你没钱,我就不曾认真的替你说;如今只要你情愿,我一说就是妥的,你且落得招在他家。一切行财下礼的费用,我还另外帮你些。"匡超人道:"这是三哥极相爱的事,我有甚么不情愿?只是现有这银子在此,为甚又要你费钱?"潘三道:"你不晓得,你这丈人家浅房窄屋的,招进去,料想也不久,要留些银子自己寻两间房子;将来添一个人吃饭,又要生男育女,却比不得在客边了。我和你是一个人,再帮你几两银子,分甚么彼此?你将来发达了,愁为不着我的情也怎的?"匡超人着实感激。潘三果然去和郑老爹说,取了庚帖来,只问匡超人要了十二两银子去换几件首饰,做四件衣服,过了礼去,择定十月十五日入赘。

到了那日,潘三备了几碗菜,请他来吃早饭。吃着,向他说道:"二相公,我是媒人,我今日送你过去。这一席子酒就算你请媒的了。"匡超人听了也笑。吃过,叫匡超人洗了澡,里里外外都换了一身新衣服,头上新方巾,脚下新靴,潘三又拿出一件新宝蓝缎直裰与他穿上。吉时已到,叫两乘轿子,两人坐了。轿前一对灯笼,竟来入赘。郑老爹家住在巡抚衙门旁一个小巷内,一间门面,到底三间。那日新郎到门,那里把门关了,潘三拿出二百钱来做开门钱,然后开了门。郑老爹迎了出来,翁婿一见,才晓得就是那年回去同船之人,这一番结亲真是夙因。当下匡超人拜了丈人,又进去拜了丈母。阿舅都平磕了头。郑家设席管待,潘三吃了一会,辞别去了。郑家把匡超人请进新房,见新娘端端正正,好个相貌,满心欢喜。合卺成亲,不必细说。次早,潘三又送了一席酒来与他谢亲。郑家请了潘三来陪,吃了一日。

荏苒满月,郑家屋小,不便居住。潘三替他在书店左近典了四间屋,价银四十两,又买了些桌椅家伙之类，搬了进去。请请邻居，买两石米，所存的这项银子，已是一空。还亏事事都是潘三帮衬，办的便宜；又还亏书店寻着选了两部文章，有几两选金，又有样书，卖了些将就度日。到得一年有余，生了一个女儿，夫妻相得。

一日，正在门首闲站，忽见一个青衣大帽的人一路问来，问到跟前，说道："这里可是乐清匡相公家？"匡超人道："正是。台驾那里来的？"那人道："我是给事中李老爷差往浙江，有书带与匡相公。"匡超人听见这话，忙请那人进到客位坐下。取书出来看了，才知就是他老师因被参发审，审的参款都是虚情，依旧复任。未及数月，行取进京，授了给事中。这番寄书来约这门生进京，要照看他。匡超人留来人酒饭，写了禀启，说："蒙老师呼唤，不日整理行装，即来趋教。"打发去了。随即接了他哥匡大的书子，说宗师按临温州，齐集的牌已到，叫他回来应考，匡超人不敢怠慢，向浑家说了，一面接丈母来做伴。他便收拾行装，去应岁考。考过，宗师着实称赞，取在一等第一；又把他题了优行，贡入太学肄业。他欢喜谢了宗师。宗师起马，送过，依旧回省。和潘三商议，要回乐清乡里去挂匾，竖旗杆。到织锦店里织了三件补服：自己一件，母亲一件，妻子一件。制备停当，正在各书店里约了一个会，每店三两，各家又另外送了贺礼。

正要择日回家，那日景兰江走来候候，就邀在酒店里吃酒。吃酒中间，匡超人告诉他这些话，景兰江着实羡了一回。落后讲到潘三身上来，景兰江道："你不晓得么？"匡超人道："甚么事？我不晓得。"景兰江道："潘三昨晚拿了，已是下在监里。"匡超人大惊道："那有此事！我昨日午间才会着他，怎么就拿了？"景兰江道："千真万确的事。不然，我也不知道。我有一个舍亲在县里当刑房，今早是舍亲小生日，我在那里祝寿，满座的人都讲这话，我所以听见。竟是抚台访牌下来，县尊刻不敢缓，三更天出差去拿，还恐怕他走了，将前后门都围起来，登时拿到。县尊也不曾问甚么，只把访的款单掼了下来，把与他看，他看了也没的辩，只朝上磕了几个头，就送在监里去了。才走得几步，到了堂口，县尊叫差人回来，吩咐寄内号，同大盗在一处。这人此后苦了。你若不信，我同你到舍亲家去看看款单。"匡超人道："这个好极，费先生的心，引我去看一看访的是些甚么事。"当下两人会了帐，出酒店，一直走到刑房家。

那刑房姓蒋，家里还有些客坐着，见两人来，请在书房坐下，问其来意。景兰江说："这敝友要借县里昨晚拿的潘三那人款单看看。"刑房拿出款单来，这单就粘在访牌上。那访牌上写道：

> 访得潘自业（即潘三）本市井奸棍，借藩司衙门隐占身体，把持官府，包揽词讼，广放私债，毒害良民，无所不为。如此恶棍，岂可一刻容留于光天化日之下！为此，牌仰该县，即将本犯拿获，严审究报，以便按律治罪。毋违。火速！火速！

那款单上开着十几款：一、包揽欺隐钱粮若干两；一、私和人命几案；一、短截本县印文及私动朱笔一案；一、假雕印信若干颗；一、拐带人口几案；一、重利剥民，威逼平人身死几案；一、勾串提学衙门，买嘱枪手代考几案……不能细述。匡超人不看便罢，看了这款单，不觉飕的一声，魂从顶门出去了。只因这一番，有分教：

师生有情意，再缔丝萝；朋友各分张，难言兰臭。

毕竟后事如何，且听下回分解。

第二十回

匡超人高兴长安道
牛布衣客死芜湖关

话说匡超人看了款单，登时面如土色，真是"分开两扇顶门骨，无数凉冰浇下来"。口里说不出，自心下想道："这些事，也有两件是我在里面的；倘若审了，根究起来，如何了得！"当下同景兰江别了刑房，回到街上，景兰江作别去了。匡超人到家，踌躇了一夜，不曾睡觉，娘子问他怎的，他不好真说，只说："我如今贡了，要到京里去做官，你独自在这里住着不便，只好把你送到乐清家里去。你在我母亲跟前，我便往京里去做官；做的兴头，再来接你上任。"娘子道："你去做官罢了，我自在这里，接了我妈来做伴。你叫我到乡里去，我那里住得惯？这是不能的！"匡超人道："你有所不知。我在家里，日逐有几个活钱，我去之后，你日食从何而来？老爹那边也是艰难日子，他那有闲钱养活女儿？待要把你送在娘家住，那里房子窄，我而今是要做官的，你就是诰命夫人，住在那地方，不成体面；不如还是家去好。现今这房子转的出四十两银子，我拿几两添着进京，剩下的，你带去放在我哥店里，你每日支用。我家那里东西又贱，鸡、鱼、肉、鸭，日日有的，有甚么不快活？"娘子再三再四不肯下乡，他终日来逼，逼的急了，哭喊吵闹了几次。他不管娘子肯与不肯，竟托书店里人把房子转了，拿了银子回来。娘子到底不肯去，他请了丈人、丈母来劝。丈母也不肯。那丈人郑老爹见女婿就要做官，责备女儿不知好歹，着实教训了一顿。女儿拗不过，方才允了。叫一只船，把些家伙什物都搬在上。匡超人托阿舅送妹子到家，写字与他哥，说将本钱添在店里，逐日支销。择个日子动身，娘子哭哭啼啼，拜别父母，上船去了。

匡超人也收拾行李来到京师见李给谏，给谏大喜；问着他又补了廪，以优行贡入太学，益发喜极，向他说道："贤契，目今朝廷考取教习，学生料理，包管贤契可以取中。你且将行李搬在我寓处来盘桓几日。"匡超人应诺，搬了行李来。又过了几时，给谏问匡超人可曾婚娶，匡超人暗想，老师是位大人，在他面前说出丈人是抚院的差，恐惹他看轻了笑，只得答道："还不曾。"给谏道："恁大年纪，尚不曾娶，也是男子汉'摽梅之候'了。但这事也在我身上。"

次晚，遣一个老成管家来到书房里向匡超人说道："家老爷拜上匡爷。因昨日谈及匡爷还不曾恭喜取过夫人，家老爷有一外甥女，是家老爷夫人自小抚养大的，今年十九岁，才貌出众，现在署中，家老爷意欲招匡爷为甥婿。一切恭喜费用俱是家老爷备办，不消匡爷费心。所以着小的来向匡爷叩喜。"匡超人听见这话，吓了一跳，思量要回他说已经娶过的，前日却说过不曾；但要允他，又恐理上有碍；又转一念道："戏文上说的蔡状元招赘牛相府，传为佳话，这有何妨！"即便应允了。给谏大喜，进去和夫人说下，择了吉日，张灯结彩，倒赔数百金装奁，把外甥女嫁与匡超人。到那一日，大吹大擂，匡超人纱帽圆领，金带皂靴，先拜了给谏公夫妇；一派细乐，引进洞房。揭去方巾，见那新娘子辛小姐，真有沉鱼落雁之容，闭月羞花之貌；人物又标致，嫁装又齐整，匡超人此时恍若亲见瑶宫仙子，月下嫦娥，那魂灵都飘在九霄云外去了。自此，珠围翠绕，宴尔新婚，享了几个月的天福。

不想教习考取，要回本省地方取结。匡超人没奈何，含着一包眼泪，只得别过了辛小姐，回浙江来。一进杭州城，先到他原旧丈人郑老爹家来。进了郑家门，这一惊非同小可，只见郑老爹两眼哭得通红，对面客位上一人便是他令兄匡大，里边丈母嚎天喊地的哭。匡超人吓痴了，向丈人作了揖，便问："哥几时来的？老爹家为甚事这样哭？"匡大道："你且搬进行李来，洗脸吃茶，慢慢和你说。"匡超人洗了脸，走进去见丈母，被丈母敲桌子，打板凳，哭着一场数说："总是你这天灾人祸的，把我一个娇滴滴的女儿生生的送死了！"匡超人此时才晓得郑氏娘子已是死了，忙走出来问他哥。匡大道："自你去后，弟妇到了家里，为人最好，母亲也甚欢喜。那想他省里人，过不惯我们乡下的日子。况且你嫂子们在乡下做的事，弟妇是一样也做不来；又没有个白白坐着，反叫婆婆和嫂子伏侍他的道理，因此心里着急，吐起血来。靠大娘的身子还好，倒反照顾他，他更不过意。一日两，两日三，乡里又没个好医生，病了不到一百天，就不在了。我也是才到，所以郑老爹、郑太太听见了哭。"匡超人听见了这些话，止不住落下几点泪来；便问："后事是怎样办的？"匡大道："弟妇一倒了头，家用一个钱也没有，我店里是腾不出来，就算腾出些须来，也不济事。无计奈何，只得把预备着娘的衣衾棺木都把与他用了。"匡超人道："这也罢了。"匡大道："装殓了，家里又没处停，只得权厝在庙后，等你回来下土。你如今来得正好，作速收拾收拾，同我回去。"匡超人道："还不是下土的事哩。我想如今我还有几两银子，大哥拿回去，在你弟妇厝基上替他多添两层厚砖，砌的坚固些，也还过得几年。方才老爹说的，他是个诰命夫人，到家请会画的替他追个像，把凤冠补服画起来，逢时遇节，供在家里，叫小女儿烧香，他的魂灵也欢喜。就是那年我做了家去与娘的那件补服，若本家亲戚们家请酒，叫娘也穿起来，显得与众人不同。哥将来在家，也要叫人称呼'老爷'，凡事立起体统来，不可自己倒了架子。我将来有了地方，少不得连哥嫂都接到任上同享荣华的。"匡大被他这一番话说得眼花缭乱，浑身都酥了，一总都依他说。晚间，郑家备了个酒，吃过，同在郑家住下。次日上街买些东西。匡超人将几十两银子递与他哥。

又过了三四日，景兰江同着刑房的蒋书办找了来说话，见郑家房子浅，要邀到茶室里去坐。匡超人近日口气不同，虽不说，意思不肯到茶室，景兰江揣知其意，说道：“匡先生在此取结赴任，恐不便到茶室里去坐，小弟而今正要替先生接风，我们而今竟到酒楼上去坐罢，还冠冕些。”当下邀二人上了酒楼，斟上酒来。景兰江问道：“先生，你这教习的官，可是就有得选的么？”匡超人道：“怎么不选？像我们这正途出身，考的是内廷教习，每日教的多是勋戚人家子弟。”景兰江道：“也和平常教书一般的么？”匡超人道：“不然！不然！我们在里面也和衙门一般：公座、朱墨、笔、砚，摆的停当。我早上进去，升了公座；那学生们送书上来，我只把那日子用朱笔一点，他就下去了。学生都是荫袭的三品以上的大人，出来就是督、抚、提、镇，都在我跟前磕头。像这国子监的祭酒，是我的老师，他就是现任中堂的儿子，中堂是太老师。前日太老师有病，满朝问安的官都不见，单只请我进去，坐在床沿上，谈了一会出来。”蒋刑房等他说完了，慢慢提起来，说：“潘三哥在监里，前日再三和我说，听见尊驾回来了，意思要会一会，叙叙苦情。不知先生你意下何如？”匡超人道：“潘三哥是个豪杰，他不曾遇事时，会着我们，到酒店里坐坐，鸭子是一定两只；还有许多羊肉、猪肉、鸡、鱼；像这店里钱数一卖的菜，他都是不吃的。可惜而今受了累。本该竟到监里去看他一看，只是小弟而今比不得做诸生的时候，既替朝廷办事，就要照依着朝廷的赏罚；若到这样地方去看人，便是赏罚不明了。”蒋刑房道：“这本城的官并不是你先生做着，你只算去看看朋友，有甚么赏罚不明？”匡超人道：“二位先生，这话我不该说；因是知己面前不妨。潘三哥所做的这些事，便是我做地方官，我也是要访拿他的。如今倒反走进监去看他，难道说朝廷处分的他不是？这就不是做臣子的道理了。况且我在这里取结，院里、司里都知道的，如今设若走一走，传的上边知道，就是小弟一生官场之玷。这个如何行得！可好费你蒋先生的心，多拜上潘三哥，凡事心照。若小弟侥幸，这回去就得个肥美地方，到任一年半载，那时带几百银子来帮衬他，倒不值甚么。”两人见他说得如此，大约没得辩他，吃完酒，各自散讫。蒋刑房自到监里回覆潘三去了。

匡超人取定了结，也便收拾行李上船。那时先包了一只淌板船的头舱，包到扬州，在断河头上船。上得船来，中舱先坐着两个人：一个老年的，茧绸直裰，丝绦朱履；一个中年的，宝蓝直裰，粉底皂靴，都戴着方巾。匡超人见是衣冠人物，便同他拱手坐下，问起姓名。那老年的道：“贱姓牛，草字布衣。”匡超人听见景兰江说过的，便道：“久仰。”又问那一位，牛布衣代答道：“此位冯先生，尊字琢庵，乃此科新贵，往京师会试去的。”匡超人道：“牛先生也进京么？”牛布衣道：“小弟不去，要到江上边芜湖县地方寻访几个朋友，因与冯先生相好，偶尔同船；只到扬州，弟就告别，另上南京船，走长江去了。先生仙乡贵姓？今往那里去的？”匡超人说了姓名。冯琢庵道：“先生是浙江选家。尊选有好几部弟都是见过的。”匡超人道：“我的文名也够了。自从那年到杭州，至今五六年，考卷、墨卷、房书、行书、名家的稿子，还有《四书讲书》、《五经讲书》、《古文选本》——家里有个帐，共是九十五本。弟选的文章，每一回出，书店定要卖掉一万部，山东、山西、河南、陕西、北直的客人，都争着买，只愁买不到手；还有个拙稿是前年刻的，而今已经翻刻过三副板。不瞒二位先生说，此五省读书的人，家家隆重的是小弟，都在书案上，香火蜡烛，供着‘先儒匡子之神位’。”牛布衣笑道：“先生，你此言误矣！所谓‘先儒’者，乃已经去世之儒者，今先生尚在，何得如此称呼？”匡超人红着脸道：“不然！所谓‘先儒’者，乃先生之谓也！”牛布衣见他如此说，也不和他辩。冯琢庵又问道：“操选政的还有一位马纯上，选手何如？”匡超人道：“这也是弟的好友。这马纯兄理法有余，才气不足；所以他的选本也不甚行。选本总以行为主，若是不行，书店就要赔本；惟有小弟的选本，外国都有的！”彼此谈着。过了数日，不觉已到扬州。冯琢庵、匡超人，换了淮安船到王家营起旱，进京去了。

牛布衣独自搭江船过了南京，来到芜湖，寻在浮桥口一个小庵内作寓。这庵叫做甘露庵，门面三间：中间供着一尊韦驮菩萨；左边一间锁着，堆些柴草；右边一间做走路。进去一个大院落，大殿三间，殿后两间房，一间是本庵一个老和尚自己住着，一间便是牛布衣住的客房。牛布衣日间出去寻访朋友，晚间点了一盏灯，吟哦些甚么诗词之类。老和尚见他孤踪，时常煨了茶送在他房里，陪着说话到一二更天。若遇清风明月的时节，便同他在前面天井里谈说古今的事务，甚是相得。不想一日，牛布衣病倒了，请医生来，一连吃了几十帖药，总不见效。那日，牛布衣请老和尚进房来坐在床沿上，说道：“我离家一千余里，客居在此，多蒙老师父照顾；不想而今得了这个拙病，眼见得不济事了。家中并无儿女，只有一个妻子，年纪还不上四十岁；前日和我同来的一个朋友，又进京会试去了；而今老师父就是至亲骨肉一般。我这床头箱内，有六两银子，我若死去，即烦老师父替我买具棺木。还有几件粗布衣服，拿去变卖了，请几众师父替我念一卷经，超度我生天。棺柩便寻那里一块空地把我寄放着。材头上写‘大明布衣牛先生之柩’，不要把我烧化了，倘得遇着个故乡亲戚，把我的丧带回去，我在九泉之下，也是感激老师父的！”老和尚听了这话，那眼泪止不住纷纷的落了下来，说道：“居士，你但放心，说凶得吉；你若果有些山高水低，这事都在我老僧身上。”牛布衣又挣起来，朝着床里面席子下拿出两本书来递与老和尚，道：“这两本是我生平所做的诗，虽没有甚么好，却是一生相与的人都在上面，我舍不得湮没了，也交与老师父。又幸遇着个后来的才人替我流传了，我死也瞑目！”老和尚双手接了，见他一丝两气，甚不过意；连忙到自己房里，煎了些龙眼莲子汤，拿到床前，扶起来与他吃，已是不能吃了，勉强呷了两口汤，仍旧面朝床里睡下。挨到晚上，痰响了一阵，喘息一回，呜呼哀哉，断气身亡。老和尚大哭了一场。

此时乃嘉靖九年八月初三日，天气尚热。老和尚忙取银子去买了一具棺木来，拿衣服替他换上，央了几个庵邻，七手八脚，在房里入殓。百忙里，老和尚还走到自己房里，披了袈裟，拿了手击子，到他柩前来念“往生咒”。装殓停当，老和尚想：“那里去寻空地？不如就把这间堆柴的屋腾出来与他停柩。”和邻居说了，脱去袈裟，同邻居把柴搬到大天井里堆着，将这屋安放了灵柩。取一张桌子，供奉香炉、烛台、魂幡，俱各停当。老和尚伏着灵桌又哭了一场。将众人安在大天井里坐着，烹起几壶茶来吃着。老和尚煮了一顿粥，打了一二十斤酒，买些面筋、豆腐干、青菜之类到庵，央及一个邻居烧锅。老和尚自己安排停当，先捧到牛布衣柩前奠了酒，拜了几拜，便拿到后边与众人打散。老和尚道："牛先生是个异乡人，今日回首在这里，一些甚么也没有；贫僧一个人，支持不来。阿弥陀佛，却是起动众位施主来忙了恁一天。出家人又不能备个甚么肴馔，只得一杯水酒，和些素菜，与列位坐坐。列位只当是做好事罢了，休嫌怠慢。"众人道："我们都是烟火邻居，遇着这样大事，理该效劳。却又还破费老师父，不当人子。我们众人心里都不安，老师父怎的反说这话？"

当下众人把那酒菜和粥都吃完了，各自散讫。过了几日，老和尚果然请了吉祥寺八众僧人来替牛布衣拜了一天的"梁皇忏"。自此之后，老和尚每日早晚课诵，开门关门，一定到牛布衣柩前添些香，洒几点眼泪。

那日定更时分，老和尚晚课已毕，正要关门，只见一个十七八岁的小厮，右手拿着一本经折，左手拿着一本书，进门来坐在韦驮脚下，映着琉璃灯便念。老和尚不好问他，由他念到二更多天，去了。老和尚关门睡下。次日这时候，他又来念。一连念了四五日。老和尚忍不住了，见他进了门，上前问道："小檀越，你是谁家子弟？因甚每晚到贫僧这庵里来读书，这是甚么缘故？"那小厮作了一个揖，叫声"老师父"，叉手不离方寸，说出姓名来。只因这一番，有分教：

立心做名士，有志者事竟成；无意整家园，创业者成难守。

毕竟这小厮姓甚名谁，且听下回分解。

第二十一回

冒姓字小子求名
念亲戚老夫卧病

话说牛浦郎在甘露庵里读书，老和尚问他姓名，他上前作了一个揖，说道："老师父，我姓牛，舍下就在这前街上住，因当初在浦口外婆家长的，所以小名就叫做浦郎。不幸父母都去世了，只有个家祖，年纪七十多岁，开个小香蜡店，胡乱度日，每日叫我拿这经折去讨些赊帐。我打从学堂门口过，听见念书的声音好听，因在店里偷了钱买这本书来念，却是吵闹老师父了。"老和尚道："我方才不是说的，人家拿大钱请先生教子弟，还不肯读；像你小檀越偷钱买书念，这是极上进的事。但这里地下冷，又玻璃灯不甚明亮，我这殿上有张桌子，又有个灯挂儿，你何不就着那里去念，也觉得爽快些。"浦郎谢了老和尚，跟了进来，果然一张方桌，上面一个油灯挂，甚是幽静。浦郎在这边厢读书，老和尚在那边打坐，每晚要到三更天。

一日，老和尚听见他念书，走过来问道："小檀越，我只道你是想应考，要上进的念头，故买这本文章来念；而今听见你念的是诗，这个却念他则甚？"浦郎道："我们经纪人家，那里还想甚么应考上进，只是念两句诗破破俗罢了。"老和尚见他出语不俗，便问道："你看这诗，讲的来么？"浦郎道："讲不来的也多；若有一两句讲的来，不由的心里觉得欢喜。"老和尚道："你既然欢喜，再念几时我把两本诗与你看，包你更欢喜哩。"浦郎道："老师父有甚么诗？何不与我看？"老和尚笑道："且慢，等你再想几时看。"

又过了些时，老和尚下乡到人家去念经，有几日不回来，把房门锁了，殿上托了浦郎。浦郎自心里疑猜："老师父有甚么诗，却不肯就与我看，哄我想的慌。"仔细算来，"三讨不如一偷"。趁老和尚不在家，到晚，把房门掇开，走了进去。见桌上摆着一座香炉，一个灯盏，一串念珠，桌上放着些废残的经典，翻了一交，那有个甚么诗。浦郎疑惑道："难道老师父哄我？"又寻到床上，寻着一个枕箱，一把铜锁锁着。浦郎把锁捵开，见里面重重包裹，两本锦面线装的书，上写："牛布衣诗稿"。浦郎喜道："这个是了！"慌忙拿了出来，把枕箱锁好，走出房来，房门依旧关上。将这两本书拿到灯下一看，不觉眉花眼笑，手舞足蹈的起来。是何缘故？他平日读的诗是唐诗，文理深奥，他不甚懂；这个是时人的诗，他看着就有五六分解的来，故此欢喜。又见那题目上都写着："呈相国某大人"，"怀督学周大人"，"娄公子偕游莺脰湖分韵，兼呈令兄通政"，"与鲁太史话别"，"寄怀王观察"，其余某太守、某司马、某明府、某少尹，不一而足。浦郎自想："这相国、督学、太史、通政以及太守、司马、明府，都是而今的现任老爷们的称呼，可见只要会做两句诗，并不要进学、中举，就可以同这些老爷们往来。何等荣耀！"因想："他这人姓牛，我也姓牛。他诗上只写了牛布衣；并不曾有个名字，何不把我的名字，合着他的号，刻起两方图书来印在上面，这两本诗可不算了我的了！我从今就号做牛布衣！"当晚回家盘算，喜了一夜。

次日，又在店里偷了几十个钱，走到吉祥寺门口一个刻图书的郭铁笔店里柜外，和郭铁笔拱一拱手，坐下说道："要费先生的心，刻两方图书。"郭铁笔递过一张纸来道："请写尊衔。"浦郎把自己小名去了一个"郎"字，写道："一方阴文图书，刻'牛浦之印'；一方阳文，刻'布衣'二字。"郭铁笔接在手内，将眼上下把浦郎一看，说道："先生便是牛布衣么？"浦郎答道："布衣是贱字。"郭铁笔慌忙爬出柜台来重新作揖，请坐，奉过茶来，说道："久已闻得有位牛布衣住在甘露庵，容易不肯会人，相交的都是贵官长者，失敬！失敬！尊章即镌上献丑，笔资也不敢领。此处也有几位朋友仰慕先生，改日同到贵寓拜访。"浦郎恐他走到庵里，看出爻象，只得顺口答道："极承先生见爱。但目今也因邻郡一位当事约去做诗，还有几时耽阁，只在明早就行，先生且不必枉驾，索性回来相聚罢。图书也是小弟明早来领。"郭铁笔应诺了。浦郎次日讨了图书，印在上面，藏的好好的。每晚仍在庵里念诗。

他祖父牛老儿坐在店里。那日午后，没有生意，间壁开米店的一位卜老爹走了过来，坐着说闲话。牛老爹店里卖的有现成的百益酒，烫了一壶，拨出两块豆腐乳和些笋干、大头菜，摆在柜台上，两人吃着。卜老爹道："你老人家而今也罢了，生意这几年也还兴，你令孙长成人了，着实伶俐去得，你老人家有了接代，将来就是福人了。"牛老道："老哥，告诉你不得！我老年不幸，把儿子媳妇都亡化了，丢下这个孽障种子，还不曾娶得一个孙媳妇，今年已十八岁了。每日叫他出门讨赊帐，讨到三更半夜不来家，说着也不信，不是一日了。恐怕这厮知识开了，在外没脊骨钻狗洞，淘渌坏了身子，将来我这几根老骨头，却是叫何人送终？"说着，不觉凄惶起来。卜老道："这也不甚难摆划的事。假如你焦他没有房屋，何不替他娶上一个孙媳妇，一家一计过日子，这也前后免不得要做的事。"牛老道："老哥！我这小生意，日用还糊不过来，那得这一项银子做这一件事？"卜老沉吟道："如今倒有一头亲事，不知你可情愿？若情愿时，一个钱也不消费得。"牛老道："却是那里有这一头亲事？"卜老道："我先前有一个小女嫁在运漕贾家，不幸我小女病故了，女婿又出外经商，遗下一个外甥女，是我领来养在家里，倒大令孙一岁，今年十九岁了，你若不弃嫌，就把与你做个孙媳妇。你我爱亲做亲，我不争你的财礼，你也不争我的装奁，只要做几件布草衣服。况且一墙之隔，打开一个门就搀了过来，行人钱都可以省得的。"牛老听罢，大喜道："极承老哥相爱，明日就央媒到府上来求。”卜老道：“这个又不是了。又不是我的孙女儿，我和你这些客套做甚么，如今主亲也是我，媒人也是我，只费得你两个帖子。我那里把庚帖送过来，你请先生择一个好日子，就把这事完成了。”牛老听罢，忙斟了一杯酒送过来，出席作了一个揖。当下说定了，卜老过去。

到晚，牛浦回来，祖父把卜老爹这些好意告诉了一番。牛浦不敢违拗，次早写了两副红全帖：一副拜卜老为媒，一副拜姓贾的小亲家。那边收了，发过庚帖来。牛老请阴阳徐先生择定十月二十七日吉期过门。牛老把囤下来的几石粮食变卖了，做了一件绿布棉袄、红布棉裙子、青布上盖、紫布裤子，共是四件暖衣，又换了四样首饰，三日前送了过去。

到了二十七日，牛老清晨起来，把自己的被褥搬到柜台上去睡。他家只得一间半房子：半间安着柜台，一间做客座，客座后半间就是新房。当日牛老让出床来，就同牛浦把新做的帐子、被褥铺叠起来。又匀出一张小桌子，端了进来，放在后檐下有天窗的所在，好趁着亮放镜子梳头。房里停当，把后面天井内搭了个芦席的厦子做厨房。忙了一早晨。交了钱与牛浦出去买东西。只见那边卜老爹已是料理了些镜子、灯台、茶壶，和一套盆桶，两个枕头，叫他大儿子卜诚做一担挑了来。挑进门放下，和牛老作了揖。牛老心里着实不安，请他坐下，忙走到柜里面，一个罐内倒出两块橘饼和些蜜饯天茄，斟了一杯茶，双手递与卜诚，说道：“却是有劳的紧了，使我老汉坐立不安。”卜诚道：“老伯快不要如此，这是我们自己的事。”说罢，坐下吃茶。只见牛浦戴了新瓦楞帽，身穿青布新直裰，新鞋净袜，从外面走了进来，后边跟着一个人，手里提着几大块肉，两个鸡，一大尾鱼，和些闽笋、芹菜之类，他自己手里捧着油盐作料，走了进来。牛老道：“这是你舅丈人，快过来见礼。”牛浦丢下手里东西，向卜诚作揖下跪，起来数钱打发那拿东西的人，自捧着作料，送到厨下去了。随后卜家第二个儿子卜信，端了一个箱子，内里盛的是新娘子的针线鞋面；又一个大捧盘，十杯高果子茶，送了过来，以为明早拜堂之用。牛老留着吃茶，牛浦也拜见过了，卜家弟兄两个坐了一回，拜辞去了。牛老自到厨下收拾酒席，足忙了一天。

到晚上，店里拿了一对长枝的红蜡烛点在房里，每枝上插了一朵通草花，央请了邻居家两位奶奶把新娘子搀了过来，在房里拜了花烛。牛老安排一席酒菜在新人房里，与新人和搀新人的奶奶坐；自己在客坐内摆了一张桌子，点起蜡烛来，杯箸安排停当，请得卜家父子三位来到。牛老先斟了一杯酒，奠了天地，再满满斟上一杯，捧在手里，请卜老转上，说道：“这一门亲，蒙老哥亲家相爱，我做兄弟的知感不尽！却是穷人家，不能备个好席面，只得这一杯水酒，又还要屈了二位舅爷的坐。凡事总是海涵了罢。”说着，深深作下揖去，卜老还了礼。牛老又要奉卜诚、卜信的席，两人再三辞了，作揖坐下。牛老道：“实是不成个酒馔，至亲面上，休要笑话。只是还有一说，我家别的没有，茶叶和炭还有些须，如今煨一壶好茶，留亲家坐着谈谈，到五更天，让两口儿出来磕个头，也尽我兄弟一点穷心。”卜老道：“亲家，外甥女年纪幼，不知个礼体，他父亲又不在跟前，一些赔嫁的东西也没有，把我羞的要不的；若说坐到天亮，我自恁要和你老人家谈谈哩，为甚么要去！”当下卜诚、卜信吃了酒先回家去，卜老坐到五更天。两口儿打扮出来，先请牛老在上，磕下头去。牛老道：“孙儿，我不容易看养你到而今。而今多亏了你这外公公替你成就了亲事，你已是有了房屋了。我从今日起，就把店里的事，即交付与你，一切买卖、赊欠、存留，都是你自己主张。我也老了，累不起了，只好坐在店里帮你照顾，你只当寻个老伙计罢了。孙媳妇是好的，只愿你们夫妻百年偕老，多子多孙！”磕了头；起请卜老爹转上受礼，两人磕下头去。卜老道：“我外孙女儿有甚不到处，姑爷，你指点他。敬重上人，不要违拗夫主的言；家下没有多人，凡事勤慎些，休惹老人家着急。两礼罢。”说着，扶了起来。牛老又留亲家吃早饭，卜老不肯，辞别去了。自此，牛家嫡亲三口儿度日。

牛浦自从娶亲，好些时不曾到庵里去。那日出讨赊帐，顺路往庵里走走，才到浮桥口，看见庵门外拴着五六匹马，马上都有行李，马牌子跟着。走近前去，看韦驮殿西边凳上坐着三四个人，头戴大毡帽，身穿绸绢衣服，左手拿着马鞭子，右手捻着须子，脚下尖头粉底皂靴，跷得高高的坐在那里。牛浦不敢进去，老和尚在里面一眼张见，慌忙招手道：“小檀越，你怎么这些时不来？我正要等你说话哩，快些进来！”牛浦见他叫，大着胆走了进去，见和尚已经将行李收拾停当，恰待起身，因吃了一惊道：“老师父，你收拾了行李，要往那里去？”老和尚道：“这外面坐的几个人，是京里九门提督齐大人那里差来的。齐大人当时在京，曾拜在我名下，而今他升做大官，特地打发人来请我到京里报国寺去做方丈。我本不愿去，因前日有个朋友死在我这里，他却有个朋友到京会试去了，我今借这个便到京寻着他这个朋友，把他的丧奔了回去，也了我这一番心愿。我前日说有两本诗要与你看，就是他的，在我枕箱内，我此时也不得功夫了，你自开箱拿了去看。还有一床褥子不好带去，还有些零碎器用，都把与小檀越，你替我照应着，等我回来。”牛浦正要问话，那几个人走进来说道：“今日天色甚早，还赶得几十里路，请老师父快上马，休误了我们走道儿。”说着，将行李搬出，把老和尚簇拥上马。那几个人都上了牲口。牛浦送了出来，只向老和尚说得一声：“前途保重！”那一群马，泼剌剌的如飞一般也似去了。牛浦望不见老和尚，方才回来，自己查点一查点东西，把老和尚锁房门的锁开了，取了下来，出门反锁了庵门，回家歇宿。次日，又到庵里走走，自想：“老和尚已去，无人对证，何不就认做牛布衣？”因取了一张白纸，写下五个大字道：“牛布衣寓内”。自此，每日来走走。

又过了一个月，他祖父牛老儿坐在店里闲着，把帐盘一盘，见欠帐上人欠的也有限了，每日卖不上几十文钱，又都是柴米上支销去了，合共算起，本钱已是十去其七。这店渐渐的撑不住了，气的眼睁睁说不出话来。到晚，牛浦回家，问着他，总归不出一个清帐，口里只管“之乎者也”，胡支扯叶。牛老气成一病，七十岁的人，元气衰了，又没有药物补养，病不过十日，寿数已尽，归天去了。牛浦夫妻两口，放声大哭起来。卜老听了，慌忙走过来，见尸首停在门上，叫着：“老哥！”眼泪如雨的哭了一场。哭罢，见牛浦在旁哭的言不得，语不得；说道："这时节不是你哭的事，吩咐外甥女儿看好了老爹，你同我出去料理棺衾。"牛浦揩泪，谢了卜老。当下同到卜老相熟的店里赊了一具棺材，又拿了许多的布，叫裁缝赶着做起衣裳来，当晚入殓。次早，雇了八个脚子，抬往祖坟安葬。卜老又还替他请了阴阳徐先生，自己骑驴子同阴阳下去点了穴。看着亲家入土，又哭了一场，同阴阳生回来；留着牛浦在坟上过了三日。

卜老一到家，就有各项的人来要钱，卜老都许着。直到牛浦回家，归一归店里本钱，只抵得棺材店五两银子；其余布店、裁缝、脚子的钱，都没处出。无计奈何，只得把自己住的间半房子典与浮桥上抽闸板的闸牌子，得典价十五两。除还清了帐，还剩四两多银子，卜老叫他留着些，到开年清明，替老爹成坟。牛浦两口子没处住，卜老把自己家里出了一间房子，叫他两口儿搬来住下，把那房子交与闸牌子去了。那日搬来，卜老还办了几碗菜替他暖房，卜老也到他房里坐了一会，只是想着死的亲家，就要哽哽咽咽的哭。

不觉已是除夕，卜老一家过年，儿子媳妇房中，都有酒席、炭火。卜老先送了几斤炭，叫牛浦在房里生起火来；又送了一桌酒菜，叫他除夕在房里立起牌位来祭奠老爹。新年初一日，叫他到坟上烧纸钱去，又说道："你到坟上去，向老爹说：我年纪老了，这天气冷，我不能亲自来替亲家拜年。"说着，又哭了。牛浦应诺了去。卜老直到初三才出来贺节，在人家吃了几杯酒和些菜，打从浮桥口过，见那闸牌子家换了新春联，贴的花花碌碌的，不由的一阵心酸，流出许多眼泪来。要家去，忽然遇着侄女婿一把拉了家去。侄女儿打扮着出来拜年。拜过了，留在房里吃酒，捧上糯米做的年团子来，吃了两个，已经不吃了，侄女儿苦劝着，又吃了两个。回来一路迎着风，就觉得有些不好。到晚头疼发热，就睡倒了。请了医生来看，有说是着了气，气裹了痰的，也有说该发散的，也有说该用温中的，也有说老年人该用补药的，纷纷不一。卜诚、卜信慌了，终日看着。牛浦一早一晚的进房来问安。

那日天色晚了，卜老爹睡在床上，见窗眼里钻进两个人来，走到床前，手里拿了一张纸，递与他看；问别人，都说不曾看见有甚么人。卜老爹接纸在手，看见一张花边批文，上写着许多人的名字，都用朱笔点了，一单共有三十四五个人。头一名牛相，他知道是他亲家的名字；末了一名，便是他自己名字——卜崇礼。再要问那人时，把眼一眨，人和票子都不见了。只因这一番，有分教：

结交官府，致令亲戚难依；遨游仕途，幸遇宗谊可靠。

不知卜老性命如何，且听下回分解。

第二十二回

认祖孙玉圃联宗
爱交游雪斋留客

话说卜老爹睡在床上,亲自看见地府勾牌,知道要去世了,即把两个儿子、媳妇叫到跟前,都吩咐了几句遗言;又把方才看见勾批的话说了,道:"快替我穿了送老的衣服,我立刻就要去了。"两个儿子哭哭啼啼,忙取衣服来穿上。穿着衣服,他口里自言自语道:"且喜我和我亲家是一票。他是头一个,我是末一个,他已是去得远了,我要赶上他去。"说着,把身子一挣,一头倒在枕头上,两个儿子都扯不住,忙看时,已没了气了。后事都是现成的,少不得修斋理七,报丧开吊,都是牛浦陪客。

这牛浦也就有几个念书的人和他相与,乘着人乱,也夹七夹八的来往。初时卜家也还觉得新色,后来见来的回数多了,一个生意人家,只见这些"之乎者也"的人来讲呆话,觉得可厌,非止一日。

那日,牛浦走到庵里,庵门锁着,开了门,只见一张帖子掉在地下,上面许多字,是从门缝里送进来的。拾起一看,上面写道:

> 小弟董瑛,在京师会试,于冯琢庵年兄处得读大作,渴欲一晤,以得识荆。奉访尊寓不值,不胜怅怅!明早幸驾少留片刻,以便趋教。至祷!至祷!

看毕,知道是访那个牛布衣的。但见帖子上有"渴欲识荆"的话,是不曾会过;"何不就认作牛布衣,和他相会?"又想道:"他说在京会试,定然是一位老爷,且叫他竟到卜家来会我,吓他一吓卜家弟兄两个,有何不可。"主意已定,即在庵里取纸笔写了一个帖子,说道:

> 牛布衣近日馆于舍亲卜宅,尊客过问,可至浮桥南首大街卜家米店便是。

写毕,带了出来,锁好了门,贴在门上。回家向卜诚、卜信说道:"明日有一位董老爷来拜,他就是要做官的人,我们不好轻慢。如今要借重大爷,明日早晨把客座里收拾干净了;还要借重二爷,捧出两杯茶来。这都是大家脸上有光辉的事,须帮衬一帮衬。"卜家弟兄两个,听见有官来拜,也觉得喜出望外,一齐应诺了。

第二日清早，卜诚起来，扫了客堂里的地，把囤米的折子搬在窗外廊檐下；取六张椅子，对面放着；叫浑家生起炭炉子，煨出一壶茶来；寻了一个捧盘，两个茶杯，两张茶匙，又剥了四个圆眼，一杯里放两个，伺候停当。直到早饭时候，一个青衣人手持红帖，一路问了来，道："这里可有一位牛相公？董老爷来拜。"卜诚道："在这里。"接了帖，飞跑进来说，牛浦迎了出去，见轿子已落在门首。董孝廉下轿进来，头戴纱帽，身穿浅蓝色缎圆领，脚下粉底皂靴，三绺须，白净面皮，约有三十多岁光景。进来行了礼，分宾主坐下。董孝廉先开口道："久仰大名，又读佳作，想慕之极；只疑先生老师宿学，原来还这般青年，更加可敬。"牛浦道："晚生山鄙之人，胡乱笔墨，蒙老先生同冯琢翁过奖，抱愧实多。"董孝廉道："不敢。"卜信捧出两杯茶，从上面走下来，送与董孝廉。董孝廉接了茶，牛浦也接了。卜信直挺挺站在堂屋中间。牛浦打了躬，向董孝廉道："小价村野之人，不知礼体，老先生休要见笑。"董孝廉笑道："先生世外高人，何必如此计论？"卜信听见这话，头膊子都飞红了，接了茶盘，骨都着嘴进去。牛浦又问道："老先生此番驾往何处？"董孝廉道："弟已授职县令，今发来应天候缺，行李尚在舟中。因渴欲一晤，故此两次奉访，今既已接教过，今晚即要开船赴苏州去矣。"牛浦道："晚生得蒙青目，一日地主之谊也不曾尽得，如何便要去？"董孝廉道："先生，我们文章气谊，何必拘这些俗情；弟此去若早得一地方，便可奉迎先生到署，早晚请教。"说罢，起身要去。牛浦攀留不住，说道："晚生即刻就来船上奉送。"董孝廉道："这倒也不敢劳了，只怕弟一出去，船就要开，不得奉候。"当下打躬作别，牛浦送到门外，上轿去了。

牛浦送了回来，卜信气得脸通红，迎着他一顿数说道："牛姑爷，我至不济，也是你的舅丈人、长亲！你叫我捧茶去，这是没奈何，也罢了。怎么当着董老爷臊我？这是那里来的话！"牛浦道："但凡官府来拜，规矩是该换三遍茶，你只送了一遍，就不见了，我不说你也罢了，你还来问我这些话！这也可笑！"卜诚道："姑爷，不是这样说，虽则我家老二捧茶，不该从上头往下走，你也不该就在董老爷跟前洒出来！不惹的董老爷笑！"牛浦道："董老爷看见了你这两个灰扑扑的人，也就够笑的了，何必要等你捧茶走错了才笑！"卜信道："我们生意人家，也不要这老爷们来走动！没有借了多光，反惹他笑了去！"牛浦道："不是我说一个大胆的话，若不是我在你家，你家就一二百年也不得有个老爷走进这屋里来。"卜诚道："没的扯淡！就算你相与老爷，你到底不是个老爷！"牛浦道："凭你向那个说去！还是坐着同老爷打躬作揖的好，还是捧茶给老爷吃，走错路，惹老爷笑的好？"卜信道："不要恶心！我家也不希罕这样老爷！"牛浦道："不希罕么？明日向董老爷说，拿帖子送到芜湖县，先打一顿板子！"两个人一齐叫道："反了！反了！外甥女婿要送舅丈人去打板子！是我家养活你这年把的不是了！就和他到县里去讲讲，看是打那个的板子！"牛浦道："那个怕你！就和你去！"当下两人把牛浦扯着，扯到县门口。知县才发二梆，不曾坐堂。三人站在影壁前，恰好遇着郭铁笔走来，问其所以。卜诚道："郭先生，自古'一斗米养个恩人，一石米养个仇人'，这是我们养他的不是了！"郭铁笔也着实说牛浦的不是，道："尊卑长幼，自然之理。这话却行不得！但至亲间见官，也不雅相。”当下扯到茶馆里，叫牛浦斟了杯茶坐下。卜诚道：“牛姑爷，倒也不是这样说！如今我家老爹去世，家里人口多，我弟兄两个，招揽不来，难得当着郭先生在此，我们把这话说一说；外甥女少不的是我们养着，牛姑爷也该自己做出一个主意来，只管不尴不尬住着，也不是事。”牛浦道：“你为这话么？这话倒容易。我从今日就搬了行李出来，自己过日，不缠扰你们就是了。”当下吃完茶，劝开这一场闹，三人又谢郭铁笔。郭铁笔别过去了。

卜诚、卜信回家。牛浦赌气，来家拿了一床被，搬在庵里来住；没的吃用，把老和尚的铙、钹、叮当都当了。闲着无事，去望望郭铁笔，铁笔不在店里，柜上有人家寄的一部新“缙绅”卖。牛浦揭开一看，看见淮安府安东县新补的知县董瑛，字彦芳，浙江仁和人。说道：“是了！我何不寻他去？”忙走到庵里，卷了被褥，又把和尚的一座香炉，一架磬，拿去当了二两多银子；也不到卜家告说，竟搭了江船，恰好遇顺风，一日一夜就到了南京燕子矶。要搭扬州船，来到一个饭店里，店主人说道：“今日头船已经开了，没有船，只好住一夜，明日午后上船。”牛浦放下行李，走出店门，见江沿上系着一只大船，问店主人道：“这只船可开的？”店主人笑道：“这只船你怎上的起？要等个大老官来包了才走哩！”说罢，走了进来。走堂的拿了一双筷子，两个小菜碟，又是一碟腊猪头肉，一碟子芦蒿炒豆腐干，一碗汤，一大碗饭，一齐搬上来。牛浦问：“这菜和饭是怎算？”走堂的道：“饭是二厘一碗，荤菜一分，素的一半。”牛浦把这菜和饭都吃了，又走出店门，只见江沿上歇着一乘轿，三担行李，四个长随。那轿里走出一个人来，头戴方巾，身穿沉香色夹绸直裰，粉底皂靴，手拿白纸扇，花白胡须，约有五十多岁光景，一双刺猬眼，两个鹳骨腮。那人走出轿来，吩咐船家道：“我是要到扬州盐院太老爷那里去说话的，你们小心伺候，我到扬州，另外赏你，若有一些怠慢，就拿帖子送在江都县重处！”船家唯唯连声，搭扶手，请上了船。船家都帮着搬行李。

正搬得热闹，店主人向牛浦道：“你快些搭去！”牛浦掮着行李，走到船尾上，船家一把把他拉了上船，摇手叫他不要则声，把他安在烟篷底下坐。牛浦见他们众人把行李搬上了船，长随在舱里拿出“两淮公务”的灯笼来挂在舱口；叫船家把炉铫拿出来，在船头上生起火来，煨了一壶茶，送进舱去。天色已黑，点起灯笼来，四个长随都到后船来办盘子，炉子上顿酒；料理停当，都捧到中舱里，点起一只红蜡烛来。牛浦偷眼在板缝里张那人时，对了蜡烛，桌上摆着四盘菜，左手拿着酒杯，右手按着一本书在那里点头细看。看了一回，拿进饭去吃了；少顷，吹灯睡了。牛浦也悄悄睡下。是夜东北风紧，三更时分，潇潇飒飒的下起细雨，那烟篷芦席上漏下水来，牛浦翻身打滚的睡不着。到五更天，只听得舱里叫道：“船家，为甚么不开船？”船家道：“这大呆的顶头风，前头就是黄天荡，昨晚一号几十只船都湾在这里，那一个敢开？”

少停，天色大亮。船家烧起脸水，送进舱去，长随们都到后舱来洗脸。候着他们洗完，也递过一盆水与牛浦洗了。只见两个长随打伞上岸去了；一个长随，取了一只金华火腿在船边上向着港里洗。洗了一会，那两个长随买了一尾时鱼、一只烧鸭、一方肉和些鲜笋、芹菜，一齐拿上船来。船家量米煮饭，几个长随过来收拾这几样肴馔，整治停当，装做四大盘，又烫了一壶酒，捧进舱去与那人吃早饭。吃过，剩下的，四个长随拿到船后板上，齐坐着吃了一会。吃毕，打抹船板干净，才是船家在烟篷底下取出一碟萝卜干和一碗饭与牛浦吃，牛浦也吃了。

那雨虽略止了些，风却不曾住。到晌午时分，那人把舱后开了一扇板，一眼看见牛浦，问道："这是甚么人？"船家陪着笑脸说道："这是小的们带的一分酒资。"那人道："你这位少年何不进舱来坐坐？"牛浦得不得这一声，连忙从后面钻进舱来，便向那人作揖、下跪。那人举手道："船舱里窄，不必行这个礼，你且坐下。"牛浦道："不敢拜问老先生尊姓？"那人道："我么？姓牛，名瑶，草字叫做玉圃。我本是徽州人。你姓甚么？"牛浦道："晚生也姓牛，祖籍本来也是新安。"牛玉圃不等他说完，便接着道："你既然姓牛，五百年前是一家，我和你祖孙相称罢。我们徽州人称叔祖是叔公，你从今只叫我做叔公罢了。"牛浦听了这话，也觉愕然，因见他如此体面，不敢违拗，因问道："叔公此番到扬有甚么公事？"牛玉圃道："我不瞒你说，我八轿的官也不知相与过多少，那个不要我到他衙门里去？我是懒出门。而今在这东家万雪斋家，也不是甚么要紧的人，他图我相与的官府多，有些声势，每年请我在这里，送我几百两银留我代笔，代笔也只是个名色，我也不奈烦住在他家那个俗地方。我自在子午宫住。你如今既认了我，我自有用的着你处。"当下向船家说："把他的行李拿进舱来，船钱也在我这里算。"船家道："老爷又认着了一个本家，要多赏小的们几个酒钱哩。"

这日晚饭就在舱里陪着牛玉圃吃。到夜风住，天已晴了。五更鼓已到仪征。进了黄泥滩，牛玉圃起来洗了脸，携着牛浦上岸走走；走上岸，向牛浦道："他们在船上收拾饭费事，这里有个大观楼，素菜甚好，我和你去吃素饭罢。"回头吩咐船上道："你们自料理吃早饭，我们往大观楼吃饭就来，不要人跟随了。"说着，到了大观楼。上得楼梯，只见楼上先坐着一个戴方巾的人，那人见牛玉圃，吓了一跳，说道："原来是老弟！"牛玉圃道："原来是老哥！"两个平磕了头。那人问："此位是谁？"牛玉圃道："这是舍侄孙。"向牛浦道："你快过来叩见。这是我二十年拜盟的老弟兄，常在大衙门里共事的王义安老先生。快来叩见。"牛浦行过了礼，分宾主坐下，牛浦坐在横头。走堂的搬上饭来，一碗炒面筋，一碗脍腐皮，三人吃着。牛玉圃道："我和你还是那年在齐大老爷衙门里相别，直到而今。"王义安道："那个齐大老爷？"牛玉圃道："便是做九门提督的了。"王义安道："齐大老爷待我两个人是没的说的了！"正说得稠密，忽见楼梯上又走上两个戴方巾的秀才来：前面一个穿一件茧绸直裰，胸前油了一块，后面一个穿一件元色直裰，两个袖子破的晃晃荡荡的，走了上来。两个秀才一眼看见王义安，那穿茧绸的道："这不是我们这里丰家巷婊子家掌柜的乌龟王义安！"那穿元色的道："怎么不是他？他怎么敢戴了方巾在这里胡闹！"不由分说，走上去，一把扯掉了他的方巾，劈脸就是一个大嘴巴，打的乌龟跪在地上磕头如捣蒜，两个秀才越发威风。牛玉圃走上去扯劝，被两个秀才啐了一口，说道："你一个衣冠中人，同这乌龟坐着一桌子吃饭！你不知道罢了，既知道，还要来替他劝闹，连你也该死了！还不快走，在这里讨没脸！”牛玉圃见这事不好，悄悄拉了牛浦，走下楼来，会了帐，急急走回去了。

这里两个秀才把乌龟打了个臭死。店里人做好做歹，叫他认不是。两个秀才总不肯住，要送他到官。落后打的乌龟急了，在腰摸出三两七钱碎银子来送与两位相公做好看钱，才罢了，放他下去。

牛玉圃同牛浦上了船，开到扬州，一直拢了子午宫下处，道士出来接着，安放行李，当晚睡下。次日早晨，拿出一顶旧方巾和一件蓝绸直裰来，递与牛浦，道：“今日要同往东家万雪斋先生家，你穿了这个衣帽去。”当下叫了两乘轿子，两人坐了，两个长随跟着——一个抱着毡包——一直来到河下。见一个大高门楼，有七八个朝奉坐在板凳上，中间夹着一个奶妈，坐着说闲话。轿子到了门首，两人下轿走了进去，那朝奉都是认得的，说道：“牛老爷回来了！请在书房坐。”

当下走进了一个虎座的门楼，过了磨砖的天井，到了厅上。举头一看，中间悬着一个大匾，金字是“慎思堂”三字，旁边一行：“两淮盐运使司盐运使荀玫书”；两边金笺对联，写：“读书好，耕田好，学好便好；创业难，守成难，知难不难”；中间挂着一轴倪云林的画；书案上摆着一大块不曾琢过的璞，十二张花梨椅子；左边放着六尺高的一座穿衣镜。从镜子后边走进去，两扇门开了，鹅卵石砌成的地，循着塘沿走，一路的朱红阑杆，走了进去，三间花厅，隔子中间，悬着斑竹帘。有两个小幺儿在那里伺候，见两个走来，揭开帘子让了进去。举眼一看，里面摆的都是水磨楠木桌椅，中间悬着一个白纸墨字小匾，是“课花摘句”四个字。两人坐下吃了茶，那主人万雪斋方从里面走了出来，头戴方巾，手摇金扇，身穿澄乡茧绸直裰，脚下朱履，出来同牛玉圃作揖。牛玉圃叫过牛浦来见，说道：“这是舍侄孙。见过了老先生！”三人分宾主坐下，牛浦坐在下面。又捧出一道茶来吃了。万雪斋道：“玉翁为甚么在京耽搁这许多时？”牛玉圃道：“只为我的名声太大了，一到京，住在承恩寺，就有许多人来求，也有送斗方来的，也有送扇子来的，也有送册页来的，都要我写字、做诗；还有那分了题，限了韵来要求教的。昼日昼夜，打发不清。才打发清了，国公府里徐二公子，不知怎样就知道小弟到了，一回两回打发管家来请。——他那管家都是锦衣卫指挥，五品的前程，到我下处来了几次，我只得到他家盘桓了几天。临行再三不肯放，我说是雪翁有要紧事等着，才勉强辞了来。二公子也仰慕雪翁，尊作诗稿是他亲笔看的。”因在袖口里拿出两本诗来递与万雪斋，万雪斋接诗在手，便问：“这一位令侄孙一向不曾会过，多少尊庚了？大号是甚么？”牛浦答应不出来。牛玉圃道：“他今年才二十岁，年幼还不曾有号。”万雪斋正要揭开诗本来看，只见一个小厮飞跑进来禀道：“宋爷请到了。”万雪斋起身道：“玉翁，本该奉陪，因第七个小妾有病，请医家宋仁老来看，弟要去同他斟酌，暂且告过。你竟请在我这里宽坐，用了饭，坐到晚去。”说罢，去了。

管家捧出四个小菜碟，两双碗筷来，抬桌子，摆饭，牛玉圃向牛浦道：“他们摆饭还有一会功夫，我和你且在那边走走，那边还有许多齐整房子好看。”当下领着牛浦走过了一个小桥，循着塘沿走，望见那边高高低低许多楼阁。那塘沿略窄，一路栽着十几棵柳树，牛玉圃走着，回头过来向他说道："方才主人问着你话，你怎么不答应？"牛浦眼瞪瞪的望着牛玉圃的脸说，不觉一脚蹉了个空，半截身子掉下塘去，牛玉圃慌忙来扶，亏有柳树拦着，拉了起来，鞋袜都湿透了，衣服上淋淋漓漓的半截水。牛玉圃恼了，沉着脸道："你原来是上不的台盘的人！"忙叫小厮毡包里拿出一件衣裳来与他换了，先送他回下处。只因这一番，有分教：

　　旁人闲话，说破财主行踪；小子无良，弄得老生扫兴。

不知后事如何，且听下回分解。

第二十三回

发阴私诗人被打 叹老景寡妇寻夫

话说牛玉圃看见牛浦跌在水里，不成模样，叫小厮叫轿子先送他回去。牛浦到了下处，惹了一肚子的气，把嘴骨都着坐在那里。坐了一会，寻了一双干鞋袜换了，道士来问可曾吃饭，又不好说是没有，只得说吃了，足足的饿了半天。牛玉圃在万家吃酒，直到更把天才回来，上楼又把牛浦数说了一顿，牛浦不敢回言，彼此住下。

次日，一天无事。第三日，万家又有人来请，牛玉圃吩咐牛浦看着下处，自己坐轿子去了。牛浦同道士吃了早饭，道士道："我要到旧城里木兰院一个师兄家走走，牛相公，你在家里坐着罢。"牛浦道："我在家有甚事，不如也同你去顽顽。"当下锁了门，同道士一直进了旧城，一个茶馆内坐下。茶馆里送上一壶干烘茶，一碟透糖，一碟梅豆上来。吃着，道士问道："牛相公，你这位令叔祖可是亲房的？一向他老人家在这里，不见你相公来。"牛浦道："也是路上遇着，叙起来联宗的。我一向在安东县董老爷衙门里，那董老爷好不好客！记得我一初到他那里时候，才送了帖子进去，他就连忙叫两个差人出来请我的轿。我不曾坐轿，却骑的是个驴，我要下驴，差人不肯，两个人牵了我的驴头，一路走上去；走到暖阁上，走的地板格登格登的一路响。董老爷已是开了宅门，自己迎了出来，同我手搀着手，走了进去，留我住了二十多天。我要辞他回来，他送我十七两四钱五分细丝银子，送我出到大堂上，看着我骑上了驴，口里说道：'你别处若是得意，就罢了；若不得意，再来寻我。'这样人真是难得，我如今还要到他那里去。"道士道："这位老爷，果然就难得了！"牛浦道："我这东家万雪斋老爷，他是甚么前程？将来几时有官做？"道士鼻子里笑了一声道："万家！只好你令叔祖敬重他罢了！若说做官，只怕纱帽满天飞，飞到他头上，还有人摭了他的去哩！"牛浦道："这又奇了！他又不是娼优隶卒，为甚那纱帽飞到他头上还有人抢了去？"道士道："你不知道他的出身么？我说与你。你却不可说出来。万家他自小是我们这河下万有旗程家的书童，自小跟在书房伴读，他主子程明卿见他聪明，到十八九岁上就叫他做小司客。"牛浦道："怎么样叫做小司客？"道士道："我们这里盐商人家，比如托一个朋友在司上行走，替他会官、拜客,每年几百银子辛俸,这叫做'大司客';若是司上有些零碎事情,打发一个家人去打听料理,这就叫做'小司客'了。他做小司客的时候,极其停当,每年聚几两银子,先带小货,后来就弄窝子。不想他时运好,那几年窝价陡长,他就寻了四五万银子,便赎了身出来,买了这所房子,自己行盐,生意又好,就发起十几万来。万有旗程家已经折了本钱,回徽州去了,所以没人说他这件事。去年万家娶媳妇,他媳妇也是个翰林的女儿,万家费了几千两银子娶进来,那日大吹大打,执事灯笼就摆了半街,好不热闹!到第三日,亲家要上门做朝,家里就唱戏,摆酒,不想他主子程明卿清早上就一乘轿子抬了来,坐在他那厅房里。万家走了出来,就由不的自己跪着,作了几个揖,当时兑了一万两银子出来,才餬的去了,不曾破相。"正说着,木兰院里走出两个道士来,把这道士约了去吃斋,道士告别去了。

牛浦自己吃了几杯茶,走回下处来。进了子午宫,只见牛玉圃已经回来,坐在楼底下,桌上摆着几封大银子,楼门还锁着。牛玉圃见牛浦进来,叫他快开了楼门,把银子搬上楼去,抱怨牛浦道:"适才我叫看着下处,你为甚么街上去胡撞!"牛浦道:"适才我站在门口,遇见敝县的二公在门口过,他见我就下了轿子,说道:'许久不见',要拉到船上谈谈,故此去了一会。"牛玉圃见他会官,就不说他不是了,因问道:"你这位二公姓甚么?"牛浦道:"他姓李,是北直人。——便是这李二公,也知道叔公。"牛玉圃道:"他们在官场中,自然是闻我的名的。"牛浦道:"他说也认得万雪斋先生。"牛玉圃道:"雪斋也是交满天下的。"因指着这个银子道:"这就是雪斋家拿来的。因他第七位如夫人有病,医生说是寒症,药里要用一个'雪虾蟆',在扬州出了几百银子也没处买,听见说苏州还寻的出来,他拿三百两银子托我去买。我没的功夫,已在他跟前举荐了你,你如今去走一走罢,还可以赚的几两银子。"牛浦不敢违拗。当夜牛玉圃买了一只鸡和些酒,替他饯行,在楼上吃着。牛浦道:"方才有一句话正要向叔公说,是敝县李二公说的。"牛玉圃道:"甚么话?"牛浦道:"万雪斋先生算同叔公是极好的了,但只是笔墨相与,他家银钱大事,还不肯相托。李二公说,他生平有一个心腹的朋友,叔公如今只要说同这个人相好,他就诸事放心,一切都托叔公,不但叔公发财,连我做侄孙的将来都有日子过。"牛玉圃道:"他心腹朋友是那一个?"牛浦道:"是徽州程明卿先生。"牛玉圃笑道:"这是我二十年拜盟的朋友,我怎么不认的。我知道了。"吃完了酒,各自睡下。次日,牛浦带着银子,告辞叔公,上船往苏州去了。

次日,万家又来请酒,牛玉圃坐轿子去。到了万家,先有两位盐商坐在那里:一个姓顾,一个姓汪。相见作过了揖,那两个盐商说都是亲戚,不肯僭牛玉圃的坐,让牛玉圃坐在首席。吃过了茶,先讲了些窝子长跌的话,抬上席来,两位一桌。奉过酒,头一碗上的"冬虫夏草",万雪斋请诸位吃着,说道:"像这样东西,也是外方来的,我们扬州城里偏生多。一个'雪虾蟆',就偏生寻不出来!"顾盐商道:"还不曾寻着么?"万雪斋道:"正是;扬州没有,昨日才托玉翁令侄孙到苏州寻去了。"汪盐商道:"这样希奇东西,苏州也未必有,只怕还要到我们徽州旧家人家寻去,或者寻出来。"万雪斋道:"这话不错，一切的东西是我们徽州出的好。"顾盐商道："不但东西出的好，就是人物也出在我们徽州。"牛玉圃忽然想起，问道："雪翁，徽州有一位程明卿先生是相好的么？"万雪斋听了，脸就绯红，一句也答不出来。牛玉圃道："这是我拜盟的好弟兄，前日还有书子与我，说不日就要到扬州，少不的要与雪翁叙一叙。"万雪斋气的两手冰冷，总是一句话也说不出来。顾盐商道："玉翁，自古'相交满天下，知心能几人'！我们今日且吃酒，那些旧话也不必谈他罢了。"当晚勉强终席，各自散去。牛玉圃回到下处，几天不见万家来请。那日在楼上睡中觉，一觉醒来，长随拿封书子上来，说道："这是河下万老爷家送来的，不等回书去了。"牛玉圃拆开来看：

刻下仪征王汉策舍亲令堂太亲母七十大寿，欲求先生做寿文一篇，并求大笔书写，望即命驾往伊处。至嘱！至嘱！

牛玉圃看了这话，便叫长随叫了一只草上飞，往仪征去。当晚上船，次早到丑坝上岸，在米店内问王汉策老爷家。米店人说道："是做埠头的王汉家？他在法云街朝东的一个新门楼子里面住。"牛玉圃走到王家，一直进去，见三间敞厅，厅中间椅子上亮着一幅一幅的金字寿文；左边窗子口一张长桌，一个秀才低着头在那里写；见牛玉圃进厅，丢下笔，走了过来。牛玉圃见他穿着茧绸直裰，胸前油了一块，就吃了一惊。那秀才认得牛玉圃，说道："你就是大观楼同乌龟一桌吃饭的，今日又来这里做甚么？"牛玉圃上前同他吵闹，王汉策从里面走出来，向那秀才道："先生请坐，这个不与你相干。"那秀才自在那边坐了。王汉策同牛玉圃拱一拱手，也不作揖，彼此坐下，问道："尊驾就是号玉圃的么？"牛玉圃道："正是。"王汉策道："我这里就是万府下店。雪翁昨日有书子来，说尊驾为人不甚端方，又好结交匪类，自今以后，不敢劳尊了。"因向帐房里称出一两银子来递与他，说道："我也不留了，你请尊便罢！"牛玉圃大怒，说道："我那希罕这一两银子！我自去和万雪斋说！"把银子掼在椅子上。王汉策道："你既不要，我也不强，我倒劝你不要到雪斋家去，雪斋也不能会！"牛玉圃气忿忿的走了出去。王汉策道："恕不送了。"把手一拱，走了进去。

牛玉圃只得带着长随在丑坝寻一个饭店住下，口口声声只念着："万雪斋这狗头，如此可恶！"走堂的笑道："万雪斋老爷是极肯相与人的，除非你说出他程家那话头来，才不尴尬。"说罢，走过去了。牛玉圃听在耳朵里，忙叫长随去问那走堂的，走堂的方如此这般说出："他是程明卿家管家，最怕人揭挑他这个事；你必定说出来，他才恼的。"长随把这个话回覆了牛玉圃，牛玉圃才省悟道："罢了！我上了这小畜生的当了！"当下住了一夜，次日，叫船到苏州去寻牛浦。上船之后，盘缠不足，长随又辞去了两个，只剩两个粗夯汉子跟着，一直来到苏州，找在虎邱药材行内。牛浦正坐在那里，见牛玉圃到，迎了出来，说道："叔公来了。"牛玉圃道："'雪虾蟆'可曾有？"牛浦道："还不曾有。"牛玉圃道："近日镇江有一个人家有了，快把银子拿来同着买去。我的船就在阊门外。"当下押着他拿了银子同上了船，一路不说出。走了几天，到了龙袍洲地方，是个没人烟的所在；是日，吃了早饭，牛玉圃圆睁两眼，大怒道："你可晓的我要打你哩！"牛浦吓慌了道："做孙子的又不曾得罪叔公，为甚么要打我呢？"牛玉圃道："放你的狗屁！你弄的好乾坤哩！"当下不由分说，叫两个夯汉把牛浦衣裳剥尽了，帽子鞋袜都不留，拿绳子捆起来，臭打了一顿，抬着往岸上一掼，他那一只船就扯起篷来去了。

牛浦被他掼的发昏，又掼倒在一个粪窖子跟前，滚一滚就要滚到粪窖子里面去，只得忍气吞声，动也不敢动。过了半日，只见江里又来了一只船。那船到岸就住了，一个客人走上来粪窖子里面出恭，牛浦喊他救命。那客人道："你是何等样人？被甚人剥了衣裳，捆倒在此？"牛浦道："老爹，我是芜湖县的一个秀才。因安东县董老爷请我去做馆，路上遇见强盗，把我的衣裳行李都打劫去了，只饶的一命在此。我是落难的人，求老爹救我一救！"那客人惊道："你果然是安东县董老爷衙门里去的么？我就是安东县人，我如今替你解了绳子。"看见他精赤条条，不像模样，因说道："相公且站着，我到船上取个衣帽鞋袜来与你穿着，好上船去。"当下果然到船上取了一件布衣服，一双鞋，一顶瓦楞帽，与他穿戴起来，说道："这帽子不是你相公戴的，如今且权戴着，到前热闹所在再买方巾罢。"牛浦穿了衣服，下跪谢那客人。扶了起来，同到船里，满船客人听了这话，都吃一惊，问："这位相公尊姓？"牛浦道："我姓牛。"因拜问："这位恩人尊姓？"那客人道："在下姓黄，就是安东县人，家里做个小生意，是戏子行头经纪，前日因往南京去替他们班里人买些添的行头，从这里过，不想无意中救了这一位相公。你既

是到董老爷衙门里去的，且同我到安东，在舍下住着，整理些衣服，再往衙门里去。”牛浦深谢了，从这日就吃这客人的饭。

此时天气甚热，牛浦被剥了衣服，在日头下捆了半日，又受了粪窖子里薰蒸的热气，一到船上，就害起痢疾来。那痢疾又是禁口痢，里急后重，一天到晚都痢不清，只得坐在船尾上，两手抓着船板由他痢。痢到三四天，就像一个活鬼。身上打的又发疼，大腿在船沿坐成两条沟。只听得舱内客人悄悄商议道：“这个人料想是不好了，如今还是趁他有口气送上去；若死了，就费力了。”那位黄客人不肯。他痢到第五天上，忽然鼻子里闻见一阵绿豆香，向船家道：“我想口绿豆汤吃。”满船人都不肯。他说道：“我自家要吃，我死了也无怨！”众人没奈何，只得拢了岸，买些绿豆来煮了一碗汤，与他吃过。肚里响了一阵，痢出一抛大屎，登时就好了，扒进舱来谢了众人，睡下安息。养了两天，渐渐复元。到了安东，先住在黄客人家。黄客人替他买了一顶方巾，添了件把衣服，一双靴，穿着去拜董知县。董知县果然欢喜，当下留了酒饭，要留在衙门里面住。牛浦道：“晚生有个亲戚在贵治，还是住在他那里便意些。”董知县道：“这也罢了。先生住在令亲家，早晚常进来走走，我好请教。”牛浦辞了出来，黄客人见他果然同老爷相与，十分敬重。牛浦三日两日进衙门去走走，借着讲诗为名，顺便撞两处木钟，弄起几个钱来。黄家又把第四个女儿招他做个女婿，在安东快活过日子。

不想董知县就升任去了，接任的是个姓向的知县，也是浙江人。交代时候，向知县问董知县可有甚么事托他，董知县道：“倒没甚么事，只有个做诗的朋友住在贵治，叫做牛布衣，老寅台青目一二，足感盛情。”向知县应诺了。董知县上京去，牛浦送在一百里外，到第三日才回家。浑家告诉他道：“昨日有个人来，说是你芜湖长房舅舅，路过在这里看你，我留他吃了个饭去了；他说下半年回来，再来看你。”牛浦心里疑惑：“并没有这个舅舅。不知是那一个？且等他下半年来再处。”

董知县一路到了京师，在吏部投了文，次日过堂掣签。这时冯琢庵已中了进士，散了部属，寓处就在吏部门口不远，董知县先到他寓处来拜，冯主事迎着坐下，叙了寒温。董知县只说得一句：“贵友牛布衣在芜湖甘露庵里……”不曾说这一番交情，也不曾说到安东县曾会着的一番话，只见长班进来跪着禀道：“部里大人升堂了。”董知县连忙辞别了去，到部就掣了一个贵州知州的签，匆匆束装赴任去了，不曾再会冯主事。

冯主事过了几时，打发一个家人寄家书回去，又拿出十两银子来，问那家人道：“你可认得那牛布衣牛相公家？”家人道：“小的认得。”冯主事道：“这是十两银子，你带回去送与牛相公的夫人牛奶奶，说他的丈夫现在芜湖甘露庵里，寄个的信与他，不可有误。这银子说是我带与牛奶奶盘缠的。”管家领了主命，回家见了主母，办理家务事毕，便走到一个僻巷内，一扇篱笆门关着。管家走到门口，只见一个小儿开门出来，手里拿了一个筲箕出去买米。管家向他说是京里冯老爷差来的，小儿领他进去站在客坐内，小儿就走进去了；又走了出来问道：“你有甚说话？”管家问那小儿道：“牛奶奶是你甚么人？”那小儿道：“是大姑娘。”管家把这十两银子递在他手里，说道：“这银子是我家老爷带与牛奶奶盘缠的，说你家牛相公现在芜湖甘露庵内，寄个的信与你，免得悬望。”小儿请他坐着，把银子接了进去。管家看见中间悬着一轴稀破的古画，两边贴了许多的斗方，六张破丢不落的竹椅；天井里一个土台子，台子上一架藤花，藤花旁边就是篱笆门。坐了一会，只见那小儿捧出一杯茶来，手里又拿了一个包子，包了二钱银子，递与他道：“我家大姑说：‘有劳你，这个送给你买茶吃。到家拜上太太，到京拜上老爷，多谢，说的话我知道了。’”管家承谢过，去了。

牛奶奶接着这个银子，心里凄惶起来，说：“他恁大年纪，只管在外头，又没个儿女，怎生是好？我不如趁着这几两银子，走到芜湖去寻他回来，也是一场事！”主意已定，把这两间破房子锁了，交与邻居看守，自己带了侄子，搭船一路来到芜湖。找到浮桥口甘露庵，两扇门掩着，推开进去，韦驮菩萨面前，香炉烛台都没有了；又走进去，大殿上槅子倒的七横八竖，天井里一个老道人坐着缝衣裳，问着他，只打手势，原来又哑又聋。问他这里面可有一个牛布衣，他拿手指着前头一间屋里，牛奶奶带着侄子复身走出来，见韦驮菩萨旁边一间屋，又没有门，走了进去，屋里停着一具大棺材，面前放着一张三只腿的桌子，歪在半边。棺材上头的魂幡也不见了，只剩了一根棍；棺材贴头上有字，又被那屋上没有瓦，雨淋下来，把字迹都剥落了，只有“大明”两字，第三字只得一横。牛奶奶走到这里，不觉心惊肉颤，那寒毛根根都竖起来。又走进去问那道人道：“牛布衣莫不是死了？”道人把手摇两摇，指着门外。他侄子道：“他说姑爷不曾死，又到别处去了。”牛奶奶又走到庵外，沿街细问，人都说不听见他死，一直问到吉祥寺郭铁笔店里，郭铁笔道：“他么？而今到安东董老爷任上去了。”牛奶奶此番得着实信，立意往安东去寻。只因这一番，有分教：

错中有错，无端更起波澜；人外求人，有意做成交结。

不知牛奶奶曾到安东去否，且听下回分解。

第二十四回

牛浦郎牵连多讼事
鲍文卿整理旧生涯

话说牛浦招赘在安东黄姓人家，黄家把门面一带三四间屋都与他住，他就在门口贴了一个帖，上写道："牛布衣代做诗文"。那日早上，正在家里闲坐，只听得有人敲门，开门让了进来，原来是芜湖县的一个旧邻居。这人叫做石老鼠，是个有名的无赖，而今却也老了。牛浦见是他来，吓了一跳，只得同他作揖坐下，自己走进去取茶。浑家在屏风后张见，迎着他告诉道："这就是去年来的你长房舅舅，今日又来了。"牛浦道："他那里是我甚么舅舅！"接了茶出来，递与石老鼠吃。石老鼠道："相公，我听见你恭喜，又招了亲在这里，甚是得意！"牛浦道："好几年不曾会见老爹，而今在那里发财？"石老鼠道："我也只在淮北、山东各处走走。而今打从你这里过，路上盘缠用完了，特来拜望你，借几两银子用用。你千万帮我一个衬！"牛浦道："我虽则同老爹是个旧邻居，却从来不曾通过财帛。况且我又是客边，借这亲家住着，那里来的几两银子与老爹？"石老鼠冷笑道："你这小孩子就没良心了！想着我当初挥金如土的时节，你用了我不知多少；而今看见你在人家招了亲，留你个脸面，不好就说，你倒回出这样话来！"牛浦发了急道："这是那里来的话！你就挥金如土，我几时看见你金子，几时看见你的土！你一个尊年人，不想做些好事，只要'在光水头上钻眼骗人'！"石老鼠道："牛浦郎！你不要说嘴！想着你小时做的些丑事，瞒的别人，可瞒的过我？况且你停妻娶妻，在那里骗了卜家女儿，在这里又骗了黄家女儿，该当何罪？你不乖乖的拿出几两银子来，我就同你到安东县去讲！"牛浦跳起来道："那个怕你！就同你到安东县去！"当下两人揪扭出了黄家门，一直来到县门口，遇着县里两个头役，认得牛浦，慌忙上前劝住，问是甚么事。石老鼠就把他小时不成人的事说：骗了卜家女儿，到这里又骗了黄家女儿；又冒名顶替，多少混帐事。牛浦道："他是我们那里有名的光棍，叫做石老鼠！而今越发老而无耻！去年走到我家，我不在家里，他冒认是我舅舅，骗饭吃；今年又凭空走来问我要银子！那有这样无情无理的事！"几个头役道："也罢，牛相公。他这人年纪老了，虽不是亲戚，到底是你的一个旧邻居。想是真正没有盘费了。自古道：'家贫不是贫，路贫贫杀人。'你此时有钱也不服气拿出来给他，我们众人替你垫几百文，送他去罢。”石老鼠还要争。众头役道：“这里不是你撒野的地方！牛相公就同我老爷相与最好，你一个尊年人，不要讨没脸面，吃了苦去！”石老鼠听见这话，方才不敢多言了；接着几百钱，谢了众人自去。

牛浦也谢了众人回家。才走得几步，只见家门口一个邻居迎着来道：“牛相公，你到这里说话！”当下拉到一个僻净巷内，告诉他道：“你家娘子在家同人吵哩！”牛浦道：“同谁吵？”邻居道：“你刚才出门，随即一乘轿子，一担行李，一个堂客来到，你家娘子接了进去。这堂客说他就是你的前妻，要你见面，在那里同你家黄氏娘子吵的狠；娘子托我带信，叫你快些家去。”牛浦听了这话，就像提在冷水盆里一般，自心里明白：“自然是石老鼠这老奴才把卜家的前头娘子贾氏撮弄的来闹了！”也没奈何，只得硬着胆走了来家。到家门口，站住脚听一听，里面吵闹的不是贾氏娘子声音，是个浙江人，便敲门进去。和那妇人对了面，彼此不认得。黄氏道：“这便是我家的了，你看看可是你的丈夫？”牛奶奶问道：“你这位怎叫做牛布衣？”牛浦道：“我怎不是牛布衣？但是我认不得你这位奶奶。”牛奶奶道：“我便是牛布衣的妻子。你这厮冒了我丈夫的名字在此挂招牌，分明是你把我丈夫谋害死了！我怎肯同你开交！”牛浦道：“天下同名同姓也最多，怎见得便是我谋害你丈夫？这又出奇了！”牛奶奶道：“怎么不是！我从芜湖县问到甘露庵，一路问来，说在安东！你既是冒我丈夫名字，须要还我丈夫！”当下哭喊起来，叫跟来的侄子将牛浦扭着，牛奶奶上了轿，一直喊到县前去了；正值向知县出门，就喊了冤。知县叫补词来。当下补了词，出差拘齐了人，挂牌，第三日午堂听审。

这一天，知县坐堂，审的是三件。第一件，“为活杀父命事”，告状的是个和尚。这和尚因在山中拾柴，看见人家放的许多牛，内中有一条牛见这和尚，把两眼睁睁的只望着他。和尚觉得心动，走到那牛跟前，那牛就两眼抛梭的淌下泪来。和尚慌到牛跟前跪下，牛伸出舌头来舐他的头；舐着，那眼泪越发多了。和尚方才知道是他的父亲转世，因向那人家哭着求告，施舍在庵里供养着。不想被庵里邻居牵去杀了，所以来告状，就带施牛的这个人做干证。向知县取了和尚口供，叫上那邻居来问。邻居道：“小的三四日前，是这和尚牵了这个牛来卖与小的，小的买到手，就杀了。和尚昨日又来向小的说，这牛是他父亲变的，要多卖几两银子，前日银子卖少了，要来找价，小的不肯，他就同小的吵起来。小的听见人说：‘这牛并不是他父亲变的。这和尚积年剃了光头，把盐搽在头上，走到放牛所在，见那极肥的牛，他就跪在牛跟前，哄出牛舌头来舐他的头。牛但凡舐着盐，就要淌出眼水来。他就说是他父亲，到那人家哭着求施舍。施舍了来，就卖钱用，不是一遭了。’这回又拿这事告小的，求老爷做主！”向知县叫那施牛的人问道：“这牛果然是你施与他家的，不曾要钱？”施牛的道：“小的白送与他，不曾要一个钱。”向知县道：“轮回之事，本属渺茫，那有这个道理？况既说父亲转世，不该又卖钱用。这秃奴可恶极了！”即丢下签来，重责二十，赶了出去。

第二件，“为毒杀兄命事”，告状人叫胡赖，告的是医生陈安。向知县叫上原告来问道：“他怎样毒杀你哥子？”胡赖道：“小的哥子害病，请了医生陈安来看。他用了一剂药,小的哥子次日就发了跑躁,跳在水里淹死了。这分明是他毒死的!”向知县道:“平日有仇无仇?”胡赖道:“没有仇。”向知县叫上陈安来问道:“你替胡赖的哥子治病,用的是甚么汤头?”陈安道:“他本来是个寒症,小的用的是荆防发散药,药内放了八分细辛。当时他家就有个亲戚——是个团脸矮子——在旁多嘴,说是细辛用到三分,就要吃死了人。《本草》上那有这句话?落后他哥过了三四日才跳在水里死了,与小的甚么相干?青天老爷在上,就是把四百味药药性都查遍了,也没见那味药是吃了该跳河的,这是那里说起?医生行着道,怎当得他这样诬陷!求老爷做主!”向知县道:“这果然也胡说极了!医家有割股之心;况且你家有病人,原该看守好了,为甚么放他出去跳河?与医生何干?这样事也来告状!”一齐赶了出去。

第三件便是牛奶奶告的状,“为谋杀夫命事”。向知县叫上牛奶奶去问。牛奶奶悉把如此这般,从浙江寻到芜湖,从芜湖寻到安东:“他现挂着我丈夫招牌,我丈夫不问他要,问谁要!”向知县道:“这也怎么见得?”向知县问牛浦道:“牛生员,你一向可认得这个人?”牛浦道:“生员岂但认不得这妇人,并认不得他丈夫,他忽然走到生员家要起丈夫来,真是天上飞下来的一件大冤枉事!”向知县向牛奶奶道:“眼见得这牛生员叫做牛布衣,你丈夫也叫做牛布衣。天下同名同姓的多,他自然不知道你丈夫踪迹。你到别处去寻访你丈夫去罢。”牛奶奶在堂上哭哭啼啼,定要求向知县替他伸冤。缠的向知县急了,说道:“也罢,我这里差两个衙役把这妇人解回绍兴。你到本地告状去,我那里管这样无头官事!牛生员,你也请回去罢。”说罢,便退了堂。两个解役把牛奶奶解往绍兴去了。

自因这一件事,传的上司知道,说向知县相与做诗文的人,放着人命大事都不问,要把向知县访闻参处。按察司具揭到院。这按察司姓崔,是太监的侄儿,荫袭出身,做到按察司。这日叫幕客叙了揭帖稿,取来灯下自己细看:“为特参昏庸不职之县令以肃官方事:……”内开安东县知县向鼎许多事故。自己看了又念,念了又看,灯烛影里,只见一个人双膝跪下。崔按察举眼一看,原来是他门下的一个戏子,叫做鲍文卿。按察司道:“你有甚么话,起来说!”鲍文卿道:“方才小的看见大老爷要参处的这位是安东县向老爷。这位老爷小的也不曾认得。但自从七八岁学戏,在师父手里就念的是他做的曲子。这老爷是个大才子,大名士,如今二十多年了,才做得一个知县,好不可怜。如今又要因这事参处了。况他这件事也还是敬重斯文的意思,不知可以求得大老爷免了他的参处罢?”按察司道:“不想你这一个人倒有爱惜才人的念头。你倒有这个意思,难道我倒不肯?只是如今免了他这一个革职,他却不知道是你救他。我如今将这些缘故写一个书子,把你送到他衙门里去,叫他谢你几百两银子,回家做个本钱。”鲍文卿磕头谢了。按察司吩咐书房小厮去向幕宾说:“这安东县不要参了。”

过了几日,果然差一个衙役,拿着书子,把鲍文卿送到安东县。向知县把书子拆开一看,大惊,忙叫快开宅门,请这位鲍相公进来。向知县便迎了出去。鲍文卿青衣小帽,走进宅门,双膝跪下,便叩老爷的头,跪在地下请老爷的安,向知县双手来扶,要同他叙礼。他道:“小的何等人,敢与老爷施礼!”向知县道:“你是上司衙门里的人,况且与我有恩,怎么拘这个礼?快请起来,好让我拜谢!”他再三不肯。向知县拉他坐,他断然不敢坐。向知县急了,说:“崔大老爷送了你来,我若这般待你,崔大老爷知道不便。”鲍文卿道:“虽是老爷要格外抬举小的,但这个关系朝廷体统,小的断然不敢。”立着垂手回了几句话,退到廊下去了。向知县托家里亲戚出来陪他,也断不敢当;落后叫管家出来陪他,才欢喜了,坐在管家房里,有说有笑。

次日,向知县备了席,摆在书房里,自己出来陪,斟酒来奉。他跪在地下,断不敢接酒;叫他坐,也到底不坐。向知县没奈何,只得把酒席发了下去,叫管家陪他吃了。他还上来谢赏。向知县写了谢按察司的禀帖,封了五百两银子谢他。他一厘也不敢受,说道:“这是朝廷颁与老爷们的俸银,小的乃是贱人,怎敢用朝廷的银子?小的若领了这项银子去养家口,一定折死小的。大老爷天恩,留小的一条狗命。”向知县见他说到这田地,不好强他,因把他这些话又写了一个禀帖,禀按察司;又留他住了几天,差人送他回京。按察司听见这些话,说他是个呆子,也就罢了。又过了几时,按察司升了京堂,把他带进京去。不想一进了京,按察司就病故了。鲍文卿在京没有靠山,他本是南京人,只得收拾行李,回南京来。

这南京乃是太祖皇帝建都的所在,里城门十三,外城门十八,穿城四十里,沿城一转足有一百二十多里。城里几十条大街,几百条小巷,都是人烟凑集,金粉楼台。城里一道河,东水关到西水关,足有十里,便是秦淮河。水满的时候,画船箫鼓,昼夜不绝。城里城外,琳宫梵宇,碧瓦朱甍,在六朝时,是四百八十寺;到如今,何止四千八百寺!大街小巷,合共起来,大小酒楼有六七百座,茶社有一千余处。不论你走到一个僻巷里面,总有一个地方悬着灯笼卖茶,插着时鲜花朵,烹着上好的雨水。茶社里坐满了吃茶的人。到晚来,两边酒楼上明角灯,每条街上足有数千盏,照耀如同白日,走路人并不带灯笼。那秦淮到了有月色的时候,越是夜色已深,更有那细吹细唱的船来,凄清委婉,动人心魄。两边河房里住家的女郎,穿了轻纱衣服,头上簪了茉莉花,一齐卷起湘帘,凭栏静听。所以灯船鼓声一响,两边帘卷窗开,河房里焚的龙涎、沉、速,香雾一齐喷出来,和河里的月色烟光合成一片,望着如阆苑仙人,瑶宫仙女。还有那十六楼官妓,新妆袨服,招接四方游客。真乃“朝朝寒食,夜夜元宵”!

这鲍文卿住在水西门。水西门与聚宝门相近。这聚宝门,当年说,每日进来有百牛千猪万担粮;到这时候,何止一千个牛,一万个猪,粮食更无其数。鲍文卿进了水西门,到家和妻子见了。他家本是几代的戏行,如今仍旧做这戏行营业。他这戏行里,淮清桥是三个总寓,一个老郎庵;水西门是一个总寓,一个老郎庵。总寓内都挂着一班一班的戏子牌,凡要定戏,先几日要在牌上写一个日子。鲍文卿却是水西门总寓挂牌。他戏行规矩最大:但凡本行中有不公不法的事,一齐上了庵,烧过香,坐在总寓那里品出不是来,要打就打,要罚就罚,一个字也不敢拗的。还有洪武年间起首的班子,一班十几个人,每班立一座石碑在老郎庵里,十几个人共刻在一座碑上。比如有祖宗的名字在这碑上的，子孙出来学戏，就是“世家子弟”，略有几岁年纪，就称为“老道长”。凡遇本行公事，都向老道长说了，方才敢行。鲍文卿的祖父的名字却在那第一座碑上。

他到家料理了些柴米，就把家里笙箫管笛，三弦琵琶，都查点了出来；也有断了弦，也有坏了皮的，一总尘灰寸壅。他查出来放在那里，到总寓旁边茶馆内去会会同行。才走进茶馆，只见一个人，坐在那里，头戴高帽，身穿宝蓝缎直裰，脚下粉底皂靴，独自坐在那里吃茶。鲍文卿近前一看，原是他同班唱老生的钱麻子。钱麻子见了他来，说道：“文卿，你从几时回来的？请坐吃茶。”鲍文卿道：“我方才远远看见你，只疑惑是那一位翰林、科、道老爷错走到我这里来吃茶，原来就是你这老屁精！”当下坐了吃茶。钱麻子道：“文卿，你在京里走了一回，见过几个做官的，回家就拿翰林、科、道来吓我了！”鲍文卿道：“兄弟，不是这样说。像这衣服、靴子，不是我们行事的人可以穿得的。你穿这样衣裳，叫那读书的人穿甚么？”钱麻子道：“而今事！那是二十年前的讲究了！南京这些乡绅人家，寿诞或是喜事，我们只拿一副蜡烛去，他就要留我们坐着一桌吃饭。凭他甚么大官，他也只坐在下面。若遇同席有几个学里酸子，我眼角里还不曾看见他哩！”鲍文卿道：“兄弟！你说这样不安本分的话，岂但来生还做戏子，连变驴变马都是该的！”钱麻子笑着打了他一下。茶馆里拿上点心来吃。吃着，只见外面又走进一个

人来，头戴浩然巾，身穿酱色绸直裰，脚下粉底皂靴，手执龙头拐杖，走了进来。钱麻子道："黄老爹，到这里来吃茶。"黄老爹道："我道是谁，原来是你们二位！到跟前才认得。怪不得，我今年已八十二岁了，眼睛该花了。文卿，你几时来的？"鲍文卿道："到家不多几日，还不曾来看老爹。日子好过的快，相别已十四年，记得我出门那日，还在国公府徐老爷里面看着老爹妆了一出'茶博士'才走的。老爹而今可在班里了？"黄老爹摇手道："我久已不做戏子了。"坐下添点心来吃，向钱麻子道："前日南门外张举人家请我同你去下棋，你怎么不到？"钱麻子道："那日我班里有生意。明日是鼓楼外薛乡绅小生日，定了我徒弟的戏，我和你明日要去拜寿。"鲍文卿道："那个薛乡绅？"黄老爹道："他是做过福建汀州知府，和我同年，今年八十二岁，朝廷请他做乡饮大宾了。"鲍文卿道："像老爹拄着拐杖，缓步细摇，依我说，这'乡饮大宾'就该是老爹做！"又道："钱兄弟，你看老爹这个体统，岂止像知府告老回家，就是尚书、侍郎回来，也不过像老爹这个排场罢了！"那老畜生不晓的这话是笑他，反忻忻得意。当下吃完了茶，各自散了。鲍文卿虽则因这些事看不上眼，自己却还要寻几个孩子起个小班子，因在城里到处寻人说话。那日走到鼓楼坡上，遇着一个人，有分教：

邂逅相逢，旧交更添气色；婚姻有分，子弟亦被恩光。

毕竟不知鲍文卿遇的是个甚么人，且听下回分解。

第二十五回

鲍文卿南京遇旧
倪廷玺安庆招亲

话说鲍文卿到城北去寻人，觅孩子学戏。走到鼓楼坡上，他才上坡，遇着一个人下坡。鲍文卿看那人时，头戴破毡帽，身穿一件破黑绸直裰，脚下一双烂红鞋，花白胡须，约有六十多岁光景；手里拿着一张破琴，琴上贴着一条白纸，纸上写着四个字道："修补乐器"。鲍文卿赶上几步，向他拱手道："老爹是会修补乐器的么？"那人道："正是。"鲍文卿道："如此，屈老爹在茶馆坐坐。"当下两人进了茶馆坐下，拿了一壶茶来吃着。鲍文卿道："老爹尊姓？"那人道："贱姓倪。"鲍文卿道："尊府在那里？"那人道："远哩！舍下在三牌楼。"鲍文卿道："倪老爹，你这修补乐器，三弦、琵琶，都可以修得么？"倪老爹道："都可以修得的。"鲍文卿道："在下姓鲍，舍下住在水西门，原是梨园行业。因家里有几件乐器坏了，要借重老爹修一修。如今不知是屈老爹到舍下去修好，还是送到老爹府上去修？"倪老爹道："长兄，你共有几件乐器？"鲍文卿道："只怕也有七八件。"倪老爹道："有七八件就不好拿来，还是我到你府上来修罢。也不过一两日功夫，我只扰你一顿早饭，晚里还回来家。"鲍文卿道："这就好了。只是茶水不周，老爹休要见怪。"又道："几时可以屈老爹去？"倪老爹道："明日不得闲，后日来罢。"当下说定了。门口挑了一担茯苓糕来，鲍文卿买了半斤，同倪老爹吃了，彼此告别。鲍文卿道："后日清晨，专候老爹。"倪老爹应诺去了。鲍文卿回来和浑家说下，把乐器都揩抹净了，搬出来摆在客座里。

到那日清晨，倪老爹来了，吃过茶点心，拿这乐器修补。修了一回，家里两个学戏的孩子捧出一顿素饭来，鲍文卿陪着倪老爹吃了。到下午时候，鲍文卿出门回来，向倪老爹道："却是怠慢老爹的紧，家里没个好菜蔬，不恭；我而今约老爹去酒楼上坐坐，这乐器丢着，明日再补罢。"倪老爹道："为甚么又要取扰？"当下两人走出来，到一个酒楼上，拣了一个僻净座头坐下，堂官过来问："可还有客？"倪老爹道："没有客了。你这里有些甚么菜？"走堂的叠着指头数道："肘子、鸭子、黄闷鱼、醉白鱼、杂脍、单鸡、白切肚子、生爓肉、京爓肉、爓肉片、煎肉圆、闷青鱼、煮鲢头，还有便碟白切肉。"倪老爹道：

"长兄,我们自己人,吃个便碟罢。"鲍文卿道:"便碟不恭。"因叫堂官先拿卖鸭子来吃酒,再熩肉片带饭来。堂官应下去了,须臾,捧着一卖鸭子,两壶酒上来。鲍文卿起身斟倪老爹一杯,坐下吃酒,因问倪老爹道:"我看老爹像个斯文人,因甚做这修补乐器的事?"那倪老爹叹一口气道:"长兄,告诉不得你!我从二十岁上进学,到而今做了三十七年的秀才。就坏在读了这几句死书,拿不得轻,负不的重,一日穷似一日,儿女又多,只得借这手艺餬口,原是没奈何的事。"鲍文卿惊道:"原来老爹是学校中人,我大胆的狠了。请问老爹几位相公?老太太可是齐眉?"倪老爹道:"老妻还在。从前倒有六个小儿,而今说不得了。"鲍文卿道:"这是甚么原故?"

倪老爹说到此处,不觉凄然垂下泪来。鲍文卿又斟一杯酒,递与倪老爹,说道:"老爹,你有甚心事,不妨和在下说,我或者可以替你分忧。"倪老爹道:"这话不说罢,说了反要惹你长兄笑。"鲍文卿道:"我是何等之人,敢笑老爹?老爹只管说。"倪老爹道:"不瞒你说,我是六个儿子,死了一个,而今只得第六个小儿子在家里,那四个……"说着,又忍着不说了。鲍文卿道:"那四个怎的?"倪老爹被他问急了,说道:"长兄,你不是外人,料想也不笑我。我不瞒你说,那四个儿子,我都因没有的吃用,把他们卖在他州外府去了!"鲍文卿听见这句话,忍不住的眼里流下泪来,说道:"这是个可怜了!"倪老爹垂泪道:"岂但那四个卖了,这一个小的,将来也留不住,也要卖与人去!"鲍文卿道:"老爹,你和你家老太太怎的舍得?"倪老爹道:"只因衣食欠缺,留他在家,跟着饿死,不如放他一条生路!"鲍文卿着实伤感了一会,说道:"这件事,我倒有个商议,只是不好在老爹跟前说。"倪老爹道:"长兄,你有甚么话,只管说有何妨?"鲍文卿正待要说,又忍住道:"不说罢;这话说了,恐怕惹老爹怪。"倪老爹道:"岂有此理。任凭你说甚么,我怎肯怪你?"鲍文卿道:"我大胆说了罢。"倪老爹道:"你说,你说。"鲍文卿道:"老爹,比如你要把这小相公卖与人,若得卖到他州别府,就和那几个相公一样不见面了。如今我在下四十多岁,生平只得一个女儿,并不曾有个儿子,你老人家若肯不弃贱行,把这小令郎过继与我,我照样送过二十两银子与老爹,我抚养他成人。平日逢时遇节,可以到老爹家里来,后来老爹事体好了,依旧把他送还老爹。这可以使得的么?"倪老爹道:"若得如此,就是我的小儿子恩星照命,我有甚么不肯?但是既过继与你,累你抚养,我那里还收得你的银子?"鲍文卿道:"说那里话,我一定送过二十两银子来。"说罢,彼此又吃了一回,会了帐。出得店门,趁天色未黑,倪老爹回家去了。鲍文卿回来把这话向乃眷说了一遍,乃眷也欢喜。次日,倪老爹清早来补乐器,会着鲍文卿,说:"昨日商议的话,我回去和老妻说,老妻也甚是感激。如今一言为定,择个好日,就带小儿来过继便了。"鲍文卿大喜。自此,两人呼为亲家。

过了几日,鲍家备了一席酒请倪老爹,倪老爹带了儿子来写立过继文书,凭着左邻开绒线店张国重,右邻开香蜡店王羽秋。两个邻居都到了。那文书上写道:

立过继文书倪霜峰,今将第六子倪廷玺,年方一十六岁,因日食无措,夫妻商议,情愿出继与鲍文卿名下为义子,改名鲍廷玺。此后成人婚娶,俱系鲍文卿抚养，立嗣承祧，两无异说。如有天年不测，各听天命。今欲有凭，立此过继文书，永远存照。嘉靖十六年十月初一日。立过继文书：倪霜峰。凭中邻：张国重，王羽秋。

都画了押。鲍文卿拿出二十两银子来付与倪老爹去了。鲍文卿又谢了众人。自此，两家来往不绝。

这倪廷玺改名鲍廷玺，甚是聪明伶俐。鲍文卿因他是正经人家儿子，不肯叫他学戏，送他读了两年书，帮着当家管班。到十八岁上，倪老爹去世了，鲍文卿又拿出几十两银子来替他料理后事，自己去一连哭了几场，依旧叫儿子去披麻戴孝，送倪老爹入土。自此以后，鲍廷玺着实得力。他娘说他是螟蛉之子，不疼他，只疼的是女儿、女婿。鲍文卿说他是正经人家儿女，比亲生的还疼些；每日吃茶吃酒，都带着他；在外揽生意，都同着他，让他赚几个钱添衣帽鞋袜；又心里算计，要替他娶个媳妇。

那日早上，正要带着鲍廷玺出门，只见门口一个人，骑了一匹骡子，到门口下了骡子进来。鲍文卿认得是天长县杜老爷的管家姓邵的，便道："邵大爷，你几时过江来的？"邵管家道："特过江来寻鲍师父。"鲍文卿同他作了揖，叫儿子也作了揖，请他坐下，拿水来洗脸，拿茶来吃。吃着，问道："我记得你家老太太该在这年把正七十岁，想是过来定戏的？你家大老爷在府安？"邵管家笑道："正是为此。老爷吩咐要定二十本戏。鲍师父，你家可有班子？若有，就接了你的班子过去。"鲍文卿道："我家现有一个小班，自然该去伺候。只不知要几时动身？"邵管家道："就在出月动身。"说罢，邵管家叫跟骡的人把行李搬了进来，骡子打发回去。邵管家在被套内取出一封银子来递与鲍文卿道："这是五十两定银，鲍师父，你且收了。其余的，领班子过去再付。"文卿收了银子，当晚整治酒席，大盘大碗，留邵管家吃了半夜。次日，邵管家上街去买东西；买了四五天，雇头口，先过江去了。鲍文卿也就收拾，带着鲍廷玺，领了班子，到天长杜府去做戏。做了四十多天回来，足足赚了一百几十两银子；父子两个，一路感杜府的恩德不尽。那一班十几个小戏子，也是杜府老太太每人另外赏他一件棉袄，一双鞋袜。各家父母知道，也着实感恩，又来谢了鲍文卿。鲍文卿仍旧领了班子在南京城里做戏。

那一日，在上河去做夜戏，五更天散了戏，戏子和箱都先进城来了，他父子两个在上河澡堂子里洗了一个澡，吃了些茶点心，慢慢走回来。到了家门口，鲍文卿道："我们不必拢家了。内桥有个人家，定了明日的戏，我和你趁早去把他的银子秤来。"当下鲍廷玺跟着，两个人走到坊口，只见对面来了一把黄伞，两对红黑帽，一柄遮阳，一顶大轿。知道是外府官过，父子两个站在房檐下看，让那伞和红黑帽过去了。遮阳到了跟前，上写着"安庆府正堂"。鲍文卿正仰脸看着遮阳，轿子已到。那轿子里面的官看见鲍文卿，吃了一惊。鲍文卿回过脸来看那官时，原来便是安东县向老爷，他原来升了。轿子才过去，那官叫跟轿的青衣人到轿前说了几句话，那青衣人飞跑到鲍文卿跟前问道："太老爷问你可是鲍师父么？"鲍文卿道："我便是。太老爷可是做过安东县升了来的？"那人道："是。太爷公馆在贡院门口张家河房里，请鲍师父在那里去相会。"说罢，飞跑赶着轿子去了。

鲍文卿领着儿子走到贡院前香蜡店里买了一个手本，上写："门下鲍文卿叩"，走到张家河房门口，知道向太爷已经回寓了，把手本递与管门的，说道："有劳大爷禀声，我是鲍文卿，来叩见太老爷。"门上人接了手本，说道："你且伺候着。"鲍文卿同儿子坐在板凳上。坐了一会，里面打发小厮出来问道："门上的，太爷问有个鲍文卿可曾来？"门上人道："来了，有手本在这里。"慌忙传进手本去。只听得里面道："快请。"鲍文卿叫儿子在外面候着，自己跟了管门的进去。进到河房来，向知府已是纱帽便服，迎了出来，笑着说道："我的老友到了！"鲍文卿跪下磕头请安。向知府双手扶住，说道："老友，你若只管这样拘礼，我们就难相与了。"再三再四拉他坐，他又跪下告了坐，方敢在底下一个凳子上坐了。向知府坐下说道："文卿，自同你别后，不觉已是十余年。我如今老了，你的胡子却也白了许多。"鲍文卿起来道："太老爷高升，小的多不知道，不曾叩得大喜。"向知府道："请坐下，我告诉你。我在安东做了两年，又到四川做了一任知州，转了个二府，今年才升到这里。你自从崔大人死后，回家来做些什么事？"鲍文卿道："小的本是戏子出身，回家没有甚事，依旧教一小班子过日。"向知府道："你方才同走的那少年是谁？"鲍文卿道："那就是小的儿子，带在公馆门口，不敢进来。"向知府道："为甚么不进来？叫人快出去请鲍相公进来！"当下一个小厮领了鲍廷玺进来，他父亲叫他磕太老爷的头。向知府亲手扶起，问："你今年十几岁了？"鲍廷玺道："小的今年十七岁了。"向知府道："好个气质！像正经人家的儿女！"叫他坐在他父亲旁边。向知府道："文卿，你这令郎也学戏行的营业么？"鲍文卿道："小的不曾教他学戏。他念了两年书，而今跟在班里记帐。"向知府道："这个也好。我如今还要到各上司衙门走走。你不要去，同令郎在我这里吃了饭，我回来还有话替你说。"说罢，换了衣服，起身上轿去了。鲍文卿同儿子走到管家们房里，管宅门的王老爹本来认得，彼此作了揖，叫儿子也作了揖。看见王老爹的儿子小王已经长到三十多岁，满嘴有胡子了。王老爹极其欢喜鲍廷玺，拿出一个大红缎子钉金线的钞袋来，里头装着一锭银子，送与他。鲍廷玺作揖谢了，坐着说些闲话，吃过了饭。

向知府直到下午才回来，换去了大衣服，仍旧坐在河房里，请鲍文卿父子两个进来坐下，说道："我明日就要回衙门去，不得和你细谈。"因叫小厮在房里取出一封银子来递与他，道："这是二十两银子，你且收着。我去之后，你在家收拾收拾，把班子托与人领着，你在半个月内，同令郎到我衙门里来，我还有话和你说。"鲍文卿接着银子，谢了太老爷的赏，说道："小的总在半个月内，领了儿子到太老爷衙门里来请安。"当下又留他吃了酒。鲍文卿同儿子回家歇息。次早又到公馆里去送了向太爷的行；回家同浑家商议，把班子暂托与他女婿归姑爷同教师金次福领着。他自己收拾行李衣服，又买了几件南京的人事——头绳，肥皂之类，带与衙门里各位管家。

又过了几日，在水西门搭船。到了池口，只见又有两个人搭船，舱内坐着。彼此谈及，鲍文卿说要到向太爷衙门里去的。那两人就是安庆府里的书办，一路就奉承鲍家父子两个，买酒买肉，请他吃着。晚上候别的客人睡着了，便悄悄向鲍文卿说："有一件事，只求太爷批一个'准'字，就可以送你二百两银子。又有一件事，县里详上来，只求太爷驳下去，这件事竟可以送三百两。你鲍太爷在我们太老爷跟前悬个情罢！"鲍文卿道："不瞒二位老爹说，我是个老戏子，乃下贱之人。蒙太老爷抬举，叫到衙门里来，我是何等之人，敢在太老爷跟前说情？"那两个书办道："鲍太爷，你疑惑我这话是说谎么？只要你肯说这情，上岸先兑五百两银子与你。"鲍文卿笑道："我若是欢喜银子，当年在安东县曾赏过我五百两银子，我不敢受。自己知道是个穷命，须是骨头里挣出来的钱才做得肉，我怎肯瞒着太老爷拿这项钱？况且他若有理，断不肯拿出几百两银来寻人情；若是准了这一边的情，就要叫那边受屈，岂不丧了阴德？依我的意思，不但我不敢管，连二位老爹也不必管他。自古道：'公门里好修行'，你们伏侍太老爷，凡事不可坏了太老爷清名，也要各人保着自己的身家性命。"几句说的两个书办毛骨悚然，一场没趣，扯了一个淡，罢了。次日早辰，到了安庆，宅门上投进手本去。向知府叫将他父子两人行李搬在书房里面住，每日同自己亲戚一桌吃饭；又拿出许多绸和布来，替他父子两个里里外外做衣裳。

一日，向知府走来书房坐着，问道："文卿，你令郎可曾做过亲事么？"鲍文卿道："小的是穷人，这件事还做不起。"向知府道："我倒有一句话，若说出来，恐怕得罪你。这事你若肯相就，倒了我一个心愿。"鲍文卿道："太老爷有甚么话吩咐，小的怎敢不依？"向知府道："就是我家总管姓王的，他有一个小女儿，生得甚是乖巧，老妻着实疼爱他，带在房里，梳头、裹脚，都是老妻亲手打扮。今年十七岁了，和你令郎是同年。这姓王的在我家已经三代，我把投身纸都查了赏他，已不算我家的管家了。他儿子小王，我又替他买了一个部里书办名字，五年考满，便选一个典史杂职。你若不弃嫌，便把你令郎招给他做个女婿。将来这做官的便是你令郎的阿舅了。这个你可肯么？"鲍文卿道："太老爷莫大之恩，小的知感不尽！只是小的儿子不知人事，不知王老爹可肯要他做女婿？"向知府道："我替他说了，他极欢喜你令郎的。这事不要你费一个钱，你只明日拿一个帖子同姓王的拜一拜，一切床帐、被褥、衣服、首饰、酒席之费，都是我备办齐了，替他两口子完成好事，你只做个现成公公罢了。"鲍文卿跪下谢太老爷。向知府双手扶起来，说道："这是甚么要紧的事？将来我还要为你的情哩。"

次日，鲍文卿拿了帖子拜王老爹，王老爹也回拜了。到晚上三更时分，忽然抚院一个差官，一匹马，同了一位二府，抬了轿子，一直走上堂来，叫请向太爷出来。满衙门的人都慌了，说道："不好了！来摘印了！"只因这一番，有分教：

荣华富贵，享受不过片时；潦倒摧颓，波澜又兴多少。

不知这来的官果然摘印与否，且听下回分解。

第二十六回

向观察升官哭友
鲍廷玺丧父娶妻

话说向知府听见摘印官来，忙将刑名、钱谷相公都请到跟前，说道："诸位先生将房里各样稿案查点查点，务必要查细些，不可遗漏了事。"说罢，开了宅门，匆匆出去了。出去会见那二府，拿出一张牌票来看了，附耳低言了几句，二府上轿去了，差官还在外候着。向太守进来，亲戚和鲍文卿一齐都迎着问。向知府道："没甚事，不相干。是宁国府知府坏了，委我去摘印。"当下料理马夫，连夜同差官往宁国去了。

衙门里打首饰，缝衣服，做床帐、被褥，糊房，打点王家女儿招女婿。忙了几日，向知府回来了，择定十月十三大吉之期。衙门外传了一班鼓手，两个傧相进来。鲍廷玺插着花，披着红，身穿绸缎衣服，脚下粉底皂靴，先拜了父亲，吹打着，迎过那边去，拜了丈人、丈母。小王穿着补服，出来陪妹婿。吃过三遍茶，请进洞房里和新娘交拜合卺，不必细说。次日清早，出来拜见老爷、夫人，夫人另外赏了八件首饰，两套衣服。衙里摆了三天喜酒，无一个人不吃到。满月之后，小王又要进京去选官。鲍文卿备酒替小亲家饯行。鲍廷玺亲自送阿舅上船，送了一天路才回来。自此以后，鲍廷玺在衙门里，只如在云端里过日子。

看看过了新年，开了印，各县送童生来府考。向知府要下察院考童生，向鲍文卿父子两个道："我要下察院去考童生。这些小厮们若带去巡视，他们就要作弊，你父子两个是我心腹人，替我去照顾几天。"鲍文卿领了命，父子两个在察院里巡场查号。安庆七学共考三场。见那些童生，也有代笔的，也有传递的，大家丢纸团，掠砖头，挤眉弄眼，无所不为。到了抢粉汤、包子的时候，大家推成一团，跌成一块，鲍廷玺看不上眼。有一个童生，推着出恭，走到察院土墙跟前，把土墙挖个洞，伸手要到外头去接文章，被鲍廷玺看见，要采他过来见太爷。鲍文卿拦住道："这是我小儿不知世事。相公，你一个正经读书人，快归号里去做文章，倘若太爷看见了，就不便了。"忙拾起些土来把那洞补好，把那个童生送进号去。

考事已毕，发出案来，怀宁县的案首叫做季萑。他父亲是个武两榜，同向知府是文武同年,在家候选守备。发案过了几日,季守备进来拜谢,向知府设席相留,席摆在书房里,叫鲍文卿同着出来坐坐。当下季守备首席,向知府主位,鲍文卿坐在横头。季守备道:“老公祖这一番考试,至公至明,合府无人不服。”向知府道:“年先生,这看文字的事,我也荒疏了;倒是前日考场里,亏我这鲍朋友在彼巡场,还不曾有甚么弊窦。”此时季守备才晓得这人姓鲍。后来渐渐说到他是一个老梨园脚色,季守备脸上不觉就有些怪物相。向知府道:“而今的人,可谓江河日下。这些中进士、做翰林的,和他说到传道穷经,他便说迂而无当;和他说到通今博古,他便说杂而不精;究竟事君交友的所在,全然看不得!不如我这鲍朋友,他虽生意是贱业,倒颇颇多君子之行。”因将他生平的好处说了一番,季守备也就肃然起敬。酒罢,辞了出来。过三四日,倒把鲍文卿请到他家里吃了一餐酒,考案首的儿子季萑也出来陪坐。鲍文卿见他是一个美貌少年,便问:“少爷尊号?”季守备道:“他号叫做苇萧。”当下吃完了酒,鲍文卿辞了回来,向向知府着实称赞这季少爷好个相貌,将来不可限量。

又过了几个月,那王家女儿怀着身子,要分娩;不想养不下来,死了。鲍文卿父子两个恸哭。向太守倒反劝道:“也罢,这是他各人的寿数,你们不必悲伤了。你小小年纪,我将来少不的再替你娶个媳妇。你们若只管哭时,惹得夫人心里越发不好过了。”鲍文卿也吩咐儿子,叫不要只管哭。但他自己也添了个痰火疾,不时举动,动不动就要咳嗽半夜,意思要辞了向太爷回家去,又不敢说出来。恰好向太爷升了福建汀漳道,鲍文卿向向太守道:“太老爷又恭喜高升,小的本该跟随太老爷去,怎奈小的老了,又得了病在身上。小的而今叩辞了太老爷回南京去,丢下儿子跟着太老爷伏侍罢。”向太守道:“老友,这样远路,路上又不好走,你年纪老了,我也不肯拉你去。你的儿子,你留在身边奉侍你,我带他去做甚么!我如今就要进京陛见。我先送你回南京去。我自有道理。”次日,封出一千两银子,叫小厮捧着,拿到书房里来,说道:“文卿,你在我这里一年多,并不曾见你说过半个字的人情。我替你娶个媳妇,又没命死了。我心里着实过意不去。而今这一千两银子送与你,你拿回家去置些产业,娶一房媳妇,养老送终。我若做官再到南京来,再接你相会。”鲍文卿又不肯受。向道台道:“而今不比当初了。我做府道的人,不穷在这一千两银子,你若不受,把我当做甚么人!”鲍文卿不敢违拗,方才磕头谢了。向道台吩咐叫了一只大船,备酒替他饯行,自己送出宅门。鲍文卿同儿子跪在地下,洒泪告辞,向道台也挥泪和他分手。

鲍文卿父子两个,带着银子,一路来到南京,到家告诉浑家向太老爷这些恩德,举家感激。鲍文卿扶着病出去寻人,把这银子买了一所房子,两副行头,租与两个戏班子穿着;剩下的,家里盘缠。又过了几个月,鲍文卿的病渐渐重了,卧床不起。自己知道不好了,那日把浑家、儿子、女儿、女婿都叫在跟前,吩咐他们:“同心同意,好好过日子,不必等我满服,就娶一房媳妇进来要紧。”说罢,瞑目而逝。阖家恸哭,料理后事,把棺材就停在房子中间,开了几日丧。四个总寓的戏子都来吊孝。鲍廷玺又寻阴阳先生寻了一块地,择个日子出殡,只是没人题铭旌。正在踌躇,只见一个青衣人飞跑来了,问道："这里可是鲍老爹家？"鲍廷玺道："便是。你是那里来的？"那人道："福建汀漳道向太老爷来了，轿子已到了门前。"鲍廷玺慌忙换了孝服，穿上青衣，到大门外去跪接。向道台下了轿，看见门上贴着白，问道："你父亲已是死了？"鲍廷玺哭着应道："小的父亲死了。"向道台道："没了几时了？"鲍廷玺道："明日就是四七。"向道台道："我陛见回来，从这里过，正要会会你父亲，不想已做故人。你引我到柩前去。"鲍廷玺哭着跪辞，向道台不肯，一直走到柩前，叫着："老友文卿！"恸哭了一场，上了一炷香，作了四个揖。鲍廷玺的母亲也出来拜谢了。向道台出到厅上，问道："你父亲几时出殡？"鲍廷玺道："择在出月初八日。"向道台道："谁人题的铭旌？"鲍廷玺道："小的和人商议，说铭旌上不好写。"向道台道："有甚么不好写！取纸笔过来。"当下鲍廷玺送上纸笔。向道台取笔在手，写道：

皇明义民鲍文卿享年五十有九之柩。赐进士出身中宪大夫福建汀漳道老友向鼎顿首拜题。

写完，递与他道："你就照着这个送到亭彩店内去做。"又说道："我明早就要开船了，还有些少助丧之费，今晚送来与你。"说罢，吃了一杯茶，上轿去了。鲍廷玺随即跟到船上，叩谢过了太老爷回来。晚上，向道台又打发一个管家，拿着一百两银子，送到鲍家。那管家茶也不曾吃，匆匆回船去了。

这里到出月初八日，做了铭旌。吹手、亭彩、和尚、道士、歌郎，替鲍老爹出殡，一直出到南门外。同行的人，都出来送殡，在南门外酒楼上摆了几十桌斋。丧事已毕。

过了半年有余，一日，金次福走来请鲍老太说话。鲍廷玺就请了在堂屋里坐着，进去和母亲说了。鲍老太走了出来，说道："金师父，许久不见。今日甚么风吹到此？"金次福道："正是。好久不曾来看老太，老太在家享福。你那行头而今换了班子穿着了？"老太道："因为班子在城里做戏，生意行得细，如今换了一个文元班，内中一半也是我家的徒弟，在盱眙、天长这一带走。他那里乡绅财主多，还赚的几个大钱。"金次福道："这样，你老人家更要发财了。"当下吃了一杯茶，金次福道："我今日有一头亲事来作成你家廷玺，娶过来倒又可以发个大财。"鲍老太道："是那一家的女儿？"金次福道："这人是内桥胡家的女儿。胡家是布政使司的衙门，起初把他嫁了安丰典管当的王三胖。不到一年光景，王三胖就死了。这堂客才得二十一岁，出奇的人才，就上画也是画不就的。因他年纪小，又没儿女，所以娘家主张着嫁人。这王三胖丢给他足有上千的东西：大床一张，凉床一张，四箱、四橱，箱子里的衣裳盛的满满的，手也插不下去；金手镯有两三付，赤金冠子两顶，真珠、宝石，不计其数。还有两个丫头，一个叫做荷花，一个叫做采莲，都跟着嫁了来。你若娶了他与廷玺，他两人年貌也还相合，这是极好的事。"一番话，说得老太满心欢喜，向他说道："金师父，费你的心！我还要托我家姑爷出去访访；访的确了，来寻你老人家做媒。"金次福道："这是不要访的，——也罢，访访也好。我再来讨回信。"说罢，去了。鲍廷玺送他出去。到晚，他家姓归的姑爷走来，老太一五一十，把这些话告诉他，托他出去访。归姑爷又问老太要了几十个钱带着，明日早上去吃茶。

次日，走到一个做媒的沈天孚家。沈天孚的老婆也是一个媒婆，有名的沈大脚。归姑爷到沈天孚家，拉出沈天孚来，在茶馆里吃茶，就问起这头亲事。沈天孚道："哦！你问的是胡七喇子么？他的故事长着哩！你买几个烧饼来，等我吃饱了和你说。"归姑爷走到隔壁买了八个烧饼，拿进茶馆来，同他吃着，说道："你说这故事罢。"沈天孚道："慢些，待我吃完了说。"当下把烧饼吃完了，说道："你问这个人怎的？莫不是那家要娶他？这个堂客是娶不得的！若娶进门，就要一把天火！"归姑爷道："这是怎的？"沈天孚道："他原是跟布政使司胡偏头的女儿。偏头死了，他跟着哥们过日子。他哥不成人，赌钱吃酒，把布政使的缺都卖掉了。因他有几分颜色，从十七岁上就卖与北门桥来家做小。他做小不安本分，人叫他'新娘'，他就要骂，要人称呼他是'太太'，被大娘子知道，一顿嘴巴子，赶了出来。复后嫁了王三胖。王三胖是一个候选州同，他真正是太太了。他做太太又做的过了：把大呆的儿子、媳妇，一天要骂三场；家人、婆娘，两天要打八顿。这些人都恨如头醋。不想不到一年，三胖死了。儿子疑惑三胖的东西都在他手里，那日进房来搜；家人、婆娘又帮着，图出气。这堂客有见识，预先把一匣子金珠首饰，一总倒在马桶里。那些人在房里搜了一遍，搜不出来；又搜太太身上，也搜不出银钱来。他借此就大哭大喊，喊到上元县堂上去了，出首儿子。上元县传齐了审，把儿子责罚了一顿，又劝他道：'你也是嫁过了两个丈夫的了，还守甚么节！看这光景，儿子也不能和你一处同住，不如叫他分个产业给你，另在一处。你守着，也由你；你再嫁，也由你。'当下处断出来，他另分几间房子在胭脂巷住，就为这胡七喇子的名声，没有人敢惹他。这事有七八年了。他怕不也有二十五六岁，他对人自说二十一岁。"归姑爷道："他手头有千把银子的话，可是有的？"沈天孚道："大约这几年也花费了。他的金珠首饰、锦缎衣服，也还值五六百银子，这是有的。"归姑爷心里想道："果然有五六百银子，我丈母心里也欢喜了；若说女人会撒泼，我那怕磨死倪家这小孩子！"因向沈天孚道："天老，这要娶他的人，就是我丈人抱养这个小孩子。这亲事是他家教师金次福来说的。你如今不管他喇子不喇子，替他撮合成了，自然重重的得他几个媒钱。你为甚么不做？"沈天孚道："这有何难，我到家叫我家堂客同他一说，管包成就。只是谢媒钱在你。"归姑爷道："这个自然。我且去罢，再来讨你的回信。"当下付了茶钱，出门来，彼此散了。

沈天孚回家来和沈大脚说。沈大脚摇着头道："天老爷！这位奶奶可是好惹的！他又要是个官，又要有钱，又要人物齐整，又要上无公婆，下无小叔、姑子。他每日睡到日中才起来，横草不拿，竖草不拈，每日要吃八分银子药。他又不吃大荤，头一日要鸭子，第二日要鱼，第三日要茭儿菜鲜笋做汤；闲着没事，还要橘饼、圆眼、莲米搭嘴；酒量又大，每晚要炸麻雀，盐水虾，吃三斤百花酒。上床睡下，两个丫头轮流着捶腿，捶到四更鼓尽才歇。我方才听见你说的，是个戏子家，——戏子家有多大汤水弄这位奶奶家去！"沈天孚道："你替他架些空罢了！"沈大脚商议道："我如今把这做戏子的话，藏起不要说，也并不必说他家弄行头。只说他是个举人，不日就要做官；家里又开着字号店，广有田地。这个说法好么？"沈天孚道："最好！最好！你就这么说去！"

当下沈大脚吃了饭，一直走到胭脂巷，敲开了门。丫头荷花迎着出来问："你是那里来的？"沈大脚道："这里可是王太太家？"荷花道："便是。你有甚么话说？"沈大脚道："我是替王太太讲喜事的。"荷花道："请在堂屋里坐。太太才起来，还不曾停当。"沈大脚说道："我在堂屋里坐怎的，我就进房里去见太太。"当下揭开门帘进房，只见王太太坐在床沿上裹脚，采莲在旁边捧着矾盒子。王太太见他进来，晓得他为媒婆，就叫他坐下，叫拿茶与他吃。看着太太两只脚足足裹了有三顿饭时才裹完了，又慢慢梳头、洗脸、穿衣服，直弄到日头趖西才清白。因问道："你贵姓？有甚么话来说？"沈大脚道："我姓沈。因有一头亲事来效劳，将来好吃太太喜酒。"王太太道："是个甚么人家？"沈大脚道："是我们这水西门大街上鲍府上，人都叫他鲍举人家。家里广有田地，又开着字号店，足足有千万贯家私。本人二十三岁，上无父母，下无兄弟儿女，要娶一个贤慧太太当家，久已说在我肚里了。我想这个人家，除非是你这位太太才去得，所以大胆来说。"王太太道："这举人是他家甚么人？"沈大脚道："就是这要娶亲的老爷了，他家那还有第二个！"王太太道："是文举，武举？"沈大脚道："他是个武举。扯的动十个力气的弓，端的起三百斤的制子，好不有力气！"王太太道："沈妈，你料想也知道我是见过大事的，不比别人。想着一初到王府上，才满了月，就替大女儿送亲，送到孙乡绅家。那孙乡绅家三间大敞厅，点了百十枝大蜡烛，摆着糖斗、糖仙，吃一看二眼观三的席，戏子细吹细打，把我迎了进去。孙家老太太，戴着凤冠，穿着霞帔，把我奉在上席正中间，脸朝下坐了；我头上戴着黄豆大珍珠的拖挂，把脸都遮满了，一边一个丫头拿手替我分开了，才露出嘴来吃他的蜜饯茶。唱了一夜戏，吃了一夜酒。第二日回家，跟了去的四个家人婆娘，把我白绫织金裙子上弄了一点灰，我要把他一个个都处死了；他四个一齐走进来跪在房里，把头在地板上磕的扑通扑通的响，我还不开恩饶他哩。沈妈，你替我说这事，须要十分的实；若有半些差池，我手里不能轻轻的放过了你。"沈大脚道："这个何消说？我从来是'一点水一个泡'的人，比不得媒人嘴。若扯了一字谎，明日太太访出来，我自己把这两个脸巴子送来给太太掌嘴。"王太太道："果然如此，好了，你到那人家说去，我等你回信。"当下包了几十个钱，又包了些黑枣、青饼之类，叫他带回去与娃娃吃。只因这一番，有分教：

忠厚子弟，成就了恶姻缘；骨肉分张，又遇着亲兄弟。

不知这亲事说成否，且听下回分解。

第二十七回

王太太夫妻反目
倪廷珠兄弟相逢

话说沈大脚问定了王太太的话,回家向丈夫说了。次日,归姑爷来讨信,沈天孚如此这般告诉他说:“我家堂客过去,着实讲了一番,这堂客已是千肯万肯。但我说明了他家是没有公婆的,不要叫鲍老太自己来下插定。到明日,拿四样首饰来,仍旧叫我家堂客送与他,择个日子就抬人便了。”归姑爷听了这话,回家去告诉丈母说:“这堂客手里有几百两银子的话是真的;只是性子不好些,会欺负丈夫。这是他两口子的事,我们管他怎的!”鲍老太道:“这管他怎的!现今这小厮傲头傲脑,也要娶个辣燥些的媳妇来制着他才好!”老太主张着要娶这堂客,随即叫了鲍廷玺来,叫他去请沈天孚、金次福两个人来为媒。鲍廷玺道:“我们小户人家,只是娶个穷人家女儿做媳妇好;这样堂客,要了家来,恐怕淘气。”被他妈一顿臭骂道:“倒运的奴才!没福气的奴才!你到底是那穷人家的根子,开口就说要穷!将来少不的要穷断你的筋!像他有许多箱笼,娶进来摆摆房也是热闹的。你这奴才,知道甚么!”骂的鲍廷玺不敢回言,只得央及归姑爷同着去拜媒人,归姑爷道:“像娘这样费心,还不讨他说个是,只要拣精拣肥,我也犯不着要效他这个劳。”老太又把姑爷说了一番,道:“他不知道好歹,姐夫不必计较他。”姑爷方才肯同他去拜了两个媒人。

次日,备了一席酒请媒。鲍廷玺有生意,领着班子出去做戏了,就是姑爷作陪客。老太家里拿出四样金首饰,四样银首饰来——还是他前头王氏娘子的,——交与沈天孚去下插定。沈天孚又赚了他四样,只拿四样首饰,叫沈大脚去下插定。那里接了,择定十月十三日过门。到十二日,把那四箱、四橱,和盆桶、锡器、两张大床先搬了来。两个丫头坐轿子跟着,到了鲍家,看见老太,也不晓得是他家甚么人,又不好问,只得在房里铺设齐整,就在房里坐着。明早,归家大姑娘坐轿子来。这里请了金次福的老婆和钱麻子的老婆两个搀亲。到晚,一乘轿子,四对灯笼火把,娶进门来。进房撒帐,说四言八句,拜花烛,吃交杯盏,不必细说。五更鼓出来拜堂,听见说有婆婆,就惹了一肚气,出来使性掼气磕了几个头,也没有茶,也没有鞋。拜毕,就往房里去了。丫头一会出来要雨水煨茶与太太嗑，一会出来叫拿炭烧着了进去与太太添着烧速香，一会出来到厨下叫厨子蒸点心、做汤，拿进房来与太太吃。两个丫头，川流不息的在家前屋后的走，叫的太太一片声响。鲍老太听见道："在我这里叫甚么太太！连奶奶也叫不的，只好叫个相公娘罢了！"丫头走进房去把这话对太太说了，太太就气了个发昏。

到第三日，鲍家请了许多的戏子的老婆来做朝。南京的风俗：但凡新媳妇进门，三天就要到厨下去收拾一样菜，发个利市。这菜一定是鱼，取"富贵有余"的意思。当下鲍家买了一尾鱼，烧起锅，请相公娘上锅，王太太不睬，坐着不动。钱麻子的老婆走进房来道："这使不得。你而今到他家做媳妇，这些规矩是要还他的。"太太忍气吞声，脱了锦缎衣服，系上围裙，走到厨下，把鱼接在手内，拿刀刮了三四刮，拎着尾巴，望滚汤锅里一掼。钱麻子老婆正站在锅台旁边看他收拾鱼，被他这一掼，便溅了一脸的热水，连一件二色金的缎衫子都弄湿了，吓了一跳，走过来道："这是怎说！"忙取出一个汗巾子来揩脸。王太太丢了刀，骨都着嘴，往房里去了。当晚堂客上席，他也不曾出来坐。

到第四日，鲍廷玺领班子出去做夜戏，进房来穿衣服。王太太看见他这几日都戴的是瓦楞帽子，并无纱帽，心里疑惑他不像个举人。这日见他戴帽子出去，问道："这晚间你往那里去？"鲍廷玺道："我做生意去。"说着，就去了。太太心里越发疑惑："他做甚么生意？"又想道："想是在字号店里算帐。"一直等到五更鼓天亮，他才回来。太太问道："你在字号店里算帐，为甚么算了这一夜？"鲍廷玺道："甚么字号店？我是戏班子里管班的，领着戏子去做夜戏才回来。"太太不听见这一句话罢了；听了这一句话，怒气攻心，大叫一声，望后便倒，牙关咬紧，不省人事。鲍廷玺慌了，忙叫两个丫头拿姜汤灌了半日。灌醒过来，大哭大喊，满地乱滚，滚散头发；一会又要扒到床顶上去，大声哭着，唱起曲子来。——原来气成了一个失心疯。吓的鲍老太同大姑娘都跑进来看；看了这般模样，又好恼，又好笑。正闹着，沈大脚手里拿着两包点心，走到房里来贺喜。才走进房，太太一眼看见，上前就一把揪住，把他揪到马子跟前，揭开马子，抓了一把尿屎，抹了他一脸一嘴，沈大脚满鼻子都塞满了臭气。众人来扯开了。沈大脚走出堂屋里，又被鲍老太指着脸骂了一顿。沈大脚没情没趣，只得讨些水洗了脸，悄悄的出了门，回去了。

这里请了医生来。医生说："这是一肚子的痰，正气又虚，要用人参、琥珀。"每剂药要五钱银子。自此以后，一连害了两年，把些衣服、首饰都花费完了，两个丫头也卖了。归姑爷同大姑娘和老太商议道："他本是螟蛉之子，又没中用。而今又弄了这个疯女人来，在家闹到这个田地，将来我们这房子和本钱，还不够他吃人参、琥珀！吃光了，这个如何来得？不如趁此时将他赶出去，离门离户，我们才得干净，一家一计过日子。"鲍老太听信了女儿、女婿的话，要把他两口子赶出去。鲍廷玺慌了，去求邻居王羽秋、张国重来说。张国重、王羽秋，走过来说道："老太，这使不得。他是你老爹在时抱养他的。况且又帮着老爹做了这些年生意，如何赶得他出去？"老太把他怎样不孝，媳妇怎样不贤，着实数说了一遍，说道："我是断断不能要他的了！他若要在这里，我只好带着女儿、女婿，搬出去让他！”当下两人讲不过老太，只得说道：“就是老太要赶他出去，也分些本钱与他做生意。叫他两口子光光的怎样出去过日子？”老太道：“他当日来的时候，只得头上几茎黄毛，身上还是光光的。而今我养活的他恁大，又替他娶过两回亲。况且他那死鬼老子也不知是累了我家多少。他不能补报我罢了，我还有甚么贴他！”那两人道：“虽如此说，‘恩从上流’，还是你老人家照顾他些。”说来说去，说的老太转了口，许给他二十两银子，自己去住。鲍廷玺接了银子，哭哭啼啼，不日搬了出来，在王羽秋店后借一间屋居住。只得这二十两银了，要团班子弄行头，是弄不起；要想做个别的小生意，又不在行；只好坐吃山空。把这二十两银子吃的将光，太太的人参、琥珀药也没得吃了，病也不大发了，只是在家坐着哭泣咒骂，非止一日。

那一日，鲍廷玺街上走走回来，王羽秋迎着问道：“你当初有个令兄在苏州么？”鲍廷玺道：“我老爹只得我一个儿子，并没有哥哥。”王羽秋道：“不是鲍家的，是你那三牌楼倪家的。”鲍廷玺道：“倪家虽有几个哥哥，听见说，都是我老爹自小卖出去了，后来一总都不知个下落；却也不曾听见是在苏州。”王羽秋道：“方才有个人，一路找来，找在隔壁鲍老太家，说：‘倪大太爷找倪六太爷的。’鲍老太不招应，那人就问在我这里。我就想到你身上。你当初在倪家可是第六？”鲍廷玺道：“我正是第六。”王羽秋道：“那人找不到，又到那边找去了。他少不得还找了回来，你在我店里坐了候着。”少顷，只见那人又来找问。王羽秋道：“这便是倪六爷，你找他怎的？”鲍廷玺道：“你是那里来的？是那个要找我？”那人在腰里拿出一个红纸帖子来，递与鲍廷玺看。鲍廷玺接着，只见上写道：

> 水西门鲍文卿老爹家过继的儿子鲍廷玺，本名倪廷玺，乃父亲倪霜峰第六子，是我的同胞的兄弟。我叫作倪廷珠。找着是我的兄弟，就同他到公馆里来相会。要紧！要紧！

鲍廷玺道：“这是了！一点也不错！你是甚么人？”那人道：“我是跟大太爷的，叫作阿三。”鲍廷玺道：“大太爷在那里？”阿三道：“大太爷现在苏州抚院衙门里做相公，每年一千两银子。而今现在大老爷公馆里。既是六太爷，就请同小的到公馆里和大太爷相会。”鲍廷玺喜从天降，就同阿三一直走到淮清桥抚院公馆前。阿三道：“六太爷请到河底下茶馆里坐着。我去请大太爷来会。”一直去了。鲍廷玺自己坐着，坐了一会，只见阿三跟了一个人进来，头戴方巾，身穿酱色缎直裰，脚下粉底皂靴，三绺髭须，有五十岁光景。那人走进茶馆，阿三指道：“便是六太爷了。”鲍廷玺忙走上前，那人一把拉住道：“你便是我六兄弟了！”鲍廷玺道：“你便是我大哥哥！”两人抱头大哭，哭了一场坐下。倪廷珠道：“兄弟，自从你过继在鲍老爹家，我在京里，全然不知道。我自从二十多岁的时候就学会了这个幕道，在各衙里做馆。在各省找寻那几个弟兄，都不曾找的着。五年前，我同一位知县到广东赴任去，在三牌楼找着一个旧时老邻居问，才晓得你过继在鲍家了，父母俱已去世了！”说着，又哭起来。鲍廷玺道：“我而今鲍门的事……”倪廷珠道：“兄弟，你且等我说完了。我这几年，亏遭际了这位姬大人，宾主相得，每年送我束修一千两银子。那几年在山东,今年调在苏州来做巡抚。这是故乡了,我所以着紧来找贤弟。找着贤弟时,我把历年节省的几两银子,拿出来弄一所房子,将来把你嫂子也从京里接到南京来,和兄弟一家一计的过日子。兄弟,你自然是娶过弟媳的了。"鲍廷玺道:"大哥在上……"便悉把怎样过继到鲍家,怎样蒙鲍老爹恩养,怎样在向太爷衙门里招亲,怎样前妻王氏死了,又娶了这个女人,而今怎样怎样被鲍老太赶出来了,都说了一遍。倪廷珠道:"这个不妨。而今弟妇现在那里?"鲍廷玺道:"现在鲍老爹隔壁一个人家借着住。"倪廷珠道:"我且和你同到家里去看看,我再作道理。"

当下会了茶钱,一同走到王羽秋店里。王羽秋也见了礼。鲍廷玺请他在后面。王太太拜见大伯,此时衣服首饰都没有了,只穿着家常打扮。倪廷珠荷包里拿出四两银子来,送与弟妇做拜见礼。王太太看见有这一个体面大伯,不觉忧愁减了一半,自己捧茶上来。鲍廷玺接着,送与大哥。倪廷珠吃了一杯茶,说道:"兄弟,我且暂回公馆里去。我就回来和你说话,你在家等着我。"说罢,去了。鲍廷玺在家和太太商议:"少刻大哥来,我们须备个酒饭候着。如今买一只板鸭和几斤肉,再买一尾鱼来,托王羽秋老爹来收拾,做个四样才好。"王太太说:"呸!你这死不见识面的货!他一个抚院衙门里住着的人,他没有见过板鸭和肉!他自然是吃了饭才来,他希罕你这样东西吃!如今快秤三钱六分银子,到果子店里装十六个细巧围碟子来,打几斤陈百花酒候着他,才是个道理!"鲍廷玺道:"太太说的是。"当下秤了银子,把酒和碟子都备齐,捧了来家。到晚,果然一乘轿子,两个"巡抚部院"的灯笼,阿三跟着,他哥来了。倪廷珠下了轿,进来说道:"兄弟,我这寓处没有甚么,只带的七十多两银子。"叫阿三在轿柜里拿出来,一包一包,交与鲍廷玺,道:"这个你且收着。我明日就要同姬大人往苏州去。你作速看下一所房子,价银或是二百两、三百两,都可以,你同弟妇搬进去住着。你就收拾到苏州衙门里来。我和姬大人说,把今年束修一千两银子都支了与你,拿到南京来做个本钱,或是买些房产过日。"当下鲍廷玺收了银子,留着他哥吃酒。吃着,说一家父母兄弟分离苦楚的话。说着又哭,哭着又说。直吃到二更多天,方才去了。

鲍廷玺次日同王羽秋商议,叫了房牙子来,要当房子。自此,家门口人都晓的倪大老爷来找兄弟,现在抚院大老爷衙门里,都称呼鲍廷玺是倪六老爷。太太是不消说。又过了半个月,房牙子看定了一所房子,在下浮桥施家巷,三间门面,一路四进,是施御史家的。施御史不在家,着典与人住,价银二百二十两。成了议约,付押议银二十两,择了日子搬进去再兑银子。搬家那日,两边邻居都送着盒,归姑爷也来行人情,出分子。鲍廷玺请了两日酒,又替太太赎了些头面、衣服。太太身子里又有些啾啾唧唧的起来,隔几日要请个医生,要吃八分银子的药。那几十两银子,渐渐要完了。

鲍廷玺收拾要到苏州寻他大哥去,上了苏州船。那日风不顺,船家荡在江北。走了一夜,到了仪征,船住在黄泥滩,风更大,过不得江。鲍廷玺走上岸要买个茶点心吃,忽然遇见一个少年人,头戴方巾,身穿玉色绸直裰,脚下大红鞋。那少年把鲍廷玺上上下下看了一遍,问道:"你不是鲍姑老爷么?"鲍廷玺惊道:"在下姓鲍。相公尊姓大名?怎样这样称呼？”那少年道：“你可是安庆府向太爷衙门里王老爹的女婿？”鲍廷玺道：“我便是。相公怎的知道？”那少年道：“我便是王老爹的孙女婿，你老人家可不是我的姑丈人么？”鲍廷玺笑道：“这是怎么说？且请相公到茶馆坐坐。”当下两人走进茶馆，拿上茶来。仪征有的是肉包子，装上一盘来吃着。鲍廷玺问道：“相公尊姓？”那少年道：“我姓季。姑老爷，你认不得我？我在府里考童生，看见你巡场，我就认得了。后来你家老爹还在我家吃过了酒。这些事，你难道都记不的了？”鲍廷玺道：“你原来是季老太爷府里的季少爷。你却因甚么做了这门亲？”季苇萧道：“自从向太爷升任去后，王老爹不曾跟了去，就在安庆住着。后来我家岳选了典史，安庆的乡绅人家，因他老人家为人盛德，所以同他来往起来，我家就结了这门亲。”鲍廷玺道：“这也极好。你们太老爷在家好么？”季苇萧道：“先君见背，已三年多了。”鲍廷玺道：“姑爷，你却为甚么在这里？”季苇萧道：“我因盐运司荀大人是先君文武同年，我故此来看看年伯。姑老爷，你却往那里去？”鲍廷玺道：“我到苏州去看一个亲戚。”季苇萧道：“几时才得回来？”鲍廷玺

道:“大约也得二十多日。”季苇萧道:“若回来无事,到扬州来顽顽。若到扬州,只在道门口门簿上一查,便知道我的下处。我那时做东请姑老爷。”鲍廷玺道:“这个一定来奉候。”说罢,彼此分别走了。鲍廷玺上了船,一直来到苏州,才到阊门上岸,劈面撞着跟他哥的小厮阿三。只因这一番,有分教:

荣华富贵,依然一旦成空;奔走道途,又得无端聚会。

毕竟阿三说出甚么话来,且听下回分解。

第二十八回

季苇萧扬州入赘
萧金铉白下选书

话说鲍廷玺走到阊门，遇见跟他哥的小厮阿三。阿三前走，后面跟了一个闲汉，挑了一担东西，是些三牲和些银锭、纸马之类。鲍廷玺道："阿三，倪大太爷在衙门里么？你这些东西叫人挑了同他到那里去？"阿三道："六太爷来了！大太爷自从南京回来，进了大老爷衙门，打发人上京接太太去，去的人回说，太太已于前月去世。大太爷着了这一急，得了重病，不多几日，就归天了。大太爷的灵柩现在城外厝着，小的便搬在饭店里住。今日是大太爷头七，小的送这三牲纸马到坟上烧纸去。"鲍廷玺听了这话，两眼大睁着，话也说不出来，慌问道："怎么说？大太爷死了？"阿三道："是，大太爷去世了。"鲍廷玺哭倒在地，阿三扶了起来。当下不进城了，就同阿三到他哥哥厝基的所在，摆下牲醴，浇奠了酒，焚起纸钱。哭道："哥哥阴魂不远，你兄弟来迟一步，就不能再见大哥一面！"说罢，又恸哭了一场。阿三劝了回来，在饭店里住下。

次日，鲍廷玺将自己盘缠又买了一副牲醴、纸钱去上了哥哥的坟，回来，连连在饭店里住了几天，盘缠也用尽了，阿三也辞了他往别处去了。思量没有主意，只得把新做来的一件见抚院的绸直裰当了两把银子，且到扬州寻寻季姑爷再处。当下搭船，一直来到扬州，往道门口去问季苇萧的下处。门簿上写着"寓在兴教寺"。忙找到兴教寺，和尚道："季相公么？他今日在五城巷引行公店隔壁尤家招亲，你到那里去寻。"鲍廷玺一直找到尤家，见那家门口挂着彩子。三间敞厅，坐了一敞厅的客。正中书案上，点着两枝通红的蜡烛；中间悬着一轴百子图的画；两边贴着朱笺纸的对联，上写道："清风明月常如此，才子佳人信有之。"季苇萧戴着新方巾，穿着银红绸直裰，在那里陪客；见了鲍廷玺进来，吓了一跳，同他作了揖，请他坐下，说道："姑老爷才从苏州回来的？"鲍廷玺道："正是。恰又遇着姑爷恭喜，我来吃喜酒。"座上的客问："此位尊姓？"季苇萧代答道："这舍亲姓鲍，是我的贱内的姑爷，是小弟的姑丈人。"众人道："原来是姑太爷。失敬！失敬！"鲍廷玺问："各位太爷尊姓？"季苇萧指着上首席坐的两位道："这位是辛东之先生，这位是金寓刘先生，二位是扬州大名士。作诗的从古也没有这好的。又且书法绝妙，天下没有第三个。”

说罢，摆上饭来。二位先生首席，鲍廷玺三席，还有几个人，都是尤家亲戚，坐了一桌子。吃过了饭，这些亲戚们同季苇萧里面料理事去了。鲍廷玺坐着，同那两位先生攀谈。辛先生道：“扬州这些有钱的盐呆子，其实可恶！就如河下兴盛旗冯家，他有十几万银子。他从徽州请了我出来，住了半年，我说：‘你要为我的情，就一总送我二三千银子。’他竟一毛不拔！我后来向人说：‘冯家他这银子该给我的。他将来死的时候，这十几万银子，一个钱也带不去，到阴司里是个穷鬼。阎王要盖森罗宝殿，这四个字的匾，少不的是请我写，至少也得送我一万银子！我那时就把几千与他用用，也不可知！何必如此计较！’”说罢，笑了。金先生道：“这话一丝也不错！前日不多时，河下方家来请我写一副对联，共是二十二个字。他叫小厮送了八十两银子来谢我，我叫他小厮到跟前，吩咐他道：‘你拜上你家老爷，说金老爷的字是在京师王爷府里品过价钱的：小字是一两一个，大字十两一个。我这二十二个字，平买平卖，时价值二百二十两银子。你若是二百一十九两九钱，也不必来取对联。’那小厮回家去说了。方家这畜生，卖弄有钱，竟坐了轿子到我下处来，把二百二十两银子与我。我把对联递与他。他，他，两把把对联扯碎了，我登时大怒，把这银子打开，一总都掼在街上，给那些挑盐的、拾粪的去了！列位！你说这样小人，岂不可恶！”

正说着，季苇萧走了出来，笑说道：“你们在这里讲盐呆子的故事？我近日听见说，扬州是‘六精’。”辛东之道：“是‘五精’罢了，那里‘六精’？”季苇萧道：“是‘六精’的狠！我说与你听！他轿里是坐的债精，抬轿的是牛精，跟轿的是屁精，看门的是谎精，家里藏着的是妖精，这是‘五精’了。而今时作，这些盐商头上戴的是方巾，中间定是一个水晶结子，合起来是‘六精’。”说罢，一齐笑了。捧上面来吃。四人吃着，鲍廷玺问道：“我听见说，盐务里这些有钱的，到面店里，八分一碗的面，只呷一口汤，就拿下去赏与轿夫吃。这话可是有的么？”辛先生道：“怎么不是有的。”金先生道：“他那里当真吃不下！他本是在家里泡了一碗锅巴吃了，才到面店去的！”

当下说着笑话，天色晚了下来，里面吹打着，引季苇萧进了洞房。众人上席吃酒，吃罢各散。鲍廷玺仍旧到钞关饭店里住了一夜。次日来贺喜，看新人，看罢出来，坐在厅上。鲍廷玺悄悄问季苇萧道：“姑爷，你前面的姑奶奶不曾听见怎的，你怎么又做这件事？”季苇萧指着对联与他看道：“你不见‘才子佳人信有之’？我们风流人物，只要才子佳人会合，一房两房，何足为奇！”鲍廷玺道：“这也罢了。你这些费用是那里来的？”季苇萧道：“我一到扬州，荀年伯就送了我一百二十两银子，又把我在瓜洲管关税，只怕还要在这里过几年，所以又娶一个亲。姑老爷，你几时回南京去？”鲍廷玺道：“姑爷，不瞒你说，我在苏州去投奔一个亲戚投不着，来到这里，而今并没有盘缠回南京。”季苇萧道：“这个容易，我如今送几钱银子与姑老爷做盘费，还要托姑老爷带一个书子到南京去。”

正说着，只见那辛先生、金先生，和一个道士，又有一个人，一齐来吵房。季苇萧让了进去,新房里吵了一会,出来坐下。辛先生指着这两位向季苇萧道:"这位道友尊姓来,号霞士,也是我们扬州诗人。这位是芜湖郭铁笔先生,镌的图书最妙。今日也趁着喜事来奉访。"季苇萧问了二位的下处,说道:"即日来答拜。"辛先生和金先生道:"这位令亲鲍老爹,前日听说尊府是南京的,却几时回南京去?"季苇萧道:"也就在这一两日间。"那两位先生道:"这等,我们不能同行了。我们同在这个俗地方,人不知道敬重,将来也要到南京去。"说了一会话,四人作别去了。鲍廷玺问道:"姑爷,你带书子到南京与那一位朋友?"季苇萧道:"他也是我们安庆人,也姓季,叫作季恬逸,和我同姓不宗。前日同我一路出来的。我如今在这里不得回去,他是没用的人,寄个字叫他回家。"鲍廷玺道:"姑爷,你这字可曾写下?"季苇萧道:"不曾写下。我今晚写了,姑老爷明日来取这字和盘缠,后日起身去罢。"鲍廷玺应诺去了。当晚季苇萧写了字,封下五钱银子,等鲍廷玺次日来拿。

次日早晨,一个人坐了轿子来拜,传进帖子,上写"年家眷同学弟宗姬顿首拜"。季苇萧迎了出去,见那人方巾阔服,古貌古心。进来坐下,季苇萧动问:"仙乡尊字?"那人道:"贱字穆庵,敝处湖广。一向在京,同谢茂秦先生馆于赵王家里。因返舍走走,在这里路过,闻知大名,特来进谒。有一个小照行乐,求大笔一题。将来还要带到南京去,遍请诸名公题咏。"季苇萧道:"先生大名,如雷灌耳。小弟献丑,真是弄斧班门了。"说罢,吃了茶,打恭上轿而去。恰好鲍廷玺走来,取了书子和盘缠,谢了季苇萧。季苇萧向他说:"姑老爷到南京,千万寻到状元境,劝我那朋友季恬逸回去。南京这地方是可以饿的死人的,万不可久住!"说毕,送了出来。

鲍廷玺拿着这几钱银子,搭了船,回到南京。进了家门,把这些苦处告诉太太一遍,又被太太臭骂了一顿。施御史又来催他兑房价,他没银子兑,只得把房子退还施家,这二十两押议的银子做了干罚。没处存身,太太只得在内桥娘家胡姓借了一间房子,搬进去住着。住了几日,鲍廷玺拿着书子寻到状元境,寻着了季恬逸。季恬逸接书看了,请他吃了一壶茶,说道:"有劳鲍老爹。这些话,我都知道了。"鲍廷玺别过自去了。

这季恬逸因缺少盘缠,没处寻寓所住,每日里拿着八个钱买四个"吊桶底"作两顿吃,晚里在刻字店一个案板上睡觉。这日见了书子,知道季苇萧不来,越发慌了;又没有盘缠回安庆去,终日吃了饼,坐在刻字店里出神。那一日早上,连饼也没的吃,只见外面走进一个人来,头戴方巾,身穿元色直裰,走了进来,和他拱一拱手。季恬逸拉他在板凳上坐下。那人道:"先生尊姓?"季恬逸道:"贱姓季。"那人道:"请问先生,这里可有选文章的名士么?"季恬逸道:"多的很!卫体善、随岑庵、马纯上、蘧駪夫、匡超人,我都认的;还有前日同我在这里的季苇萧。这都是大名。你要那一个?"那人道:"不拘那一位。我小弟有二三百银子,要选一部文章。烦先生替我寻一位来,我同他好合选。"季恬逸道:"你先生尊姓贵处?也说与我,我好去寻人。"那人道:"我复姓诸葛,盱眙县人。说起来,人也还知道的。先生竟去寻一位来便了。"季恬逸请他坐在那里,自己走上街来，心里想道："这些人虽常来在这里，却是散在各处，这一会没头没脑，往那里去捉？可惜季苇萧又不在这里。"又想道："不必管他！我如今只望着水西门一路大街走，遇着那个就捉了来，且混他些东西吃吃再说。"

主意已定，一直走到水西门口，只见一个人，押着一担行李进城。他举眼看时，认得是安庆的萧金铉。他喜出望外道："好了！"上前一把拉着，说道："金兄！你几时来的？"萧金铉道："原来是恬兄，你可同苇萧在一处？"季恬逸道："苇萧久已到扬州去了。我如今在一个地方。你来的恰好，如今有一桩大生意作成你——你却不可忘了我！"萧金铉道："甚么大生意？"季恬逸道："你不要管，你只同着我走，包你有几天快活日子过！"萧金铉听了，同他一齐来到状元境刻字店。只见那姓诸葛的正在那里探头探脑的望，季恬逸高声道："诸葛先生！我替你约了一位大名士来！"那人走了出来，迎进刻字店里，作了揖，把萧金铉的行李寄放在刻字店内。三人同到茶馆里，叙礼坐下，彼此各道姓名。那人道："小弟复姓诸葛，名佑，字天申。"萧金铉道："小弟姓萧，名鼎，字金铉。"季恬逸就把方才诸葛天申有几百银子要选文章的话说了。诸葛天申道："这选事，小弟自己也略知一二；因到大邦，必要请一位大名下的先生，以附骥尾；今得见萧先生，如鱼之得水了！"萧金铉道："只恐小弟菲材，不堪胜任。"季恬逸道："两位都不必谦，彼此久仰，今日一见如故。诸葛先生且做个东，请萧先生吃个下马饭，把这话细细商议。"诸葛天申道："这话有理，客边只好假馆坐坐。"

当下三人会了茶钱一同出来，到三山街一个大酒楼上。萧金铉首席，季恬逸对坐，诸葛天申主位。堂官上来问菜，季恬逸点了一卖肘子，一卖板鸭，一卖醉白鱼。先把鱼和板鸭拿来吃酒，留着肘子，再做三分银子汤，带饭上来。堂官送上酒来，斟了吃酒。季恬逸道："先生，这件事，我们先要寻一个僻静些的去处，又要宽大些；选定了文章，好把刻字匠叫齐在寓处来看着他刻。"萧金铉道："要僻地方，只有南门外报恩寺里好：又不吵闹，房子又宽，房钱又不十分贵。我们而今吃了饭，竟到那里寻寓所。"当下吃完几壶酒，堂官拿上肘子、汤和饭来，季恬逸尽力吃了一饱。下楼会帐，又走到刻字店托他看了行李，三人一路走出了南门。那南门热闹轰轰，真是车如游龙，马如流水！三人挤了半日，才挤了出来，望着报恩寺，走了进去。季恬逸道："我们就在这门口寻下处罢。"萧金铉道："不好，还要再向里面些去，方才僻静。"

当下又走了许多路，走过老退居，到一个和尚家，敲门进去。小和尚开了门，问做什么事；说是来寻下处的，小和尚引了进去。当家的老和尚出来见，头戴玄色缎僧帽，身穿茧绸僧衣，手里拿着数珠，铺眉蒙眼的走了出来，打个问讯，请诸位坐下，问了姓名、地方。三人说要寻一个寓所。和尚道："小房甚多，都是各位现任老爷常来做寓的。三位施主请自看，听凭拣那一处。"三人走进里面，看了三间房子，又出来同和尚坐着，请教每月房钱多少。和尚一口价定要三两一月。讲了半天，一厘也不肯让。诸葛天申已是出二两四了，和尚只是不点头，一会又骂小和尚："不扫地！明日下浮桥施御史老爷来这里摆酒，看见成什么模样！"萧金铉见他可厌，向季恬逸说道："下处是好，只是买东西远些。"老和尚呆着脸道:"在小房住的客,若是买办和厨子是一个人做,就住不的了。须要厨子是一个人,在厨下收拾着;买办又是一个人,伺候着买东西:才赶的来。"萧金铉笑道:"将来我们在这里住,岂但买办厨子是用两个人,还要牵一头秃驴与那买东西的人骑着来往,更走的快!"把那和尚骂的白瞪着眼,三人便起身道:"我们且告辞,再来商议罢。"和尚送出来。

又走了二里路,到一个僧官家敲门。僧官迎了出来,一脸都是笑,请三位厅上坐,便煨出新鲜茶来,摆上九个茶盘,上好的蜜橙糕、核桃酥奉过来与三位吃。三位讲到租寓处的话,僧官笑道:"这个何妨,听凭三位老爷,喜欢那里,就请了行李来。"三人请问房钱。僧官说:"这个何必计较?三位老爷来住,请也请不至,随便见惠些须香资,僧人那里好争论?"萧金铉见他出语不俗,便道:"在老师父这里打搅,每月送银二金,休嫌轻意。"僧官连忙应承了。当下两位就坐在僧官家,季恬逸进城去发行李。僧官叫道人打扫房,铺设床铺桌椅家伙,又换了茶来,陪二位谈。到晚,行李发了来,僧官告别进去了。萧金铉叫诸葛天申先秤出二两银子来,用封袋封了,贴了签子,送与僧官,僧官又出来谢过。三人点起灯来,打点夜消。诸葛天申称出钱把银子,托季恬逸出去买酒菜。季恬逸出去了一会,带着一个走堂的,捧着四壶酒,四个碟子来:一碟香肠、一碟盐水虾,一碟水鸡腿,一碟海蛰,摆在桌上。诸葛天申是乡里人,认不的香肠,说道:"这是什

么东西？好像猪鸟。"萧金铉道："你只吃罢了，不要问他。"诸葛天申吃着，说道："这就是腊肉！"萧金铉道："你又来了！腊肉有个皮长在一转的？这是猪肚内的小肠！"诸葛天申又不认的海蜇，说道："这迸脆的是甚么东西？倒好吃。再买些迸脆的来吃吃。"萧季二位又吃了一回，当晚吃完了酒，打点各自歇息。季恬逸没有行李，萧金铉匀出一条褥子来，给他在脚头盖着睡。

次日清早，僧官走进来说道："昨日三位老爷驾到，贫僧今日备个腐饭，屈三位坐坐，就在我们这寺里各处顽顽。"三人说了："不当。"僧官邀请到那边楼底下坐着，办出四大盘来吃早饭。吃过，同三位出来闲步，说道："我们就到三藏禅林里顽顽罢。"当下走进三藏禅林，头一进是极高的大殿，殿上金字匾额："天下第一祖庭"。一直走过两间房子，又曲曲折折的阶级栏杆，走上一个楼去，只道是没有地方了，僧官又把楼背后开了两扇门，叫三人进去看，那知还有一片平地，在极高的所在，四处都望着。内中又有参天的大木，几万竿竹子，那风吹的到处飕飕的响；中间便是唐玄奘法师的衣钵塔。顽了一会，僧官又邀到家里，晚上九个盘子吃酒。吃酒中间，僧官说道："贫僧到了僧官任，还不曾请客。后日家里摆酒唱戏，请三位老爷看戏，不要出分子。"三位道："我们一定奉贺。"当夜吃完了酒。

到第三日，僧官家请的客，从应天府尹的衙门人到县衙门的人，约有五六十。客还未到，厨子、看茶的老早的来了，戏子也发了箱来了。僧官正在三人房里闲谈，忽见道人走来说："师公，那人又来了！"只因这一番，有分教：

平地风波，天女下维摩之室；空堂宴集，鸡群来皎鹤之翔。

不知后事如何，且听下回分解。

第二十九回

诸葛佑僧寮遇友
杜慎卿江郡纳姬

话说僧官正在萧金铉三人房里闲坐,道人慌忙来报:“那个人又来了。”僧官就别了三位,同道人出去,问道人:“可又是龙三那奴才?”道人道:“怎么不是?他这一回来的把戏更出奇!老爷,你自去看。”僧官走到楼底下,看茶的正在门口扇着炉子。僧官走进去,只见椅子上坐着一个人,一副乌黑的脸,两只黄眼睛珠,一嘴胡子,头戴一顶纸剪的凤冠,身穿蓝布女褂,白布单裙,脚底下大脚花鞋,坐在那里。两个轿夫站在天井里要钱。

那人见了僧官,笑容可掬,说道:“老爷,你今日喜事,我所以绝早就来替你当家。你且把轿钱替我打发去着。”僧官愁着眉道:“龙老三,你又来做甚么?这是个甚么样子!”慌忙把轿钱打发了去,又道:“龙老三,你还不把那些衣服脱了!人看着怪模怪样!”龙三道:“老爷,你好没良心!你做官到任,除了不打金凤冠与我戴,不做大红补服与我穿,我做太太的人,自己戴了一个纸凤冠,不怕人笑也罢了,你还叫我去掉了是怎的?”僧官道:“龙老三!顽是顽,笑是笑。虽则我今日不曾请你,你要上门怪我,也只该好好走来。为甚么装这个样子?”龙三道:“老爷,你又说错了。‘夫妻无隔宿之仇’,我怪你怎的?”僧官道:“我如今自己认不是罢了。是我不曾请你,得罪了你。你好好脱了这些衣服,坐着吃酒,不要装疯做痴,惹人家笑话!”龙三道:“这果然是我不是。我做太太的人,只该坐在房里,替你装围碟,剥果子,当家料理;那有个坐在厅上的,惹的人说你家没内外。”说着,就往房里走。僧官拉不住,竟走到房里去了。僧官跟到房里,说道:“龙老三!这喇伙的事,而今行不得。惹得上面官府知道了,大家都不便!”龙三道:“老爷,你放心。自古道:‘清官难断家务事。’”僧官急得乱跳,他在房里坐的安安稳稳的,吩咐小和尚:“叫茶上拿茶来与太太吃。”僧官急得走进走出。恰走出房门,遇着萧金铉三位走来,僧官拦不住。三人走进房,季恬逸道:“噫!那里来的这位太太!”那太太站起来说道:“三位老爷请坐。”僧官急得话都说不出来,三个人忍不住的笑。道人飞跑进来说道:“府里尤太爷到了。”僧官只得出去陪客。那姓尤、姓郭的两个书办,进来作揖,坐下吃茶，听见隔壁房里有人说话，就要走进去，僧官又拦不住。二人走进房，见了这个人，吓了一跳道："这是怎的！"止不住就要笑。当下四五个人一齐笑起来。僧官急得没法，说道："诸位太爷，他是个喇子，他屡次来骗我。"尤书办笑道："他姓甚么？"僧官道："他叫作龙老三。"郭书办道："龙老三，今日是僧官老爷的喜事，你怎么到这里胡闹？快些把这衣服都脱了，到别处去！"龙三道："太爷，这是我们私情事，不要你管。"尤书办道："这又胡说了！你不过是想骗他，也不是这个骗法！"萧金铉道："我们大家拿出几钱银子来舍了这畜生去罢！免得在这里闹的不成模样。"那龙三那里肯去。

大家正讲着，道人又走进来说道："司里董太爷同一位金太爷已经进来了。"说着，董书办同金东崖走进房来。东崖认得龙三，一见就问道："你是龙三？你这狗头，在京里拐了我几十两银子走了，怎么今日又在这里装这个模样！分明是骗人，其实可恶！"叫跟的小子，"把他的凤冠抓掉了，衣服扯掉了，赶了出去！"龙三见是金东崖，方才慌了，自己去了凤冠，脱了衣服，说道："小的在这里伺候。"金东崖道："那个要你伺候！你不过是骗这里老爷，改日我劝他赏你些银子，作个小本钱，倒可以；你若是这样胡闹，我即刻送到县里处你！"龙三见了这一番，才不敢闹，谢了金东崖，出去了。僧官才把众位拉到楼底下从新作揖奉坐，向金东崖谢了又谢。

看茶的捧上茶来吃了。郭书办道："金太爷一向在府上，几时到江南来的？"金东崖道："我因近来赔累的事不成话说，所以决意返舍。到家，小儿侥幸进了一个学，不想反惹上一场是非；虽然真的假不得，却也丢了几两银子。在家无聊，因运司荀老先生是京师旧交，特到扬州来望他一望，承他情荐在匣上，送了几百两银子。"董书办道："金太爷，你可知道荀大人的事？"金东崖道："不知道。荀大人怎的？"董书办道："荀大人因贪赃拿问了，就是这三四日的事。"金东崖道："原来如此。可见'旦夕祸福'！"郭书办道："尊寓而今在那里？"董书办道："太爷已是买了房子，在利涉桥河房。"众人道："改日再来拜访。"金东崖又问了三位先生姓名，三位俱各说了。金东崖道："都是名下先生。小弟也注有些经书，容日请教。"

当下陆陆续续到了几十位客，落后来了三个戴方巾的和一个道士；走了进来，众人都不认得。内中一个戴方巾的道："那位是季恬逸先生？"季恬逸道："小弟便是。先生有何事见教？"那人袖子里拿出一封书子来，说道："季苇兄多致意。"季恬逸接着，拆开同萧金铉、诸葛天申看了，才晓得是辛东之、金寓刘、郭铁笔、来霞士，便道："请坐。"四人见这里有事，就要告辞。僧官拉着他道："四位远来，请也请不至，便桌坐坐。"断然不放了去。四人只得坐下。金东崖就问起荀大人的事来："可是真的？"郭铁笔道："是我们下船那日拿问的。"当下唱戏，吃酒。吃到天色将晚，辛东之同金寓刘赶进城，在东花园庵里歇去。这坐客都散了，郭铁笔同来道士在诸葛天申下处住了一夜。次日，来道士到神乐观寻他的师兄去了，郭铁笔在报恩寺门口租了一间房，开图书店。

季恬逸这三个人在寺门口聚升楼起了一个经折，每日赊米买菜和酒吃，一日要吃四五钱银子。文章已经选定，叫了七八个刻字匠来刻；又赊了百十桶纸来，准备刷印。

到四五个月后,诸葛天申那二百多两银子所剩也有限了,每日仍旧在店里赊着吃。

那日,季恬逸和萧金铉在寺里闲走。季恬逸道:“诸葛先生的钱也有限了,到欠下这些债,将来这个书不知行与不行,这事怎处?”萧金铉道:“这原是他情愿的事,又没有那个强他。他用完了银子,他自然家去再讨,管他怎的!”正说着,诸葛天申也走来了,两人不言语了。三个同步了一会,一齐回寓,却迎着一乘轿子,两担行李。三个人跟着进寺里来。那轿揭开帘子,轿里坐着一个戴方巾的少年,诸葛天申依稀有些认得。那轿来的快,如飞的就过去了。诸葛天申道:“这轿子里的人,我有些认得他。”因赶上几步,扯着他跟的人,问道:“你们是那里来的?”那人道:“是天长杜十七老爷。”诸葛天申回来,同两人睃着那轿和行李一直进到老退居隔壁那和尚家去了。诸葛天申向两人道:“方才这进去的是天长杜宗伯的令孙,我认得他,是我们那边的名士。不知他来做甚么,我明日去会他。”

次日,诸葛天申去拜,那里回不在家。一直到三日,才见到杜公孙来回拜。三人迎了出去。那正是春暮夏初,天气渐暖,杜公孙穿着是莺背色的夹纱直裰,手摇诗扇,脚踏丝履,走了进来。三人近前一看,面如傅粉,眼若点漆,温恭尔雅,飘然有神仙之概。这人是有子建之才,潘安之貌,江南数一数二的才子。进来与三人相见,作揖让坐。杜公孙问了两位的姓名、籍贯,自己又说道:“小弟贱名倩,贱字慎卿。”说过,又向诸葛天申道:“天申兄,还是去年考较时相会,又早半载有余了。”诸葛天申向二位道:“去岁申学台在敝府合考二十七州县诗赋,是杜十七先生的首卷。”杜慎卿笑道:“这是一时应酬之作,何足挂齿。况且那日小弟小恙进场,以药物自随,草草塞责而已。”萧金铉道:“先生尊府,江南王谢风流,各郡无不钦仰。先生大才,又是尊府‘白眉’,今日幸会,一切要求指教。”杜慎卿道:“各位先生一时名宿,小弟正要请教,何得如此倒说。”当下坐着,吃了一杯茶,一同进到房里。见满桌堆着都是选的刻本文章,红笔对的样,花藜胡哨的。杜慎卿看了,放在一边,忽然翻出一首诗来,便是萧金铉前日在乌龙潭春游之作。杜慎卿看了,点一点头道:“诗句是清新的。”便问道:“这是萧先生大笔?”萧金铉道:“是小弟拙作,要求先生指教。”杜慎卿道:“如不见怪,小弟也有一句盲瞽之言。诗以气体为主,如尊作这两句:‘桃花何苦红如此?杨柳忽然青可怜。’岂非加意做出来的?但上一句诗,只要添一个字,‘问’桃花何苦红如此,便是《贺新凉》中间一句好词。如今先生把他做了诗,下面又强对了一句,便觉索然了。”几句话,把萧金铉说的透身冰冷。季恬逸道:“先生如此谈诗,若与我家苇萧相见,一定相合。”杜慎卿道:“苇萧是同宗么?我也曾见过他的诗,才情是有些的。”坐了一会,杜慎卿辞别了去。

次日,杜慎卿写个说帖来道:“小寓牡丹盛开,薄治杯茗,屈三兄到寓一谈。”三人忙换了衣裳,到那里去。只见寓处先坐着一个人,三人进来,同那人作揖让坐。杜慎卿道:“这位鲍朋友是我们自己人,他不僭诸位先生的坐。”季恬逸方才想起是前日带信来的鲍老爹,因向二位先生道:“这位老爹就是苇萧的姑岳。”因问:“老爹在这里为甚么?”鲍廷玺大笑道:“季相公,你原来不晓得。我是杜府太老爷累代的门下,我父子两个受太老爷多少恩惠,如今十七老爷到了,我怎敢不来问安!"杜慎卿道:"不必说这闲话,且叫人拿上酒来。"

当下鲍廷玺同小子抬桌子。杜慎卿道:"我今日把这些俗品都捐了,只是江南鲥鱼、樱、笋下酒之物,与先生们挥麈清谈。"当下摆上来,果然是清清疏疏的几个盘子。买的是永宁坊上好的橘酒,斟上酒来。杜慎卿极大的酒量,不甚吃菜;当下举箸让众人吃菜,他只拣了几片笋和几个樱桃下酒。传杯换盏,吃到午后,杜慎卿叫取点心来,便是猪油饺饵,鸭子肉包的烧卖,鹅油酥,软香糕,每样一盘拿上来。众人吃了,又是雨水煨的六安毛尖茶,每人一碗。杜慎卿自己只吃了一片软香糕和一碗茶,便叫收下去了,再斟上酒来。萧金铉道:"今日对名花,聚良朋,不可无诗。我们即席分韵,何如?"杜慎卿笑道:"先生,这是而今诗社里的故套,小弟看来,觉得雅的这样俗,还是清谈为妙。"说着,把眼睛看了鲍廷玺一眼。鲍廷玺笑道:"还是门下效劳。"便走进房去,拿出一只笛子来,去了锦套,坐在席上,呜呜咽咽,将笛子吹着;一个小小子走到鲍廷玺身边站着,拍着手,唱李太白《清平调》。真乃穿云裂石之声,引商刻羽之奏。三个停杯细听。杜慎卿又自饮了几杯。吃到月上时分,照耀得牡丹花色越发精神,又有一树大绣球好像一堆白雪。三个人不觉的手舞足蹈起来,杜慎卿也颓然醉了。只见老和尚慢慢走进来,手里拿着一个锦盒子,打开来,里面拿出一串祁门小炮熚,口里说道:"贫僧来替老爷醒酒。"就在席上点着,熚熚烞烞响起来。杜慎卿坐在椅子上大笑。和尚去了,那硝黄的烟气还缭绕酒席左右。三人也醉了,站起来,把脚不住,告辞要去。杜慎卿笑道:"小弟醉了,恕不能奉送。鲍师父,你替我送三位老爷出去,你回来在我这里住。"鲍廷玺拿着烛台,送了三位出来,关门进去。三人回到下处,恍惚如在梦中。次日,卖纸的客人来要钱,这里没有,吵闹了一回;随即就是聚升楼来讨酒帐,诸葛天申称了两把银子给他收着再算。三人商议要回杜慎卿的席,算计寓处不能备办,只得拉他到聚升楼坐坐。

又过了一两日,天气甚好,三人在寓处吃了早点心,走到杜慎卿那里去。走进门,只见一个大脚婆娘同他家一个大小子坐在一个板凳上说话。那小子见是三位,便站起来。季恬逸拉着他问道:"这是甚么人?"那小子道:"做媒的沈大脚。"季恬逸道:"他来做甚么?"那小子道:"有些别的事。"三人心里就明白,想是他要娶小,就不再问。走进去,只见杜慎卿正在廊下闲步,见三人来,请进坐下,小小子拿茶来吃了。诸葛天申道:"今日天气甚好,我们来约先生寺外顽顽。"杜慎卿带着这小小子同三人步出来,被他三人拉到聚升楼酒馆里。杜慎卿不能推辞,只得坐下。季恬逸见他不吃大荤,点了一卖板鸭,一卖鱼,一卖猪肚,一卖杂脍,拿上酒来。吃了两杯酒,众人奉他吃菜,杜慎卿勉强吃了一块板鸭,登时就呕吐起来。众人不好意思。因天气尚早,不大用酒,搬上饭来。杜慎卿拿茶来泡了一碗饭,吃了一会,还吃不完,递与那小小子拿下去吃了。当下三人把那酒和饭都吃完了,下楼会帐。萧金铉道:"慎卿兄,我们还到雨花台岗儿上走走。"杜慎卿道:"这最有趣。"一同步上岗子,在各庙宇里见方、景诸公的祠甚是巍峨,又走到山顶上,望着城内万家烟火,那长江如一条白练,琉璃塔金璧辉煌,照人眼目。杜慎卿到了亭子跟前，太阳地里看见自己的影子，徘徊了大半日。大家藉草就坐在地下。诸葛天申见远远的一座小碑，跑去看；看了回来，坐下说道："那碑上刻的是'夷十族处'。"杜慎卿道："列位先生，这'夷十族'的话是没有的。汉法最重，'夷三族'，是父党、母党、妻党。这方正学所说的九族，乃是高、曾、祖、考、子、孙、曾、元，只是一族，母党、妻党还不曾及，那里诛的到门生上？况且永乐皇帝也不如此惨毒。本朝若不是永乐振作一番，信着建文软弱，久已弄成个齐梁世界了！"萧金铉道："先生，据你说，方先生何如？"杜慎卿道："方先生迂而无当。天下多少大事，讲那皋门、雉门怎么？这人朝服斩于市，不为冤枉的。"

坐了半日，日色已经西斜，只见两个挑粪桶的，挑了两担空桶，歇在山上。这一个拍那一个肩头道："兄弟，今日的货已经卖完了，我和你到永宁泉吃一壶水，回来再到雨花台看看落照！"杜慎卿笑道："真乃菜佣酒保都有六朝烟水气，一点也不差！"当下下了岗子回来。进了寺门，诸葛天申道："且到我们下处坐坐。"杜慎卿道："也好。"一同来到下处。才进了门，只见季苇萧坐在里面。季恬逸一见了，欢喜道："苇兄！你来了？"季苇萧道："恬逸兄，我在刻字店里找问，知道你搬在这里。"便问："此三位先生尊姓？"季恬逸道："此位是盱眙诸葛天申先生。此位就是我们同乡萧金铉先生，你难道不认得？"季苇萧道："先生是住在北门的？"萧金铉道："正是。"季苇萧道："此位先生？"季恬逸道："这位先生，说出来你更欢喜哩。他是天长杜宗伯公公孙杜十七先生讳倩、字慎卿的。你可知道他么？"季苇萧惊道："就是去岁宗师考取贵府二十七州县的诗赋首卷杜先生？小弟渴想久了，今日才得见面！"倒身拜下去，杜慎卿陪他磕了头起来。众位多见过了礼，正待坐下，只听得一个人笑着吆喝了进来，说道："各位老爷今日吃酒过夜！"季苇萧举眼一看，原来就是他姑丈人；忙问道："姑老爷，你怎么也来在这里？"鲍廷玺道："这是我家十七老爷，我是他门下人，怎么不来？姑爷，你原来也是好相与？"萧金铉道："真是'眼前一笑皆知己，不是区区陌路人'。"一齐坐下。季苇萧道："小弟虽年少，浪游江湖，阅人多矣，从不曾见先生珠辉玉映，真乃天上仙班。今对着先生，小弟亦是神仙中人了。"杜慎卿道："小弟得会先生，也如成连先生刺船海上，令我移情！"只因这一番，有分教：

风流高会，江南又见奇踪；卓荦英姿，海内都传雅韵。

不知后事如何，且听下回分解。

第三十回

爱少俊访友神乐观
逞风流高会莫愁湖

话说杜慎卿同季苇萧相交起来，极其投合。当晚季苇萧因在城里承恩寺作寓，看天黑，赶进城去了。鲍廷玺跟着杜慎卿回寓，杜慎卿买酒与他吃，就问他："这季苇兄为人何如？"鲍廷玺悉把他小时在向太爷手里考案首，后来就娶了向太爷家王总管的孙女，便是小的内侄女儿，今年又是盐运司荀大老爷照顾了他几百银子，他又在扬州尤家招了女婿，从头至尾，说了一遍。杜慎卿听了，笑了一笑，记在肚里，就留他在寓处歇。夜里又告诉向太爷待他家这一番恩情，杜慎卿不胜叹息；又说到他娶了王太太的这些疙瘩事，杜慎卿大笑了一番。歇过了一夜。

次早，季苇萧同着王府里那一位宗先生来拜。进来作揖坐下，宗先生说起在京师赵王府里同王、李七子唱和。杜慎卿道："凤洲、于鳞，都是敝世叔。"又说到宗子相，杜慎卿道："宗考功便是先君的同年。"那宗先生便说同宗考功是一家，还是弟兄辈。杜慎卿不答应。小厮捧出茶来吃了，宗先生别了去，留季苇萧在寓处谈谈。杜慎卿道："苇兄，小弟最厌的人，开口就是纱帽！方才这一位宗先生说到敝年伯，他便说同他是弟兄，这怕而今敝年伯也不要这一个潦倒的兄弟！"说着，就捧上饭来。正待吃饭，小厮来禀道："沈媒婆在外回老爷话。"慎卿道："你叫他进来何妨！"小厮出去领了沈大脚进来。杜慎卿叫端一张凳子与他在底下坐着。沈大脚问："这位老爷？"杜慎卿道："这是安庆季老爷。"因问道："我托你的怎样了？"沈大脚道："正是。十七老爷把这件事托了我，我把一个南京城走了大半个，因老爷人物生得太齐整了，料想那将就些的姑娘配不上，不敢来说。如今亏我留神打听，打听得这位姑娘，在花牌楼住，家里开着机房，姓王。姑娘十二分的人才，还多着半分，今年十七岁，不要说姑娘标致，这姑娘有个兄弟，小他一岁，若是妆扮起来，淮清桥有十班的小旦，也没有一个赛的过他！也会唱支把曲子，也会串个戏。这姑娘再没有说的，就请老爷去看。"杜慎卿道："既然如此，也罢；你叫他收拾，我明日去看。"沈大脚应诺去了。季苇萧道："恭喜纳宠。"杜慎卿愁着眉道："先生，这也为嗣续大计，无可奈何；不然，我做这样事怎的？"季苇萧道："才子佳人，正宜及时行乐，先生怎反如此说？”杜慎卿道：“苇兄，这话可谓不知我了。我太祖高皇帝云：‘我若不是妇人生，天下妇人都杀尽！’妇人那有一个好的？小弟性情，是和妇人隔着三间屋就闻见他的臭气。”

季苇萧又要问，只见小厮手里拿着一个帖子，走了进来，说道：“外面有个姓郭的芜湖人来拜。”杜慎卿道：“我那里认得这个姓郭的？”季苇萧接过帖子来看了，道：“这就是寺门口图书店的郭铁笔，想他是刻了两方图书来拜先生，叫他进来坐坐。”杜慎卿叫大小厮请他进来。郭铁笔走进来作揖，道了许多仰慕的话，说道：“尊府是一门三鼎甲，四代六尚书。门生故吏，天下都散满了。督、抚、司、道，在外头做，不计其数。管家们出去，做的是九品杂职官。季先生，我们自小听见说的：天长杜府老太太生这位太老爷，是天下第一个才子，转眼就是一个状元。”说罢，袖子里拿出一个锦盒子，里面盛着两方图书，上写着“台印”，双手递将过来，杜慎卿接了，又说了些闲话，起身送了出去。杜慎卿回来，向季苇萧道：“他一见我偏生有这些恶谈，却亏他访得的确。”季苇萧道：“尊府之事，何人不知！”

当下收拾酒，留季苇萧坐。摆上酒来，两人谈心。季苇萧道：“先生生平有山水之好么？”杜慎卿道：“小弟无济胜之具，就登山临水，也是勉强。”季苇萧道：“丝竹之好有的？”杜慎卿道：“偶一听之，可也；听久了，也觉嘈嘈杂杂，聒耳得紧。”又吃了几杯酒，杜慎卿微醉上来，不觉长叹了一口气道：“苇兄，自古及今，人都打不破的是个‘情’字！”季苇萧道：“人情无过男女，方才吾兄说非是所好。”杜慎卿笑道：“长兄，难道人情只有男女么？朋友之情，更胜于男女！你不看别的，只说鄂君绣被的故事。据小弟看来，千古只有一个汉哀帝要禅天下与董贤，这个独得情之正；便尧舜揖让，也不过如此，可惜无人能解。”季苇萧道：“是了，吾兄生平可曾遇着一个知心情人么？”杜慎卿道：“假使天下有这样一个人，又与我同生同死，小弟也不得这样多愁善病！只为缘悭分浅，遇不着一个知己，所以对月伤怀，临风洒泪！”季苇萧道：“要这一个，还当梨园中求之。”杜慎卿道：“苇兄，你这话更外行了。比如要在梨园中求，便是爱女色的要于青楼中求一个情种，岂不大错？这事要相遇于心腹之间，相感于形骸之外，方是天下第一等人。”又拍膝嗟叹道：“天下终无此一人，老天就肯辜负我杜慎卿万斛愁肠，一身侠骨！”说着，掉下泪来。季苇萧暗道：“他已经着了魔了，待我且耍他一耍。”因说道：“先生，你也不要说天下没有这个人。小弟曾遇见一个少年，不是梨园，也不是我辈，是一个黄冠。这人生得飘逸风流，确又是个男美，不是像个妇人。我最恼人称赞美男子，动不动说像个女人，这最可笑。如果要像女人，不如去看女人了。天下原另有一种男美，只是人不知道。”杜慎卿拍着案道：“只一句话该圈了！你且说这人怎的？”季苇萧道：“他如此妙品，有多少人想物色他的，他却轻易不肯同人一笑，却又爱才的紧；小弟因多了几岁年纪，在他面前自觉形秽，所以不敢痴心想着相与他。长兄，你会会这个人，看是如何？”杜慎卿道：“你几时去同他来？”季苇萧道：“我若叫得他来，又不作为奇了，须是长兄自己去访着他。”杜慎卿道：“他住在那里？”季苇萧道：“他在神乐观。”杜慎卿道：“他姓甚么？”季苇萧道：“姓名此时还说不得，若泄漏了机关，传的他知道，躲开了，你还是会不着。如今我把他的姓名写了，包在一个纸包子里，外面封好，交与你，你到了神乐观门口，才许拆开来看；看过就进去找，一找就找着的。”杜慎卿笑道：“这也罢了。”当下季苇萧走进房里，把房门关上了，写了半日，封得结结实实，封面上草个“敕令”二字，拿出来递与他，说道：“我且别过罢。俟明日会遇了妙人，我再来贺你。”说罢，去了。

杜慎卿送了回来，向大小厮道：“你明日早去回一声沈大脚，明日不得闲到花牌楼去看那家女儿，要到后日才去。明早叫轿夫，我要到神乐观去看朋友。”吩咐已毕，当晚无事。次早起来，洗脸，擦肥皂，换了一套新衣服，遍身多薰了香，将季苇萧写的纸包子放在袖里，坐轿子，一直来到神乐观。将轿子落在门口，自己步进山门，袖里取出纸包来拆开一看，上写道：

至北廊尽头一家桂花道院，问扬州新来道友来霞士便是。

杜慎卿叫轿夫伺候着，自己曲曲折折走到里面，听得里面一派鼓乐之声，就在前面一个斗姆阁。那阁门大开，里面三间敞厅：中间坐着一个看陵的太监，穿着蟒袍，左边一路板凳上坐着十几个唱生旦的戏子，右边一路板凳上坐着七八个少年的小道士，正在那里吹唱取乐。杜慎卿心里疑惑：“莫不是来霞士也在这里面？”因把小道士一个个的都看过来，不见一个出色的。又回头来看看这些戏子，也平常；又自心里想道：“来霞士他既是自己爱惜，他断不肯同了这般人在此，我还到桂花院里去问。”来到桂花道院，敲开了门，道人请在楼下坐着。杜慎卿道：“我是来拜扬州新到来老爷的。”道人道：“来爷在楼上。老爷请坐，我去请他下来。”道人去了一会，只见楼上走下一个肥胖的道士来，头戴道冠，身穿沉香色直裰，一副油晃晃的黑脸，两道重眉，一个大鼻子，满腮胡须，约有五十多岁的光景。那道士下来作揖奉坐，请问：“老爷尊姓贵处？”杜慎卿道：“敝处天长，贱姓杜。”那道士道：“我们桃源旗领的天长杜府的本钱，就是老爷尊府？”杜慎卿道：“便是。”道士满脸堆下笑来，连忙足恭道：“小道不知老爷到省，就该先来拜谒，如何反劳老爷降临？”忙叫道人快煨新鲜茶来，捧出果碟来。

杜慎卿心里想：“这自然是来霞士的师父。”因问道：“有位来霞士，是令徒？令孙？”那道士道：“小道就是来霞士。”杜慎卿吃了一惊，说道：“哦！你就是来霞士！”自己心里忍不住，拿衣袖掩着口笑。道士不知道甚么意思，摆上果碟来，殷勤奉茶；又在袖里摸出一卷诗来请教。慎卿没奈何，只得勉强看了一看，吃了两杯茶，起身辞别。道士定要拉着手送出大门，问明了：“老爷下处在报恩寺，小道明日要到尊寓着实盘桓几日。”送到门外，看着上了轿子，方才进去了。杜慎卿上了轿，一路忍笑不住，心里想：“季苇萧这狗头，如此胡说！”

回到下处，只见下处小厮说：“有几位客在里面。”杜慎卿走进去，却是萧金铉同辛东之、金寓刘、金东崖来拜。辛东之送了一幅大字，金寓刘送了一副对子，金东崖把自己纂的《四书讲章》送来请教。作揖坐下，各人叙了来历，吃过茶，告别去了。杜慎卿鼻子里冷笑了一声，向大小厮说道：“一个当书办的人都跑了回来讲究《四书》！圣贤可是这样人讲的！”正说着，宗老爷家一个小厮拿着一封书子送一幅行乐图来求题，杜慎卿只觉得可厌，也只得收下，写回书打发那小厮去了。次日便去看定了妾，下了插定，择三日内过门，便忙着搬河房里娶妾去了。

次日，季苇萧来贺，杜慎卿出来会。他说道：“昨晚如夫人进门，小弟不曾来闹房，今日贺迟有罪！”杜慎卿道：“昨晚我也不曾备席，不曾奉请。”季苇萧笑道：“前日你得见妙人么？”杜慎卿道：“你这狗头，该记着一顿肥打！但是你的事还做得不俗，所以饶你。”季苇萧道：“怎的该打？我原说是美男，原不是像个女人。你难道看的不是？”杜慎卿道：“这就真正该打了！”正笑着，只见来道士同鲍廷玺一齐走进来贺喜，两人越发忍不住笑。杜慎卿摇手叫季苇萧不要笑了。四人作揖坐下，杜慎卿留着吃饭。吃过了饭，杜慎卿说起那日在神乐观看见斗姆阁一个太监，左边坐着戏子，右边坐着道士，在那里吹唱作乐。季苇萧道：“这样快活的事，偏与这样人受用，好不可恨！”杜慎卿道：“苇萧兄，我倒要做一件希奇事，和你商议。”季苇萧道：“甚么希奇事？”

杜慎卿问鲍廷玺道：“你这门上和桥上共有多少戏班子？”鲍廷玺道：“一百三十多班。”杜慎卿道：“我心里想做一个胜会，择一个日子，捡一个极大的地方，把这一百几十班做旦脚的都叫了来，一个人做一出戏。我和苇兄在旁边看着，记清了他们身段、模样，做个暗号，过几日评他个高下，出一个榜，把那色艺双绝的取在前列，贴在通衢。但这些人不好白传他，每人酬他五钱银子，荷包一对，诗扇一把。这顽法好么？”季苇萧跳起来道：“有这样妙事，何不早说！可不要把我乐死了！”鲍廷玺笑道：“这些人，让门下去传。他每人又得五钱银子，将来老爷们替他取了出来写在榜上，他又出了名。门下不好说，那取在前面的，就是相与大老官，也多相与出几个钱来。他们听见这话，那一个不滚来做戏！”来道士拍着手道：“妙！妙！道士也好见个识面。不知老爷们那日可许道士来看？”杜慎卿道：“怎么不许？但凡朋友相知，都要请了到席。”季苇萧道：“我们而今先商议是个甚么地方。”鲍廷玺道：“门下在水西门住，水西门外最熟。门下去借莫愁湖的湖亭，那里又宽敞，又凉快。”苇萧道：“这些人是鲍姑老爷去传，不消说了，我们也要出一个知单。定在甚日子？”道士道：“而今是四月二十头，鲍老爹去传几日，及到传齐了，也得十来天功夫，——竟是五月初三罢。”杜慎卿道：“苇兄，取过一个红全帖来，我念着，你写。”季苇萧取过帖来，拿笔在手。慎卿念道：

> 安庆季苇萧，天长杜慎卿，择于五月初三日，莫愁湖湖亭大会。通省梨园子弟各班愿与者，书名画知，届期齐集湖亭，各演杂剧。每位代轿马五星，荷包、诗扇、汗巾三件。如果色艺双绝，另有表礼奖赏。风雨无阻。特此预传。

写毕，交与鲍廷玺收了，又叫小厮到店里取了百十把扇子来。季苇萧，杜慎卿，来道士，每人分了几十把去写，便商量请这些客。季苇萧拿一张红纸铺在面前，开道：“宗先生、辛先生、金东崖先生、金寓刘先生、萧金铉先生、诸葛先生、季先生、郭铁笔、僧官老爷、来道士老爷、鲍老爷，连两位主人，共十三位。就用这两位名字写起十一副帖子来。料理了半日，只见娘子的兄弟王留歌，带了一个人，挑着一担东西——两只鸭，两只鸡，一只鹅，一方肉，八色点心，一瓶酒——来看姐姐。杜慎卿道：“来的正好！”他向杜慎卿见礼。杜慎卿拉住了细看他时，果然标致，他姐姐着实不如他；叫他进去见了姐姐就出来坐。吩咐把方才送来的鸡鸭收拾出来吃酒。他见过姐姐，出来坐着，杜慎卿就把湖亭做会的话告诉了他。留歌道：“有趣！那日我也串一出。”季苇萧道：“岂但，今日就要请教一只曲子，我们听听。”王留歌笑了一笑。到晚捧上酒来，吃了一会。鲍廷玺吹笛子，来道士打板，王留歌唱了一只“‘碧云天’——长亭饯别”。音韵悠扬，足唱了三顿饭时候才完。众人吃得大醉，然后散了。

到初三那日，发了两班戏箱在莫愁湖。季、杜二位主人先到，众客也渐渐的来了。鲍廷玺领了六七十个唱旦的戏子，都是单上画了“知”字的，来叩见杜少爷，杜慎卿叫他们先吃了饭，都装扮起来，一个个都在亭子前走过，细看一番，然后登场做戏。众戏子应诺去了。诸名士看这湖亭时，轩窗四起，一转都是湖水围绕，微微有点薰风，吹得波纹如縠。亭子外一条板桥，戏子妆扮了进来，都从这桥上过。杜慎卿叫掩上了中门，让戏子走过桥来，一路从回廊内转去，进东边的格子，一直从亭子中间走出西边的格子去，好细细看他们袅娜形容。

当下戏子吃了饭，一个个装扮起来，都是簇新的包头，极新鲜的褶子，一个个过了桥来，打从亭子中间走去。杜慎卿同季苇萧二人，手内暗藏纸笔，做了记认。少刻，摆上酒席，打动锣鼓，一个人上来做一出戏。也有做“请宴”的，也有做“窥醉”的，也有做“借

茶”的，也有做“刺虎”的，纷纷不一。后来王留歌做了一出“思凡”。到晚上，点起几百盏明角灯来，高高下下，照耀如同白日；歌声缥缈，直入云霄。城里那些做衙门的、开行的、开字号店的有钱的人，听见莫愁湖大会，都来雇了湖中打鱼的舡，搭了凉篷，挂了灯，都撑到湖中左右来看。看到高兴的时候，一个个齐声喝彩，直闹到天明才散，那时城门已开，各自进城去了。

过了一日，水西门口挂出一张榜来，上写：第一名，芳林班小旦郑魁官；第二名，灵和班小旦葛来官；第三名，王留歌。其余共合六十多人，都取在上面。鲍廷玺拉了郑魁官到杜慎卿寓处来见，当面叩谢。杜慎卿又称了二两金子，托鲍廷玺到银匠店里打造一只金杯，上刻“艳夺樱桃”四个字，特为奖赏郑魁官。别的都把荷包，银子，汗巾，诗扇，领了去。

那些小旦，取在十名前的，他相与的大老官来看了榜，都忻忻得意，也有拉了家去吃酒的，也有买了酒在酒店里吃酒庆贺的；这个吃了酒，那个又来吃，足吃了三四天的贺酒。自此，传遍了水西门，闹动了淮清桥，这位杜十七老爷名震江南。只因这一番，有分教：

风流才子之外，更有奇人；花酒陶情之余，复多韵事。

不知后事如何，且听下回分解。

第三十一回

天长县同访豪杰
赐书楼大醉高朋

话说杜慎卿做了这个大会，鲍廷玺看见他用了许多的银子，心里惊了一惊，暗想："他这人慷慨，我何不取个便，问他借几百两银子，仍旧团起一个班子来做生意过日子？"主意已定，每日在河房里效劳，杜慎卿着实不过意。他那日晚间谈到密处，夜已深了，小厮们多不在眼前。杜慎卿问道："鲍师父，你毕竟家里日子怎么样过？还该寻个生意才好。"鲍廷玺见他问到这一句话，就双膝跪在地下。杜慎卿就吓了一跳，扶他起来，说道："这是怎的？"鲍廷玺道："我在老爷门下，蒙老爷问到这一句话，真乃天高地厚之恩；但门下原是教班子弄行头出身，除了这事，不会做第二样。如今老爷照看门下，除非恳恩借出几百两银子，仍旧与门下做这戏行，门下寻了钱，少不得报效老爷。"杜慎卿道："这也容易，你请坐下，我同你商议。这教班子弄行头，不是数百金做得来的，至少也得千金。这里也无外人，我不瞒你说，我家虽有几千现银子，我却收着不敢动。为甚么不敢动？我就在这一两年内要中，中了那里没有使唤处，我却要留着做这一件事。而今你这弄班子的话，我转说出一个人来与你，也只当是我帮你一般，你却不可说是我说的。"鲍廷玺道："除了老爷，那里还有这一个人？"杜慎卿道："莫慌，你听我说。我家共是七大房，这做礼部尚书的太老爷是我五房的，七房的太老爷是中过状元的，后来一位大老爷，做江西赣州府知府，这是我的伯父。赣州府的儿子是我第二十五个兄弟，他名叫做仪，号叫做少卿，只小得我两岁，也是一个秀才。我那伯父是个清官，家里还是祖宗丢下的些田地。伯父去世之后，他不上一万银子家私，他是个呆子，自己就像十几万的。纹银九七，他都认不得，又最好做大老官。听见人向他说些苦，他就大捧出来给人家用。而今你在这里帮我些时，到秋凉些，我送你些盘缠投奔他去；包你这千把银子手到拿来。"鲍廷玺道："到那时候，求老爷写个书子与门下去。"杜慎卿道："不相干。这书断然写不得。他做大老官是要独做，自照顾人，并不要人帮着照顾，我若写了书子，他说我已经照顾了你，他就赌气不照顾你了。如今去先投奔一个人。"鲍廷玺道："却又投那一个？"杜慎卿道："他家当初有个奶公老管家，姓邵的，这人你也该认得。"

鲍廷玺想起来道："是那年门下父亲在日，他家接过我的戏去与老太太做生日。赣州府太老爷，门下也曾见过。"杜慎卿道："这就是得狠了。如今这邵奶公已死。他家有个管家王胡子，是个坏不过的奴才，他偏生听信他。我这兄弟有个毛病：但凡说是见过他家太老爷的，就是一条狗也是敬重的。你将来先去会了王胡子，这奴才好酒，你买些酒与他吃，叫他在主子跟前说你是太老爷极欢喜的人，他就连三的给你银子用了。他不欢喜人叫他老爷，你只叫他少爷。他又有个毛病：不喜欢人在他跟前说人做官，说人有钱，像你受向太老爷的恩惠这些话，总不要在他跟前说。总说天下只有他一个人是大老官，肯照顾人。他若是问你可认得我，你也说不认得。"一番话，说得鲍廷玺满心欢喜。在这里又效了两个月劳，到七月尽间，天气凉爽起来，鲍廷玺问十七老爷借了几两银子，收拾衣服行李，过江往天长进发。

第一日过江，歇了六合县。第二日起早走了几十里路，到了一个地方，叫作四号墩。鲍廷玺进去坐下，正待要水洗脸，只见门口落下一乘轿子来。轿子里走出一个老者来，头戴方巾，身穿白纱直裰，脚下大红绸鞋，一个通红的酒糟鼻，一部大白胡须，就如银丝一般。那老者走进店门，店主人慌忙接了行李，说道："韦四太爷来了？请里面坐。"那韦四太爷走进堂屋，鲍廷玺立起身来施礼，那韦四太爷还了礼。鲍廷玺让韦四太爷上面坐，他坐在下面，问道："老太爷上姓是韦，不敢拜问贵处是那里？"韦四太爷道："贱姓韦，敝处滁州乌衣镇。长兄尊姓贵处？今往那里去的？"鲍廷玺道："在下姓鲍，是南京人，今往天长杜状元府里去的，看杜少爷。"韦四太爷道："是那一位？是慎卿？是少卿？"鲍廷玺道："是少卿。"韦四太爷道："他家兄弟虽有六七十个，只有这两个人招接四方宾客；其余的都闭了门在家，守着田园做举业。我所以一见就问这两个人。两个都是大江南北有名的。慎卿虽是雅人，我还嫌他带着些姑娘气，少卿是个豪杰。我也是到他家去的，和你长兄吃了饭一同走。"鲍廷玺道："太爷和杜府是亲戚？"韦四太爷道："我同他家做赣州府太老爷自小同学拜盟的，极相好的。"鲍廷玺听了，更加敬重。

当时同吃了饭，韦四太爷上轿。鲍廷玺又雇了一个驴子，骑上同行。到了天长县城门口，韦四太爷落下轿，说道："鲍兄，我和你一同走进府里去罢。"鲍廷玺道："请太爷上轿先行，在下还要会过他管家，再去见少爷。"韦四太爷道："也罢。"上了轿子，一直来到杜府，门上人传了进去。杜少卿慌忙迎出来，请到厅上拜见，说道："老伯，相别半载，不曾到得镇上来请老伯和老伯母的安。老伯一向好？"韦四太爷道："托庇粗安。新秋在家无事，想着尊府的花园，桂花一定盛开了，所以特来看看世兄，要杯酒吃。"杜少卿道："奉过茶，请老伯到书房里去坐。"小厮捧过茶来，杜少卿吩咐："把韦四太爷行李请进来，送到书房里去。轿钱付与他，轿子打发回去罢。"请韦四太爷从厅后一个走巷内，曲曲折折走进去，才到一个花园。那花园一进朝东的三间。左边一个楼，便是殿元公的赐书楼，楼前一个大院落，一座牡丹台，一座芍药台。两树极大的桂花，正开的好。合面又是三间敞榭，横头朝南三间书房后，一个大荷花池。池上搭了一条桥。过去又是三间密屋，乃杜少卿自己读书之处。

当请韦四太爷坐在朝南的书房里。这两树桂花就在窗槅外。韦四太爷坐下问道："娄翁尚在尊府？"杜少卿道："娄老伯近来多病，请在内书房住，方才吃药睡下，不能出来会老伯。"韦四太爷道："老人家既是有恙，世兄何不送他回去？"杜少卿道："小侄已经把他令郎、令孙，都接在此侍奉汤药。小侄也好早晚问候。"韦四太爷道："老人家在尊府三十多年，可也还有些蓄积，家里置些产业？"杜少卿道："自先君赴任赣州，把舍下田地房产的帐目，都交付与娄老伯，每银钱出入，俱是娄老伯做主，先君并不曾问。娄老伯除每年修金四十两，其余并不沾一文。每收租时候，亲自到乡里佃户家，佃户备两样菜与老伯吃，老人家退去一样才吃一样。凡他令郎、令孙来看，只许住得两天，就打发回去，盘缠之外，不许多有一文钱，临行还要搜他身上，恐怕管家们私自送他银子。只是收来的租稻利息，遇着舍下困穷的亲戚朋友，娄老伯便极力相助。先君知道也不问。有人欠先君银钱的，娄老伯见他还不起，娄老伯把借券尽行烧去了。到而今，他老人家两个儿子，四个孙子，家里仍然赤贫如洗，小侄所以过意不去。"韦四太爷叹道："真可谓古之君子了！"又问道："慎卿兄在家好么？"杜少卿道："家兄自别后，就往南京去了。"

正说着，家人王胡子，手里拿着一个红手本，站在窗子外，不敢进来。杜少卿看见他，说道："王胡子，你有甚么话说？手里拿的甚么东西？"王胡子走进书房，把手本递上来，禀道："南京一个姓鲍的，他是领戏班出身。他这几年是在外路生意，才回来家。他过江来叩见少爷。"杜少卿道："他既是领班子的，你说我家里有客，不得见他，手本收下，叫他去罢。"王胡子说道："他说受过先太老爷多少恩德，定要当面叩谢少爷。"杜少卿道："这人是先太老爷抬举过的么？"王胡子道："是。当年邵奶公传了他的班子过江来，太老爷着实喜欢这鲍廷玺，曾许着要照顾他的。"杜少卿道："既如此说，你带了他进来。"韦四太爷道："是南京来的这位鲍兄，我才在路上遇见的。"王胡子出去，领着鲍廷玺，捏手捏脚，一路走进来。看见花园宽阔，一望无际。走到书房门口一望，见杜少卿陪着客坐在那里，头戴方巾，身穿玉色夹纱直裰，脚下珠履，面皮微黄；两眉剑竖，好似画上关夫子眉毛。王胡子道："这便是我家少爷，你过来见。"鲍廷玺进来跪下叩头。杜少卿扶住道："你我故人，何必如此行礼？"起来作揖，作揖过了，又见了韦四太爷。杜少卿叫他坐在底下。鲍廷玺道："门下蒙先老太爷的恩典，粉身碎骨难报。又因这几年穷忙，在外做小生意，不得来叩见少爷。今日才来请少爷的安，求少爷恕门下的罪。"杜少卿道："方才我家人王胡子说，我家太老爷极其喜欢你，要照顾你。你既到这里，且住下了，我自有道理。"王胡子道："席已齐了，禀少爷，在那里坐？"韦四太爷道："就在这里好。"杜少卿踌躇道："还要请一个客来。"因叫那跟书房的小厮加爵，"去后门外请张相公来罢。"加爵应诺去了。

少刻，请了一个大眼睛黄胡子的人来，头戴瓦楞帽，身穿大阔布衣服，扭扭捏捏，做些假斯文像，进来作揖坐下，问了韦四太爷姓名。韦四太爷说了，便问："长兄贵姓？"那人道："晚生姓张，贱字俊民，久在杜少爷门下。晚生略知医道，连日蒙少爷相约在府里看娄太爷。”因问：“娄太爷今日吃药如何？”杜少卿便叫加爵去问，问了回来道：“娄太爷吃了药，睡了一觉，醒了。这会觉的清爽些。”张俊民又问：“此位上姓？”杜少卿道：“是南京一位鲍朋友。”说罢，摆上席来，奉席坐下。韦四太爷首席，张俊民对坐，杜少卿主位，鲍廷玺坐在底下。斟上酒来，吃了一会。那肴馔都是自己家里整治的，极其精洁。内中有陈过三年的火腿，半斤一个的竹蟹，都剥出来脍了蟹羹。众人吃着，韦四太爷问张俊民道：“你这道谊，自然着实高明的。”张俊民道：“‘熟读王叔和，不如临症多。’不瞒太爷说，晚生在江湖上胡闹，不曾读过甚么医书，却是看的症不少，近来蒙少爷的教训，才晓得书是该念的。所以我有一个小儿，而今且不教他学医，从先生读着书，做了文章，就拿来给杜少爷看。少爷往常赏个批语，晚生也拿了家去读熟了，学些文理。将来再过两年，叫小儿出去考个府、县考，骗两回粉汤、包子吃，将来挂招牌，就可以称儒医。”韦四太爷听他说这话，哈哈大笑了。王胡子又拿一个帖子进来，禀道：“北门汪盐商家明日酬生日，请县主老爷，请少爷去做陪客。说定要求少爷到席的。”杜少卿道：“你回他我家里有客，不得到席。这人也可笑得紧，你要做这热闹事，不会请县里暴发的举人进士陪？我那得工夫替人家陪官！”王胡子应诺去了。

杜少卿向韦四太爷说：“老伯酒量极高的，当日同先君吃半夜，今日也要尽醉才好。”韦四太爷道：“正是，世兄，我有一句话，不好说。你这肴馔是精极的了，只是这酒是市买来的，身分有限。府上有一坛酒，今年该有八九年了，想是收着还在。”杜少卿道：“小侄竟不知道。”韦四太爷道：“你不知道，是你令先大人在江西到任的那一年，我送到船上，尊大人说：‘我家里埋下一坛酒，等我做了官回来，同你老痛饮。’我所以记得。你家里去问。”张俊民笑说道：“这话，少爷真正该不知道。”杜少卿走了进去。韦四太爷道：“杜公子虽则年少，实算在我们这边的豪杰。”张俊民道：“少爷为人好极，只是手太松些，不管甚么人求着他，大捧的银与人用。”鲍廷玺道：“便是门下从不曾见过像杜少爷这大方举动的人。”

杜少卿走进去问娘子可晓得这坛酒，娘子说不知道；遍问这些家人、婆娘，都说不知道。后来问到邵老丫，邵老丫想起来道：“是有的。是老爷上任那年，做了一坛酒埋在那边第七进房子后一间小屋里，说是留着韦四太爷同吃的。这酒是二斗糯米做出来的，二十斤酿，又对了二十斤烧酒，一点水也不搀。而今埋在地下足足有九年零七月了。这酒醉得死人的，弄出来，少爷不要吃！”杜少卿道：“我知道了。”就叫邵老丫拿钥匙开了酒房门，带了两个小厮进去，从地下取了出来，连坛抬到书房里，叫道：“老伯，这酒寻出来了！”韦四太爷和那两个人都起身来看，说道：“是了！”打开坛头，舀出一杯来，那酒和曲糊一般，堆在杯子里，闻着喷鼻香。韦四太爷道：“有趣！这个不是这样吃法。世兄，你再叫人在街上买十斤酒来搀一搀，方可吃得。今日已是吃不成了，就放在这里，明日吃他一天，还是二位同享。”张俊民道：“自然来奉陪。”鲍廷玺道：“门下何等的人，也来吃太老爷遗下的好酒，这是门下的造化。”说罢，教加爵拿灯笼送张俊民回家去。鲍廷玺就在书房里陪着韦四太爷歇宿，杜少卿候着韦四太爷睡下，方才进去了。

次日，鲍廷玺清晨起来，走到王胡子房里去。加爵又和一个小厮在那里坐着。王胡子问加爵道："韦四太爷可曾起来？"加爵道："起来了，洗脸哩。"王胡子又问那小厮道："少爷可曾起来？"那小厮道："少爷起来多时了，在娄太爷房里看着弄药。"王胡子道："我家这位少爷也出奇！一个娄老爹，不过是太老爷的门客罢了，他既害了病，不过送他几两银子，打发他回去。为甚么养在家里当做祖宗看待，还要一早一晚自己伏侍。"那小厮道："王叔，你还说这话哩！娄太爷吃的粥和菜，我们煨了，他儿子孙子看过还不算，少爷还要自己看过了才送与娄太爷吃。人参铫子自放在奶奶房里，奶奶自己煨人参，药是不消说。一早一晚，少爷不得亲自送人参，就是奶奶亲自送人参与他吃。你要说这样话，只好惹少爷一顿骂。"说着，门上人走进来道："王叔，快进去说声，臧三爷来了，坐在厅上要会少爷。"王胡子叫那小厮道："你娄老爹房里去请少爷，我是不去问安！"鲍廷玺道："这也是少爷的厚道处。"

那小厮进去请了少卿出来会臧三爷，作揖坐下。杜少卿道："三哥，好几日不见。你文会做的热闹？"臧三爷道："正是。我听见你门上说到远客……慎卿在南京，乐而忘返了。"杜少卿道："是乌衣韦老伯在这里。我今日请他，你就在这里坐坐，我和你到书房里去罢。"臧三爷道："且坐着，我和你说话。县里王父母是我的老师，他在我跟前说了几次，仰慕你的大才，我几时同你去会会他。"杜少卿道："像这拜知县做老师的事，只好让三哥你们做。不要说先曾祖、先祖，就先君在日，这样知县不知见过多少！他果然仰慕我，他为甚么不先来拜我，倒叫我拜他？况且倒运做秀才，见了本处知县，就要称他老师！王家这一宗灰堆里的进士，他拜我做老师我还不要，我会他怎的？所以北门汪家今日请我去陪他，我也不去。"臧三爷道："正是为此。昨日汪家已向王老师说明是请你做陪客，王老师才肯到他家来，特为要会你；你若不去，王老师也扫兴。况且你的客住在家里，今日不陪，明日也可陪。不然，我就替你陪着客，你就到汪家走走。"杜少卿道："三哥，不要倒熟话。你这位贵老师总不是甚么尊贤爱才，不过想人拜门生受些礼物。他想着我！叫他把梦做醒些！况我家今日请客，煨的有七斤重的老鸭，寻出来的有九年半的陈酒。汪家没有这样好东西吃。不许多话！同我到书房里去顽。"拉着就走。臧三爷道："站着！你乱怎的？这韦老先生不曾会过，也要写个帖子。"杜少卿道："这倒使得。"叫小厮拿笔砚帖子出来。臧三爷拿帖子写了个"年家眷同学晚生臧荼"，先叫小厮拿帖子到书房里，随即同杜少卿进来。韦四太爷迎着房门，作揖坐下。那两人先在那里，一同坐下。韦四太爷问臧三爷："尊字？"杜少卿道："臧三哥尊字蓼斋，是小侄这学里翘楚，同慎卿家兄也是同会的好友。"韦四太爷道："久慕，久慕。"臧三爷道："久仰老先生，幸遇。"张俊民是彼此认得的。臧蓼斋又问："这位尊姓？"鲍廷玺道："在下姓鲍，方才从南京回来的。"臧三爷道："从南京来，可曾认得府上的慎卿先生？"鲍廷玺道："十七老爷也是见过的。"

当下吃了早饭，韦四太爷就叫把这坛酒拿出来，兑上十斤新酒，就叫烧许多红炭，堆在桂花树边，把酒坛顿在炭上。过一顿饭时，渐渐热了。张俊民领着小厮，自己动手把六扇窗格尽行下了,把桌子抬到檐内。大家坐下。又备的一席新鲜菜。杜少卿叫小厮拿出一个金杯子来,又是四个玉杯,坛子里舀出酒来吃。韦四太爷捧着金杯,吃一杯,赞一杯,说道:"好酒!"吃了半日,王胡子领着四个小厮,抬进一个箱子来。杜少卿问是甚么。王胡子道:"这是少爷与奶奶、大相公新做的秋衣一箱子。才做完了,送进来与少爷查件数。裁缝工钱已打发去了。"杜少卿道:"放在这里,等我吃完了酒查。"才把箱子放下,只见那裁缝进来。王胡子道:"杨裁缝回少爷的话。"杜少卿道:"他又说甚么?"站起身来,只见那裁缝走到天井里,双膝跪下,磕下头去,放声大哭。杜少卿大惊道:"杨司务!这是怎的?"杨裁缝道:"小的这些时在少爷家做工,今早领了工钱去,不想才过了一会,小的母亲得个暴病死了。小的拿了工钱家去,不想到有这一变,把钱都还了柴米店里,而今母亲的棺材衣服,一件也没有;没奈何,只得再来求少爷借几两银子与小的,小的慢慢做着工算。"杜少卿道:"你要多少银子?"裁缝道:"小户人家,怎敢望多,少爷若肯,多则六两,少则四两罢了。小的也要算着除工钱够还。"杜少卿惨然道:"我那里要你还。你虽是小本生意,这父母身上大事,你也不可草草:将来就是终身之根。几两银子如何使得?至少也要买口十六两银子的棺材,衣服、杂费,共须二十金。我这几日一个钱也没有。——也罢,我这一箱衣服也可当得二十多两银子。王胡子,你就拿去同杨司务当了,一总把与杨司务去用。"又道:"杨司务,这事你却不可记在心里,只当忘记了的。你不是拿了我的银子去吃酒、赌钱。这母亲身上大事。人孰无母?这是我该帮你的。"杨裁缝同王胡子抬着箱子,哭哭啼啼去了。杜少卿入席坐下。韦四太爷道:"世兄,这事真是难得!"鲍廷玺吐着舌道:"阿弥陀佛!天下那有这样好人!"当下吃了一天酒。臧三爷酒量小,吃到下午就吐了,扶了回去。韦四太爷这几个直吃到三更,把一坛酒都吃完了,方才散。只因这一番,有分教:

轻财好士,一乡多济友朋;月地花天,四海又闻豪杰。

不知后事如何,且听下回分解。

第三十二回

杜少卿平居豪举
娄焕文临去遗言

话说众人吃酒散了，韦四太爷直睡到次日上午才起来，向杜少卿辞别要去，说道："我还打算到你令叔、令兄各家走走。昨日扰了世兄这一席酒，我心里快活极了！别人家料想也没这样有趣。我要去了，连这臧朋友也不能回拜，世兄，替我致意他罢。"杜少卿又留住了一日。次日，雇了轿夫，拿了一只玉杯和赣州公的两件衣服，亲自送在韦四太爷房里，说道："先君拜盟的兄弟，只有老伯一位了，此后要求老伯常来走走。小侄也常到镇上请老伯安。这一个玉杯，送老伯带去吃酒；这是先君的两件衣服，送与老伯穿着，如看见先君的一般。"韦四太爷欢喜受了。鲍廷玺陪着又吃了一壶酒，吃了饭。杜少卿拉着鲍廷玺，陪着送到城外，在轿前作了揖。韦四太爷去了。两人回来，杜少卿就到娄太爷房里去问候。娄太爷说，身子好些，要打发他孙子回去，只留着儿子在这里伏侍。

杜少卿应了，心里想着没有钱用，叫王胡子来商议道："我圩里那一宗田，你替我卖给那人罢了。"王胡子道："那乡人他想要便宜，少爷要一千五百两银子，他只出一千三百两银子；所以小的不敢管。"杜少卿道："就是一千三百两银子也罢。"王胡子道："小的要禀明少爷才敢去；卖的贱了，又惹少爷骂小的。"杜少卿道："那个骂你？你快些去卖，我等着要银子用。"王胡子道："小的还有一句话要禀少爷：卖了银子，少爷要做两件正经事；若是几千几百的白白的给人用，这产业卖了也可惜。"杜少卿道："你看见我白把银子给那个用的？你要赚钱罢了，说这许多鬼话！快些替我去！"王胡子道："小的禀过就是了。"出来悄悄向鲍廷玺道："好了，你的事有指望了。而今我到圩里去卖田；卖了田回来，替你定主意。"王胡子就去了几天，卖了一千几百两银子，拿稍袋装了来家，禀少爷道："他这银子是九五兑九七色的，又是市平，比钱平小一钱三分半。他内里又扣了他那边中用二十三两四钱银子，画字去了二三十两：这都是我们本家要去的。而今这银子在这里，拿天平来请少爷当面兑。"杜少卿道："那个耐烦和你算这些疙瘩帐！既拿来，又兑甚么，收了进去就是了！"王胡子道："小的也要禀明。"杜少卿收了这银子，随即叫了娄太爷的孙子到书房里，说道："你明日要回去？"他答应道："是，老爹叫我回去。”杜少卿道：“我这里有一百两银子给你，你瞒着不要向你老爹说。你是寡妇母亲，你拿着银子回家去做小生意，养活着。你老爹若是好了，你二叔回家去，我也送他一百两银子。”娄太爷的孙子欢喜，接着把银子藏在身边，谢了少爷。次日辞回家去，娄太爷叫只称三钱银子与他做盘缠，打发去了。杜少卿送了回来，一个乡里人在敞厅上站着，见他进来，跪下就与少爷磕头。杜少卿道：“你是我们公祠堂里看祠堂的黄大？你来做甚么？”黄大道：“小的住的祠堂旁边一所屋，原是太老爷买与我的。而今年代多，房子倒了。小的该死，把坟山的死树搬了几颗回来添补梁柱，不想被本家这几位老爷知道，就说小的偷了树，把小的打了一个臭死，叫十几个管家到小的家来搬树，连不倒的房子多拉倒了。小的没处存身，如今来求少爷向本家老爷说声，公中弄出些银子来，把这房子收拾收拾，赏小的住。”杜少卿道：“本家！向那个说？你这房子既是我家太老爷买与你的，自然该是我修理。如今一总倒了，要多少银子重盖？”黄大道：“要盖须得百金银子；如今只好修补，将就些住，也要四五十两银子。”杜少卿道：“也罢，我没银子，且拿五十两银子与你去。你用完了再来与我说。”拿出五十两银子递与黄大，黄大接着去了。门上拿了两付帖子走进来，禀道：“臧三爷明日请少爷吃酒，这一副帖子，说也请鲍师父去坐坐。”杜少卿道：“你说，拜上三爷，我明日必来。”次日，同鲍廷玺到臧家。臧蓼斋办了一桌齐整菜，恭恭敬敬，奉坐请酒，席间说了些闲话。到席将终的时候，臧三爷斟了一杯酒，高高奉着，走过席来，作了一个揖，把酒递与杜少卿，便跪了下去，说道：“老哥，我有一句话奉求。”杜少卿吓了一跳，慌忙把酒丢在桌上，跪下去拉着他，说道：“三哥！你疯了？这是怎说？”臧蓼斋道：“你吃我这杯酒，应允我的话，我才起来。”杜少卿道：“我也不知道你说的是甚么话，你起来说。”鲍廷玺也来帮着拉他起来。臧蓼斋道：“你应允了？”杜少卿道：“我有甚么不应允？”臧蓼斋道：“你吃了这杯酒。”杜少卿道：“我就吃了这杯酒。”臧蓼斋道：“候你干了。”站起来坐下。

杜少卿道：“你有甚话，说罢。”臧蓼斋道：“目今宗师考庐州，下一棚就是我们。我前日替人管着买了一个秀才，宗师有人在这里揽这个事，我已把三百两银子兑与了他，后来他又说出来：‘上面严紧，秀才不敢卖，倒是把考等第的开个名字来补了廪罢。’我就把我的名字开了去，今年这廪是我补。但是这买秀才的人家要来退这三百两银子，我若没有还他，这件事就要破！身家性命关系，我所以和老哥商议，把你前日的田价借三百与我打发了这件，我将来慢慢的还你。你方才已是依了。”杜少卿道：“呸！我当你说甚么话，原来是这个事！也要大惊小怪，磕头礼拜的，甚么要紧？我明日就把银子送来与你。”鲍廷玺拍着手道：“好爽快！好爽快！拿大杯来再吃几杯！”当下拿大杯来吃酒。杜少卿醉了，问道：“臧三哥，我且问你：你定要这廪生做甚么？”臧蓼斋道：“你那里知道！廪生，一来中的多，中了就做官。就是不中，十几年贡了，朝廷试过，就是去做知县、推官，穿螺蛳结底的靴，坐堂，洒签，打人。像你这样大老官来打秋风，把你关在一间房里，给你一个月豆腐吃，蒸死了你！”杜少卿笑道：“你这匪类！下流无耻极矣！”鲍廷玺又笑道：“笑谈！笑谈！二位老爷都该罚一杯。”当夜席散。

次早,叫王胡子送了这一箱银子去。王胡子又讨了六两银子赏钱,回来在鲜鱼面店里吃面,遇着张俊民在那里吃,叫道:"胡子老官,你过来,请这里坐。"王胡子过来坐下,拿上面来吃。张俊民道:"我有一件事托你。"王胡子道:"甚么事?医好了娄老爹,要谢礼?"张俊民道:"不相干,娄老爹的病是不得好的了。"王胡子道:"还有多少时候?"张俊民道:"大约不过一百天。——这话也不必讲他,我有一件事托你。"王胡子道:"你说罢了。"张俊民道:"而今宗师将到,我家小儿要出来应考,怕学里人说是我冒籍,托你家少爷向学里相公们讲讲。"王胡子摇手道:"这事共总没中用。我家少爷,从不曾替学里相公讲一句话。他又不欢喜人家说要出来考。你去求他,他就劝你不考!"张俊民道:"这是怎样?"王胡子道:"而今倒有个方法。等我替你回少爷说,说你家的确是冒考不得的,但凤阳府的考棚是我家先太老爷出钱盖的,少爷要送一个人去考,谁敢不依?这样激着他,他就替你用力,连贴钱都是肯的。"张俊民道:"胡子老官,这事在你作法便了。做成了,少不得'言身寸'。"王胡子道:"我那个要你谢!你的儿子,就是我的小侄,人家将来进了学,穿戴着簇新的方巾、蓝衫,替我老叔子多磕几个头就是了。"说罢,张俊民还了面钱,一齐出来。

王胡子回家,问小子们道:"少爷在那里?"小子们道:"少爷在书房里。"他一直走进书房,见了杜少卿,禀道:"银子已是小的送与臧三爷收了,着实感激少爷,说又替他免了一场是非,成全了功名,其实这样事别人也不肯做的。"杜少卿道:"这是甚么要紧的事,只管跑了来倒熟了!"胡子道:"小的还有话禀少爷。像臧三爷的廪是少爷替他补,公中看祠堂的房子是少爷盖,眼见得学院不日来考,又要寻少爷修理考棚。我家太老爷拿几千银子盖了考棚,白白便益众人,少爷就送一个人去考,众人谁敢不依?"杜少卿道:"童生自会去考的,要我送怎的?"王胡子道:"假使小的有儿子,少爷送去考,也没有人敢说?"杜少卿道:"这也何消说!这学里秀才,未见得好似奴才!"王胡子道:"后门口张二爷,他那儿子读书,少爷何不叫他考一考?"杜少卿道:"他可要考?"胡子道:"他是个冒籍,不敢考。"杜少卿道:"你和他说,叫他去考。若有廪生多话,你就向那廪生说,是我叫他去考的。"王胡子道:"是了。"应诺了去。

这几日,娄太爷的病渐渐有些重起来了,杜少卿又换了医生来看。在家心里忧愁。

忽一日,臧三爷走来,立着说道:"你晓得有个新闻?县里王公坏了,昨晚摘了印,新官押着他就要出衙门,县里人都说他是个混帐官,不肯借房子给他住,在那里急的要死。"杜少卿道:"而今怎样了?"臧蓼斋道:"他昨晚还赖在衙门里,明日再不出,就要讨没脸面;那个借屋与他住?只好搬在孤老院!"杜少卿道:"这话果然么?"叫小厮叫王胡子来,向王胡子道:"你快到县前向工房说,叫他进去禀王老爷,说王老爷没有住处,请来我家花园里住。他要房子甚急,你去!"王胡子连忙去了。臧蓼斋道:"你从前会也不肯会他,今日为甚么自己借房子与他住?况且他这事有拖累,将来百姓要闹他,不要把你花园都拆了!"杜少卿道:"先君有大功德在于乡里,人人知道。就是我家藏了强盗,也是没有人家来拆我家的房子。这个老哥放心。至于这王公,他既知道仰慕我,就是一点造化了。我前日若去拜他，便是奉承本县知县，而今他官已坏了，又没有房子住，我就该照应他。他听见这话，一定就来，你在我这里候他来，同他谈谈。”

说着，门上人进来禀道：“张二爷来了。”只见张俊民走进来，跪下磕头。杜少卿道：“你又怎的？”张俊民道：“就是小儿要考的事，蒙少爷的恩典。”杜少卿道：“我已说过了。”张俊民道：“各位廪生先生听见少爷吩咐，都没的说，只要门下捐一百二十两银子修学。门下那里捐的起？故此，又来求少爷商议。”杜少卿道：“只要一百二十两？此外可还再要？”张俊民道：“不要了。”杜少卿道：“这容易，我替你出。你就写一个愿捐修学宫求入籍的呈子来。臧三哥，你替他送到学里去，银子在我这里来取。”臧三爷道：“今日有事，明日我和你去罢。”张俊民谢过，去了。正迎着王胡子飞跑来道：“王老爷来拜，已到门下轿了。”杜少卿和臧蓼斋迎了出去。那王知县纱帽便服，进来作揖再拜，说道：“久仰先生，不得一面。今弟在困厄之中，蒙先生慨然以尊斋相借，令弟感愧无地；所以先来谢过，再细细请教。恰好臧年兄也在此。”杜少卿道：“老父台，些小之事，不足介意。荒斋原是空闲，竟请搬过来便了。”臧蓼斋道：“门生正要同敝友来候老师，不想返劳老师先施。”王知县道：“不敢，不敢。”打恭上轿而去。

杜少卿留下臧蓼斋，取出一百二十两银子来递与他，叫他明日去做张家这件事。臧蓼斋带着银子去了。次日，王知县搬进来住。又次日，张俊民备了一席酒送在杜府，请臧三爷同鲍师父陪。王胡子私向鲍廷玺道：“你的话也该发动了。我在这里算着，那话已有个完的意思；若再遇个人来求些去，你就没帐了。你今晚开口。”

当下客到齐了，把席摆到厅旁书房里，四人上席。张俊民先捧着一杯酒谢过了杜少卿，又斟酒作揖谢了臧三爷，入席坐下。席间谈这许多事故。鲍廷玺道：“门下在这里大半年了，看见少爷用银子像淌水，连裁缝都是大捧拿了去；只有门下是七八个月的养在府里白浑些酒肉吃吃，一个大钱也不见面。我想这样干篾片也做不来，不如揩揩眼泪，别处去哭罢。门下明日告辞。”杜少卿道：“鲍师父，你也不曾向我说过，我晓得你甚么心事，你有话，说不是！”鲍廷玺忙斟一杯酒递过来，说道：“门下父子两个都是教戏班子过日，不幸父亲死了。门下消折了本钱，不能替父亲争口气；家里有个老母亲，又不能养活，门下是该死的人，除非少爷赏我个本钱，才可以回家养活母亲。”杜少卿道：“你一个梨园中的人，却有思念父亲孝敬母亲的念，这就可敬的狠了。我怎么不帮你！”鲍廷玺站起来道：“难得少爷的恩典。”杜少卿道：“坐着，你要多少银子？”鲍廷玺看见王胡子站在底下，把眼望着王胡子。王胡子走上来道：“鲍师父，你这银子要用的多哩，连叫班子，买行头，怕不要五六百两。少爷这里没有，只好将就弄几十两银子，给你过江舞起几个猴子来，你再跳。”杜少卿道：“几十两银子不济事。我竟给你一百两银子，你拿过去教班子。用完了，你再来和我说话。”鲍廷玺跪下来谢。杜少卿拉住道：“不然我还要多给你些银子，——因我这娄太爷病重，要料理他的光景——我好打发你回去。”当晚臧张二人都赞杜少卿的慷慨。吃罢散了。

自此之后，娄太爷的病，一日重一日。那日，杜少卿坐在他跟前，娄太爷说道：“大相公，我从前挨着，只望病好，而今看这光景，病是不得好了，你要送我回家去！”杜少卿道：“我一日不曾尽得老伯的情，怎么说要回家？”娄太爷道：“你又呆了！我是有子有孙的人，一生出门在外，今日自然要死在家里。难道说你不留我？”杜少卿垂泪道：“这样话，我就不留了。老伯的寿器是我备下的，如今用不着，是不好带去了，另拿几十两银子合具寿器。衣服、被褥，是做停当的，与老伯带去。”娄太爷道：“这棺木衣服，我受你的。你不要又拿银子给我家儿子孙子。我这在三日内就要回去，坐不起来了，只好用床抬了去。你明日早上到令先尊太老爷神主前祝告，说娄太爷告辞回去了。我在你家三十年，是你令先尊一个知心的朋友。令先尊去后，大相公如此奉事我，我还有甚么话？你的品行、文章，是当今第一人，你生的个小儿子，尤其不同，将来好好教训他成个正经人物。但是你不会当家，不会相与朋友，这家业是断然保不住的了！像你做这样慷慨仗义的事，我心里喜欢；只是也要看来说话的是个甚么样人。像你这样做法，都是被人骗了去，没人报答你的；虽说施恩不望报，却也不可这般贤否不明。你相与这臧三爷、张俊民，都是没良心的人。近来又添一个鲍廷玺，他做戏的，有甚么好人，你也要照顾他？若管家王胡子，就更坏了！银钱也是小事，我死之后，你父子两人事事学你令先尊的德行，德行若好，就没有饭吃也不妨。你平生最相好的是你家慎卿相公；慎卿虽有

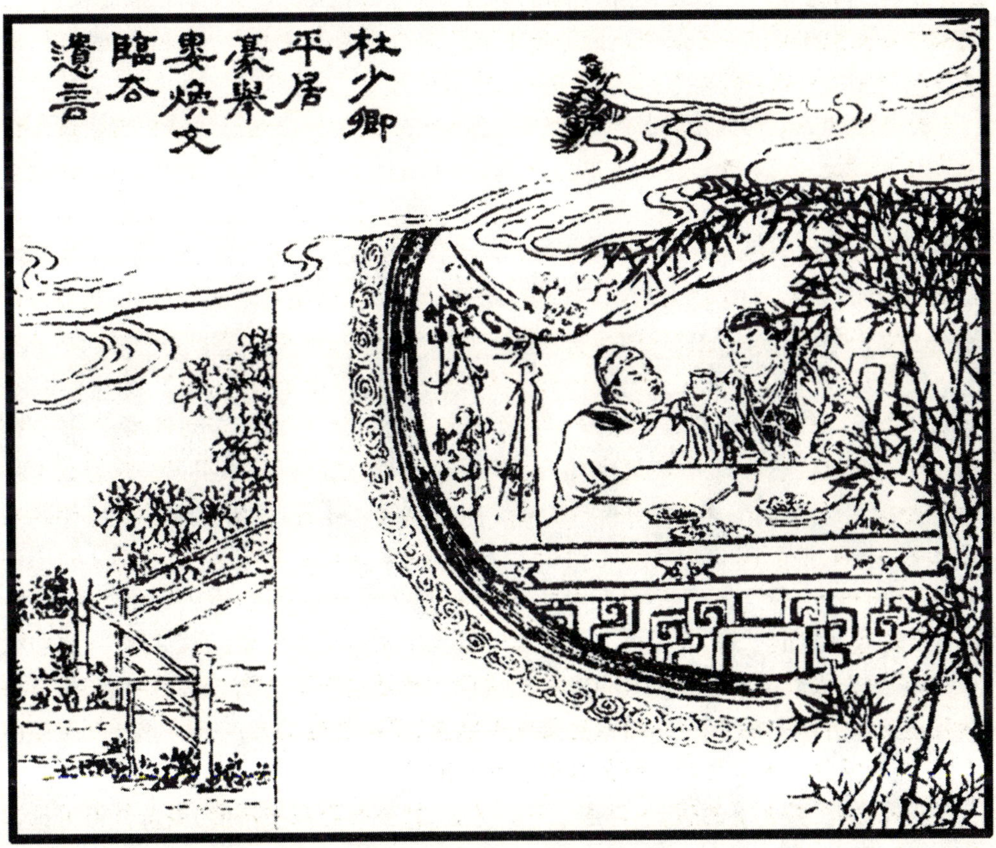

才情，也不是甚么厚道人。你只学你令先尊，将来断不吃苦。你眼里又没有官长，又没有本家，这本地方也难住，南京是个大邦，你的才情到那里去，或者还遇着个知己，做出些事业来。这剩下的家私是靠不住的了！大相公，你听信我言，我死也瞑目！”杜少卿流泪道：“老伯的好话，我都知道了。”忙出来吩咐雇了两班脚子，抬娄太爷过南京到陶红镇。又拿出百十两银子来付与娄太爷的儿子回去办后事。第三日，送娄太爷起身。只因这一番，有分教：

京师池馆，又看俊杰来游；江北家乡，不见英贤豪举。

毕竟后事如何，且听下回分解。

第三十三回

杜少卿夫妇游山
迟衡山朋友议礼

话说杜少卿自从送了娄太爷回家之后，自此就没有人劝他，越发放着胆子用银子。前项已完，叫王胡子又去卖了一分田来，二千多银子，随手乱用。又将一百银子把鲍廷玺打发过江去了。王知县事体已清，退还了房子，告辞回去。杜少卿在家又住了半年多，银子用的差不多了，思量把自己住的房子并与本家，要到南京去住，和娘子商议，娘子依了。人劝着他，总不肯听。足足闹了半年，房子归并妥了。除还债赎当，还落了有千把多银子，和娘子说道："我先到南京会过卢家表侄，寻定了房子，再来接你。"

当下收拾了行李，带着王胡子，同小厮加爵过江。王胡子在路见不是事，拐了二十两银子走了，杜少卿付之一笑，只带了加爵过江。到了仓巷里外祖卢家，表侄卢华士出来迎请表叔进去，到厅上见礼。杜少卿又到楼上拜了外祖、外祖母的神主。见了卢华士的母亲，叫小厮拿出火腿、茶叶土仪来送过。卢华士请在书房里摆饭，请出一位先生来，是华士今年请的业师。那先生出来见礼，杜少卿让先生首席坐下。杜少卿请问："先生贵姓？"那先生道："贱姓迟，名均，字衡山。请问先生贵姓？"卢华士道："这是学生天长杜家表叔。"迟先生道："是少卿？先生是海内英豪、千秋快士！只道闻名不能见面，何图今日邂逅高贤！"站起来，重新见礼。杜少卿看那先生细瘦，通眉长爪，双眸炯炯，知他不是庸流，便也一见如故。吃过了饭，说起要寻房子来住的话，迟衡山喜出望外，说道："先生何不竟寻几间河房住？"杜少卿道："这也极好。我和你借此先去看看秦淮。"迟先生叫华士在家好好坐着，便同少卿步了出来。走到状元境，只见书店里贴了多少新封面，内有一个写道："《历科程墨持运》。处州马纯上，嘉兴蘧駪夫同选。"杜少卿道："这蘧駪夫是南昌蘧太守之孙，是我敝世兄。既在此，我何不进去会会他？"便同迟先生进去。蘧駪夫出来叙了世谊，彼此道了些相慕的话。马纯上出来叙礼，问："先生贵姓？"蘧駪夫道："此乃天长殿元公孙杜少卿先生，这位是句容迟衡山先生，皆江南名坛领袖。小弟辈恨相见之晚。"吃过了茶，迟衡山道："少卿兄要寻居停，此时不能久谈，要相别了。"同走出来，只见柜台上伏着一个人在那里看诗，指着书上道："这一首诗就是我的。"四个人走过来,看见他旁边放着一把白纸诗扇。蘧駪夫打开一看,款上写着"兰江先生"。蘧駪夫笑道:"是景兰江。"景兰江抬起头来看见二人,作揖问姓名。杜少卿拉着迟衡山道:"我每且去寻房子,再来会这些人。"

当下走过淮清桥,迟衡山路熟,找着房牙子,一路看了几处河房,多不中意,一直看到东水关。这年是乡试年,河房最贵,这房子每月要八两银子的租钱。杜少卿道:"这也罢了,先租了住着,再买他的。"南京的风俗是要付一个进房,一个押月。当下房牙子同房主人跟到仓巷卢家写定租约,付了十六两银子。卢家摆酒留迟衡山同杜少卿坐坐,到夜深,迟衡山也在这里宿了。

次日才洗脸,只听得一人在门外喊了进来:"杜少卿先生在那里?"杜少卿正要出去看,那人已走进来,说道:"且不要通姓名,且等我猜一猜看!"定了一会神,走上前,一把拉着少卿道:"你便是杜少卿。"杜少卿笑道:"我便是杜少卿。这位是迟衡山先生,这是舍表侄。先生,你贵姓?"那人道:"少卿天下豪士,英气逼人,小弟一见丧胆,不似迟先生老成尊重,所以我认得不错。小弟便是季苇萧。"迟衡山道:"是定梨园榜的季先生?久仰久仰!"季苇萧坐下,向杜少卿道:"令兄已是北行了。"杜少卿惊道:"几时去的?"季苇萧道:"才去了三四日。小弟送到龙江关,他加了贡,进京乡试去了。少卿兄挥金如土,为甚么躲在家里用,不拿来这里我们大家顽顽?"杜少卿道:"我如今来了。现看定了河房,到这里来居住。"季苇萧拍手道:"妙!妙!我也寻两间河房同你做邻居,把贱内也接来同老嫂作伴。这买河房的钱,就出在你!"杜少卿道:"这个自然。"须臾,卢家摆出饭来,留季苇萧同吃。吃饭中间,谈及哄慎卿看道士的这一件事,众人大笑,把饭都喷了出来。才吃完了饭,便是马纯上、蘧駪夫、景兰江来拜。会着谈了一会,送出去。才进来,又是萧金铉、诸葛天申、季恬逸来拜。季苇萧也出来同坐。谈了一会,季苇萧同三人一路去了。杜少卿写家书,打发人到天长接家眷去了。

次日清晨,正要回拜季苇萧这几个人,又是郭铁笔同来道士来拜。杜少卿迎了进来,看见道士的模样,想起昨日的话,又忍不住笑。道士足恭了一回,拿出一卷诗来。郭铁笔也送了两方图书。杜少卿都收了。吃过茶,告别去了。杜少卿方才出去回拜这些人。一连在卢家住了七八天,同迟衡山谈些礼乐之事,甚是相合。家眷到了,共是四只船,拢了河房。杜少卿辞别卢家,搬了行李去。

次日,众人来贺。这时三月初旬,河房渐好,也有箫管之声。杜少卿备酒请这些人,共是四席。那日,季苇萧、马纯上、蘧駪夫、季恬逸,迟衡山、卢华士、景兰江、诸葛天申、萧金铉、郭铁笔、来霞士都在席。金东崖是河房邻居,拜往过了,也请了来。本日茶厨先到,鲍廷玺打发新教的三元班小戏子来磕头,见了杜少爷、杜娘子,赏了许多果子去了。随即房主人家荐了一个卖花堂客叫做姚奶奶来见。杜娘子留他坐着。到上昼时分,客已到齐,将河房窗子打开了。众客散坐,或凭栏看水,或啜茗闲谈,或据案观书,或箕踞自适,各随其便。只见门外一顶轿子,鲍廷玺跟着,是送了他家王太太来问安。王太太下轿进去了,姚奶奶看见他,就忍笑不住,向杜娘子道:"这是我们南京有名的王太太,他怎肯也到这里来。”王太太见杜娘子,着实小心,不敢抗礼,杜娘子也留他坐下。杜少卿进来,姚奶奶、王太太,又叩见了少爷。鲍廷玺在河房见了众客,口内打诨说笑。闹了一会,席面已齐,杜少卿出来奉席坐下,吃了半夜酒,各自散讫。鲍廷玺自己打着灯笼,照王太太坐了轿子,也回去了。

又过了几日,娘子因初到南京,要到外面去看看景致。杜少卿道:“这个使得。”当下叫了几乘轿子,约姚奶奶做陪客,两三个家人婆娘都坐了轿子跟着。厨子挑了酒席,借清凉山一个姚园。这姚园是个极大的园子,进去一座篱门。篱门内是鹅卵石砌成的路,一路朱红栏杆,两边绿柳掩映。过去三间厅,便是他卖酒的所在,那日把酒桌子都搬了。过厅便是一路山径,上到山顶,便是一个八角亭子。席摆在亭子上。娘子和姚奶奶一班人上了亭子,观看景致。一边是清凉山,高高下下的竹树;一边是灵隐观,绿树丛中,露出红墙来,十分好看。坐了一会,杜少卿也坐轿子来了。轿里带了一只赤金杯子,摆在桌上,斟起酒来,拿在手内,趁着这春光融融,和气习习,凭在栏杆上,留连痛饮。这日杜少卿大醉了,竟携着娘子的手,出了园门,一手拿着金杯,大笑着,在清凉山冈子上走了一里多路,背后三四个妇女嘻嘻笑笑跟着,两边看的人目眩神摇,不敢仰视。杜少卿夫妇两个上了轿子去了。姚奶奶和这几个妇女,采了许多桃花插在轿子上,也跟上去了。

杜少卿回到河房,天色已晚。只见卢华士还在那里坐着,说道:“北门桥庄表伯听见表叔来了,急于要会。明日请表叔在家坐一时,不要出门,庄表伯来拜。”杜少卿道:“绍光先生是我所师事之人。我因他不耐同这一班词客相聚,所以前日不曾约他。我正要去看他,怎反劳他到来看我?贤侄,你作速回去,打发人致意,我明日先到他家去。”华士应诺去了。杜少卿送了出去。才关了门,又听得打的门响。小厮开门出去,同了一人进来,禀道:“娄大相公来了。”杜少卿举眼一看,见娄焕文的孙子穿着一身孝,哭拜在地,说道:“我家老爹去世了,特来报知。”杜少卿道:“几时去世的?”娄大相公道:“前月二十六日。”杜少卿大哭了一场,吩咐连夜制备祭礼。次日清晨,坐了轿子,往陶红镇去了。季苇萧打听得姚园的事,绝早走来访问,知道已往陶红,怅怅而返。

杜少卿到了陶红,在娄太爷柩前大哭了几次,拿银子做了几天佛事,超度娄太爷生天。娄家把许多亲戚请来陪。杜少卿一连住了四五日,哭了又哭。陶红一镇上的人,人人叹息,说:“天长杜府厚道。”又有人说:“这老人家为人必定十分好,所以杜府才如此尊重报答他。为人须像这个老人家,方为不愧。”杜少卿又拿了几十两银子交与他儿子、孙子,买地安葬娄太爷。娄家一门,男男女女,都出来拜谢。杜少卿又在柩前恸哭了一场,方才回来。

到家,娘子向他说道:“自你去的第二日,巡抚一个差官,同天长县的一个门斗,拿了一角文书来寻,我回他不在家。他住在饭店里,日日来问,不知为甚事。”杜少卿道:“这又奇了!”正疑惑间,小厮来说道:“那差官和门斗在河房里要见。”杜少卿走出去,同那差官见礼坐下。差官道了恭喜,门斗送上一角文书来。那文书是拆开过的。杜少卿拿出来看，只见上写道：

巡抚部院李，为举荐贤才事：钦奉圣旨，采访天下儒修。本部院访得天长县儒学生员杜仪，品行端醇，文章典雅。为此饬知该县儒学教官，即敦请该生即日束装赴院，以便考验，申奏朝廷，引见擢用。毋违，速速！

杜少卿看了道："李大人是先祖的门生，原是我的世叔，所以荐举我。我怎么敢当？但大人如此厚意，我即刻料理起身，到辕门去谢。"留差官吃了酒饭，送他几两银子作盘程，门斗也给了他二两银子，打发先去了。

在家收拾，没有盘缠，把那一只金杯当了三十两银子，带一个小厮，上船往安庆去了。到了安庆，不想李大人因事公出，过了几日才回来。杜少卿投了手本，那里开门请进去，请到书房里。李大人出来，杜少卿拜见，请过大人的安，李大人请他坐下。李大人道："自老师去世之后，我常念诸位世兄。久闻世兄才品过人，所以朝廷仿古征辟大典，我学生要借光，万勿推辞。"杜少卿道："小侄菲才寡学，大人误采虚名，恐其有玷荐牍。"李大人道："不必太谦，我便向府县取结。"杜少卿道："大人垂爱，小侄岂不知。但小侄麋鹿之性，草野惯了，近又多病，还求大人另访。"李大人道："世家子弟，怎说得不肯做官？我访的不差，是要荐的！"杜少卿就不敢再说了。李大人留着住了一夜，拿出许多诗文来请教。

次日辞别出来。他这番盘程带少了，又多住了几天，在辕门上又被人要了多少喜钱去，叫了一只船回南京，船钱三两银子也欠着。一路又遇了逆风，走了四五天，才走到芜湖。到了芜湖，那船真走不动了，船家要钱买米煮饭。杜少卿叫小厮寻一寻，只剩了五个钱。杜少卿算计要拿衣服去当。心里闷，且到岸上去走走，见是吉祥寺，因在茶桌上坐着，吃了一开茶。又肚里饿了，吃了三个烧饼，倒要六个钱，还走不出茶馆门。只见一个道士在面前走过去，杜少卿不曾认得清。那道士回头一看，忙走近前道："杜少爷，你怎么在这里？"杜少卿笑道："原来是来霞兄！你且坐下吃茶。"来霞士道："少老爷，你为甚么独自在此？"杜少卿道："你几时来的？"来霞士道："我自叨扰之后，因这芜湖县张老父台写书子接我来做诗，所以在这里。我就寓在识舟亭，甚有景致，可以望江。少老爷到我下处去坐坐。"杜少卿道："我也是安庆去看一个朋友，回来从这里过，阻了风。而今和你到尊寓顽顽去。"来霞士会了茶钱，两人同进识舟亭。庙里道士走了出来问那里来的尊客。来道士道："是天长杜状元府里杜少老爷。"道士听了，着实恭敬，请坐拜茶。杜少卿看见墙上贴着一个斗方，一首识舟亭怀古的诗，上写："霞士道兄教正"，下写："燕里韦阐思玄稿"。杜少卿道："这是滁州乌衣镇韦四太爷的诗。他几时在这里的？"道士道："韦四太爷现在楼上。"杜少卿向来霞士道："这样，我就同你上楼去。"便一同上楼来，道士先喊道："韦四太爷，天长杜少老爷来了！"韦四太爷答应道："是那个？"要走下楼来看。杜少卿上来道："老伯！小侄在此。"韦四太爷两手抹着胡子，哈哈大笑，说道："我当是谁，原来是少卿！你怎么走到这荒江地面来？且请坐下，待我烹起茶来，叙叙阔怀。你到底从那里来？"杜少卿就把李大人的话告诉几句，又道：

"小侄这回盘程带少了,今日只剩的五个钱;方才还吃的是来老爷的茶,船钱饭钱都无。"韦四太爷大笑道:"好!好!今日大老官毕了!但你是个豪杰,这样事何必焦心?且在我下处坐着吃酒。我因有教的一个学生住在芜湖,他前日进了学,我来贺他,他谢了我二十四两银子。你在我这里吃了酒,看风转了,我拿十两银子给你去。"杜少卿坐下,同韦四太爷、来霞士三人吃酒。直吃到下午,看着江里的船在楼窗外过去,船上的定风旗渐渐转动。韦四太爷道:"好了!风云转了!"大家靠着窗子看那江里,看了一回,太阳落了下去,返照照着几千根桅杆半截通红。杜少卿道:"天色已晴,东北风息了,小侄告辞老伯下船去。"韦四太爷拿出十两银子递与杜少卿,同来霞士送到船上。来霞士又托他致意南京的诸位朋友。说罢别过,两人上岸去了。

杜少卿在船歇宿。是夜五鼓,果然起了微微西南风,船家扯起篷来;乘着顺风,只走了半天,就到白河口。杜少卿付了船钱,搬行李上岸,坐轿来家。娘子接着,他就告诉娘子前日路上没有盘程的这一番笑话,娘子听了也笑。

次日,便到北门桥去拜庄绍光先生。那里回说:"浙江巡抚徐大人请了游西湖去了,还有些日子才得来家。"杜少卿便到仓巷卢家去会迟衡山。卢家留着吃饭。迟衡山闲话说起:"而今读书的朋友,只不过讲个举业,若会做两句诗赋,就算雅极的了,放着经史上礼、乐、兵、农的事,全然不问!我本朝太祖定了天下,大功不差似汤武,却全然不曾制作礼乐。少卿兄,你此番征辟了去,替朝廷做些正经事,方不愧我辈所学。"杜少卿道:"这征辟的事,小弟已是辞了。正为走出去做不出甚么事业,徒惹高人一笑,所以宁可不出去的好。"迟衡山又在房里拿出一个手卷来,说道:"这一件事,须是与先生商量。"杜少卿道:"甚么事?"迟衡山道:"我们这南京,古今第一个贤人是吴泰伯,却并不曾有个专祠。那文昌殿、关帝庙,到处都有。小弟意思要约些朋友,各捐几何,盖一所泰伯祠,春秋两仲,用古礼古乐致祭;借此,大家习学礼乐,成就出些人才,也可以助一助政教。但建造这祠,须数千金。我裱了个手卷在此,愿捐的写在上面。少卿兄,你愿出多少?"杜少卿大喜道:"这是该的!"接过手卷,放开写道:"天长杜仪捐银三百两。"迟衡山道:"也不少了。我把历年做馆的修金节省出来,也捐二百两。"就写在上面,又叫:"华士,你也勉力出五十两。"也就写在卷子上。迟衡山卷起收了,又坐着闲谈。只见杜家一个小厮走来禀道:"天长有个差人在河房里要见少爷,请少爷回去。"杜少卿辞了迟衡山回来。只因这一番,有分教:

一时贤士,同辞爵禄之縻;两省名流,重修礼乐之事。

不知后事如何,且听下回分解。

第三十四回

议礼乐名流访友
备弓旌天子招贤

话说杜少卿别了迟衡山出来，问小厮道："那差人他说甚么？"小厮道："他说少爷的文书已经到了，李大老爷吩咐县里邓老爷请少爷到京里去做官，邓老爷现住在承恩寺。差人说，请少爷在家里，邓老爷自己上门来请。"杜少卿道："既如此说，我不走前门家去了，你快叫一只船，我从河房栏杆上上去。"当下小厮在下浮桥雇了一只凉篷，杜少卿坐了来家。忙取一件旧衣服，一顶旧帽子，穿戴起来，拿手帕包了头，睡在床上，叫小厮："你向那差人说，我得了暴病，请邓老爷不用来，我病好了，慢慢来谢邓老爷。"小厮打发差人去了。娘子笑道："朝廷叫你去做官，你为甚么装病不去？"杜少卿道："你好呆！放着南京这样好顽的所在，留着我在家，春天秋天，同你出去看花吃酒，好不快活。为甚么要送我到京里去？假使连你也带往京里，京里又冷，你身子又弱，一阵风吹得冻死了，也不好。还是不去的妥当。"小厮进来说："邓老爷来了，坐在河房里，定要会少爷。"杜少卿叫两个小厮搀扶着，做个十分有病的模样，路也走不全，出来拜谢知县；拜在地下，就不得起来。知县慌忙扶了起来，坐下就道："朝廷大典，李大人专要借光，不想先生病得狼狈至此。不知几时可以勉强就道？"杜少卿道："治晚不幸大病，生死难保，这事断不能了。总求老父台代我恳辞。"袖子里取出一张呈子来递与知县。知县看这般光景，不好久坐，说道："弟且别了先生，恐怕劳神。这事，弟也只得备文书详覆上去，看大人意思何如。"杜少卿道："极蒙台爱，恕治晚不能躬送了。"知县作别上轿而去，随即备了文书，说："杜生委系患病，不能就道。"申详了李大人。恰好李大人也调了福建巡抚，这事就罢了。杜少卿听见李大人已去，心里欢喜道："好了！我做秀才，有了这一场结局，将来乡试也不应，科、岁也不考，逍遥自在，做些自己的事罢！"

杜少卿因托病辞了知县，在家有许多时不曾出来。这日，鼓楼街薛乡绅家请酒。杜少卿辞了不到。迟衡山先到了。那日在座的客是马纯上、蘧駪夫、季苇萧，都在那里坐定。又到了两位客：一个是扬州萧柏泉，名树滋；一个是采石余夔，字和声。是两个少年名士。这两人，面如傅粉，唇若涂朱；举止风流，芳兰竟体。这两个名士独有两个绰号：

一个叫“余美人”，一个叫“萧姑娘”。两位会了众人，作揖坐下。薛乡绅道：“今日奉邀诸位先生小坐，淮清桥有一个姓钱的朋友，我约他来陪诸位顽顽，他偏生的今日有事，不得到。”季苇萧道：“老伯，可是那做正生的钱麻子？”薛乡绅道：“是。”迟衡山道：“老先生同士大夫宴会，那梨园中人也可以许他一席同坐的么？”薛乡绅道：“此风也久了。弟今日请的有高老先生，那高老先生最喜此人谈吐，所以约他。”迟衡山道：“是那位高老先生？”季苇萧道：“是六合的现任翰林院侍读。”

说着，门上人进来禀道：“高大老爷到了。”薛乡绅迎了出去。高老先生纱帽蟒衣，进来与众人作揖，首席坐下；认得季苇萧，说道：“季年兄，前日枉顾，有失迎迓。承惠佳作，尚不曾捧读。”便问：“这两位少年先生尊姓？”余美人、萧姑娘，各道了姓名。又问马、蘧二人。马纯上道：“书坊里选《历科程墨持运》的便是晚生两个。”余美人道：“这位蘧先生是南昌太守公孙。先父曾在南昌做府学，蘧先生和晚生也是世弟兄。”问完了，才问到迟先生。迟衡山道：“贱姓迟，字衡山。”季苇萧道：“迟先生有制礼作乐之才，乃是南邦名宿。”高老先生听罢，不言语了。吃过了三遍茶，换去大衣服，请在书房里坐。这高老先生虽是一个前辈，却全不做身分，最好顽耍，同众位说说笑笑，并无顾忌；才进书房，就问道：“钱朋友怎么不见？”薛乡绅道：“他今日回了不得来。”高老先生道：“没趣！没趣！今日满座欠雅矣！”薛乡绅摆上两席，奉席坐下。席间谈到浙江这许多名士，以及西湖上的风景，娄氏弟兄两个许多结交宾客的故事。余美人道：“这些事我还不爱，我只爱駪夫家的双红姐，说着还齿颊生香。”季苇萧道：“怪不得，你是个美人，所以就爱美人了。”萧柏泉道：“小弟生平最喜修补纱帽，可惜鲁编修公不曾会着，听见他那言论丰采，到底是个正经人；若会着，我少不得着实请教他。可惜已去世了。”蘧駪夫道：“我娄家表叔那番豪举，而今再不可得了。”季苇萧道：“駪兄，这是甚么话？我们天长杜氏弟兄，只怕更胜于令表叔的豪举！”迟衡山道：“两位中是少卿更好。”高老先生道：“诸位才说的，可就是赣州太守的乃郎？”迟衡山道：“正是，老先生也相与？”高老先生道：“我们天长、六合是接壤之地，我怎么不知道，诸公莫怪学生说，这少卿是他杜家第一个败类！他家祖上几十代行医，广积阴德，家里也挣了许多田产。到了他家殿元公，发达了去，虽做了几十年官，却不会寻一个钱来家。到他父亲，还有本事中个进士，做一任太守，——已经是个呆子了：做官的时候，全不晓得敬重上司，只是一味希图着百姓说好；又逐日讲那些‘敦孝弟，劝农桑’的呆话。这些话是教养题目文章里的词藻，他竟拿着当了真，惹的上司不喜欢，把个官弄掉了。他这儿子就更胡说，混穿混吃，和尚、道士、工匠、花子，都拉着相与，却不肯相与一个正经人！不到十年内，把六七万银子弄的精光。天长县站不住，搬在南京城里，日日携着乃眷上酒馆吃酒，手里拿着一个铜盏子，就像讨饭的一般。不想他家竟出了这样子弟！学生在家里，往常教子侄们读书，就以他为戒。每人读书的桌子上写一纸条贴着，上面写道：‘不可学天长杜仪’！”迟衡山听罢，红了脸道：“近日朝廷征辟他，他都不就。”高老先生冷笑道：“先生，你这话又错了。他果然肚里通，就该中了去！”又笑道：“征辟难道算得正途出身么？”萧柏泉道："老先生说的是。"向众人道："我们后生晚辈，都该以老先生之言为法。"当下又吃了一会酒，话了些闲话。席散，高老先生坐轿先去了。众位一路走，迟衡山道："方才高老先生这些话，分明是骂少卿，不想倒替少卿添了许多身分。众位先生，少卿是自古及今难得的一个奇人！"马二先生道："方才这些话，也有几句说的是。"季苇萧道："总不必管他。他河房里有趣，我们几个人，明日一齐到他家，叫他买酒给我们吃！"余和声道："我们两个人也去拜他。"当下约定了。

次日，杜少卿才起来，坐在河房里，邻居金东崖拿了自己做的一本《四书讲章》来请教，摆桌子在河房里看。看了十几条，落后金东崖指着一条问道："先生，你说这'羊枣'是甚么？羊枣，即羊肾也。俗语说：'只顾羊卵子，不顾羊性命。'所以曾子不吃。"杜少卿笑道："古人解经，也有穿凿的，先生这话就太不伦了。"正说着，迟衡山、马纯上、蘧駪夫、萧柏泉、季苇萧、余和声一齐走了进来，作揖坐下。杜少卿道："小弟许久不曾出门，有疏诸位先生的教，今何幸群贤毕至！"便问："二位先生贵姓？"余、萧二人各道了姓名。杜少卿道："兰江怎的不见？"蘧駪夫道："他又在三山街开了个头巾店做生意。"小厮奉出茶来。季苇萧道："不是吃茶的事，我们今日要酒。"杜少卿道："这个自然，且闲谈着。"迟衡山道："前日承见赐《诗说》，极其佩服；但吾兄说诗大旨，可好请教一二？"萧柏泉道："先生说的可单是拟题？"马二先生道："想是在《永乐大全》上说下来的。"迟衡山道："我们且听少卿说。"

杜少卿道："朱文公解经，自立一说，也是要后人与诸儒参看。而今丢了诸儒，只依朱注，这是后人固陋，与朱子不相干。小弟遍览诸儒之说，也有一二私见请教。即如《凯风》一篇，说七子之母想再嫁，我心里不安。古人二十而嫁，养到第七个儿子，又长大了，那母亲也该有五十多岁，那有想嫁之礼！所谓'不安其室'者，不过因衣服饮食不称心，在家吵闹，七子所以自认不是。这话前人不曾说过。"迟衡山点头道："有理。"杜少卿道："《女曰鸡鸣》一篇，先生们说他怎么样好？"马二先生道："这是《郑风》，只是说他不淫，还有甚么别的说？"迟衡山道："便是，也还不能得其深味。"杜少卿道："非也。但凡士君子横了一个做官的念头在心里，便先要骄傲妻子，妻子想做夫人，想不到手，便事事不遂心，吵闹起来。你看这夫妇两个，绝无一点心想到功名富贵上去，弹琴饮酒，知命乐天。这便是三代以上修身齐家之君子。这个前人也不曾说过。"蘧駪夫道："这一说果然妙了！"杜少卿道："据小弟看来，《溱洧》之诗，也只是夫妇同游，并非淫乱。"季苇萧道："怪道前日老哥同老嫂在姚园大乐！这就是你弹琴饮酒，采兰赠芍的风流了。"众人一齐大笑。迟衡山道："少卿妙论，令我闻之如饮醍醐。"余和声道："那边醍醐来了！"众人看时，见是小厮捧出酒来。

当下摆齐酒肴，八位坐下小饮。季苇萧多吃了几杯，醉了，说道："少卿兄，你真是绝世风流。据我说，镇日同一个三十多岁的老嫂子看花饮酒，也觉得扫兴。据你的才名，又住在这样的好地方，何不娶一个标致如君，又有才情的，才子佳人，及时行乐？"杜少卿道："苇兄，岂不闻晏子云：'今虽老而丑，我固及见其姣且好也。'况且娶妾的事，小弟觉得最伤天理；天下不过是这些人，一个人占了几个妇人，天下必有几个无妻之客。小弟为朝廷立法：人生须四十无子，方许娶一妾；此妾如不生子，便遣别嫁。是这等样，天下无妻子的人或者也少几个。也是培补元气之一端。"萧柏泉道："先生说得好一篇风流经济。"迟衡山叹息道："宰相若肯如此用心，天下可立致太平！"当下吃完了酒，众人欢笑，一同辞别去了。

过了几日，迟衡山独自走来，杜少卿会着。迟衡山道："那泰伯祠的事，已有个规模了。将来行的礼乐，我草了一个底稿在此，来和你商议，替我斟酌起来。"杜少卿接过底稿看了，道："这事还须寻一个人斟酌。"迟衡山道："你说寻那个？"杜少卿道："庄绍光先生。"迟衡山道："他前日浙江回来了。"杜少卿道："我正要去。我和你而今同去看他。"当下两人坐了一只凉篷船，到了北门桥，上了岸，见一所朝南的门面房子，迟衡山道："这便是他家了。"两人走进大门，门上的人进去禀了主人，那主人走了出来。这人姓庄名尚志，字绍光，是南京累代的读书人家。这庄绍光十一二岁就会做一篇七千字的赋，天下皆闻；此时已将及四十岁，名满一时，他却闭户著书，不肯妄交一人。这日听见是这两个人来，方才出来相会。只见头戴方巾，身穿宝蓝夹纱直裰，三绺髭须，黄白面皮，出来恭恭敬敬同二位作揖坐下。庄绍光道："少卿兄，相别数载，却喜卜居秦淮，为三山二水生色。前日又多了皖江这一番缠绕，你却也辞的爽快。"杜少卿道："前番正要来相会，恰遇故友之丧，只得去了几时；回来时，先生已浙江去了。"庄绍光道："衡山兄常在家里，怎么也不常会？"迟衡山道："小弟为泰伯祠的事，奔走了许多日子；今已略有规模，把所订要行的礼乐送来请教。"袖里拿出一个本子来递了过去。庄绍光接过，从头细细看了，说道："这千秋大事，小弟自当赞助效劳。但今有一事，又要出门几时；多则三月，少则两月便回，那时我们细细考订。"迟衡山道："又要到那里去？"庄绍光道："就是浙抚徐穆轩先生，今升少宗伯，他把贱名荐了，奉旨要见，只得去走一遭。"迟衡山道："这是不得就回来的。"庄绍光道："先生放心，小弟就回来的，不得误了泰伯祠的大祭。"杜少卿道："这祭祀的事，少了先生不可，专候早回。"迟衡山叫将邸抄借出来看。小厮取了出来。两人同看。上写道：

礼部侍郎徐，为荐举贤才事：奉圣旨，庄尚志着来京引见。钦此。

两人看了，说道："我们且别，候入都之日，再来奉送。"庄绍光道："相晤不远，不劳相送。"说罢出来，两人去了。

庄绍光晚间置酒与娘子作别。娘子道："你往常不肯出去，今日怎的闻命就行？"庄绍光道："我们与山林隐逸不同；既然奉旨召我，君臣之礼是傲不得的。你但放心，我就回来，断不为老莱子之妻所笑。"次日，应天府的地方官都到门来催迫。庄绍光悄悄叫了一乘小轿，带了一个小厮，脚子挑了一担行李，从后门老早就出汉西门去了。庄绍光从水路过了黄河，雇了一辆车，晓行夜宿，一路来到山东地方。过兖州府四十里，地名叫做辛家驿，住了车子吃茶。这日天色未晚，催着车夫还要赶几十里地。店家说道："不瞒老爷说，近来咱们地方上响马甚多，凡过往的客人，须要迟行早住。老爷虽然不比有本钱的客商，但是也要小心些。"庄绍光听了这话，便叫车夫："竟住下罢。"小厮拣了一间房，把行李打开，铺在炕上，拿茶来吃着。只听得门外骡铃乱响，来了一起银鞘，有百十个牲口。内中一个解官，武员打扮。又有同伴的一个人，五尺以上身材，六十外岁年纪，花白胡须，头戴一顶毡笠子，身穿箭衣，腰插弹弓一张，脚下黄牛皮靴。两人下了牲口，拿着鞭子，一齐走进店来，吩咐店家道："我们是四川解饷进京的，今日天色将晚，住一宿，明日早行。你们须要小心伺候。"店家连忙答应。那解官督率着脚夫将银鞘搬入店内，牲口赶到槽上，挂了鞭子，同那人进来，向庄绍光施礼坐下。庄绍光道："尊驾是四川解饷来的？此位想是贵友。不敢拜问尊姓大名？"解官道："在下姓孙，叨任守备之职。敝友姓萧，字昊轩，成都府人。"因问庄绍光进京贵干。庄绍光道了姓名，并赴召进京的缘故。萧昊轩道："久闻南京有位庄绍光先生是当今大名士，不想今日无意中相遇。"极道其倾倒之意。庄绍光见萧昊轩气宇轩昂，不同流俗，也就着实亲近，因说道："国家承平日久，近来的地方官办事，件件都是虚应故事。像这盗贼横行，全不肯讲究一个弭盗安民的良法。听见前路响马甚多，我们须要小心防备。"萧昊轩笑道："这事先生放心。小弟生平有一薄技：百步之内，用弹子击物，百发百中，响马来时，只消小弟一张弹弓，叫他来得去不得，人人送命，一个不留！"孙解官道："先生若不信敝友手段，可以当面请教一二。"庄绍光道："急要请教，不知可好惊动？"萧昊轩道："这有何妨！正要献丑。"遂将弹弓拿了，走出天井来，向腰间锦袋中取出两个弹丸拿在手里。庄绍光同孙解官一齐步出天井来看，只见他把弹弓举起，向着空阔处先打一丸弹子，抛在空中；续将一丸弹子打去，恰好与那一丸弹子相遇，在半空里打得粉碎。庄绍光看了，赞叹不已。连那店主人看了，都吓一跳。萧昊轩收了弹弓，进来坐下，谈了一会，各自吃了夜饭住下。

次早天色未明，孙解官便起来催促骡夫、脚子搬运银鞘，打发房钱上路。庄绍光也起来洗了脸，叫小厮拴束行李，会了帐，一同前行。一群人众行了有十多里路，那时天色未明，晓星犹在。只见前面林子里黑影中有人走动。那些赶鞘的骡夫一齐叫道："不好了！前面有贼！"把那百十个骡子都赶到道旁坡子下去。萧昊轩听得，疾忙把弹弓拿在手里，孙解官也拔出腰刀拿在马上。只听得一枝响箭，飞了出来。响箭过处，就有无数骑马的从林子里奔出来，萧昊轩大喝一声，扯满弓，一弹子打去，不想刮喇一声，那条弓弦迸为两段。那响马贼数十人，齐声打了一个忽哨，飞奔前来。解官吓得拨回马头便跑。那些骡夫、脚子，一个个爬伏在地，尽着响马贼赶着百十个牲口，驮了银鞘，往小路上去了。庄绍光坐在车里，半日也说不出话来；也不晓得车外边这半会做的是些甚么勾当。萧昊轩因弓弦断了，使不得力量，拨马往原路上跑；跑到一个小店门口，敲开了门。店家看见，知道是遇了贼，因问："老爷昨晚住在那个店里？"萧昊轩说了。店家道："他原是贼头赵大一路做线的，老爷的弓弦必是他昨晚弄坏了。"萧昊轩省悟，悔之无及。一时人急智生，把自己头发拔下一绺，登时把弓弦续好，飞马回来，遇着孙解官，说贼人已投向东小路而去了。那时天色已明，萧昊轩策马飞奔，来了不多路，望见贼众拥护着银鞘慌忙的前走。他便加鞭赶上，手执弹弓，好像暴雨打荷叶的一般，打的那些贼人一个个抱头鼠窜，丢了银鞘，如飞的逃命去了。他依旧把银鞘同解官慢慢的赶回大路，会着庄绍光，述其备细。庄绍光又赞叹了一会。同走了半天，庄绍光行李轻便，遂辞了萧、孙二人，独自一辆车子先走。走了几天，将到卢沟桥，只见对面一个人，骑了骡子来，遇着车子，问："车里这位客官尊姓？"车夫道："姓庄。"那人跳下骡子，说道："莫不是南京来的庄征君么？"庄绍光正要下车，那人拜倒在地。只因这一番，有分教：

朝廷有道，修大礼以尊贤；儒者爱身，遇高官而不受。

毕竟后事如何，且听下回分解。

第三十五回

圣天子求贤问道
庄征君辞爵还家

话说庄征君看见那人跳下骡子，拜在地下，慌忙跳下车来跪下，扶住那人，说道：“足下是谁？我一向不曾认得。”那人拜罢起来，说道：“前面三里之遥便是一个村店，老先生请上了车，我也奉陪了回去，到店里谈一谈。”庄征君道：“最好。”上了车子。那人也上了骡子，一同来到店里。彼此见过了礼坐下。那人道：“我在京师里算着征辟的旨意到南京去，这时候该是先生来的日子了，所以出了彰仪门，遇着骡轿车子，一路问来，果然问着。今幸得接大教。”庄征君道：“先生尊姓大名？贵乡何处？”那人道：“小弟姓卢，名德，字信侯，湖广人氏。因小弟立了一个志向，要把本朝名人的文集都寻遍了，藏在家里。二十年了，也寻的不差甚么的了。只是国初四大家，只有高青邱是被了祸的，文集人家是没有，只有京师一个人家收着。小弟走到京师，用重价买到手，正要回家去，却听得朝廷征辟了先生。我想前辈已去之人，小弟尚要访他文集，况先生是当代一位名贤，岂可当面错过。因在京候了许久，一路问的出来。”庄征君道：“小弟坚卧白门，原无心于仕途，但蒙皇上特恩，不得不来一走。却喜邂逅中得见先生，真是快事！但是我两人才得相逢，就要分手，何以为情。今夜就在这店里权住一宵，和你连床谈谈。”又谈到名人文集上，庄征君向卢信侯道：“像先生如此读书好古，岂不是个极讲求学问的，但国家禁令所在，也不可不知避忌。青邱文字，虽其中并无毁谤朝廷的言语，既然太祖恶其为人，且现在又是禁书，先生就不看他的著作也罢。小弟的愚见，读书一事，要由博而返之约，总以心得为主。先生如回贵府，便道枉驾过舍，还有些拙著慢慢的请教。”卢信侯应允了。次早分别，卢信侯先到南京等候。

庄征君进了彰仪门，寓在护国寺。徐侍郎即刻打发家人来候，便亲自来拜。庄征君会着。徐侍郎道：“先生途路辛苦？”庄征君道：“山野鄙性，不习车马之劳，兼之‘蒲柳之姿，望秋先零’，长途不觉委顿，所以不曾便来晋谒，反劳大人先施。”徐侍郎道：“先生速为料理，恐三五日内就要召见。”

这时是嘉靖三十五年十月初一日。过了三日，徐侍郎将内阁抄出圣旨送来。上写道：

十月初二日，内阁奉上谕：朕承祖宗鸿业，寤寐求贤，以资治道。朕闻师臣者王，古今通义也。今礼部侍郎徐基所荐之庄尚志，着于初六日入朝引见，以光大典。钦此。

到了初六日五鼓，羽林卫士摆列在午门外，卤簿全副设了，用的传胪的仪制，各官都在午门外候着。只见百十道火把的亮光，知道宰相到了，午门大开，各官从掖门进去。过了奉天门，进到奉天殿，里面一片天乐之声，隐隐听见鸿胪寺唱："排班。"净鞭响了三下，内官一队队捧出金炉，焚了龙涎香，宫女们持了宫扇，簇拥着天子升了宝座，一个个嵩呼舞蹈。庄征君戴了朝巾，穿了公服，跟在班末，嵩呼舞蹈，朝拜了天子。当下乐止朝散，那二十四个驮宝瓶的象，不牵自走，真是："花迎剑佩星初落，柳拂旌旗露未干！"各官散了。

庄征君回到下处，脱去衣服，徜徉了一会，只见徐侍郎来拜。庄征君便服出来会着。茶罢，徐侍郎问道："今日皇上升殿，真乃旷典。先生要在寓静坐，恐怕不日又要召见。"过了三日，又送了一个抄的上谕来：

庄尚志着于十一日便殿朝见，特赐禁中乘马。钦此。

到了十一那日，徐侍郎送了庄征君到了午门。徐侍郎别过，在朝房候着。庄征君独自走进午门去。只见两个太监，牵着一匹御用的马，请庄征君上去骑着。两个太监跪着坠蹬。候庄征君坐稳了，两个太监笼着缰绳，那扯手都是赭黄颜色，慢慢的走过了乾清门。到了宣政殿的门外，庄征君下了马。那殿门口又有两个太监，传旨出来，宣庄尚志进殿。庄征君屏息进去，天子便服坐在宝座。庄征君上前朝拜了。天子道："朕在位三十五年，幸托天地祖宗，海宇升平，边疆无事。只是百姓未尽温饱，士大夫亦未见能行礼乐；这教养之事，何者为先？所以特将先生起自田间；望先生悉心为朕筹画，不必有所隐讳。"庄征君正要奏对，不想头顶心里一点疼痛，着实难忍，只得躬身奏道："臣蒙皇上清问，一时不能条奏；容臣细思，再为启奏。"天子道："既如此，也罢。先生务须为朕加意，只要事事可行，宜于古而不戾于今罢了。"说罢，起驾回宫。庄征君出了勤政殿，太监又笼了马来，一直送出午门。徐侍郎接着，同出朝门。徐侍郎别过去了。

庄征君到了下处，除下头巾，见里面有一个蝎子。庄征君笑道，"臧仓小人，原来就是此物！看来我道不行了！"次日起来，焚香盥手，自己揲了一个蓍，筮得"天山遁"。庄征君道："是了。"便把教养的事，细细做了十策，又写了一道"恳求恩赐还山"的本，从通政司送了进去。自此以后，九卿六部的官，无一个不来拜望请教。庄征君会的不耐烦，只得各衙门去回拜。大学士太保公向徐侍郎道："南京来的庄年兄，皇上颇有大用之意，老先生何不邀他来学生这里走走？我欲收之门墙，以为桃李。"侍郎不好唐突，把这话婉婉向庄征君说了。庄征君道："世无孔子，不当在弟子之列。况太保公屡主礼闱，翰苑门生不知多少，何取晚生这一个野人？这就不敢领教了。"侍郎就把这话回了太保，太保不悦。

又过了几天，天子坐便殿，问太保道："庄尚志所上的十策，朕细看，学问渊深。这人可用为辅弼么？"太保奏道："庄尚志果系出群之才，蒙皇上旷典殊恩，朝野胥悦。但不由进士出身，骤跻卿贰，我朝祖宗，无此法度，且开天下以幸进之心。伏候圣裁。"天子叹息了一回，随教大学士传旨：

庄尚志允令还山，赐内帑银五百两，将南京元武湖赐与庄尚志著书立说，鼓吹休明。

传出圣旨来，庄征君又到午门谢了恩，辞别徐侍郎，收拾行李回南。满朝官员都来饯送，庄征君都辞了，依旧叫了一辆车，出彰仪门来。

那日天气寒冷，多走了几里路，投不着宿头，只得走小路，到一个人家去借宿。那人家住着一间草房，里面点着一盏灯，一个六七十岁的老人家站在门首。庄征君上前

和他作揖道："老爹，我是行路的，错过了宿头，要借老爹这里住一夜，明早拜纳房金。"那老爹道："客官，你行路的人，谁家顶着房子走？借住不妨。只是我家只得一间屋，夫妻两口住着，都有七十多岁；不幸今早又把个老妻死了，没钱买棺材，现停在屋里。客官却在那里住？况你又有车子，如何拿得进来？"庄征君道："不妨，我只须一席之地，将就过一夜，车子叫他在门外罢了。"那老爹道："这等，只有同我一床睡。"庄征君道："也好。"

当下走进屋里，见那老妇人尸首直僵僵停着，旁边一张土炕。庄征君铺下行李，叫小厮同车夫睡在车上，让那老爹睡在炕里边。庄征君在炕外睡下，翻来覆去睡不着。到三更半后，只见那死尸渐渐动起来。庄征君吓了一跳，定睛细看，只见那手也动起来了，竟有一个坐起来的意思。庄征君道："这人活了！"忙去推那老爹，推了一会，总不得醒。庄征君道："年高人怎的这样好睡！"便坐起来看那老爹时，见他口里只有出的气，没有进的气，已是死了。回头看那老妇人，已站起来了，直着腿，白瞪着眼。原来不是活，是走了尸。庄征君慌了，跑出门来，叫起车夫，把车拦了门，不放他出去。庄征君独自在门外徘徊，心里懊悔道："'吉凶悔吝生乎动'，我若坐在家里，不出来走这一番，今日也不得受这一场虚惊！"又想道："生死亦是常事，我到底义理不深，故此害怕。"定了神，坐在车子上。一直等到天色大亮，那走的尸也倒了，一间屋里，只横着两个尸首。庄征君感伤道："这两个老人家就穷苦到这个地步！我虽则在此一宿，我不殡葬他，谁人殡葬？"因叫小厮、车夫前去寻了一个市井，庄征君拿几十两银了来买了棺木，市上雇了些人抬到这里，把两人殓了。又寻了一块地，也是左近人家的，庄征君拿出银子去买。买了，看着掩埋了这两个老人家。掩埋已毕，庄征君买了些牲醴纸钱，又做了一篇文。庄征君洒泪祭奠了。一市上的人，都来罗拜在地下，谢庄征君。

庄征君别了台儿庄，叫了一只马溜子船，船上颇可看书。不日来到扬州，在钞关住了一日，要换江船回南京。次早才上了江船，只见岸上有二十多乘齐整轿子歇在岸上，都是两淮总商来候庄征君，投进帖子来。庄征君因船中窄小，先请了十位上船来。内中几位本家，也有称叔公的，有称尊兄的，有称老叔的，作揖奉坐。那在坐第二位的就是萧柏泉。众盐商都说是："皇上要重用台翁，台翁不肯做官，真乃好品行。"萧柏泉道："晚生知道老先生的意思。老先生抱负大才，要从正途出身，不屑这征辟，今日回来，留待下科抡元。皇上既然知道，将来鼎甲可望。"庄征君笑道："征辟大典，怎么说不屑？若说抡元，来科一定是长兄。小弟坚卧烟霞，静听好音。"萧柏泉道："在此还见见院、道么？"庄征君道："弟归心甚急，就要开船。"说罢，这十位作别上去了，又做两次会了那十几位。庄征君甚不耐烦。随即是盐院来拜，盐道来拜，分司来拜，扬州府来拜，江都县来拜，把庄征君闹的急了，送了各官上去，叫作速开船。当晚总商凑齐六百银子到船上送盘缠，那船已是去的远了，赶不着，银子拿了回去。

庄征君遇着顺风，到了燕子矶，自己欢喜道："我今日复见江上佳丽了！"叫了一只凉篷船，载了行李，一路荡到汉西门。叫人挑着行李，步行到家，拜了祖先，与娘子相见,笑道:“我说多则三个月,少则两个月便回来,今日如何?我不说谎么?”娘子也笑了,当晚备酒洗尘。

次早起来,才洗了脸,小厮进来禀道:“六合高大老爷来拜。”庄征君出去会。才会了回来,又是布政司来拜,应天府来拜,驿道来拜,上、江二县来拜,本城乡绅来拜,哄庄征君穿了靴又脱,脱了靴又穿。庄征君恼了,向娘子道:“我好没来由!朝廷既把元武湖赐了我,我为甚么住在这里和这些人缠,我们作速搬到湖上去受用!”当下商议料理,和娘子连夜搬到元武湖去住。

这湖是极宽阔的地方,和西湖也差不多大。左边台城望见鸡鸣寺。那湖中菱、藕、莲、芡,每年出几千石。湖内七十二只打鱼船,南京满城每早卖的都是这湖鱼。湖中间五座大洲:四座洲贮了图籍;中间洲上,一所大花园,赐与庄征君住,有几十间房子。园里合抱的老树,梅花、桃、李,芭蕉、桂、菊,四时不断的花。又有一园的竹子,有数万竿。园内轩窗四启,看着湖光山色,真如仙境。门口系了一只船,要往那边,在湖里渡了过去;若把这船收过,那边飞也飞不过来。庄征君就住在花园。

一日,同娘子凭栏看水,笑说道:“你看这些湖光山色都是我们的了!我们日日可以游玩,不像杜少卿要把尊壶带了清凉山去看花。”闲着无事,又斟酌一樽酒,把杜少卿做的《诗说》,叫娘子坐在旁边,念与他听。念到有趣处,吃一大杯,彼此大笑。庄征君在湖中着实自在。

忽一日,有人在那边岸上叫船。这里放船去渡了过来,庄征君迎了出去。那人进来拜见,便是卢信侯。庄征君大喜道:“途间一别,渴想到今。今日怎的到这里?”卢信侯道:“昨日在尊府,今日我方到这里。你原来在这里做神仙,令我羡杀!”庄征君道:“此间与人世绝远,虽非武陵,亦差不多。你且在此住些时,只怕再来就要迷路了。”当下备酒同饮。吃到三更时分,小厮走进来,慌忙说道:“中山王府里发了几百兵,有千把枝火把,把七十二只鱼船都拿了,渡过兵来,把花园团团围住!”庄征君大惊。又有一个小厮进来道:“有一位总兵大老爷进厅上来了。”庄征君走了出来。那总兵见庄征君施礼。庄征君道:“不知舍下有甚么事?”那总兵道:“与尊府不相干。”便附耳低言道:“因卢信侯家藏《高青邱文集》,乃是禁书,被人告发;京里说这人有武勇,所以发兵来拿他。今日尾着他在大老爷这里,所以来要这个人,不要使他知觉走了。”庄征君道:“总爷,找我罢了。我明日叫他自己投监,走了都在我。”那总兵听见这话,道:“大老爷说了,有甚么说。我便告辞。”庄征君送他出门,总兵号令一声,那些兵一齐渡过河去了。卢信侯已听见这事,道:“我是硬汉,难道肯走了带累先生,我明日自投监去!”庄征君笑道:“你只去权坐几天,不到一个月,包你出来,逍遥自在。”卢信侯投监去了。

庄征君悄悄写了十几封书子,打发人进京去遍托朝里大老,从部里发出文书来,把卢信侯放了,反把那出首的人问了罪。卢信侯谢了庄征君,又留在花园住下。

过两日,又有两个人在那边叫渡船渡过湖来。庄征君迎出去,是迟衡山、杜少卿。庄征君欢喜道:“有趣!‘正欲清谈闻客至’。”邀在湖亭上去坐。迟衡山说要所订泰伯祠的礼乐。庄征君留二位吃了一天的酒，将泰伯祠所行的礼乐商订的端端正正，交与迟衡山拿去了。

转眼过了年。到二月半间，迟衡山约同马纯上、蘧骁夫、季苇萧、萧金铉、金东崖在杜少卿河房里商议祭泰伯祠之事。众人道："却是寻那一位做个主祭？"迟衡山道："这所祭的是个大圣人，须得是个圣贤之徒来主祭，方为不愧。如今必须寻这一个人。"众人道："是那一位？"迟衡山叠着指头，说出这个人来。只因这一番，有分教：

千流万派，同归黄河之源；玉振金声，尽入黄钟之管。

毕竟此人是谁，且听下回分解。

第三十六回

常熟县真儒降生
泰伯祠名贤主祭

话说应天苏州府常熟县有个乡村，叫做麟绂镇，镇上有二百多人家，都是务农为业。只有一位姓虞，在成化年间，读书进了学，做了三十年的老秀才，只在这镇上教书。这镇离城十五里，虞秀才除应考之外，从不到城里去走一遭，后来直活到八十多岁，就去世了。他儿子不曾进过学，也是教书为业。到了中年，尚无子嗣，夫妇两个到文昌帝君面前去求，梦见文昌亲手递一纸条与他，上写着《易经》一句："君子以果行育德。"当下就有了娠。到十个月满足，生下这位虞博士来。太翁去谢了文昌，就把这新生的儿子取名育德，字果行。这虞博士三岁上就丧了母亲，太翁在人家教书，就带在馆里，六岁上替他开了蒙。虞博士长到十岁，镇上有一位姓祁的祁太公包了虞太翁家去教儿子的书，宾主甚是相得。教了四年，虞太翁得病去世了，临危把虞博士托与祁太公，此时虞博士年方十四岁。祁太公道："虞小相公比人家一切的孩子不同，如今先生去世，我就请他做先生教儿子的书。"当下写了自己祁连的名帖，到书房里来拜，就带着九岁的儿子来拜虞博士做先生。虞博士自此总在祁家教书。

常熟是极出人文的地方。此时有一位云晴川先生，古文诗词，天下第一。虞博士到了十七八岁，就随着他学诗文。祁太公道："虞相公，你是个寒士，单学这些诗文无益；须要学两件寻饭吃本事。我少年时也知道地理，也知道算命，也知道选择；我而今都教了你，留着以为救急之用。"虞博士尽心听受了。祁太公又道："你还该去买两本考卷来读一读，将来出去应考，进个学，馆也好坐些。"虞博士听信了祁太公，果然买些考卷看了，到二十四岁上出去应考，就进了学。次年，二十里外杨家村一个姓杨的包了去教书，每年三十两银子。正月里到馆，到十二月仍旧回祁家来过年。

又过了两年，祁太公说："尊翁在日，当初替你定下的黄府上的亲事，而今也该娶了。"当时就把当年余下十几两银子馆金，又借了明年的十几两银子的馆金，合起来就娶了亲。夫妇两个，仍旧借住在祁家。满月之后，就去到馆。又做了两年，积趱了二三十两银子的馆金，在祁家旁边寻了四间屋，搬进去住，只雇了一个小小厮。虞博士到馆去了，这小小厮每早到三里路外镇市上买些柴米油盐小菜之类，回家与娘子度日。娘子生儿育女，身子又多病，馆钱不能买医药，每日只吃三顿白粥，后来身子也渐渐好起来。虞博士到三十二岁上，这年没有了馆。娘子道："今年怎样？"虞博士道："不妨。我自从出来坐馆，每年大约有三十两银子。假使那年正月里说定只得二十几两，我心里焦不足，到了那四五月的时候，少不得又添两个学生，或是来看文章，有几两银子补足了这个数。假使那年正月多讲得几两银子，我心里欢喜道：'好了，今年多些。'偏家里遇着事情出来，把这几两银子用完了；可见有个一定，不必管他。"

过了些时，果然祁太公来说，远村上有一个姓郑的人家请他去看葬坟。虞博士带了罗盘，去用心用意的替他看了地。葬过了坟，那郑家谢了他十二两银子。虞博士叫了一只小船回来。那时正是三月半天气，两边岸上，有些桃花、柳树，又吹着微微的顺风，虞博士心里舒畅。又走到一个僻静的所在，一船鱼鹰，在河里捉鱼。虞博士伏着船窗子看，忽见那边岸上一个人跳下河里来。虞博士吓了一跳，忙叫船家把那人救了起来。救上了船，那人淋淋漓漓一身的水，幸得天气尚暖，虞博士叫他脱了湿衣，叫船家借一件干衣裳与他换了，请进船来坐着，问他因甚寻这短见。那人道："小人就是这里庄农人家，替人家做着几块田，收些稻，都被田主斛的去了，父亲得病，死在家里，竟不能有钱买口棺木。我想我这样人还活在世上做甚么，不如寻个死路！"虞博士道："这是你的孝心，但也不是寻死的事。我这里有十二两银子，也是人送我的；不能一总给你，我还要留着做几个月盘缠。我而今送你四两银子，你拿去和邻居亲戚们说说，自然大家相帮。你去殡葬了你父亲，就罢了。"当下在行李里拿出银子，称了四两，递与那人。那人接着银子，拜谢道："恩人尊姓大名？"虞博士道："我姓虞，在麟绂村住。你作速料理你的事去，不必只管讲话了。"那人拜谢去了。

虞博士回家，这年下半年又有了馆。到冬底生了个儿子，因这些事都在祁太公家做的，因取名叫做感祁。一连又坐了五六年的馆。虞博士四十一岁这年乡试，祁太公来送他，说道："虞相公，你今年想是要高中。"虞博士道："这也怎见得？"祁太公道："你做的事有许多阴德。"虞博士道："老伯，那里见得我有甚阴德？"祁太公道："就如你替人葬坟，真心实意；我又听见人说，你在路上救了那葬父亲的人。这都是阴德。"虞博士笑道："阴骘就像耳朵里响，只是自己晓得，别人不晓得；而今这事，老伯已是知道了，那里还是阴德？"祁太公道："到底是阴德，你今年要中。"当下来南京乡试过回家，虞博士受了些风寒，就病起来。放榜那日，报录人到了镇上，祁太公便同了来，说道："虞相公，你中了。"虞博士病中听见，和娘子商议，拿几件衣服当了，托祁太公打发报录的人。过几日，病好了，到京去填写亲供回来，亲友东家，都送些贺礼。料理去上京会试，不曾中进士。

恰好常熟有一位大老康大人放了山东巡抚，便约了虞博士一同出京，住在衙门里，代做些诗文，甚是相得。衙门里同事有一位姓尤，名滋，字资深；见虞博士文章品行，就愿拜为弟子，和虞博士一房同住，朝夕请教。那时正值天子求贤，康大人也要想荐一个人。尤资深道："而今朝廷大典，门生意思要求康大人荐了老师去。"虞博士笑道："这征辟之事，我也不敢当。况大人要荐人，但凭大人的主意；我们若去求他，这就不是品行了。"尤资深道："老师就是不愿，等他荐到皇上面前去，老师或是见皇上，或是不见皇上，辞了官爵回来，更见得老师的高处。"虞博士道："你这话又说错了。我又求他荐我，荐我到皇上面前，我又辞了官不做：这便求他荐不是真心，辞官又不是真心。这叫做甚么？"说罢，哈哈大笑。在山东过了两年多，看看又进京会试，又不曾中。就上船回江南来，依旧教馆。

又过了三年，虞博士五十岁了，借了杨家一个姓严的管家跟着，再进京去会试。这科就中了进士，殿试在二甲，朝廷要将他选做翰林。那知这些进士，也有五十岁的，也有六十岁的，履历上多写的不是实在年纪；只有他写的是实在年庚，五十岁。天子看见，说道："这虞育德年纪老了，着他去做一个闲官罢。"当下就补了南京的国子监博士。虞博士欢喜道："南京好地方，有山有水，又和我家乡相近。我此番去，把妻儿老小接在一处，团圞着，强如做个穷翰林。"当下就去辞别了房师、座师，和同乡这几位大老。翰林院侍读有位王老先生，托道："老先生到南京去，国子监有位贵门人，姓武，名书，字正字，这人事母至孝，极有才情；老先生到彼，照顾照顾他。"虞博士应诺了。收拾行李，来南京到任，打发门斗到常熟接家眷。此时公子虞感祁已经十八岁了，跟随母亲一同到南京。虞博士去参见了国子监祭酒李大人，回来升堂坐公座。监里的门生，纷纷来拜见，虞博士看见帖子上有一个武书。虞博士出去会着，问道："那一位是武年兄讳书的？"只见人丛里走出一个矮小人，走过来答道："门生便是武书。"虞博士道："在京师久仰年兄克敦孝行，又有大才。"从新同他见了礼，请众位坐下。武书道："老师文章山斗，门生辈今日得沾化雨，实为侥幸。"虞博士道："弟初到此间，凡事俱望指教。年兄在监几年了？"武书道："不瞒老师说，门生少孤，奉事母亲，在乡下住。只身一人，又无弟兄，衣服饮食，都是门生自己整理。所有先母在日，并不能读书应考，及不幸先母见背，一切丧葬大事，都亏了天长杜少卿先生相助。门生便随着少卿学诗。"虞博士道："杜少卿先生向日弟曾在尤资深案头见过他的诗集，果是奇才。少卿就在这里么？"武书道："他现住在利涉桥河房里。"虞博士道："还有一位庄绍光先生，天子赐他元武湖的，他在湖中住着么？"武书道："他就住在湖里。他却轻易不会人。"虞博士道："我明日就去求见他。"武书道："门生并不会作八股文章，因是后来穷之无奈，求个馆也没得做，没奈何，只得寻两篇念念；也学做两篇，随便去考，就进了学。后来这几位宗师，不知怎的，看见门生这个名字，就要取做一等第一，补了廪。门生那文章，其实不好，屡次考诗赋，总是一等第一。前次一位宗师合考八学门生，又是八学的一等第一，所以送进监里来。门生觉得自己时文到底不在行。"虞博士道："我也不耐烦做时文。"武书道："所以门生不拿时文来请教。平日考的诗赋，还有所作的《古文易解》，以及各样的杂说，写齐了来请教老师。"虞博士道："足见年兄才名，令人心服。若有诗赋古文更好了，容日细细捧读。令堂可曾旌表过了么？"武书道："先母是合例的。门生因家寒，一切衙门使费无出,所以迟至今日。门生实是有罪。"虞博士道:"这个如何迟得?"便叫人取了笔砚来,说道:"年兄,你便写起一张呈子节略来。"即传书办到面前,吩咐道:"这武相公老太太节孝的事,你作速办妥了,以便备文申详。上房使用,都是我这里出。"书办应诺下去。武书叩谢老师。众人多替武书谢了,辞别出去。虞博士送了回来。

次日,便往元武湖去拜庄征君,庄征君不曾会。虞博士便到河房去拜杜少卿,杜少卿会着。说起当初杜府殿元公在常熟过,曾收虞博士的祖父为门生。殿元乃少卿曾祖,所以少卿称虞博士为世叔。彼此谈了些往事。虞博士又说起仰慕庄征君,今日无缘,不曾会着。杜少卿道:"他不知道,小侄和他说去。"虞博士告别去了。

次日,杜少卿走到元武湖,寻着了庄征君,问道:"昨日虞博士来拜,先生怎么不会他?"庄征君笑道:"我因谢绝了这些冠盖,他虽是小官,也懒和他相见。"杜少卿道:"这人大是不同,不但无学博气,尤其无进士气。他襟怀冲淡,上而伯夷、柳下惠,下而陶靖节一流人物;你会见他便知。"庄征君听了,便去回拜,两人一见如故。虞博士爱庄征君的恬适,庄征君爱虞博士的浑雅:两人结为性命之交。

又过了半年,虞博士要替公子毕姻。这公子所聘就是祁太公的孙女,本是虞博士的弟子,后来连为亲家,以报祁太公相爱之意。祁府送了女儿到署完姻,又赔了一个丫头来,自此,孺人才得有使女听用。喜事已毕,虞博士把这使女就配了姓严的管家,管家拿进十两银子来交使女的身价。虞博士道:"你也要备些床帐衣服。这十两银子,就算我与你的,你拿去备办罢。"严管家磕头谢了下去。

转眼新春二月,虞博士去年到任后,自已亲手栽的一树红梅花,今已开了几枝。虞博士欢喜,叫家人备了一席酒,请了杜少卿来,在梅花下坐,说道:"少卿,春光已见几分,不知十里江梅,如何光景。几时我和你携樽去探望一回。"杜少卿道:"小侄正有此意,要约老叔同庄绍光兄作竟日之游。"说着,又走进两个人来。这两人就在国子监门口住,一个姓储,叫做储信;一个姓伊,叫做伊昭。是积年相与学博的。虞博士见二人走了进来,同他见礼让坐。那二人不僭杜少卿的坐。坐下,摆上酒来,吃了两杯。储信道:"荒春头上,老师该做个生日,收他几分礼,过春天。"伊昭道:"禀明过老师,门生就出单去传。"虞博士道:"我生日是八月,此时如何做得?"伊昭道:"这个不妨。二月做了,八月可以又做。"虞博士道:"岂有此理!这就是笑话了!二位且请吃酒。"杜少卿也笑了。虞博士道:"少卿,有一句话和你商议。前日中山王府里,说他家有个烈女,托我作一篇碑文,折了个杯缎表礼银八十两在此。我转托了你,你把这银子拿去作看花买酒之资。"杜少卿道:"这文难道老叔不会作?为甚转托我?"虞博士笑道:"我那里如你的才情?你拿去做做。"因在袖里拿出一个节略来递与杜少卿,叫家人把那两封银子交与杜老爷家人带去。家人拿了银子出来;又禀道:"汤相公来了。"虞博士道:"请到这里来坐。"家人把银子递与杜家小厮去;进去了。虞博士道:"这来的是我一个表侄。我到南京的时候,把几间房子托他住着,他所以来看看我。"

说着,汤相公走了进来,作揖坐下。说了一会闲话,便说道:"表叔那房子,我因这半年没有钱用,是我拆卖了。"虞博士道:"怪不得你。今年没有生意,家里也要吃用,没奈何卖了,又老远的路来告诉我做嗄?"汤相公道:"我拆了房子,就没处住,所以来同表叔商量,借些银子去当几间屋住。"虞博士又点头道:"是了,你卖了就没处住。我这里恰好还有三四十两银子,明日与你拿去典几间屋住也好。"汤相公就不言语了。杜少卿吃完了酒,告别了去。那两人还坐着,虞博士进来陪他。伊昭问道:"老师与杜少卿是甚么的相与?"虞博士道:"他是我们世交,是个极有才情的。"伊昭道:"门生也不好说。南京人都知道他本来是个有钱的人,而今弄穷了,在南京躲着,专好扯谎骗钱。他最没有品行!"虞博士道:"他有甚么没品行?"伊昭道:"他时常同乃眷上酒馆吃酒,所以人都笑他。"虞博士道:"这正是他风流文雅处,俗人怎么得知!"储信道:"这也罢了;倒是老师下次有甚么有钱的诗文,不要寻他做。他是个不应考的人,做出来的东西,好也有限,恐怕坏了老师的名。我们这监里有多少考的起来的朋友,老师托他们做,又不要钱,又好。"虞博士正色道:"这倒不然。他的才名,是人人知道的,做出来的诗文,人无有不服。每常人在我这里托他做诗,我还沾他的光。就如今日这银子是一百两,我还留下二十两给我表侄。"两人不言语了,辞别出去。

次早,应天府送下一个监生来,犯了赌博,来讨收管。门斗和衙役把那监生看守在门房里,进来禀过,问:"老爷,将他锁在那里?"虞博士道:"你且请他进来。"那监生姓端,是个乡里人;走进来,两眼垂泪,双膝跪下,诉说这些冤枉的事。虞博士道:"我知道了。"当下把他留在书房里,每日同他一桌吃饭;又拿出行李与他睡觉。次日,到府尹面前替他辩明白了这些冤枉的事,将那监生释放。那监生叩谢,说道:"门生虽粉身碎骨,也难报老师的恩。"虞博士道:"这有甚么要紧?你既然冤枉,我原该替你辩白。"那监生道:"辩白固然是老师的大恩,只是门生初来收管时,心中疑惑,不知老师怎样处置,门斗怎样要钱,把门生关到甚么地方受罪。怎想老师把门生待作上客。门生不是来收管,竟是来享了两日的福;这个恩典,叫门生怎么感激的尽!"虞博士道:"你打了这些日子的官事,作速回家看看罢,不必多讲闲话。"那监生辞别去了。

又过了几日,门上传进一副大红连名全帖,上写道:"晚生迟均、马静、季萑、蘧来旬,门生武书、余夔,世侄杜仪同顿首拜"。虞博士看了道:"这是甚么缘故?"慌忙出去会这些人。只因这一番,有分教:

先圣祠内,共观大礼之光;国子监中,同仰斯文之主。

毕竟这几个人来做甚么,且听下回分解。

第三十七回

祭先圣南京修礼
送孝子西蜀寻亲

话说虞博士出来会了这几个人，大家见礼坐下。迟衡山道："晚生们今日特来，泰伯祠大祭商议主祭之人，公中说，祭的是大圣人，必要个贤者主祭，方为不愧；所以特来公请老先生。"虞博士道："先生这个议论，我怎么敢当？只是礼乐大事，自然也愿观光。请问定在几时？"迟衡山道："四月初一日。先一日就请老先生到来祠中斋戒一宿，以便行礼。"虞博士应诺了，拿茶与众位吃。吃过，众人辞了出来，一齐到杜少卿河房里坐下。迟衡山道："我们司事的人，只怕还不足。"杜少卿道："恰好敝县来了一个敝友。"便请出臧荼，与众位相见，一齐作了揖。迟衡山道："将来大祭也要借先生的光。"臧蓼斋道："愿观盛典。"说罢，作别去了。

到三月二十九日，迟衡山约齐杜仪、马静、季萑、金东崖、卢华士、辛东之、蘧来旬、余夔、卢德、虞感祁、诸葛佑、景本蕙、郭铁笔、萧鼎、储信、伊昭、季恬逸、金寓刘、宗姬、武书、臧荼，一齐出了南门，随即庄尚志也到了。众人看那泰伯祠时，几十层高坡上去，一座大门，左边是省牲之所。大门过去，一个大天井。又几十层高坡上去，三座门。进去一座丹墀。左右两廊，奉着从祀历代先贤神位。中间是五间大殿，殿上泰伯神位，面前供桌，香炉、烛台。殿后又一个丹墀，五间大楼。左右两旁，一边三间书房。众人进了大门，见高悬着金字一匾："泰伯之祠"。从二门进东角门走，循着东廊一路走过大殿，抬头看楼上悬着金字一匾："习礼楼"三个大字。众人在东边书房内坐了一会。迟衡山同马静、武书、蘧来旬，开了楼门，同上楼去，将乐器搬下楼来；堂上的摆在堂上，堂下的摆在堂下。堂上安了祝版，香案旁树了麾，堂下树了庭燎，二门旁摆了盥盆、盥帨。

金次福、鲍廷玺，两人领了一班司球的、司琴的、司瑟的、司管的、司鼗鼓的、司柷的、司敔的、司笙的、司镛的、司箫的、司编钟的、司编磬的，和六六三十六个佾舞的孩子，进来见了众人。迟衡山把龠、翟交与这些孩子。下午时分，虞博士到了。庄绍光、迟衡山、马纯上、杜少卿，迎了进来。吃过了茶，换了公服，四位迎到省牲所去省了牲。众人都在两边书房里斋宿。

次日五鼓，把祠门大开了，众人起来，堂上、堂下、门里、门外、两廊，都点了灯烛；庭燎也点起来。迟衡山先请主祭的博士虞老先生，亚献的征君庄老先生；请到三献的，众人推让，说道："不是迟先生，就是杜先生。"迟衡山道："我两人要做引赞。马先生系浙江人，请马纯上先生三献。"马二先生再三不敢当，众人扶住了马二先生，同二位老先生一处。迟衡山、杜少卿，先引这三位老先生出去，到省牲所拱立。迟衡山、杜少卿回来，请金东崖先生大赞；请武书先生司麾；请臧荼先生司祝；请季萑先生、辛东之先生、余夔先生司尊；请蘧来旬先生、卢德先生、虞感祁先生司玉；请诸葛佑先生、景本蕙先生、郭铁笔先生司帛；请萧鼎先生、储信先生、伊昭先生司稷；请季恬逸先生、金寓刘先生、宗姬先生司馔。请完，命卢华士跟着大赞金东崖先生。将诸位一齐请出二门外。

当下祭鼓发了三通，金次福、鲍廷玺，两人领着一班司球的、司琴的、司瑟的、司管的、司鼗鼓的、司柷的、司敔的、司笙的、司镛的、司箫的、司编钟的、司编磬的，和六六三十六个佾舞的孩子，都立在堂上堂下。

金东崖先进来到堂上，卢华士跟着。金东崖站定，赞道："执事者，各司其事！"这些司乐的都将乐器拿在手里。金东崖赞："排班。"司麾的武书，引着司尊的季萑、辛东之、余夔，司玉的蘧来旬、卢德、虞感祁，司帛的诸葛佑、景本蕙、郭铁笔，入了位，立在丹墀东边；引司祝的臧荼上殿，立在祝版跟前；引司稷的萧鼎、储信、伊昭，司馔的季恬逸、金寓刘、宗姬，入了位，立在丹墀西边。武书捧了麾，也立在西边众人下。金东崖赞："奏乐。"堂上堂下，乐声俱起。金东崖赞："迎神。"迟均、杜仪，各捧香烛，向门外躬身迎接。金东崖赞："乐止。"堂上堂下，一齐止了。

金东崖赞："分献者，就位。"迟均、杜仪出去引庄征君、马纯上进来，立在丹墀里拜位左边。金东崖赞："主祭者，就位。"迟均、杜仪，出去引虞博士上来，立在丹墀里拜位中间。迟均、杜仪，一左一右，立在丹墀里香案旁。迟均赞："盥洗。"同杜仪引主祭者盥洗了上来。迟均赞："主祭者，诣香案前。"香案上一个沉香筒，里边插着许多红旗。杜仪抽一枝红旗在手，上有"奏乐"二字。虞博士走上香案前。迟均赞道："跪。升香。灌地。拜，兴；拜，兴；拜，兴；拜，兴。复位。"杜仪又抽出一枝旗来："乐止。"金东崖赞："奏乐神之乐。"金次福领着堂上的乐工，奏起乐来。奏了一会，乐止。

金东崖赞："行初献礼。"卢华士在殿里抱出一个牌子来，上写"初献"二字。迟均、杜仪，引着主祭的虞博士，武书持麾在迟均前走。三人从丹墀东边走，引司尊的季萑，司玉的蘧来旬，司帛的诸葛佑，一路同走；引着主祭的从上面走。走过西边，引司稷的萧鼎，司馔的季恬逸，引着主祭的从西边下来。在香案前转过东边上去。进到大殿，迟均、杜仪，立于香案左右。季萑捧着尊，蘧来旬捧着玉，诸葛佑捧着帛，立在左边；萧鼎捧着稷，季恬逸捧着馔，立在右边。迟均赞："就位。跪。"虞博士跪于香案前。迟均赞："献酒。"季萑跪着递与虞博士献上去。迟均赞："献玉。"蘧来旬跪着递与虞博士献上去。迟均赞："献帛。"诸葛佑跪着递与虞博士献上去。迟均赞："献稷。"萧鼎跪着递与虞博士献上去。迟均赞："献馔。"季恬逸跪着递与虞博士献上去。献毕，执事者退了下来。迟均赞："拜，兴；拜，兴；拜，兴；拜，兴。"

金东崖赞："一奏至德之章，舞至德之容。"堂上乐细细奏了起来。那三十六个孩子，手持龠、翟，齐上来舞。乐舞已毕。金东崖赞："阶下与祭者，皆跪。读祝文。"臧荼跪在祝版前，将祝文读了。金东崖赞："退班。"迟均赞："平身。复位。"武书、迟均、杜仪、季萑、蘧来旬、诸葛佑、萧鼎、季恬逸，引着主祭的虞博士从西边一路走了下来。虞博士复归主位，执事的都复了原位。

金东崖赞："行亚献礼。"卢华士又走进殿里去抱出一个牌子来，上写"亚献"二字。迟均、杜仪，引着亚献的庄征君到香案前。迟均赞："盥洗。"同杜仪引着庄征君盥洗了回来。武书持麾在迟均前走。三人从丹墀东边走，引司尊的辛东之，司玉的卢德，司帛的景本蕙，一路同走；引着亚献的从上面走。走过西边，引司稷的储信，司馔的金寓刘，引着亚献的又从西边下来，在香案前转过东边上去。进到大殿，迟均，杜仪，立于香案左右。辛东之捧着尊，卢德捧着玉，景本蕙捧着帛，立在左边；储信捧着稷，金寓刘捧着馔，立在右边。迟均赞："就位。跪。"庄征君跪于香案前。迟均赞："献酒。"辛东之跪着递与庄征君献上去。迟均赞："献玉。"卢德跪着递与庄征君献上去。迟均赞："献帛。"景本蕙跪着递与庄征君献上去。迟均赞："献稷。"储信跪着递与庄征君献上去。迟均赞："献馔。"金寓刘跪着递与庄征君献上去。各献毕，执事者退了下来。迟均赞："拜，兴；拜，兴；拜，兴；拜，兴。"

金东崖赞："二奏至德之章，舞至德之容。"堂上乐细细奏了起来。那三十六个孩子，手持龠、翟，齐上来舞。乐舞已毕。金东崖赞："退班。"迟均赞："平身。复位。"武书、迟均、杜仪、辛东之、卢德、景本蕙、储信、金寓刘，引着亚献的庄征君，从西边一路走了下来。庄征君复归了亚献位，执事的都复了原位。

金东崖赞："行终献礼。"卢华士又走进殿里去抱出一个牌子，上写"终献"二字。迟均、杜仪，引着终献的马二先生到香案前。迟均赞："盥洗。"同杜仪引着马二先生盥洗了回来。武书持麾在迟均前走。三人从丹墀东边走，引司尊的余夔、司玉的虞感祁，司帛的郭铁笔，一路同走；引着终献的从上面走。走过西边，引司稷的伊昭，司馔的宗姬，引着终献的又从西边下来，在香案前转过东边上去。进到大殿，迟均、杜仪，立于香案左右。余夔捧着尊，虞感祁捧着玉，郭铁笔捧着帛，立在左边；伊昭捧着稷，宗姬捧着馔，立在右边。迟均赞："就位。跪。"马二先生跪于香案前。迟均赞："献酒。"余夔跪着递与马二先生献上去。迟均赞："献玉。"虞感祁跪着递与马二先生献上去。迟均赞："献帛。"郭铁笔跪着递与马二先生献上去。迟均赞："献稷。"伊昭跪着递与马二先生献上去。迟均赞："献馔。"宗姬跪着递与马二先生献上去。献毕，执事者退了下来。迟均赞："拜，兴；拜，兴；拜，兴；拜，兴。"

金东崖赞："三奏至德之章，舞至德之容。"堂上乐细细奏了起来。那三十六个孩子手持龠、翟，齐上来舞。乐舞已毕。金东崖赞："退班。"迟均赞："平身。复位。"武书、迟均、杜仪、余夔、虞感祁、郭铁笔、伊昭、宗姬，引着终献的马二先生从西边一路走了下来。马二先生复归了终献位，执事的都复了原位。

金东崖赞："行侑食之礼。"迟均、杜仪，又从主祭位上引虞博士从东边上来，香案前跪下。金东崖赞："奏乐。"堂上堂下，乐声一齐大作。乐止。迟均赞："拜，兴；拜，兴；拜，兴；拜，兴。平身。"金东崖赞："退班。"迟均、杜仪，引虞博士从西边走下去，复了主祭的位。迟均、杜仪，也复了引赞的位。金东崖赞："撤馔。"杜仪抽出一枝红旗来，上有"金奏"二字。当下乐声又一齐大作起来。迟均、杜仪，从主位上引了虞博士，奏着乐，从东边走上殿去，香案前跪下。迟均赞："拜，兴；拜，兴；拜，兴；拜，兴。平身。"金东崖赞："退班。"迟均、杜仪，引虞博士从西边走下去，复了主祭的位。迟均、杜仪，也复了引赞的位。杜仪又抽出一枝红旗来："止乐。"金东崖赞："饮福受胙。"迟均、杜仪，引主祭的虞博士，亚献的庄征君，终献的马二先生，都跪在香案前，饮了福酒，受了胙肉。金东崖赞："退班。"三人退下去了。金东崖赞："焚帛。"司帛的诸葛佑、景本蕙、郭铁笔，一齐焚了帛。金东崖赞："礼毕。"众人撤去了祭器，乐器，换去了公服，齐往后面楼下来。金次福、鲍廷玺，带着堂上堂下的乐工和佾舞的三十六个孩子，都到后面两边书房里来。

这一回大祭，主祭的虞博士，亚献的庄征君，终献的马二先生，共三位。大赞的金东崖，司祝的臧荼、卢华士，共三位。引赞的迟均、杜仪，共二位。司麾的武书一位。司尊的季萑、辛东之、余夔，共三位。司玉的蘧来旬、卢德、虞感祁，共三位。司帛的诸葛佑、景本蕙、郭铁笔，共三位。司稷的萧鼎、储信、伊昭，共三位。司馔的季恬逸、金寓刘、宗姬，共三位。金次福、鲍廷玺，二人领着司球的一人，司琴的一人，司瑟的一人，司管的一人，司鼗鼓的一人，司柷的一人，司敔的一人，司笙的一人，司镛的一人，司箫的一人，司编钟的，司编磬的二人；和佾舞的孩子，共是三十六人。——通共七十六人。

当下厨役开剥了一条牛、四副羊，和祭品的肴馔菜蔬都整治起来，共备了十六席：楼底下摆了八席，二十四位同坐；两边书房摆了八席，款待众人。吃了半日的酒，虞博士上轿先进城去。这里众位，也有坐轿的，也有走的；见两边百姓，扶老携幼，挨挤着来看，欢声雷动。马二先生笑问："你们这是为甚么事？"众人都道："我们生长在南京，也有活了七八十岁的，从不曾看见这样的礼体，听见这样的吹打！老年人都说这位主祭的老爷是一位神圣临凡，所以都争着出来看。"众人都欢喜，一齐进城去了。

又过了几日，季萑、萧鼎、辛东之、金寓刘，来辞了虞博士，回扬州去了。马纯上同蘧駪夫到河房里来辞杜少卿，要回浙江。二人走进河房，见杜少卿，臧荼又和一个人坐在那里。蘧駪夫一见，就吓了一跳，心里想道："这人便是在我娄表叔家弄假人头的张铁臂！他如何也在此？"彼此作了揖。张铁臂见蘧駪夫，也不好意思，脸上出神。吃了茶，说了一会辞别的话，马纯上、蘧駪夫辞了出来。杜少卿送出大门。蘧駪夫问道："这姓张的，世兄因何和他相与？"杜少卿道："他叫做张俊民，他在敝县天长住。"蘧駪夫笑着把他本来叫做张铁臂，在浙江做的这些事，略说了几句，说道："这人是相与不得的，少卿须要留神。"杜少卿道："我知道了。"两人别过自去。杜少卿回河房来问张俊民道："俊老，你当初曾叫做张铁臂么？"张铁臂红了脸，道："是小时有这个名字。"别的事含糊说不出来。杜少卿也不再问了。张铁臂见人看破了相，也存身不住，过几日，拉着臧蓼斋回天长去了。萧金铉三个人欠了店帐和酒饭钱，不得回去，来寻杜少卿耽带。杜少卿替他三人赔了几两银子，三人也各回家去了。宗先生要回湖广去，拿行乐来求杜少卿题；杜少卿当面题罢，送别了去。恰好遇着武书走了来。杜少卿道："正字兄，许久不见。这些时在那里？"武书道："前日监里六堂合考，小弟又是一等第一。"杜少卿道："这也有趣的紧。"武书道："倒不说有趣，内中弄出一件奇事来。"杜少卿道："甚么奇事？"武书道："这一回朝廷奉旨要甄别在监读书的人，所以六堂合考。那日上头吩咐下来，解怀脱脚，认真搜检，就和乡试场一样。考的是两篇《四书》，一篇经文，有个习《春秋》的朋友竟带了一篇刻的经文进去。他带了也罢，上去告出恭，就把这经文夹在卷子里，送上堂去。天幸遇着虞老师值场，大人里面也有人同虞老师巡视。虞老师揭卷子，看见这文章，忙拿了藏在靴桶里。巡视的人问是甚么东西。虞老师说：'不相干。'等那人出恭回来，悄悄递与他：'你拿去写。但是你方才上堂不该夹在卷子里拿上来。幸得是我看见，若是别人看见，怎了？'那人吓了个臭死。发案考在二等，走来谢虞老师。虞老师推不认得，说：'并没有这句话。你想是昨日错认了，并不是我。'那日小弟恰好在那里谢考，亲眼看见。那人去了，我问虞老师：'这事老师怎的不肯认？难道他还是不该来谢的？'虞老师道：'读书人全要养其廉耻，他没奈何来谢我，我若再认这话，他就无容身之地了。'小弟却认不的这位朋友，彼时问他姓名，虞老师也不肯说。先生，你说这一件奇事可是难得？"杜少卿道："这也是老人家常有的事。"武书道："还有一件事，更可笑的紧！他家世兄赔嫁来的一个丫头，他就配了姓严的管家了。那奴才看见衙门清淡，没有钱寻，前日就辞了要去。虞老师从前并不曾要他一个钱，白白把丫头配了他，他而今要领丫头出去，要是别人，就要问他要丫头身价，不知要多少。虞老师听了这话，说道：'你两口子出去也好；只是出去，房钱、饭钱都没有。'又给了他十两银子，打发出去，随即把他荐在一个知县衙门里做长随。你说好笑不好笑？"杜少卿道："这些做奴才的有甚么良心！但老人家两次赏他银子并不是有心要人说好，所以难得。"当下留武书吃饭。

武书辞了出去，才走到利涉桥，遇见一个人，头戴方巾，身穿旧布直裰，腰系丝绦，脚下芒鞋，身上掮着行李，花白胡须，憔悴枯槁。那人丢下行李，向武书作揖。武书惊道："郭先生，自江宁镇一别，又是三年，一向在那里奔走？"那人道："一言难尽！"武书道："请在茶馆里坐。"当下两人到茶馆里坐下。那人道："我一向因寻父亲，走遍天下。从前有人说是在江南，所以我到江南，这番是三次了。而今听见人说不在江南，已到四川山里削发为僧去了，我如今就要到四川去。"武书道："可怜！可怜！但先生此去万里程途，非同容易。我想西安府里有一个知县，姓尤，是我们国子监虞老先生的同年，如今托虞老师写一封书子去，是先生顺路，倘若盘缠缺少，也可以帮助些须。"那人道："我草野之人，我那里去见那国子监的官府？"武书道："不妨。这里过去几步就是杜少卿家，先生同我到少卿家坐着，我去讨这一封书。"那人道："杜少卿？可是那天长不应征辟的豪杰么？"武书道："正是。"那人道："这人我倒要会他。"便会了茶钱，同出了茶馆，一齐来到杜少卿家。杜少卿出来相见作揖，问："这位先生尊姓？"武书道："这位先生姓郭，名力，字铁山。二十年走遍天下，寻访父亲，有名的郭孝子。"杜少卿听了这话，从新见礼，奉郭孝子上坐，便问："太老先生如何数十年不知消息？"郭孝子不好说。武书附耳低言，说："曾在江西做官，降过宁王，所以逃窜在外。"杜少卿听罢骇然。因见这般举动，心里敬他，说罢留下行李，"先生权在我家住一宿，明日再行。"郭孝子道："少卿先生豪杰，天下共闻，我也不做客套，竟住一宵罢。"杜少卿进去和娘子说，替郭孝子浆洗衣服，治办酒肴款待他。出来陪着郭孝子。武书说起要问虞博士要书子的话来，杜少卿道："这个容易。郭先生在我这里坐着，我和正字去要书子去。"只因这一番，有分教：

用劳用力，不辞虎窟之中；远水远山，又入蚕丛之境。

毕竟后事如何，且听下回分解。

第三十八回

郭孝子深山遇虎
甘露僧狭路逢仇

话说杜少卿留郭孝子在河房里吃酒饭，自己同武书到虞博士署内，说如此这样一个人求老师一封书子去到西安。虞博士细细听了，说道："这书我怎么不写，但也不是只写书子的事；他这万里长途，自然盘费也难。我这里拿拾两银子，少卿，你去送与他，不必说是我的。"慌忙写了书子，和银子拿出来交与杜少卿。杜少卿接了，同武书拿到河房里。杜少卿自己寻衣服当了四两银子，武书也到家去当了二两银子来，又苦留郭孝子住了一日。庄征君听得有这个人，也写了一封书子，四两银子送来与杜少卿。第三日，杜少卿备早饭与郭孝子吃，武书也来陪着，吃罢，替他拴束了行李，拿着这二十两银子和两封书子，递与郭孝子。郭孝子不肯受。杜少卿道："这银子是我们江南这几个人的，并非盗跖之物，先生如何不受？"郭孝子方才受了，吃饱了饭，作辞出门。杜少卿同武书送到汉西门外，方才回去。

郭孝子晓行夜宿，一路来到陕西，那尤公是同官县知县，只得迂道往同官去会他。这尤公名扶徕，字瑞亭，也是南京的一位老名士，去年才到同官县，一到任之时，就做了一件好事。是广东一个人充发到陕西边上来，带着妻子是军妻。不想这人半路死了，妻子在路上哭哭啼啼，人和他说话，彼此都不明白，只得把他领到县堂上来。尤公看那妇人是要回故乡的意思，心里不忍，便取了俸金五十两，差一个老年的差人，自己取一块白绫，苦苦切切做了一篇文，亲笔写了自己的名字尤扶徕，用了一颗同官县的印，吩咐差人："你领了这妇人，拿我这一幅绫子，遇州遇县，送与他地方官看，求都要用一个印信。你直到他本地方讨了回信来见我。"差人应诺了。那妇人叩谢，领着去了。将近一年，差人回来说："一路各位老爷看见老爷的文章，一个个都悲伤这妇人，也有十两的，也有八两的，六两的，这妇人到家，也有二百多银子。小的送他到广东家里，他家亲戚、本家有百十人，都望空谢了老爷的恩典；又都磕小的的头，叫小的是'菩萨'。这个，小的都是沾老爷的恩。"尤公欢喜，又赏了他几两银子，打发差人出去了。

门上传进帖来，便是郭孝子拿着虞博士的书子进来拜。尤公拆开书子看了这些话，着实钦敬。当下请进来行礼坐下，即刻摆出饭来。正谈着，门上传进来："请老爷下乡相验。"尤公道："先生，这公事我就要去的，后日才得回来。但要屈留先生三日，等我回来，有几句话请教。况先生此去往成都，我有个故人在成都，也要带封书子去。先生万不可推辞。"郭孝子道："老先生如此说，怎好推辞，只是贱性山野，不能在衙门里住。贵治若有甚么庵堂，送我去住两天罢。"尤公道："庵虽有，也窄；我这里有个海月禅林，那和尚是个善知识，送先生到那里去住罢。"便吩咐衙役，"把郭老爷的行李搬着，送在海月禅林，你拜上和尚，说是我送来的。"衙役应诺伺候。郭孝子别了。尤公直送到大门外，方才进去。

郭孝子同衙役到海月禅林客堂里，知客进去说了，老和尚出来打了问讯，请坐奉茶。那衙役自回去了。郭孝子问老和尚："可是一向在这里方丈的么？"老和尚道："贫僧当年住在南京太平府芜湖县甘露庵里的，后在京师报国寺做方丈，因厌京师热闹，所以到这里居住。尊姓是郭，如今却往成都，是做甚么事？"郭孝子见老和尚清癯面貌，颜色慈悲，说道："这话不好对别人说，在老和尚面前不妨讲的。"就把要寻父亲这些话苦说了一番。老和尚流泪叹息，就留在方丈里住，备出晚斋来。郭孝子将路上买的两个梨送与老和尚，受下谢了郭孝子，便叫火工道人抬两只缸在丹墀里，一口缸内放着一个梨，每缸挑上几担水，拿杠子把梨捣碎了，击云板传齐了二百多僧众，一人吃一碗水。郭孝子见了，点头叹息。

到第三日，尤公回来，又备了一席酒请郭孝子。吃过酒，拿出五十两银子，一封书来，说道："先生，我本该留你住些时，因你这寻父亲大事，不敢相留。这五十两银子，权为盘费。先生到成都，拿我这封书子去寻萧昊轩先生。这是一位古道人。他家离成都二十里住，地名叫做东山，先生去寻着他，凡事可以商议。"郭孝子见尤公的意思十分恳切，不好再辞了，只得谢过，收了银子和书子，辞了出来；到海月禅林辞别老和尚要走。老和尚合掌道："居士到成都寻着了尊大人，是必寄个信与贫僧，免的贫僧悬望。"郭孝子应诺。老和尚送出禅林，方才回去。

郭孝子自捎着行李，又走了几天，这路多是崎岖鸟道；郭孝子走一步，怕一步。那日走到一个地方，天色将晚，望不着一个村落。那郭孝子走了一会，遇着一个人。郭孝子作揖问道："请问老爹，这里到宿店所在，还有多少路？"那人道："还有十几里。客人，你要着急些走，夜晚路上有虎，须要小心。"郭孝子听了，急急往前奔着走。天色全黑，却喜山凹里推出一轮月亮来，那正是十四五的月色，升到天上，便十分明亮。郭孝子乘月色走，走进一个树林中，只见劈面起来一阵狂风，把那树上落叶，吹得奇飕飕的响；风过处，跳出一只老虎来。郭孝子叫声："不好了！"一交跌倒在地。老虎把孝子抓了坐在屁股底下。坐了一会，见郭孝子闭着眼，只道是已经死了，便丢了郭孝子，去地下挖了一个坑，把郭孝子提了放在坑里，把爪子拨了许多落叶盖住了他，那老虎便去了。郭孝子在坑里偷眼看老虎走过几里，到那山顶上，还把两只通红的眼睛转过身来望，看见这里不动，方才一直去了。郭孝子从坑里扒了上来，自心里想道："这业障虽然去了，必定是还要回来吃我,如何了得?"一时没有主意,见一棵大树在眼前,郭孝子扒上树去。又心里焦他再来咆哮震动,"我可不要吓了下来";心生一计,将裹脚解了下来,自己缚在树上。等到三更尽后,月色分外光明,只见老虎前走,后面又带了一个东西来。那东西浑身雪白,头上一只角,两只眼就像两盏大红灯笼,直着身子走来。郭孝子认不得是个甚么东西。只见那东西走近跟前,便坐下了。老虎忙到坑里去寻人。见没有了人,老虎慌做一堆儿。那东西大怒,伸过爪来,一掌就把虎头打掉了,老虎死在地下。那东西抖擞身上的毛,发起威来,回头一望,望见月亮地下照着树枝头上有个人,就狠命的往树枝上一扑。扑冒失了,跌了下来,又尽力往上一扑,离郭孝子只得一尺远。郭孝子道:"我今番却休了!"不想那树上一根枯干,恰好对着那东西的肚皮上;后来的这一扑,力太猛了,这枯干戳进肚皮,有一尺多深浅。那东西急了,这枯干越摇越戳的深进去。那东西使尽力气,急了半夜,挂在树上死了。

到天明时候,有几个猎户,手里拿着鸟枪叉棍来。看见这两个东西,吓了一跳。郭孝子在树上叫喊,众猎户接了孝子下来,问他姓名。郭孝子道:"我是过路的人,天可怜见,得保全了性命。我要赶路去了,这两件东西,你们拿到地方去请赏罢。"众猎户拿出些干粮来,和獐子、鹿肉,让郭孝子吃了一饱。众猎户替郭孝子拿了行李,送了五六里路。众猎户辞别回去。

郭孝子自己背了行李,又走了几天路程,在山凹里一个小庵里借住。那庵里和尚问明来历,就拿出素饭来,同郭孝子在窗子跟前坐着吃。正吃着中间,只见一片红光,就如失了火的一般。郭孝子慌忙丢了饭碗道:"不好!火起了!"老和尚笑道:"居士请坐,不要慌。这是我'雪道兄'到了。"吃完了饭,收过碗盏,去推开窗子,指与郭孝子道:"居士,你看么!"郭孝子举眼一看,只见前面山上蹲着一个异兽,头上一只角,只有一只眼睛,却生在耳后。那异兽名为"罴九",任你坚冰冻厚几尺,一声响亮,叫他登时粉碎。和尚道:"这便是'雪道兄'了。"当夜纷纷扬扬,落下一场大雪来。那雪下了一夜一天,积了有三尺多厚。郭孝子走不的,又住了一日。

到第三日,雪晴。郭孝子辞别了老和尚又行,找着山路,一步一滑,两边都是涧沟,那冰冻的支棱着,就和刀剑一般。郭孝子走的慢,天又晚了,雪光中照着,远远望见树林里一件红东西挂着,半里路前,只见一个人走,走到那东西面前,一交跌下涧去。郭孝子就立住了脚,心里疑惑道:"怎的这人看见这红东西就跌下涧去?"定睛细看,只见那红东西底下钻出一个人,把那人行李拿了,又钻了下去。郭孝子心里猜着了几分,便急走上前去看。只见那树上吊的是个女人,披散了头发,身上穿了一件红衫子,嘴跟前一片大红猩猩毡做个舌头拖着,脚底下埋着一个缸,缸里头坐着一个人。那人见郭孝子走到跟前,从缸里跳上来。因见郭孝子生的雄伟,不敢下手,便叉手向前道:"客人,你自走你的路罢了,管我怎的?"郭孝子道:"你这些做法,我已知道了。你不要恼,我可以帮衬你。这装吊死鬼的是你甚么人?"那人道:"是小人的浑家。"郭孝子道:"你且将他解下来。你家在那里住?我到你家去和你说。"那人把浑家脑后一个转珠绳子解了,放了下来。那妇人把头发绾起来，嘴跟前拴的假舌头去掉了，颈子上有一块拴绳子的铁也拿下来，把红衫子也脱了。那人指着路旁，有两间草屋，道："这就是我家了。"

当下夫妻二人跟着郭孝子走，到他家请郭孝子坐着，烹出一壶茶。郭孝子道："你不过短路营生，为甚么做这许多恶事？吓杀了人的性命，这个却伤天理。我虽是苦人，看见你夫妻两人到这个田地，越发可怜的狠了。我有十两银子在此，把与你夫妻两人，你做个小生意度日，下次不要做这事了。——你姓甚么？"那人听了这话，向郭孝子磕头，说道："谢客人的周济。小人姓木，名耐，夫妻两个，原也是好人家儿女，近来因是冻饿不过，所以才做这样的事；而今多谢客人与我本钱，从此就改过了。请问恩人尊姓？"郭孝子道："我姓郭，湖广人，而今到成都府去的。"说着，他妻子也出来拜谢，收拾饭留郭孝子。郭孝子吃着饭，向他说道："你既有胆子短路，你自然还有些武艺。只怕你武艺不高，将来做不得大事，我有些刀法、拳法，传授与你。"那木耐欢喜，一连留郭孝子住了两日。郭孝子把这刀和拳细细指教他，他就拜了郭孝子做师父。第三日郭孝子坚意要行，他备了些干粮、烧肉，装在行李里，替郭孝子背着行李，直送到三十里外，方才告辞回去。

郭孝子接着行李，又走了几天，那日天气甚冷，迎着西北风，那山路冻得像白蜡一般，又硬又滑。郭孝子走到天晚，只听得山洞里大吼一声，又跳出一只老虎来。郭孝子道："我今番命真绝了！"一交跌在地下，不省人事。原来老虎吃人，要等人怕的，今见郭孝子直僵僵在地下，竟不敢吃他，把嘴合着他脸上来闻。一茎胡子戳在郭孝子鼻孔里去，戳出一个大喷嚏来，那老虎倒吓了一跳，连忙转身，几跳跳过前面一座山头，跌在一个涧沟里——那涧极深——被那棱撑像刀剑的冰凌横拦着，竟冻死了。郭孝子扒起来，老虎已是不见，说道："惭愧！我又经了这一番！"背着行李再走。走到成都府，找着父亲在四十里外一个庵里做和尚。访知的了，走到庵里去敲门。老和尚开门，见是儿子，就吓了一跳。郭孝子见是父亲，跪在地下恸哭。老和尚道："施主请起来，我是没有儿子的，你想是认错了。"郭孝子道："儿子万里程途，寻到父亲跟前来，父亲怎么不认我？"老和尚道："我方才说过，贫僧是没有儿子的。施主你有父亲，你自己去寻，怎的望着贫僧哭？"郭孝子道："父亲虽则几十年不见，难道儿子就认不得了？"跪着不肯起来。老和尚道："我贫僧自小出家，那里来的这个儿子？"郭孝子放声大哭道："父亲不认儿子，儿子到底是要认父亲的！"三番五次，缠的老和尚急了，说道："你是何处光棍，敢来闹我们！快出去！我要关山门！"郭孝子跪在地下恸哭，不肯出去。和尚道："你再不出去，我就拿刀来杀了你！"郭孝子伏在地下哭道："父亲就杀了儿子，儿子也是不出去的！"老和尚大怒，双手把郭孝子拉起来，提着郭孝子的领子，一路推搡出门，便关了门进去，再也叫不应。

郭孝子在门外哭了一场，又哭一场，又不敢敲门。见天色将晚，自己想道："罢！罢！父亲料想不肯认我了！"抬头看了，这庵叫做竹山庵。只得在半里路外租了一间房屋住下。次早，在庵门口看见一个道人出来，买通了这道人，日日搬柴运米，养活父亲。不到半年之上，身边这些银子用完了，思量要到东山去寻萧昊轩，又恐怕寻不着，耽搁了父亲的饭食。只得左近人家佣工，替人家挑土，打柴；每日寻几分银子，养活父亲。遇着有个邻居往陕西去，他就把这寻父亲的话，细细写了一封书，带与海月禅林的老和尚。

老和尚看了书，又欢喜，又钦敬他。不多几日，禅林里来了一个挂单的和尚。那和尚便是响马贼头赵大，披着头发，两只怪眼，凶像未改。老和尚慈悲，容他住下。不想这恶和尚在禅林吃酒，行凶，打人，无所不为。首座领着一班和尚来禀老和尚道："这人留在禅林里，是必要坏了清规，求老和尚赶他出去。"老和尚教他去，他不肯去，后来首座叫知客向他说："老和尚叫你去，你不去；老和尚说：'你若再不去，就照依禅林规矩，抬到后面院子里，一把火，就把你烧了！'"恶和尚听了，怀恨在心，也不辞老和尚，次日，收拾衣单去了。老和尚又住了半年，思量要到峨嵋山走走，顺便去成都会会郭孝子。辞了众人，挑着行李衣钵，风餐露宿，一路来到四川。

离成都有百十里多路，那日下店早，老和尚出去看看山景，走到那一个茶棚内吃茶。那棚里先坐着一个和尚。老和尚忘记，认不得他了，那和尚却认得老和尚，便上前打个问讯道："和尚，这里茶不好，前边不多几步就是小庵，何不请到小庵里去吃杯茶？"

老和尚欢喜道:“最好。”那和尚领着老和尚,曲曲折折,走了七八里路,才到一个庵里。那庵一进三间,前边一尊迦蓝菩萨。后一进三间殿,并没有菩萨,中间放着一个榻床。那和尚同老和尚走进庵门,才说道:“老和尚!你认得我么?”老和尚方才想起是禅林里赶出去的恶和尚,吃了一惊,说道:“是方才偶然忘记,而今认得了。”恶和尚竟自己走到床上坐下,睁开眼道:“你今日既到我这里,不怕你飞上天去!我这里有个葫芦,你拿了,在半里路外山冈上一个老妇人开的酒店里,替我打一葫芦酒来!你快去!”老和尚不敢违拗,捧着葫芦出去,找到山冈子上,果然有个老妇人在那里卖酒。老和尚把这葫芦递与他。那妇人接了葫芦,上上下下把老和尚一看,止不住眼里流下泪来,便要拿葫芦去打酒。老和尚吓了一跳,便打个问讯道:“老菩萨,你怎见了贫僧就这般悲恸起来?这是甚么原故?”那妇人含着泪,说道:“我方才看见老师父是个慈悲面貌,不该遭这一难!”老和尚惊道:“贫僧是遭的甚么难?”那老妇人道:“老师父,你可是在半里路外那庵里来的?”老和尚道:“贫僧便是,你怎么知道?”老妇人道:“我认得他这葫芦。他但凡要吃人的脑子,就拿这葫芦来打我店里药酒。老师父,你这一打了酒去,没有活的命了!”老和尚听了,魂飞天外,慌了道:“这怎么处?我如今走了罢!”老妇人道:“你怎么走得?这四十里内,都是他旧日的响马党羽。他庵里走了一人,一声梆子响,即刻有人捆翻了你,送在庵里去!”老和尚哭着跪在地下:“求老菩萨救命!”老妇人道:“我怎能救你?我若说破了,我的性命也难保。但看见你老师父慈悲,死的可怜,我指一条路给你去寻一个人。”老和尚道:“老菩萨!你指我去寻那个人?”老妇人慢慢说出这一个人来。只因这一番,有分教:

热心救难,又出惊天动地之人;仗剑立功,无非报国忠臣之事。

毕竟这老妇人说出甚么人来,且听下回分解。

第三十九回

萧云仙救难明月岭
平少保奏凯青枫城

话说老和尚听了老妇人这一番话，跪在地下哀告。老妇人道："我怎能救你，只好指你一条路去寻一个人。"老和尚道："老菩萨！却叫贫僧去寻一个甚么人？求指点了我去！"老妇人道："离此处有一里多路，有个小小山冈，叫做明月岭。你从我这屋后山路过去，还可以近得几步。你到那岭上，有一个少年在那里打弹子，你却不要问他，只双膝跪在他面前，等他问你，你再把这些话向他说。只有这一个人还可以救你。你速去求他，却也还拿不稳；设若这个人还不能救你，我今日说破这个话，连我的性命只好休了！"老和尚听了，战战兢兢，将葫芦里打满了酒，谢了老妇人，在屋后攀藤附葛上去。果然走不到一里多路，一个小小山冈，山冈上一个少年在那里打弹子。山洞里嵌着一块雪白的石头，不过铜钱大，那少年觑的较近，弹子过处，一下下都打了一个准。老和尚近前看那少年时，头戴武巾，身穿藕色战袍，白净面皮，生得十分美貌。那少年弹子正打得酣边，老和尚走来，双膝跪在他面前。那少年正要问时，山凹里飞起一阵麻雀。那少年道："等我打了这个雀儿看。"手起弹子落，把麻雀打死了一个坠下去。那少年看见老和尚含着眼泪跪在跟前，说道："老师父，你快请起来。你的来意，我知道了。我在此学弹子，正为此事。但才学到九分，还有一分未到，恐怕还有意外之失，所以不敢动手。今日既遇着你来，我也说不得了，想是他毕命之期。老师父，你不必在此耽误，你快将葫芦酒拿到庵里去，脸上万不可做出慌张之像，更不可做出悲伤之像来。你到那里，他叫你怎么样你就怎么样，一毫不可违拗他，我自来救你。"

老和尚没奈何，只得捧着酒葫芦，照依旧路，来到庵里。进了第二层，只见恶和尚坐在中间床上，手里已是拿着一把明晃晃的钢刀，问老和尚道："你怎么这时才来？"老和尚道："贫僧认不得路，走错了，慢慢找了回来。"恶和尚道："这也罢了，你跪下罢！"老和尚双膝跪下。恶和尚道："跪上些来！"老和尚见他拿着刀，不敢上去。恶和尚道："你不上来，我劈面就砍来！"老和尚只得膝行上去。恶和尚道："你褪了帽子罢！"老和尚含着眼泪，自己除了帽子。恶和尚把老和尚的光头捏一捏，把葫芦药酒倒出来吃了一口，左手拿着酒，右手执着风快的刀，在老和尚头上试一试，比个中心。老和尚此时尚未等他劈下来，那魂灵已在顶门里冒去了。恶和尚比定中心，知道是脑子的所在，一劈出了，恰好脑浆迸出，赶热好吃；当下比定了中心，手持钢刀，向老和尚头顶心里劈将下来。不想刀口未曾落老和尚头上，只听得门外飕的一声，一个弹子飞了进来，飞到恶和尚左眼上。恶和尚大惊，丢了刀，放下酒，将只手捺着左眼，飞跑出来，到了外一层。迦蓝菩萨头上坐着一个人。恶和尚抬起头来，又是一个弹子，把眼打瞎。恶和尚跌倒了。那少年跳了下来，进里面一层。老和尚已是吓倒在地。那少年道："老师父！快起来走！"老和尚道："我吓软了，其实走不动了！"那少年道："起来！我背着你走。"便把老和尚扯起来，驮在身上，急急出了庵门，一口气跑了四十里。那少年把老和尚放下，说道："好了；老师父脱了这场大难，自此，前途吉庆无虞。"老和尚方才还了魂，跪在地下拜谢，问："恩人尊姓大名？"那少年道："我也不过要除这一害，并非有意救你。你得了命，你速去罢，问我的姓名怎的？"老和尚又问，总不肯说。老和尚只得向前膜拜了九拜，说道："且辞别了恩人，不死当以厚报。"拜毕起来，上路去了。

那少年精力已倦，寻路旁一个店内坐下。只见店里先坐着一个人，面前放着一个盒子。那少年看那人时，头戴孝巾，身穿白布衣服，脚下芒鞋，形容悲戚，眼下许多泪痕，便和他拱一拱手，对面坐下。那人笑道："清平世界，荡荡乾坤，把弹子打瞎人的眼睛，却来这店里坐的安稳！"那少年道："老先生从那里来？怎么知道这件事的？"那人道："我方才原是笑话。剪除恶人，救拔善类，这是最难得的事。你长兄尊姓大名？"那少年道："我姓萧，名采，字云仙，舍下就在这成都府二十里外东山住。"那人惊道："成都二十里外东山有一位萧昊轩先生，可是尊府？"萧云仙惊道："这便是家父。老先生怎么知道？"那人道："原来就是尊翁。"便把自己姓名说下，并因甚来四川："在同官县会见县令尤公，曾有一书与尊大人。我因寻亲念切，不曾绕路到尊府。长兄，你方才救的这老和尚，我却也认得他。不想邂逅相逢。看长兄如此英雄，便是昊轩先生令郎，可敬！可敬！"萧云仙道："老先生既寻着太老先生，如何不同在一处？如今独自又往那里去？"郭孝子见问这话，哭起来道："不幸先君去世了。这盒子里便是先君的骸骨。我本是湖广人，而今把先君骸骨背到故乡去归葬。"萧云仙垂泪道："可怜！可怜！但晚生幸遇着老先生，不知可以拜请老先生同晚生到舍下去会一会家君么？"郭孝子道："本该造府恭谒，奈我背着先君的骸骨不便，且我归葬心急。致意尊大人，将来有便，再来奉谒罢。"因在行李内取出尤公的书子来，递与萧云仙。又拿出百十个钱来，叫店家买了三角酒，割了二斤肉，和些蔬菜之类，叫店主人整治起来，同萧云仙吃着，便向他道："长兄，我和你一见如故，这是人生最难得的事；况我从陕西来，就有书子投奔的是尊大人，这个就更比初交的不同了。长兄，像你这样事，是而今世上人不肯做的，真是难得；但我也有一句话要劝你，可以说得么？"萧云仙道："晚生年少，正要求老先生指教，有话怎么不要说？"郭孝子道："这冒险捐躯，都是侠客的勾当，而今比不得春秋、战国时，这样事就可以成名。而今是四海一家的时候，任你荆轲、聂政，也只好叫做乱民。像长兄有这样品貌材艺，又有这般义气肝胆，正该出来替朝廷效力；将来到疆场，一刀一枪,博得个封妻荫子,也不枉了一个青史留名。不瞒长兄说,我自幼空自学了一身武艺,遭天伦之惨,奔波辛苦,数十余年。而今老了,眼见得不中用了。长兄年力鼎盛,万不可蹉跎自误。你须牢记老拙今日之言。"萧云仙道:"晚生得蒙老先生指教,如拨云见日,感谢不尽。"又说了些闲话。次早,打发了店钱,直送郭孝子到二十里路外岔路口,彼此洒泪分别。

萧云仙回到家中,问了父亲的安,将尤公书子呈上看过。萧昊轩道:"老友与我相别二十年,不通音问;他今做官适意,可喜可喜!"又道:"郭孝子武艺精能,少年与我齐名,可惜而今和我都老了。他今求的他太翁骸骨归葬,也算了过一生心事。"萧云仙在家奉事父亲。过了半年,松潘卫边外生番与内地民人互市,因买卖不公,彼此吵闹起来,那番子性野,不知王法,就持了刀杖器械,大打一仗。弓兵前来护救,都被他杀伤了,又将青枫城一座强占了去。巡抚将事由飞奏到京,朝廷看了本章,大怒,奉旨:差少保平治前往督师,务必犁庭扫穴,以章天讨。平少保得了圣旨,星飞出京,到了松潘驻扎。萧昊轩听了此事,唤了萧云仙到面前,吩咐道:"我听得平少保出师,现驻松潘,征剿生番。少保与我有旧。你今前往投军,说出我的名姓,少保若肯留在帐下效力,你也可以借此报效朝廷,正是男子汉发奋有为之时。"萧云仙道:"父亲年老,儿子不敢远离膝下。"萧昊轩道:"你这话就不是了。我虽年老,现在并无病痛,饭也吃得,觉也睡得,何必要你追随左右;你若是借口不肯前去,便是贪图安逸,在家恋着妻子,乃是不孝之子,从此你便不许再见我的面了!"几句话,说的萧云仙闭口无言,只得辞了父亲,拴束行李,前去投军。一路程途,不必细说。这一日,离松潘卫还有一站多路,因出店太早,走了十多里,天尚未亮。萧云仙背着行李,正走得好,忽听得背后有脚步响。他便跳开一步,回转头来,只见一个人,手持短棍,正待上前来打他,早被他飞起一脚,踢倒在地。萧云仙夺了他手中短棍,劈头就要打。那人在地下喊道:"看我师父面上,饶恕我罢!"萧云仙住了手,问道:"你师父是谁?"那时天色已明,看那人时,三十多岁光景,身穿短袄,脚下八搭麻鞋,面上微有髭须。那人道:"小人姓木,名耐,是郭孝子的徒弟。"萧云仙一把拉起来,问其备细。木耐将曾经短路,遇郭孝子,及他收为徒弟的一番话说了一遍。萧云仙道:"你师父,我也认得。你今番待往那里去?"木耐道:"我听得平少保征番,现在松潘招军,意思要到那里去投军,因途间缺少盘缠,适才得罪长兄,休怪!"萧云仙道:"既然如此,我也是投军去的,便和你同行,何如?"木耐大喜,情愿认做萧云仙的亲随伴当。一路来到松潘,在中军处递了投充的呈词。少保传令细细盘问来历,知道是萧浩的儿子,收在帐下,赏给千总职衔,军前效力。木耐赏战粮一分,听候调遣。

过了几日,各路粮饷俱已调齐,少保升帐,传下将令,叫各弁在辕门听候。萧云仙早到,只见先有两位都督在辕门上。萧云仙请了安,立在旁边。听那一位都督道:"前日总镇马大老爷出兵,竟被青枫城的番子用计挖了陷坑,连人和马都跌在陷坑里。马大老爷受了重伤,过了两天,伤发身死。现今尸首并不曾找着。马大老爷是司礼监老公公的侄儿,现今内里传出信来,务必要找寻尸首。若是寻不着,将来不知是个怎么样的处分！这事怎了？”这一位都督道：“听见青枫城一带几十里是无水草的，要等冬天积下大雪，到春融之时，那山上雪水化了，淌下来，人和牲口才有水吃。我们到那里出兵，只消几天没有水吃，就活活的要渴死了，那里还能打甚么仗！”萧云仙听了，上前禀道：“两位太爷不必费心。这青枫城是有水草的，不但有，而且水草最为肥饶。”两都督道：“萧千总，你曾去过不曾？”萧云仙道：“卑弁不曾去过。”两位都督道：“可又来！你不曾去过，怎么得知道？”萧云仙道：“卑弁在史书上看过，说这地方水草肥饶。”两都督变了脸道：“那书本子上的话，如何信得！”萧云仙不敢言语。

少刻，云板响处，辕门铙鼓喧闹。少保升帐，传下号令，教两都督率领本部兵马，作中军策应；叫萧云仙带领步兵五百名在前，先锋开路。本帅督领后队调遣。将令已下，各将分头前去。萧云仙携了木耐，带领五百步兵，疾忙前进，望见前面一座高山，十分险峻，那山头上隐隐有旗帜在那里把守。这山名唤椅儿山，是青枫城的门户。萧云仙吩咐木耐道：“你带领二百人从小路扒过山去，在他总路口等着。只听得山头炮响，你们便喊杀回来助战，不可有误。”木耐应诺去了。萧云仙又叫一百兵丁埋伏在山凹里，只听山头炮响，一齐呐喊起来，报称大兵已到，赶上前来助战。分派已定，萧云仙带着二百人，大踏步杀上山来，那山上几百番子，藏在土洞里，看见有人杀上来，一齐蜂拥的出来打仗。那萧云仙腰插弹弓，手拿腰刀，奋勇争先，手起刀落，先杀了几个番子。那番子见势头勇猛，正要逃走。二百人卷地齐来，犹如暴风疾雨。忽然一声炮响，山凹里伏兵大声喊叫：“大兵到了！”飞奔上山。番子正在魂惊胆落，又见山后那二百人，摇旗呐喊飞杀上来，只道大军已经得了青枫城，乱纷纷各自逃命。那里禁得萧云仙的弹子打来，打得鼻塌嘴歪，无处躲避。萧云仙将五百人合在一处，喊声大震，把那几百个番子，犹如砍瓜切菜，尽数都砍死了，旗帜器械，得了无数。萧云仙叫众人暂歇一歇，即鼓勇前进。只见一路都是深林密箐，走了半天，林子尽处，一条大河，远远望见青枫城在数里之外。萧云仙见无船只可渡，忙叫五百人旋即砍伐林竹，编成筏子；顷刻办就，一齐渡过河来。萧云仙道：“我们大兵尚在后面，攻打他的城池，不是五百人做得来的。第一不可使番贼知道我们的虚实。”叫木耐率领兵众，将夺得旗帜改造做云梯，带二百兵，每人身藏枯竹一束，到他城西僻静地方，爬上城去，将他堆贮粮草处所放起火来，“我们便好攻打他的东门。”这里分拨已定。

且说两位都督率领中军到了椅儿山下，又不知道萧云仙可曾过去。两位议道：“像这等险恶所在，他们必有埋伏，我们尽力放些大炮，放的他们不敢出来，也就可以报捷了。”正说着，一骑马飞奔追来，少保传下军令：叫两位都督疾忙前去策应，恐怕萧云仙少年轻进，以致失事。两都督得了将令，不敢不进，号令军中，疾驰到带子河，见有现成筏子，都渡过去，望见青枫城里火光烛天。那萧云仙正在东门外施放炮火，攻打城中。番子见城中火起，不乱自乱。这城外中军已到，与前军先锋合为一处，将一座青枫城围的铁桶般相似。那番酋开了北门，舍命一顿混战，只剩了十数骑，溃围逃命去了。少保督领后队已到，城里败残的百姓，各人头顶香花，跪迎少保进城。少保传令，救火安民，秋毫不许惊动。随即写了本章,遣官到京里报捷。

这里萧云仙迎接,叩见了少保,少保大喜,赏了他一腔羊,一坛酒,夸奖了一番。过了十余日,旨意回头:着平治来京,两都督回任候升,萧采实授千总。那善后事宜,少保便交与萧云仙办理。萧云仙送了少保进京,回到城中,看见兵灾之后,城垣倒塌,仓库毁坏,便细细做了一套文书,禀明少保。那少保便将修城一事,批了下来:责成萧云仙用心经理;候城工完竣之后,另行保题议叙。只因这一番,有分教:

甘棠有荫,空留后人之思;飞将难封,徒博数奇之欢。

不知萧云仙怎样修城,且听下回分解。

第四十回

萧云仙广武山赏雪
沈琼枝利涉桥卖文

话说萧云仙奉着将令，监督筑城，足足住了三四年，那城方才筑的成功。周围十里，六座城门，城里又盖了五个衙署。出榜招集流民，进来居住，城外就叫百姓开垦田地。萧云仙想道："像这旱地，百姓一遇荒年，就不能收粮食了，须是兴起些水利来。"因动支钱粮，雇齐民夫，萧云仙亲自指点百姓，在田旁开出许多沟渠来。沟间有洫，洫间有遂，开得高高低低，仿佛江南的光景。到了成功的时候，萧云仙骑着马，带着木耐，在各处犒劳百姓们。每到一处，萧云仙杀牛宰马，传下号令，把那一方百姓都传齐了。萧云仙建一坛场，立起先农的牌位来，摆设了牛羊祭礼。萧云仙纱帽补服，自己站在前面，率领众百姓，叫木耐在旁赞礼，升香、奠酒，三献、八拜，拜过，又率领众百姓望着北阙山呼舞蹈，叩谢皇恩，便叫百姓都团团坐下，萧云仙坐在中间，拔剑割肉，大碗斟酒，欢呼笑乐，痛饮一天。吃完了酒，萧云仙向众百姓道："我和你们众百姓在此痛饮一天，也是缘法。而今上赖皇恩，下托你们众百姓的力，开垦了这许多田地，也是我姓萧的在这里一番。我如今亲自手种一棵柳树，你们众百姓每人也种一棵，或杂些桃花、杏花，亦可记着今日之事。"众百姓欢声如雷，一个个都在大路上栽了桃、柳。萧云仙同木耐，今日在这一方，明日又在那一方，一连吃了几十日酒，共栽了几万棵柳树。众百姓感激萧云仙的恩德，在城门外公同起盖了一所先农祠，中间供着先农神位，旁边供了萧云仙的长生禄位牌。又寻一个会画的，在墙上画了一个马，画萧云仙纱帽补服，骑在马上，前面画木耐的像，手里拿着一枝红旗，引着马，做劝农的光景。百姓家男男女女，到朔望的日子，往这庙里来焚香点烛跪拜，非止一日。

到次年春天，杨柳发了青，桃花杏花都渐渐开了，萧云仙骑着马，带着木耐，出来游玩。见那绿树阴中，百姓家的小孩子，三五成群的牵着牛，也有倒骑在牛上的，也有横睡在牛背上的，在田旁沟里饮了水，从屋角边慢慢转了过来。萧云仙心里欢喜，向木耐道："你看这般光景，百姓们的日子有的过了。只是这班小孩子，一个个好模好样，也还觉得聪俊，怎得有个先生教他识字便好。"木耐道："老爷，你不知道么？前日这先农祠住着一个先生,是江南人。而今想是还在这里,老爷何不去和他商议?"萧云仙道:"这更凑巧了。"便打马到祠内会那先生。进去同那先生作揖坐下。萧云仙道:"闻得先生贵处是江南,因甚到这边外地方?请问先生贵姓?"那先生道:"贱姓沈,敝处常州;因向年有个亲戚在青枫做生意,所以来看他。不想遭了兵乱,流落在这里五六年,不得回去。近日闻得朝里萧老先生在这里筑城、开水利,所以到这里来看看。老先生尊姓?贵衙门是那里?"萧云仙道:"小弟便是萧云仙,在此开水利的。"那先生起身从新行礼,道:"老先生便是当今的班定远,晚生不胜敬服。"萧云仙道:"先生既在这城里,我就是主人,请到我公廨里去住。"便叫两个百姓来搬了沈先生的行李。叫木耐牵着马,萧云仙携了沈先生的手,同到公廨里来。备酒饭款待沈先生,说起要请他教书的话,先生应允了。萧云仙又道:"只得先生一位,教不来。"便将带来驻防的二三千多兵内,拣那认得字多的兵选了十个,托沈先生每日指授他些书理。开了十个学堂,把百姓家略聪明的孩子都养在学堂里读书,读到两年多,沈先生就教他做些破题、破承、起讲。但凡做的来,萧云仙就和他分庭抗礼,以示优待,这些人也知道读书是体面事了。

萧云仙城工已竣,报上文书去,——把这文书就叫木耐赍去。木耐见了少保,少保问他些情节,赏他一个外委把总做去了。少保据着萧云仙的详文,咨明兵部。——工部核算:

> 萧采承办青枫城城工一案,该抚题销本内:砖,灰,工匠,共开销银一万九千三百六十两一钱二分一厘五毫。查该地水草附近,烧造砖灰甚便,新集流民,充当工役者甚多;不便听其任意浮开。应请核减银七千五百二十五两有零,在于该员名下着追。查该员系四川成都府人,应行文该地方官勒限严比归款,可也。奉旨依议。

萧云仙看了邸抄,接了上司行来的公文,只得打点收拾行李,回成都府。比及到家,他父亲已卧病在床,不能起来。萧云仙到床面前请了父亲的安,诉说军前这些始末缘由;说过,又磕下头去,伏着不肯起来。萧昊轩道:"这些事,你都不曾做错,为甚么不起来?"萧云仙才把因修城工,被工部核减追赔一案说了;又道:"儿子不能挣得一丝半粟孝敬父亲,倒要破费了父亲的产业,实在不可自比于人,心里愧恨之极!"萧昊轩道:"这是朝廷功令,又不是你不肖花消掉了,何必气恼?我的产业,攒凑拢来,大约还有七千金,你一总呈出归公便了。"萧云仙哭着应诺了。看见父亲病重,他衣不解带,伏侍十余日,眼见得是不济事。萧云仙哭着问:"父亲可有甚么遗言?"萧昊轩道:"你这话又呆气了。我在一日,是我的事;我死后,就都是你的事了。总之,为人以忠孝为本,其余都是末事。"说毕,瞑目而逝。

萧云仙呼天抢地,尽哀尽礼:治办丧事,十分尽心。却自已叹息道:"人说'塞翁失马',未知是福是祸。前日要不为追赔,断断也不能回家,父亲送终的事,也再不能自已亲自办。可见这番回家,也不叫做不幸。"丧葬已毕,家产都已赔完了,还少三百多两银子,地方官仍旧紧追。适逢知府因盗案的事降调去了。新任知府却是平少保做巡抚时提拔的，到任后，知道萧云仙是少保的人，替他虚出了一个完清的结状，叫他先到平少保那里去，再想法来赔补。少保见了萧云仙，慰劳了一番，替他出了一角咨文，送部引见。兵部司官说道："萧采办理城工一案，无例题补；应请仍于本千总班次，论俸推升守备。俟其得缺之日，带领引见。"

萧云仙又候了五六个月，部里才推升了他应天府江淮卫的守备，带领引见。奉旨："着往新任。"萧云仙领了札付出京，走东路来南京。过了朱龙桥，到了广武卫地方，晚间住在店里，正是严冬时分。约有二更尽鼓，店家吆呼道："客人们起来！木总爷来查夜！"众人都披了衣服坐在铺上。只见四五个兵，打着灯笼，照着那总爷进来，逐名查了。萧云仙看见那总爷原来就是木耐。木耐见了萧云仙，喜出望外，叩请了安，忙将萧云仙请进衙署，住了一宿。

次日，萧云仙便要起行，木耐留住道："老爷且宽住一日，这天色想是要下雪了，今日且到广武山阮公祠游玩游玩，卑弁尽个地主之谊。"萧云仙应允了。木耐叫备两匹马，同萧云仙骑着，又叫一个兵，备了几样肴馔和一尊酒，一径来到广武山阮公祠内。道士接进去，请到后面楼上坐下。道士不敢来陪，随接送上茶来。木耐随手开了六扇窗格，正对着广武山侧面。看那山上，树木凋败，又被北风吹的凛凛冽冽的光景，天上便飘下雪花来。萧云仙看了，向着木耐说道："我两人当日在青枫城的时候，这样的雪，不知经过了多少，那时倒也不见得苦楚；如今见了这几点雪，倒觉得寒冷的紧。"木耐道："想起那两位都督大老爷，此时貂裘向火，不知怎么样快活哩！"说着，吃完了酒，萧云仙起来闲步。楼右边一个小阁子，墙上嵌着许多名人题咏，萧云仙都看完了。内中一首，题目写着"广武山怀古"，读去却是一首七言古风。萧云仙读了又读，读过几遍，不觉凄然泪下，木耐在旁，不解其意。萧云仙又看了后面一行写着："白门武书正字氏稿"，看罢，记在心里。当下收拾回到衙署，又住了一夜。次日天晴，萧云仙辞别木耐要行。木耐亲自送过大柳驿，方才回去。

萧云仙从浦口过江，进了京城，验了札付，到了任，查点了运丁，看验了船只，同前任的官交代清楚。那日，便问运丁道："你们可晓的这里有一个姓武，名书，号正字的是个甚么人？"旗丁道："小的却不知道。老爷问他，却为甚么？"萧云仙道："我在广武卫看见他的诗，急于要会他。"旗丁道："既是做诗的人，小的向国子监一问便知了。"萧云仙道："你快些去问。"旗丁次日来回复道："国子监问过来了。门上说，监里有个武相公，叫做武书，是个上斋的监生，就在花牌楼住。"萧云仙道："快叫人伺候，不打执事，我就去拜他。"当下一直来到花牌楼，一个坐东朝西的门楼，投进帖去，武书出来会了。萧云仙道："小弟是一个武夫，新到贵处，仰慕贤人君子。前日在广武山壁上，奉读老先生怀古佳作，所以特来拜谒。"武书道："小弟那诗，也是一时有感之作，不想有污尊目。"当下捧出茶来吃了。武书道："老先生自广武而来，想必自京师部选的了？"萧云仙道："不瞒老先生，说起来话长。小弟自从青枫城出征之后，因修理城工多用了帑项，方才赔偿清了，照千总推升的例，选在这江淮卫。却喜得会见老先生，凡事要求指教；

改日还有事奉商。”武书道：“当得领教。”萧云仙说罢，起身去了。

武书送出大门，看见监里斋夫飞跑了来，说道：“大堂虞老爷立候相公说话。”武书走去见虞博士。虞博士道：“年兄，令堂旌表的事，部里为报在后面，驳了三回，如今才准了。牌坊银子在司里，年兄可作速领去。”武书谢了出来。次日，带了帖子去回拜萧守备，萧云仙迎入川堂，作揖奉坐。武书道：“昨日枉驾后，多慢。拙作过蒙称许，心切不安，还有些拙刻带在这边，还求指教。”因在袖内拿出一卷诗来。萧云仙接着，看了数篇，赞叹不已。随请到书房里坐了，摆上饭来，吃过，萧云仙拿出一个卷子递与武书，道：“这是小弟半生事迹，专求老先生大笔，或作一篇文，或作几首诗，以垂不朽。”武书接过来，放在桌上，打开看时，前面写着“西征小纪”四个字。中间三副图：第一副是“椅儿山破敌”，第二副是“青枫取城”，第三副是“春郊劝农”。每幅下面都有逐细的纪略。武书看完了，叹惜道：“飞将军数奇，古今来大概如此；老先生这样功劳，至今还屈在卑位；这做诗的事，小弟自是领教。但老先生这一番汗马的功劳，限于资格，料是不能载入史册的了，须得几位大手笔，撰述一番，各家文集里传留下去，也不埋没了这半生忠悃。”萧云仙道：“这个也不敢当。但得老先生大笔，小弟也可借以不朽了。”武书道：“这个不然。卷子我且带了回去，这边有几位大名家，素昔最喜赞扬忠孝的，若是见了老先生这一番事业，料想乐于题咏的。容小弟将此卷传了去看看。”萧云仙道：“老先生的相知何不竟指小弟先去拜谒？”武书道：“这也使得。”萧云仙拿了一张红帖子要武书开名字去拜。武书便开出：虞博士果行、迟均衡山、庄征君绍光、杜仪少卿，俱写了住处，递与萧云仙，带了卷子，告辞去了。

萧云仙次日拜了各位，各位都回拜了。随奉粮道文书，押运赴淮。萧云仙上船，到了扬州，在钞关上挤马头。正挤的热闹，只见后面挤上一只船来，船头上站着一个人，叫道：“萧老先生！怎么在这里？”萧云仙回头一看，说道：“呵呀！原来是沈先生！你几时回来的？”忙叫拢了船。那沈先生跳上船来。萧云仙道：“向在青枫城一别，至今数年。是几时回南来的？”沈先生道：“自蒙老先生青目，教了两年书，积下些修金，回到家乡，将小女许嫁扬州宋府上，此时送他上门去。”萧云仙道：“令爱恭喜，少贺。”因叫跟随的人封了一两银子，送过来做贺礼，说道：“我今番押运北上，不敢停泊；将来回到敝署；再请先生相会罢。”作别开船去了。

这先生领着他女儿琼枝，岸上叫了一乘小轿子抬着女儿，自己押了行李，到了缺口门，落在大丰旗下店里。那里伙计接着，通报了宋盐商。那盐商宋为富打发家人来吩咐道：“老爷叫把新娘就抬到府里去，沈老爷留在下店里住着，叫帐房置酒款待。”沈先生听了这话，向女儿琼枝道：“我们只说到了这里，权且住下，等他择吉过门，怎么这等大模大样？看来这等光景竟不是把你当作正室了。这头亲事，还是就得就不得？女儿，你也须自己主张。”沈琼枝道：“爹爹，你请放心。我家又不曾写立文书，得他身价，为甚么肯去伏低做小！他既如此排场，爹爹若是和他吵闹起来，倒反被外人议论。我而今一乘轿子，抬到他家里去，看他怎模样看待我。”沈先生只得依着女儿的言语，看着他装饰起来。头上戴了冠子,身上穿了大红外盖,拜辞了父亲,上了轿。那家人跟着轿子,一直来到河下,进了大门。几个小老妈抱着小官在大墙门口同看门的管家说笑话,看见轿子进来,问道:"可是沈新娘来了?请下了轿,走水巷里进去。"沈琼枝听见,也不言语,下了轿,一直走到大厅上坐下。说道:"请你家老爷出来!我常州姓沈的,不是甚么低三下四的人家!他既要娶我,怎的不张灯结彩,择吉过门?把我悄悄的抬了来,当做娶妾的一般光景;我且不问他要别的,只叫他把我父亲亲笔写的婚书拿出来与我看,我就没的说了!"老妈同家人都吓了一跳,甚觉诧异,慌忙走到后边报与老爷知道。那宋为富正在药房里看着药匠弄人参,听了这一篇话,红着脸道:"我们总商人家,一年至少也娶七八个妾,都像这般淘气起来,这日子还过得!他走了来,不怕他飞到那里去!"踌躇一会,叫过一个丫鬟来,吩咐道:"你去前面向那新娘说:'老爷今日不在,新娘权且进房去。有甚么话,等老爷来家再说。'"丫鬟来说了,沈琼枝心里想着:"坐在这里也不是事,不如且随他进去。"便跟着丫头走到厅背后左边一个小圭门里进去,三间楠木厅,一个大院落,堆满了太湖石的山子。沿着那山石走到左边一条小巷,串入一个花园内。竹树交加,亭台轩敞,一个极宽的金鱼池,池子旁边,都是朱红栏杆,夹着一带走廊。走到廊尽头处,一个小小月洞,四扇金漆门。走将进去,便是三间屋,一间做房,铺设的齐齐整整,独自一个院落。妈子送了茶来。沈琼枝吃着,心里暗说道:"这样极幽的所在,料想彼人也不会赏鉴,且让我在此消遣几天。"那丫鬟回去回复宋为富道:"新娘人物倒生得标致,只是样子觉得憨赖,不是个好惹的。"

过了一宿,宋为富叫管家到下店里,吩咐帐房中兑出五百两银子送与沈老爷,叫他且回府,着姑娘在这里,想没的话说。沈先生听了这话,说道:"不好了!他分明拿我女儿做妾,这还了得!"一径走到江都县喊了一状。那知县看了呈子,说道:"沈大年既是常州贡生,也是衣冠中人物,怎么肯把女儿与人做妾?盐商豪横一至于此!"将呈词收了。宋家晓得这事,慌忙叫小司客具了一个诉呈,打通了关节。次日,呈子批出来,批道:

> 沈大年既系将女琼枝许配宋为富为正室,何至自行私送上门,显系做妾可知。架词混渎,不准。

那诉呈上批道:

> 已批示沈大年词内矣。

沈大年又补了一张呈子。知县大怒,说他是个刁健讼棍,一张批,两个差人,押解他回常州去了。

沈琼枝在宋家过了几天,不见消息,想道:"彼人一定是安排了我父亲,再来和我歪缠。不如走离了他家,再作道理。"将他那房里所有动用的金银器皿,真珠首饰,打了一个包袱,穿了七条裙子,扮做小老妈的模样,买通了那丫鬟,五更时分,从后门走了,清晨出了钞关门上船。那船是有家眷的。沈琼枝上了船,自心里想道:"我若回常州父母家去,恐惹故乡人家耻笑。"细想:"南京是个好地方,有多少名人在那里,我又会做两句诗,何不到南京去卖诗过日子,或者遇着些缘法出来也不可知。"立定主意,到仪征换了江船,一直往南京来。只因这一番,有分教:

卖诗女士,反为逋逃之流;科举儒生,且作风流之客。

毕竟后事如何,且听下回分解。

第四十一回

庄濯江话旧秦淮河
沈琼枝押解江都县

话说南京城里，每年四月半后，秦淮景致，渐渐好了。那外江的船，都下掉了楼子，换上凉篷，撑了进来。船舱中间，放一张小方金漆桌子，桌上摆着宜兴沙壶，极细的成窑、宣窑的杯子，烹的上好的雨水毛尖茶。那游船的备了酒和肴馔及果碟到这河里来游，就是走路的人，也买几个钱的毛尖茶，在船上煨了吃，慢慢而行。到天色晚了，每船两盏明角灯，一来一往，映着河里，上下明亮。自文德桥至利涉桥、东水关，夜夜笙歌不绝。又有那些游人买了水老鼠花在河内放。那水花直站在河里，放出来，就和一树梨花一般，每夜直到四更时才歇。国子监的武书，是四月尽间生辰，他家中穷，请不起客；杜少卿备了一席果碟，沽几斤酒，叫了一只小凉篷船，和武书在河里游游。清早请了武书来，在河房里吃了饭，开了水门，同下了船。杜少卿道："正字兄，我和你先到淡冷处走走。"叫船家一路荡到进香河，又荡了回来，慢慢吃酒。吃到下午时候，两人都微微醉了。荡到利涉桥，上岸走走，见马头上贴着一个招牌，上写道：

毗陵女士沈琼枝，精工顾绣，写扇作诗。寓王府塘手帕巷内。赐顾者幸认毗陵沈招牌便是。

武书看了，大笑道："杜先生，你看南京城里偏有许多奇事！这些地方，都是开私门的女人住。这女人眼见的也是私门了，却挂起一个招牌来，岂不可笑！"杜少卿道："这样的事，我们管他怎的？且到船上去煨茶吃。"便同下了船，不吃酒了，煨起上好的茶来，二人吃着闲谈。过了一回，回头看见一轮明月升上来，照得满船雪亮，船就一直荡上去。到了月牙池，见许多游船在那里放花炮，内有一只大船，挂着四盏明角灯，铺着凉簟子，在船上中间摆了一席。上面坐着两个客，下面主位上坐着一位，头戴方巾，身穿白纱直裰，脚下凉鞋，黄瘦面庞，清清疏疏三绺白须；横头坐着一个少年，白净面皮，微微几根胡子，眼张失落，在船上两边看女人。这小船走近大船跟前，杜少卿同武书认得那两个客，一个是卢信侯，一个是庄绍光，却认不得那两个人。庄绍光看见二人，立起身来道："少卿兄，你请过来坐。"杜少卿同武书上了大船。主人和二位见礼，便问：

"尊姓？"庄绍光道："此位是天长杜少卿兄。此位是武正字兄。"那主人道："天长杜先生，当初有一位做赣州太守的，可是贵本家？"杜少卿惊道："这便是先君。"那主人道："我四十年前，与尊大人终日相聚。叙祖亲，尊翁还是我的表兄。"杜少卿道："莫不是庄濯江表叔么？"那主人道："岂敢，我便是。"杜少卿道："小侄当年年幼，不曾会过。今幸会见表叔，失敬了。"从新同庄濯江叙了礼。武书问庄绍光道："这位老先生可是老先生贵族？"庄征君笑道："这还是舍侄，却是先君受业的弟子。我也和他相别了四十年。近日才从淮扬来。"武书又问："此位？"庄濯江道："这便是小儿。"也过来见了礼，齐坐下。庄濯江叫从新拿上新鲜酒来，奉与诸位吃。庄濯江就问："少卿兄几时来的，寓在那里？"庄绍光道："他已经在南京住了八九年了。尊居现在这河房里。"庄濯江惊道："尊府大家，园亭花木，甲于江北，为甚么肯搬在这里？"庄绍光便把少卿豪举，而今黄金已随手而尽，略说了几句。庄濯江不胜叹息，说道："还记得七八年前，我在湖广，乌衣韦四先生寄了一封书子与我，说他酒量越发大了，二十年来，竟不得一回恸醉，只有在天长赐书楼吃了一坛九年的陈酒，醉了一夜，心里快畅的紧，所以三千里外寄信告诉我。我彼时不知府上是那一位做主人，今日说起来，想必是少卿兄无疑了。"武书道："除了他，谁人肯做这一个雅东。"杜少卿道："韦老伯也是表叔相好的？"庄濯江道："这是我髫年的相与了。尊大人少时，无人不敬仰是当代第一位贤公子；我至今想起，形容笑貌，还如在目前。"卢信侯又同武书谈到泰伯祠大祭的事。庄濯江拍膝嗟叹道："这样盛典，可惜来迟了，不得躬逢其盛。我将来也要怎的寻一件大事，屈诸位先生大家会一会，我就有趣了。"当下四五人谈心话旧，一直饮到半夜。在杜少卿河房前，见那河里灯火阑珊，笙歌渐歇，耳边忽听得玉箫一声。众人道："我们各自分手罢。"武书也上了岸去。

庄濯江虽年老，事庄绍光极是有礼。当下杜少卿在河房前过，上去回家。庄濯江在船上，一路送庄绍光到北门桥，还自己同上岸，家人打灯笼，同卢信侯送到庄绍光家，方才回去。庄绍光留卢信侯住了一夜，次日，依旧同往湖园去了。庄濯江次日写了"庄洁率子非熊"的帖子，来拜杜少卿。杜少卿到莲花桥来回拜，留着谈了一日。

杜少卿又在后湖会着庄绍光。庄绍光道："我这舍侄，亦非等闲之人。他四十年前，在泗州同人合本开典当。那合本的人穷了，他就把他自己经营的两万金和典当拱手让了那人，自己一肩行李，跨一个疲驴，出了泗州城。这十数年来，往来楚越，转徙经营，又自致数万金，才置了产业，南京来住。平日极是好友敦伦：替他尊人治丧，不曾要同胞兄弟出过一个钱，俱是他一人独任；多少老朋友死了无所归的，他就殡葬他。又极遵先君当年的教训，最是敬重文人，流连古迹。现今拿着三四千银子在鸡鸣山修曹武惠王庙。等他修成了，少卿也约衡山兄来替他做一个大祭。"杜少卿听了，心里欢喜。说罢，辞别去了。

转眼长夏已过，又是新秋，清风戒寒，那秦淮河另是一番景致。满城的人都叫了船，请了大和尚在船上悬挂佛像，铺设经坛，从西水关起，一路施食到进香河。十里之内，降真香烧的有如烟雾溟濛。那鼓钹梵呗之声，不绝于耳。到晚，做的极精致的莲花灯，点起来浮在水面上。又有极大的法船，照依佛家中元地狱赦罪之说，超度这些孤魂升天，把一个南京秦淮河，变做西域天竺国。到七月二十九日，清凉山地藏胜会，——人都说地藏菩萨一年到头都把眼闭着，只有这一夜才睁开眼，若见满城都摆的香花灯烛，他就只当是一年到头都是如此，就欢喜这些人好善，就肯保佑人。所以这一夜，南京人各家门户，都搭起两张桌子来，两枝通宵风烛，一座香斗，从大中桥到清凉山，一条街有七八里路，点得像一条银龙，一夜的亮，香烟不绝，大风也吹不熄。倾城士女都出来烧香看会。

沈琼枝住在王府塘房子里，也同房主人娘子去烧香回来。沈琼枝自从来到南京，挂了招牌，也有来求诗的，也有来买斗方的，也有来托刺绣的。那些好事的恶少，都一传两，两传三的来物色，非止一日。这一日烧香回来，人见他是下路打扮，跟了他后面走的就有百十人。庄非熊却也顺路跟在后面，看见他走到王府塘那边去了。庄非熊心里有些疑惑，次日，来到杜少卿家，说："这沈琼枝在王府塘，有恶少们去说混话，他就要怒骂起来。此人来路甚奇，少卿兄何不去看看？"杜少卿道："我也听见这话，此时多失意之人，安知其不因避难而来此地；我正要去问他。"当下便留庄非熊在河房看新月。又请了两个客来：一个是迟衡山，一个是武书。庄非熊见了，说些闲话，又讲起王府塘沈琼枝卖诗文的事。杜少卿道："无论他是怎样，果真能做诗文，这也就难得了。"迟衡山道："南京城里是何等地方！四方的名士还数不清，还那个去求妇女们的诗文？这个明明借此勾引人。他能做不能做，不必管他。"武书道："这个却奇。一个少年妇女，独自在外，又无同伴，靠卖诗文过日子，恐怕世上断无此理。只恐其中有甚么情由。他既然会做诗，我们便邀了他来做做看。"说着，吃了晚饭，那新月已从河底下斜挂一钩，渐渐的照过桥来。杜少卿道："正字兄，方才所说，今日已迟了，明日在舍间早饭后，同去走走。"武书应诺，同迟衡山、庄非熊，都别去了。

次日，武正字来到杜少卿家，早饭后，同到王府塘来。只见前面一间低矮房屋，门首围着一二十人在那里吵闹。杜少卿同武书上前一看，里边便是一个十八九岁妇人，梳着下路绺鬏，穿着一件宝蓝纱大领披风，在里面支支喳喳的嚷。杜少卿同武书听了一听，才晓得是人来买绣香囊，地方上几个喇子想来拿囮头，却无实迹，倒被他骂了一场。两人听得明白，方才进去，那些人看见两位进去，也就渐渐散了。沈琼枝看见两人气概不同，连忙接着，拜了万福。坐定，彼此谈了几句闲话。武书道："这杜少卿先生是此间诗坛祭酒，昨日因有人说起佳作可观，所以来请教。"沈琼枝道："我在南京半年多，凡到我这里来的，不是把我当作倚门之娼，就是疑我为江湖之盗；两样人皆不足与言。今见二位先生，既无狎玩我的意思，又无疑猜我的心肠。我平日听见家父说：'南京名士甚多，只有杜少卿先生是个豪杰。'这句话不错了。但不知先生是客居在此，还是和夫人也同在南京？"杜少卿道："拙荆也同寄居在河房内。"沈琼枝道："既如此，我就到府拜谒夫人，好将心事细说。"杜少卿应诺，同武书先别了出来。武书对杜少卿说道：

“我看这个女人实有些奇。若说他是个邪货，他却不带淫气；若是说他是人家遣出来的婢妾，他却又不带贱气。看他虽是个女流，倒有许多豪侠的光景；他那般轻倩的装饰，虽则觉得柔媚，只一双手指却像讲究勾、搬、冲的。论此时的风气，也未必有车中女子同那红线一流人。却怕是负气斗狠，逃了出来的。等他来时，盘问盘问他，看我的眼力如何。”

说着，已回到杜少卿家门首，看见姚奶奶背着花笼儿来卖花。杜少卿道：“姚奶奶，你来的正好。我家今日有个希奇的客到，你就在这里看看。”让武正字到河房里坐着，同姚奶奶进去，和娘子说了。少刻，沈琼枝坐了轿子，到门首下了进来，杜少卿迎进内室，娘子接着，见过礼，坐下奉茶。沈琼枝上首，杜娘子主位，姚奶奶在下面陪着，杜少卿坐在窗槅前。彼此叙了寒暄。杜娘子问道：“沈姑娘，看你如此青年，独自一个在客边，可有个同伴的？家里可还有尊人在堂？可曾许字过人家？”沈琼枝道：“家父历年在外坐馆，先母已经去世。我自小学了些手工针黹，因来到这南京大邦去处，借此餬口。适承杜先生相顾，相约到府，又承夫人一见如故，算是天涯知己了。”姚奶奶道：“沈姑娘出奇的针黹。昨日我在对门葛来官家，看见他相公娘买了一幅绣的‘观音送子’，说是买的姑娘的，真个画儿也没有那画的好！”沈琼枝道：“胡乱做做罢了，见笑的紧。”须臾，姚奶奶走出房门外去。沈琼枝在杜娘子面前，双膝跪下。娘子大惊，扶了起来。沈琼枝便把盐商骗他做妾，他拐了东西逃走的话说了一遍：“而今只怕他不能忘情，还要追踪而来，——夫人可能救我？”杜少卿道：“盐商富贵奢华，多少士大夫见了就销魂夺魄；你一个弱女子，视如土芥，这就可敬的极了！但他必要追踪，你这祸事不远。却也无甚大害。”

正说着，小厮进来请少卿：“武爷有话要说。”杜少卿走到河房里，只见两个人垂着手，站在槅子门口，像是两个差人。少卿吓了一跳，问道：“你们是那里来的？怎么直到这里边来？”武书接应道：“是我叫进来的。奇怪！如今县里据着江都县缉捕的文书在这里拿人，说他是宋盐商家逃出来的一个妾。我的眼色如何？”少卿道：“此刻却在我家。我家与他拿了去，就像是我家指使的；传到扬州去，又像我家藏留他。他逃走不逃走都不要紧，这个倒有些不妥帖。”武正字道：“小弟先叫差人进来，正为此事。此刻少卿兄莫若先赏差人些微银子，叫他仍旧到王府塘去；等他自己回去，再做道理拿他。”少卿依着武书，赏了差人四钱银子。差人不敢违拗，去了。少卿复身进去，将这一番话向沈琼枝说了。娘子同姚奶奶倒吃了一惊。沈琼枝起身道：“这个不妨。差人在那里？我便同他一路去。”少卿道：“差人我已叫他去了，你且用了便饭。武先生还有一首诗奉赠，等他写完。”当下叫娘子和姚奶奶陪着吃了饭，自己走到河房里检了自己刻的一本诗集，等着武正字写完了诗，又称了四两银子，封做程仪，叫小厮交与娘子，送与沈琼枝收了。

沈琼枝告辞出门，上了轿，一直回到手帕巷。那两个差人已在门口，拦住说道：“还是原轿子抬了走，还是下来同我们走？进去是不必的了！”沈琼枝道：“你们是都堂衙门的？是巡按衙门的？我又不犯法，又不打钦案的官司，那里有个拦门不许进去的理！你们这般大惊小怪，只好吓那乡里人！”说着，下了轿，慢慢的走了进去。两个差人倒有些让他。沈琼枝把诗同银子收在一个首饰匣子里，出来叫：“轿夫，你抬我到县里去。”轿夫正要添钱。差人忙说道：“千差万差，来人不差，我们清早起，就在杜相公家伺候了半日，留你脸面，等你轿子回来；你就是女人，难道是茶也不吃的！”沈琼枝见差人想钱，也只不理；添了二十四个轿钱，一直就抬到县里来。差人没奈何，走到宅门上回禀道：“拿的那个沈氏到了。”知县听说，便叫带到三堂回话。带了进来，知县看他容貌不差，问道：“既是女流，为甚么不守闺范，私自逃出，又偷窃了宋家的银两，潜踪在本县地方做甚么？”沈琼枝道：“宋为富强占良人为妾，我父亲和他涉了讼，他买嘱知县，将我父亲断输了，这是我不共戴天之仇。况且我虽然不才，也颇知文墨，怎么肯把一个张耳之妻去事外黄佣奴？故此逃了出来。这是真的。”知县道：“你这些事，自有江都县问你，我也不管。你既会文墨，可能当面做诗一首？”沈琼枝道：“请随意命一个题，原可以求教的。”知县指着堂下的槐树，说道：“就以此为题。”沈琼枝不慌不忙，吟出一首七言八句来，又快又好。知县看了赏鉴，随叫两个原差到他下处取了行李来，当堂查点。翻到他头面盒子里，一包碎散银子，一个封袋上写着“程仪”，一本书，一个诗卷。知县看了，知道他也和本地名士倡和。签了一张批，备了一角关文，吩咐原差道：“你们押送沈琼枝到江都县，一路须要小心，不许多事，领了回批来缴。”那知县与江都县同年相好，就密密的写了一封书子，装入关文内，托他开释此女，断还伊父，另行择婿。此是后事不题。

当下沈琼枝同两个差人出了县门，雇轿子抬到汉西门外，上了仪征的船。差人的行李放在船头上锁伏板下安歇，沈琼枝搭在中舱，正坐下，凉篷小船上又荡了两个堂客来搭船，一同进到官舱。沈琼枝看那两个妇人时，一个二十六七的光景，一个十七八岁，乔素打扮，做张做致的。跟着一个汉子，酒糟的一副面孔，一顶破毡帽，坎齐眉毛，挑过一担行李来，也送到中舱里。两妇人同沈琼枝一块儿坐下，问道：“姑娘是到那里去的？”沈琼枝道：“我是扬州，和二位想也同路。”中年的妇人道：“我们不到扬州，仪征就上岸了。”过了一会，船家来称船钱。两个差人啐了一口，拿出批来道：“你看！这是甚么东西！我们办公事的人，不问你要贴钱就够了，还来问我们要钱！”船家不敢言语，向别人称完了，开船到了燕子矶。一夜西南风，清早到了黄泥滩。差人问沈琼枝要钱。沈琼枝道：“我昨日听得明白，你们办公事不用船钱的。”差人道：“沈姑娘，你也太拿老了！叫我们管山吃山，管水吃水，都像你这一毛不拔，我们喝西北风！”沈琼枝听了，说道：“我便不给你钱，你敢怎么样！”走出船舱，跳上岸去，两只小脚就是飞的一般，竟要自己走了去。两个差人，慌忙搬了行李，赶着扯他；被他一个四门斗里打了一个仰八叉。扒起来，同那个差人吵成一片。吵的船家同那戴破毡帽的汉子做好做歹，雇了一乘轿子。两个差人，跟着去了。

那汉子带着两个妇人，过了头道闸，一直到丰家巷来，觌面迎着王义安，叫道：“细姑娘同顺姑娘来了，李老四也亲自送了来；南京水西门近来生意如何？”李老四道：“近来被淮清桥那些开‘三嘴行’的挤坏了，所以来投奔老爹。”王义安道：“这样甚好，我这里正少两个姑娘。”当下带着两个婊子，回到家里，一进门来，上面三间草房，都用芦席隔着，后面就是厨房。厨房里一个人在那里洗手，看见这两个婊子进来，欢喜的要不的。只因这一番，有分教：

烟花窟里，惟凭行势夸官；笔墨丛中，偏去眠花醉柳。

毕竟后事如何，且听下回分解。

第四十二回

公子妓院说科场
家人苗疆报信息

话说两个婊子才进房门，王义安向洗手的那个人道："六老爷，你请过来，看看这两位新姑娘。"两个婊子抬头看那人时，头戴一顶破头巾，身穿一件油透的元色绸直裰，脚底下穿了一双旧尖头靴，一副大黑麻脸，两只的溜骨碌的眼睛。洗起手来，自己把两个袖子只管往上勒。又不像文，又不像武。

那六老爷从厨房里走出来，两个婊子上前叫声"六老爷！"歪着头，扭着屁股，一只手扯着衣服衿，在六老爷跟前行个礼。那六老爷双手拉着道："好！我的乖乖姐姐！你一到这里就认得汤六老爷，就是你的造化了！"王义安道："六老爷说的是。姑娘们到这里，全靠六老爷照顾。请六老爷坐。拿茶来敬六老爷。"汤六老爷坐在一张板凳上，把两个姑娘拉着，一边一个，同在板凳上坐着。自己扯开裤脚子，拿出那一双黑油油的肥腿来搭在细姑娘腿上，把细姑娘雪白的手拿过来摸他的黑腿。吃过了茶，拿出一袋子槟榔来，放在嘴里乱嚼，嚼的滓滓渣渣，淌出来，满胡子，满嘴唇，左边一擦，右边一偎，都偎擦两个姑娘的脸巴子上。姑娘们拿出汗巾子来揩，他又夺过去擦夹肢窝。王义安才接过茶杯，站着问道："大老爷这些时边上可有信来？"汤六老爷道："怎么没有？前日还打发人来，在南京做了二十首大红缎子绣龙的旗，一首大黄缎子的坐纛。说是这一个月就要进京。到九月霜降祭旗，万岁爷做大将军，我家大老爷做副将军。两人并排在一个毡条上站着磕头。磕过了头，就做总督。"正说着，捞毛的叫了王义安出去，悄悄说了一会话。王义安进来道："六老爷在上，方才有个外京客要来会会细姑娘，看见六老爷在这里，不敢进来。"六老爷道："这何妨？请他进来不是。我就同他吃酒。"当下王义安领了那人进来，一个少年生意人。

那嫖客进来坐下，王义安就叫他称出几钱银子来，买了一盘子驴肉，一盘子煎鱼，十来筛酒。因汤六老爷是教门人，买了二三十个鸡蛋，煮了出来。点上一个灯挂。六老爷首席，那嫖客对坐。六老爷叫细姑娘同那嫖客一板凳坐，细姑娘撒娇撒痴定要同六老爷坐。四人坐定，斟上酒来，六老爷要猜拳，输家吃酒赢家唱；六老爷赢了一拳，自己哑着喉咙唱了一个《寄生草》,便是细姑娘和那嫖客猜。细姑娘赢了。六老爷叫斟上酒,听细姑娘唱。细姑娘别转脸笑,不肯唱。六老爷拿筷子在桌上催着敲,细姑娘只是笑,不肯唱。六老爷道:"我这脸是帘子做的,要卷上去就卷上去,要放下来就放下来!我要细姑娘唱一个,偏要你唱!"王义安又走进来帮着催促,细姑娘只得唱了几句。唱完,王义安道:"王老爷来了。"那巡街的王把总进来,见是汤六老爷,才不言语。婊子磕了头,一同入席吃酒,又添了五六筛。直到四更时分,大老爷府里小狗子拿着"都督府"的灯笼,说:"府里请六爷。"六老爷同王老爷方才去了。嫖客进了房,端水的来要水钱,捞毛的来要花钱。又闹了一会,婊子又通头、洗脸、刷屁股。比及上床,已鸡叫了。

次日,六老爷绝早来说,要在这里摆酒,替两位公子饯行,往南京恭喜去。王义安听见汤大老爷府里两位公子来,喜从天降。忙问:"六老爷,是即刻就来,是晚上才来?"六老爷在腰里摸出一封低银子,称称五钱六分重,递与王义安,叫去备一个七簋两点的席,"若是办不来,再到我这里找。"王义安道:"不敢,不敢。只要六老爷别的事上多挑他姐儿们几回就是了。这一席酒,我们效六老爷的劳。何况又是请府里大爷、二爷的。"六老爷道:"我的乖乖,这就是在行的话了。只要你这姐儿们有福,若和大爷、二爷相厚起来,他府里差甚么?——黄的是金,白的是银,圆的是珍珠,放光的是宝!我们大爷、二爷,你只要找得着性情,就是捞毛的,烧火的,他也大把的银子挝出来赏你们。"李四在旁听了,也着实高兴。吩咐已毕,六老爷去了。这里七手八脚整治酒席。到下午时分,六老爷同大爷、二爷来。头戴恩荫巾,一个穿大红洒线直裰,一个穿藕合洒线直裰,脚下粉底皂靴,带着四个小厮,大清天白日,提着两对灯笼:一对上写着"都督府",一对写着"南京乡试"。大爷、二爷进来,上面坐下。两个婊子双双磕了头。六老爷站在旁边。大爷道:"六哥,现成板凳,你坐着不是。"六老爷道:"正是。要禀过大爷、二爷:两个姑娘要赏他一个坐?"二爷道:"怎么不坐?叫他坐了!"两个婊子,轻轻试试,扭头折颈,坐在一条板凳上,拿汗巾子掩着嘴笑。大爷问:"两个姑娘今年尊庚?"六老爷代答道:"一位十七岁,一位十九岁。"王义安捧上茶来,两个婊子亲手接了两杯茶,拿汗巾揩干了杯子上一转的水渍,走上去,奉与大爷、二爷。大爷、二爷接茶在手,吃着。六老爷问道:"大爷、二爷几时恭喜起身?"大爷道:"只在明日就要走。现今主考已是将到京了,我们怎还不去?"六老爷和大爷说着话,二爷趁空把细姑娘拉在一条板凳上坐着,同他捏手捏脚,亲热了一回。

少刻就排上酒来。叫的教门厨子,备的教门席,都是些燕窝、鸭子、鸡、鱼。六老爷自己捧着酒奉大爷、二爷上坐,六老爷下陪,两个婊子打横。那菜一碗一碗的捧上来。六老爷逼手逼脚的坐在底下吃了一会酒。六老爷问道:"大爷、二爷这一到京,就要进场了?初八日五更鼓先点太平府,点到我们扬州府怕不要晚?"大爷道:"那里就点太平府!贡院前先放三个炮,把栅栏子开了;又放三个炮,把大门开了;又放三个炮,把龙门开了;共放九个大炮。"二爷道:"他这个炮还没有我们老人家辕门的炮大。"大爷道:"略小些,也差不多。放过了炮,至公堂上摆出香案来。应天府尹大人戴着幞头,穿着蟒袍,行过了礼,立起身来,把两把遮阳遮着脸。布政司书办跪请三界伏魔大帝关圣帝君进场来镇压,请周将军进场来巡场。放开遮阳,大人又行过了礼。布政司书办跪请七曲文昌开化梓潼帝君进场来主试,请魁星老爷进场来放光。”六老爷吓的吐舌道:“原来要请这些神道菩萨进来!可见是件大事!”顺姑娘道:“他里头有这些菩萨坐着,亏大爷、二爷好大胆还敢进去!若是我们,就杀了也不敢进去!”六老爷正色道:“我们大爷、二爷也是天上的文曲星,怎比得你姑娘们!”大爷道:“请过了文昌,大人朝上又打三恭,书办就跪请各举子的功德父母。”六老爷道:“怎的叫做功德父母?”二爷道:“功德父母,是人家中过进士做过官的祖宗,方才请了进来;若是那考老了的秀才和那百姓,请他进来做甚么呢?”大爷道:“每号门前还有一首红旗,底下还有一首黑旗。那红旗底下是给下场人的恩鬼墩着;黑旗底下是给下场人的怨鬼墩着。到这时候,大人上了公座坐了。书办点道:‘恩鬼进,怨鬼进。’两边齐烧纸钱,只见一阵阴风,飒飒的响,滚了进来,跟着烧的纸钱滚到红旗、黑旗底下去了。”顺姑娘道:“阿弥陀佛!可见人要做好人,到这时候就见出分晓来了!”六老爷道:“像我们大老爷在边上积了多少功德,活了多少人命,那恩鬼也不知是多少哩!一枝红旗,那里墩得下?”大爷道:“幸亏六哥不进场;若是六哥要进场,生生的就要给怨鬼拉了去!”六老爷道:“这是怎的?”大爷道:“像前科我宜兴严世兄,是个饱学秀才,在场里做完七篇文章,高声朗诵,忽然一阵微微的风,把蜡烛头吹的乱摇,掀开帘子伸进一个头来,严世兄定睛一看,就是他相与的一个婊子。严世兄道:‘你已经死了,怎么来在这里?’那婊子望着他嘻嘻的笑。严世兄急了,把号板一拍,那砚台就翻过来,连黑墨都倒在卷子上,把卷子黑了一大块,婊子就不见了。严世兄叹息道:‘也是我命该如此!’可怜下着大雨,就交了卷,冒着雨出来,在下处害了三天病。我去看他,他告诉我如此,我说:‘你当初不知怎样作践了这人,他所以来寻你。’六哥,你生平作践了多少人?你说这大场进得进不得?”两个姑娘拍手笑道:“六老爷好作践的是我们,他若进场,我两个人就是他的怨鬼!”吃了一会,六老爷哑着喉咙唱了一个小曲;大爷、二爷,拍着腿,也唱了一个;婊子唱是不消说。闹到三更鼓,打着灯笼回去了。

次日,叫了一只大船上南京。六老爷也送上船,回去了。大爷、二爷在船上闲谈着进场的热闹处,二爷道:“今年该是个甚么表题?”大爷道:“我猜没有别的,去年老人家在贵州征服了一洞苗子,一定是这个表题。”二爷道:“这表题要在贵州出。”大爷道:“如此;只得求贤、免钱粮两个题,其余没有了。”一路说着,就到了南京。管家尤胡子接着,把行李搬到钓鱼巷住下。大爷、二爷走进了门,转过二层厅后,一个旁门进去,却是三间倒坐的河厅,收拾的倒也清爽。两人坐定,看见河对面一带河房,也有朱红的栏杆,也有绿油的窗槅,也有斑竹的帘子,里面都下着各处的秀才,在那里哼哼唧唧的念文章。

大爷、二爷才住下,便催着尤胡子去买两顶新方巾;考篮、铜铫、号顶、门帘、火炉、烛台、烛剪、卷袋,每样两件;赶着到鹫峰寺写卷头、交卷;又料理场食:月饼、蜜橙糕、莲米、圆眼肉、人参、炒米、酱瓜、生姜、板鸭。大爷又和二爷说："把贵州带来的'阿魏'带些进去，恐怕在里头写错了字着急。"足足料理了一天，才得停妥。大爷、二爷又自己细细一件件的查点，说道："功名事大，不可草草！"

到初八早上，把这两顶旧头巾叫两个小子带在头上，抱着篮子到贡院前伺候。路打从淮清桥过，那赶抢摊的摆着红红绿绿的封面，都是萧金铉、诸葛天申、季恬逸、匡超人、马纯上、蘧駪夫选的时文。一直等到晚，仪征学的秀才点完了，才点他们。进了头门，那两个小厮到底不得进去。大爷、二爷，自己抱着篮子，背着行李，看见两边芦柴堆火光一直亮到天上。大爷、二爷坐在地下，解怀脱脚。听见里面高声喊道："仔细搜检！"大爷、二爷跟了这些人进去，到二门口接卷，进龙门归号。初十日出来，累倒了，每人吃了一只鸭子，眠了一天。三场已毕。到十六日，叫小厮拿了一个"都督府"的溜子，溜了一班戏子来谢神。

少刻，看茶的到了。他是教门，自己有办席的厨子，不用外雇。戏班子发了箱来，跟着一个拿灯笼的，拿着十几个灯笼，写着"三元班"；随后一个人，后面带着一个二汉，手里拿着一个拜匣。到了寓处门首，向管家说了，传将进去。大爷打开一看，原来是个手本，写着："门下鲍廷玺谨具喜烛双辉，梨园一部，叩贺。"大爷知道他是个领班子的，叫了进来。鲍廷玺见过了大爷、二爷，说道："门下在这里领了一个小班，专伺候诸位老爷。昨日听见两位老爷要戏，故此特来伺候。"大爷见他为人有趣，留他一同坐着吃饭。过了一回，戏子来了。就在那河厅上面供了文昌帝君、关夫子的纸马，两人磕过头，祭献已毕。大爷、二爷、鲍廷玺共三人，坐了一席。锣鼓响处，开场唱了四出尝汤戏。天色已晚，点起十几副明角灯来，照耀的满堂雪亮。足足唱到三更鼓，整本已完。鲍廷玺道："门下这几个小孩子跑的马倒也还看得，叫他跑一出马，替两位老爷醒酒。"那小戏子一个个戴了貂裘，簪了雉羽，穿极新鲜的靠子，跑上场来，串了一个五花八门。大爷、二爷看了大喜。鲍廷玺道："两位老爷若不见弃，这孩子里面拣两个留在这里伺候。"大爷道："他们这样小孩子，晓得伺候甚么东西，有别的好顽的去处，带我去走走。"鲍廷玺道："这个容易。老爷，这对河就是葛来官家，他也是我挂名的徒弟；那年天长杜十七老爷在这里湖亭大会，都是考过，榜上有名的。老爷明日到水袜巷，看着外科周先生的招牌，对门一个黑抢篱里，就是他家了。"二爷道："他家可有内眷？我也一同去走走。"鲍廷玺道："现放着偌大的十二楼，二老爷为甚么不去顽耍，倒要到他家去？少不得都是门下来奉陪。"说毕，戏已完了。鲍廷玺辞别去了。

次日，大爷备了八把点铜壶、两瓶山羊血、四端苗锦、六篓贡茶，叫人挑着，一直来到葛来官家。敲开了门，一个大脚三带了进去。前面一进两破三的厅，上头左边一个门，一条小巷子进去，河房倒在贴后。那葛来官身穿着夹纱的玉色长衫，手里拿着燕翎扇，一双十指尖尖的手，凭在栏杆上乘凉；看见大爷进来，说道："请坐。老爷是那里来的？"大爷道："昨日鲍师父说，来官你家最好看水，今日特来望望你。还有几色菲人事，你权且收下。"家人挑了进来。来官看了，喜逐颜开，说道："怎么领老爷这些东西？"忙叫大脚三:"收了进去。你向相公娘说,摆酒出来。"大爷道:"我是教门,不用大荤。"来官道:"有新买的极大的扬州螃蟹,不知老爷用不用?"大爷道:"这是我们本地的东西,我是最欢喜。我家伯伯大老爷在高要带了家信来,想的要不的,也不得一只吃吃。"来官道:"太老爷是朝里出仕的?"大爷道:"我家太老爷做着贵州的都督府。我是回来下场的。"说着,摆上酒来。对着那河里烟雾迷离,两岸人家都点上了灯火,行船的人往来不绝。这葛来官吃了几杯酒,红红的脸,在灯烛影里,擎着那纤纤玉手,只管劝汤大爷吃酒。大爷道:"我酒是够了,倒用杯茶罢。"葛来官叫那大脚三把螃蟹壳同果碟都收了去,揩了桌子,拿出一把紫砂壶,烹了一壶梅片茶。两人正吃到好处,忽听见门外嚷成一片。葛来官走出大门,只见那外科周先生红着脸,腆着肚子,在那里嚷大脚三,说他倒了他家一门口的螃蟹壳子。葛来官才待上前和他讲说,被他劈面一顿臭骂道:"你家住的是'海市蜃楼',合该把螃蟹壳倒在你门口,为甚么送在我家来?难道你上头两只眼睛也撑大了!"彼此吵闹,还是汤家的管家劝了进去。刚才坐下,那尤胡子慌忙跑了进来道:"小的那里不找寻大爷!却在这里!"大爷道:"你为甚事这样慌张?"尤胡子道:"二爷同那个姓鲍的走到东花园鹫峰寺旁边一个人家吃茶,被几个喇子囮着,把衣服都剥掉了!那姓鲍的吓的老早走了。二爷关在他家,不得出来,急得要死!那间壁一个卖花的姚奶奶,说是他家姑老太,把住了门,那里溜得脱!"大爷听了,慌叫在寓处取了灯笼来,照着走到鹫峰寺间壁。那里几个喇子说:"我们好些时没有大红日子过了,不打他的醮水还打那个!"汤大爷雄赳赳的分开众人,推开姚奶奶,一拳打掉了门。那二爷看见他哥来,两步做一步,溜出来了。那些喇子还待要拦住他,看见大爷雄赳赳的,又打着"都督府"的灯笼,也就不敢惹他,各自都散了。两人回到下处。过了二十多天,贡院前蓝单取进墨浆去,知道就要揭晓。过了两日,放出榜来,弟兄两个都没中。坐在下处,足足气了七八天。领出落卷来,汤由三本,汤实三本,都三篇不曾看完。两个人伙着大骂帘官、主考不通。正骂的兴头,贵州衙门的家人到了,递上家信来。两人拆开来看。只因这一番,有分教:

桂林杏苑,空成魂梦之游;虎斗龙争,又见战征之事。

毕竟后事如何,且听下回分解。

第四十三回

野羊塘将军大战
歌舞地酋长劫营

话说汤大爷、汤二爷领得落卷来，正在寓处看了气恼，只见家人从贵州镇远府来，递上家信。两人拆开同看，上写道：

……生苗近日颇有蠢动之意，尔等于发榜后，无论中与不中，且来镇署要紧！……

大爷看过，向二爷道："老人家叫我们到衙门里去；我们且回仪征，收拾收拾，再打算长行。"当下唤尤胡子叫了船，算还了房钱。大爷、二爷坐了轿，小厮们押着行李，出汉西门上船。葛来官听见，买了两只板鸭，几样茶食，到船上送行，大爷又悄悄送了他一个荷包，装着四两银子，相别去了。当晚开船，次日到家。大爷、二爷先上岸回家。才洗了脸坐下吃茶，门上人进来说："六爷来了。"只见六老爷后面带着一个人，走了进来，一见面就说道："听见我们老爷出兵征剿苗子，把苗子平定了，明年朝廷必定开科，大爷、二爷一齐中了；我们老爷封了侯，那一品的荫袭，料想大爷、二爷也不稀罕，就求大爷赏了我，等我戴了纱帽，给细姑娘看看，也好叫他怕我三分！"大爷道："六哥，你挣一顶纱帽单单去吓细姑娘，又不如去把这纱帽赏与王义安了！"二爷道："你们只管说话，这个人是那里来的？"那人上来磕头请安，怀里拿出一封书子，递上来。六老爷道："他姓臧，名唤臧岐，天长县人。这书是杜少卿哥寄来的，说臧岐为人甚妥帖，荐来给大爷、二爷使唤。"二爷把信拆开，同大爷看，前头写着些请问老伯安好的话，后面说到"臧岐一向在贵州做长随，贵州的山僻小路他都认得，其人颇可以供使令"等语。大爷看过，向二爷说道："杜世兄我们也许久不会他了，既是他荐来的人，留下使唤便了。"臧四磕头谢了下去。门上人进来禀："王汉策老爷到了，在厅上要会。"大爷道："老二，我同六哥吃饭，你去会会他罢。"二爷出去会客，大爷叫摆饭同六老爷吃。吃着，二爷送了客回来。大爷问道："他来说甚么？"二爷道："他说他东家万雪斋有两船盐，也就在这两日开江，托吾们在路上照应照应。"二爷也一同吃饭。吃完了饭，六老爷道："我今日且去着，明日再来送行。"又道："二爷若是得空，还到细姑娘那里瞧瞧他去。我先去叫他那里等着。”大爷道:“六哥,你就是个讨债鬼,缠死了人!今日还那得工夫去看那骚婊子!”六老爷笑着去了。次日,行里写了一只大江船;尤胡子、臧四同几个小厮,搬行李上船,门枪旗牌,十分热闹。六老爷送到黄泥滩,说了几句分别的话,才叫一个小船荡了回去。

这里放炮开船,一直往上江进发。这日将到大姑塘,风色大作。大爷吩咐急急收了口子,弯了船。那江里白头浪茫茫一片,就如煎盐叠雪的一般。只见两只大盐船,被风横扫了,抵在岸边。便有两百只小拨船,岸上来了两百个凶神也似的人,齐声叫道:“盐船搁了浅了!我们快帮他去起拨!”那些人驾了小船,跳在盐船上,不由分说,把他舱里的子儿盐,一包一包的,尽兴搬到小船上。那两百只小船,都装满了,一个人一把桨,如飞的棹起来,都穿入那小港中,无影无踪的去了。那船上管船的舵工,押船的朝奉,面面相觑,束手无策。望见这边船上打着“贵州总镇都督府”的旗号,知道是汤少爷的船,都过来跪下,哀求道:“小的们是万老爷家两号盐船,被这些强盗生生打劫了,是二位老爷眼见的,求老爷做主搭救!”大爷同二爷道:“我们同你家老爷虽是乡亲,但这失贼的事,该地方官管;你们须是到地方官衙门递呈纸去。”朝奉们无法,只得依言,具了呈纸,到彭泽县去告。那知县接了呈词,即刻升堂,将舵工、朝奉、水手一干人等,都叫进二堂,问道:“你们盐船为何不开行,停泊在本县地方上是何缘故?那些抢盐的姓甚名谁?平日认得不认得?”舵工道:“小的们的船被风扫到岸边,那港里有两百只小船,几百个凶神,硬把小的船上盐包都搬了去了。”知县听了,大怒道:“本县法令严明,地方清肃,那里有这等事!分明是你这奴才揽载了商人的盐斤,在路伙着押船的家人任意嫖赌花消,沿途偷卖了,借此为由,希图抵赖。你到了本县案下,还不实说么?”不由分说,撒下一把签来,两边如狼如虎的公人,把舵工拖翻,二十毛板,打的皮开肉绽。又指着押船的朝奉道:“你一定是知情伙赖,快快向我实说!”说着,那手又去摩着签筒。可怜这朝奉是花月丛中长大的,近年有了几茎胡子,主人才差他出来押船,娇皮嫩肉,何曾见过这样官刑。今番见了,屁滚尿流,凭着官叫他说甚么就是甚么,那里还敢顶一句。当下磕头如捣蒜,只求饶命。知县又把水手们嚷骂一番,要将一干人寄监,明日再审。朝奉慌了,急急叫了一个水手,托他到汤少爷船上求他说人情。汤大爷叫臧岐拿了帖子上来拜上知县,说:“万家的家人,原是自不小心,失去的盐斤,也还有限,老爷已经责处过管船的,叫他下次小心,宽恕他们罢。”知县听了这话,叫臧岐原帖拜上二位少爷,说:“晓得,遵命了。”又坐堂叫齐一干人等在面前,说道:“本该将你们解回江都县照数追赔,这是本县开恩,恕你初犯。”扯个淡,一齐赶了出来。朝奉带着舵工到汤少爷船上磕头,谢了说情的恩,捻着鼻子,回船去了。

次日,风定开船,又行了几程。大爷、二爷由水登陆,到了镇远府,打发尤胡子先往衙门通报。大爷、二爷随后进署。这日正陪着客,请的就是镇远府太守。这太守姓雷,名骥,字康锡,进士出身,年纪六十多岁,是个老科目,大兴县人,由部郎升了出来,在镇远有五六年,苗情最为熟习。雷太守在汤镇台西厅上吃过了饭,拿上茶来吃着,谈到苗子的事。雷太守道:“我们这里生苗、熟苗两种,那熟苗是最怕王法的,从来也不敢多事;只有生苗容易会闹起来。那大石崖、金狗洞一带的苗子,尤其可恶!前日长官司田德禀了上来说:'生员冯君瑞被金狗洞苗子别庄燕捉去,不肯放还。若是要他放还,须送他五百两银子做赎身的身价。'大老爷,你议议这件事该怎么一个办法?"汤镇台道:"冯君瑞是我内地生员,关系朝廷体统,他如何敢拿了去,要起赎身的价银来?目无王法已极!此事并没有第二议,惟有带了兵马,到他洞里把逆苗尽行剿灭了,捉回冯君瑞,交与地方官,究出起衅情由,再行治罪。舍此还有别的甚么办法?"雷太守道:"大老爷此议,原是正办;但是何苦为了冯君瑞一个人兴师动众。愚见不如檄委田土司到洞里宣谕苗酋,叫他好好送出冯君瑞,这事也就可以罢了。"汤镇台道:"太老爷,你这话就差了。譬如田土司到洞里去,那逆苗又把他留下,要一千两银子取赎;甚而太老爷亲自去宣谕,他又把太老爷留下,要一万银子取赎,这事将如何办法?况且朝廷每年费百十万钱粮,养活这些兵丁、将、备,所司何事?既然怕兴师动众,不如不养活这些闲人了!"几句就同雷太守说戗了。雷太守道:"也罢,我们将此事叙一个简明的禀帖,禀明上台,看上台如何批下来,我们遵照办理就是了。"当下雷太守道了多谢,辞别回署去了。

这里放炮封门。汤镇台进来,两个乃郎请安叩见了。臧四也磕了头。问了些家乡的话,各自安息。过了几日,总督把禀帖批下来:

仰该镇带领兵马,剿灭逆苗,以彰法纪。余如禀,速行缴。

这汤镇台接了批禀,即刻差人把府里兵房书办叫了来,关在书房里,那书办吓了一跳,不知甚么缘故。到晚,将三更时分,汤镇台到书房里来会那书办,手下人都叫回避了。汤镇台拿出五十两一锭大银,放在桌上,说道:"先生,你请收下。我约你来,不为别的,只为买你一个字。"那书办吓的战抖抖的,说道:"大老爷有何吩咐处,只管叫书办怎么样办,书办死也不敢受大老爷的赏!"汤镇台道:"不是这样说。我也不肯连累你。明日上头有行文到府里叫我出兵时,府里知会过来,你只将'带领兵马'四个字,写作'多带兵马'。我这元宝送为笔资,并无别件奉托。"书办应允了,收了银子,放了他回去。又过了几天,府里会过来,催汤镇台出兵,那文书上有"多带兵马"字样。那本标三营,分防二协,都受他调遣。各路粮饷俱已齐备。

看看已是除夕。清江、铜仁两协参将、守备禀道:"晦日用兵,兵法所忌。"汤镇台道:"且不要管他。'运用之妙,在于一心',苗子们今日过年,正好出其不意,攻其不备。"传下号令:遣清江参将带领本协人马,从小石崖穿到鼓楼坡,以断其后路;遣铜仁守备带领本协人马,从石屏山直抵九曲岗,以遏其前锋。汤镇台自领本标人马,在野羊塘作中军大队。调拨已定,往前进发。汤镇台道:"逆苗巢穴,正在野羊塘,我们若从大路去惊动了他,他踞了碉楼,以逸待劳,我们倒难以刻期取胜。"因问臧岐道:"你认得可还有小路穿到他后面?"臧岐道:"小的认得。从香炉崖扒过山去,走铁溪里抄到后面,可近十八里;只是溪水寒冷,现在有冰,难走。"汤镇台道:"这个不妨。"号令中军马兵穿了油靴,步兵穿了鹞子鞋,一齐打从这条路上前进。

且说那苗酋正在洞里聚集众苗子，男男女女，饮酒作乐过年。冯君瑞本是一个奸棍，又得了苗女为妻，翁婿两个，罗列着许多苗婆，穿的花红柳绿，鸣锣击鼓，演唱苗戏。忽然一个小卒飞跑了来报道："不好了！大皇帝发兵来剿，已经到了九曲岗了！"那苗酋吓得魂不附体，忙调两百苗兵，带了标枪，前去抵敌。只见又是一个小卒没命的奔来报道："鼓楼坡来了大众的兵马，不计其数！"苗酋同冯君瑞正慌张着急，忽听得一声炮响，后边山头上火把齐明，喊杀连天，从空而下。那苗酋领着苗兵，舍命混战，怎当得汤总镇的兵马，长枪大戟，直杀到野羊塘，苗兵死伤过半；苗酋同冯君瑞觅条小路，逃往别的苗洞里去了。

那里前军铜仁守备，后军清江参将，都会合在野羊塘，搜了巢穴，将败残的苗子尽行杀了，苗婆留在军中执炊爨之役。汤总镇号令三军，就在野羊塘扎下营盘，参将、守备，都到帐房里来贺捷。汤总镇道："二位将军且不要放心。我看贼苗虽败，他已逃往别洞，必然求了救兵，今夜来劫我们的营盘。不可不预为防备。"因问臧岐道："此处通那一洞最近？"臧岐道："此处到竖眼洞不足三十里。"汤总镇道："我有道理。"向参将、守备道："二位将军，你领了本部人马，伏于石柱桥左右，这是苗贼回去必由之总路。你等他回去之时，听炮响为号，伏兵齐起，上前掩杀。"两将听令去了。汤总镇叫把收留的苗婆内中，拣会唱歌的，都梳好了椎髻，穿好了苗锦，赤着脚，到中军帐房里歌舞作乐；却把兵马将士，都埋伏在山坳里。果然五更天气，苗酋率领着竖眼洞的苗兵，带了苗刀，拿了标枪，悄悄渡过石柱桥。望见野羊塘中军帐里灯烛辉煌，正在歌舞，一齐呐声喊，扑进帐房。不想扑了一个空，那些苗婆之外，并不见有一个人。知道是中了计，急急往外跑。那山坳里伏兵齐发，喊声连天。苗酋拼命的领着苗兵投石柱桥来，却不防一声炮响，桥下伏兵齐出，几处凑拢，赶杀前来。还亏得苗子的脚底板厚，不怕巉岩荆棘，就如惊猿脱兔，漫山越岭的逃散了。

汤总镇得了大胜，检点这三营、两协人马，无大损伤，唱着凯歌，回镇远府。雷太守接着，道了恭喜，问起苗酋别庄燕以及冯君瑞的下落。汤镇台道："我们连赢了他几仗，他们穷蹙逃命，料想这两个已经自戕沟壑了。"雷太守道："大势看来，自是如此；但是上头问下来，这一句话却难以登答，明明像个饰词了。"当下汤镇台不能言语。回到衙门，两个少爷接着，请了安。却为这件事，心里十分踌躇，一夜也不曾睡着。次日，将出兵得胜的情节报了上去。总督那里又批下来，同雷太守的所见竟是一样，专问别庄燕、冯君瑞两名要犯，"务须刻期拿获解院，以凭题奏"等语。汤镇台着了慌，一时无法。只见臧岐在旁跪下禀道："生苗洞里路径，小的都认得。求老爷差小的前去打探得别庄燕现在何处，便好设法擒捉他了。"汤镇台大喜，赏了他五十两银子，叫他前去细细打探。

臧岐领了主命，去了八九日，回来禀道："小的直去到竖眼洞，探得别庄燕因借兵劫营，输了一仗，洞里苗头和他恼了，而今又投到白虫洞那里去。小的又寻到那里打探，闻得冯君瑞也在那里，别庄燕只剩了家口十几个人，手下的兵马全然没有了。又听见他们设了一计，说我们这镇远府里，正月十八日铁溪里的神道出现，满城人家，家家都要关门躲避；他们打算到这一日，扮做鬼怪，到老爷府里来打劫报仇。老爷须是防范他为妙。”汤镇台听了，道：“我知道了。”又赏了臧岐羊酒，叫他歇息去。果然镇远有个风俗，说正月十八日，铁溪里龙神嫁妹子；那妹子生的丑陋，怕人看见，差了多少的虾兵蟹将护卫着他嫁。人家都要关了门，不许出来张看。若是偷着张看，被他瞧见了，就有疾风暴雨，平地水深三尺，把人民要淹死无数。此风相传已久。

到了十七日，汤镇台将亲随兵丁叫到面前，问道：“你们那一个认得冯君瑞？”内中有一个高挑子出来跪禀道：“小的认得。”汤镇台道：“好。”便叫他穿上一件长白布直裰，戴上一顶纸糊的极高的黑帽子，搽上一脸的石灰，妆做地方鬼模样；又叫家丁妆了一班牛头马面，魔王夜叉，极狰狞的怪物。吩咐高挑子道：“你明日看见冯君瑞，即便捉住，重重有赏。”布置停当，传令管北门的，天未明就开了城门。那别庄燕同冯君瑞假扮做一班赛会的，各把短刀藏在身边，半夜来到北门，看见城门已开，即奔到总兵衙门马号的墙外。十几个人，各将兵器拿在手里，扒过墙来去里边，月色微明，照着一个大空院子，正不知从那里进去，忽然见墙头上伏着一个怪物，手里拿着一个糖锣子当当的敲了两下，那一堵墙，就像地动一般，滑喇的凭空倒了下来，几十条火把齐明，跳出几十个恶鬼，手执钢叉、留客住，一拥上前。这别庄燕同冯君瑞着了这一吓，两只脚好像被钉钉住了的，地方鬼走上前一钩镰枪勾住冯君瑞，喊道：“拿住冯君瑞了！”众人一齐下手，把十几个人都拿了，一个也不曾溜脱。拿到二堂，汤镇台点了数，次日解到府里。雷太守听见拿获了贼头和冯君瑞，亦甚是欢喜，即请出王命、尚方剑，将别庄燕同冯君瑞枭首示众，其余苗子都杀了，具了本奏进京去。奉上谕：

汤奏办理金狗洞匪苗一案，率意轻进，糜费钱粮，着降三级调用，以为好事贪功者戒。钦此。

汤镇台接着抄报看过，叹了一口气。部文到了，新官到任，送了印，同两位公子商议，收拾打点回家。只因这一番，有分教：

将军已去，怅大树之飘零；名士高谈，谋先人之窀穸。

未知后事如何，且听下回分解。

第四十四回

汤总镇成功归故乡
余明经把酒问葬事

话说汤镇台同两位公子商议，收拾回家。雷太守送了代席四两银子，叫汤衙庖人备了酒席，请汤镇台到自己衙署饯行。起程之日，阖城官员都来送行。从水路过常德，渡洞庭湖，由长江一路回仪征。在路无事，问问两公子平日的学业，看看江上的风景，不到两十天，已到了纱帽洲，打发家人先回家料理迎接。六老爷知道了，一直迎到黄泥滩，见面请了安，弟兄也相见了，说说家乡的事。汤镇台见他油嘴油舌，恼了道："我出门三十多年，你长成人了，怎么学出这般一个下流气质！"后来见他开口就说是"禀老爷"，汤镇台怒道："你这下流！胡说！我是你叔父，你怎么叔父不叫，称呼老爷？"讲到两个公子身上，他又叫"大爷"、"二爷"，汤镇台大怒道："你这匪类！更该死了！你的两个兄弟，你不教训照顾他，怎么叫大爷、二爷！"把六老爷骂的垂头丧气。一路到了家里。汤镇台拜过了祖宗，安顿了行李。他那做高要县知县的乃兄已是告老在家里，老弟兄相见，彼此欢喜，一连吃了几天的酒。汤镇台也不到城里去，也不会官府，只在临河上构了几间别墅，左琴右书，在里面读书教子。过了三四个月，看见公子们做的会文，心里不大欢喜，说道："这个文章，如何得中！如今趁我来家，须要请个先生来教训他们才好。"每日踌躇这一件事。

那一日，门上人进来禀道："扬州萧二相公来拜。"汤镇台道："这是我萧世兄。我会着还认他不得哩。"连忙教请进来。萧柏泉进来见礼。镇台见他美如冠玉，衣冠儒雅，和他行礼奉坐。萧柏泉道："世叔恭喜回府，小侄就该来请安；因这些时，南京翰林侍讲高老先生告假回家，在扬州过，小侄陪了他几时，所以来迟。"汤镇台道："世兄恭喜入过学了？"萧柏泉道："蒙前任大宗师考补博士弟子员。这领青衿不为希罕，却喜小侄的文章前三天满城都传遍了，果然蒙大宗师赏鉴，可见甄拔的不差。"汤镇台见他说话伶俐，便留他在书房里吃饭，叫两个公子陪他。到下午，镇台自己出来说，要请一位先生替两个公子讲举业。萧柏泉道："小侄近来有个看会文的先生，是五河县人，姓余名特，字有达，是一位明经先生，举业其实好的。今年在一个盐务人家做馆，他不甚得意，世叔若要请先生，只有这个先生好。世叔写一聘书，着一位世兄同小侄去会过余先生，就可以同来。每年馆谷，也不过五六十金。"汤镇台听罢大喜，留萧柏泉住了两夜，写了聘书，即命大公子，叫了一个草上飞，同萧柏泉到扬州去，往河下卖盐的吴家拜余先生。萧柏泉叫他写个晚生帖子，将来进馆，再换门生帖。大爷说："半师半友，只好写个'同学晚弟'。"萧柏泉拗不过，只得拿了帖子，同到那里。门上传进帖去，请到书房里坐。只见那余先生头戴方巾，身穿旧宝蓝直裰，脚下朱履，白净面皮，三绺髭须，近视眼，约有五十多岁的光景，出来同二人作揖坐下。余有达道："柏泉兄，前日往仪征去，几时回来的？"萧柏泉道："便是到仪征去看敝世叔汤大人，留住了几天。这位就是汤世兄。"因在袖里拿出汤大爷的名帖递过来。余先生接着看了，放在桌上，说道："这个怎么敢当？"萧柏泉就把要请他做先生的话说了一遍，道："今特来奉拜。如蒙台允，即送书金过来。"余有达笑道："老先生大位，公子高才，我老拙无能，岂堪为一日之长。容斟酌再来奉覆罢。"两人辞别去了。次日，余有达到萧家来回拜，说道："柏泉兄，昨日的事，不能遵命。"萧柏泉道："这是甚么缘故？"余有达笑道："他既然要拜我为师，怎么写'晚弟'的帖子拜我？可见就非求教之诚。这也罢了。小弟因有一个故人在无为州做刺史，前日有书来约我，我要到那里走走；他若帮衬我些须，强如坐一年馆。我也就在这数日内要辞别了东家去。汤府这一席，柏泉兄竟转荐了别人罢。"萧柏泉不能相强，回覆了汤大爷，另请别人去了。

不多几日，余有达果然辞了主人，收拾行李，回五河。他家就在余家巷。进了家门，他同胞的兄弟出来接着。他这兄弟名持，字有重，也是五河县的饱学秀才。此时五河县发了一个姓彭的人家，中了几个进士，选了两个翰林，五河县人眼界小，便阖县人同去奉承他。又有一家，是徽州人，姓方，在五河开典当行盐，就冒了籍，要同本地人作姻亲。初时这余家巷的余家还和一个老乡绅的虞家是世世为婚姻的，这两家不肯同方家做亲。后来这两家出了几个没廉耻不才的人，贪图方家赔赠，娶了他家女儿，彼此做起亲来。后来做的多了，方家不但没有分外的赔赠，反说这两家子仰慕他有钱，求着他做亲。所以这两家不顾祖宗脸面的有两种人：一种是呆子，那呆子有八个字的行为："非方不亲，非彭不友。"一种是乖子，那乖子也有八个字的行为："非方不心，非彭不口。"这话是说那些呆而无耻的人，假使五河县没有一个冒籍姓方的，他就可以不必有亲；没有个中进士姓彭的，他就可以不必有友。这样的人，自己觉得势利透了心，其实呆串了皮。那些奸滑的，心里想着同方家做亲，方家又不同他做。他却不肯说出来，只是嘴里扯谎吓人，说："彭老先生是我的老师。彭三先生把我邀在书房里说了半天的知心话。"又说："彭四先生在京里带书子来给我。"人听见他这些话，也就常时请他来吃杯酒，要他在席上说这些话吓同席吃酒的人，其风俗恶赖如此。

这余有达，余有重弟兄两个，守着祖宗的教训，闭户读书，不讲这些隔壁帐的势利。余大先生各府、州、县作游，相与的州、县官也不少，但到本县来总不敢说。因五河人有个牢不可破的见识，总说但凡是个举人进士，就和知州知县是一个人，不管甚么情都可以进去说，知州知县就不能不依。假使有人说县官或者敬那个人的品行，或者说那人是个名士，要来相与他，就一县人嘴都笑歪了；就像不曾中过举的人，要想拿帖子去拜知县，知县就可以叉着膊子叉出来。——总是这般见识。余家弟兄两个，品行文章是从古没有的。因他家不见本县知县来拜，又同方家不是亲，又同彭家不是友，所以亲友们虽不敢轻他，却也不知道敬重他。

那日，余有重接着哥哥进来，拜见了，备酒替哥哥接风，细说一年有余的话。吃过了酒，余大先生也不往房里去，在书房里，老弟兄两个一床睡了。夜里，大先生向二先生说要到无为州看朋友去。二先生道："哥哥还在家里住些时。我要到府里科考，等我考了回来，哥哥再去罢。"余大先生道："你不知道，我这扬州的馆金已是用完了，要赶着到无为州去弄几两银子回来过长夏。你科考去不妨，家里有你嫂子和弟媳当着家。我弟兄两个，原是关着门过日子，要我在家怎的？"二先生道："哥这番去，若是多抽丰得几十两银子，回来把父亲母亲葬了。灵柩在家里这十几年，我们在家都不安。"大先生道："我也是这般想，回来就要做这件事。"

又过了几日，大先生往无为州去了。又过了十多天，宗师牌到，按临凤阳。余二先生便束装往凤阳，租个下处住下。这时是四月初八日。初九日宗师行香，初十日挂牌收词状，十一日挂牌考凤阳八属儒学生员，十五日发出生员覆试案来，每学取三名覆试。余二先生取在里面。十六日进去覆了试，十七日发出案来，余二先生考在一等第二名，在凤阳一直住到二十四，送了宗师起身，方才回五河去了。

大先生来到无为州，那州尊着实念旧，留着住了几日，说道："先生，我到任未久，不能多送你些银子。而今有一件事，你说一个情罢，我准了你的。这人家可以出得四百两银子，有三个人分；先生可以分得一百三十多两银子，权且拿回家去做了老伯、老伯母的大事。我将来再为情罢。"余大先生欢喜，谢了州尊，出去会了那人。那人姓风，名影，是一件人命牵连的事。余大先生替他说过，州尊准了，出来兑了银子，辞别知州，收拾行李回家。因走南京过，想起："天长杜少卿住在南京利涉桥河房里，是我表弟，何不顺便去看看他？"便进城来到杜少卿家。杜少卿出来接着，一见表兄，心里欢喜，行礼坐下，说这十几年阔别的话。余大先生叹道："老弟，你这些上好的基业，可惜弃了。你一个做大老官的人，而今卖文为活，怎么弄得惯！"杜少卿道："我而今在这里，有山川朋友之乐，倒也住惯了。不瞒表兄说，我愚弟也无甚么嗜好，夫妻们带着几个儿子，布衣蔬食，心里淡然；那从前的事，也追悔不来了。"说罢，奉茶与表兄吃。吃过，杜少卿自己走进去和娘子商量，要办酒替表兄接风；此时杜少卿穷了，办不起，思量方要拿东西去当。这日是五月初三，却好庄濯江家送了一担礼来与少卿过节。小厮跟了礼，拿着拜匣，一同走了进来。那礼是一尾鲥鱼，两只烧鸭，一百个粽子，二斤洋糖；拜匣里四两银子。杜少卿写回帖叫了多谢，收了。那小厮去了。杜少卿和娘子说："这主人做得成了。"当下又添了几样，娘子亲自整治酒肴。迟衡山、武正字住的近，杜少卿写说帖，请这两人来陪表兄。二位来到，叙了些彼此仰慕的话，在河房里一同吃酒。

吃酒中间，余大先生说起要寻地葬父母的话。迟衡山道："先生，只要地下干暖，无风无蚁，得安先人，足矣；那些发富发贵的话，都听不得。"余大先生道："正是。敝邑最重这一件事。人家因寻地艰难，每每担误着先人，不能就葬。小弟却不曾究心于此道，请问二位先生：这郭璞之说，是怎么个源流？"迟衡山叹道："自冢人墓地之官不设，族葬之法不行，士君子惑于龙穴、沙水之说，自心里要想发达，不知已堕于大逆不道。"余大先生惊道："怎生便是大逆不道？"迟衡山道："有一首诗，念与先生听：'气散风冲那可居，先生埋骨理何如？日中尚未逃兵解，世上人犹信《葬书》！'这是前人吊郭公墓的诗。小弟最恨而今术士托于郭璞之说，动辄便说：这地可发鼎甲，可出状元！请教先生：状元官号，始于唐朝，郭璞晋人，何得知唐有此等官号，就先立一法，说是个甚么样的地就出这一件东西？这可笑的紧！若说古人封拜都在地理上看得出来，试问淮阴葬母，行营高敞地，而淮阴王侯之贵，不免三族之诛，这地是凶是吉？更可笑这些俗人说，本朝孝陵乃青田先生所择之地；青田命世大贤，敷布兵、农、礼、乐，日不暇给，何得有闲工夫做到这一件事？洪武即位之时，万年吉地，自有术士办理，与青田甚么相干！"

余大先生道："先生，你这一番议论，真可谓之发矇振聩。"武正字道："衡山先生之言，一丝不错。前年我这城中有一件奇事，说与诸位先生听。"余大先生道："愿闻，愿闻。"武正字道："便是我这里下浮桥地方施家巷里施御史家。"迟衡山道："施御史家的事，我也略闻，不知其详。"武正字道："施御史昆玉二位。施二先生说乃兄中了进士，他不曾中，都是太夫人的地葬的不好，只发大房，不发二房，因养了一个风水先生在家里，终日商议迁坟。施御史道：'已葬久了，恐怕迁不得。'哭着下拜求他。他断然要迁。那风水又拿话吓他，说：'若是不迁，二房不但不做官，还要瞎眼。'他越发慌了，托这风水到处寻地，家里养着一个风水，外面又相与了多少风水。这风水寻着一个地，叫那些风水来覆。那晓得风水的讲究，叫做父做子笑，子做父笑，再没有一个相同的；但寻着一块地，就被人覆了说：'用不得。'家里住的风水急了，又献了一块地，便在那新地左边，买通了一个亲戚来说，夜里梦见老太太凤冠霞帔，指着这地与他看，要葬在这里。因这一块地是老太太自己寻的，所以别的风水才覆不掉，便把母亲硬迁来葬。到迁坟的那日，施御史弟兄两位跪在那里。才掘开坟，看见了棺木，坟里便是一股热气，直冲出来，冲到二先生眼上，登时就把两只眼瞎了。二先生越发信这风水竟是个现在的活神仙，能知过去未来之事，后来重谢了他好几百两银子。"

余大先生道："我们那边也极喜讲究的迁葬，少卿，这事行得行不得？"杜少卿道："我还有一句直捷的话。这事朝廷该立一个法子：但凡人家要迁葬，叫他到有司衙门递个呈纸，风水具了甘结：棺材上有几尺水，几斗几升蚁。等开了，说得不错，就罢了；如说有水有蚁，挖开了不是，即于挖的时候，带一个刽子手，一刀把这奴才的狗头斫下来。那要迁坟的，就依子孙谋杀祖父的律，立刻凌迟处死。此风或可少息了。"余有达、迟衡山、武正字三人一齐拍手道："说的畅快，说的畅快！拿大杯来吃酒！"又吃了一会，余大先生谈到汤家请他做馆的一段话；说了一遍，笑道："武夫可见不过如此。"武正字道："武夫中竟有雅不过的！"因把萧云仙的事细细说了，对杜少卿道："少卿先生，你把那卷子拿出来与余先生看。"杜少卿取了出来。余大先生打开看了图和虞博士几个人的诗，看毕，乘着酒兴，依韵各和了一首。三人极口称赞。当下吃了半夜酒，一连住了三日。那一日，有一个五河乡里卖鸭的人，拿了一封家信来，说是余二老爹带与余大老爹的。余大先生拆开一看，面如土色。只因这一番，有分教：

弟兄相助，真耽式好之情；朋友交推，又见同声之谊。

毕竟书子里说些甚么，且听下回分解。

第四十五回

敦友谊代兄受过
讲堪舆回家葬亲

话说余大先生把这家书拿来递与杜少卿看,上面写着大概的意思,说:"时下有一件事,在这里办着。大哥千万不可来家。我听见大哥住在少卿表弟家,最好放心住着,等我把这件事料理清楚了,来接大哥,那时大哥再回来。"余大先生道:"这毕竟是件甚么事?"杜少卿道:"二表兄既不肯说,表兄此时也没处去问,且在我这里住着,自然知道。"余大先生写了一封回书,说:"到底是件甚么事,兄弟可作速细细写来与我,我不着急就是了。若不肯给我知道,我倒反焦心。"那人拿着回书回五河,送书子与二爷。二爷正在那里和县里差人说话,接了回书,打发乡里人去了;向那差人道:"他那里来文,说是要提要犯余持。我并不曾到过无为州,我为甚么去?"差人道:"你到过不曾到过,那个看见?我们办公事,只晓得照票子寻人。我们衙门里拿到了强盗、贼,穿着檀木靴还不肯招哩!那个肯说真话!"余二先生没法,只得同差人到县里,在堂上见了知县,跪着禀道:"生员在家,并不曾到过无为州,太父师这所准的事,生员真个一毫不解。"知县道:"你曾到过不曾到过,本县也不得知,现今无为州有关提在此,你说不曾到过,你且拿去自己看。"随在公案上,将一张朱印墨标的关文,叫值堂吏递下来看。余持接过一看,只见上写的是:

无为州承审被参知州赃案里,有贡生余持过赃一款,是五河县人……

余持看了道:"生员的话,太父师可以明白了。这关文上要的是贡生余持,生员离出贡还少十多年哩。"说罢,递上关文来,回身便要走了去。知县道:"余生员,不必大忙,你才所说,却也明白。"随又叫礼房,问:"县里可另有个余持贡生?"礼房值日书办禀道:"他余家就有贡生,却没有个余持。"余持又禀道:"可见这关文是个捕风捉影的了。"起身又要走了去。知县道:"余生员,你且下去,把这些情由具一张清白呈子来,我这里替你回覆去。"余持应了下来。出衙门,同差人坐在一个茶馆里吃了一壶茶,起身又要走。差人扯住道:"余二相,你往那里走?大清早上,水米不沾牙,从你家走到这里,就是办皇差也不能这般寡剌!难道此时又同了你去不成?"余二先生道:"你家老爷叫我出去写呈子。”差人道：“你才在堂上说你是生员，做生员的，一年帮人写到头，倒是自己的要去寻别人。对门这茶馆后头就是你们生员们写状子的行家，你要写就进去写。”余二先生没法，只得同差人走到茶馆后面去。差人望着里边一人道：“这余二相要写个诉呈，你替他写写。他自己做稿子，你替他誊真，用个戳子。他不给你钱，少不得也是我当灾！昨日那件事，关在饭店里，我去一头来。”

余二先生和代书拱一拱手。只见桌旁板凳上坐着一个人，头戴破头巾，身穿破直裰，脚底下一双打板唱曲子的鞋，认得是县里吃荤饭的朋友唐三痰；唐三痰看见余二先生进来，说道：“余二哥，你来了，请坐。”余二先生坐下道：“唐三哥，你来这里的早。”唐三痰道：“也不算早了。我绝早同方六房里六老爷吃了面，送六老爷出了城去，才在这里来。你这个事，我知道。”因扯在旁边去，悄悄说道：“二先生，你这件事虽非钦件，将来少不得打到钦件里去。你令兄现在南京，谁人不知道？自古‘地头文书铁箍桶’，总以当事为主，当事是彭府上说了就点到奉行的，你而今作速和彭三老爷去商议。他家一门都是龙睁虎眼的脚色，只有三老还是个盛德人，你如今着了急去求他，他也还未必计较你平日不曾在他分上周旋处。他是大福大量的人，你可以放心去；不然，我就同你去。论起理来，这几位乡先生，你们平日原该联络，这都是你令兄太自傲处。及到弄出事来，却又没有个靠傍。”余二先生道：“极蒙关切。但方才县尊已面许我回文，我且递上呈子去，等他替我回了文去，再为斟酌。”唐三痰道：“也罢，我看着你写呈子。”当下写了呈子，拿进县里去。知县叫书办据他呈子备文书回无为州。书办来要了许多纸笔钱去，是不消说。

过了半个月，文书回头来，上写的清白。写着：

> 要犯余持系五河贡生，身中，面白，微须，年约五十多岁。的于四月初八日在无为州城隍庙寓所会风影会话，私和人命，随于十一日进州衙关说。续于十六日州审录供之后，风影备有酒席送至城隍庙。风影共出赃银四百两，三人均分，余持得赃一百三十三两有零。二十八日在州衙辞行，由南京回五河本籍。赃证确据，何得讳称并无其人？事关宪件，人命重情，烦贵县查照来文事理，星即差押该犯赴州，以凭审结。望速！望速！

知县接了关文，又传余二先生来问。余二先生道：“这更有的分辨了。生员再细细具呈上来，只求太父师做主。”说罢下来，到家做呈子。他妻舅赵麟书说道：“姐夫，这事不是这样说了。分明是大爷做的事，他左一回右一回雪片的文书来，姐夫为甚么自己缠在身上？不如老老实实具个呈子，说大爷现在南京，叫他行文到南京去关，姐夫落得干净无事。我这里‘娃子不哭奶不胀’，为甚么把别人家的棺材拉在自己门口哭？”余二先生道：“老舅，我弟兄们的事，我自有主意，你不要替我焦心。”赵麟书道：“不是我也不说。你家大爷平日性情不好，得罪的人多！就如仁昌典方三房里，仁大典方六房里，都是我们五门四关厢里铮铮响的乡绅，县里王公同他们是一个人，你大爷偏要拿话得罪他。就是这两天，方二爷同彭乡绅家五房里做了亲家——五爷是新科进士。——我听见说，就是王公做媒，择的日子是出月初三日拜允。他们席间一定讲到这事，彭老五也不要明说出你令兄不好处，只消微露其意，王公就明白了；那时王公作恶起来，反说姐夫你藏匿着哥，就耽不住了！还是依着我的话。”余二先生道：“我且再递一张呈子。若那里催的紧，再说出来也不迟。”赵麟书道：“再不，你去托托彭老五罢。”余二先生笑道：“也且慢些。”赵麟书见说他不信，就回去了。余二先生又具了呈子到县里。县里据他的呈子回文道：

案据贵州移关：“要犯余持系五河贡生，身中，面白，微须，年约五十多岁。的于四月初八日在无为州城隍庙寓所会风影会话，私和人命，随于十一日进州衙关说。续于十六日州审录供之后，风影备有酒席送至城隍庙。风影共出赃银四百两，三人均分，余持得赃一百三十三两有零。二十八日在州衙辞行，由南京回五河本籍。赃证确据，何得讳称并无其人？事关宪件，人命重情……”等因到县。准此，本县随即拘传本生到案。据供：生员余持，身中，面麻，微须，年四十四岁，系廪膳生员，未曾出贡。本年四月初八日，学宪按临凤阳，初九日行香，初十日悬牌，十一日科试八学生员。该生余持进院赴考，十五日覆试案发取录。余持次日进院覆试，考居一等第二名，至二十四日送学宪起马，回籍肄业。安能一身在凤阳科试，又一身在无为州诈赃？本县取具口供，随取本学册结对验，该生委系在凤阳科试，未曾到无为诈赃，不便解送。恐系外乡光棍，顶名冒姓，理合据实回明，另缉审结云云。

这文书回了去，那里再不来提了。余二先生一块石头落了地，写信约哥回来。大先生回来，细细问了这些事，说：“全费了兄弟的心！”便问：“衙门使费一总用了多少银子？”二先生道：“这个话，哥还问他怎的？哥带来的银子，料理下葬为是。”

又过了几日，弟兄二人商议，要去拜风水张云峰。恰好一个本家来请吃酒，两人拜了张云峰，便到那里赴席去。那里请的没有外人，就是请的他两个嫡堂兄弟：一个叫余敷，一个叫余殷。两人见大哥、二哥来，慌忙作揖，彼此坐下，问了些外路的事。余敷道：“今日王父母在彭老二家吃酒。”主人坐在底下，道：“还不曾来哩。阴阳生才拿过帖子去。”余殷道：“彭老四点了主考了。听见前日辞朝的时候，他一句话回的不好，朝廷把他身子拍了一下。”余大先生笑道：“他也没有甚么话说的不好，就是说的不好，皇上离着他也远，怎能自己拍他一下？”余殷红着脸道：“然而不然！他而今官大了，是翰林院大学士，又带着左春坊，每日就要站在朝廷大堂上暖阁子里议事。他回的话不好，朝廷怎的不拍他！难道怕得罪他么？”主人坐在底下道：“大哥，前日在南京来，听见说应天府尹进京了？”余大先生还不曾答应。余敷道：“这个事也是彭老四奏的。朝廷那一天问应天府可该换人，彭老四要荐他的同年汤奏，就说该换；他又不肯得罪府尹，唧唧的写个书子带来，叫府尹自己请陛见，所以进京去了。”余二先生道：“大僚更换的事，翰林院衙门是不管的，这话恐未必确。”余殷道：“这是王父母前日在仁大典吃酒席上亲口说的，怎的不确？”说罢，摆上酒来。九个盘子：一盘青菜花炒肉、一盘煎鲫鱼、一盘片粉拌鸡、一盘摊蛋、一盘葱炒虾、一盘瓜子、一盘人参果、一盘石榴米、一盘豆腐干。烫上滚热的封缸酒来。吃了一会，主人走进去拿出一个红布口袋，盛着几块土，红头绳子拴着，向余敷、余殷说道："今日请两位贤弟来，就是要看看这山上土色，不知可用得？"余二先生道："山上是几时破土的？"主人道："是前日。"余敷正在打开拿出土来看，余殷夺过来道："等我看。"劈手就夺过来，拿出一块土来放在面前，把头歪在右边看了一会，把头歪在左边又看了一会，拿手指头掐下一块土来，送在嘴里，歪着嘴乱嚼。嚼了半天，把一大块土就递与余敷，说道："四哥，你看这土好不好？"余敷把土接在手里，拿着在灯底下翻过来把正面看了一会，翻过来又把反面看了一会，也掐了一块土送在嘴里，闭着嘴，闭着眼，慢慢的嚼。嚼了半日，睁开眼，又把那土拿在鼻子跟前尽着闻。又闻了半天，说道："这土果然不好。"主人慌了道："这地可葬得？"余殷道："这地葬不得！葬了你家就要穷了！"余大先生道："我不在家这十几年，不想二位贤弟就这般精于地理。"余敷道："不瞒大哥说，经过我愚弟兄两个看的地，一毫也没得辨驳的！"余大先生道："方才这土是那山上的？"余二先生指着主人道："便是贤弟家四叔的坟，商议要迁葬。"余大先生屈指道："四叔葬过已经二十多年，家里也还平安，可以不必迁罢。"余殷道："大哥，这是那里来的话！他那坟里一汪的水，一包的蚂蚁，做儿子的人，把个父亲放在水窝里，蚂蚁窝里，不迁起来，还成个人！"余大先生道："如今寻的新地在那里？"余殷道："昨日这地不是我们寻的。我们替寻的一块地在三尖峰。我把这形势说给大哥看。"因把这桌上的盘子撤去两个，拿指头蘸着封缸酒，在桌上画个圈子，指着道："大哥，你看，这是三尖峰。那边来路远哩！从浦口山上发脉，一个墩，一个炮；一个墩，一个炮；一个墩，一个炮；弯弯曲曲，骨里骨碌，一路接着滚了来。滚到县里周家冈，龙身跌落过峡，又是一个墩，一个炮，骨骨碌碌几十个炮赶了来，结成一个穴情。这穴情叫做'荷花出水'。"

正说着，小厮捧上五碗面。主人请诸位用了醋，把这青菜炒肉夹了许多堆在面碗头上，众人举起箸来吃。余殷吃的差不多，拣了两根面条，在桌上弯弯曲曲做了一个来龙，睁着眼道："我这地要出个状元。葬下去中了一甲第二也算不得，就把我的两只眼睛剜掉了！"主人道："那地葬下去自然要发？"余敷道："怎的不发？就要发！并不等三年五年！"余殷道："偎着就要发！你葬下去才知道好哩！"余大先生道："前日我在南京听见几位朋友说，葬地只要父母安，那子孙发达的话也是渺茫。"余敷道："然而不然！父母果然安，子孙怎的不发？"余殷道："然而不然！彭府上那一座坟，一个龙爪子恰好搭在他太爷左膀子上，所以前日彭老四就有这一拍。难道不是一个龙爪子？大哥，你若不信，明日我同你到他坟上去看，你才知道。"又吃了几杯，一齐起身道扰了，小厮打着灯笼，送进余家巷去，各自归家歇息。

次日，大先生同二先生商议道："昨日那两个兄弟说的话，怎样一个道理？"二先生道："他们也只说的好听，究竟是无师之学，我们还是请张云峰商议为是。"大先生道："这最有理。"次日，弟兄两个备了饭，请张云峰来。张云峰道："我往常时诸事沾二位先生的光，二位先生因太老爷的大事托了我，怎不尽心？”大先生道：“我弟兄是寒士，蒙云峰先生厚爱，凡事不恭，但望恕罪。”二先生道：“我们只要把父母大事做了归着，而今拜托云翁，并不必讲发富发贵，只要地下干暖，无风无蚁，我们愚弟兄就感激不尽了。”张云峰一一领命，过了几日，寻了一块地，就在祖坟旁边。余大先生、余二先生，同张云峰到山里去亲自覆了这地，托祖坟上山主用二十两银子买了，托张云峰择日子。日子还不曾择来，那日闲着无事，大先生买了二斤酒，办了六七个盘子，打算老弟兄两个自己谈谈。到了下晚时候，大街上虞四公子写个说帖来，写道：

今晚薄治园蔬，请二位表兄到荒斋一叙，勿外是荷。虞梁顿首。

余大先生看了，向那小厮道：“我知道了。拜上你家老爷，我们就来。”打发出门，随即一个苏州人，在这里开糟坊的，打发人来请他弟兄两个到糟坊里去洗澡。大先生向二先生道：“这凌朋友家请我们，又想是有酒吃，我们而今扰了凌风家，再到虞表弟家去。”弟兄两个，来到凌家，一进了门，听得里面一片声吵嚷。却是凌家因在客边，雇了两个乡里大脚婆娘，主子都同他偷上了。五河的风俗是个个人都要同雇的大脚婆娘睡觉的。不怕正经敞厅里摆着酒，大家说起这件事，都要笑的眼睛没缝，欣欣得意，不以为羞耻的。凌家这两个婆娘，彼此疑惑：你疑惑我多得了主子的钱，我疑惑你多得了主子的钱，争风吃醋，打吵起来。又大家搬楦头，说偷着店里的店官，店官也跟在里头打吵；

把厨房里的碗儿，盏儿，碟儿，打的粉碎；又伸开了大脚，把洗澡的盆桶都翻了。余家两位先生，酒也吃不成，澡也洗不成，倒反扯劝了半日，辞了主人出来。主人不好意思，千告罪，万告罪，说改日再请。两位先生走出凌家门，便到虞家。虞家酒席已散，大门关了。余大先生笑道："二弟，我们仍旧回家吃自己的酒。"二先生笑着，同哥到了家里，叫拿出酒来吃。不想那二斤酒和六个盘子已是娘娘们吃了，只剩了个空壶空盘子在那里。大先生道："今日有三处酒吃，一处也吃不成；可见一饮一啄，莫非前定。"弟兄两个笑着吃了些小菜晚饭，吃了几杯茶，彼此进房歇息。

睡到四更时分，门外一片声大喊，两弟兄一齐惊觉，看看窗外通红，知道是对门失火，慌忙披了衣裳出来，叫齐了邻居，把父母灵柩搬到街上。那火烧了两间房子，到天亮就救息了。灵柩在街上。五河风俗，说灵柩抬出门，再要抬进来，就要穷人家；所以众亲友来看，都说乘此抬到山里，择个日子葬罢。大先生向二先生道："我两人葬父母，自然该正正经经的告了庙，备祭辞灵，遍请亲友会葬，岂可如此草率！依我的意思，仍旧将灵柩请进中堂，择日出殡。"二先生道："这何消说，如果要穷死，尽是我弟兄两个当灾。"当下众人劝着总不听，唤齐了人，将灵柩请进中堂，候张云峰择了日子，出殡归葬，甚是尽礼。那日，阖县送殡有许多的人，天长杜家也来了几个人。自此，传遍了五门四关厢，一个大新闻，说：余家兄弟两个越发呆串了皮了，做出这样倒运的事！只因这一番，有分教：

风尘恶俗之中，亦藏俊彦；数米量柴之外，别有经纶。

毕竟后事如何，且听下回分解。

第四十六回

三山门贤人饯别
五河县势利薰心

话说余大先生葬了父母之后,和二先生商议,要到南京去谢谢杜少卿;又因银子用完了,顺便就可以寻馆。收拾行李,别了二先生,过江到杜少卿河房里。杜少卿问了这场官事,余大先生细细说了。杜少卿不胜叹息。正在河房里闲话,外面传进来,有仪征汤大老爷来拜。余大先生问是那一位。杜少卿道:“便是请表兄做馆的了,不妨就会他一会。”正说着,汤镇台进来,叙礼坐下。汤镇台道:“少卿先生,前在虞老先生斋中得接光仪,不觉鄙吝顿消,随即登堂,不得相值,又悬我一日之思。此位老先生尊姓?”杜少卿道:“这便是家表兄余有达,老伯去岁曾要相约做馆的。”镇台大喜道:“今日无意中又晤一位高贤,真为幸事。”从新作揖坐下。余大先生道:“老先生功在社稷,今日角巾私第,口不言功,真古名将风度。”汤镇台道:“这是事势相逼,不得不尔。至今想来,究竟还是意气用事,并不曾报效得朝廷,倒惹得同官心中不快活,却也悔之无及。”余大先生道:“这个朝野自有定论,老先生也不必过谦了。”杜少卿道:“老伯此番来京贵干?现寓何处?”汤镇台道:“家居无事,偶尔来京,借此会会诸位高贤。敝寓在承恩寺。弟就要去拜虞博士并庄征君贤竹林。”吃过茶,辞别出来。余大先生同杜少卿送了上轿。余大先生暂寓杜少卿河房。

这汤镇台到国子监拜虞博士,那里留下帖,回了不在署。随往北门桥拜庄濯江,里面见了帖子,忙叫请会。这汤镇台下轿进到厅事。主人出来,叙礼坐下,道了几句彼此仰慕的话。汤镇台提起要往后湖拜庄征君。庄濯江道:“家叔此刻恰好在舍,何不竟请一会?”汤镇台道:“这便好的极了。”庄濯江吩咐家人请出庄征君来,同汤镇台拜见过,叙坐。又吃了一遍茶。庄征君道:“老先生此来,恰好虞老先生尚未荣行,又重九相近,我们何不相约作一个登高会,就此便奉饯虞老先生,又可畅聚一日。”庄濯江道:“甚好;订期便在舍间相聚便了。”汤镇台坐了一会,起身去了,说道:“数日内登高会再接教,可以为尽日之谈。”说罢,二位送了出来。汤镇台又去拜了迟衡山、武正字。庄家随即着家人送了五两银子到汤镇台寓所代席。过了三日,管家持帖邀客,请各位早到。庄濯江在家等候，庄征君已先在那里；少刻，迟衡山、武正字、杜少卿，都到了。庄濯江收拾了一个大敞榭，四面都插了菊花。此时正是九月初五，天气亢爽，各人都穿着袷衣，啜茗闲谈。又谈了一会，汤镇台、萧守府、虞博士都到了，众人迎请进来，作揖坐下。汤镇台道："我们俱系天涯海角之人，今幸得贤主人相邀一聚，也是三生之缘。又可惜虞老先生就要去了，此聚之后，不知快晤又在何时。"庄濯江道："各位老先生当今山斗，今日惠顾茅斋，想五百里内贤人聚矣。"坐定，家人捧上茶来。揭开来，似白水一般，香气芬馥，银针都浮在水面。吃过，又换了一巡"真天都"，虽是隔年陈的，那香气尤烈。虞博士吃着茶，笑说道："二位老先生当年在军中，想不见此物。"萧云仙道："岂但军中，小弟在青枫城六年，得饮白水，已为厚幸，只觉强于马溺多矣！"汤镇台道："果然青枫水草可支数年。"庄征君道："萧老先生博雅，真不数北魏崔浩。"迟衡山道："前代后代，亦时有变迁的。"杜少卿道："宰相须用读书人，将帅亦须用读书人。若非萧老先生有识，安能立此大功？"武正字道："我最可笑的，边庭上都督不知有水草，部里书办核算时偏生知道。这不知是司官的学问，还是书办的学问？若说是司官的学问，怪不的朝廷重文轻武；若说是书办的考核，可见这大部的则例是移动不得的了。"说罢，一齐大笑起来。戏子吹打已毕，奉席让坐。戏子上来参堂。庄非熊起身道："今日因各位老先生到舍，晚生把梨园榜上有名的十九名都传了来，求各位老先生每人赏他一出戏。"虞博士问："怎么叫做'梨园榜'？"余大先生把昔年杜慎卿这件风流事，述了一遍。众人又大笑。汤镇台向杜少卿道："令兄已是铨选部郎了？"杜少卿道："正是。"武正字道："慎卿先生此一番评骘，可云至公至明；只怕立朝之后，做主考房官，又要目迷五色，奈何？"众人又笑了。当日吃了一天酒。做完了戏，到黄昏时分，众人散了。庄濯江寻妙手丹青画了一幅"登高送别图"，在会诸人，都做了诗。又各家移樽到博士斋中饯别。

南京饯别虞博士的，也不下千余家。虞博士应酬烦了，凡要到船中送别的，都辞了不劳。那日叫了一只小船，在水西门起行，只有杜少卿送在船上。杜少卿拜别道："老叔已去，小侄从今无所依归矣！"虞博士也不胜凄然。邀到船里坐下，说道："少卿，我不瞒你说。我本赤贫之士，在南京来做了六七年博士，每年积几两俸金，只挣了三十担米的一块田。我此番去，或是部郎，或是州县，我多则做三年，少则做两年，再积些俸银，添得两十担米，每年养着我夫妻两个不得饿死，就罢了。子孙们的事，我也不去管他。现今小儿读书之余，我教他学个医，可以餬口，我要做这官怎的？你在南京，我时常寄书子来问候你。"说罢，和杜少卿洒泪分手。杜少卿上了岸，看着虞博士的船开了去，望不见了，方才回来。余大先生在河房里。杜少卿把方才这些话告诉他。余大先生叹道："难进易退，真乃天怀淡定之君子。我们他日出身，皆当以此公为法。"彼此叹赏了一回。当晚余二先生有家书来约大先生回去，说："表弟虞华轩家请的西席先生去了，要请大哥到家教儿子，目今就要进馆，请作速回去。"余大先生向杜少卿说了，辞别要去。次日，束装渡江，杜少卿送过，自回家去。

余大先生渡江回家，二先生接着，拿帖子与乃兄看，上写：

愚表弟虞梁，敬请余大表兄先生在舍教训小儿，每年修金四十两，节礼在外。此订。

大先生看了，次日去回拜。虞华轩迎了出来，心里欢喜，作揖奉坐。小厮拿上茶来吃着。虞华轩道："小儿蠢夯，自幼失学。前数年愚弟就想请表兄教他，因表兄出游在外；今恰好表兄在家，就是小儿有幸了。举人、进士，我和表兄两家，车载斗量，也不是甚么出奇东西。将来小儿在表兄门下，第一要学了表兄的品行，这就受益的多了！"余大先生道："愚兄老拙株守，两家至戚世交，只和老弟气味还投合的来。老弟的儿子，就是我的儿子一般，我怎不尽心教导。若说中举人、进士，我这不曾中过的人，或者不在行；至于品行文章，令郎自有家传，愚兄也只是行所无事。"说罢，彼此笑了。择了个吉日，请先生到馆。余大先生绝早到了。虞小公子出来拜见，甚是聪俊。拜过，虞华轩送至馆所。余大先生上了师位。虞华轩辞别，到那边书房里去坐。

才坐下，门上人同了一个客进来。这客是唐三痰的哥，叫做唐二棒椎，是前科中的文举人，却与虞华轩是同案进的学。这日因他家先生开馆，就踱了来，要陪先生。虞华轩留他坐下吃了茶。唐二棒椎道："今日恭喜令郎开馆。"虞华轩道："正是。"唐二棒椎道："这先生最好，只是坐性差些，又好弄这些杂学，荒了正务。论余大先生的举业，虽不是时下的恶习，他要学国初帖括的排场，却也不是中和之业。"虞华轩道："小儿也还早哩，如今请余大表兄，不过叫学他些立品，不做那势利小人就罢了。"

又坐了一会，唐二棒椎道："老华，我正有一件事要来请教你这通古学的。"虞华轩道："我通甚么古学，你拿这话来笑我。"唐二棒椎道："不是笑话，真要请教你，就是我前科侥幸，——我有一个嫡侄，他在凤阳府里住，也和我同榜中了，又是同榜，又是同门；他自从中了，不曾到县里来，而今来祭祖。他昨日来拜我，是'门年愚侄'的帖子，我如今回拜他，可该用个'门年愚叔'？"虞华轩道："怎么说？"唐二棒椎道："你难道不曾听见？我舍侄同我同榜同门，是出在一个房师房里中的了，他写'门年愚侄'的帖子拜我，我可该照样还他？"虞华轩道："我难道不晓得同着一个房师叫做同门！但你方才说的'门年愚侄'四个字，是鬼话，是梦话！"唐二棒椎道："怎的是梦话？"虞华轩仰天大笑道："从古至今也没有这样奇事。"唐二棒椎变着脸道："老华，你莫怪我说。你虽世家大族，你家发过的老先生们离的远了，你又不曾中过，这些官场上来往的仪制，你想是未必知道！我舍侄他在京里不知见过多少大老，他这帖子的样式必有个来历，难道是混写的！"虞华轩道："你长兄既说是该这样写就这样写罢了，何必问我！"唐二棒椎道："你不晓得，等余大先生出来吃饭，我问他。"正说着，小厮来说："姚五爷进来了。"两个人同站起来。姚五爷进来作揖坐下。虞华轩道："五表兄，你昨日吃过饭，怎便去了？晚里还有个便酒等着，你也不来。"唐二棒椎道："姚老五，昨日在这里吃中饭的么？我昨日午后遇着你，你现说在仁昌典方老六家吃了饭出来。怎的这样扯谎？"小厮摆了饭，请余大先生来。余大先生首席，唐二棒椎对面，姚五爷上坐，主人下陪。吃过饭，虞华轩笑把方才写帖子话说与余大先生，余大先生气得两脸紫涨，颈子里的筋都耿出来，说道："这话是那个说的？请问人生世上，是祖父要紧，是科名要紧？"虞华轩道："自然是祖父要紧了，这也何消说得。"余大先生道："既知是祖父要紧，如何才中了个举人，便丢了天属之亲，叔侄们认起同年同门来？这样得罪名教的话，我一世也不愿听！二哥，你这位令侄，还亏他中个举，竟是一字不通的人；若是我的侄儿，我先拿他在祠堂里祖宗神位前先打几十板子才好！"唐二棒椎同姚五爷看见余大先生恼得像红虫，知道他的迂性呆气发了，讲些混话，支开了去。

须臾，吃完了茶，余大先生进馆去了。姚五爷起身道："我去走走再来。"唐二棒椎道："你今日出去，该说在彭老二家吃了饭出来的了！"姚五爷笑道："今日我在这里陪先生，人都知道的，不好说在别处。"笑着去了。姚五爷去了一时，又走回来，说道："老华，厅上有个客来拜你，说是在府里太尊衙门里出来的，在厅上坐着哩，你快出去会他。"虞华轩道："我并没有这个相与，是那里来的？"正疑惑间，门上传进帖子来："年家眷同学教弟季萑顿首拜"。虞华轩出到厅上迎接。季苇萧进来，作揖坐下，拿出一封书子，递过来说道："小弟在京师因同敝东家来贵郡，令表兄杜慎卿先生托寄一书，专候先生。今日得见雅范，实为深幸。"虞华轩接过书子，拆开从头看了，说道："先生与我敝府厉公祖是旧交？"季苇萧道："厉公是敝年伯荀大人的门生，所以邀小弟在他幕中共事。"虞华轩道："先生因甚公事下县来？"季苇萧道："此处无外人，可以奉告。厉太尊因贵县当铺戥子太重，剥削小民，所以托弟下来查一查。如其果真，此弊要除。"虞华轩将椅子挪近季苇萧跟前，低言道："这是太公祖极大的仁政！敝县别的当铺，原也不敢如此，只有仁昌、仁大方家这两个典铺。他又是乡绅，又是盐典，又同府县官相与的极好，所以无所不为，百姓敢怒而不敢言。如今要除这个弊，只要除这两家。况太公祖堂堂太守，何必要同这样人相与？此说只可放在先生心里，却不可漏泄，说是小弟说的。"季苇萧道："这都领教了。"虞华轩又道："蒙先生赐顾，本该备个小酌，奉屈一谈；一来恐怕亵尊，二来小地方耳目众多，明日备个菲酌送到尊寓，万勿见却。"季苇萧道："这也不敢当。"说罢，作别去了。

虞华轩走进书房来，姚五爷迎着问道："可是太尊那里来的？"虞华轩道："怎么不是。"姚五爷摇着头笑道："我不信！"唐二棒椎沉吟道："老华，这倒也不错。果然是太尊里面的人？太尊同你不密迩，同太尊密迩的是彭老三、方老六他们二位。我听见这人来，正在这里疑惑。他果然在太尊衙门里的人，他下县来，不先到他们家去，倒有个先来拜你老哥的？这个话有些不像。恐怕是外方的甚么光棍，打着太尊的旗号，到处来骗人的钱，你不要上他的当！"虞华轩道："也不见得这人不曾去拜他们。"姚五爷笑道："一定没有拜。若拜了他们，怎肯还来拜你？"虞华轩道："难道是太尊叫他来拜我的，是天长杜慎卿表兄在京里写书子给他来的。这人是有名的季苇萧。"唐二棒椎摇手道："这话更不然！季苇萧是定梨园榜的名士。他既是名士，京里一定在翰林院衙门里走动。况且天长杜慎老同彭老四是一个人，岂有个他出京来，带了杜慎老的书子来给你，不带彭老四的书子来给他家的？这人一定不是季苇萧。"虞华轩道："是不是罢了，只管讲他怎的！”便骂小厮：“酒席为甚么到此时还不停当！”一个小厮走来禀道：“酒席已经停当了。”

一个小厮掮了被囊行李进来，说：“乡里成老爹到了。”只见一人，方巾，蓝布直裰，薄底布鞋，花白胡须，酒糟脸，进来作揖坐下，道：“好呀！今日恰好府上请先生，我撞着来吃喜酒。”虞华轩叫小厮拿水来给成老爹洗脸，抖掉了身上腿上那些黄泥，一同邀到厅上，摆上酒来。余大先生首席，众位陪坐。天色已黑，虞府厅上点起一对料丝灯来，还是虞华轩曾祖尚书公在武英殿御赐之物，今已六十余年，犹然簇新。余大先生道：“自古说：‘胡家乔木’，果然不差。就如尊府这灯，我县里没有第二副。”成老爹道：“大先生，‘三十年河东，三十年河西’，就像三十年前，你二位府上何等气势，我是亲眼看见的。而今彭府上、方府上，都一年盛似一年。不说别的，府里太尊、县里王公，都同他们是一个人，时时有内里幕宾相公到他家来说要紧的话。百姓怎的不怕他！像这内里幕宾相公，再不肯到别人家去。”唐二棒椎道：“这些时可有幕宾相公来？”成老爹道：“现有一个姓‘吉’的‘吉’相公下来访事，住在宝林寺僧官家。今日清早，就在仁昌典方老六家。方老六把彭老二也请了家去陪着。三个人进了书房门，讲了一天。不知太爷是作恶那一个，叫这‘吉’相公下来访的。”唐二棒椎望着姚五爷冷笑道：“何如？”余大先生看见他说的这些话可厌，因问他道：“老爹去年准给衣巾了？”成老爹道：“正是。亏学台是彭老四的同年，求了他一封书子，所以准的。”余大先生笑道：“像老爹这一副酒糟脸，学台看见，着实精神，怎的肯准？”成老爹道：“我说我这脸是浮肿着的。”众人一齐笑了。又吃了一会酒，成老爹道：“大先生，我和你是老了，没中用的了。英雄出于少年，怎得我这华轩世兄下科高中了，同我们这唐二老爷一齐会上进士，虽不能像彭老四做这样大位，或者像老三、老二候选个县官，也与祖宗争气，我们脸上也有光辉。”余大先生看见这些话更可厌，因说道：“我们不讲这些话，行令吃酒罢。”当下行了一个“快乐饮酒”的令，行了半夜，大家都吃醉了。成老爹扶到房里去睡；打灯笼送余大先生、唐二棒椎、姚五爷回去。成老爹睡了一夜，半夜里又吐，吐了又痾屎。不等天亮，就叫书屋里的一个小小厮来扫屎，就悄悄向那小小厮说，叫把管租的管家叫了两个进来。又鬼头鬼脑，不知说了些甚么，便叫请出大爷来。只因这一番，有分教：

乡僻地面，偏多慕势之风；学校宫前，竟行非礼之事。

毕竟后事如何，且听下回分解。

第四十七回

虞秀才重修元武阁
方盐商大闹节孝祠

话说虞华轩也是一个非同小可之人。他自小七八岁上,就是个神童。后来经史子集之书,无一样不曾熟读,无一样不讲究,无一样不通彻。到了二十多岁,学问成了,一切兵、农、礼、乐、工、虞、水、火之事,他提了头就知到尾,文章也是枚、马,诗赋也是李、杜,况且他曾祖是尚书,祖是翰林,父是太守,真正是个大家。无奈他虽有这一肚子学问,五河人总不许他开口。五河的风俗:说起那人有品行,他就歪着嘴笑;说起前几十年的世家大族,他就鼻子里笑;说那个人会做诗赋古文,他就眉毛都会笑。问五河县有甚么山川风景,是有个彭乡绅;问五河县有甚么出产希奇之物,是有个彭乡绅;问五河县那个有品望,是奉承彭乡绅;问那个有德行,是奉承彭乡绅;问那个有才情,是专会奉承彭乡绅。却另外有一件事,人也还怕:是同徽州方家做亲家;还有一件事,人也还亲热:就是大捧的银子拿出来买田。虞华轩生在这恶俗地方,又守着几亩田园,跑不到别处去,因此就激而为怒。他父亲太守公是个清官,当初在任上时,过些清苦日子;虞华轩在家,省吃俭用,积起几两银子。此时太守公告老在家,不管家务。虞华轩每年苦积下几两银子,便叫兴贩田地的人家来,说要买田、买房子;讲的差不多,又臭骂那些人一顿,不买,以此开心。一县的人都说他有些痰气,到底贪图他几两银子,所以来亲热他。

这成老爹是个兴贩行的行头,那日叫管家请出大爷来,书房里坐下,说道:"而今我那左近有一分田,水旱无忧,每年收的六百石稻。他要二千两银子。前日方六房里要买他的,他已经打算卖给他,那些庄户不肯。"虞华轩道:"庄户为甚么不肯?"成老爹道:"庄户因方府上田主子下乡要庄户备香案迎接,欠了租又要打板子;所以不肯卖与他。"虞华轩道:"不卖给他,要卖与我?我下乡是摆臭案的?我除了不打他,他还要打我?"成老爹道:"不是这样说。说你大爷宽宏大量,不像他们刻薄,而今所以来惣成的。不知你的银子可现成?"虞华轩道:"我的银怎的不现成?叫小厮搬出来给老爹瞧。"当下叫小厮搬出三十锭大元宝来,望桌上一掀。那元宝在桌上乱滚,成老爹的眼就跟这元宝滚。虞华轩叫把银子收了去，向成老爹道："我这些银子不扯谎么？你就下乡去说。说了来，我买他的。"成老爹道："我在这里还耽搁几天，才得下去。"虞华轩道："老爹有甚么公事？"成老爹道："明日要到王父母那里领先婶母举节孝的坊牌银子，顺便交钱粮；后日是彭老二的小令爱整十岁，要到那里去拜寿；外后日是方六房里请我吃中饭，要扰过他，才得下去。"虞华轩鼻子里嘻的笑了一声罢了，留成老爹吃了中饭；领坊牌银子，交钱粮去了。虞华轩叫小厮把唐三痰请了来。这唐三痰因方家里平日请吃酒吃饭，只请他哥举人，不请他，他就专会打听：方家那一日请人，请的是那几个，他都打听在肚里，甚是的确。虞华轩晓得他这个毛病，那一日把他寻了来，向他说道："费你的心去打听打听，仁昌典方六房里外后日可请的有成老爹。打听的确了来，外后日我就备饭请你。"唐三痰应诺，去打听了半天，回来说道："并无此说，外后日方六房里并不请人。"虞华轩道："妙！妙！你外后日清早就到我这里来吃一天。"送唐三痰去了，叫小厮悄悄在香蜡店托小官写了一个红单帖，上写着："十八日午间小饭候光"，下写"方杓顿首"。拿封袋装起来，贴了签，叫人送在成老爹睡觉的房里书案上。成老爹交了钱粮，晚里回来看见帖子，自心里欢喜道："我老头子老运亨通了！偶然扯个谎，就扯着了，又恰好是这一日！"欢喜着睡下。

到十八那日，唐三痰清早来了。虞华轩把成老爹请到厅上坐着，看见小厮一个个从大门外进来，一个拎着酒，一个拿着鸡、鸭，一个拿着脚鱼和蹄子，一个拿着四包果子，一个捧着一大盘肉心烧卖，都往厨房里去。成老爹知道他今日备酒，也不问他。虞华轩问唐三痰道："修元武阁的事，你可曾向木匠、瓦匠说？"唐三痰道："说过了。工料费着哩。他那外面的围墙倒了，要从新砌；又要修一路台基，瓦工需两三个月；里头换梁柱，钉椽子，木工还不知要多少。但凡修理房子，瓦木匠只打半工；他们只说三百，怕不也要五百多银子才修得起来。"成老爹道："元武阁是令先祖盖的，却是一县发科甲的风水；而今科甲发在彭府上，该是他家拿银子修了，你家是不相干了，还只管累你出银子？"虞华轩拱手道："也好。费老爹的心向他家说说，帮我几两银子，我少不得也见老爹的情。"成老爹道："这事我说去。他家虽然官员多，气魄大，但是我老头子说话，他也还信我一两句。"虞家小厮又悄悄的从后门口叫了一个卖草的，把他四个钱，叫他从大门口转了进来，说道："成老爹，我是方六老爷家来的。请老爹就过去，候着哩。"成老爹道："拜上你老爷，我就来。"那卖草的去了。

成老爹辞了主人，一直来到仁昌典，门上人传了进去。主人方老六出来会着，作揖坐下。方老六问："老爹几时上来的？"成老爹心里惊了一下，答应道："前日才来的。"方老六又问："寓在那里？"成老爹更慌了，答应道："在虞华老家。"小厮拿上来茶吃过。成老爹道："今日好天气。"方老六道："正是。"成老爹道："这些时常会王父母？"方老六道："前日还会着的。"彼此又坐了一会，没有话说。又吃了一会茶，成老爹道："太尊这些时总不见下县来过。若还到县里来，少不得先到六老爷家。太尊同六老爷相与的好，比不得别人。其实说，太爷阖县也就敬的是六老爷一位，那有第二个乡绅抵的过六老爷！”方老六道：“新按察司到任，太尊只怕也就在这些时要下县来。”成老爹道：“正是。”又坐了一会又吃了一道茶，也不见一个客来，也不见摆席，成老爹疑惑，肚里又饿了，只得告辞一声，看他怎说。因起身道：“我别过六老爷罢。”方老六也站起来道：“还坐坐。”成老爹道：“不坐了。”即便辞别，送了出来。成老爹走出大门，摸头不着，心里想道：“莫不是我太来早了？”又想道：“莫不他有甚事怪我？”又想道：“莫不是我错看了帖子？”猜疑不定。又心里想道：“虞华轩家有现成酒饭，且到他家去吃再处。”一直走回虞家。虞华轩在书房里摆着桌子，同唐三痰、姚老五和自己两个本家，摆着五六碗滚热的肴馔，正吃在快活处。见成老爹进来，都站起身。虞华轩道：“成老爹偏背了我们，吃了方家的好东西来了，好快活！”便叫：“快拿一张椅子与成老爹那边坐，泡上好消食的陈茶来与成老爹吃。”小厮远远放一张椅子在上面，请成老爹坐了。那盖碗陈茶，左一碗，右一碗，送来与成老爹。成老爹越吃越饿，肚里说不出来的苦。看见他们大肥肉块、鸭子、脚鱼，夹着往嘴里送，气得火在顶门里直冒。他们一直吃到晚，成老爹一直饿到晚。等他送了客，客都散了，悄悄走到管家房里要了一碗炒米，泡了吃。进房去睡下，在床上气了一夜。次日，辞了虞华轩，要下乡回家去。虞华轩问：“老爹几时来？”成老爹道：“若是田的事妥，我就上来；若是田的事不妥，我只等家婶母入节孝祠的日子，我再上来。”说罢，辞别去了。

一日，虞华轩在家无事，唐二棒椎走来说道：“老华，前日那姓季的果然是太尊府里出来的，住宝林寺僧官家。方老六、彭老二都会着。竟是真的！”虞华轩道：“前日说不是也是你；今日说真的也是你。是不是罢了，这是甚么奇处！”唐二棒椎笑道：“老华，我从不曾会过太尊，你少不得在府里回拜这位季兄去，携带我去见见太尊，可行得么？”虞华轩道：“这也使得。”过了几日，雇了两乘轿子，一同来凤阳。到了衙里，投了帖子。虞华轩又带了一个帖子拜季苇萧。衙里接了帖子，回出来道：“季相公扬州去了，太爷有请。”二位同进去，在书房里会。会过太尊出来，两位都寓在东头。太尊随发帖请饭。唐二棒椎向虞华轩道：“太尊明日请我们，我们没有个坐在下处等他的人老远来邀的。明日我和你到府门口龙兴寺坐着，好让他一邀，我们就进去。”虞华轩笑道：“也罢。”

次日中饭后，同到龙兴寺一个和尚家坐着，只听得隔壁一个和尚家细吹细唱的有趣。唐二棒椎道：“这吹唱的好听！我走过去看看。”看了一会回来，垂头丧气，向虞华轩抱怨道：“我上了你的当！你当这吹打的是谁？就是我县里仁昌典方老六同厉太尊的公子，备了极齐整的席，一个人搂着一个戏子，在那里顽耍。他们这样相厚，我前日只该同了方老六来；若同了他来，此时已同公子坐在一处。如今同了你，虽见得太尊一面，到底是个皮里膜外的帐，有甚么意思！”虞华轩道：“都是你说的，我又不曾强扯了你来。他如今现在这里，你跟了去不是！”唐二棒椎道：“同行不疏伴，我还同你到衙里去吃酒。”说着，衙里有人出来邀，两人进衙去。太尊会着，说了许多仰慕的话，又问：“县里节孝几时入祠？我好委官下来致祭。”两人答道：“回去定了日子，少不得具请启来请太公祖。"吃完了饭，辞别出来。次日，又拿帖子辞了行，回县去了。

虞华轩到家第二日，余大先生来说："节孝入祠，的于出月初三。我们两家有好几位叔祖母、伯母、叔母入祠，我们两家都该公备祭酌，自家合族人都送到祠里去。我两人出去传一传。"虞华轩道："这个何消说！寒舍是一位，尊府是两位，两家绅衿共有一百四五十人。我们会齐了，一同到祠门口，都穿了公服迎接当事，也是大家的气象。"余大先生道："我传我家的去，你传你家的去。"虞华轩到本家去了一交，惹了一肚子的气，回来气的一夜也没有睡着。清晨，余大先生走来，气的两只眼白瞪着，问道："表弟，你传的本家怎样？"虞华轩道："正是；——表兄传的怎样？为何气的这样光景？"余大先生道："再不要说起！我去向寒家这些人说，他不来也罢了，都回我说，方家老太太入祠，他们都要去陪祭候送，还要扯了我也去。我说了他们，他们还要笑我说背时的话，你说可要气死了人！"虞华轩笑道："寒家亦是如此，我气了一夜！明日我备一个祭桌，自送我家叔祖母，不约他们了！"余大先生道："我也只好如此！"相约定了。

到初三那日，虞华轩换了新衣帽，叫小厮挑了祭桌，到他本家八房里。进了门，只见冷冷清清，一个客也没有。八房里堂弟是个穷秀才，头戴破头巾，身穿旧襕衫，出来作揖。虞华轩进去拜了叔祖母的神主，奉主升车。他家租了一个破亭子，两条扁担，四个乡里人歪抬着，也没有执事。亭子前四个吹手，滴滴打打的吹着，抬上街来。虞华轩同他堂弟跟着，一直送到祠门口歇下。远远望见也是两个破亭子，并无吹手，余大先生、二先生弟兄两个跟着，抬来祠门口歇下。四个人会着，彼此作了揖。看见祠门前尊经阁上挂着灯，悬着彩子，摆着酒席。那阁盖的极高大，又在街中间，四面都望见。戏子一担担挑箱上去，抬亭子的人道："方老爷家的戏子来了！"又站了一会，听得西门三声铳响，抬亭子的人道："方府老太太起身了！"须臾，街上锣响，一片鼓乐之声，两把黄伞，八把旗，四队踹街马，牌上的金字打着"礼部尚书"、"翰林学士"、"提督学院"、"状元及第"，都是余、虞两家送的。执事过了，腰锣，马上吹，提炉，簇拥着老太太的主亭子，边旁八个大脚婆娘扶着。方六老爷纱帽圆领，跟在亭子后。后边的客做两班：一班是乡绅，一班是秀才。乡绅是彭二老爷、彭三老爷、彭五老爷、彭七老爷；其余就是余、虞两家的举人、进士、贡生、监生，共有六七十位，都穿着纱帽圆领，恭恭敬敬跟着走。一班是余、虞两家的秀才，也有六七十位，穿着襕衫、头巾，慌慌张张在后边赶着走。乡绅末了一个是唐二棒椎，手里拿一个簿子在那里边记帐；秀才末了一个是唐三痰，手里拿一个簿子在里边记帐。那余、虞两家到底是诗礼人家，也还厚道，走到祠前，看见本家的亭子在那里，竟有七八位走过来作一个揖，便大家簇拥着方老太太的亭子进祠去了。随后便是知县、学师、典史、把总，摆了执事来吹打安位。便是知县祭，学师祭，典史祭，把总祭，乡绅祭，秀才祭，主人家自祭。祭完了，绅衿一哄而出，都到尊经阁上赴席去了。

这里等人挤散了，才把亭子抬了进去，也安了位。虞家还有华轩备的一个祭桌，余家只有大先生备的一副三牲，也祭奠了。抬了祭桌出来，没处享福，算计借一个门斗家坐坐。余大先生抬头看尊经阁上绣衣朱履，觥筹交错。方六老爷行了一回礼，拘束很了，宽去了纱帽圆领，换了方巾便服，在阁上廊沿间徘徊徘徊。便有一个卖花牙婆，姓权，大着一双脚，走上阁来，哈哈笑道："我来看老太太入祠！"方六老爷笑容可掬，同他站在一处，伏在栏杆上看执事。方六老爷拿手一宗一宗的指着说与他听。权卖婆一手扶着栏杆，一手拉开裤腰捉虱子，捉着，一个一个往嘴里送。余大先生看见这般光景，看不上眼，说道："表弟，我们也不在这里坐着吃酒了。把祭桌抬到你家，我同舍弟一同到你家坐坐罢。还不看见这些惹气的事！"便叫挑了祭桌前走。他四五个人一路走着。在街上，余大先生道："表弟，我们县里，礼义廉耻，一总都灭绝了！也因学宫里没有个好官！若是放在南京虞博士那里，这样事如何行的去！"余二先生道："看虞博士那般举动，他也不要禁止人怎样，只是被了他的德化，那非礼之事，人自然不能行出来。"虞家弟兄几个同叹了一口气，一同到家，吃了酒，各自散了。

此时元武阁已经动工，虞华轩每日去监工修理。那日晚上回来，成老爹坐在书房里。虞华轩同他作了揖，拿茶吃了，问道："前日节孝入祠，老爹为甚么不到？"成老爹道："那日我要到的，身上有些病，不曾来的成。舍弟下乡去，说是热闹的很。方府的执事摆了半街，王公同彭府上的人都在那里送，尊经阁摆席唱戏，四乡八镇几十里路的人都来看，说：'若要不是方府，怎做的这样大事！'你自然也在阁上偏我吃酒。"虞华轩道："老爹，你就不晓得我那日要送我家八房的叔祖母？"成老爹冷笑道："你八房里本

家穷的有腿没裤子,你本家的人,那个肯到他那里去,连你这话也是哄我顽,你一定是送方老太太的。"虞华轩道:"这事已过,不必细讲了。"吃了晚饭,成老爹说:"那分田的卖主和中人都上县来了,住在宝林寺里,你若要他这田,明日就可以成事。"虞华轩道:"我要就是了。"成老爹道:"还有一个说法:这分田全然是我来说的,我要在中间打五十两银子的'背公',要在你这里除给我;我还要到那边要中用钱去。"虞华轩道:"这个何消说,老爹是一个元宝。"当下把租头、价银、戥银、银色、鸡、草、小租、酒水、画字、上业主,都讲清了。成老爹把卖主、中人,都约了来,大清早坐在虞家厅上。成老爹进来请大爷出来成契。走到书房里,只见有许多木匠、瓦匠在那里领银子。虞华轩捧着多少五十两一锭的大银子散人,一个时辰就散掉了几百两。成老爹看着他散完了,叫他出去成田契。虞华轩睁着眼道:"那田贵了!我不要!"成老爹吓了一个痴。虞华轩道:"老爹,我当真不要了。"便吩咐小厮:"到厅上把那乡里的几个泥腿替我赶掉了!"成老爹气的愁眉苦脸,只得自己走出去回那几个乡里人去了。只因这一番,有分教:

身离恶俗,门墙又见儒修;客到名邦,晋接不逢贤哲。

毕竟后事如何,且听下回分解。

第四十八回

徽州府烈妇殉夫
泰伯祠遗贤感旧

话说余大先生在虞府坐馆,早去晚归,习以为常。那日早上起来,洗了脸,吃了茶,要进馆去。才走出大门,只见三骑马进来,下了马,向余大先生道喜。大先生问:“是何喜事?”报录人拿出条子来看,知道是选了徽州府学训导。余大先生欢喜,待了报录人酒饭,打发了钱去,随即虞华轩来贺喜,亲友们都来贺。余大先生出去拜客,忙了几天,料理到安庆领凭;领凭回来,带家小到任。大先生邀二先生一同到任所去。二先生道:“哥寒毡一席,初到任的时候,只怕日用还不足。我在家里罢。”大先生道:“我们老弟兄相聚得一日是一日。从前我两个人各处坐馆,动不动两年不得见面,而今老了,只要弟兄两个多聚几时,那有饭吃没饭吃,也且再商量。料想做官自然好似坐馆,二弟,你同我去。”二先生应了,一同收拾行李,来徽州到任。大先生本来极有文名,徽州人都知道,如今来做官,徽州人听见,个个欢喜。到任之后,会见大先生胸怀坦白,言语爽利,这些秀才们,本不来会的,也要来会会,人人自以为得明师。又会着二先生谈谈,谈的都是些有学问的话,众人越发钦敬,每日也有几个秀才来往。

那日,余大先生正坐在厅上,只见外面走进一个秀才来,头戴方巾,身穿旧宝蓝直裰,面皮深黑,花白胡须,约有六十多岁光景。那秀才自己手里拿着帖子,递与余大先生。余大先生看帖子上写着“门生王蕴”。那秀才递上帖子,拜了下去。余大先生回礼,说道:“年兄莫不是尊字玉辉的么?”王玉辉道:“门生正是。”余大先生道:“玉兄,二十年闻声相思,而今才得一见。我和你只论好弟兄,不必拘这些俗套。”遂请到书房里去坐,叫人请二老爷出来。二先生出来,同王玉辉会着,彼此又道了一番相慕之意,三人坐下。王玉辉道:“门生在学里也做了三十年的秀才,是个迂拙的人;往年就是本学老师,门生也不过是公堂一见而已。而今因大老师和世叔来,是两位大名下,所以要时常来聆老师和世叔的教训。要求老师不认做大概学里门生,竟要把我做个受业弟子才好。”余大先生道:“老哥,你我老友,何出此言!”二先生道:“一向知道吾兄清贫,如今在家可做馆?长年何以为生?”王玉辉道:“不瞒世叔说,我生平立的有个志向:要纂三部书嘉惠来学。”余大先生道：“是那三部？”王玉辉道：“一部礼书，一部字书，一部乡约书。”二先生道：“礼书是怎么样？”王玉辉道：“礼书是将三礼分起类来，如事亲之礼，敬长之礼等类。将经文大书，下面采诸经子史的话印证，教子弟们自幼习学。”大先生道：“这一部书该颁于学宫，通行天下。请问字书是怎么样？”王玉辉道：“字书是七年识字法。其书已成，就送来与老师细阅。”二先生道：“字学不讲久矣，有此一书，为功不浅。请问乡约书怎样？”王玉辉道：“乡约书不过是添些仪制，劝醒愚民的意思。门生因这三部书，终日手不停披，所以没的工夫做馆。”大先生道：“几位公郎？”王玉辉道：“只得一个小儿，倒有四个小女。大小女守节在家里，那几个小女，都出阁不上一年多。”说着，余大先生留他吃了饭，将门生帖子退了不受，说道：“我们老弟兄要时常屈你来谈谈，料不嫌我苜蓿风味怠慢你。”弟兄两个，一同送出大门来，王先生慢慢回家。他家离城有十五里。

王玉辉回到家里，向老妻和儿子说余老师这些相爱之意。次日，余大先生坐轿子下乡，亲自来拜，留着在草堂上坐了一会，去了。又次日，二先生自己走来，领着一个门斗，挑着一石米，走进来，会着王玉辉，作揖坐下。二先生道：“这是家兄的禄米一石。”又手里拿出一封银子来道：“这是家兄的俸银一两，送与长兄先生，权为数日薪水之资。”王玉辉接了这银子，口里说道：“我小侄没有孝敬老师和世叔，怎反受起老师的惠来？”余二先生笑道：“这个何足为奇。只是贵处这学署清苦，兼之家兄初到。虞博士在南京几十两的拿着送与名士用，家兄也想学他。”王玉辉道：“这是‘长者赐，不敢辞’，只得拜受了。”备饭留二先生坐，拿出这三样书的稿子来，递与二先生看。二先生细细看了，不胜叹息。坐到下午时分，只见一个人走进来说道：“王老爹，我家相公病的狠，相公娘叫我来请老爹到那里去看看。请老爹就要去。”王玉辉向二先生道：“这是第三个小女家的人，因女婿有病，约我去看。”二先生道：“如此，我别过罢。尊作的稿子，带去与家兄看，看毕再送过来。”说罢起身。那门斗也吃了饭，挑着一担空箩，将书稿子丢在箩里，挑着跟进城去了。

王先生走了二十里，到了女婿家，看见女婿果然病重，医生在那里看，用着药总不见效。一连过了几天，女婿竟不在了，王玉辉恸哭了一场。见女儿哭的天愁地惨，候着丈夫入过殓，出来拜公婆和父亲，道：“父亲在上，我一个大姐姐死了丈夫，在家累着父亲养活，而今我又死了丈夫，难道又要父亲养活不成？父亲是寒士，也养活不来这许多女儿！”王玉辉道：“你如今要怎样？”三姑娘道：“我而今辞别公婆、父亲，也便寻一条死路，跟着丈夫一处去了！”公婆两个听见这句话，惊得泪下如雨，说道：“我儿！你气疯了！自古蝼蚁尚且贪生，你怎么讲出这样话来！你生是我家人，死是我家鬼，我做公婆的怎的不养活你，要你父亲养活？快不要如此！”三姑娘道：“爹妈也老了，我做媳妇的不能孝顺爹妈，反累爹妈，我心里不安，只是由着我到这条路上去罢。只是我死还有几天工夫，要求父亲到家替母亲说了，请母亲到这里来，我当面别一别，这是要紧的。”王玉辉道：“亲家，我仔细想来，我这小女要殉节的真切，倒也由着他行罢。自古‘心去意难留’。”因向女儿道：“我儿，你既如此，这是青史上留名的事，我难道反拦阻你？你竟是这样做罢。我今日就回家去叫你母亲来和你作别。”亲家再三不肯。王玉辉执意，一径来到家里，把这话向老孺人说了。老孺人道：“你怎的越老越呆了！一个女儿要死，你该劝他，怎么倒叫他死？这是甚么话说！”王玉辉道：“这样事，你们是不晓得的。”老孺人听见，痛哭流涕，连忙叫了轿子，去劝女儿，到亲家家去了。王玉辉在家，依旧看书写字，候女儿的信息。老孺人劝女儿，那里劝的转。一般每日梳洗，陪着母亲坐，只是茶饭全然不吃。母亲和婆婆着实劝着，千方百计，总不肯吃；饿到六天上，不能起床。母亲看着，伤心惨目，痛入心脾，也就病倒了，抬了回来，在家睡着。又过了三日，二更天气，几个火把，几个人来打门，报道：“三姑娘饿了八日，在今日午时去世了！”老孺人听见，哭死了过去，灌醒回来，大哭不止。王玉辉走到床面前说道：“你这老人家真正是个呆子！三女儿他而今已是成了仙了，你哭他怎的？他这死的好，只怕我将来不能像他这一个好题目死哩！”因仰天大笑道：“死的好！死的好！”大笑着，走出房门去了。

次日，余大先生知道，大惊，不胜惨然，即备了香楮三牲，到灵前去拜奠。拜奠过，回衙门，立刻传书办备文书请旌烈妇。二先生帮着赶造文书，连夜详了出去。二先生又备了礼来祭奠。三学的人，听见老师如此隆重，也就纷纷来祭奠的，不计其数。过了两

个月，上司批准下来，制主入祠，门首建坊。到了入祠那日，余大先生邀请知县，摆齐了执事，送烈女入祠。阖县绅衿，都穿着公服，步行了送。当日入祠安了位，知县祭、本学祭、余大先生祭、阖县乡绅祭、通学朋友祭、两家亲戚祭、两家本族祭，祭了一天，在明伦堂摆席。通学人要请了王先生来上坐，说他生这样好女儿，为伦纪生色。王玉辉到了此时，转觉心伤，辞了不肯来。众人在明伦堂吃了酒，散了。

次日，王玉辉到学署来谢余大先生。余大先生、二先生都会着，留着吃饭。王玉辉说起："在家日日看见老妻悲恸，心下不忍，意思要到外面去作游几时。又想：要作游，除非到南京去，那里有极大的书坊，还可逗着他们刻这三部书。"余大先生道："老哥要往南京，可惜虞博士去了；若是虞博士在南京，见了此书，赞扬一番，就有书坊抢的刻去了。"二先生道："先生要往南京，哥如今写一封书子去，与少卿表弟和绍光先生。这人言语是值钱的。"大先生欣然写了几封字，庄征君、杜少卿、迟衡山、武正字都有。

王玉辉老人家不能走旱路，上船从严州西湖这一路走。一路看着水色山光，悲悼女儿，凄凄惶惶，一路来到苏州，正要换船，心里想起："我有一个老朋友住在邓尉山里，他最爱我的书，我何不去看看他？"便把行李搬到山塘一个饭店里住下，搭船往邓尉山。那还是上昼时分，这船到晚才开。王玉辉问饭店的人道："这里有甚么好顽的所在？"饭店里人道："这一上去，只得六七里路便是虎邱，怎么不好顽！"王玉辉锁了房门，自己走出去。初时街道还窄，走到三二里路，渐渐阔了。路旁一个茶馆，王玉辉走进去坐下，吃了一碗茶；看见那些游船，有极大的，里边雕梁画柱，焚着香，摆着酒席，一路游到虎邱去。游船过了多少，又有几只堂客船，不挂帘子，都穿着极鲜艳的衣服，在船里坐着吃酒。王玉辉心里说道："这苏州风俗不好。一个妇人家不出闺门，岂有个叫了船在这河内游荡之理！"又看了一会，见船上一个少年穿白的妇人，他又想起女儿，心里哽咽，那热泪直滚出来。王玉辉忍着泪，出茶馆门，一直往虎邱那条路上去。只见一路卖的腐乳、席子、耍货，还有那四时的花卉，极其热闹，也有卖酒饭的，也有卖点心的。王玉辉老人家足力不济，慢慢的走了许多时，才到虎邱寺门口。循着阶级上去，转湾便是千人石，那里也摆着有茶桌子。王玉辉坐着吃了一碗茶，四面看看，其实华丽。那天色阴阴的，像个要下雨的一般，王玉辉不能久坐，便起身来，走出寺门。走到半路，王玉辉饿了，坐在点心店里，那猪肉包子六个钱一个，王玉辉吃了，交钱出店门。慢慢走回饭店，天已昏黑，船上人催着上船。王玉辉将行李拿到船上，幸亏雨不曾下的大，那船连夜的走。一直来到邓尉山，找着那朋友家里。只见一带矮矮的房子，门前垂柳掩映，两扇门关着，门上贴了白。王玉辉就吓了一跳，忙去敲门，只见那朋友的儿子，挂着一身的孝，出来开门，见了王玉辉，说道："老伯如何今日才来？我父亲那日不想你！直到临回首的时候，还念着老伯不曾得见一面；又恨不曾得见老伯的全书。"王玉辉听了，知道这个老朋友已死，那眼睛里热泪纷纷滚了出来，说道："你父亲几时去世的？"那孝子道："还不曾尽七。"王玉辉道："灵柩还在家哩？"那孝子道："还在家里。"王玉辉道："你引我到灵柩前去。"那孝子道："老伯，且请洗了脸，吃了茶，再请老伯进来。"

当下就请王玉辉坐在堂屋里，拿水来洗了脸。王玉辉不肯等吃了茶，叫那孝子领到灵柩前。孝子引进中堂。只见中间奉着灵柩，面前香炉、烛台、遗像、魂幡，王玉辉恸哭了一场，倒身拜了四拜。那孝子谢了。王玉辉吃了茶，又将自己盘费买了一副香纸牲醴，把自己的书一同摆在灵柩前祭奠，又恸哭了一场。住了一夜，次日要行，那孝子留他不住，又在老朋友灵柩前辞行，又大哭了一场，含泪上船。那孝子直送到船上，方才回去。

王玉辉到了苏州，又换了船，一路来到南京水西门上岸，进城寻了个下处，在牛公庵住下。次日，拿着书子去寻了一日回来。那知因虞博士选在浙江做官，杜少卿寻他去了；庄征君到故乡去修祖坟；迟衡山、武正字都到远处做官去了，一个也遇不着。王玉辉也不懊悔，听其自然，每日在牛公庵看书。过了一个多月，盘费用尽了，上街来闲走走。才走到巷口，遇着一个人作揖，叫声："老伯怎的在这里？"王玉辉看那人，原来是同乡人，姓邓，名义，字质夫。这邓质夫的父亲是王玉辉同案进学，邓质夫进学又是王玉辉做保结，故此称是老伯。王玉辉道："老侄，几年不见，一向在那里？"邓质夫道："老伯寓在那里？"王玉辉道："我就在前面这牛公庵里，不远。"邓质夫道："且同到老伯下处去。"到了下处，邓质夫拜见了，说道："小侄自别老伯，在扬州这四五年。近日是东家托我来卖上江食盐，寓在朝天宫。一向记念老伯，近况好么？为甚么也到南京来？"王玉辉请他坐下，说道："贤侄，当初令堂老夫人守节，邻家失火，令堂对天祝告，反风灭火，天下皆闻。那知我第三个小女，也有这一番节烈。"因悉把女儿殉女婿的事说了一遍。"我因老妻在家哭泣，心里不忍；府学余老师写了几封书子与我来会这里几位朋友，不想一个也会不着。"邓质夫道："是那几位？"王玉辉一一说了。邓质夫叹道："小侄也恨的来迟了！当年南京有虞博士在这里，名坛鼎盛，那泰伯祠大祭的事，天下皆闻。自从虞博士去了，这些贤人君子，风流云散。小侄去年来，曾会着杜少卿先生，又因少卿先生在元武湖拜过庄征君。而今都不在家了。老伯这寓处不便，且搬到朝天宫小侄那里寓些时。"王玉辉应了，别过和尚，付了房钱，叫人挑行李，同邓质夫到朝天宫寓处住下。邓质夫晚间备了酒肴，请王玉辉吃着，又说起泰伯祠的话来。王玉辉道："泰伯祠在那里？我明日要去看看。"邓质夫道："我明日同老伯去。"

次日，两人出南门，邓质夫带了几分银子把与看门的。开了门，进到正殿，两人瞻拜了。走进后一层，楼底下，迟衡山贴的祭祀仪注单和派的执事单还在壁上。两人将袖子拂去尘灰看了。又走到楼上，见八张大柜关锁着乐器、祭器，王玉辉也要看。看祠的人回："钥匙在迟府上。"只得罢了。下来两廊走走，两边书房都看了，一直走到省牲所，依旧出了大门，别过看祠的。两人又到报恩寺顽顽，在琉璃塔下吃了一壶茶，出来寺门口酒楼上吃饭。王玉辉向邓质夫说："久在客边烦了，要回家去，只是没有盘缠。"邓质夫道："老伯怎的这样说！我这里料理盘缠，送老伯回家去。"便备了饯行的酒，拿出十几两银子来，又雇了轿夫，送王先生回徽州去。又说道："老伯，你虽去了，把这余先生的书交与小侄，等各位先生回来，小侄送与他们，也见得老伯来走了一回。"王玉辉道："这最好。"便把书子交与邓质夫，起身回去了。王玉辉去了好些时，邓质夫打听得武正字已到家，把书子自己送去，正值武正字出门拜客，不曾会着，丢了书子去了。向他家人说："这书是我朝天宫姓邓的送来的，其中缘由，还要当面会再说。"武正字回来看了书，正要到朝天宫去回拜，恰好高翰林家着人来请。只因这一番，有分教：

宾朋高宴，又来奇异之人；患难相扶，更出武勇之辈。

毕竟后事如何，且听下回分解。

第四十九回

翰林高谈龙虎榜
中书冒占凤凰池

话说武正字那日回家，正要回拜邓质夫，外面传进一副请帖，说："翰林院高老爷家请即日去陪客。"武正字对来人说道："我去回拜了一个客，即刻就来，你先回覆老爷去罢。"家人道："家老爷多拜上老爷，请的是浙江一位万老爷，是家老爷从前拜盟的弟兄，就是请老爷同迟老爷会会，此外就是家老爷亲家秦老爷。"武正字听见有迟衡山，也就勉强应允了。回拜了邓质夫，彼此不相值。午后高府来邀了两次，武正字才去。高翰林接着，会过了。书房里走出施御史、秦中书来，也会过了。才吃着茶，迟衡山也到了。高翰林又叫管家去催万老爷，因对施御史道："这万敝友是浙江一个最有用的人，一笔的好字。二十年前，学生做秀才的时候，在扬州会着他。他那时也是个秀才，他的举动就有些不同，那时盐务的诸公都不敢轻慢他，他比学生在那边更觉的得意些。自从学生进京后，彼此就疏失了。前日他从京师回来，说已由序班授了中书，将来就是秦亲家的同衙门了。"秦中书笑道："我的同事，为甚要亲翁做东道？明日乞到我家去。"说着，万中书已经到门，传了帖。高翰林拱手立在厅前滴水下，叫管家请轿，开了门。万中书从门外下了轿，急趋上前，拜揖叙坐，说道："蒙老先生见召，实不敢当。小弟二十年别怀，也要借尊酒一叙。但不知老先生今日可还另有外客？"高翰林道："今日并无外客，就是侍御施老先生同敝亲家秦中翰，还有此处两位学中朋友：一位姓武，一位姓迟，现在西厅上坐着哩。"万中书便道："请会。"管家去请，四位客都过正厅来，会过。施御史道："高老先生相招奉陪老先生。"万中书道："小弟二十年前，在扬州得见高老先生，那时高老先生还未曾高发，那一段非凡气魄，小弟便知道后来必是朝廷的柱石。自高老先生发解之后，小弟奔走四方，却不曾到京师一晤，去年小弟到京，不料高老先生却又养望在家了；所以昨在扬州几个敝相知处有事，只得绕道来聚会一番。天幸又得接老先生同诸位先生的教。"秦中书道："老先生贵班甚时补得着？出京来却是为何？"万中书道："中书的班次，进士是一途，监生是一途。学生是就的办事职衔，将来终身都脱不得这两个字。要想加到翰林学士，料想是不能了。近来所以得缺甚难。"秦中书道：

"就了不做官,这就不如不就了。"万中书丢了这边,便向武正字、迟衡山道:"二位先生高才久屈,将来定是大器晚成的。就是小弟这就职的事,原算不得,始终还要从科甲出身。"迟衡山道:"弟辈碌碌,怎比老先生大才。"武正字道:"高老先生原是老先生同盟,将来自是难兄难弟可知。"说着,小厮来禀道:"请诸位老爷西厅用饭。"高翰林道:"先用了便饭,好慢慢的谈谈。"众人到西厅饭毕,高翰林叫管家开了花园门,请诸位老爷看看。众人从西厅右首一个月门内进去,另有一道长粉墙,墙角一个小门进去,便是一带走廊,从走廊转东首,下石子阶,便是一方兰圃。这时天气温和,兰花正放。前面石山、石屏,都是人工堆就的;山上有小亭,可以容三四人;屏旁置磁墩两个,屏后有竹子百十竿,竹子后面映着些矮矮的朱红栏干,里边围着些未开的芍药。高翰林同万中书携着手,悄悄的讲话,直到亭子上去了。施御史同着秦中书,就随便在石屏下闲坐。迟衡山同武正字,信步从竹子里面走到芍药栏边;迟衡山对武书道:"园子倒也还洁净,只是少些树木。"武正字道:"这是前人说过的:亭沼譬如爵位,时来则有之;树木譬如名节,非素修弗能成。"

说着,只见高翰林同万中书从亭子里走下来,说道:"去年在庄濯江家看见武先生的《红芍药》诗,如今又是开芍药的时候了。"当下主客六人,闲步了一回,从新到西厅上坐下。管家叫茶上点上一巡攒茶。迟衡山问万中书道:"老先生贵省有个敝友,他是处州人,不知老先生可曾会过?"万中书道:"处州最有名的,不过是马纯上先生,其余在学的朋友也还认得几个,但不知令友是谁?"迟衡山道:"正是这马纯上先生。"万中书道:"马二哥是我同盟的弟兄,怎么不认得。他如今进京去了,他进了京,一定是就得手的。"武书忙问道:"他至今不曾中举,他为甚么进京?"万中书道:"学道三年任满,保题了他的优行。这一进京,倒是个功名的捷径,所以晓得他就得手的。"施御史在旁道:"这些异路功名,弄来弄去,始终有限。有操守的,到底要从科甲出身。"迟衡山道:"上年他来敝地,小弟看他着实在举业上讲究的,不想这些年还是个秀才出身,可见这举业二字原是个无凭的。"高翰林道:"迟先生,你这话就差了。我朝二百年来,只有这一桩事是丝毫不走的,摩元得元,摩魁得魁。那马纯上讲的举业,只算得些门面话,其实,此中的奥妙,他全然不知。他就做三百年的秀才,考二百个案首,进了大场总是没用的。"武正字道:"难道大场里同学道是两样看法不成?"高翰林道:"怎么不是两样!凡学道考得起的,是大场里再也不会中的;所以小弟未曾侥幸之先,只一心去揣摩大场,学道那里,时常考个三等也罢了。"万中书道:"老先生的元作,敝省的人,个个都揣摩烂了。"高翰林道:"老先生,'揣摩'二字,就是这举业的金针了。小弟乡试的那三篇拙作,没有一句话是杜撰,字字都是有来历的。所以才得侥幸。若是不知道揣摩,就是圣人也是不中的。那马先生讲了半生,讲的都是些不中的举业。他要晓得'揣摩'二字,如今也不知做到甚么官了!"万中书道:"老先生的话,真是后辈的津梁。但这马二哥却要算一位老学。小弟在扬州敝友家,见他著的《春秋》,倒也甚有条理。"高翰林道:"再也莫提起这话。敝处这里有一位庄先生,他是朝廷征召过的,而今在家闭门注《易》。前日有个朋友和他会席，听见他说：'马纯上知进而不知退，直是一条小小的亢龙。'无论那马先生不可比做亢龙，只把一个现活着的秀才拿来解圣人的经，这也就可笑之极了！"武正字道："老先生，此话也不过是他偶然取笑。要说活着的人就引用不得，当初文王、周公，为甚么就引用微子、箕子？后来孔子为甚么就引用颜子？那时这些人也都是活的。"高翰林道："足见先生博学。小弟专经是《毛诗》，不是《周易》，所以未曾考核得清。"武正字道："提起《毛诗》两字，越发可笑了。近来这些做举业的，泥定了朱注，越讲越不明白。四五年前，天长杜少卿先生纂了一部《诗说》，引了些汉儒的说话，朋友们就都当作新闻。可见学问两个字，如今是不必讲的了！"迟衡山道："这都是一偏的话。依小弟看来：讲学问的只讲学问，不必问功名；讲功名的只讲功名，不必问学问。若是两样都要讲，弄到后来，一样也做不成。"

说着，管家来禀："请上席。"高翰林奉了万中书的首座，施侍御的二座，迟先生三座，武先生四座，秦亲家五座，自己坐了主位。三席酒，就摆在西厅上面，酒肴十分齐整，却不曾有戏。席中又谈了些京师里的朝政。说了一会，迟衡山向武正字道："自从虞老先生离了此地，我们的聚会也渐渐的就少了。"少顷，转了席，又点起灯烛来。吃了一巡，万中书起身辞去。秦中书拉着道："老先生一来是敝亲家的同盟，就是小弟的亲翁一般；二来又忝在同班，将来补选了，大概总在一处；明日千万到舍间一叙。小弟此刻回家，就具过柬来。"又回头对众人道："明日一个客不添，一个客不减，还是我们照旧六个人。"迟衡山、武正字，不曾则一声。施御史道："极好；但是小弟明日打点屈万老先生坐坐的，这个竟是后日罢。"万中书道："学生昨日才到这里，不料今日就扰高老先生。诸位老先生尊府还不曾过来奉谒，那里有个就来叨扰的？"高翰林道："这个何妨。敝亲家是贵同衙门，这个比别人不同。明日只求早光就是了。"万中书含糊应允了。诸人都辞了主人，散了回去。当下秦中书回家，写了五副请帖，差长班送了去请万老爷、施老爷、迟相公、武相公、高老爷；又发了一张传戏的溜子，叫一班戏，次日清晨伺候；又发了一个谕帖，谕门下总管，叫茶厨伺候，酒席要体面些。

次日，万中书起来，想道："我若先去拜秦家，恐怕拉住了，那时不得去拜众人，他们必定就要怪，只说我检有酒吃的人家跑；不如先拜了众人，再去到秦家。"随即写了四副帖子，先拜施御史，御史出来会了，晓得就要到秦中书家吃酒，也不曾款留。随即去拜迟相公，迟衡山家回："昨晚因修理学宫的事，连夜出城往句容去了。"只得又拜武相公，武正字家回："相公昨日不曾回家，来家的时节，再来回拜罢。"是日，早饭时候，万中书到了秦中书家，只见门口有一箭阔的青墙，中间缩着三号，却是起花的大门楼。轿子冲着大门立定，只见大门里粉屏上贴着红纸朱标的"内阁中书"的封条，两旁站着两行雁翅的管家，管家脊背后便是执事上的帽架子；上首还贴着两张"为禁约事"的告示。帖子传了进去，秦中书迎出来，开了中间屏门。万中书下了轿，拉着手，到厅上行礼、叙坐、拜茶。万中书道："学生叨在班末，将来凡是还要求提携。今日有个贱名在此，只算先来拜谒，叨扰的事，容学生再来另谢。"秦中书道："敝亲家道及老先生十分大才，将来小弟设若竟补了，老先生便是小弟的泰山了。”万中书道：“令亲台此刻可曾来哩？”秦中书道：“他早间差人来说，今日一定到这里来。此刻也差不多了。”说着，高翰林、施御史，两乘轿已经到门，下了轿，走进来了，叙了坐，吃了茶。高翰林道：“秦亲家，那迟年兄同武年兄，这时也该来了？”秦中书道：“已差人去邀了。”万中书道：“武先生或者还来，那迟先生是不来的了。”高翰林道：“老先生何以见得？”万中书道：“早间在他两家奉拜，武先生家回：‘昨晚不曾回家。’迟先生因修学宫的事往句容去了，所以晓得迟先生不来。”施御史道：“这两个人却也作怪。但凡我们请他，十回倒有九回不到。若说他当真有事，做秀才的那里有这许多事！若说他做身分，一个秀才的身分到那里去！”秦中书道：“老先生同敝亲家在此，那二位来也好，不来也罢。”万中书道：“那二位先生的学问，想必也还是好的？”高翰林道：“那里有甚么学问！有了学问，倒不做老秀才了。只因上年国子监里有一位虞博士，着实作兴这几个人，因而大家联属。而今也渐渐淡了。”

正说着，忽听见左边房子里面高声说道：“妙！妙！”众人都觉诧异。秦中书叫管家去书房后面去看是甚么人在喧嚷。管家来禀道：“是二老爷的相与凤四老爷。”秦中书道：“原来凤老四在后面，何不请他来谈谈。”管家从书房里去请了出来。只见一个四十

岁的大汉，两眼圆睁，双眉直竖，一部极长的乌须，垂过了胸膛；头戴一顶力士巾，身穿一领元色缎紧袖袍，脚踹一双尖头靴，腰束一条丝鸾绦，肘下挂着小刀子，走到厅中间，作了一个总揖，便说道："诸位老先生在此，小子在后面却不知道，失陪的紧。"秦中书拉着坐了，便指着凤四老爹对万中书道："这位凤长兄是敝处这边一个极有义气的人。他的手底下实在有些讲究，而且一部《易筋经》记的烂熟的，他若是攒一个劲，那怕几千斤的石块，打落在他头上身上，他会丝毫不觉得。这些时，舍弟留他在舍间早晚请教，学他的技艺。"万中书道："这个品貌，原是个奇人，不是那手无缚鸡之力的。"秦中书又向凤四老爹问道："你方才在里边连叫'妙！妙！'却是为何？"凤四老爹道："这不是我，是你令弟。令弟才说人的力气到底是生来的，我就教他提了一段气，着人拿椎棒打，越打越不疼，他一时喜欢起来，在那里说妙。"万中书向秦中书道："令弟老先生在府，何不也请出来会会？"秦中书叫管家进去请，那秦二侉子已从后门里骑了马，进小营看试箭去了。小厮们来请到内厅用饭。饭毕，小厮们又从内厅左首开了门，请诸位老爷进去闲坐。万中书同着众客进来。原来是两个对厅，比正厅略小些，却收拾得也还精致。众人随便坐了，茶上捧进十二样的攒茶来，一个十一二岁的小厮又向炉内添上些香。万中书暗想道："他们家的排场毕竟不同，我到家何不竟做起来？只是门面不得这样大，现任的官府，不能叫他来上门，也没有他这些手下人伺候。"

正想着，一个穿花衣的末脚，拿着一本戏目走上来，打了抢跪，说道："请老爷先赏两出。"万中书让过了高翰林、施御史，就点了一出"请宴"，一出"饯别"。施御史又点了一出"五台"。高翰林又点了一出"追信"。末脚拿笏板在旁边写了，拿到戏房里去扮。当下秦中书又叫点了一巡清茶。管家来禀道："请诸位老爷外边坐。"众人陪着万中书从对厅上过来。到了二厅，看见做戏的场口已经铺设的齐楚，两边放了五把圈椅，上面都是大红盘金椅搭，依次坐下。长班带着全班的戏子，都穿了脚色的衣裳，上来禀参了，全场、打鼓板才立到沿口，轻轻的打了一下鼓板。只见那贴旦装了一个红娘，一扭一捏，走上场来。长班又上来打了一个抢跪，禀了一声"赏坐"，那吹手们才坐下去。这红娘才唱了一声，只听得大门口忽然一棒锣声，又有红黑帽子吆喝了进来。众人都疑惑："'请宴'里面从没有这个做法的！"只见管家跑进来，说不出话来。早有一个官员，头戴纱帽，身穿玉色缎袍，脚下粉底皂靴，走上厅来。后面跟着二十多个快手，当先两个，走到上面，把万中书一手揪住，用一条铁链套在颈子里，就采了出去。那官员一言不发，也就出去了。众人吓的面面相觑。只因这一番，有分教：

梨园子弟，从今笑煞乡绅；萍水英雄，一力担承患难。

未知后面如何，且听下回分解。

第五十回

假官员当街出丑
真义气代友求名

话说那万中书在秦中书家厅上看戏,突被一个官员,带领捕役进来,将他锁了出去。吓得施御史、高翰林、秦中书,面面相觑,摸头不着。那戏也就剪住了。众人定了一会,施御史向高翰林道:"贵相知此事,老先生自然晓得个影子?"高翰林道:"这件事情,小弟丝毫不知。但是刚才方县尊也太可笑,何必装这个模样?"秦中书又埋怨道:"姻弟席上被官府锁了客去,这个脸面却也不甚好看!"高翰林道:"老亲家,你这话差了。我坐在家里,怎晓得他有甚事?况且拿去的是他,不是我,怕人怎的?"说着,管家又上来禀道:"戏子们请老爷的示:还是伺候,还是回去?"秦中书道:"客犯了事,我家人没有犯事,为甚的不唱!"大家又坐着看戏。只见凤四老爹一个人坐在远远的,望着他们冷笑。秦中书瞥见,问道:"凤四哥,难道这件事你有些晓得?"凤四老爹道:"我如何得晓得。"秦中书道:"你不晓得,为甚么笑?"凤四老爹道:"我笑诸位老先生好笑。人已拿去,急他则甚!依我的愚见,应该差一个能干人到县里去打探打探,到底为的甚事,一来也晓得下落,二来也晓得可与诸位老爷有碍。"施御史忙应道:"这话是的狠!"秦中书也连忙道:"是的狠!是的狠!"当下差了一个人,叫他到县里打探。那管家去了。

这里四人坐下,戏子从新上来做了"请宴",又做"饯别"。施御史指着对高翰林道:"他才这两出戏点的就不利市。才请宴就饯别,弄得宴还不算请,别到饯过了!"说着,又唱了一出"五台"。才要做"追信",那打探的管家回来了,走到秦中书面前,说:"连县里也找不清。小的会着了刑房萧二老爹,才托人抄了他一张牌票来。"说着,递与秦中书看。众人起身都来看,是一张竹纸,抄得潦潦草草的。上写着:

> 台州府正堂祁,为海防重地等事。奉巡抚浙江都察院邹宪行参革台州总兵苗而秀案内要犯一名万里(即万青云),系本府已革生员,身中,面黄,微须,年四十九岁,潜逃在外。现奉亲提,为此,除批差缉获外,合亟通行。凡在缉获地方,仰县即时添差拿获,解府详审。慎毋迟误!须至牌者。

又一行下写:

右牌仰该县官吏准此。

原来是差人拿了通缉的文凭投到县里，这县尊是浙江人，见是本省巡抚亲提的人犯，所以带人亲自拿去的。其实犯事的始末，连县尊也不明白。高翰林看了，说道："不但人拿的糊涂，连这牌票上的文法也有些糊涂。此人说是个中书，怎么是个已革生员？就是已革生员，怎么拖到总兵的参案里去？"秦中书望着凤四老爹道："你方才笑我们的，你如今可能知道么？"凤四老爹道："他们这种人会打听甚么，等我替你去。"立起身来就走。秦中书道："你当真的去？"凤四老爹道："这个扯谎做甚么！"说着，就去了。

凤四老爹一直到县门口，寻着两个马快头。那马快头见了凤四老爹，跟着他，叫东就东，叫西就西。凤四老爹叫两个马快头引带他去会浙江的差人，那马快头领着凤四老爹一直到三官堂，会着浙江的人。凤四老爹问差人道："你们是台州府的差？"差人答道："我是府差。"凤四老爹道："这万相公到底为的甚事？"差人道："我们也不知。只是敝上人吩咐，说是个要紧的人犯，所以差了各省来缉。老爹有甚吩咐，我照顾就是了。"凤四老爹道："他如今现在那里？"差人道："方老爷才问了他一堂，连他自己也说不明白。如今寄在外监里，明日领了文书，只怕就要起身。老爹如今可是要看他？"凤四老爹道："他到外监里，我自己去看他。你们明日领了文书，千万等我到这里，你们再起

身。”差人应允了。凤四老爹同马快头走到监里,会着万中书。万中书向凤四老爹道:“小弟此番大概是奇冤极枉了。你回去替我致意高老先生同秦老先生,不知此后可能再会了。”凤四老爹又细细问了他一番,只不得明白。因忖道:“这场官司,须是我同到浙江去才得明白。”也不对万中书说,竟别了出监,说:“明日再来奉看。”一气回到秦中书家。只见那戏子都已散了,施御史也回去了,只有高翰林还在这里等信,看见凤四老爹回来,忙问道:“到底为甚事?”凤四老爹道:“真正奇得紧!不但官府不晓得,连浙江的差人也不晓得。不但差人不晓得,连他自己也不晓得。这样糊涂事,须我同他到浙江去,才得明白。”秦中书道:“这也就罢了,那个还管他这些闲事!”凤四老爹道:“我的意思,明日就要同他走走去。如果他这官司利害,我就帮他去审审,也是会过这一场。”高翰林也怕日后拖累,便撺掇凤四老爹同去。晚上,送了十两银子到凤家来,说:“送凤四老爹路上做盘缠。”凤四老爹收了。次日起来,直到三官堂会着差人。差人道:“老爹好早。”凤四老爹同差人转出湾,到县门口,来到刑房里,会着萧二老爹,催着他清稿;并送签了一张解批,又拨了四名长解皂差,听本官签点,批文用了印。官府坐在三堂上,叫值日的皂头把万中书提了进来。台州府差也跟到宅门口伺候。只见万中书头上还戴着纱帽,身上还穿着七品补服,方县尊猛想到:“他拿的是个已革的生员,怎么却是这样服色?”又对明了人名、年貌,丝毫不诬。因问道:“你到底是生员,是官?”万中书道:“我本是台州府学的生员,今岁在京,因书法端楷,保举中书职衔的。生员不曾革过。”方知县道:“授职的知照,想未下来;因有了官司,抚台将你生员咨革了,也未可知。但你是个浙江人,本县也是浙江人,本县也不难为你。你的事,你自己好好去审就是了。”因又想道:“他回去了,地方官说他是个已革生员,就可以动刑了,我是个同省的人,难道这点照应没有?”随在签批上朱笔添了一行:

本犯万里,年貌与来文相符,现今头戴纱帽,身穿七品补服,供称本年在京保举中书职衔,相应原身锁解。该差毋许需索,亦毋得疏纵。

写完了,随签了一个长差赵升;又叫台州府差进去,吩咐道:“这人比不得盗贼,有你们两个,本县这里添一个也够了。你们路上须要小心些。”三个差人接了批文,押着万中书出来。

凤四老爹接着,问府差道:“你是解差们?过清了?”指着县差问道:“你是解差?”府差道:“过清了,他是解差。”县门口看见锁了一个戴纱帽穿补服的人出来,就围了有两百人看,越让越不开。凤四老爹道:“赵头,你住在那里?”赵升道:“我就在转湾。”凤四老爹道:“先到你家去。”一齐走到赵升家,小堂屋里坐下。凤四老爹叫赵升把万中书的锁开了。凤四老爹脱下外面一件长衣来,叫万中书脱下公服换了。又叫府差到万老爷寓处叫了管家来。府差去了回来说:“管家都未回寓处,想是逃走了;只有行李还在寓处,和尚却不肯发。”凤四老爹听了,又除了头上的帽子,叫万中书戴了,自己只包着网巾,穿着短衣,说道:“这里地方小,都到我家去。”万中书同三个差人跟着凤四老爹一直走到洪武街。进了大门,二层厅上立定,万中书纳头便拜。凤四老爹拉住道:“此时不必行礼，先生且坐着。"便对差人道："你们三位都是眼亮的，不必多话了。你们都在我这里住着。万老爹是我的相与，这场官司，我是要同了去的。我却也不难为你。"赵升对来差道："二位可有的说？"来差道："凤四老爹吩咐，这有甚么说。只求老爹作速些。"凤四老爹道："这个自然。"当下把三个差人送到厅对面一间空房里，说道："此地权住两日。三位不妨就搬行李来。"三个差人把万中书交与凤四老爹，竟都放心，各自搬行李去了。

凤四老爹把万中书拉到左边一个书房里坐着，问道："万先生，你的这件事，不妨实实的对我说，就有天大的事，我也可以帮衬你。说含糊话，那就罢了。"万中书道："我看老爹这个举动，自是个豪杰，真人面前我也不说假话了，我这场官司，倒不输在台州府，反要输在江宁县。"凤四老爹道："江宁县方老爷待你甚好，这是为何？"万中书道："不瞒老爹说，我实在是个秀才，不是个中书。只因家下日计艰难，没奈何出来走走，要说是个秀才，只好喝风痾烟。说是个中书，那些商家同乡绅财主们，才肯有些照应。不想今日被县尊把我这服色同官职写在批上，将来解回去，钦案都也不妨，倒是这假官的官司吃不起了。"凤四老爹沉吟了一刻，道："万先生，你假如是个真官回去，这官司不知可得赢？"万中书道："我同苗总兵系一面之交，又不曾有甚过赃犯法的事，量情不得大输。只要那里不晓得假官一节，也就罢了。"凤四老爹道："你且住着，我自有道理。"万中书住在书房里，三个差人也搬来住在厅对过空房里。凤四老爹一面叫家里人料理酒饭，一面自己走到秦中书家去。

秦中书听见凤四老爹来了，大衣也没有穿，就走了出来，问道："凤四哥，事体怎么样了？"凤四老爹道："你还问哩！闭门家里坐，祸从天上来；你还不晓得哩！"秦中书吓的慌慌张张的，忙问道："怎的？怎的？"凤四老爹道："怎的不怎的，官司够你打半生！"秦中书越发吓得面如土色，要问都问不出来了。凤四老爹道："你说他到底是个甚官？"秦中书道："他说是个中书。"凤四老爹道："他的中书还在判官那里造册哩。"秦中书道："难道他是个假的？"凤四老爹道："假的何消说！只是一场钦案官司，把一个假官从尊府拿去，那浙江巡抚本上也不要特参，只消带上一笔，莫怪我说，老先生的事，只怕也就是'滚水泼老鼠'了。"秦中书听了这些话，瞪着两只白眼，望着凤四老爹道："凤四哥，你是极会办事的人。如今这件事，到底怎样好？"凤四老爹道："没有怎样好的法。他的官司不输，你的身家不破。"秦中书道："怎能叫他官司不输？"凤四老爹道："假官就输，真官就不输！"秦中书道："他已是假的，如何又得真？"凤四老爹道："难道你也是假的？"秦中书道："我是遵例保举来的。"凤四老爹道："你保举得，他就保举不得？"秦中书道："就是保举，也不得及。"凤四老爹道："怎的不得及？有了钱，就是官！现放着一位施老爷，还怕商量不来！"秦中书道："这就快些叫他办。"凤四老爹道："他到如今办，他又不做假的了！"秦中书道："依你怎么样？"凤四老爹道："若要依我么，不怕拖官司，竟自随他去。若要图干净，替他办一个，等他官司赢了来，得了缺，叫他一五一十算了来还你。就是九折三分钱也不妨。"秦中书听了这个话，叹了一口气，道："这都是好亲家，拖累这一场；如今却也没法了，凤四哥，银子我竟出，只是事要你办去。"凤四老爹道："这就是水中捞月了。这件事，要高老先生去办。"秦中书道："为甚的偏要他去？"凤四老爹道："如今施御史老爷是高老爷的相好，要恳着他作速照例写揭帖揭到内阁，存了案，才有用哩。"秦中书道："凤四哥，果真你是见事的人。"随即写了一个帖子，请高亲家老爷来商议要话。少刻，高翰林到了，秦中书会着，就把凤四老爹的话说了一遍。高翰林连忙道："这个我就去。"凤四老爹在旁道："这是紧急事，秦老爷快把'所以然'交与高老爷去罢。"秦中书忙进去。一刻，叫管家捧出十二封银子，每封足纹一百两，交与高翰林道："而今一半人情，一半礼物。这原是我垫出来的。我也晓得阁里还有些使费，一总费亲家的心，奉托施老先生包办了罢。"高翰林局住不好意思，只得应允。拿了银子到施御史家，托施御史连夜打发人进京办去了。

凤四老爹回到家里，一气走进书房，只见万中书在椅子上坐着望哩。凤四老爹道："恭喜，如今是真的了。"随将此事说了备细。万中书不觉倒身下去，就磕了凤四老爹二三十个头。凤四老爹拉了又拉，方才起来。凤四老爹道："明日仍旧穿了公服到这两家谢谢去。"万中书道："这是极该的。但只不好意思。"说着，差人走进来请问凤四老爹几时起身。凤四老爹道："明日走不成，竟是后日罢。"次日起来，凤四老爹催着万中书去谢高、秦两家。两家收了帖，都回不在家，却就回来了。凤四老爹又叫万中书亲自到承恩寺起了行李来，凤四老爹也收拾了行李，同着三个差人，竟送万中书回浙江台州去审官司去了。只因这一番，有分教：

儒生落魄，变成衣锦还乡；御史回心，惟恐一人负屈。

未知后事如何，且听下回分解。

第五十一回

少妇骗人折风月
壮士高兴试官刑

话说凤四老爹替万中书办了一个真中书，才自己带了行李，同三个差人送万中书到台州审官司去。这时正是四月初旬，天气温和，五个人都穿着单衣，出了汉西门来叫船，打点一直到浙江去。叫遍了，总没有一只杭州船，只得叫船先到苏州。到了苏州，凤四老爹打发清了船钱，才换了杭州船，这只船比南京叫的却大着一半。凤四老爹道："我们也用不着这大船，只包他两个舱罢。"随即付埠头一两八钱银子，包了他一个中舱，一个前舱。五个人上了苏州船，守候了一日，船家才揽了一个收丝的客人搭在前舱。这客人约有二十多岁，生的也还清秀，却只得一担行李，倒着实沉重。到晚，船家解了缆，放离了马头，用篙子撑了五里多路，一个小小的村落旁住了。那梢公对伙计说："你带好缆，放下二锚，照顾好了客人。我家去一头。"那台州差人笑着说道："你是讨顺风去了。"那梢公也就嘻嘻的笑着去了。万中书同凤四老爹上岸闲步了几步，望见那晚烟渐散，水光里月色渐明，徘徊了一会，复身上船来安歇，只见下水头支支查查又摇了一只小船来帮着泊。这时船上水手倒也开铺去睡了，三个差人，点起灯来打骨牌。只有万中书、凤四老爹同那个丝客人，在船里，推了窗子，凭船玩月。那小船靠拢了来，前头撑篙的是一个四十多岁的瘦汉；后面火舱里是一个十八九岁的妇人在里边拿舵，一眼看见船这边三个男人看月，就掩身下舱里去了。隔了一会，凤四老爹同万中书也都睡了，只有这丝客人略睡得迟些。

次日，日头未出的时候，梢公背了一个筲袋，上了船，急急的开了，走了三十里，方才吃早饭。早饭吃过了，将下午，凤四老爹闲坐在舱里，对万中书说道："我看先生此番虽然未必大伤筋骨，但是都院的官司，也够拖缠哩。依我的意思，审你的时节，不管问你甚情节，你只说家中住的一个游客凤鸣岐做的。等他来拿了我去，就有道理了。"正说着，只见那丝客人，眼儿红红的，在前舱里哭。凤四老爹同众人忙问道："客人，怎的了？"那客人只不则声。凤四老爹猛然大悟，指着丝客人道："是了！你这客人想是少年不老成，如今上了当了！"那客人不觉又羞的哭了起来。凤四老爹细细问了一遍，才晓得昨晚都睡静了,这客人还倚着船窗,顾盼那船上妇人。这妇人见那两个客人去了,才立出舱来,望着丝客人笑。船本靠得紧,虽是隔船,离身甚近,丝客人轻轻捏了他一下,那妇人便笑嘻嘻从窗子里爬了过来,就做了巫山一夕。这丝客人睡着了,他就把行李内四封银子——二百两,尽行携了去了。早上开船,这客人情思还昏昏的;到了此刻,看见被囊开了,才晓得被人偷了去。真是哑子梦见妈,说不出来的苦!凤四老爹沉吟了一刻,叫过船家来问道:"昨日那只小船,你们可还认得?"水手道:"认却认得,这话打不得官司,告不得状,有甚方法?"凤四老爹道:"认得就好了。他昨日得了钱,我们走这头,他必定去那头。你们替我把桅眠了,架上橹,赶着摇回去,望见他的船,远远的就泊了。弄得回来,再酬你们的劳。"船家依言摇了回去。摇到黄昏时候,才到了昨日泊的地方,却不见那只小船。凤四老爹道:"还摇了回去。"约略又摇了二里多路,只见一株老柳树下系着那只小船,远望着却不见人。凤四老爹叫还泊近些,也泊在一株枯柳树下。凤四老爹叫船家都睡了,不许则声,自己上岸闲步。步到这只小船面前,果然是昨日那船,那妇人同着瘦汉子在中舱里说话哩。凤四老爹徘徊了一会,慢慢回船,只见这小船不多时也移到这边来泊。泊了一会,那瘦汉不见了。这夜月色比昨日更明,照见那妇人在船里边掠了鬓发,穿了一件白布长衫在外面,下身换了一条黑绸裙子,独自一个,在船窗里坐着赏月。凤四老爹低低问道:"夜静了,你这小妮子船上没有人,你也不怕么?"那妇人答应道:"你管我怎的!我们一个人在船上是过惯了的,怕甚的!"说着,就把眼睛斜觑了两觑。凤四老爹一脚跨过船来,便抱那妇人。那妇人假意推来推去,却不则声。凤四老爹把他一把抱起来,放在右腿膝上,那妇人也就不动,倒在凤四老爹怀里了。凤四老爹道:"你船上没有人,今夜陪我宿一宵,也是前世有缘。"那妇人道:"我们在船上住家,是从来不混帐的。今晚没有人,遇着你这个冤家,叫我也没有法了。只在这边,我不到你船上去。"凤四老爹道:"我行李内有东西,我不放心在你这边。"说着,便将那妇人轻轻一提,提了过来。这时船上人都睡了,只是中舱里点着一盏灯,铺着一副行李。凤四老爹把妇人放在被上,那妇人就连忙脱了衣裳,钻在被里。那妇人不见凤四老爹解衣,耳朵里却听得轧轧的橹声。那妇人要抬起头来看,却被凤四老爹一腿压住,死也不得动,只得细细的听,是船在水里走哩!那妇人急了,忙问道:"这船怎么走动了?"凤四老爹道:"他行他的船,你睡你的觉,倒不快活。"那妇人越发急了,道:"你放我回去罢!"凤四老爹道:"呆妮子!你是骗钱,我是骗人,一样的骗,怎的就慌?"那妇人才晓得是上了当了。只得哀告道:"你放了我,任凭甚东西,我都还你就是了。"凤四老爹道:"放你去却不能!拿了东西来才能放你去。我却不难为你。"说着,那妇人起来,连裤子也没有了。万中书同丝客人从舱里钻出来看了,忍不住的好笑。凤四老爹问明他家住址,同他汉子的姓名,叫船家在没人烟的地方住了。到了次日天明,叫丝客人拿一个包袱,包了那妇人通身上下的衣裳,走回十多里路找着他的汉子。原来他汉子见船也不见,老婆也不见,正在树底下着急哩。那丝客人有些认得,上前说了几句,拍着他肩头道:"你如今'赔了夫人又折兵',还是造化哩!"他汉子不敢答应。客人把包袱打开，拿出他老婆的衣裳、裤子、褶裤、鞋来。他汉子才慌了，跪下去，只是磕头。客人道："我不拿你。快把昨日四封银子拿了来，还你老婆。"那汉子慌忙上了船，在梢上一个夹剪舱底下拿出一个大口袋来，说道："银子一厘也没有动，只求开恩还我女人罢！"客人背着银子。那汉子拿着他老婆的衣裳，一直跟了走来，又不敢上船，听见他老婆在船上叫，才硬着胆子走上去。只见他老婆在中舱里围在被里哩。他汉子走上前，把衣裳递与他。众人看着那妇人穿了衣服，起来又磕了两个头，同乌龟满面羞愧，下船去了。丝客人拿了一封银子——五十两——来谢凤四老爹，凤四老爹沉吟了一刻，竟收了；随分做三分，拿着对三个差人道："你们这件事，原是个苦差，如今与你们算差钱罢。"差人谢了。

闲话休提。不日到了杭州，又换船直到台州，五个人一齐进了城。府差道："凤四老爹，家门口恐怕有风声，官府知道了，小人吃不起。"凤四老爹道："我有道理。"从城外叫了四乘小轿，放下帘子，叫三个差人同万中书坐着，自己倒在后面走。一齐到了万家来，进大门，是两号门面房子，二进是两改三造的小厅。万中书才入内去，就听见里面有哭声，一刻，又不哭了。顷刻，内里备了饭出来。吃了饭，凤四老爹道："你们此刻不要去。点灯后，把承行的叫了来，我自有道理。"差人依着，点灯的时候，悄悄的去会台州府承行的赵勤。赵勤听见南京凤四老爹同了来，吃了一惊，说道："那是个仗义的豪杰，万相公怎的相与他的？这个就造化了！"当下即同差人到万家来。会着，彼此竟像老相与一般。凤四老爹道："赵师父，只一桩托你：先着太爷录过供，供出来的人，你便拖了解。"赵书办应允了。

次日，万中书乘小轿子到了府前城隍庙里面，照旧穿了七品公服，戴了纱帽，着了靴，只是颈子里却系了链子。府差缴了牌票，祁太爷即时坐堂。解差赵升执着批，将万中书解上堂去。祁太爷看见纱帽圆领，先吃一惊，又看了批文，有"遵例保举中书"字样，又吃了一惊。抬头看那万里，却直立着，未曾跪下。因问道："你的中书是甚时得的？"万中书道："是本年正月内。"祁太爷道："何以不见知照？"万中书道："由阁咨部，由部咨本省巡抚，也须时日。想目下也该到了。"祁太爷道："你这中书早晚也是要革的了。"万中书道："中书自去年进京，今年回到南京，并无犯法的事。请问太公祖，隔省差拿，其中端的是何缘故？"祁太爷道："那苗镇台疏失了海防，被抚台参拿了，衙门内搜出你的诗笺，上面一派阿谀的话头，是你被他买嘱了做的，现有赃款，你还不知么？"万中书道："这就是冤枉之极了。中书在家的时节，并未会过苗镇台一面，如何有诗送他？"祁太爷道："本府亲自看过，长篇累牍，后面还有你的名姓图书。现今抚院大人巡海，驻扎本府，等着要题结这一案，你还能赖么？"万中书道："中书虽然忝列宫墙，诗却是不会做的，至于名号的图书，中书从来也没有；只有家中住的一个客，上年刻了大大小小几方送中书，中书就放在书房里，未曾收进去。就是做诗，也是他会做，恐其是他假名的也未可知。还求太公祖详察。"祁太爷道："这人叫甚么？如今在那里？"万中书道："他姓凤，叫做凤鸣岐。现住在中书家里哩。"祁太爷立即拈了一枝火签，差原差立拿凤鸣岐，当堂回话。差人去了一会，把凤四老爹拿来。祁太爷坐在二堂上。原差上去回了，说："凤鸣岐已经拿到。"祁太爷叫他上堂，问道："你便是凤鸣岐么？一向与苗总兵有相与么？"凤四老爹道："我并认不得他。"祁太爷道："那万里做了送他的诗，今万里到案，招出是你做的，连姓名图书也是你刻的。你为甚么做这些犯法的事？"凤四老爹道："不但我生平不会做诗，就是做诗送人，也算不得一件犯法的事。"祁太爷道："这厮强辩！"叫取过大刑来。那堂上堂下的皂隶，大家吆喝一声，把夹棍向堂口一掼。两个人扳翻了凤四老爹，把他两只腿套在夹棍里。祁太爷道："替我用力的夹！"那扯绳的皂隶用力把绳一收，只听格喳的一声，那夹棍迸为六段。祁太爷道："这厮莫不是有邪术？"随叫换了新夹棍，朱标一条封条，用了印，贴在夹棍上，从新再夹。那知道绳子尚未及扯，又是一声响，那夹棍又断了。一连换了三副夹棍，足足的迸做十八截，散了一地。凤四老爹只是笑，并无一句口供。祁太爷毛了，只得退了堂，将犯人寄监，亲自坐轿上公馆辕门面禀了抚军。那抚军听了备细，知道凤鸣岐是有名的壮士，其中必有缘故。况且苗总兵已死于狱中，抑且万里保举中书的知照已到院，此事也不关紧要。因而吩咐祁知府从宽办结。竟将万里、凤鸣岐都释放。抚院也就回杭州去了。这一场焰腾腾的官事，却被凤四老爹一瓢冷水泼息。

万中书开发了原差人等，官司完了，同凤四老爹回到家中，念不绝口的说道："老爹真是我的重生父母，再长爹娘，我将何以报你！"凤四老爹大笑道："我与先生既非旧交，向日又不曾受过你的恩惠，这不过是我一时偶然高兴，你若认真感激起我来，那倒是个鄙夫之见了。我今要往杭州去寻一个朋友，就在明日便行。"万中书再三挽留不住，只得凭着凤四老爹要走就走。次日，凤四老爹果然别了万中书，不曾受他杯水之谢，取路往杭州去了。只因这一番，有分教：

拔山扛鼎之义士，再显神通；深谋诡计之奸徒，急偿夙债。

不知凤四老爹来寻甚么人，且听下回分解。

第五十二回

比武艺公子伤身
毁厅堂英雄讨债

话说凤四老爹别过万中书，竟自取路到杭州。他有一个朋友，叫做陈正公，向日曾欠他几十两银子，心里想道："我何不找着他，向他要了做盘缠回去。"陈正公住在钱唐门外。他到钱唐门外来寻他，走了不多路，看见苏堤上柳阴树下，一丛人围着两个人在那里盘马。那马上的人，远远望见凤四老爹，高声叫道："凤四哥！你从那里来的？"凤四老爹近前一看，那人跳下马来，拉着手。凤四老爹道："原来是秦二老爷。你是几时来的？在这里做甚么？"秦二侉子道："你就去了这些时。那老万的事与你甚相干，吃了自己的清水白米饭，管别人的闲事，这不是发了呆？你而今来的好的狠，我正在这里同胡八哥想你。"凤四老爹便问："此位尊姓？"秦二侉子代答道："这是此地胡尚书第八个公子胡八哥，为人极有趣，同我最相好。"胡老八知道是凤四老爹，说了些彼此久慕的话。秦二侉子道："而今凤四哥来了，我们不盘马了，回到下处去吃一杯罢。"凤四老爹道："我还要去寻一个朋友。"胡八乱子道："贵友明日寻罢。今日难得相会，且到秦二哥寓处顽顽。"不由分说，把凤四老爹拉着，叫家人匀出一匹马，请凤四老爹骑着，到伍相国祠门口，下了马，一同进来。

秦二侉子就寓在后面楼下。凤四老爹进来施礼坐下。秦二侉子吩咐家人快些办酒来，同饭一齐吃。因向胡八乱子道："难得我们凤四哥来，便宜你明日看好武艺。我改日少不得同凤四哥来奉拜，是要重重的叨扰哩。"胡八乱子道："这个自然。"凤四老爹看了壁上一幅字，指着向二位道："这洪憨仙兄也和我相与。他初时也爱学几桩武艺，后来不知怎的，好弄玄虚，勾人烧丹炼汞。不知此人而今在不在了？"胡八乱子道："说起来，竟是一场笑话，三家兄几乎上了此人一个当。那年勾着处州的马纯上，怂恿家兄炼丹，银子都已经封好，还亏家兄的运气高，他忽然生起病来，病到几日上就死了。不然，白白被他骗了去。"凤四老爹道："三令兄可是讳缜的么？"胡八乱子道："正是。家兄为人，与小弟的性格不同，惯喜相与一班不三不四的人，做谄诗，自称为名士，其实好酒好肉也不曾吃过一斤，倒整千整百的被人骗了去，眼也不眨一眨。小弟生性喜欢养几匹马，他就嫌好道恶，说作蹋了他的院子。我而今受不得，把老房子并与他，自己搬出来住，和他离门离户了。”秦二侉子道：“胡八哥的新居干净的狠哩，凤四哥，我同你扰他去时，你就知道了。”说着，家人摆上酒来。三个人传杯换盏。吃到半酣，秦二侉子道：“凤四哥，你刚才说要去寻朋友，是寻那一个？”凤四老爹道：“我有个朋友陈正公，是这里人，他该我几两银子，我要向他取讨。”胡八乱子道：“可是一向住在竹竿巷，而今搬到钱唐门外的？”凤四老爹道：“正是。”胡八乱子道：“他而今不在家，同了一个毛胡子到南京卖丝去了。毛二胡子也是三家兄的旧门客。凤四哥，你不消去寻他，我叫家里人替你送一个信去，叫他回来时来会你就是了。”当下吃过了饭，各自散了。胡老八告辞先去。秦二侉子就留凤四老爹在寓同住。次日，拉了凤四老爹同去看胡老八。胡老八也回候了，又打发家人来说道：“明日请秦二老爷同凤四老爹早些过去便饭。老爷说，相好间不具帖子。”

到第二日，吃了早点心，秦二侉子便叫家人备了两匹马，同凤四老爹骑着，家人跟随，来到胡家。主人接着，在厅上坐下。秦二侉子道：“我们何不到书房里坐？”主人道：“且请用了茶。”吃过了茶，主人邀二位从走巷一直往后边去，只见满地的马粪。到了书房，二位进去，看见有几位客，都是胡老八平日相与的些驰马试剑的朋友，今日特来请教凤四老爹的武艺。彼此作揖坐下。胡老八道：“这几位朋友都是我的相好，今日听见凤四哥到，特为要求教的。”凤四老爹道：“不敢，不敢。”又吃了一杯茶，大家起身，闲步一步。看那楼房三间，也不甚大，旁边游廊，廊上摆着许多的鞍架子，壁间靠着箭壶。一个月洞门过去，却是一个大院子，一个马棚。胡老八向秦二侉子道：“秦二哥，我前日新买了一匹马，身材倒也还好，你估一估，值个甚么价。”随叫马夫将那枣骝马牵过来。这些客一拥上前来看。那马十分跳跃，不提防，一个蹶子，把一位少年客的腿踢了一下，那少年便痛得了不得，矬了身子，墩下去。胡八乱子看了大怒，走上前，一脚就把那只马腿踢断了。众人吃了一惊。秦二侉子道：“好本事！”便道：“好些时不见你，你的武艺越发学的精强了！”当下先送了那位客回去。这里摆酒上席，依次坐了；宾主七八个人，猜拳行令，大盘大碗，吃了个尽兴。席完起身，秦二侉子道：“凤四哥，你随便使一两件武艺给众位老哥们看看。”众人一齐道：“我等求教。”凤四老爹道：“原要献丑。只是顽那一件？”因指着天井内花台子道：“把这方砖搬几块到这边来。”秦二侉子叫家人搬了八块放在阶沿上。众人看凤四老爹把右手袖子卷一卷。那八块方砖，齐齐整整，叠作一垛在阶沿上，有四尺来高。那凤四老爹把手朝上一拍，只见那八块方砖碎成十几块，一直到底。众人在旁，一齐赞叹。秦二侉子道：“我们凤四哥练就了这一个手段！他那‘经’上说：‘握拳能碎虎脑，侧掌能断牛首。’这个还不算出奇哩。胡八哥，你过来，你方才踢马的腿劲也算是头等了，你敢在凤四哥的肾囊上踢一下，我就服你是真名公。”众人都笑说：“这个如何使得！”凤四老爹道：“八先生，你果然要试一试，这倒不妨。若是踢伤了，只怪秦二老官，与你不相干。”众人一齐道：“凤四老爹既说不妨，他必然有道理。”一个个都怂恿胡八乱子踢。那胡八乱子想了一想，看看凤四老爹又不是个金刚、巨毋霸，怕他怎的。便说道："凤四哥，果然如此，我就得罪了。"凤四老爹把前襟提起，露出裤子来。他便使尽平生力气，飞起右脚，向他裆里一脚踢去。那知这一脚并不像踢到肉上，好像踢到一块生铁上，把五个脚指头几乎碰断，那一痛直痛到心里去。顷刻之间，那一只腿提也提不起了。凤四老爹上前道："得罪，得罪。"众人看了，又好惊，又好笑。闹了一会，道谢告辞。主人一瘸一簸，把客送了回来，那一只靴再也脱不下来，足足肿疼了七八日。

凤四老爹在秦二侉子的下处，逐日打拳，跑马，倒也不寂寞。一日，正在那里试拳法，外边走进一个二十多岁的人，瘦小身材，来问南京凤四老爹可在这里。凤四老爹出来会着，认得是陈正公的侄儿陈虾子。问其来意，陈虾子道："前日胡府上有人送信说四老爹你来了。家叔却在南京卖丝去了。我今要往南京去接他。你老人家有甚话，我替你带信去。"凤四老爹道："我要会令叔，也无甚话说。他向日挪我的五十两银子，得便叫他算还给我，我在此还有些时耽搁，竟等他回来罢了。费心拜上令叔，我也不写信了。"

陈虾子应诺，回到家取了行李，搭船便到南京。找到江宁县前傅家丝行里，寻着了陈正公；那陈正公正同毛二胡子在一桌子上吃饭，见了侄子，叫他一同吃饭，问了些家务。陈虾子把凤四老爹要银子的话都说了，安顿行李在楼上住。

且说这毛二胡子先年在杭城开了个绒线铺，原有两千银子的本钱；后来钻到胡三公子家做篾片，又赚了他两千银子，搬到嘉兴府开了个小当铺。此人有个毛病，啬细非常，一文如命。近来又同陈正公合火贩丝。陈正公也是一文如命的人，因此志同道合。南京丝行里供给丝客人饮食，最为丰盛。毛二胡子向陈正公道："这行主人供给我们，顿顿有肉，这不是行主人的肉，就是我们自己的肉，左右他要算了钱去；我们不如只吃他的素饭，荤菜我们自己买了吃，岂不便宜？"陈正公道："正该如此。"到吃饭的时候，叫陈虾子到熟切担子上买十四个钱的薰肠子，三个人同吃。那陈虾子到口不到肚，熬的清水滴滴。

一日，毛二胡子向陈正公道："我昨日听得一个朋友说：这里胭脂巷有一位中书秦老爹要上北京补官，攒凑盘程，一时不得应手，情愿七扣的短票，借一千两银子。我想这是极稳的主子，又三个月内必还，老哥买丝余下的那一项，凑起来还有二百多两，何不秤出二百一十两借给他？三个月就拿回三百两，这不比做丝的利钱还大些？老哥如不见信，我另外写一张包管给你。他那中间人，我都熟识，丝毫不得走作的。"陈正公依言借了出去。到三个月上，毛二胡子替他把这一笔银子讨回，银色又足，平子又好，陈正公满心欢喜。

又一日，毛二胡子向陈正公道："我昨日会见一个朋友，是个卖人参的客人。他说：国公府里徐九老爷有个表兄陈四老爷拿了他斤把人参，而今他要回苏州去，陈四老爷一时银子不凑手，就托他情愿对扣借一百银子还他，限两个月拿二百银子取回纸笔，也是一宗极稳的道路。"陈正公又拿出一百银子交与毛二胡子借出去。两个月讨回，足足二百两，兑一兑还余了三钱，把个陈正公欢喜的要不得。

那陈虾子被毛二胡子一味朝死里算，弄的他酒也没得吃，肉也没得吃，恨如头醋。趁空向陈正公说道："阿叔在这里卖丝，爽利该把银子交与行主人做丝。拣头水好丝买了，就当在典铺里；当出银子，又赶着买丝；买了又当着。当铺的利钱微薄，像这样套了去，一千两本钱可以做得二千两的生意，难道倒不好？为甚么信毛二老爹的话，放起债来？放债到底是个不稳妥的事，像这样挂起来，几时才得回去？"陈正公道："不妨。再过几日，收拾收拾，也就可以回去了。"

那一日，毛二胡子接到家信，看完了，咂嘴弄唇，只管独自坐着踌躇。陈正公问道："府上有何事？为甚出神？"毛二胡子道："不相干，这事不好向你说的。"陈正公再三要问。毛二胡子道："小儿寄信来说：我东头街上谈家当铺折了本，要倒与人。现在有半楼货，值得一千六百两，他而今事急了，只要一千两就出脱了。我想：我的小典里，若把他这货倒过来，倒是宗好生意。可惜而今运不动，掣不出本钱来。"陈正公道："你何不同人合火倒了过来？"毛二胡子道："我也想来。若是同人合火，领了人的本钱，他只要一分八厘行息，我还有几厘的利钱。他若是要二分开外，我就是'羊肉不曾吃，空惹一身膻'，倒不如不干这把刀儿了。"陈正公道："呆子！你为甚不和我商量？我家里还有几两银子，借给你跳起来就是了。还怕你骗了我的！"毛二胡子道："罢！罢！老哥，生意事拿不稳，设或将来亏折了，不够还你，那时叫我拿甚么脸来见你？”陈正公见他如此至诚，一心一意要把银子借与他。说道：“老哥，我和你从长商议。我这银子，你拿去倒了他家货来，我也不要你的大利钱，你只每月给我一个二分行息，多的利钱都是你的，将来陆续还我。纵然有些长短，我和你相好，难道还怪你不成？”毛二胡子道：“既承老哥美意，只是这里边也要有一个人做个中见，写一张切切实实的借券，交与你执着，才有个凭据，你才放心。那有我两个人私相授受的呢？”陈正公道：“我知道老哥不是那样人，并无甚不放心处，不但中人不必，连纸笔也不要，总以信行为主罢了。”当下陈正公瞒着陈虾子，把行笥中余剩下以及讨回来的银子，凑了一千两，封的好好的，交与毛二胡子，道：“我已经带来的丝，等行主人代卖。这银子本打算回湖州再买一回丝，而今且交与老哥，先回去做那件事，我在此再等数日，也就回去了。”毛二胡子谢了，收起银子，次日上船，回嘉兴去了。

又过了几天，陈正公把卖丝的银收齐全了，辞了行主人，带着陈虾子，搭船回家，顺便到嘉兴上岸，看看毛胡子。那毛胡子的小当铺开在西街上。一路问了去，只见小小门面三间，一层看墙；进了看墙门，院子上面三间厅房，安着柜台，几个朝奉在里面做生意。陈正公问道：“这可是毛二爷的当铺？”柜里朝奉道：“尊驾贵姓？”陈正公道：“我叫做陈正公，从南京来，要会会毛二爷。”朝奉道：“且请里面坐。”后一层便是堆货的楼。陈正公进来，坐在楼底下，小朝奉送上一杯茶来，吃着，问道：“毛二哥在家么？”朝奉道：“这铺子原是毛二爷起头开的，而今已经倒与汪敝东了。”陈正公吃了一惊道：“他前日可曾来？”朝奉道：“这也不是他的店了，他还来做甚么！”陈正公道：“他而今那里去了？”朝奉道：“他的脚步散散的，知他是到南京去，北京去了！”陈正公听了这些话，驴头不对马嘴，急了一身的臭汗。同陈虾子回到船上，赶到了家。

次日清早，有人来敲门，开门一看，是凤四老爹，邀进客座，说了些久违想念的话，因说道：“承假一项，久应奉还，无奈近日又被一个人负骗，竟无法可施。”凤四老爹问其缘故。陈正公细细说了一遍。凤四老爹道：“这个不妨，我有道理。明日我同秦二老爷回南京，你先在嘉兴等着我，我包你讨回，一文也不少，何如？”陈正公道：“若果如此，重重奉谢老爹。”凤四老爹道：“要谢的话，不必再提。”别过，回到下处，把这些话告诉秦二侉子。二侉子道：“四老爹的生意又上门了。这是你最喜做的事。”一面叫家人打发房钱，收拾行李，到断河头上了船。将到嘉兴，秦二侉子道：“我也跟你去瞧热闹。”同凤四老爹上岸，一直找到毛家当铺，只见陈正公正在他店里吵哩。凤四老爹两步做一步，闯进他看墙门，高声嚷道：“姓毛的在家不在家？陈家的银子到底还不还？”那柜台里朝奉正待出来答话，只见他两手扳着看墙门，把身子往后一挣，那垛看墙就拉拉杂杂卸下半堵。秦二侉子正要进来看，几乎把头打了；那些朝奉和取当的看了，都目瞪口呆。凤四老爹转身走上厅来，背靠着他柜台外柱子，大叫道：“你们要命的快些走出去！”说着，把两手背剪着，把身子一扭，那条柱子就离地歪在半边，那一架厅檐，就塌了半个，砖头瓦片纷纷的打下来，灰土飞在半天里，还亏朝奉们跑的快，不曾伤了性命。那时街上人听见里面倒的房子响，门口看的人都挤满了。毛二胡子见不是事，只得从里面走出来。凤四老爹一头的灰，越发精神抖抖，走进楼底下，靠着他的庭柱。众人一齐上前软求。毛二胡子自认不是，情愿把这一笔帐本利清还，只求凤四老爹不要动手。凤四老爹人笑道："谅你有多大的个巢窝！不够我一顿饭时，都拆成平地！"这时秦二侉子同陈正公都到楼下坐着。秦二侉子说道："这件事原是毛兄的不是，你以为没有中人借券，打不起官司，告不起状，就可以白骗他的。可知道'不怕该债的精穷，只怕讨债的英雄'！你而今遇着凤四哥，还怕赖到那里去！"那毛二胡子无计可施，只得将本和利一并兑还，才完了这件横事。陈正公得了银子，送秦二侉子、凤四老爹二位上船。彼此洗了脸，拿出两封一百两银子，谢凤四老爹。凤四老爹笑道："这不过是我一时高兴，那里要你谢我！留下五十两，以清前帐，这五十两，你还拿回去。"陈正公谢了又谢，拿着银子，辞别二位，另上小船去了。

凤四老爹同秦二侉子说说笑笑，不日到了南京，各自回家。过了两天，凤四老爹到胭脂巷候秦中书。他们上人回道："老爷近来同一位太平府的陈四老爷镇日在来宾楼张家闹，总也不回家。"后来凤四老爹会着，劝他不要做这些事，又恰好京里有人寄信来，说他补缺将近，秦中书也就收拾行装进京。那来宾楼只剩得一个陈四老爷。只因这一番，有分教：

国公府内，同飞玩雪之觞；来宾楼中，忽讶深宵之梦。

毕竟怎样一个来宾楼，且听下回分解。

第五十三回

国公府雪夜留宾 来宾楼灯花惊梦

话说南京这十二楼，前门在武定桥，后门在东花园，钞库街的南首，就是长板桥。自从太祖皇帝定天下，把那元朝功臣之后都没入乐籍，有一个教坊司管着他们。也有衙役执事，一般也坐堂打人。只是那王孙公子们来，他却不敢和他起坐，只许垂手相见。每到春三二月天气，那些姊妹们都匀脂抹粉，站在前门花柳之下，彼此邀伴顽要。又有一个盒子会，邀集多人，治备极精巧的时样饮馔，都要一家赛过一家。那有几分颜色的，也不肯胡乱接人。又有那一宗老帮闲，专到这些人家来替他烧香、擦炉、安排花盆、揩抹桌椅、教琴棋书画。那些妓女们相与的孤老多了，却也要几个名士来往，觉得破破俗。那来宾楼有个雏儿，叫做聘娘。他公公在临春班做正旦，小时也是极有名头的，后来长了胡子，做不得生意，却娶了一个老婆，只望替他接接气，那晓的又胖又黑，自从娶了他，鬼也不上门来。后来没奈何，立了一个儿子，替他讨了一个童养媳妇，长到十六岁，却出落得十分人才，自此，孤老就走破了门槛。那聘娘虽是个门户人家，心里最喜欢相与官。他母舅金修义，就是金次福的儿子，常时带两个大老官到他家来走走，那日来对他说："明日有一个贵人要到你这里来玩玩。他是国公府内徐九公子的表兄。这人姓陈，排行第四，人都叫他是陈四老爷。我昨日在国公府里做戏，那陈四老爷向我说，他着实闻你的名，要来看你。你将来相与了他，就可结交徐九公子，可不是好！"聘娘听了，也着实欢喜。金修义吃完茶，去了。

次日，金修义回覆陈四老爷去。那陈四老爷是太平府人，寓在东水关董家河房。金修义到了寓处门口，两个长随，穿着一身簇新的衣服，传了进去。陈四老爷出来，头戴方巾，身穿玉色缎直裰，里边衬着狐狸皮袄，脚下粉底皂靴，白净面皮，约有二十八九岁。见了金修义，问道："你昨日可曾替我说信去，我几时好去走走？"修义道："小的昨日去说了，他那里专候老爷降临。"陈四老爷道："我就和你一路去罢。"说着，又进去换了一套新衣服，出来叫那两个长随叫轿夫伺候。只见一个小小厮进来，拿着一封书。陈四老爷认得他是徐九公子家的书童，接过书子，拆开来看。上写着：

积雪初霁，瞻园红梅次第将放。望表兄文驾过我，围炉作竟日谈。万勿推却。至嘱！至嘱！上木南表兄先生。徐咏顿首。

陈木南看了，向金修义道："我此时要到国公府里去，你明日再来罢。"金修义去了。陈木南随即上了轿，两个长随跟着，来到大功坊，轿子落在国公府门口，长随传了进去。半日，里边道："有请。"陈木南下了轿，走进大门，过了银銮殿，从旁边进去。徐九公子立在瞻园门口，迎着叫声："四哥，怎么穿这些衣服？"陈木南看徐九公子时，乌帽珥貂，身穿织金云缎夹衣，腰系丝绦，脚下朱履。两人拉着手。只见那园里高高低低都是太湖石堆的玲珑山子，山子上的雪还不曾融尽。徐九公子让陈木南沿着栏杆，曲曲折折，来到亭子上。那亭子是园中最高处，望着那园中几百树梅花，都微微含着红萼。徐九公子道："近来南京的天气暖的这样早，不消到十月尽，这梅花都已大放可观了。"陈木南道："表弟府里不比外边。这亭子虽然如此轩敞，却不见一点寒气袭人，唐诗说的好：'无人知道外边寒'，不到此地，那知古人措语之妙。"说着，摆上酒来，都是银打的盆子，用架子架着，底下一层贮了烧酒，用火点着，焰腾腾的，暖着那里边的肴馔，却无一点烟火气。两人吃着。徐九公子道："近来的器皿都要翻出新样，却不知古人是怎样的制度；想来倒不如而今精巧。"陈木南道："可惜我来迟了一步。那一年，虞博士在国子监时，迟衡山请他到泰伯祠主祭，用的都是古礼古乐，那些祭品的器皿，都是访古购求的。我若那时在南京，一定也去与祭，也就可以见古人的制度了。"徐九公子道："十几年来，我常在京，却不知道家乡有这几位贤人君子，竟不曾会他们一面，也是一件缺陷事。"

吃了一会，陈木南身上暖烘烘，十分烦躁，起来脱去了一件衣服。管家忙接了，折好放在衣架上。徐九公子道："闻的向日有一位天长杜先生在这莫愁湖大会梨园子弟，那时却也还有几个有名的脚色，而今怎么这些做生旦的，却要一个看得的也没有？难道此时天也不生那等样的脚色？"陈木南道："论起这件事，却也是杜先生作俑。自古妇人无贵贱。任凭他是青楼婢妾，到得收他做了侧室，后来生出儿子，做了官，就可算的母以子贵。那些做戏的，凭他怎么样，到底算是个贱役。自从杜先生一番品题之后，这些缙绅士大夫家筵席间，定要几个梨园中人，杂坐衣冠队中，说长道短，这个成何体统！看起来，那杜先生也不得辞其过。"徐九公子道："也是那些暴发户人家，若是我家，他怎敢大胆！"说了一会，陈木南又觉的身上烦热，忙脱去一件衣服。管家接了去。陈木南道："尊府虽比外面不同，怎么如此太暖？"徐九公子道："四哥，你不见亭子外面一丈之外，雪所不到。这亭子却是先国公在时造的，全是白铜铸成，内中烧了煤火，所以这般温暖。外边怎么有这样所在！"陈木南听了，才知道这个原故。两人又饮一会。天气昏暗了，那几百树梅花上都悬了羊角灯，磊磊落落，点将起来，就如千点明珠，高下照耀，越掩映着那梅花枝干，横斜可爱。酒罢，捧上茶来吃了，陈木南告辞回寓。

过了一日，陈木南写了一个札字，叫长随拿到国公府向徐九公子借了二百两银子，买了许多缎匹，做了几套衣服，长随跟着，到聘娘家来做进见礼。到了来宾楼门口，一只小猱狮狗叫了两声,里边那个黑胖虔婆出来迎接。看见陈木南人物体面,慌忙说道:“请姐夫到里边坐。”陈木南走了进去,两间卧房,上面小小一个妆楼,安排着花瓶、炉几,十分清雅。聘娘先和一个人在那里下围棋,见了陈木南来,慌忙乱了局来陪,说道:“不知老爷到来,多有得罪。”虔婆道:“这就是太平陈四老爷,你常时念着他的诗,要会他的。四老爷才从国公府里来的。”陈木南道:“两套不堪的衣裳,妈妈休嫌轻慢。”虔婆道:“说那里话,姐夫请也请不至。”陈木南因问:“这一位尊姓?”聘娘接过来道:“这是北门桥邹泰来太爷,是我们南京的国手,就是我的师父。”陈木南道:“久仰。”邹泰来道:“这就是陈四老爷?一向知道是徐九老爷姑表弟兄,是一位贵人,今日也肯到这里来,真个是聘娘的福气了。”聘娘道:“老爷一定也是高手,何不同我师父下一盘?我自从跟着邹师父学了两年,还不曾得着他一着两着的窍哩!”虔婆道:“姐夫且同邹师父下一盘,我下去备酒来。”陈木南道:“怎好就请教的。”聘娘道:“这个何妨,我们邹师父是极喜欢下的。”就把棋枰上棋子拣做两处,请他两人坐下。

邹泰来道:“我和四老爷自然是对下。”陈木南道:“先生是国手,我如何下的过,只好让几子请教罢。”聘娘坐在旁边,不由分说,替他排了七个黑子。邹泰来道:“如何摆得这些!真个是要我出丑了!”陈木南道:“我知先生是不空下的,而今下个彩罢。”取出一锭银子,交聘娘拿着。聘娘又在旁边逼着邹泰来动着,邹泰来勉强下了几子。陈木南起首还不觉的,到了半盘,四处受敌,待要吃他几子,又被他占了外势;待要不吃他的,自己又不得活;及至后来,虽然赢了他两子,确费尽了气力。邹泰来道:“四老爷下的高,和聘娘真是个对手。”聘娘道:“邹师父是从来不给人赢的,今日一般也输了。”陈木南道:“邹先生方才分明是让,我那里下的过!还要添两子再请教一盘。”邹泰来因是有彩,又晓的他是屎棋,也不怕他恼,摆起九个子,足足赢了三十多着。陈木南肚里气得生疼,拉着他只管下了去;一直让到十三,共总还是下不过,因说道:“先生的棋实是高,还要让几个才好。”邹泰来道:“盘上再没有个摆法了,却是怎么样好?”聘娘道:“我们而今另有个顽法。邹师父,头一着不许你动,随便拈着丢在那里就算。这叫个‘凭天降福’。”邹泰来笑道:“这成个甚么款!那有这个道理!”陈木南又逼着他下,只得叫聘娘拿一个白子混丢在盘上,接着下了去。这一盘,邹泰来却杀死四五块。陈木南正在暗欢喜,又被他生出一个劫来,打个不清,陈木南又要输了;聘娘手里抱了乌云覆雪的猫,望上一扑,那棋就乱了。两人大笑,站起身来,恰好虔婆来说:“酒席齐备。”

摆上酒来,聘娘高擎翠袖,将头一杯奉了陈四老爷;第二杯就要奉师父,师父不敢当,自己接了酒。彼此放在桌上。虔婆也走来坐在横头。候四老爷干了头一杯,虔婆自己也奉一杯酒,说道:“四老爷是在国公府里吃过好酒好肴的,到我们门户人家,那里吃得惯!”聘娘道:“你看侬妈也韶刀了!难道四老爷家没有好的吃,定要到国公府里,才吃着好的?”虔婆笑道:“姑娘说的是,又是我的不是了,且罚我一杯。”当下自己斟着,吃了一大杯。陈木南笑道:“酒菜也是一样。”虔婆道:“四老爷,想我老身在南京也活了五十多岁,每日听见人说国公府里,我却不曾进去过,不知怎样像天宫一般哩!我听见说，国公府里不点蜡烛。”邹泰来道：“这妈妈讲呆话！国公府不点蜡烛，倒点油灯！”虔婆伸过一只手来道：“邹大爷，榧子儿你嗒嗒！他府里‘不点蜡烛，倒点油灯’！他家那些娘娘们房里，一个人一个斗大的夜明珠挂在梁上，照的一屋都亮，所以不点蜡烛！四老爷，这话可是有的么？”陈木南道：“珠子虽然有，也未必拿了做蜡烛。我那表嫂是个和气不过的人，这事也容易，将来我带了聘娘进去看看我那表嫂，你老人家就装一个跟随的人，拿了衣服包，也就进去看看他的房子了。”虔婆合掌道：“阿弥陀佛！眼见希奇物，胜作一世人！我成日里烧香念佛，保佑得这一尊天贵星到我家来，带我到天宫里走走，老身来世也得人身，不变驴马。”邹泰来道：“当初太祖皇帝带了王妈妈季巴巴到皇宫里去，他们认做古庙，你明日到国公府里去，只怕也要认做古庙哩！”一齐大笑。虔婆又吃了两杯酒，醉了，涎着醉眼说道：“他府里那些娘娘，不知怎样像画儿上画的美人。老爷若是把聘娘带了去，就比下来了。”聘娘瞅他一眼道：“人生在世上，只要生的好，那在乎贵贱！难道做官的有钱的女人都是好看的？我旧年在石观音庵烧香，遇着国公府里十几乘轿子下来，一个个团头团脸的，也没有甚么出奇！”虔婆道：“又是我说的不是，姑娘说的是，再罚我一大杯。”当下虔婆前后共吃了几大杯，吃的乜乜斜斜，东倒西歪。收了家伙，叫捞毛的打灯笼送邹泰来家去，请四老爷进房歇息。

陈木南下楼来进了房里，闻见喷鼻香。窗子前花梨桌上安着镜台，墙上悬着一幅陈眉公的画，壁桌上供着一尊玉观音，两边放着八张水磨楠木椅子；中间一张罗甸床，挂着大红绸帐子，床上被褥足有三尺多高，枕头边放着薰笼，床面前一架几十个香橼，结成一个流苏，房中间放着一个大铜火盆，烧着通红的炭，顿着铜铫，煨着雨水。聘娘用纤手在锡瓶内撮出银针茶来，安放在宜兴壶里，冲了水，递与四老爷，和他并肩而坐，叫丫头出去取水来。聘娘拿大红汗巾搭在四老爷磕膝上，问道：“四老爷，你既同国公府里是亲戚，你几时才做官？”陈木南道：“这话我不告诉别人，怎肯瞒你。我大表兄在京里已是把我荐了，再过一年，我就可以得个知府的前程；你若有心于我，我将来和你妈说了，拿几百两银子赎了你，同到任上去。”聘娘听了他这话，拉着手，倒在他怀里，说道：“这话是你今晚说的，灯光菩萨听着！你若是丢了我，再娶了别的妖精，我这观音菩萨最灵验，我只把他背过脸来，朝了墙，叫你同别人睡，偎着枕头就头疼，爬起来就不头疼。我是好人家儿女，也不是贪图你做官，就是爱你的人物，你不要辜负了我这一点心！”丫头推开门，拿汤桶送水进来。聘娘慌忙站开，开了抽屉，拿出一包檀香屑，倒在脚盆里，倒上水，请四老爷坐，洗脚。

正洗着，只见又是一个丫头，打了灯笼，一班四五个少年姊妹，都戴着貂鼠暖耳，穿着银鼠、灰鼠衣服进来，嘻嘻笑笑，两边椅子坐下，说道：“聘娘今日接了贵人，盒子会明日在你家做，分了是你一个人出！”聘娘道：“这个自然。”姊妹们笑顽了一会，去了。聘娘解衣上床——陈木南见他丰若有肌，柔若无骨，十分欢洽。——朦胧睡去，忽又惊醒，见灯花炸了一下，回头看四老爷时，已经睡熟，听那更鼓时，三更半了。聘娘将手理一理被头，替四老爷盖好，也便合着睡去。睡了一时，只听得门外锣响，聘娘心里疑惑："这三更半夜，那里有锣到我门上来？"看看锣声更近，房门外一个人道："请太太上任。"聘娘只得披绣袄，倒靸弓鞋，走出房门外。只见四个管家婆娘，齐双双跪下，说道："陈四老爷已经升授杭州府正堂了，特着奴婢们来请太太到任，同享荣华。"聘娘听了，忙走到房里梳了头，穿了衣服，那婢子又送了凤冠霞帔，穿带起来。出到厅前，一乘大轿，聘娘上了轿。抬出大门，只见前面锣、旗、伞、吹手、夜役，一队队摆着。又听的说："先要抬到国公府里去。"正走得兴头，路旁边走过一个黄脸秃头师姑来，一把从轿子里揪着聘娘，骂那些人道："这是我的徒弟，你们抬他到那里去！"聘娘说道："我是杭州府的官太太，你这秃师姑怎敢来揪我！"正要叫夜役锁他，举眼一看，那些人都不见了。急得大叫一声，一交撞在四老爷怀里，醒了，原来是南柯一梦。只因这一番，有分教：

风流公子，忽为闽峤之游；窈窕佳人，竟作禅关之客。

毕竟后事如何，且听下回分解。

第五十四回

病佳人青楼算命
呆名士妓馆献诗

话说聘娘同四老爷睡着，梦见到杭州府的任，惊醒转来，窗子外已是天亮了，起来梳洗。陈木南也就起来。虔婆进房来问了姐夫的好。吃过点心，恰好金修义来，闹着要吃陈四老爷的喜酒。陈木南道："我今日就要到国公府里去，明日再来为你的情罢。"金修义走到房里，看见聘娘手挽着头发，还不曾梳完，那乌云鬖鬌，半截垂在地下，说道："恭喜聘娘接了这样一位贵人！你看看，恁般时候尚不曾定当，可不是越发娇懒了！"因问陈四老爷："明日甚么时候才来？等我吹笛子，叫聘娘唱一只曲子与老爷听。他的李太白'清平'三调，是十六楼没有一个赛得过他的。"说着，聘娘又拿汗巾替四老爷拂了头巾，嘱咐道："你今晚务必来，不要哄我老等着！"陈木南应诺了，出了门，带着两个长随，回到下处。思量没有钱用，又写一个札子叫长随拿到国公府里向徐九公子再借二百两银子，凑着好用。长随去了半天，回来说道："九老爷拜上爷：府里的三老爷方从京里到，选了福建漳州府正堂，就在这两日内要起身上任去。九老爷也要同到福建任所，料理事务，说银子等明日来辞行，自带来。"陈木南道："既是三老爷到了，我去候他。"随坐了轿子，带着长随，来到府里。传进去，管家出来回道："三老爷、九老爷，都到沐府里赴席去了。四爷有话说，留下罢。"陈木南道："我也无甚话，是来特候三老爷的。"陈木南回到寓处。

过了一日，三公子同九公子来河房里辞行，门口下了轿子。陈木南迎进河厅坐下。三公子道："老弟，许久不见，风采一发倜傥。姑母去世，愚表兄远在都门，不曾亲自吊唁。几年来学问更加渊博了。"陈木南道："先母辞世，三载有余。弟因想念九表弟文字相好，所以来到南京，朝夕请教。今表兄荣任闽中，贤昆玉同去，愚表弟倒觉失所了。"九公子道："表兄若不见弃，何不同到漳州？长途之中，倒觉得颇不寂寞。"陈木南道："原也要和表兄同行，因在此地还有一两件小事，俟两三月之后，再到表兄任上来罢。"九公子随叫家人取一个拜匣，盛着二百两银子，送与陈木南收下。三公子道："专等老弟到敝署走走，我那里还有事要相烦帮衬。"陈木南道："一定来效劳的。"说着，吃完了茶，两人告辞起身。陈木南送到门外，又随坐轿子到府里去送行。一直送他两人到了船上，才辞别回来。

那金修义已经坐在下处，扯他来到来宾楼。进了大门，走到卧房，只见聘娘脸儿黄黄的，金修义道："几日不见四老爷来，心口疼的病又发了。"虔婆在旁道："自小儿娇养惯了，是有这一个心口疼的病，但凡着了气恼，就要发。他因四老爷两日不曾来，只道是那些憎嫌他，就发了。"聘娘看见陈木南，含着一双泪眼，总不则声。陈木南道："你到底是那里疼痛？要怎样才得好？往日发了这病，却是甚么样医？"虔婆道："往日发了这病，茶水也不能咽一口。医生来撮了药，他又怕苦不肯吃，只好顿了人参汤慢慢给他吃着，才保全不得伤大事。"陈木南道："我这里有银子，且拿五十两放在你这里，换了人参来用着。再拣好的换了，我自已带来给你。"那聘娘听了这话，挨着身子，靠着那绣枕，一团儿坐在被窝里，胸前围着一个红抹胸，叹了一口气，说道："我这病一发了，不晓得怎的，就这样心慌。那些先生们说是单吃人参，又会助了虚火，往常总是合着黄连，煨些汤吃，夜里睡着，才得合眼。要是不吃，就只好是眼睁睁的一夜醒到天亮。"陈木南道："这也容易。我明日换些黄连来给你就是了。"金修义道："四老爷在国公府里，人参黄连论秤称也不值甚么，聘娘那里用的了！"聘娘道："我不知怎的，心里慌慌的，合着眼就做出许多胡枝扯叶的梦，清天白日的还有些害怕。"金修义道："总是你身子生的虚弱，经不得劳碌，着不得气恼。"虔婆道："莫不是你伤着什么神道？替你请个尼僧来禳解禳解罢。"

正说着，门外敲的手磬子响。虔婆出来看，原来是延寿庵的师姑本慧来收月米。虔婆道："阿呀！是本老爷，两个月不见你来了，这些时，庵里做佛事忙？"本师姑道："不瞒你老人家说，今年运气低，把一个二十岁的大徒弟前月死掉了，连观音会都没有做的成。你家的相公娘好？"虔婆道："也常时三好两歹的。亏的太平府陈四老爷照顾他。他是国公府里徐九老爷的表兄，常时到我家来。偏生的聘娘没造化，心口疼的病发了。你而今进去看看。"本师姑一同走进房里。虔婆道："这便是国公府里陈四老爷。"本师姑上前打了一个问讯。金修义道："四老爷，这是我们这里的本师父，极有道行的。"本师姑见过四老爷，走到床面前来看相公娘。金修义道："方才说要禳解，何不就请本师父禳解禳解？"本师姑道："我不会禳解，我来看看相公娘的气色罢。"便走了来，一屁股坐在床沿上。聘娘本来是认得他的，今日抬头一看，却见他黄着脸，秃着头，就和前日梦里揪他的师姑一模一样，不觉就懊恼起来。只叫得一声"多劳"，便把被蒙着头睡下。本师姑道："相公娘心里不耐烦，我且去罢。"向众人打个问讯，出了房门。虔婆将月米递给他。他左手拿着磬子，右手拿着口袋去了。

陈木南也随即回到寓所，拿银子叫长随赶着去换人参，换黄连。只见主人家董老太拄着拐杖，出来说道："四相公，你身子又结结实实的，只管换这些人参、黄连做什么？我听见这些时在外头憨顽，我是你的房主人，又这样年老，四相公，我不好说的。自古道：船载的金银，填不满烟花债。他们这样人家，是甚么有良心的！把银子用完，他就屁股也不朝你了。我今年七十多岁，看经念佛，观音菩萨听着，我怎肯眼睁睁的看着你上当不说！”陈木南道：“老太说的是，我都知道了。这人参、黄连，是国公府里托我换的。”因怕董老太韶刀，便说道：“恐怕他们换的不好，还是我自己去。”走了出来，到人参店里寻着了长随，换了半斤人参，半斤黄连，和银子就像捧宝的一般，捧到来宾楼来。才进了来宾楼门，听见里面弹的三弦子响，是虔婆叫了一个男瞎子来替姑娘算命。陈木南把人参、黄连递与虔婆，坐下听算命。那瞎子道：“姑娘今年十七岁，大运交庚寅，寅与亥合，合着时上的贵人，该有个贵人星坐命。就是四正有些不利，吊动了一个计都星，在里面作扰，有些啾唧不安，却不碍大事。莫怪我直谈，姑娘命里犯一个华盖星，却要记一个佛名，应破了才好。将来从一个贵人，还要戴凤冠霞帔，有太太之分哩。”说完，横着三弦弹着，又唱一回，起身要去。虔婆留吃茶，捧出一盘云片糕，一盘黑枣子来，放个小桌子，与他坐着。丫头斟茶，递与他吃着。陈木南问道：“南京城里，你们这生意也还好么？”瞎子道：“说不得，比不得上年了。上年都是我们没眼的算命，这些年睁眼的人都来算命，把我们挤坏了！就是这南京城，二十年前，有个陈和甫，他是外路人，自从一进了城，这些大老官家的命都是他攞拦着算了去，而今死了。积作的个儿子，在我家那间壁招亲，日日同丈人吵窝子，吵的邻家都不得安身。眼见得我今日回家，又要听他吵了。”说罢，起身道过多谢，去了。

一直走了回来，到东花园一个小巷子里，果然又听见陈和甫的儿子和丈人吵。丈人道：“你每日在外测字，也还寻得几十文钱，只买了猪头肉、飘汤烧饼，自己搗嗓子，一个钱也不拿了来家，难道你的老婆要我替你养着？这个还说是我的女儿也罢了。你赊了猪头肉的钱不还，也来问我要，终日吵闹这事，那里来的晦气！”陈和甫的儿子道：“老爹，假使这猪头肉是你老人家自己吃了，你也要还钱。”丈人道：“胡说！我若吃了，我自然还。这都是你吃的！”陈和甫儿子道：“设或我这钱已经还过老爹，老爹用了，而今也要还人。”丈人道：“放屁！你是该人的钱，怎是我用你的？”陈和甫儿子道：“万一猪不生这个头，难道他也来问我要钱？”丈人见他十分胡说，拾了个叉子棍赶着他打。瞎子摸了过来扯劝。丈人气的颤呵呵的道：“先生！这样不成人！我说说他，他还拿这些混帐话来答应我，岂不可恨！”陈和甫儿子道：“老爹，我也没有甚么混帐处。我又不吃酒，又不赌钱，又不嫖老婆。每日在测字的桌子上还拿着一本诗念，有甚么混帐处？”丈人道：“不是别的混帐，你放着一个老婆不养，只是累我，我那里累得起！”陈和甫儿子道：“老爹，你不喜女儿给我做老婆，你退了回去罢了。”丈人骂道：“该死的畜生！我女儿退了做甚么事哩？”陈和甫儿子道：“听凭老爹再嫁一个女婿罢了。”丈人大怒道：“瘟奴！除非是你死了，或是做了和尚，这事才行得！”陈和甫儿子道：“死是一时死不来，我明日就做和尚去。”丈人气愤愤的道：“你明日就做和尚！”瞎子听了半天，听他两人说的都是“堂屋里挂草荐——不是话”，也就不扯劝，慢慢的摸着回去了。

次早，陈和甫的儿子剃光了头，把瓦楞帽卖掉了，换了一顶和尚帽子戴着，来到丈人面前，合掌打个问讯，道：“老爹，贫僧今日告别了。”丈人见了大惊，双双掉下泪来，又着实数说了他一顿;知道事已无可如何,只得叫他写了一张纸,自己带着女儿养活去了。

陈和尚自此以后,无妻一身轻,有肉万事足。每日测字的钱,就买肉吃,吃饱了,就坐在文德桥头测字的桌子上念诗,十分自在。又过了半年,那一日,正拿着一本书在那里看,遇着他一个同伙的测字丁言志来看他。见他看这本书,因问道:"你这书是几时买的?"陈和尚道:"我才买来三四天。"丁言志道:"这是莺脰湖唱和的诗。当年胡三公子约了赵雪斋、景兰江、杨执中先生、匡超人、马纯上一班大名士,大会莺脰湖,分韵作诗。我还切记得赵雪斋先生是分的'八齐'。你看这起句:'湖如莺脰夕阳低。'只消这一句,便将题目点出,以下就句句贴切,移不到别处宴会的题目上去了。"陈和尚道:"这话要来问我才是,你那里知道!当年莺脰湖大会,也并不是胡三公子做主人,是娄中堂家的三公子、四公子。那时我家先父就和娄氏弟兄是一人之交。彼时大会莺脰湖,先父一位,杨执中先生、权勿用先生、牛布衣先生、蘧骁夫先生、张铁臂、两位主人,还有杨先生的令郎,共是九位。这是我先父亲口说的。我倒不晓得?你那里知道!"丁言志道:"依你这话,难道赵雪斋先生、景兰江先生的诗,都是别人假做的了?你想想,你可做得来?"陈和尚道:"你这话尤其不通!他们赵雪斋这些诗,是在西湖上做的,并不是莺脰湖那一会。"丁言志道:"他分明是说'湖如莺脰',怎么说不是莺脰湖大会?"陈和尚道:"这一本诗也是汇集了许多名士合刻的。就如这个马纯上,生平也不会作诗,那里忽然又跳出他一首?"丁言志道:"你说的都是些梦话!马纯上先生,蘧骁夫先生,做了不知多少诗,你何尝见过!"陈和尚道:"我不曾见过,倒是你见过!你可知道莺脰湖那一会并不曾有人做诗?你不知那里耳朵响,还来同我瞎吵!"丁言志道:"我不信。那里有这些大名士聚会,竟不做诗的。这等看起来,你尊翁也未必在莺脰湖会过。若会过的人,也是一位大名士了,恐怕你也未必是他的令郎!"陈和尚恼了道:"你这话胡说!天下那里有个冒认父亲的!"丁言志道:"陈思阮!你自己做两句诗罢了,何必定要冒认做陈和甫先生的儿子?"陈和尚大怒道:"丁诗!你'几年桃子几年人'!跳起来通共念熟了几首赵雪斋的诗,凿凿的就伸着嘴来讲名士!"丁言志跳起身来道:"我就不该讲名士,你到底也不是一个名士!"两个人说戗了,揪着领子,一顿乱打。和尚的光头被他凿了几下,凿的生疼,拉到桥顶上;和尚眊着眼,要拉到他跳河,被丁言志搡了一交,骨碌碌就滚到桥底下去了。和尚在地下急的大嚷大叫。

正叫着,遇见陈木南踱了来,看见和尚仰巴叉睡在地下,不成模样,慌忙拉起来道:"这是怎的?"和尚认得陈木南,指着桥上说道:"你看这丁言志无知无识的,走来说是莺脰湖的大会是胡三公子的主人!我替他讲明白了,他还要死强!并且说我是冒认先父的儿子,你说可有这个道理?"陈木南道:"这个是什么要紧的事,你两个人也这样鬼吵。其实丁言老也不该说思老是冒认父亲。这却是言老的不是。"丁言志道:"四先生,你不晓得。我难道不知道他是陈和甫先生的儿子,只是他摆出一副名士脸来,太难看!"陈木南笑道:"你们自家人,何必如此?要是陈思老就会摆名士脸,当年那虞博士、庄征君，怎样过日子呢？我和你两位吃杯茶，和和事，下回不必再吵了。”当下拉到桥头间壁一个小茶馆里坐下，吃着茶。陈和尚道：“听见四先生令表兄要接你同到福建去，怎样还不见动身？”陈木南道：“我正是为此来寻你测字，几时可以走得？”丁言志道：“先生，那些测字的话，是我们‘签火七占通’的；你要动身，拣个日子走就是了，何必测字。”陈和尚道：“四先生，你半年前，我们要会你一面也不得能够。我出家的第二日，有一首薙发的诗，送到你下处请教，那房主人董老太说，你又到外头顽去了。你却一向在那里？今日怎管家也不带，自己在这里闲撞？”陈木南道：“因这里来宾楼的聘娘爱我的诗做的好，我常在他那里。”丁言志道：“青楼中的人也晓得爱才，这就雅极了！”向陈和尚道：“你看！他不过是个巾帼，还晓得看诗，怎有个莺脰湖大会不作诗的呢？”陈木南道：“思老的话倒不差。那娄玉亭便是我的世伯，他当日最相好的是杨执中、权勿用。他们都不以诗名。”陈和尚道：“我听得权勿用先生后来犯出一件事来，不知怎么样结局？”陈木南道：“那也是他学里几个秀才诬赖他的。后来这件官事也昭雪了。”又说了一会，陈和尚同丁言志别过去了。

陈木南交了茶钱，自己走到来宾楼。一进了门，虔婆正在那里同一个卖花的穿桂花球，见了陈木南道：“四老爷，请坐下罢了。”陈木南道：“我楼上去看看聘娘。”虔婆道：“他今日不在家，到轻烟楼做盒子会去了。”陈木南道：“我今日来和他辞辞行，就要到福建去。”虔婆道：“四老爷就要起身？将来可还要回来的？”说着，丫头捧一杯茶来。陈木南接在手里，不大热，吃了一口，就不吃了。虔婆看了道：“怎么茶也不肯泡一壶好的！”丢了桂花球，就走到门房里去骂乌龟。

陈木南看见他不瞅不睬，只得自己又踱了出来。走不得几步，顶头遇着一个人，叫道：“陈四爷，你还要信行些才好。怎叫我们只管跑！”陈木南道：“你开着偌大的人参铺，那在乎这几十两银子。我少不得料理了送来给你。”那人道：“你那两个尊管而今也不见面，走到尊寓，只有那房主人董老太出来回，他一个堂客家，我怎好同他七个八个的？”陈木南道：“你不要慌，‘躲得和尚躲不得寺’。我自然有个料理。你明日到我寓处来。”那人道：“明早是必留下，不要又要我们跑腿。”说过，就去了。陈木南回到下处，心里想道：“这事不尴尬。长随又走了，虔婆家又走不进他的门，银子又用的精光，还剩了一屁股两肋巴的债，不如卷卷行李，往福建去罢。”瞒着董老太，一溜烟走了。

次日，那卖人参的清早上走到他寓所来，坐了半日，连鬼也不见一个。那门外推的门响，又走进一个人来，摇着白纸诗扇，文绉绉的。那卖人参的起来问道：“尊姓？”那人道：“我就是丁言志，来送新诗请教陈四先生的。”卖人参的道：“我也是来寻他的。”又坐了半天，不见人出来，那卖人参的就把屏门拍了几下。董老太拄着拐杖出来问道：“你们寻那个的？”卖人参的道：“我来找陈四爷要银子。”董老太道：“他么？此时好到观音门了。”那卖人参的大惊道：“这等，可曾把银子留在老太处？”董老太道：“你还说这话！连我的房钱都骗了！他自从来宾楼张家的妖精缠昏了头，那一处不脱空！背着一身的债，还希罕你这几两银子！”卖人参的听了，“哑叭梦见妈，说不出的苦”，急的暴跳如雷。丁言志劝道:"尊驾也不必急,急也不中用,只好请回;陈四先生是个读书人,也未必就骗你,将来他回来,少不得还哩。"那人跳了一回,无可奈何,只得去了。

丁言志也摇着扇子,晃了出来,自心里想道:"堂客也会看诗!……那十六楼不曾到过,何不把这几两测字积下的银子,也去到那里顽顽?"主意已定,回家带了一卷诗,换了几件半新不旧的衣服,戴一顶方巾,到来宾楼来。乌龟看见他像个呆子,问他来做甚么。丁言志道:"我来同你家姑娘谈谈诗。"乌龟道:"既然如此,且秤下箱钱。"乌龟拿着黄杆戥子。丁言志在腰里摸出一个包子来,散散碎碎,共有二两四钱五分头。乌龟道:"还差五钱五分。"丁言志道:"会了姑娘,再找你罢。"丁言志自己上得楼来,看见聘娘在那里打棋谱,上前作了一个大揖。聘娘觉得好笑,请他坐下,问他来做甚么。丁言志道:"久仰姑娘最喜看诗,我有些拙作,特来请教。"聘娘道:"我们本院的规矩,诗句是不白看的,先要拿出花钱来再看。"丁言志在腰里摸了半天,摸出二十个铜钱来放在花梨桌上。聘娘大笑道:"你这个钱,只好送给仪征丰家巷的捞毛的,不要玷污了我的桌子!快些收了回去买烧饼吃罢!"丁言志羞得脸上一红二白,低着头,卷了诗,揣在怀里,悄悄的下楼回家去了。

虔婆听见他囮着呆子,要了花钱,走上楼来问聘娘道:"你刚才向呆子要了几两银子花钱?拿来,我要买缎子去。"聘娘道:"那呆子那里有银子!拿出二十个铜钱来,我那里有手接他的!被我笑的他回去了。"虔婆道:"你是甚么巧主儿!囮着呆子,还不问他要一大注子,肯白白放了他回去?你往常嫖客给的花钱,何常分一个半个给我?"聘娘道:"我替你家寻了这些钱,还有甚么不是?些小事就来寻事!我将来从了良,不怕不做太太!你放这样呆子上我的楼来,我不说你罢了,你还要来嘴喳喳!"虔婆大怒,走上前来,一个嘴巴,把聘娘打倒在地。聘娘打滚,撒了头发,哭道:"我贪图些甚么,受这些折磨!你家有银子,不愁弄不得一个人来,放我一条生路去罢!"不由分说,向虔婆大哭大骂,要寻刀刎颈,要寻绳子上吊,鬏髻都滚掉了。虔婆也慌了,叫了老乌龟上来,再三劝解,总是不肯依,闹的要死要活。无可奈何,由着他拜做延寿庵本慧的徒弟,剃光了头,出家去了。只因这一番,有分教:

风流云散,贤豪才色总成空;薪尽火传,工匠市廛都有韵。

毕竟后事如何,且听下回分解。

第五十五回

添四客述往思来
弹一曲高山流水

话说万历二十三年,那南京的名士都已渐渐销磨尽了。此时虞博士那一辈人,也有老了的,也有死了的,也有四散去了的,也有闭门不问世事的。花坛酒社,都没有那些才俊之人;礼乐文章,也不见那些贤人讲究。论出处,不过得手的就是才能,失意的就是愚拙;论豪侠,不过有余的就会奢华,不足的就见萧索。凭你有李、杜的文章,颜、曾的品行,却是也没有一个人来问你。所以那些大户人家,冠、昏、丧、祭,乡绅堂里,坐着几个席头,无非讲的是些升、迁、调、降的官场;就是那贫贱儒生,又不过做的是些揣合逢迎的考校。那知市井中间,又出了几个奇人。

一个是会写字的。这人姓季,名遐年,自小儿无家无业,总在这些寺院里安身。见和尚传板上堂吃斋,他便也捧着一个钵,站在那里,随堂吃饭。和尚也不厌他。他的字写的最好,却又不肯学古人的法帖,只是自己创出来的格调,由着笔性写了去。但凡人要请他写字时,他三日前,就要斋戒一日,第二日磨一天的墨,却又不许别人替磨;就是写个十四字的对联,也要用墨半碗。用的笔,都是那人家用坏了不要的,他才用。到写字的时候,要三四个人替他拂着纸,他才写。一些拂的不好,他就要骂、要打。却是要等他情愿,他才高兴。他若不情愿时,任你王侯将相,大捧的银子送他,他正眼儿也不看。他又不修边幅,穿着一件稀烂的直裰,靸着一双破不过的蒲鞋。每日写了字,得了人家的笔资,自家吃了饭,剩下的钱就不要了,随便不相识的穷人,就送了他。

那日大雪里,走到一个朋友家,他那一双稀烂的蒲鞋,踹了他一书房的滋泥。主人晓得他的性子不好,心里嫌他,不好说出,只得问道:“季先生的尊履坏了,可好买双换换?”季遐年道:“我没有钱。”那主人道:“你肯写一副字送我,我买鞋送你了。”季遐年道:“我难道没有鞋,要你的!”主人厌他腌臜,自己走了进去,拿出一双鞋来,道:“你先生且请略换换,恐怕脚底下冷。”季遐年恼了,并不作别,就走出大门,嚷道:“你家甚么要紧的地方!我这双鞋就不可以坐在你家!我坐在你家,还要算抬举你。我都希罕你的鞋穿!”一直走回天界寺,气哺哺的又随堂吃了一顿饭。吃完,看见和尚房里摆着一匣子上好的香墨，季遐年问道："你这墨可要写字？"和尚道："这昨日施御史的令孙老爷送我的。我还要留着转送别位施主老爷，不要写字。"季遐年道："写一副好哩。"不由分说，走到自己房里，拿出一个大墨荡子来，拣出一锭墨，舀些水，坐在禅床上替他磨将起来。和尚分明晓得他的性子，故意的激他写。他在那里磨墨，正磨的兴头，侍者进来向老和尚说道："下浮桥的施老爷来了。"和尚迎了出去。那施御史的孙子已走进禅堂来，看见季遐年，彼此也不为礼，自同和尚到那边叙寒温。季遐年磨完了墨，拿出一张纸来，铺在桌上，叫四个小和尚替他按着。他取了一管败笔，蘸饱了墨，把纸相了一会，一气就写了一行。那右手后边小和尚动了一下，他就一凿，把小和尚凿矮了半截，凿的杀喳的叫。老和尚听见，慌忙来看，他还在那里急的嚷成一片。老和尚劝他不要恼，替小和尚按着纸，让他写完了。施御史的孙子也来看了一会，向和尚作别去了。

次日，施家一个小厮走到天界寺来，看见季遐年，问道："有个写字的姓季的可在这里？"季遐年道："问他怎的？"小厮道："我家老爷叫他明日去写字。"季遐年听了，也不回他，说道："罢了。他今日不在家，我明日叫他来就是了。"次日，走到下浮桥施家门口，要进去。门上人拦住道："你是甚么人，混往里边跑！"季遐年道："我是来写字的。"那小厮从门房里走出来看见，道："原来就是你！你也会写字？"带他走到敞厅上，小厮进去回了。施御史的孙子刚刚走出屏风，季遐年迎着脸大骂道："你是何等之人，敢来叫我写字！我又不贪你的钱，又不慕你的势，又不借你的光，你敢叫我写起字来！"一顿大嚷大叫，把施乡绅骂的闭口无言，低着头进去了。那季遐年又骂了一会，依旧回到天界寺里去了。

又一个是卖火纸筒子的。这人姓王，名太，他祖代是三牌楼卖菜的，到他父亲手里，穷了，把菜园都卖掉了。他自小儿最喜下围棋。后来父亲死了，他无以为生，每日到虎踞关一带卖火纸筒过活。那一日，妙意庵做会。那庵临着乌龙潭。正是初夏的天气，一潭簇新的荷叶，亭亭浮在水上。这庵里曲曲折折，也有许多亭榭，那些游人都进来顽耍。王太走将进来，各处转了一会，走到柳阴树下，一个石台，两边四条石凳，三四个大老官簇拥着两个人在那里下棋。一个穿宝蓝的道："我们这位马先生前日在扬州盐台那里下的是一百一十两的彩，他前后共赢了二千多银子。"一个穿玉色的少年道："我们这马先生是天下的大国手，只有这卞先生受两子还可以敌得来。只是我们要学到卞先生的地步，也就着实费力了。"王太就挨着身子上前去偷看。小厮们看见他穿的褴褛，推推搡搡，不许他上前。底下坐的主人道："你这样一个人，也晓得看棋？"王太道："我也略晓得些。"撑着看了一会，嘻嘻的笑。那姓马的道："你这人会笑，难道下得过我们？"王太道："也勉强将就。"主人道："你是何等之人，好同马先生下棋！"姓卞的道："他既大胆，就叫他出个丑何妨！才晓得我们老爷们下棋，不是他插得嘴的！"王太也不推辞，摆起子来，就请那姓马的动着。旁边人都觉得好笑。那姓马的同他下了几着，觉的他出手不同。下了半盘，站起身来道："我这棋输了半子了！"那些人都不晓得。姓卞的道："论这局面，却是马先生略负了些。"众人大惊，就要拉着王太吃酒。王太大笑道："天下那里还有个快活似杀矢棋的事！我杀过矢棋，心里快活极了，那里还吃的下酒！"说毕，哈哈大笑，头也不回，就去了。

一个是开茶馆的。这人姓盖，名宽，本来是个开当铺的人。他二十多岁的时候，家里有钱，开着当铺，又有田地，又有洲场。那亲戚本家都是些有钱的。他嫌这些人俗气，每日坐在书房里做诗看书，又喜欢画几笔画。后来画的画好，也就有许多做诗画的来同他往来。虽然诗也做的不如他好，画也画的不如他好，他却爱才如命，遇着这些人来，留着吃酒吃饭，说也有，笑也有。这些人家里有冠、婚、丧、祭的紧急事，没有银子，来向他说，他从不推辞，几百几十拿与人用。那些当铺里的小官，看见主人这般举动，都说他有些呆气，在当铺里尽着做弊，本钱渐渐消折了。田地又接连几年都被水淹，要赔种赔粮，就有那些混帐人来劝他变卖。买田的人嫌田地收成薄，分明值一千的只好出五六百两。他没奈何，只得卖了。卖来的银子，又不会生发，只得放在家里秤着用。能用得几时？又没有了，只靠着洲场利钱还人。不想伙计没良心，在柴院子里放火，命运不好，接连失了几回火，把院子里的几万担柴尽行烧了。那柴烧的一块一块的，结成就和太湖石一般，光怪陆离。那些伙计把这东西搬来给他看。他看见好顽，就留在家里。家里人说："这是倒运的东西，留不得！"他也不肯信，留在书房里顽。伙计见没有洲场，也辞出去了。又过了半年，日食艰难，把大房子卖了，搬在一所小房子住。又过了半年，妻子死了，开丧出殡，把小房子又卖了。可怜这盖宽带着一个儿子，一个女儿，在一个僻净巷内，寻了两间房子开茶馆。把那房子里面一间与儿子、女儿住；外一间摆了几张茶桌子，后檐支了一个茶炉子，右边安了一副柜台；后面放了两口水缸，满贮了雨水。他老人家清早起来，自己生了火，扇着了，把水倒在炉子里放着，依旧坐在柜台里看诗画画。柜台上放着一个瓶，插着些时新花朵，瓶旁边放着许多古书。他家各样的东西都变卖尽了，只有这几本心爱的古书是不肯卖的。人来坐着吃茶，他丢了书就来拿茶壶、茶杯。茶馆的利钱有限，一壶茶只赚得一个钱，每日只卖得五六十壶茶，只赚得五六十个钱。除去柴米，还做得甚么事。

那日正坐在柜台里，一个邻居老爹过来同他谈闲话。那老爹见他十月里还穿着夏布衣裳，问道："你老人家而今也算十分艰难了，从前有多少人受过你老人家的惠，而今都不到你这里来走走。你老人家这些亲戚本家，事体总还是好的，你何不去向他们商议商议，借个大大的本钱，做些大生意过日子？"盖宽道："老爹，'世情看冷暖，人面逐高低'！当初我有钱的时候，身上穿的也体面，跟的小厮也齐整，和这些亲戚本家在一块，还搭配的上。而今我这般光景，走到他们家去，他就不嫌我，我自己也觉得可厌。至于老爹说有受过我的惠的，那都是穷人，那里还有得还出来。他而今又到有钱的地方去了，那里还肯到我这里来。我若去寻他，空惹他们的气，有何趣味！"邻居见他说的苦恼，因说道："老爹，你这个茶馆里冷清清的，料想今日也没甚人来了，趁着好天气，和你到南门外顽顽去。"盖宽道："顽顽最好，只是没有东道，怎处？"邻居道："我带个几分银子的小东，吃个素饭罢。"盖宽道："又扰你老人家。"

说着，叫了他的小儿子出来看着店，他便同那老爹一路步出南门来。教门店里，两个人吃了五分银子的素饭。那老爹会了帐，打发小菜钱，一径踱进报恩寺里。大殿南廊，三藏禅林，大锅，都看了一回。又到门口买了一包糖，到宝塔背后一个茶馆里吃茶。邻居老爹道："而今时世不同，报恩寺的游人也少了，连这糖也不如二十年前买的多。"盖宽道："你老人家七十多岁年纪，不知见过多少事，而今不比当年了。像我也会画两笔画，要在当时虞博士那一班名士在，那里愁没碗饭吃！不想而今就艰难到这步田地！"那邻居道："你不说我也忘了。这雨花台左近有个泰伯祠，是当年句容一个迟先生盖造的。那年请了虞老爷来上祭，好不热闹！我才二十多岁，挤了来看，把帽子都被人挤掉了。而今可怜那祠也没人照顾，房子都倒掉了。我们吃完了茶，同你到那里看看。"说着，又吃了一卖牛首豆腐干，交了茶钱，走出来，从冈子上踱到雨花台左首，望见泰伯祠的大殿，屋山头倒了半边。来到门前，五六个小孩子在那里踢球，两扇大门倒了一扇，睡在地下。两人走进去，三四个乡间的老妇人在那丹墀里挑荠菜，大殿上槅子都没了。又到后边五间楼，直桶桶的，楼板都没有一片。两个人前后走了一交，盖宽叹息道："这样名胜的所在，而今破败至此，就没有一个人来修理。多少有钱的，拿着整千的银子去起盖僧房道院，那一个肯来修理圣贤的祠宇。"邻居老爹道："当年迟先生买了多少的家伙，都是古老样范的，收在这楼底下几张大柜里，而今连柜也不见了！"盖宽道："这些古事，提起来令人伤感，我们不如回去罢！"两人慢慢走了出来。邻居老爹道："我们顺便上雨花台绝顶。"望着隔江的山色，岚翠鲜明，那江中来往的船只，帆樯历历可数；那一轮红日，沉沉的傍着山头下去了。两个人缓缓的下了山，进城回去。盖宽依旧卖了半年的茶。次年三月间，有个人家出了八两银子束修，请他到家里教馆去了。

一个是做裁缝的。这人姓荆，名元，五十多岁，在三山街开着一个裁缝铺。每日替人家做了生活，余下来工夫就弹琴写字，也极喜欢做诗。朋友们和他相与的问他道："你既要做雅人，为甚么还要做你这贵行？何不同些学校里人相与相与？"他道："我也不是要做雅人，也只为性情相近，故此时常学学。至于我们这个贱行，是祖父遗留下来的，难道读书识字，做了裁缝就玷污了不成？况且那些学校中的朋友，他们另有一番见识，怎肯和我们相与。而今每日寻得六七分银子，吃饱了饭，要弹琴，要写字，诸事都由得我；又不贪图人的富贵，又不伺候人的颜色，天不收，地不管，倒不快活？"朋友们听了他这一番话，也就不和他亲热。

一日，荆元吃过了饭，思量没事，一径踱到清凉山来。这清凉山是城西极幽静的所在。他有一个老朋友，姓于，住在山背后。那于老者也不读书，也不做生意，养了五个儿子，最长的四十多岁，小儿子也有二十多岁。老者督率着他五个儿子灌园。那园却有二三十亩大，中间空隙之地，种了许多花卉，堆着几块石头。老者就在那旁边盖了几间茅草房，手植的几树梧桐，长到三四十围大。老者看看儿子灌了园，也就到茅斋生起火来，煨好了茶，吃着，看那园中的新绿。这日，荆元步了进来，于老者迎着道："好些时不见老哥来，生意忙的紧？"荆元道："正是。今日才打发清楚些，特来看看老爹。"于老者道："恰好烹了一壶现成茶，请用杯。"斟了送过来。荆元接了，坐着吃，道："这茶，色、香、味都好，老爹，却是那里取来的这样好水？"于老者道："我们城西不比你城南，到处井泉都是吃得的。"荆元道："古人动说桃源避世，我想起来，那里要甚么桃源，只如老爹这样清闲自在，住在这样城市山林的所在，就是现在的活神仙了！"于老者道："只是我老拙一样事也不会做，怎的如老哥会弹一曲琴，也觉得消遣些。近来想是一发弹的好了，可好几时请教一回？"荆元道："这也容易。老爹不厌污耳，明日我把琴来请教。"说了一会，辞别回来。

次日，荆元自己抱了琴来到园里，于老者已焚下一炉好香，在那里等候。彼此见了，又说了几句话。于老者替荆元把琴安放在石凳上。荆元席地坐下，于老者也坐在旁边。荆元慢慢的和了弦，弹起来，铿铿锵锵，声振林木，那些鸟雀闻之，都栖息枝间窃听。弹了一会，忽作变徵之音，凄清宛转，于老者听到深微之处，不觉凄然泪下。自此，他两人常常往来。当下也就别过了。

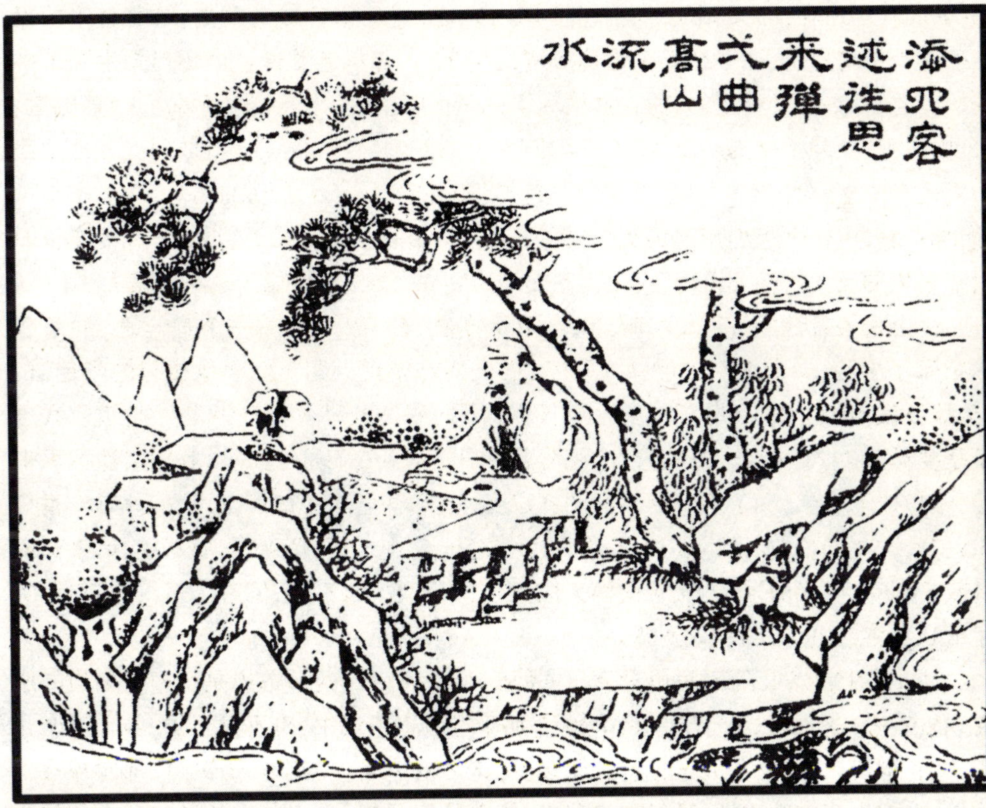

看官！难道自今以后，就没一个贤人君子可以入得《儒林外史》的么？但是他不曾在朝廷这一番旌扬之列，我也就不说了。毕竟怎的旌扬，且听下回分解。

第五十六回

神宗帝下诏旌贤
刘尚书奉旨承祭

话说万历四十三年，天下承平已久，天子整年不与群臣接见，各省水旱偏灾，流民载道。督抚虽然题了进去，不知那龙目可曾观看。忽一日，内阁下了一道上谕，科里抄出来，上写道：

万历四十三年五月二十四日，内阁奉上谕：朕即祚以来，四十余年，宵旰兢兢，不遑暇食。夫欲迪康兆姓，首先进用人才。昔秦穆公不能用周礼，诗人刺之，此"蒹葭苍苍"之篇所由作也。今岂有贤智之士处于下欤？不然，何以不能臻于三代之隆也。诸臣其各抒所见，条列以闻，不拘忌讳，朕将采择焉。钦此。

过了三日，御史单飏言上了一个疏：

奏为请旌沉抑之人才，以襄圣治，以光泉壤事。臣闻人才之盛衰，关乎国家之隆替。虞廷翼为明听，周室疏附后先，载于《诗》、《书》，传之奕祀，夐乎尚矣！夫三代之用人，不拘资格，故《兔罝》之野人，《小戎》之女子，皆可以备腹心德音之任。至于后世，始立资格以限制之。又有所谓清流者，在汉则曰"贤良方正"，在唐则曰"入直"，在宋则曰"知制诰"。

我朝太祖高皇帝定天下，开乡会制科，设立翰林院衙门，儒臣之得与此选者，不数年间从容而跻卿贰，非是不得谓清华之品。凡宰臣定谥，其不由翰林院出身者，不得谥为"文"。如此之死生荣遇，其所以固结于人心而不可解者，非一日矣。虽其中拔十而得二三，如薛瑄、胡居仁之理学，周宪、吴景之忠义，功业则有于谦、王守仁，文章则有李梦阳、何景明辈。炳炳烺烺，照耀史册。然一榜进士及第，数年之后乃有不能举其姓字者，则其中侥幸亦不免焉。

夫萃天下之人才而限制于资格，则得之者少，失之者多。其不得者，抱其沉冤抑塞之气，嘘吸于宇宙间。其生也，或为佯狂，或为迂怪，甚而为幽僻诡异之行；其死也，皆能为妖、为厉、为灾、为祲，上薄乎日星，下彻乎渊泉，以为百姓之害。此虽诸臣不能自治其性情，自深于学问，亦不得谓非资格之限制有以激之使然也。

臣闻唐朝有于诸臣身后追赐进士之典,方干、罗邺皆与焉。皇上旁求侧席,不遗幽隐,宁于已故之儒生惜此恩泽?诸臣生不能入于玉堂,死何妨悬于金马。伏乞皇上,悯其沉抑,特沛殊恩,遍访海内已故之儒修,考其行事,第其文章,赐一榜进士及第,授翰林院职衔有差,则沉冤抑塞之士,莫不变而为祥风甘雨,同仰皇恩于无既矣。臣愚罔识忌讳,冒昧陈言,伏乞睿鉴施行。

万历四十三年五月二十七日疏上,六月初一日奉旨:

这所奏,著大学士会同礼部行令各省,采访已故儒修诗文、墓志、行状,汇齐送部核查。如何加恩旌扬、分别赐第之处,不拘资格,确议具奏。钦此。

礼部行文到各省,各省督抚行司道,司道行到各府、州、县。采访了一年,督抚汇齐报部,大学士等议了上去。议道:

礼部为钦奉上谕事。万历四十三年五月二十七日,河南道监察御史臣单飏言,奏为请旌沉抑之人才,以昭圣治,以光泉壤事一本,六月初一日奉圣旨(旨意全录)。钦此。臣等查得各省咨到采访已故之儒修诗文、墓志、行状,以及访闻事实,合共九十二人。

其已登仕籍未入翰林院者:周进、范进、向鼎、蘧祐、雷骥、张师陆、汤奉、杜倩、李本瑛、董瑛、冯瑶、尤扶徕、虞育德、杨允、余特,共十五人。

其武途出身已登仕籍,例不得入翰林院者:汤奏、萧采、木耐,共三人。

举人:娄琫、卫体善,共二人。

荫生:徐咏一人。

贡生:严大位、随岑庵、匡迥、沈大年,共四人。

监生:娄瓒、蘧来旬、胡缜、武书、伊昭、储信、汤由、汤实、庄洁,共九人。

生员:梅玖、王德、王仁、魏好古、蘧景玉、马静、倪霜峰、季萑、诸葛佑、萧鼎、浦玉方、韦阐、杜仪、臧荼、迟均、余夔、萧树滋、虞感祈、庄尚志、余持、余敷、余殷、虞梁、王蕴、邓义、陈春,共二十六人。

布衣:陈礼、牛布衣、权勿用、景本蕙、赵洁、支锷、金东崖、牛浦、牛瑶、鲍文卿、倪廷珠、宗姬、郭铁笔、金寓刘、辛东之、洪憨仙、卢华士、娄焕文、季恬逸、郭力、萧浩、凤鸣岐、季遐年、盖宽、王太、丁诗、荆元,共二十八人。

释子:甘露僧、陈思阮,共二人。

道士:来霞士一人。

女子:沈琼枝一人。

臣等伏查,已故儒修周进等,其人虽庞杂不伦,其品亦瑕瑜不掩,然皆卓然有以自立。谨按其生平之事实文章,各拟考语,另缮清单,恭呈御览。伏乞皇上钦点名次,揭榜晓示。隆恩出自圣裁,臣等未敢擅便。其诗文、墓志、行状以及访闻事实,存贮礼部衙门,昭示来兹可也。

万历四十四年六月二十三日议上，二十六日奉旨：

虞育德赐第一甲第一名进士及第，授翰林院修撰。庄尚志赐第一甲第二名进士及第，授翰林院编修。杜仪赐第一甲第三名进士及第，授翰林院编修。萧采等赐第二甲进士出身，俱授翰林院检讨。沈琼枝等赐第三甲同进士出身，俱授翰林院庶吉士。于七月初一日揭榜晓示，赐祭一坛，设于国子监，遣礼部尚书刘进贤前往行礼。余依议。钦此。

到了七月初一日黎明，礼部门口悬出一张榜来，上写道：

礼部为钦奉上谕事。今将采访儒修赐第姓名、籍贯开列于后。须至榜者：

第一甲

第一名虞育德，南直隶常熟县人。

第二名庄尚志，南直隶上元县人。

第三名杜仪，南直隶天长县人。

第二甲

第一名萧采，四川成都府人。

第二名迟均，南直隶句容县人。

第三名马静，浙江处州府人。

第四名武书，南直隶江宁县人。

第五名汤奏，南直隶仪征县人。

第六名余特，南直隶五河县人。

第七名杜倩，南直隶天长县人。

第八名萧浩，四川成都府人。

第九名郭力，湖广长沙府人。

第十名娄焕文，南直隶江宁县人。

第十一名王蕴，南直隶徽州府人。

第十二名娄琫，浙江归安县人。

第十三名娄瓒，浙江归安县人。

第十四名蘧祐，浙江嘉兴府人。

第十五名向鼎，浙江绍兴府人。

第十六名庄洁，南直隶上元县人。

第十七名虞梁，南直隶五河县人。

第十八名尤扶徕，南直隶江阴县人。

第十九名鲍文卿，南直隶江宁县人。

第二十名甘露僧，南直隶芜湖县人。

第三甲

第一名沈琼枝，南直隶常州府人。

第二名韦阐，南直隶滁州府人。

第三名徐咏，南直隶定远县人。

第四名蘧来旬，浙江嘉兴府人。

第五名李本瑛，四川成都府人。

第六名邓义，南直隶徽州府人。

第七名凤鸣岐，南直隶江宁县人。

第八名木耐，陕西同官县人。

第九名牛布衣，浙江绍兴府人。

第十名季萑，南直隶怀宁县人。

第十一名景本蕙，浙江温州府人。

第十二名赵洁，浙江杭州府人。

第十三名胡缜，浙江杭州府人。

第十四名盖宽，南直隶江宁县人。

第十五名荆元，南直隶江宁县人。

第十六名雷骥，北直隶大兴县人。

第十七名杨允，浙江乌程县人。

第十八名诸葛佑，南直隶盱眙县人。

第十九名季遐年，南直隶上元县人。

第二十名陈春，南直隶太平府人。

第二十一名匡迥，浙江乐清县人。

第二十二名来霞士，南直隶扬州府人。

第二十三名王太，南直隶上元县人。

第二十四名汤由，南直隶仪征县人。

第二十五名辛东之，南直隶仪征县人。

第二十六名严大位，广东高要县人。

第二十七名陈思阮，江西南昌府人。

第二十八名陈礼，江西南昌府人。

第二十九名丁诗，南直隶江宁县人。

第三十名牛浦，南直隶芜湖县人。

第三十一名余夔，南直隶上元县人。

第三十二名郭铁笔，南直隶芜湖县人。

这一日，礼部刘进贤奉旨来到国子监里，戴了幞头，穿了宫袍，摆齐了祭品，上来三献。太常寺官便读祝文道：

维万历四十四年岁次丙辰，七月朔，宜祭日，皇帝遣礼部尚书刘进贤以牲醴玉帛之仪，致祭于特赠翰林院修撰虞育德等之灵曰：

嗟尔诸臣，纯懿灵淑，玉粹骞骞，金贞雌伏。弥纶天地，幽替神明，《易》称鸿渐，《诗》喻鹤鸣。资格困人，贤豪同叹；凤已就笯，桐犹遭爨。缊袍短褐，蓬窗桑枢；伐薬粥舂，坎壈欷歔。亦有微官，曾纡尺组，龙实难驯，哙宁堪伍。亦有达宦，曾著先鞭，玉堂金马，邈若神仙。孑孑干旄，翘翘车乘，誓墓凿坏，谁敢捷径？涩譶橤猡，驵侩市门，中有高士，谁共讨论？茶板粥鱼，丹炉药臼，梨园之子，兰闺之秀。提戈磨盾，束发从征，功成身退，日落旗红。蚩蚩细民，翩翩公子，同在穷途，泪如铅水。金陵池馆，日丽风和，讲求礼乐，酾酒升歌。越水吴山，烟霞渊薮，击钵催诗，论文载酒。后先相望，数十年来，愁城未破，泪海无涯。朕甚悯旃，加恩泉壤，赐第授官，解兹悒快。呜呼！兰因芳陨，膏以明煎，维尔诸臣，荣名万年。尚飨！词曰：

记得当时，我爱秦淮，偶离故乡。向梅根冶后，几番啸傲；杏花村里，几度徜徉。凤止高梧，虫吟小榭，也共时人较短长。今已矣！把衣冠蝉蜕，濯足沧浪。　　无聊且酌霞觞，唤几个新知醉一场。共百年易过，底须愁闷；千秋事大，也费商量。江左烟霞，淮南耆旧，写入残编总断肠！从今后，伴药炉经卷，自礼空王。